Henning Mankell, né en 1948, est romancier et dramaturge. Depuis une dizaine d'années il vit et travaille essentiellement au Mozambique – « ce qui aiguise le regard que je pose sur mon propre pays », dit-il. Il a commencé sa carrière comme auteur dramatique, d'où une grande maîtrise du dialogue. Il a également écrit nombre de livres pour enfants couronnés par plusieurs prix littéraires, qui soulèvent des problèmes souvent graves et qui sont marqués par une grande tendresse. Mais c'est en se lançant dans une série de romans policiers centrés autour de l'inspecteur Wallander qu'il a définitivement conquis la critique et le public suédois. Sa série, pour laquelle l'Académie suédoise lui a décerné le Grand Prix de littérature policière, décrit la vie d'une petite ville de Scanie et les interrogations inquiètes de ses policiers face à une société qui leur échappe. Il s'est imposé comme le premier auteur de romans policiers suédois. En France, il a reçu le prix Mystère de la Critique, le prix Calibre 38 et le Trophée 813.

Henning Mankell

LE GUERRIER
SOLITAIRE

ROMAN

*Traduit du suédois
par Christofer Bjurström*

Éditions du Seuil

OUVRAGE TRADUIT AVEC LE CONCOURS
DE L'INSTITUT SUÉDOIS À STOCKHOLM

TEXTE INTÉGRAL

TITRE ORIGINAL
Villospår
ÉDITEUR ORIGINAL
Ordfronts Förlag

ISBN original : 91-7324-499-6
© Henning Mankell, 1995

Cette traduction est publiée en accord avec Ordfronts Förlag AB, Stockholm,
et l'agence littéraire Leonhardt & Høier, Copenhague

ISBN : 978-2-02-041952-9
(ISBN 2-02-031298-0, 1re publication)

© Éditions du Seuil, mars 1999,
pour la traduction française

Pour Jon

C'est en vain que je cherche à faire plier,
à entailler ces barreaux à l'implacable rigidité
– ils ne ploieront pas, ils ne cèderont pas
car c'est en moi que ces barreaux sont scellés
et ce n'est que quand je me briserai
que se briseront les barreaux.

EXTRAIT D'*UN GHAZAL*, DE GUSTAF FRÖDING.

République dominicaine

1978

Prologue

Peu avant l'aube, Pedro Santana fut réveillé par la lampe à pétrole qui fumait.

Il ouvrit les yeux avec la sensation de ne pas savoir où il se trouvait. Il avait été arraché à un rêve dont il ne voulait pas perdre le fil. Il parcourait un étrange paysage montagneux, où l'air était très léger, et il lui semblait que tous ses souvenirs l'abandonnaient. La lampe à pétrole qui fumait s'était immiscée dans sa conscience comme une lointaine odeur de cendre volcanique. Mais il avait soudain entendu un halètement de souffrance. Et son rêve s'était brisé, le contraignant à revenir dans la pièce sombre où il venait de passer six jours et six nuits sans jamais dormir plus de quelques minutes d'affilée.

La lampe à pétrole venait de s'éteindre. Autour de lui, tout n'était qu'obscurité. Il resta assis sans bouger. La nuit était très chaude. La sueur collait à sa chemise. Il s'aperçut qu'il sentait mauvais. Cela faisait longtemps qu'il n'avait plus la force de se laver.

Il entendit à nouveau le halètement. Il se leva avec précaution et avança à tâtons sur le sol de terre battue pour chercher le bidon de pétrole à côté de la porte. En progressant dans le noir, il remarqua qu'il avait dû pleuvoir pendant son sommeil. Le sol était humide sous ses pieds. Il entendit un coq chanter dans le lointain. Il savait que c'était le coq de Ramirez. Dans le village, il était toujours le premier à chanter, avant l'aube. Ce coq était comme un humain impatient. Comme ceux de la ville, qui ont toujours l'air d'avoir tant à faire qu'ils n'ont jamais que le temps d'entretenir leur propre frénésie. Ce n'était pas comme ici au village, où tout allait lentement, au vrai rythme de la vie. Pourquoi les hommes devraient-ils courir alors que les plantes qui les nourrissent poussent si lentement ?

Sa main heurta le bidon. Il retira le morceau de tissu enfoncé dans le goulot et se retourna. Les halètements dans l'obscurité se firent plus irréguliers. Il trouva la lampe, en retira le bouchon et y versa doucement du pétrole. Puis il essaya de se rappeler l'endroit où il avait posé la boîte d'allumettes. Il se souvenait qu'elle était presque vide. Mais il devait rester deux ou trois allumettes. Il reposa le bidon un peu plus loin et chercha par terre avec les mains. Presque aussitôt ses doigts heurtèrent la boîte. Il gratta une allumette, souleva le verre et regarda la mèche s'allumer.

Puis il se retourna. Il fit demi-tour avec une extrême difficulté, car il ne voulait pas voir ce qui l'attendait.

La femme allongée sur le lit allait mourir. C'était ainsi, il le savait à présent, même s'il avait tenté jusqu'au dernier moment de se persuader qu'il s'agissait d'une crise passagère. Sa dernière tentative de fuite avait été dans le rêve. Maintenant, il ne pouvait plus fuir.

Jamais un être humain ne peut échapper à la mort. Que ce soit la sienne, ou celle qui attend un de ses proches.

Il s'accroupit devant le lit. La lampe à pétrole jetait des ombres nerveuses sur les murs. Il regarda le visage de la femme. Elle était encore jeune. Malgré son visage amaigri et creusé, elle était encore belle. *La dernière chose qui abandonnera ma femme, ce sera sa beauté*, se dit-il, en remarquant qu'il avait les larmes aux yeux. Il toucha son front. La fièvre avait encore augmenté.

Il jeta un œil par la fenêtre dont il avait réparé le carreau cassé avec un morceau de carton déchiré. L'aube se faisait attendre. Le coq de Ramirez était encore seul à chanter. *Pourvu que le jour se lève. C'est la nuit qu'elle va mourir. Pas le jour. Pourvu qu'elle ait la force de respirer jusqu'à ce que vienne le matin. Comme ça, elle ne me laissera pas seul tout de suite.*

Soudain, elle ouvrit les yeux. Il lui saisit la main en essayant de sourire.

– Où est le bébé ? lui demanda-t-elle d'une voix si faible qu'il eut de la peine à comprendre ses paroles.

– Il dort chez ma sœur, avec ses enfants, répondit-il. C'est mieux comme ça.

Sa réponse sembla la satisfaire.

– Combien de temps est-ce que j'ai dormi ?

– Des heures et des heures.

– Tu es resté là tout le temps ? Il faut te reposer. Dans quelques jours, je n'aurai plus besoin de rester couchée.

– J'ai dormi. Tu seras bientôt guérie.

Avait-elle remarqué qu'il mentait ? Savait-elle qu'elle ne se relèverait plus jamais de son lit ? Dans leur désarroi, n'étaient-ils pas tous les deux en train de se mentir ? Pour rendre l'inévitable plus facile à supporter ?

– Je suis tellement fatiguée...

– Il faut que tu dormes pour guérir.

Il tourna la tête afin qu'elle ne voie pas qu'il avait tant de mal à se maîtriser.

L'instant d'après, les premières lueurs de l'aube pénétrèrent dans la pièce. Elle était à nouveau inconsciente. Il s'assit par terre, à côté du lit. Il était si fatigué qu'il ne parvenait plus à contrôler ses pensées. Elles allaient et venaient en toute liberté dans sa tête sans qu'il ait le moindre pouvoir sur elles.

Il avait vingt et un ans quand il avait fait la rencontre de Dolores. En compagnie de son frère Juan, il avait parcouru à pied tout le long trajet qui menait à Santiago-de-los-Treinta-Caballeros pour voir le carnaval. Juan, qui était de deux ans son aîné, était déjà venu en ville. Mais pour Pedro, c'était la première fois. Le voyage leur avait pris trois jours. Ils avaient pu monter dans des charrettes à bœufs pour quelques kilomètres de temps en temps. Mais le plus souvent ils avaient marché. Une fois, ils avaient tenté de monter clandestinement dans un bus surchargé qui allait à la ville. Mais on les avait découverts à un arrêt, alors qu'ils escaladaient le toit pour se cacher parmi les valises et les ballots ficelés. Le chauffeur les avait pourchassés en les couvrant d'insultes. Il avait crié qu'il ne devrait pas exister de gens si pauvres qu'ils n'aient même pas de quoi s'acheter un ticket de bus.

– Ils doivent être drôlement riches, ceux qui conduisent les bus, avait dit Pedro tandis qu'ils poursuivaient leur chemin le long de la route poussiéreuse qui serpentait à travers d'interminables plantations de canne à sucre.

– Tu es bête, avait répondu Juan. L'argent des tickets va à celui qui est propriétaire du bus. Pas au chauffeur.

– C'est qui ? demanda Pedro.

– Comment veux-tu que je le sache ? Mais quand on arrivera à la ville, je te montrerai les maisons où ils habitent.

Ils avaient fini par arriver. On était en février, toute la ville vivait dans la violente ivresse du carnaval. Abasourdi, Pedro avait vu tous les habits chatoyants, avec les miroirs étincelants cousus dans les plis des tissus. Les masques de diables ou d'animaux lui avaient fait peur au début. C'était comme si toute la ville se balançait au rythme de milliers de tambours et de guitares. Fort de son expérience, Juan l'avait guidé à travers les rues et les ruelles. La nuit, ils dormaient sur des bancs dans le Parque Duarte. Pedro vivait constamment dans l'angoisse de voir Juan disparaître dans la foule. Il se sentait comme un enfant qui a peur de perdre ses parents de vue. Mais il ne le montrait pas. Il ne voulait pas que Juan se moque de lui.

Et c'est pourtant ce qui arriva. C'était la veille de leur départ, le troisième soir, dans la Calle del Sol, la plus grande rue de la ville. Juan disparut parmi les danseurs déguisés. Ils ne s'étaient pas fixé d'endroit où se retrouver si jamais ils se perdaient. Pedro chercha Juan une bonne partie de la nuit, en vain. A l'aube, il alla s'asseoir près d'une statue de la Plaza de Cultura. Il but à une fontaine pour étancher sa soif. Mais il n'avait pas d'argent pour acheter à manger. Il ne pouvait rien faire d'autre, songea-t-il, que d'essayer de retrouver la route qui menait au village. Dès qu'il serait sorti de la ville, il pourrait se glisser en cachette dans une des nombreuses bananeraies qu'il avait vues et manger à sa faim.

Soudain, il remarqua quelqu'un assis à côté de lui. C'était une fille de son âge. La plus belle fille qu'il ait jamais vue. Quand elle s'aperçut de sa présence, il baissa timidement les yeux. Il la regarda discrètement enlever ses sandales pour masser ses pieds endoloris.

C'est ainsi qu'il rencontra Dolores. Plus tard, ils reparlèrent bien souvent de leur rencontre, rendant grâce à la disparition de Juan dans le tourbillon du carnaval et aux pieds endoloris de Dolores.

Ils s'assirent au bord de la fontaine et entamèrent la conversation.

Dolores était elle aussi de passage en ville. En quête d'un emploi de femme de ménage, elle s'était présentée en vain aux portes de toutes les maisons des quartiers riches. Tout comme Pedro, c'était une enfant de *campesino*, et son village était voisin de celui de Pedro. Ils firent route ensemble pour sortir de la ville, pillèrent des bananiers pour se rassasier, et ils cheminèrent de plus en plus lentement à mesure qu'ils approchaient du village de Dolores.

Deux ans plus tard, en mai, avant l'arrivée de la saison des pluies, ils se marièrent et s'installèrent dans le village de Pedro, où un de ses oncles leur donna une petite maison. Pedro travaillait dans une plantation de canne à sucre, tandis que Dolores cultivait des légumes qu'elle vendait ensuite à des maraîchers de passage. Ils étaient pauvres, mais ils étaient jeunes et heureux.

Une seule chose n'allait pas. Au bout de trois ans, Dolores n'était toujours pas enceinte. Ils évitaient d'en parler. Mais Pedro remarqua que Dolores devenait de plus en plus inquiète. A son insu, elle alla même en cachette voir des *curiositas* à la frontière d'Haïti, pour chercher de l'aide, sans que rien n'y fasse.

Cela dura huit ans. Mais un soir, alors que Pedro rentrait de la plantation, elle vint à sa rencontre pour lui annoncer qu'elle était enceinte. A la fin de leur huitième année de vie commune, Dolores mit une fille au monde. Quand Pedro vit son enfant pour la première fois, il comprit qu'elle avait hérité de la beauté de sa mère. Ce soir-là, Pedro se rendit à l'église du village pour faire don d'un bijou en or que sa propre mère lui avait donné. Il en fit offrande à la Vierge Marie : avec son enfant emmailloté, elle ressemblait à Dolores et à leur fille qui venait de naître. Puis il rentra chez lui, en chantant à tue-tête. Ceux qu'il croisa pensèrent qu'il avait abusé de sirop de canne fermenté.

Dolores dormait. Elle respirait de plus en plus bruyamment, avec des mouvements inquiets.

– Tu ne peux pas mourir, murmura Pedro, qui n'arrivait plus à maîtriser son désespoir. Tu ne peux pas mourir et nous abandonner, ta fille et moi.

Deux heures plus tard, tout était fini. Sa respiration devint un bref instant très calme. Elle ouvrit les yeux et le regarda.

– Il faut que tu baptises notre fille. Il faut que tu la baptises et que tu prennes soin d'elle.

– Tu seras bientôt guérie. Nous irons tous les deux la faire baptiser à l'église.

– Je m'en vais, dit-elle en fermant les yeux.

Et elle mourut.

Deux semaines plus tard, Pedro quittait le village, portant sa fille sur son dos dans un panier. Son frère Juan l'accompagna une partie du trajet.

– Tu es sûr que tu sais ce que tu fais ? demanda-t-il.

– Je ne fais que ce qu'il faut faire, répondit Pedro.

– Pourquoi as-tu besoin d'aller en ville pour baptiser ta fille ? Pourquoi est-ce que tu ne peux pas la faire baptiser ici, au village ? Cette église a très bien convenu, pour toi comme pour moi. Et pour nos parents avant nous.

Pedro s'arrêta et se tourna vers son frère.

– Nous avons attendu un enfant pendant huit ans. Quand notre fille est enfin venue au monde, Dolores est tombée malade. Personne n'a pu l'aider. Aucun médecin, aucun médicament. Elle n'avait pas trente ans. Et il a fallu qu'elle meure. Parce que nous sommes pauvres. Parce que nous sommes frappés par tous les maux de la pauvreté. J'ai rencontré Dolores la fois où tu avais disparu pendant le carnaval. Maintenant, je vais retourner à la grande cathédrale près de la place où nous nous sommes rencontrés. Ma fille sera baptisée dans la plus grande église de ce pays. C'est la moindre des choses que je puisse faire pour Dolores.

Sans attendre la réponse de Juan, il reprit sa route. Quand, tard le soir, il atteignit le village de Dolores, il s'arrêta devant la maison de sa belle-mère. Une fois de plus, il expliqua où il allait. La vieille femme secoua tristement la tête.

– Ta tristesse te rend fou, dit-elle. Pense plutôt que ce n'est pas bon pour ta fille, tout ce long trajet sur ton dos jusqu'à Santiago.

Pedro ne répondit pas. Tôt le lendemain matin, il se remit en route. Pendant tout ce temps, il parlait à l'enfant qui était sur son dos. Il racontait tout ce dont il pouvait se rappeler de Dolores. Quand il n'eut plus rien à dire, il reprit au début.

Il arriva en ville un après-midi. De gros nuages gris s'accumulaient à l'horizon. Devant le grand portail de la cathédrale Santiago Apostol, il s'assit pour attendre. Il observa tous les prêtres vêtus de noir qui passaient devant lui. De temps à autre il donnait à sa fille de la nourriture qu'il avait emportée. Soit il les trouvait trop jeunes, soit ils étaient trop pressés pour mériter de baptiser sa fille. Il attendit de longues heures. Enfin, il vit un vieux prêtre traverser la place à pas lents pour se rendre à la cathédrale. Il se leva, retira son chapeau et tint sa fille devant lui. Le vieux prêtre écouta patiemment son histoire. Puis il hocha la tête.

– Je vais baptiser ta fille. Tu as marché longtemps pour accomplir ce à quoi tu crois. De notre temps, c'est rare. Les gens font rarement de grands trajets guidés par leur foi C'est pour cela que le monde est comme il est.

Pedro suivit le prêtre dans la cathédrale sombre. Il se dit que Dolores était à ses côtés. Son esprit volait autour d'eux et les accompagnait jusqu'au baptistère.

Le vieux prêtre posa sa canne contre un des hauts piliers.

– Comment cette petite fille va-t-elle s'appeler ? demanda-t-il.

– Comme sa mère, répondit Pedro. Elle s'appellera Dolores. Et aussi Maria. Dolores Maria Santana.

Après le baptême, Pedro alla sur la place s'asseoir devant la statue, à l'endroit où, dix ans plus tôt, il avait rencontré Dolores. Sa fille dormait dans son panier. Il se tint immobile, absorbé par ses pensées.

Moi, Pedro Santana, je suis un homme simple. De mes ancêtres, je n'ai hérité que la pauvreté et une misère incessante. Et puis je n'ai même pas pu garder ma femme

Mais je te promets, Dolores, que notre fille aura une autre vie. Je ferai tout pour elle, afin qu'elle ne connaisse pas une vie comme la nôtre. Je te promets que ta fille sera quelqu'un, qu'elle aura une vie longue, heureuse et digne d'être vécue.

Le soir même, Pedro laissa la ville derrière lui. Avec sa fille Dolores Maria, il retourna à son village.

C'était le 9 mai 1978.

Dolores Maria Santana, tant aimée de son père, avait alors huit mois.

Scanie

21-24 juin 1994

1

Dès l'aube, il entama sa transformation.

Il avait tout bien étudié pour réussir. Cela lui prendrait toute la journée, et il ne voulait pas risquer de manquer de temps. Il saisit le premier pinceau et le tint devant lui. Par terre, le magnétophone passait la cassette qu'il avait préparée, avec les tambours. Il regarda son visage dans le miroir. Puis il traça les premiers traits noirs sur son front. Il constata que sa main ne tremblait pas. Il n'était pas nerveux. Pourtant, c'étaient ses premières vraies peintures de guerre. Jusqu'à cet instant précis tout cela n'avait été qu'une sorte de fuite, sa manière à lui de se défendre contre toutes les injustices auxquelles il avait été sans cesse confronté. Mais maintenant, c'était la grande transformation, pour de bon. A chaque trait qu'il se peignait sur le visage, c'était comme un morceau de son ancienne vie qu'il laissait derrière lui. Il n'y avait plus de retour possible. Ce soir même, le temps du jeu serait définitivement révolu, il allait entrer dans la vraie guerre, celle où les gens meurent pour de bon.

La pièce était très fortement éclairée. Il avait soigneusement orienté les miroirs devant lui afin d'éviter qu'ils ne renvoient de la lumière. Dès qu'il était entré, il avait fermé la porte et vérifié une dernière fois qu'il n'avait rien oublié. Mais tout était là, comme prévu. Les pinceaux propres, les godets avec les couleurs, les serviettes et l'eau. Ses armes étaient disposées à côté du petit tour à bois, bien alignées sur un tissu noir. Les trois haches, les couteaux de différentes longueurs, et les bombes aérosol. Avant la nuit, il lui faudrait choisir parmi ces armes, c'était la seule décision qui lui restait à prendre. Il était impossible de les emporter toutes. Cependant il savait que la décision s'imposerait d'elle-même, une fois sa transformation entamée.

Avant de s'asseoir sur le banc pour commencer à se peindre le visage, il passa le bout de ses doigts sur le tranchant des haches et sur la lame des couteaux. Ils n'auraient pas pu être mieux aiguisés. Il ne résista pas à la tentation d'appuyer un peu plus le bout de son doigt sur un des couteaux. Il se mit tout de suite à saigner. Il essuya son doigt et la lame du couteau sur une serviette. Puis il s'assit en face des miroirs.

Les premiers traits devaient être noirs. C'était comme s'il se faisait deux profondes entailles sur le front, comme s'il s'ouvrait le cerveau pour le vider de tous ses souvenirs, de toutes les pensées qui l'avaient accompagné jusqu'à présent, qui l'avaient torturé et humilié. Ensuite, il passerait aux traits rouges et blancs, aux cercles, aux carrés, et, pour finir, aux ornements en forme de serpent sur les joues. De sa peau blanche, on ne verrait plus rien. Il aurait alors enfin achevé sa transformation. Il se réincarnerait sous la forme d'un animal, et il ne parlerait plus jamais comme un être humain. Il se dit qu'il n'hésiterait pas à se couper lui-même la langue si jamais ça devenait nécessaire.

Sa transformation lui prit toute la journée. Il fut prêt vers six heures du soir. Il avait fini par se décider pour la plus grande des trois haches. Il l'enfonça dans l'épaisse ceinture qu'il s'était nouée à la taille. Les deux couteaux y étaient déjà accrochés dans leurs fourreaux. Il jeta un regard circulaire dans la pièce. Il n'avait rien oublié. Les bombes aérosol étaient au fond des poches intérieures de son blouson de cuir.

Il regarda son visage une dernière fois dans le miroir. Il frissonna. Ensuite il mit doucement son casque de moto, éteignit la lumière et quitta la pièce, pieds nus, comme il était venu.

*

A vingt et une heures cinq, Gustaf Wetterstedt baissa le son de la télévision et décrocha le combiné du téléphone pour appeler sa mère. C'était un rituel quotidien. Depuis qu'il avait quitté son poste de ministre de la Justice, et qu'il avait abandonné toute activité politique, voilà plus de vingt-cinq ans, c'était toujours avec déplaisir et dégoût qu'il regardait les actualités télévisées. Il ne pouvait se résoudre à ne plus en être acteur. Pendant les nombreuses années où il avait été ministre, il était une personnalité de premier plan, on le voyait au moins une fois par semaine à la télévision. Il avait veillé à faire enregistrer en vidéo par une secrétaire toutes ses interventions filmées. Les cassettes étaient maintenant rangées dans son bureau où elles occupaient un pan de mur entier. Il lui arrivait de les regarder. Il éprouvait une satisfaction sans cesse renouvelée à constater que, durant sa longue carrière de ministre de la Justice, il n'avait jamais perdu pied devant une question inattendue, voire perfide, d'un journaliste mal intentionné. Il se souvenait encore, avec un profond mépris, de la peur que nombre de ses collègues avaient des journalistes de télévision. Ils s'étaient bien trop souvent mis à bafouiller, s'emmêlant dans des contradictions dont ils n'arrivaient plus à se dépêtrer. Mais lui, personne ne pouvait le piéger. Les journalistes n'avaient jamais eu le dessus. Ils n'étaient jamais parvenus non plus à trouver la moindre piste de son secret.

Il avait allumé la télévision à vingt heures pour voir le résumé de l'actualité au début du journal télévisé. Il

27

baissa le son. Il rapprocha le téléphone et appela sa mère. Elle était encore très jeune quand elle l'avait mis au monde. Elle avait quatre-vingt-quatorze ans maintenant, elle avait toute sa tête, et elle était pleine d'une énergie inutilisée. Elle vivait seule dans un grand appartement au centre de Stockholm. Chaque fois qu'il décrochait le combiné et qu'il composait le numéro, il espérait qu'elle ne répondrait pas. Il avait lui-même plus de soixante-dix ans et commençait à craindre qu'elle ne lui survive. Il n'y avait rien qu'il souhaitât plus que la mort de sa mère. Il serait enfin tout seul. Il n'aurait plus à l'appeler, il aurait vite oublié à quoi elle ressemblait.

Il écouta le téléphone sonner. En attendant, il regardait le présentateur muet. Au bout de la quatrième sonnerie, il commença à espérer qu'elle était enfin morte. Puis il entendit sa voix. Il adoucit la sienne pour lui parler. Il lui demanda comment elle allait, si la journée s'était bien passée. Maintenant qu'il lui fallait bien admettre qu'elle était encore en vie, il voulait mettre fin le plus vite possible à la conversation.

Il raccrocha et resta assis, la main sur le combiné. Elle ne va pas mourir, se dit-il. Elle ne mourra pas, sauf si je la tue.

Il resta assis dans la pièce silencieuse. On n'entendait que le bruit de la mer et une mobylette qui passait dans le voisinage. Il se leva du canapé et se dirigea vers la grande baie vitrée qui donnait sur le rivage. Le coucher de soleil était très beau, très calme. La plage, au bout de son grand jardin, était déserte. Les gens sont devant leur télévision, se dit-il. Autrefois, ils pouvaient me voir prendre les journalistes à la gorge. J'étais ministre de la Justice. J'aurais dû être premier ministre. Mais ça ne s'est jamais fait.

Il tira les lourds rideaux, et vérifia qu'ils étaient bien fermés. Il avait beau essayer de vivre le plus anonymement possible dans cette maison située à l'est d'Ystad, il lui arrivait d'être épié par des curieux. Vingt-cinq ans après sa démission, on ne l'avait pas encore complètement oublié. Il alla dans la cuisine prendre une bouteille Thermos et se versa une tasse de café. Il avait acheté cette Thermos au cours d'une visite officielle en Italie à la fin des années soixante. Il avait le vague souvenir de s'y être rendu pour discuter des mesures à prendre pour empêcher l'extension du terrorisme en Europe. La maison regorgeait de souvenirs de sa vie d'autrefois. Il s'était souvent dit qu'il devrait tout jeter. A la fin, même l'effort de tout jeter lui avait paru inutile.

Il retourna s'asseoir sur le canapé, sa tasse de café à la main. Il éteignit la télévision avec la télécommande. Assis dans l'obscurité, il songea à la journée qui venait de s'écouler. Le matin, il avait eu la visite d'une journaliste d'un grand mensuel, qui faisait un reportage sur les gens célèbres et leur vie de retraités. Pourquoi elle avait voulu le voir, justement lui, il n'était pas arrivé à le savoir. Un photographe l'accompagnait, et ils avaient pris des clichés sur la plage et dans la maison. Il avait décidé à l'avance d'apparaître comme un vieil homme plein de douceur et de tolérance, menant une existence des plus heureuses. Il vivait très isolé pour pouvoir méditer et il avait laissé échapper, avec un détachement feint, qu'il songeait à écrire ses mémoires. La visiteuse, âgée d'une quarantaine d'années, avait été impressionnée, et lui avait manifesté un respect plein de déférence. Il avait ensuite accompagné la journaliste et le photographe à leur voiture, et leur avait fait des signes d'adieu quand ils avaient démarré.

Il constata avec satisfaction qu'il avait évité de dire quoi que ce soit de vrai pendant l'interview. C'était une des rares choses qui l'intéressaient encore. Trahir sans être découvert. Répandre des leurres et des illusions. Ses nombreuses années d'activité politique l'avaient convaincu que la seule chose qui subsiste est le mensonge. La vérité habillée en mensonge, ou le mensonge déguisé en vérité.

Il finit lentement son café. Il se sentait parfaitement bien. Le soir et la nuit étaient les meilleurs moments de la journée. Les moments où les pensées s'estompaient, les pensées qui tournaient autour de tout ce qui avait été, et de ce qu'il avait perdu. Cependant personne n'avait pu lui dérober l'essentiel. Son plus grand secret, celui que personne ne connaissait en dehors de lui.

Parfois, il se voyait comme une image dans un miroir qui aurait été à la fois concave et convexe. Sa personnalité avait la même ambiguïté. Les gens n'en avaient jamais vu que la surface, le juriste habile, le ministre respecté de la Justice, le doux retraité qui se promenait le long de cette plage de Scanie. Personne n'avait deviné qu'il était son propre double. Il avait serré la main de rois et de présidents, il s'était incliné en souriant, tout en pensant en son for intérieur : *si vous saviez qui je suis en réalité et ce que je pense de vous*. Quand il se trouvait devant les caméras de télévision, il avait toujours cette pensée – *si vous saviez qui je suis en réalité et ce que je pense de vous* – à la surface de sa conscience. Mais personne ne l'avait jamais compris. Son secret : sa haine et son mépris pour le parti qu'il représentait, les points de vue qu'il défendait, la plupart des gens qu'il rencontrait. Son secret resterait scellé jusqu'à sa mort. Il avait scruté le monde dans ses moindres recoins, il en avait compris toute la vanité, il avait vu l'insignifiance de l'existence. Mais personne ne savait ce qu'il pensait, et il en serait toujours ainsi. Il n'avait jamais ressenti le besoin de faire partager ce qu'il avait vu, ce qu'il avait compris.

Il ressentait un bien-être croissant à la pensée de ce qui allait se passer. Le lendemain, ses amis viendraient ici juste après vingt et une heures, dans la Mercedes aux vitres teintées. Ils entreraient directement dans son garage, il attendrait ses visiteurs dans la salle de séjour, tous rideaux fermés, exactement comme maintenant. Il remarqua que son impatience grandissait dès qu'il se mettait à imaginer à quoi ressemblerait la fille qu'ils lui livreraient cette fois-ci. Ces derniers temps, il l'avait signalé, il y avait eu trop de blondes. Il y en avait eu aussi de trop vieilles, âgées de plus de vingt ans. Maintenant, il avait envie d'une fille plus jeune, une métisse de préférence. Ses amis attendraient dans la cave, où il avait installé une télévision, pendant qu'il emmènerait la fille dans sa chambre à coucher. Penser au lendemain l'excita et il se leva et se rendit dans son bureau. Avant d'éteindre la lumière, il ferma les rideaux. Il lui sembla un court instant apercevoir une ombre sur la plage. Il retira ses lunettes de soleil et regarda, les yeux mi-clos. Il était arrivé que des promeneurs nocturnes s'attardent juste devant son jardin. Il s'était aussi avéré nécessaire d'appeler la police d'Ystad parce que des jeunes faisaient du tapage autour d'un feu de camp. Il avait de bonnes relations avec la police d'Ystad. Elle venait aussitôt expulser les gêneurs. Jamais il n'aurait imaginé les contacts et les relations que lui avait apportés son poste de ministre de la Justice. Tout d'abord, il avait appris à comprendre la mentalité particulière qui régnait dans la police suédoise. Il s'était méthodiquement employé à se faire des amis aux points stratégiques de la machine juridique suédoise. En outre, tous les contacts qu'il avait pu avoir dans le monde du crime s'étaient également révélés importants. Il existait des criminels intelligents, aussi bien des individus isolés que des dirigeants de gros syndicats du crime, et il s'en était fait des amis. Même si beaucoup de choses avaient changé ces vingt-cinq dernières années, depuis qu'il n'était plus ministre, il tirait toujours un grand profit de ses anciennes relations. En particulier de ses amis qui lui assuraient chaque semaine la visite d'une fille de l'âge souhaité.

L'ombre sur la plage n'avait été qu'une illusion. Il

replaça les rideaux correctement et ouvrit un des tiroirs du bureau qu'il avait hérité de son père, le redouté professeur de droit. Il sortit un dossier à la somptueuse reliure, le posa sur le bureau et l'ouvrit. Lentement, presque avec recueillement, il feuilleta sa collection d'images pornographiques des premières années de la photographie. Son plus vieux cliché était un objet rare, un daguerréotype de 1855 acheté autrefois à Paris. La photo représentait une femme nue qui étreignait un chien. Sa collection était célèbre dans le cercle restreint, mais inconnu du reste du monde, des gens qui partageaient sa passion. Sa collection de photos de Lecadre des années 1890 n'avait pas d'égale, hormis celle que possédait un vieux magnat allemand de la métallurgie. Il feuilleta lentement son album. Il s'attarda plus longtemps sur les photos où les modèles étaient très jeunes et où l'on voyait à leurs yeux qu'elles étaient sous l'emprise de drogues. Il avait souvent regretté de ne pas s'être mis lui-même à la photographie. S'il l'avait fait, il aurait été aujourd'hui en possession d'une collection unique.

Quand il eut parcouru tout l'album, il le remit dans le tiroir qu'il ferma à clé. Ses amis lui avaient juré qu'à sa mort ils proposeraient les photos à un antiquaire de Paris spécialisé dans ce genre de commerce. Le produit de la vente irait ensuite alimenter la fondation pour les jeunes juristes dont la création serait alors annoncée officiellement.

Il éteignit sa lampe de bureau et resta assis dans la pièce obscure. Le bruit de la mer était très lointain. Il lui sembla à nouveau entendre une mobylette qui passait dans le voisinage. Il avait encore du mal à se représenter sa propre mort, bien qu'il eût plus de soixante-dix ans. A deux reprises, lors de voyages aux États-Unis, il avait obtenu, de manière anonyme, la permission d'assister à des exécutions, la première fois sur la chaise électrique, la seconde fois dans une chambre à gaz, technique déjà en désuétude à l'époque. Voir des êtres mis à mort avait été pour lui une expérience étrange, agréable. Mais sa propre mort, il n'arrivait pas à se la représenter. Il alla dans la salle de séjour et se servit un petit verre de liqueur dans le bar. Il était presque minuit. Avant d'aller se coucher, il ne lui restait plus qu'à faire une courte promenade au bord de la mer. Il mit un blouson, enfila une paire de sabots usés et sortit de la maison.

Dehors, le vent était tombé. Sa maison était tellement isolée qu'on ne distinguait même pas les lumières des voisins. Les voitures qui roulaient vers Kåseberga faisaient un grondement sourd. Il suivit le sentier qui traversait son jardin vers la barrière donnant sur la plage. A sa grande irritation, il vit que la lampe du poteau à côté de la barrière ne fonctionnait plus. La plage l'attendait. Il chercha ses clés et ouvrit le portail. Il descendit vers la mer et s'arrêta juste à la limite de l'eau. Il n'y avait pas une vague. Au loin sur l'horizon, il vit les lumières d'un bateau qui se dirigeait vers l'est. Il déboutonna sa braguette et urina dans l'eau tout en continuant à imaginer la visite du lendemain.

Sans avoir rien entendu, il sut aussitôt qu'il y avait quelqu'un derrière lui. Il se figea et sentit la peur le saisir. Puis il se retourna brusquement.

L'homme ressemblait à un animal. Il était en short et torse nu. Saisi d'une terreur hystérique, il regarda son visage. Il n'arrivait pas à se rendre compte s'il était déguisé ou s'il se dissimulait derrière un masque. L'individu avait une hache à la main. La main qui tenait le manche était très petite, l'homme le faisait penser à un nain.

Puis il cria et commença à s'enfuir en courant, vers le portail du jardin.

Il mourut à l'instant précis où le tranchant de la hache coupa son dos en deux parties, juste en dessous des omoplates. Il ne vit pas l'homme qui était peut-être un animal se mettre à genoux et lui faire une entaille au front pour, ensuite, lui arracher d'un coup brusque une grande partie des cheveux et de la peau du crâne.

Minuit venait de sonner.

C'était le mardi 21 juin.

Une mobylette solitaire démarra non loin de là. Le bruit s'estompa aussitôt.

Tout redevint très calme.

2

Le 21 juin, Kurt Wallander quitta le commissariat d'Ystad aux environs de midi. Pour que personne ne remarque son départ, il sortit par la porte du garage. Puis il s'assit dans sa voiture et descendit vers le port. Comme il faisait chaud ce jour-là, il avait laissé sa veste sur la chaise de son bureau. Pour ceux qui le chercheraient dans les prochaines heures, ce serait la preuve qu'il se trouvait encore dans le bâtiment. Wallander se gara près du théâtre. Il se rendit ensuite sur le premier quai et alla s'asseoir sur le banc situé juste devant la cabine peinte en rouge de la Société de sauvetage en mer. Il avait emporté un de ses cahiers. Au moment de commencer, il se rendit compte qu'il n'avait pas pris de quoi écrire. Sous le coup de l'énervement, sa première envie fut de jeter le cahier dans le bassin du port et de tout laisser tomber. Mais c'était impossible : ses collègues ne le lui pardonneraient jamais.

C'étaient eux qui, malgré ses protestations, l'avaient désigné pour prononcer un discours en leur nom à quinze heures, à la réunion d'adieu de Björk, qui quittait le jour même ses fonctions de chef de la police d'Ystad.

Wallander n'avait jamais fait de discours de sa vie. Ce qui s'en rapprochait le plus, c'étaient les innombrables conférences de presse qu'il avait données à l'occasion de ses diverses enquêtes criminelles. Mais comment remerciait-on un chef de la police qui s'en allait ? Quelles raisons pouvait-on avoir de le remercier ? En fin de compte, avait-on un motif quelconque de gratitude à son égard ? Wallander avait plutôt envie de parler de sa propre inquiétude, de son angoisse devant les grandes réorganisations, apparemment dénuées de toute vision à long terme, et les compressions de personnel qui frappaient de plus en plus souvent la police.

Il avait quitté le commissariat pour se concentrer sur ce discours. La veille, il était resté assis dans sa cuisine jusqu'à une heure avancée de la nuit sans arriver à quoi que ce soit. Mais à présent, il ne pouvait plus reculer. Dans trois heures à peine ils se réuniraient pour offrir un cadeau à Björk qui partait dès le lendemain à Malmö prendre son nouveau poste de chef du département régional de l'immigration. Il se leva et suivit le quai jusqu'au café du port. Les bateaux de pêche amarrés au quai tanguaient doucement. Wallander se rappela distraitement que, sept années auparavant, il avait participé au repêchage d'un cadavre dans le bassin du port. Mais il chassa les images qui remontaient du fond de sa mémoire. Pour le moment, seul comptait le discours qu'il allait prononcer en l'honneur de Björk. Une serveuse lui prêta un stylo. Il alla s'asseoir à la terrasse avec sa tasse de café et se força à écrire quelques mots. Quand une heure sonna, il avait rempli une demi-page. Il contempla le résultat d'un œil sombre. Mais il savait qu'il n'arriverait pas à faire mieux. Il fit signe à la serveuse qui revint lui remplir sa tasse.

– L'été se fait attendre, dit Wallander.

– Peut-être qu'il ne va pas venir du tout, répondit la serveuse.

Hormis ce discours impossible à l'intention de Björk, Wallander était de bonne humeur. Dans quelques semaines, il allait partir en vacances. Il avait de nombreuses raisons de s'en réjouir. L'hiver avait été long et fatigant. Il avait grand besoin de repos.

Ils se retrouvèrent tous à quinze heures dans le réfectoire du commissariat, et Wallander prononça son discours en l'honneur de Björk. Puis Svedberg lui remit une canne à pêche toute neuve et Ann-Britt Höglund lui offrit des fleurs. Wallander parvint à redonner un peu de punch à son discours poussif en racontant, sur l'inspiration du moment, quelques-uns des épisodes qu'il avait partagés avec Björk. Il suscita une grande hilarité quand il rappela comment ils étaient tous les deux tombés dans un tas de fumier un jour où un échafaudage s'était effondré. Puis ils burent du café et mangèrent du gâteau. Dans son discours de remerciement, Björk souhaita bonne chance à son successeur. C'était une femme nommée Lisa Holgersson, actuellement en poste dans un des districts les plus importants de la région du Småland. Elle prendrait ses fonctions à la rentrée. Hansson assurerait l'intérim pendant l'été. Après la fin de la cérémonie, Martinsson vint frapper à la porte entrouverte du bureau de Wallander.

– C'était un beau discours. J'ignorais que tu avais ce don.

– Je n'ai pas ce don. C'était un très mauvais discours. Tu le sais aussi bien que moi.

Martinsson s'assit précautionneusement dans le fauteuil délabré de Wallander.

– Je me demande comment ça va se passer avec une femme comme chef.

– Pourquoi ça ne se passerait pas bien ? répondit Wallander. Demande-toi plutôt ce qui va se passer avec toutes ces réductions de personnel.

– C'est justement à ce sujet-là que je viens te voir. Des bruits courent selon lesquels on va réduire le personnel de surveillance à Ystad les nuits de samedi à dimanche et de dimanche à lundi.

Wallander regarda Martinsson d'un air sceptique.

– Mais ça ne peut pas marcher, c'est évident ! Qui va garder les prisonniers éventuels ?

– D'après les bruits qui courent, on sous-traiterait à des sociétés privées de gardiennage.

Wallander regarda Martinsson d'un air interrogateur.

– De gardiennage ?

– C'est ce que j'ai entendu dire.

Wallander secoua la tête. Martinsson se leva.

– Il fallait que tu sois au courant. Tu comprends ce qui est en train d'arriver à la police ?

– Non, dit Wallander. Et interprète ça comme une réponse sincère et définitive.

Martinsson s'attarda dans la pièce.

– Il y a autre chose ?

Martinsson sortit un papier de sa poche.

– Comme tu le sais, la Coupe du monde de football vient de commencer. 2-2 contre le Cameroun. Tu avais parié 5-0 pour le Cameroun. Avec ce résultat, tu te retrouves le dernier.

– Comment est-ce qu'on peut être dernier ? On parie juste ou faux, non ?

– Nous faisons des statistiques qui permettent de nous situer les uns par rapport aux autres.

– Grands dieux ! Mais à quoi ça va servir ?

– Le seul à avoir parié 2-2, c'est un gardien de la paix, dit Martinsson en éludant la question de Wallander. Maintenant, il s'agit du prochain match. Suède-Russie.

Le football n'intéressait absolument pas Wallander. En revanche, il lui était arrivé d'aller voir jouer l'équipe de handball d'Ystad, qui avait compté par intermittence parmi les meilleures équipes suédoises. Ces derniers temps, il avait constaté que tout le pays semblait concentrer toute son attention sur une seule et même chose : la Coupe du monde de football. Impossible d'allumer la télévision ou d'ouvrir un journal sans tomber sur des discussions interminables sur les chances de la Suède. En même temps, il ne pouvait décemment pas refuser de participer au loto sportif interne à la police. On aurait interprété cela comme de l'arrogance. Il sortit son porte-feuille.

– Combien ça coûte ?

– Cent couronnes. Comme la dernière fois.

Il tendit le billet à Martinsson qui cocha sa liste.

– Alors, je dois parier un score ?

– Suède contre Russie. Qu'est-ce que ça va donner ?

– 4-4, dit Wallander.

– C'est très rare qu'il y ait autant de buts dans un match de football, dit Martinsson avec étonnement. On dirait plutôt un résultat de match de hockey.

– Alors, disons 3-1 pour la Russie. Ça va ?

Martinsson nota.

– Peut-être qu'on pourrait voir pour le match contre le Brésil pendant qu'on y est, poursuivit Martinsson.

– 3-0 pour le Brésil, dit Wallander rapidement.

– Tu n'attends pas grand-chose de la Suède.

– En tout cas, pas quand il s'agit de football, répondit Wallander en lui tendant un second billet de cent couronnes.

Après le départ de Martinsson, Wallander réfléchit à ce qu'il venait d'entendre. Mais il chassa ces pensées avec irritation. Il avait bien le temps d'apprendre les nouvelles. Il était seize heures trente. Il prit un dossier qui contenait les éléments de l'enquête sur un trafic organisé de voitures volées en direction des pays de l'Est. Cela faisait plusieurs mois qu'il était dessus. Jusqu'à présent, la police n'avait mis la main que sur des fragments du réseau. Il avait le sentiment que cette enquête allait le poursuivre encore de nombreux mois. Pendant ses congés, c'est Svedberg qui prendrait le relais et il ne se passerait pas grand-chose.

Ann-Britt Höglund frappa à la porte et entra. Elle avait une casquette noire de base-ball sur la tête.

– A quoi tu trouves que je ressemble ? demanda-t-elle.

– A une touriste, répondit Wallander.

– Les nouveaux chapeaux des uniformes de police vont ressembler à ça. Imagine le mot « Police » au-dessus de la visière. J'ai vu des photos.

– Je ne mettrai jamais un tel machin sur ma tête. Réjouissons-nous de ne plus avoir à porter l'uniforme.

– Peut-être découvrirons-nous un jour que Björk était un très bon chef. Il était bien, ton discours.

– Je sais parfaitement que mon discours n'était pas bien, répondit Wallander, qui commençait à s'énerver. Mais les responsables, c'est vous, qui avez eu assez peu de jugeote pour me désigner.

Ann-Britt Höglund resta à regarder par la fenêtre. Wallander se fit la réflexion qu'en très peu de temps elle avait justifié la réputation qui l'avait précédée avant son arrivée à Ystad, l'année précédente. A l'École supérieure de police, elle avait montré de grandes dispositions pour le travail de policier, dispositions qui s'étaient confirmées par la suite. Elle avait pu combler en partie le vide qu'avait laissé la mort de Rydberg, quelques années auparavant. Rydberg était le policier qui avait appris à Wallander presque tout ce qu'il savait. C'est pourquoi il se sentait investi de la responsabilité de guider Ann-Britt Höglund à son tour.

– Comment ça marche pour les voitures ? demanda-t-elle.

– On les vole. Cette organisation semble avoir des ramifications incroyables.

– On va arriver à les coincer ?

– On va démanteler tout le réseau. Tôt ou tard. Puis il y aura une accalmie pendant quelques mois. Et ça recommencera.

– Mais ça ne s'arrêtera jamais ?

– Jamais. Ystad se trouve idéalement située. A deux cents kilomètres d'ici, de l'autre côté de la mer, un nombre infini de gens veut posséder ce que nous avons. Le seul problème, c'est qu'ils n'ont pas d'argent pour payer

– Je me demande quelle quantité d'objets volés traverse sur chaque ferry, dit-elle pensivement.

– Il vaut mieux ne pas le savoir, répondit Wallander.

Ils sortirent chercher du café. Ann-Britt Höglund serait en vacances dès la fin de la semaine. Wallander avait cru comprendre qu'elle passerait ses congés à Ystad, puisque son mari, organisateur de voyages dans le monde entier, se trouvait actuellement en Arabie saoudite.

– Et toi, qu'est-ce que tu vas faire ? demanda-t-elle quand ils commencèrent à parler de leurs vacances.

– Je vais à Skagen, dit Wallander.

– Avec la femme de Riga ? demanda Ann-Britt Höglund en souriant.

Wallander fronça les sourcils.

– Comment la connais-tu ?

– Mais tout le monde la connaît. Tu ne savais pas ? Disons que c'est le résultat d'une enquête interne et permanente, entre policiers.

Wallander était sincèrement surpris. Il n'avait jamais parlé à quiconque de Baiba, qu'il avait rencontrée au cours d'une enquête criminelle quelques années auparavant. C'était la veuve d'un policier letton qui avait été tué. Elle était venue à Ystad pour Noël. Wallander avait profité des congés de Pâques pour lui rendre visite à Riga. Mais il n'avait jamais parlé d'elle. Il ne l'avait jamais présentée à aucun de ses collègues.

Il se demanda subitement pourquoi il ne l'avait pas fait. Même si leur relation restait fragile, elle l'avait sauvé de la mélancolie qui l'avait frappé après sa séparation d'avec Mona.

– Oui, dit-il. Nous allons ensemble au Danemark. Ensuite, je vais passer le reste de l'été à m'occuper de mon père.

– Et Linda ?

– Elle m'a téléphoné il y a une semaine pour m'annoncer qu'elle s'était inscrite à un stage de théâtre à Visby.

– Je croyais qu'elle voulait être décoratrice de meubles ?

– Je le croyais aussi. Mais maintenant elle s'est mis en tête de monter une pièce de théâtre avec une amie.

– Mais ça a l'air très intéressant.

Wallander hocha une tête sceptique.

– J'espère qu'elle viendra au mois de juillet. Ça fait longtemps que je ne l'ai pas vue.

Ils se quittèrent devant la porte du bureau de Wallander.

– Viens me voir cet été, dit-elle. Avec ou sans la femme de Riga. Avec ou sans fille.

– Elle s'appelle Baiba, dit Wallander.

Il promit de lui rendre visite.

Après la conversation avec Ann-Britt, il se pencha pendant une bonne heure sur son tas de papiers. Il appela deux fois en vain la police de Göteborg pour tenter de joindre un commissaire qui travaillait sur la même enquête. A dix-sept heures quarante-cinq, il referma ses dossiers et se leva. Il avait décidé de dîner au restaurant ce soir. Il palpa son ventre : il continuait à perdre du poids.

Baiba s'était plainte de son embonpoint. Du coup, il n'avait plus eu aucun problème pour manger moins. Il s'était même forcé à enfiler un survêtement pour aller courir, même s'il trouvait ça ennuyeux.

Il enfila sa veste et décida d'écrire le soir même à Baiba. Au moment où il sortait de son bureau, la sonnerie du téléphone retentit. Il hésita un instant à laisser sonner.

Puis il retourna à son bureau et décrocha.

C'était Martinsson.

– Bien, ton discours, dit Martinsson. Björk avait l'air sincèrement touché.

– Tu me l'as déjà dit. Qu'est-ce que tu veux ? J'allais justement rentrer chez moi.

– Je viens d'avoir un appel un peu bizarre. Je me suis dit qu'il fallait qu'on voie ça ensemble.

Wallander attendit la suite avec une impatience grandissante.

– C'était un agriculteur qui téléphonait d'une ferme dans les environs de Marsvinsholm. Il prétendait qu'une femme se comportait de façon bizarre dans son champ de colza.

– C'est tout ?

– Oui.

– Une femme qui se comportait de façon bizarre dans un champ de colza ? Qu'est-ce qu'elle faisait ?

– Si j'ai bien compris, elle ne faisait rien. Ce qui était bizarre, c'est seulement qu'elle se trouvait dans le colza.

Wallander n'eut pas besoin de réfléchir pour répondre.

– Envoyez une patrouille. C'est de son ressort.

– Le problème, c'est qu'ils sont tous occupés en ce moment. Il y a eu deux accidents presque en même temps. Un à l'entrée de Svarte. L'autre devant le Continental.

– Graves ?

– Pas de grands dégâts corporels. Mais ça provoque un gros désordre.

– Ils devraient pouvoir faire un tour à Marsvinsholm quand ils auront le temps.

– Cet agriculteur avait l'air inquiet. Je ne peux pas t'en dire plus. Si je n'avais pas mes enfants à aller chercher, je m'y serais rendu moi-même.

– J'y vais, dit Wallander. On se retrouve dans le couloir, et tu m'indiques son nom et le trajet.

Quelques minutes plus tard, Wallander sortit en voiture du parking du commissariat de police. Il tourna à gauche et obliqua sur la rocade en direction de Malmö. Il avait posé le papier que Martinsson lui avait donné sur le siège du passager. L'agriculteur s'appelait Salomonsson, Wallander connaissait le trajet.

Une fois sur la E 65, il baissa la vitre. Les champs de

43

colza jaune ondulaient des deux côtés de la route. Il n'avait pas souvenir de s'être jamais senti aussi bien qu'en cet instant. Il mit une cassette des *Noces de Figaro*, avec Barbara Hendricks dans le rôle de Suzanne, et pensa à Baiba, qu'il allait bientôt retrouver à Copenhague. Arrivé à la sortie en direction de Marsvinsholm, il tourna à gauche, dépassa le château et sa chapelle, et prit une nouvelle fois à gauche. Il jeta un œil sur le plan de Martinsson et s'engagea sur une route étroite qui menait droit dans les champs. Au loin, il distinguait la mer.

La maison de Salomonsson, une vieille ferme de Scanie bien entretenue, était toute en longueur. Wallander descendit de la voiture et regarda autour de lui. Des champs jaunes de colza de tous côtés. Au même moment, la porte s'ouvrit.

L'homme qui se tenait sur le perron était très vieux. Il avait une paire de jumelles à la main. Peut-être avait-il imaginé tout ça ? Trop souvent, des vieux isolés en pleine campagne et victimes de leur propre imagination téléphonaient à la police. Il se dirigea vers lui et le salua.

– Kurt Wallander, de la police d'Ystad.

L'homme sur le perron n'était pas rasé et avait une paire de sabots usés aux pieds.

– Edvin Salomonsson, dit l'homme en tendant sa main décharnée.

– Racontez-moi ce qui s'est passé.

L'homme montra du doigt le champ de colza à droite de la maison.

– C'est ce matin que je l'ai découverte. Je me lève tôt. Elle était déjà là à cinq heures. Au début, j'ai cru que c'était une biche. Puis j'ai vu dans mes jumelles que c'était une femme.

– Qu'est-ce qu'elle faisait ?

– Elle restait là.

– Rien d'autre.

– Elle restait là, le regard fixe.

44

– Le regard fixé sur quoi ?

– Comment est-ce que je pourrais le savoir ?

Wallander soupira. Selon toute vraisemblance, le vieil homme avait vu une biche. Ensuite son imagination avait pris le dessus.

– Vous ne savez pas qui c'est ?

– Je ne l'ai jamais vue avant. Si j'avais su qui c'était, je n'aurais pas appelé la police, hein ?

Wallander hocha la tête.

– Vous l'avez vue ce matin de bonne heure. Mais vous n'avez appelé la police que tard dans l'après-midi ?

– On n'a pas envie de déranger pour rien. La police doit avoir tellement de choses à faire.

– Vous l'avez vue avec vos jumelles. Elle se trouvait dans le champ de colza, et vous ne l'aviez jamais vue auparavant. Qu'est-ce que vous avez fait ensuite ?

– Je me suis habillé et je suis sorti lui dire de s'en aller. Ben oui, elle piétine le colza.

– Que s'est-il passé alors ?

– Elle s'est enfuie en courant.

– En courant ?

– Elle s'est cachée dans le colza. Elle s'est accroupie, ce qui m'a empêché de la voir. Au début, j'ai cru qu'elle s'en était allée. Puis je l'ai revue dans mes jumelles. Ça a été la même chose plusieurs fois de suite A la fin, j'en ai eu assez et je vous ai appelés.

– Quand l'avez-vous vue pour la dernière fois ?

– Juste avant de téléphoner.

– Et qu'est-ce qu'elle faisait ?

– Elle restait là, le regard fixe.

Wallander jeta un œil vers le champ. Il ne voyait rien d'autre que le colza qui ondulait.

– Le policier avec lequel vous avez parlé m'a dit que vous aviez l'air inquiet, dit Wallander.

– Qu'est-ce que quelqu'un comme ça peut bien faire

dans un champ de colza ? Il doit y avoir quelque chose qui ne va pas

Wallander décida de mettre fin à cette conversation le plus vite possible. Il était évident que le vieil homme avait imaginé toute cette histoire. Il lui faudrait l'aide sociale le lendemain.

– Je crains de ne pas pouvoir faire grand-chose, dit Wallander. Elle a déjà disparu. En tout cas, il n'y a pas de quoi s'inquiéter.

– Elle n'a pas disparu du tout, dit le fermier. Je la vois maintenant.

Wallander se retourna. Il suivit le doigt pointé de Salomonsson.

La femme se trouvait dans le champ de colza, à environ trente mètres. Elle avait les cheveux très sombres. Ils contrastaient fortement avec le colza jaune.

– Je vais lui parler, dit Wallander. Attendez ici.

Il sortit une paire de bottes du coffre de sa voiture. Puis il se dirigea vers le champ de colza avec un sentiment d'irréalité. La femme restait immobile et le regardait. Arrivé plus près, il vit que non seulement elle avait de longs cheveux noirs, mais que sa peau aussi était sombre. Il s'arrêta à la limite du champ. Il leva la main et essaya de lui faire signe de venir. Elle restait totalement immobile. Bien qu'elle fût encore loin de lui, et que le colza qui ondulait dissimulât de temps en temps son visage, il devina qu'elle était très belle. Il lui cria de venir vers lui. Comme elle ne bougeait toujours pas, il fit un premier pas dans le champ. Elle disparut aussitôt. Cela se passa si vite qu'il se la représenta comme un animal aux aguets. En même temps, cela l'irrita. Il continua à avancer dans le colza en regardant de tous les côtés. Quand elle réapparut, elle se dirigeait vers le coin est du champ. Pour qu'elle ne lui échappe pas, il se mit à courir. Elle courait très vite, il commença à perdre haleine. Quand il l'eut approchée de vingt mètres, ils se trouvaient en plein milieu du champ de colza. Il lui cria d'arrêter.

– Police ! hurla-t-il. Ne bougez plus !

Il fit quelques pas vers elle. Puis il s'arrêta net. Tout allait maintenant beaucoup trop vite. Elle leva brusquement un bidon en plastique au-dessus de sa tête et se versa un liquide incolore sur les cheveux, le visage et le corps. Il songea qu'elle avait dû porter ce bidon tout le temps. Et qu'elle était terrifiée. Ses yeux étaient exorbités, elle le fixait du regard.

– Police ! cria-t-il à nouveau. Je veux juste te parler.

Au même instant, une odeur d'essence lui parvint aux narines. Soudain, elle brandit un briquet allumé et le porta à ses cheveux. Wallander poussa un cri au moment même où elle s'enflammait comme une torche. Tétanisé, il la vit vaciller dans le champ tandis que le feu crépitait et courait le long de son corps. Wallander pouvait s'entendre lui-même crier. Mais la femme qui brûlait ne disait mot. Par la suite, il ne put se rappeler l'avoir entendue crier.

Quand il tenta de se précipiter vers elle, tout le champ de colza s'enflamma d'un seul coup. Il fut soudain entouré de fumée et de flammes. Protégeant son visage de ses mains, il se mit à courir, sans savoir dans quelle direction. Quand il atteignit le bord du champ, il tomba dans le fossé. Il se retourna et l'aperçut une dernière fois avant qu'elle ne s'effondre et disparaisse de son champ de vision. Ses bras étaient tendus, comme si elle avait imploré la pitié sous la menace d'une arme.

Le champ de colza était en feu.

Quelque part derrière lui, il pouvait entendre Salomonsson hurler.

Wallander se releva, les jambes chancelantes.

Puis il se détourna pour vomir.

3

Plus tard, Wallander se souviendrait de la fille qui avait brûlé dans le champ de colza comme on se souvient avec une extrême réticence d'un cauchemar lointain qu'on préférerait oublier. Même s'il conserva jusqu'à une heure avancée de la nuit un calme apparent, il ne put ensuite se rappeler que des détails sans importance. Cette impassibilité avait surpris Martinsson, Hansson, et tout particulièrement Ann-Britt Höglund. Mais ils n'avaient pas pu traverser ce bouclier qu'il avait dressé devant lui. Il régnait en son for intérieur une dévastation semblable à celle qui règne dans une maison qui vient de s'effondrer.

Il fut de retour dans son appartement un peu après deux heures du matin. Et ce n'est qu'à ce moment-là, une fois assis dans son canapé, sans même avoir retiré ses habits noircis et ses bottes boueuses, que le bouclier se brisa. Il s'était versé un verre de whisky, les portes-fenêtres ouvertes laissaient entrer l'air de cette nuit d'été, et il se mit à pleurer comme un enfant.

Cette fille qui s'était immolée par le feu avait aussi été un enfant. Elle lui avait fait penser à sa propre fille, Linda.

Au cours de toutes ces années passées dans la police, il avait développé une grande capacité à affronter tout ce qui pouvait l'attendre là où quelqu'un avait trouvé une mort brutale et soudaine. Il avait vu des hommes qui s'étaient pendus, qui s'étaient enfoncé des canons de fusil dans la bouche, qui s'étaient pulvérisés. D'une certaine manière, il avait appris à supporter ce qu'il voyait, et à l'évacuer ensuite. Mais quand des enfants ou des jeunes gens étaient concernés, ça ne fonctionnait pas. Il était aussi vulnérable qu'à ses débuts dans la police. La majorité des policiers réagissait de la même manière, il le savait. Quand des enfants ou des jeunes gens mouraient brutalement, de manière absurde, l'armure façonnée par l'habitude craquait. Et il en serait ainsi tant qu'il travaillerait dans la police.

Mais quand le bouclier se brisa, il avait déjà derrière lui la phase initiale de l'enquête, qui avait été menée de façon exemplaire. Avec des restes de vomi autour de la bouche, il se précipita vers Salomonsson, qui regardait sans y croire son champ de colza en feu, pour lui demander où était le téléphone. Comme le fermier semblait ne pas comprendre le sens de sa question, il le bouscula et entra dans la maison. Il y régnait l'odeur aigre d'un vieil homme qui ne se lave pas. Il trouva le téléphone dans l'entrée et composa le numéro d'urgence, le 90 000. A la standardiste qui prit l'appel il décrivit ce qui s'était passé avec un calme parfait et demanda tout le personnel disponible. Les flammes du champ embrasé illuminaient les vitres comme si des projecteurs puissants avaient assuré l'éclairage en ce soir d'été. Il téléphona à Martinsson, et tomba d'abord sur sa fille aînée, puis sur sa femme qui partirent chercher Martinsson dans le jardin où il tondait sa pelouse. Aussi brièvement que possible, il expliqua les faits et demanda à Martinsson d'appeler Hansson et Ann-Britt Höglund. Puis il alla dans la cuisine se rincer le visage au robinet. Quand il ressortit, Salomonsson était toujours au même endroit, immobile, comme assommé par le spectacle incompréhensible qui se déroulait sous ses yeux. Une voiture arriva avec les voisins les plus proches. Mais Wallander leur hurla de rester à distance. Il ne les autorisa même pas à s'approcher de Salomonsson. Il entendit les sirènes des pompiers dans le lointain, c'étaient toujours eux qui arrivaient les premiers. Tout de suite après suivirent deux voitures de police et une ambulance. Le chef des pompiers était Peter Edler, un homme en qui Wallander avait confiance.

– Qu'est-ce qui se passe ? demanda-t-il.

– Je t'expliquerai plus tard, dit Wallander. Mais ne marchez pas là-bas dans le champ. Il y a un mort.

– La maison n'est pas menacée, dit Edler. Ce que nous pouvons faire, c'est circonscrire le feu.

Puis il se tourna vers Salomonsson pour lui demander de quelle largeur étaient les chemins charretiers et les fossés qui séparaient les champs. Pendant ce temps, un des ambulanciers s'approcha de Wallander. Il le connaissait de vue, sans arriver à se rappeler son nom.

– Y a-t-il des blessés ? demanda-t-il.

Wallander secoua la tête.

– Seulement une morte. Elle est dans le champ.

– Alors il nous faut un véhicule de la morgue. Qu'est-ce qui s'est passé ?

Wallander ne prit pas le temps de répondre. Il se tourna vers Norén, celui des policiers qu'il connaissait le mieux.

– Il y a une femme morte là-bas, dans le champ. Tant que le feu n'est pas éteint, nous ne pouvons rien faire d'autre que d'interdire l'accès au champ.

Norén acquiesça.

– C'est un accident ? demanda-t-il.

– Ça ressemble plutôt à un suicide, répondit Wallander.

Quelques minutes plus tard, à peu près au moment où Martinsson arrivait, Norén lui tendit un gobelet en carton rempli de café. Wallander regarda sa main en se demandant par quel miracle elle ne tremblait pas. L'instant d'après, Hansson et Ann-Britt Höglund arrivèrent en voiture, et il raconta à ses collègues ce qui s'était passé.

A plusieurs reprises, il utilisa la même expression : *elle brûlait comme une torche.*

– Mais c'est épouvantable ! dit Ann-Britt Höglund.

– C'était même bien pire que ça, dit Wallander. Ne rien pouvoir faire du tout. J'espère qu'aucun d'entre vous n'aura à vivre ça un jour.

Ils regardèrent en silence les pompiers qui travaillaient à circonscrire le feu. Il y avait déjà un grand nombre de curieux rassemblés, mais les policiers les maintenaient à distance.

– A quoi ressemblait-elle ? demanda Martinsson. Tu l'as vue de près ?

Wallander hocha la tête.

– Quelqu'un devrait aller parler au vieux, dit-il. Il s'appelle Salomonsson.

Hansson emmena le fermier dans la cuisine. Ann-Britt Höglund alla voir Peter Edler. Le feu commençait à faiblir. Elle annonça en revenant que tout serait fini dans quelques instants.

– Le colza brûle vite, dit-elle. Et la terre est humide. Il a plu hier.

– Elle était jeune, dit Wallander, les cheveux noirs, et la peau foncée. Elle avait un coupe-vent jaune. Il me semble qu'elle portait un jean. Ce qu'elle avait aux pieds, je n'en sais rien. Et elle était terrorisée.

– De quoi avait-elle peur ? demanda Martinsson.

Wallander réfléchit un instant avant de répondre.

– Elle avait peur de moi. Je n'en suis pas tout à fait certain, mais il m'a semblé aussi qu'elle a eu encore plus peur quand je lui ai crié que j'étais de la police et qu'il fallait qu'elle s'arrête. Autrement, ce qui lui faisait peur, je n'en sais rien.

– Et donc elle a compris ce que tu disais ?

– En tout cas, elle a compris le mot police. Ça, j'en suis sûr.

Il ne restait plus maintenant de l'incendie qu'une épaisse fumée.

– Il n'y avait personne d'autre là-bas, dans le champ ?

dit Ann-Britt Höglund. Tu es sûr qu'elle était toute seule ?

– Non, dit Wallander. Je n'en suis pas sûr du tout. Mais je n'ai vu personne en dehors d'elle.

Ils restèrent silencieux, réfléchissant à ce qu'il venait de dire.

Qui était-elle, pensait Wallander. D'où venait-elle ? Pourquoi s'était-elle immolée par le feu ? Si elle voulait mourir, pourquoi avait-elle décidé de s'infliger pareilles souffrances ?

Hansson revint de la cuisine où il avait discuté avec Salomonsson.

– On devrait faire comme en Amérique. On devrait avoir du menthol à se passer sous le nez. Qu'est-ce que ça peut puer, là-dedans ! Les vieux ne devraient pas survivre à leurs femmes.

– Demande à un des ambulanciers de parler avec lui pour voir comment il va, dit Wallander. Il a dû être secoué.

Martinsson partit donner les consignes. Peter Edler retira son casque et s'installa à côté de Wallander.

– Ce sera bientôt fini, dit-il. Mais je vais quand même laisser une voiture ici cette nuit.

– Quand pourrons-nous aller dans le champ ? demanda Wallander.

– Dans moins d'une heure. La fumée va rester dans l'air encore un moment. Mais le sol commence déjà à refroidir.

Wallander emmena Peter Edler un peu à l'écart.

– Qu'est-ce que je risque de voir ? demanda-t-il. Elle s'est versé un bidon de cinq litres d'essence sur elle. Et vu la manière dont tout a explosé, elle devait en avoir versé encore plus autour d'elle.

– Ce ne sera pas bien beau, répondit Edler franchement. Il ne va pas en rester grand-chose.

– Quoi qu'il en soit, nous savons que c'est un suicide,

52

dit Hansson. Nous avons le meilleur des témoins possibles : un policier.

– Qu'a dit Salomonsson ?

– Qu'il ne l'avait jamais vue avant qu'elle ne fasse son apparition là-bas à cinq heures du matin. Il dit la vérité.

– En d'autres termes, nous ne savons pas qui elle est, dit Wallander. Et nous ne savons pas non plus ce qu'elle fuyait.

Hansson le regarda avec étonnement.

– Et pourquoi aurait-elle fui ? demanda-t-il.

– Elle avait peur, dit Wallander. Elle s'est cachée dans un champ de colza. Et quand un policier est arrivé, elle a décidé de s'immoler par le feu.

– Nous ne savons rien de ce qu'elle pensait, dit Hansson. Tu t'es peut-être imaginé qu'elle avait peur.

– Non, dit Wallander. J'ai vu la peur assez souvent pour savoir à quoi elle ressemble.

Un des ambulanciers se dirigea vers eux.

– Nous emmenons le vieux avec nous à l'hôpital. Il ne va pas bien.

Wallander acquiesça.

La voiture des experts de la police arriva aussitôt après. Wallander tenta de repérer dans la fumée l'endroit où se trouvait le cadavre.

– Tu devrais peut-être rentrer chez toi, dit Ann-Britt Höglund. Tu en as vu assez pour ce soir.

– Non, répondit Wallander. Je reste.

Il était huit heures et demie quand la fumée fut dissipée et que Peter Edler leur annonça qu'ils pouvaient pénétrer dans le champ et commencer leur enquête. Bien qu'il fît clair en cette soirée d'été, Wallander avait réclamé des projecteurs.

– Il peut y avoir là-bas autre chose qu'une morte, dit Wallander. Faites attention où vous mettez les pieds. Tous ceux qui n'ont rien de précis à faire là-bas doivent rester à distance.

Il entra seul dans le champ. Les autres restèrent derrière lui à le regarder. Il redoutait ce qu'il allait voir, et il avait peur que le nœud qu'il sentait dans son ventre ne le paralyse.

Il se dirigea droit vers elle. Elle était figée dans la position suppliante qu'il lui avait vue avant qu'elle meure, entourée de flammes crépitantes. Ses cheveux et son visage, ses vêtements avaient été emportés par le feu. Tout ce qui restait, c'était un corps noir calciné qui irradiait encore la peur et l'abandon. Wallander fit demi-tour et franchit le terrain brûlé dans l'autre sens. Un court instant, il eut peur de s'évanouir.

Les experts en criminologie entamèrent leur travail à la lueur des projecteurs, devant lesquels les papillons de nuit s'agglutinaient. Hansson avait ouvert la fenêtre de la cuisine de Salomonsson pour en évacuer l'odeur de renfermé et de vieux. Ils sortirent les chaises et s'installèrent autour de la table de la cuisine. Ann-Britt Höglund suggéra de faire du café sur la cuisinière antique de Salomonsson.

– Il n'y a que du café à faire bouillir, dit-elle après avoir regardé dans tous les tiroirs et les armoires. Ça ira ?

– Ça ira, répondit Wallander. Du moment que c'est fort.

Une horloge ancienne était accrochée au mur, à côté des vieux placards de cuisine. Elle était arrêtée. Wallander avait vu une horloge semblable auparavant, à Riga, chez Baiba. Sur celle-là aussi, les deux aiguilles étaient immobiles. Il y a quelque chose qui s'arrête d'un seul coup, se dit-il. Comme si les aiguilles tentaient d'exorciser les événements qui ne s'étaient pas encore produits en arrêtant le temps. Le mari de Baiba avait été exécuté par une nuit glacée dans le port de Riga. Une jeune fille seule apparaît comme une naufragée dans une mer de colza et fait ses adieux à la vie en s'exposant à la pire douleur qu'on puisse s'infliger.

Elle s'était brûlée elle-même, comme si elle avait été son propre ennemi. Ce n'était pas à lui, le policier qui agitait les bras, qu'elle voulait échapper.

C'était à elle-même.

Le silence qui régnait autour de la table le tira brusquement de ses pensées. Ils le regardaient et attendaient qu'il prenne une initiative. A travers la fenêtre, il apercevait les criminologues qui rampaient autour du corps à la lueur des projecteurs. Un flash crépita, bientôt suivi d'un autre.

– Quelqu'un a appelé la morgue ? demanda Hansson, brusquement.

Pour Wallander, ce fut comme si on avait frappé à coups de massue sur ses tympans. La question simple et concrète de Hansson le ramena à la réalité à laquelle il aurait voulu échapper.

Les images défilèrent dans un halo devant son front, à travers les parties les plus vulnérables de son cerveau. Il roule dans le bel été suédois. La voix de Barbara Hendricks est puissante et claire. Puis il voit une jeune fille se cacher comme un animal inquiet au beau milieu d'un profond champ de colza. La catastrophe surgit de nulle part. Quelque chose se passe qui ne devrait jamais se passer.

Le véhicule de la morgue est en route, il vient emporter l'été lui-même.

– Prytz sait ce qu'il a à faire, dit Martinsson, et Wallander se souvint alors que c'était le nom de l'ambulancier, ce nom qui ne lui était pas revenu.

Il comprit qu'il fallait qu'il dise quelque chose.

– Qu'est-ce que nous savons ? commença-t-il en hésitant, comme si chaque mot lui opposait une résistance. Un vieil agriculteur matinal, et solitaire, découvre une inconnue dans son champ de colza. Il essaie de l'appeler, de la faire partir : il ne veut pas que son colza soit piétiné. Elle se cache pour revenir ensuite, à plusieurs reprises. Il nous appelle tard dans l'après-midi. Je prends ma voiture pour venir ici puisque nos patrouilles sont occupées par des accidents de voitures. Honnêtement, j'ai du mal à le prendre au sérieux. Je décide de m'en aller et de prévenir l'assistante sociale, car Salomonsson me donne l'impression de ne plus avoir toute sa tête. Puis la femme réapparaît d'un seul coup dans le colza. J'essaie de communiquer avec elle.

« Mais elle s'enfuit. Ensuite elle lève un bidon en plastique au-dessus de sa tête, s'asperge d'essence et met le feu à sa vie et à son corps avec un briquet. Le reste, vous le connaissez. Elle était seule, elle avait un bidon d'essence, elle s'est suicidée.

Il se tut brusquement, comme s'il ne savait pas ce qu'il devait dire. Puis il poursuivit.

– Nous ne savons pas qui elle est. Nous ne savons pas pourquoi elle s'est suicidée. Je puis en donner un assez bon signalement. C'est tout.

Ann-Britt Höglund prit des tasses à café ébréchées dans une armoire. Martinsson sortit pour uriner dans la cour. A son retour, Wallander reprit sa pénible tentative pour résumer ce qu'il savait et décider de la suite.

– Nous devons arriver à l'identifier. C'est ça, le plus important. En fait, c'est la seule chose qu'on puisse exiger de nous. Il ne nous reste plus qu'à recenser les personnes portées disparues. Comme il m'a semblé qu'elle avait le teint basané, peut-être faut-il contrôler les immigrées et les réfugiées en priorité. Ensuite, il faudra tenir compte de ce que les experts vont trouver.

– En tout cas, nous savons qu'il n'y a pas eu de crime commis, dit Hansson. Notre tâche va par conséquent se limiter à établir qui elle était.

– Elle est forcément arrivée de quelque part, dit Ann-Britt. Est-elle venue à pied ? En vélo ? En voiture ? D'où a-t-elle sorti ses bidons ? Cela fait beaucoup de questions.

– Pourquoi ici précisément ? dit Martinsson. Pourquoi

dans le champ de colza de Salomonsson ? Cette ferme est assez isolée des routes principales.

Les questions restèrent en suspens. Norén entra dans la cuisine pour prévenir que des journalistes étaient là en quête d'informations. Wallander, qui avait besoin de bouger, se leva de sa chaise.

– Je vais leur parler, dit-il.

– Explique les choses comme elles sont, dit Hansson.

– Qu'est-ce que je pourrais dire d'autre ?

Il sortit dans la cour de la ferme, et reconnut immédiatement les deux journalistes. Une jeune femme qui travaillait pour *Ystads Allehanda*, et un homme plus âgé d'*Arbetet*.

– On a presque l'impression qu'on tourne un film.

La femme montra les projecteurs dans le champ calciné

– Ce n'est pas le cas, dit Wallander.

Il raconta ce qui s'était passé. Une femme était morte dans un incendie. Aucun crime n'était suspecté. Mais comme il ignorait son identité, il ne voulait rien dire de plus.

– Est-ce qu'on peut prendre des photos ? demanda l'homme d'*Arbetet*.

– Vous pouvez prendre toutes les photos que vous voulez, répondit Wallander. A condition de les prendre d'ici. Personne n'a le droit d'aller dans le champ.

Les journalistes se contentèrent de cela et repartirent au volant de leurs voitures. Wallander allait retourner dans la cuisine quand il vit un des criminologues lui faire des signes. Wallander alla à sa rencontre. Il évita de tourner les yeux vers les restes de la femme aux bras tendus. Sven Nyberg, leur expert technique, ronchon, mais d'une compétence unanimement reconnue, s'approcha. Ils s'arrêtèrent à la limite de la zone couverte par les projecteurs. Un vent léger venant de la mer balayait le champ de colza calciné.

– Je crois que nous avons trouvé quelque chose, dit Sven Nyberg.

Il avait à la main un petit sac en plastique qu'il tendit à Wallander. Celui-ci se rapprocha du projecteur. Le sac contenait un bijou en or.

– C'est une médaille avec la Vierge Marie. Il a une inscription. Les lettres DMS.

– Pourquoi est-ce que ça n'a pas fondu ? demanda Wallander.

– Un feu dans un champ ne produit pas une chaleur suffisante pour faire fondre de l'or, répondit Sven Nyberg.

Wallander entendit à sa voix qu'il était fatigué.

– C'est exactement ce dont nous avons besoin. Nous ne savons pas qui elle est, mais on aura au moins ces quelques lettres.

– On va bientôt pouvoir l'emmener.

Sven Nyberg hocha la tête, les yeux tournés vers le fourgon noir qui attendait à côté du champ.

– Qu'est-ce que ça donne ? demanda prudemment Wallander.

Nyberg haussa les épaules.

– Les dents apprendront peut-être quelque chose. Les médecins légistes sont habiles. Tu pourras savoir son âge. Avec les nouvelles techniques génétiques, ils pourront aussi te dire si elle est née ici en Suède de parents suédois, ou si elle vient d'ailleurs.

– Il y a du café dans la cuisine, dit Wallander.

– Pas pour moi, dit Nyberg. Je veux terminer ici aussi vite que possible. Demain matin nous inspecterons tout le champ. Comme ce n'est pas un crime, ça peut attendre demain.

Wallander retourna à la cuisine. Il posa le sac plastique avec le bijou sur la table.

– Voilà quelque chose qui va nous aider, dit-il. Une médaille représentant la Vierge Marie. Avec des lettres inscrites : DMS. Je suggère que vous rentriez maintenant. Je vais rester encore un petit moment.

– A demain matin, neuf heures, dit Hansson en se levant.

– Je me demande qui elle était, dit Martinsson. Il n'y a pas eu crime, mais c'est quand même comme un crime. Comme si elle s'était assassinée.

Wallander hocha la tête.

– Se tuer et se suicider, ce n'est pas toujours pareil. C'est ça ?

– Oui. Mais bien sûr, ça ne veut rien dire. L'été suédois est trop beau et trop court pour que ce genre de choses puisse arriver.

Ils se séparèrent dans la cour de la ferme. Ann-Britt Höglund s'attarda un peu.

– Je suis heureuse de ne pas avoir eu à regarder ça. Je crois que je comprends ce que tu ressens.

Wallander ne répondit pas.

– On se voit demain, dit-il.

Quand les voitures eurent disparu, il s'assit sur les marches du perron. Les projecteurs délimitaient comme une scène déserte sur laquelle devait se produire un spectacle dont il serait le seul spectateur.

Le vent avait commencé à souffler. La chaleur de l'été se faisait toujours attendre. L'air était froid. Assis sur les marches, Wallander s'aperçut qu'il tremblait. Il sentit combien il souhaitait cette chaleur.

L'instant suivant, il se leva et entra dans la maison pour laver les tasses qu'ils avaient utilisées.

4

Wallander sursauta dans son sommeil. Il avait l'impression qu'on était en train de lui arracher un pied. Il ouvrit les yeux : il s'était coincé le talon entre le bout du lit et le sommier en mauvais état. Il se retourna sur le côté pour se dégager. Puis il demeura immobile. La lueur de l'aube pénétrait à travers le store négligemment baissé. Il regarda le réveil posé sur la table à côté du lit. Les aiguilles indiquaient quatre heures et demie. Il n'avait dormi que quelques heures et se sentait très fatigué. Il se retrouvait une nouvelle fois dans le champ de colza. Il lui semblait voir la fille beaucoup plus nettement maintenant. Ce n'est pas de moi qu'elle avait peur, se dit-il. Ce n'est ni de moi ni de Salomonsson qu'elle se cachait. C'était de quelqu'un d'autre.

Il se leva et se traîna dans la cuisine. En attendant que le café fût prêt, il alla dans la salle de séjour en désordre écouter le répondeur. Le premier message était de sa sœur Kristina. « Appelle-moi sans faute Dans les vingt-quatre heures. » Wallander se dit aussitôt que cela concernait leur vieux père. Bien qu'il se fût marié avec son infirmière, et qu'il ne vécût plus seul, il restait lunatique et d'humeur imprévisible. Suivait un message indistinct et plein de parasites du *Skånska Dagbladet* qui lui proposait un abonnement. Il allait retourner à la cuisine quand il entendit un autre message. « C'est Baiba. Je m'en vais à Tallinn pour quelques jours. Je serai rentrée samedi. » Il fut immédiatement pris d'une violente jalousie. Pourquoi partait-elle pour Tallinn ? Elle n'avait pas dit le moindre mot là-dessus la dernière fois qu'ils s'étaient parlé. Il alla dans la cuisine, se versa une tasse de café puis téléphona à Riga, tout en sachant que Baiba était certainement en train de dormir. Mais les sonneries se succédèrent sans qu'elle réponde. Il rappela, avec le même résultat. Son sentiment d'inquiétude revint. Elle pouvait difficilement être partie pour Tallinn à cinq heures du matin. Pourquoi n'était-elle pas à la maison ? Et si elle était à la maison, pourquoi ne répondait-elle pas ? Il prit sa tasse de café, ouvrit la porte-fenêtre qui donnait sur Mariagatan et alla s'asseoir sur le seul fauteuil qui pouvait tenir sur le balcon. A nouveau, la fille courait dans le champ de colza. Un court instant, il eut l'impression qu'elle ressemblait à Baiba. Il se persuada que sa jalousie était injustifiée. Il n'avait même aucunement le droit de réagir de cette façon, puisqu'ils s'étaient tous les deux mis d'accord pour ne pas alourdir leur relation fragile par d'inutiles serments de fidélité. Il se rappela qu'ils étaient restés tard dans la nuit, la veille de Noël, à parler de ce qu'ils souhaitaient réellement l'un de l'autre. Par-dessus tout Wallander aurait voulu qu'ils se marient. Mais quand elle avait parlé de son besoin de liberté, il avait été d'accord. Pour ne pas la perdre, il était prêt à être d'accord avec elle sur tout.

Bien qu'il fût encore tôt le matin, l'air était déjà chaud. Le ciel était bleu clair. Il but son café à lentes gorgées en essayant de ne pas penser à la fille qui s'était immolée par le feu dans le colza jaune. Quand il eut fini son café, il retourna dans sa chambre à coucher et dut chercher longtemps dans le placard pour trouver une chemise propre. Avant d'aller dans la salle de bains, il rassembla tout le linge sale disséminé un peu partout dans l'appartement en un gros tas, au plein milieu de la salle de séjour. Il allait s'inscrire pour une heure de lessive le jour même.

Il était six heures moins le quart quand il quitta son appartement et descendit la rue. Il s'installa dans sa voiture et se rappela qu'il devait la faire réviser avant fin juin. Puis il tourna dans Regementsgatan pour suivre ensuite la rocade d'Österleden. Sans l'avoir prémédité, il sortit de la ville et s'arrêta devant le nouveau cimetière, sur Kronoholmsvägen. Il gara sa voiture et alla se promener lentement entre les allées. Ici et là, il lui semblait apercevoir sur une pierre tombale un nom qui lui rappelait quelqu'un. Quand il découvrait sa propre année de naissance, il détournait tout de suite les yeux. Des jeunes gens en vêtements de travail déchargeaient une tondeuse d'un triporteur. Il arriva à la colline du mémorial et s'assit sur un des bancs. Cela faisait quatre ans qu'il n'était pas venu, depuis ce jour d'automne venteux où ils avaient dispersé les cendres de Rydberg. Björk était présent cette fois-là, ainsi que quelques membres anonymes et éloignés de la famille. Il avait eu plusieurs fois envie de revenir dans ce cimetière. Mais il ne l'avait pas fait, jusqu'à maintenant.

Une pierre tombale aurait été plus simple, songea-t-il. Avec le nom de Rydberg. J'aurais pu concentrer mes souvenirs là-dessus. Je n'arrive pas à le retrouver sur cette colline où soufflent les esprits invisibles des morts.

Il s'aperçut qu'il avait du mal à se rappeler complètement les traits de Rydberg. Il est en train de mourir, même au-dedans de moi, se dit-il. Bientôt même le souvenir serait réduit à néant.

Il se leva d'un seul coup, mal à l'aise. La fille en flammes courait sans arrêt dans sa tête. Il alla directement au commissariat, entra dans son bureau et ferma la porte. A sept heures et demie, il se força à finir le compte rendu de l'enquête sur les voitures volées qu'il devait donner à Svedberg. Il posa les classeurs par terre pour que son bureau soit complètement vide.

Il souleva son sous-main pour vérifier qu'il n'y avait

pas de notes oubliées. Au lieu de ça, il trouva un billet à gratter qu'il avait acheté plusieurs mois auparavant. Il gratta avec sa règle pour faire apparaître les chiffres et s'aperçut qu'il avait gagné vingt-cinq couronnes. Il entendit la voix de Martinsson dans le couloir, suivie bientôt de celle d'Ann-Britt Höglund. Il rejeta la tête en arrière sur son fauteuil, posa ses pieds sur le bureau et ferma les yeux. Quand il se réveilla, il avait une crampe dans un mollet. Il avait dormi dix minutes tout au plus. Au même instant, le téléphone sonna. Il saisit le combiné et reconnut la voix de Per Åkeson du tribunal public. Ils se saluèrent et échangèrent quelques mots sur le temps. Au fur et à mesure des nombreuses années pendant lesquelles ils avaient travaillé ensemble, ils avaient développé un sentiment dont ils ne parlaient ni l'un ni l'autre, mais dont ils savaient tous deux que c'était de l'amitié. Il leur arrivait souvent de ne pas être d'accord sur la motivation d'une arrestation ou sur la justification d'un prolongement de garde à vue. Mais il y avait autre chose entre eux, une confiance plus profonde, même s'ils ne se voyaient presque jamais en privé.

– J'ai lu quelques lignes dans le journal sur une fille qui a brûlé dans un champ près de Marsvinsholm, dit Per Åkeson. Est-ce que c'est quelque chose pour moi ?

– C'était un suicide, répondit Wallander. A part un vieil agriculteur qui s'appelle Salomonsson, j'ai été le seul témoin de tout ça.

– Mais qu'est-ce que tu faisais par là ?

– Salomonsson avait téléphoné. Normalement, une simple patrouille aurait dû y aller. Mais tous étaient occupés.

– La fille ne devait pas être belle à voir.

– C'était bien pire que ça. Il va falloir essayer de l'identifier. Je suppose qu'on a déjà commencé à téléphoner à la police. Des gens inquiets qui se posent des questions sur leurs parents disparus.

63

– Tu ne penses donc pas qu'il y ait crime ?

Sans comprendre pourquoi, il hésita soudain à répondre.

– Non, dit-il ensuite. On peut difficilement se donner la mort plus clairement.

– Tu n'as pas l'air très convaincu.

– J'ai mal dormi cette nuit. C'était comme tu l'as dit . une vision atroce.

Il y eut un silence. Wallander comprit que Per Åkeson voulait également lui parler d'autre chose.

– Il y a aussi une autre raison à mon coup de fil, dit-il. Si ça peut rester entre nous.

– Je n'ai pas pour habitude d'être bavard.

– Tu te souviens qu'il y a un ou deux ans j'avais parlé de faire autre chose ? Avant qu'il ne soit trop tard, avant que je ne sois trop vieux.

Wallander réfléchit.

– Je me souviens que tu avais parlé de réfugiés et de Nations unies. C'était le Soudan ?

– L'Ouganda. Et on m'a effectivement fait une proposition. Que j'ai décidé d'accepter. Je vais être en disponibilité pour un an, à partir de septembre.

– Qu'en dit ta femme ?

– C'est justement pour ça que je t'appelle. Pour avoir un soutien moral. Je ne lui en ai pas encore parlé.

– Est-ce qu'elle est censée venir avec toi ?

– Non.

– Alors elle va être surprise, je suppose.

– As-tu une idée sur la manière dont je pourrais lui présenter les choses ?

– Malheureusement non. Mais je crois que tu as raison. La vie ne peut pas se résumer à mettre les gens en prison.

– Je te raconterai comment ça se passe.

Ils allaient raccrocher quand Wallander se dit qu'il avait une question.

– Ça veut-il dire qu'Annette Brolin revient comme remplaçante ?

– Elle a changé de bord, elle travaille maintenant comme avocate à Stockholm. Au fait, tu n'étais pas amoureux d'elle ?

– Non. C'était juste pour savoir.

Wallander raccrocha. Un sentiment inattendu de jalousie le frappa de plein fouet. Il serait volontiers parti lui-même pour l'Ouganda. Pour faire tout autre chose. Rien n'était plus atroce que de voir quelqu'un de jeune mettre fin à sa vie, et brûler comme une torche imbibée d'essence. Il était jaloux de Per Åkeson, dont les envies de changement s'étaient concrétisées.

Sa joie de la veille s'était envolée. Il alla à la fenêtre et regarda la rue. L'herbe à côté du vieux château d'eau était très verte. Wallander pensa à l'année précédente, où il était resté longtemps en arrêt maladie après avoir tué quelqu'un. Il se demandait maintenant s'il était vraiment guéri de cette dépression qui l'avait frappé. Je devrais faire comme Per Åkeson, pensa-t-il. Il doit y avoir un Ouganda pour moi aussi. Pour Baiba et pour moi.

Il resta longtemps debout à la fenêtre. Puis il retourna à son bureau et appela sa sœur Kristina. Il fit plusieurs tentatives, mais ça sonnait toujours occupé. Il sortit un cahier et passa la demi-heure qui suivit à rédiger un compte rendu des événements de la veille. Puis il téléphona au laboratoire de pathologie à Malmö sans arriver à joindre le médecin qui aurait pu le renseigner sur le cadavre calciné. A neuf heures moins cinq, il alla chercher une tasse de café et entra dans une des salles de réunion. Ann-Britt Höglund était au téléphone et Martinsson feuilletait un catalogue d'outils de jardinage. Assis à sa place habituelle, Svedberg se grattait la nuque avec un stylo. Une des fenêtres était ouverte. Wallander s'arrêta sur le seuil. Il avait le sentiment d'avoir déjà vécu cette situation auparavant. Martinsson leva les yeux de son catalogue et hocha la tête, Svedberg marmonna quelques mots inaudibles. Ann-Britt Höglund tentait d'expliquer calmement quelque chose à un de ses enfants. Hansson entra dans la pièce. Il tenait d'une main une tasse de café, de l'autre le sac plastique avec la médaille que les experts avaient trouvée dans le champ.

– Tu ne dors jamais ? demanda Hansson.

Wallander s'aperçut que la question l'énervait.

– Pourquoi tu me demandes ça ?

– Tu as vu ta tête ?

– Ça a fini tard, hier. Je dors ce qu'il me faut.

– C'est ces matches de football, dit Hansson. Dire qu'on les retransmet en pleine nuit !

– Je ne regarde pas les matches, dit Wallander.

L'étonnement se lut dans les yeux de Hansson.

– Ça ne t'intéresse pas ? J'étais persuadé que tout le monde restait devant la télévision.

– Pas vraiment, reconnut Wallander. Mais je vois que ça fait bizarre. Autant que je sache, le chef de la police royale n'a pas envoyé de directive stipulant qu'il faut regarder les matches de foot.

– C'est peut-être la dernière fois qu'on pourra voir ça, dit Hansson d'une voix sombre.

– Voir quoi ?

– Voir la Suède participer à une coupe du monde. J'espère que ça ne va pas aller à vau-l'eau. C'est surtout la défense qui m'inquiète.

– Ah oui, dit Wallander avec courtoisie.

Ann-Britt Höglund parlait toujours au téléphone.

– Ravelli, poursuivit Hansson.

Wallander attendit une suite qui ne vint pas. En revanche, il savait que Hansson voulait parler du gardien de but suédois.

– Qu'est-ce qu'il a ?

– Il m'inquiète.

– Pourquoi ? Il est malade ?

– Je le trouve irrégulier. Son match contre le Cameroun n'était pas terrible. Des dégagements bizarres, un comportement étrange dans la surface de réparation.

– Nous aussi, ça nous arrive. Même les policiers peuvent être irréguliers.

– C'est difficile à comparer. Nous, nous n'avons jamais à choisir en une fraction de seconde entre nous précipiter et rester devant les buts.

– Va savoir. Il y a peut-être une ressemblance entre un policier qui intervient et un gardien de but qui sort de ses buts.

Hansson le regarda sans comprendre.

La conversation cessa d'elle-même. Ils s'assirent autour de la table et attendirent qu'Ann-Britt ait terminé son coup de fil. Svedberg, qui avait du mal à accepter les femmes policiers, tambourinait avec son stylo sur la table pour lui faire comprendre qu'ils l'attendaient. Wallander se promit de suggérer à Svedberg de cesser ces manifestations qui n'avaient aucun sens. Ann-Britt Höglund était un bon policier, meilleur que Svedberg à bien des points de vue.

Une mouche tournait autour de sa tasse de café. Ils attendirent.

Ann-Britt raccrocha et vint s'asseoir.

– Une chaîne de vélo, dit-elle. Les enfants ont du mal à comprendre que leur mère a mieux à faire que d'aller directement à la maison la réparer.

– Vas-y, dit soudain Wallander. Nous pouvons faire ce point sans toi.

Elle secoua la tête.

– Je ne veux pas leur donner de mauvaises habitudes.

Hansson posa le sac plastique contenant la médaille devant lui sur la table.

– Une femme inconnue s'est suicidée, dit-il. Nous savons que ce n'est pas un crime. Il faut juste trouver son identité.

Wallander eut le sentiment que d'un seul coup Hansson s'était mis à parler comme Björk. Il faillit éclater de rire, mais se maîtrisa. Il croisa le regard d'Ann-Britt Höglund, qui semblait avoir eu la même impression.

– Les gens ont commencé à téléphoner, dit Martinsson. J'ai mis quelqu'un pour prendre tous les appels.

– Je vais lui donner un signalement, dit Wallander. Par ailleurs, nous devons nous concentrer sur les personnes dont la disparition a été signalée. Elle peut en faire partie. Si elle n'y est pas, il y aura bien tôt ou tard quelqu'un à qui elle manquera.

– Je m'en occupe, dit Martinsson.

– Le bijou, dit Hansson en ouvrant le sac plastique. Une médaille de la Vierge Marie avec les lettres DMS. Ça me semble être de l'or.

– Il y a un fichier informatique des abréviations et des combinaisons d'initiales, dit Martinsson, qui était le policier d'Ystad le plus compétent en matière d'ordinateurs. Nous pouvons y entrer les lettres et voir si nous aurons une réponse.

Wallander tendit le bras pour prendre le bijou et l'examina. La médaille et la chaîne portaient encore des traces de suie.

– C'est un beau bijou. Mais en Suède, les symboles religieux que portent les gens sont plutôt des croix, non ? Les vierges sont plus courantes dans les pays catholiques.

– On dirait que tu penses à une immigrée ou une réfugiée, dit Hansson.

– Je ne fais que parler de ce que le bijou représente, répondit Wallander. En tout cas, c'est important qu'il fasse partie du signalement. Celui qui recevra les appels doit savoir à quoi la médaille ressemble.

– On laisse sortir l'information ? demanda Hansson.

Wallander fit non de la tête.

– Pas encore. Je n'ai pas envie de choquer quelqu'un inutilement.

Brusquement, Svedberg agita les bras dans tous les sens et se leva d'un bond. Les autres le regardèrent, stupéfaits. Wallander se souvint que Svedberg avait une peur panique des guêpes. Svedberg vint se rasseoir quand l'insecte eut disparu par la fenêtre.

– Il doit exister des médicaments contre l'allergie aux piqûres de guêpes, dit Hansson.

– Ce n'est pas une histoire d'allergie, répondit Svedberg. Je n'aime pas ces bestioles, c'est tout.

Ann-Britt se leva et alla fermer la fenêtre. Wallander s'interrogea sur la réaction de Svedberg. La peur irraisonnée d'un adulte vis-à-vis d'un si petit insecte.

Il pensa aux événements de la veille. La fille seule dans le champ de colza. La réaction de Svedberg lui rappelait un peu ce dont il avait été le témoin sans pouvoir intervenir. Une terreur sans borne. Il se promit de ne pas classer l'affaire avant d'avoir découvert ce qui avait pu la pousser à s'immoler par le feu. Je vis dans un monde où des jeunes gens mettent fin à leur vie parce qu'ils ne la supportent plus, se dit-il. Si je dois continuer à être policier, il faut que je comprenne pourquoi.

Il sursauta en entendant la voix de Hansson.

– Y a-t-il autre chose à examiner dans l'immédiat ? répéta Hansson.

– Je m'occupe du laboratoire de pathologie de Malmö, répondit Wallander. Quelqu'un a-t-il eu des nouvelles de Sven Nyberg ? Sinon, je prends ma voiture et je vais le voir.

On leva la réunion. Wallander entra dans son bureau chercher sa veste. Il hésita un instant à faire une nouvelle tentative pour joindre sa sœur. Ou Baiba à Riga. Mais il laissa tomber.

Il se rendit à la ferme de Salomonsson, près de Marsvinsholm. Des policiers repliaient un pied de projecteur et enroulaient les câbles. La maison semblait sous scellés. Il décida de passer dans la journée prendre des nouvelles de Salomonsson à l'hôpital. Peut-être aurait-il de nouveaux renseignements à lui donner.

Il alla dans le champ. La terre noire et calcinée présentait un fort contraste avec le colza jaune qui l'entourait. Nyberg était à genoux par terre. Au loin, deux autres policiers semblaient fouiller aux abords de la zone brûlée. Nyberg salua Wallander d'un bref hochement de tête. La sueur lui coulait sur le visage.

– Comment ça va ? demanda Wallander. Tu as trouvé quelque chose ?

– Elle a dû apporter beaucoup d'essence, répondit Nyberg en se levant. Nous avons découvert les restes de cinq bidons à moitié fondus. Ils devaient être vides quand l'incendie a pris. Si on relie les différents endroits où on les a trouvés, on constate qu'elle s'était littéralement réfugiée dans un camp retranché.

Wallander ne comprit pas tout de suite.

– Qu'est-ce que tu veux dire par là ?

Nyberg fit un geste circulaire.

– Je veux simplement dire qu'elle s'était fait toute une fortification autour d'elle. Elle avait versé de l'essence en suivant un grand cercle. C'étaient comme les douves d'un château fort qui n'aurait aucune entrée. Elle se trouvait au centre. Elle avait gardé pour elle un dernier bidon. Elle devait être à la fois paniquée et désespérée. Peut-être était-elle folle ou gravement malade. Je n'en sais rien. Mais en tout cas, elle a fait ça. Et elle savait ce qu'elle faisait.

Wallander hocha pensivement la tête.

– Est-ce que tu aurais une idée de la manière dont elle est arrivée jusqu'ici ?

– J'ai fait venir un chien policier, dit Nyberg. Mais visiblement il n'arrive pas à suivre ses traces. La terre est imprégnée de l'odeur d'essence. Le chien est complètement perdu. Nous n'avons pas trouvé de bicyclette. Les chemins qui mènent à la E 65 n'ont rien donné non plus.

Pour ce que j'en sais, elle pourrait tout aussi bien avoir échoué ici en parachute.

Nyberg sortit un rouleau de papier hygiénique d'une de ses valises d'examen et épongea la sueur de son visage.

– Que disent les médecins ? demanda-t-il.

– Rien pour le moment, répondit Wallander. Je crains que leur travail ne soit pas facile.

Nyberg devint soudain grave.

– Qu'est-ce qui peut pousser quelqu'un à faire une chose pareille contre lui-même ? dit-il. Peut-on avoir des raisons si profondes de ne pas vouloir vivre qu'on prenne congé en s'infligeant la pire des souffrances ?

– Je me suis posé la même question, répondit Wallander.

Nyberg secoua la tête.

– Qu'est-ce qui se passe en ce moment ? demanda-t-il.

Wallander ne répondit pas.

Il retourna à sa voiture et téléphona au commissariat. C'est Ebba qui lui répondit. Pour échapper à sa sollicitude maternelle, il feignit d'être pressé et très occupé.

– Je passe voir l'agriculteur dont le champ a brûlé, dit-il. Je serai là cet après-midi.

Il revint à Ystad. Il but un café et mangea un sandwich à la cafétéria de l'hôpital. Puis il se mit en quête du service dans lequel on avait dû mettre Salomonsson en observation. Il alla voir une infirmière. Elle le regarda sans comprendre.

– Edvin Salomonsson ?

– Je ne me souviens pas s'il s'appelle Edvin ou autre chose, dit Wallander. Il a bien été admis hier soir suite à l'incendie du côté de Marsvinsholm ?

L'infirmière hocha la tête.

– J'aimerais lui parler, dit Wallander. S'il n'est pas trop malade.

– Il n'est pas malade, répondit l'infirmière. Il est mort.

– Mort ?

71

– Oui, ce matin. Probablement d'un infarctus. Il est mort dans son sommeil. Il vaut mieux que vous alliez voir un des médecins.

– Ce n'est pas la peine. J'étais juste venu pour voir comment il allait. J'ai la réponse.

Wallander sortit de l'hôpital dans la forte lumière du soleil.

Il n'avait plus aucune idée de ce qu'il devait faire.

5

Wallander rentra chez lui avec le sentiment qu'il fallait absolument qu'il dorme s'il voulait remettre de l'ordre dans ses idées. Il n'y avait aucune raison pour qu'on lui reproche la mort du vieil agriculteur, ni à lui ni à qui que ce soit d'autre. La seule personne qu'on aurait pu tenir pour responsable – celle qui en mettant le feu au champ de colza avait causé à Salomonsson un choc fatal – était déjà morte. Ce qui l'inquiétait plus et le mettait mal à l'aise, c'étaient les événements en eux-mêmes, le simple fait qu'ils aient pu se produire. Il débrancha la prise du téléphone et alla s'allonger sur le canapé de la salle de séjour, une serviette sur le visage. Mais le sommeil ne vint pas. Au bout d'une demi-heure, il abandonna. Il rebrancha le téléphone, décrocha le combiné et fit le numéro de Linda à Stockholm. Il avait toute une liste de numéros barrés sur un bout de papier à côté de l'appareil. Linda déménageait souvent, elle n'arrêtait pas de changer de numéro de téléphone. Les sonneries se succédèrent sans que personne réponde. Puis il fit le numéro de sa sœur. Elle décrocha presque immédiatement. Ils avaient rarement des discussions ensemble et, quand ils en avaient, ils ne parlaient que de leur père. Wallander se disait parfois que le jour où ce dernier disparaîtrait, ils n'auraient plus aucune relation.

Ils échangèrent les banalités d'usage, sans s'intéresser vraiment aux réponses.

– Tu m'as appelé, dit Wallander.

– Papa m'inquiète, répondit-elle.

– Il s'est passé quelque chose ? Il est malade ?

– Je ne sais pas. Quand es-tu passé le voir pour la dernière fois ?

Wallander réfléchit.

– Ça doit faire à peu près une semaine.

Il éprouva aussitôt une pointe de mauvaise conscience.

– Tu n'as vraiment pas moyen de passer le voir plus souvent ?

Wallander ressentit le besoin de se défendre.

– Je travaille presque vingt-quatre heures sur vingt-quatre. La police manque sérieusement d'effectifs. Je passe le voir aussi souvent que je peux.

A en juger par le silence à l'autre bout du fil, sa sœur n'en croyait pas un mot.

– J'ai parlé avec Gertrud hier, poursuivit-elle sans commentaire. J'ai eu l'impression qu'elle me répondait de manière évasive quand je lui ai demandé comment allait papa.

– Et pourquoi aurait-elle répondu de manière évasive ? demanda Wallander avec étonnement.

– Je ne sais pas. C'est pour ça que je t'ai téléphoné.

– Il y a une semaine, il était pareil à lui-même. Il s'est mis en colère parce que j'étais pressé et que je ne suis resté qu'un court instant. Mais pendant tout le temps où j'ai été là, il a continué à peindre, sans prendre le temps de discuter avec moi. Gertrud était gaie, comme d'habitude. Mais je dois dire que je ne comprends pas bien comment elle arrive à le supporter.

– Gertrud l'aime. C'est vraiment de l'amour. Quand on aime, on supporte beaucoup de choses.

Wallander eut envie de mettre fin le plus vite possible à cette conversation. Plus sa sœur vieillissait, plus elle lui rappelait sa mère. Et Wallander n'avait jamais eu une relation très heureuse avec sa mère. Quand il était petit, sa sœur et sa mère étaient toujours liguées contre son père et lui. Sa famille était scindée en deux camps par une ligne de démarcation invisible. A l'époque, Wallander était très proche de son père. La brèche était apparue entre eux quand, vers la fin de son adolescence, il avait décidé de devenir policier. Son père n'était jamais arrivé à accepter sa décision. Mais il n'était jamais parvenu non plus à expliquer à son fils les raisons de son opposition violente, ni à lui suggérer un autre choix. Quand Wallander, une fois sa formation terminée, avait commencé son travail de policier en faisant des rondes, la brèche était devenue un fossé. Quelques années plus tard, sa mère avait eu un cancer. Tout s'était passé très vite. Le cancer avait été diagnostiqué au Nouvel An et elle était morte au début du mois de mai. L'été suivant, sa sœur Kristina avait quitté la maison pour Stockholm où elle avait trouvé du travail chez LM Ericsson. Elle s'était mariée, avait divorcé, s'était remariée. Wallander avait rencontré une fois son premier mari, mais ignorait à quoi ressemblait le second. Linda allait de temps en temps chez eux à Kärrtorp, mais, apparemment, ces visites n'étaient guère satisfaisantes. Wallander sentait que la cassure qui datait de leur enfance et de leur adolescence restait présente. Le jour où leur père mourrait, elle deviendrait définitive.

– Je vais aller le voir dès ce soir, dit Wallander en songeant au tas de linge sale qui traînait par terre.

– J'aimerais bien que tu me rappelles après, dit-elle.

Wallander promit de le faire.

Ensuite, il téléphona à Riga. Quand on décrocha, il crut tout d'abord que c'était Baiba. Mais c'était la femme de ménage, qui ne parlait que le letton. Il raccrocha aussitôt. Le téléphone sonna tout de suite après. Il sursauta comme s'il avait oublié qu'on pouvait chercher à le joindre.

Il décrocha et reconnut la voix de Martinsson.

– J'espère que je ne te dérange pas, dit Martinsson.

– Je suis juste passé changer de chemise, dit Wallander

– pourquoi ressentait-il toujours le besoin de s'excuser d'être chez lui ? – Il s'est passé quelque chose ?

– On a eu pas mal d'appels au sujet de personnes disparues, dit Martinsson. Ann-Britt est en train de faire le tri.

– Et qu'est-ce que ça a donné, tes écrans ?

– Il y a eu panne d'ordinateur toute la matinée, répondit Martinsson d'une voix sombre. Je viens d'appeler Stockholm. Je suis tombé sur un type qui pensait que ça allait repartir dans une heure. Mais il n'avait pas l'air très convaincu.

– Ce n'est pas un criminel qu'on recherche. Ça peut attendre.

– Un médecin légiste a téléphoné de Malmö, poursuivit Martinsson. Une femme. Elle s'appelle Malmström. J'ai promis que tu la rappellerais.

– Pourquoi n'a-t-elle pas voulu te parler ?

– C'est à toi qu'elle voulait parler. Sans doute parce que c'est *toi* qui as vu la jeune fille avant sa mort.

Wallander prit un crayon et nota le numéro de téléphone.

– Je suis retourné là-bas. Nyberg était à genoux dans la boue, et il suait à grosses gouttes. Il attendait qu'on lui envoie un chien.

– Il est lui-même un peu comme un chien, dit Martinsson sans tenter de dissimuler les difficultés que lui posait la personnalité de Nyberg.

– Ça lui arrive de ronchonner, protesta Wallander. Mais il est compétent.

Il allait raccrocher quand il se souvint de Salomonsson.

– L'agriculteur est mort.

– Qui ?

– L'homme dans la cuisine duquel nous avons bu le café hier soir. Il a eu une attaque et il est mort.

– On devrait peut-être remplacer le café, dit Martinsson d'une voix sombre.

Wallander alla dans la cuisine boire de l'eau. Il resta un long moment assis sans rien faire. Il était deux heures de l'après-midi quand il téléphona à Malmö. Il dut attendre que le médecin légiste vienne au téléphone. A sa voix, il sut qu'elle était très jeune. Wallander se présenta et s'excusa d'avoir tardé à rappeler.

– Y a-t-il de nouvelles informations qui indiquent qu'il y ait eu un crime ? demanda-t-elle

– Non.

– Dans ce cas, aucune autopsie ne sera nécessaire. Ça simplifie la procédure. Elle s'est enflammée avec de l'essence ordinaire.

Wallander commença à se sentir mal. Il lui semblait voir le corps calciné, juste à côté de la femme à laquelle il parlait.

– Nous ne savons pas qui elle est. Nous avons besoin d'en savoir le plus possible sur elle pour que son signalement soit clair.

– C'est toujours difficile avec un corps carbonisé, dit-elle, sans paraître affectée. Toute la peau est brûlée. Nous n'avons pas encore fini l'examen des dents. Mais elle avait une bonne dentition. Aucun plombage. Elle mesurait un mètre soixante-trois. Elle ne s'était jamais rien cassé.

– Il me faut son âge. C'est ça le plus important.

– Ça va demander une journée. Nous partirons de sa dentition.

– Mais en essayant de deviner ?

– Je ne préfère pas.

– Elle était à vingt mètres de moi, dit Wallander. Il m'a semblé qu'elle devait avoir dans les dix-sept ans. Je me trompe ?

Le médecin réfléchit avant de répondre.

– Ça ne me plaît pas de jouer aux devinettes, répondit-elle enfin. Mais je crois qu'elle était plus jeune.

– Pourquoi ?

– Je répondrai quand je le saurai vraiment. Mais ça ne m'étonnerait pas outre mesure si elle n'avait que quinze ans.

– Une fille de quinze ans peut-elle vraiment décider elle-même de se suicider par le feu ? dit Wallander. J'ai du mal à le croire.

– La semaine dernière, j'ai ramassé les restes d'une fillette de sept ans qui s'était fait exploser. Elle avait tout préparé avec soin. Elle avait fait particulièrement attention à ce que personne d'autre ne soit blessé. Comme elle savait à peine écrire, elle avait laissé un dessin en guise de lettre d'adieu. J'ai aussi entendu parler d'un enfant de quatre ans qui a tenté de se crever les yeux, parce qu'il était terrorisé par son père.

– Ce n'est pas possible, dit Wallander. Pas ici, en Suède.

– Si, ici précisément. En Suède. Au beau milieu du monde civilisé. En plein été.

Wallander s'aperçut qu'il avait les larmes aux yeux.

– Tant que vous ne savez pas qui elle est, nous la gardons ici, poursuivit-elle.

– J'ai une question, dit Wallander. Une question personnelle. Ça doit faire horriblement mal de mourir brûlé ?

– C'est une chose qu'on sait depuis la nuit des temps. Le feu a toujours été le pire des châtiments ou des supplices qu'on puisse infliger. On a brûlé Jeanne d'Arc, on brûlait les sorcières. De tous temps on a torturé les gens par le feu. Les douleurs sont pires que tout ce qu'on peut imaginer. En plus, on ne perd pas connaissance aussi vite qu'on pourrait le souhaiter. L'instinct de fuir les flammes l'emporte sur la volonté d'en finir avec la souffrance. C'est pour ça que le cerveau empêche l'évanouissement. Puis on arrive à un palier. Pendant un instant, les nerfs brûlés deviennent insensibles. On a des exemples de brûlés à quatre-vingt-dix pour cent qui ont eu un court instant le sentiment de ne pas être blessés. Mais quand l'insensibilité cesse...

Elle n'acheva pas sa phrase.

– Elle brûlait comme une torche, dit Wallander.

– Le mieux qu'on puisse faire, c'est de ne pas y penser. La mort peut apparaître comme libératrice. Même si nous avons du mal à l'accepter.

Après avoir raccroché, Wallander se leva, prit sa veste et quitta son appartement. Le vent avait commencé à souffler. Des nuages venaient du nord. En chemin, il s'arrêta au centre de contrôle automobile pour prendre rendez-vous. Quand il arriva au commissariat, il était quinze heures passées. Il s'arrêta à l'accueil. Ebba s'était récemment cassé le poignet en tombant dans sa salle de bains. Il lui demanda comment elle allait.

– Ça m'a obligée à me rappeler que je me faisais vieille, répondit-elle.

– Tu ne seras jamais vieille.

– C'est gentil. Mais ce n'est pas vrai.

En allant à son bureau, Wallander jeta un coup d'œil dans le bureau de Martinsson. Il était devant son écran.

– Ça vient de redémarrer il y a vingt minutes, dit-il. Je vérifie dans le fichier des personnes disparues s'il existe des filles qui pourraient correspondre.

– Précise qu'elle mesurait un mètre soixante-trois, dit Wallander. Et qu'elle a entre quinze et dix-sept ans.

Martinsson le regarda avec étonnement.

– Quinze ans ? Mais ce n'est pas possible !

– Eh oui, on préférerait que ce ne soit pas possible. Mais jusqu'à nouvel ordre, considérons ça comme une hypothèse. Et ça donne quoi, les combinaisons de lettres ?

– Je n'en suis pas encore là. Mais je crois que je vais rester travailler ce soir.

– Nous essayons seulement d'identifier quelqu'un, dit Wallander. Pas de rechercher un criminel.

– De toute façon, il n'y a personne à la maison. Je n'aime pas entrer dans une maison vide.

Wallander laissa Martinsson à son ordinateur et jeta un coup d'œil dans le bureau d'Ann-Britt Höglund. La porte était ouverte, et il n'y avait personne. Il rebroussa chemin dans le couloir pour aller au central, où on recevait toutes les alarmes et les appels téléphoniques. Ann-Britt examinait une liasse de papiers avec un assistant.

– Il y a des éléments nouveaux ? demanda-t-il.

– Nous avons deux informations qu'il va falloir vérifier, répondit-elle. D'abord une fille du lycée de Tomelilla qui a disparu depuis deux jours sans que personne sache pourquoi.

– La nôtre mesurait un mètre soixante-trois. Ses dents étaient saines. Elle avait entre quinze et dix-sept ans.

– Si jeune ?

– Oui. Si jeune.

– Dans ce cas, ce n'est pas la fille de Tomelilla, dit Ann-Britt Höglund en mettant de côté le papier qu'elle tenait à la main. Elle a vingt-trois ans et elle est très grande.

Elle chercha un moment dans la liasse de papiers.

– Nous en avons une autre. Une fille de seize ans qui s'appelle Mari Lippmansson. Elle habite ici, à Ystad, elle travaille dans une boulangerie. Ça fait trois jours qu'elle ne s'est pas présentée à son travail. C'est le boulanger qui a appelé. Il était furieux. Apparemment, ses parents ne s'occupent absolument pas d'elle.

– Regarde ça d'un peu plus près, l'encouragea Wallander.

Mais il savait que ce n'était pas elle.

Il alla chercher une tasse de café et entra dans son bureau. La pile de papiers sur les vols de voitures était posée par terre. Il se dit qu'il devrait confier le dossier dès maintenant à Svedberg. Il espérait aussi qu'il n'y aurait aucun crime sérieux d'ici son départ en vacances.

A seize heures, ils se retrouvèrent tous dans la salle de réunion. Nyberg venait d'arriver du champ calciné où il avait fini ses recherches. Ce fut une réunion courte. Hansson s'était excusé : il avait une directive urgente de la direction de la police à lire.

– On va faire bref, dit Wallander. Demain, il faudra faire le point sur toutes les autres affaires en cours, il ne faut pas les laisser en plan.

Il se tourna vers Nyberg qui était assis au bout de la table.

– Qu'est-ce que ça a donné avec le chien ?

– Comme prévu, répondit Nyberg. Il n'a rien trouvé. S'il restait quelque chose à flairer, ça a disparu dans l'odeur d'essence qui persiste.

Wallander réfléchit.

– Vous avez découvert cinq bidons d'essence fondus. Ça veut dire qu'elle a dû venir dans le champ de Salomonsson avec un véhicule quelconque. Elle ne peut pas avoir transporté toute cette essence elle-même. Ou alors en plusieurs fois. Il y a encore une autre possibilité. Qu'elle ne soit pas venue toute seule. Mais ça semble quand même assez peu vraisemblable. Qui aiderait une jeune fille à se suicider ?

– On peut essayer de trouver d'où viennent les bidons, dit Nyberg, sceptique. Mais est-ce vraiment nécessaire ?

– Tant que nous ne savons pas qui elle est, il faut chercher dans différentes directions, répondit Wallander Elle a bien dû venir de quelque part. Par un moyen ou un autre.

– Est-ce qu'on a regardé dans la grange de Salomonsson ? demanda Ann-Britt Höglund. Les bidons pourraient venir de là.

Wallander hocha la tête.

– Il va falloir aller voir.

Ann-Britt se porta volontaire.

– Il faudra attendre les résultats de Martinsson, dit

Wallander en levant la réunion. Et le rapport de l'examen médical de Malmö. Ils nous donneront son âge exact demain.

– Et la médaille ? dit Svedberg.

– Nous attendrons d'avoir une idée un peu plus précise sur ce que ces initiales peuvent bien vouloir dire, dit Wallander.

Il se rendit compte qu'il y avait une chose à laquelle il n'avait pas pensé auparavant. Derrière cette fille morte se trouvaient d'autres gens. Qui porteraient son deuil. Qui garderaient éternellement l'image de cette fille courant telle une torche vivante.

Le feu allait imprimer sa marque dans leurs esprits. Tandis que, pour lui, cette image s'estomperait lentement comme un mauvais rêve.

Ils se levèrent et partirent dans différentes directions. Svedberg suivit Wallander pour récupérer le dossier de l'enquête sur les vols de voitures. Wallander lui en fit un bref résumé. Quand ils eurent fini, Svedberg resta assis. Wallander comprit qu'il voulait lui parler.

– Il faudrait qu'on se voie, commença-t-il d'une voix hésitante. Pour parler de ce qui est en train de se passer à la police.

– Tu penses aux réductions d'effectifs et au fait que des sociétés de gardiennage vont reprendre la surveillance des inculpés ?

Svedberg hocha la tête avec dégoût.

– A quoi ça sert qu'on ait de nouveaux uniformes si on ne peut plus faire notre travail ?

– Je ne pense pas que ça serve à grand-chose que nous en parlions, dit Wallander, fuyant. Nous avons un syndicat qui est payé pour s'occuper de ces questions.

– En tout cas, on devrait protester, dit Svedberg. On devrait expliquer aux gens dans la rue ce qui est en train de se passer.

– Je me demande si les gens n'ont pas assez de leurs propres problèmes.

Mais Svedberg avait raison, bien sûr. Sa propre expérience lui avait appris que les gens étaient prêts à aller très loin pour défendre et conserver leurs commissariats de police.

Svedberg se leva.

– Je voulais simplement te parler de ça.

– Organise une réunion. Je te promets d'y venir. Mais attends la rentrée.

– Je vais y réfléchir, dit Svedberg en quittant le bureau, le dossier des voitures volées sous le bras.

Il était seize heures quarante-cinq. Wallander vit par la fenêtre qu'il n'allait pas tarder à pleuvoir.

Il décida d'aller manger une pizza avant de se rendre chez son père, à Löderup. Pour une fois, il voulait passer sans le prévenir par un coup de téléphone.

Avant de sortir du commissariat, il s'arrêta devant le bureau de Martinsson, qui était devant son écran.

– Ne reste pas trop tard.

– Je n'ai encore rien trouvé.

– A demain.

Wallander rejoignit sa voiture. Les premières gouttes de pluie tambourinaient déjà sur la carrosserie.

Il allait sortir du parking quand il vit Martinsson arriver en courant, en faisant de grands gestes. Ça y est, nous l'avons retrouvée, se dit-il aussitôt. Il sentit son estomac se nouer. Il baissa la vitre.

– Tu l'as identifiée ?

– Non, dit Martinsson.

Wallander vit au visage de Martinsson qu'il s'était passé quelque chose de grave. Il sortit de sa voiture.

– Qu'est-ce qui se passe ?

– Il y a eu un coup de téléphone. On a trouvé un cadavre sur la plage du côté de Sandskogen.

Merde, se dit Wallander. Pas ça. Pas maintenant.

– Il semble que ce soit un meurtre, poursuivit Martinsson. C'est un homme qui a téléphoné. Il semblait très clair, même si, bien sûr, il était encore sous le choc.

– On y va, dit Wallander. Prends ton blouson. Il va pleuvoir.

Martinsson ne bougea pas.

– Celui qui a téléphoné avait l'air de connaître l'identité de la victime.

Wallander vit sur le visage de Martinsson que ce qui allait suivre était terrible.

– Il a dit que c'était Wetterstedt. L'ancien ministre de la Justice.

Wallander regarda Martinsson fixement.

– Comment ?

– Il a dit que c'était Gustaf Wetterstedt. Le ministre de la Justice. Il a encore dit autre chose. Il a ajouté qu'il avait l'impression qu'il avait été scalpé.

Ils se regardèrent sans comprendre.

Il était seize heures cinquante-huit ce mercredi 22 juin.

6

Quand ils arrivèrent à la plage, la pluie avait repris de plus belle. Durant le trajet en voiture, ils s'étaient très peu parlé. Martinsson lui avait expliqué le chemin. Ils prirent une petite allée juste après les courts de tennis. Wallander se demandait ce qui l'attendait là-bas. Ce qu'il souhaitait le moins au monde venait d'arriver. Si ce qu'avait dit l'homme qui avait téléphoné au commissariat était exact, ses congés allaient être compromis, c'était clair. Hansson allait le supplier de reporter ses vacances, et il finirait par céder. Son espoir d'être dégagé de toute tâche prenante jusqu'à la fin juin était en train de s'effondrer.

Ils s'arrêtèrent devant les dunes. L'homme qui les attendait vint à leur rencontre. Il n'avait pas l'air d'avoir plus de trente ans. Si c'était bien Wetterstedt qui était mort, l'homme avait une dizaine d'années quand le ministre avait quitté le gouvernement, disparaissant ainsi du quotidien des gens. A l'époque, Wallander débutait comme jeune assistant dans la brigade criminelle. Dans la voiture, il s'était remémoré la physionomie de Wetterstedt. Un homme à cheveux courts, avec des lorgnons. Wallander se souvenait vaguement de sa voix. Une voix qui claquait, toujours sûre d'elle, jamais prête à reconnaître l'erreur.

L'homme venu à leur rencontre se présenta. Göran Lindgren. Il portait un short et un pull léger. Il semblait très secoué par sa découverte. Ils le suivirent. La plage était déserte sous la pluie. Lindgren les conduisit jusqu'à une grande barque retournée. L'avant laissait un grand espace entre le sable et la coque.

– Il est là-dessous, dit Göran Lindgren, d'une voix mal assurée.

Wallander et Martinsson se regardèrent comme s'ils pouvaient encore espérer que tout ça n'était qu'une illusion. Puis ils s'agenouillèrent pour inspecter sous le bateau. Il y faisait sombre. Mais ils distinguèrent sans grande difficulté le corps qui s'y trouvait.

– Il va falloir retourner la barque, dit Martinsson à voix basse, comme s'il craignait que le mort l'entende.

– Non, répondit Wallander. On ne retourne rien du tout.

Puis il se leva rapidement et se tourna vers Göran Lindgren.

– Je suppose que tu as une lampe de poche. Sinon tu n'aurais pas pu distinguer le moindre détail.

Étonné, l'homme hocha la tête et sortit une torche d'un sac plastique posé à côté du bateau. Wallander se pencha à nouveau et éclaira.

– Quelle horreur ! dit Martinsson à côté de lui.

Le visage du mort était couvert de sang. Ils virent pourtant qu'au sommet du crâne la peau du front avait été découpée. Göran Lindgren avait raison. C'était bien Wetterstedt qui était là sous la barque. Ils se relevèrent. Wallander rendit la lampe de poche.

– Comment as-tu su que c'était Wetterstedt ?

– Il habite ici. – Göran Lindgren montra du doigt une villa juste à gauche du bateau. – En plus il était connu. Un homme politique qu'on a beaucoup vu à la télé, on s'en souvient.

Wallander hocha la tête, dubitatif.

– Il faut déclencher l'alerte majeure, dit-il à Martinsson. Va téléphoner. J'attends ici.

Martinsson partit en vitesse. La pluie tombait toujours à verse.

– Quand l'as-tu découvert ? demanda Wallander.

– Je n'ai pas de montre sur moi. Mais ça ne doit pas faire plus d'une demi-heure.

– D'où as-tu téléphoné ?

Lindgren montra le sac plastique.

– J'ai un téléphone avec moi.

Wallander le regarda attentivement.

– Il est sous un bateau retourné. De l'extérieur, il n'est pas visible. Tu as dû te pencher pour le voir ?

– C'est mon bateau, expliqua Göran Lindgren. Ou plutôt celui de mon père. Quand j'ai fini mon travail, je fais souvent une promenade sur la plage. Comme il s'est mis à pleuvoir, j'ai voulu mettre mon sac plastique à l'abri sous le bateau. Il a heurté quelque chose et je me suis penché pour voir. Au début, j'ai cru qu'un bordage était tombé. Puis j'ai vu ce que c'était.

– Ça ne me regarde pas. Mais je me demande quand même pourquoi tu te promènes avec une lampe de poche.

– Nous avons une petite maison dans la forêt de Sandskogen. Du côté de Myrgången. Il n'y a pas d'électricité là-bas, nous sommes en train de refaire l'installation électrique. Nous sommes électriciens, mon père et moi.

Wallander hocha la tête.

– Il va falloir que tu attendes ici. Nous allons reprendre toutes ces questions dans un instant. Tu as touché à quelque chose ?

Lindgren secoua la tête.

– Quelqu'un d'autre que toi l'a vu ?

– Non.

– Quand est-ce que toi ou ton père vous avez retourné ce bateau pour la dernière fois ?

Göran Lindgren réfléchit.

– Il y a plus d'une semaine.

Wallander se tut. Il resta un moment à réfléchir sans bouger. Puis il dessina un grand cercle qui allait du bateau jusqu'à la maison de Wetterstedt. Il appuya sur la poignée de la porte de la grille. Fermée. Il fit signe à Göran Lindgren de venir.

– Tu habites dans le coin ?

– Non, à Åkesholm. Ma voiture est garée au bout de la route.

– Pourtant, tu savais que Wetterstedt habitait dans cette maison ?

– Il se promenait souvent sur la plage. Parfois, il s'arrêtait et nous regardait en train de nous occuper du bateau, mon père et moi. Mais il ne disait jamais rien. Il était un peu hautain, je crois.

– Il était marié ?

– Mon père disait qu'il était divorcé. Il avait lu ça dans un magazine.

Wallander hocha la tête.

– C'est bien. Tu n'as pas de vêtements de pluie dans ce sac plastique ?

– J'en ai dans la voiture.

– Tu peux aller les chercher. Tu as téléphoné à quelqu'un d'autre que la police pour raconter tout ça ?

– Je me disais que j'allais appeler mon père. Puisque c'est son bateau.

– Laisse tomber pour le moment. Pose ton téléphone ici, va chercher tes vêtements de pluie et reviens.

Göran Lindgren s'exécuta. Wallander retourna au bateau. Il s'installa pour l'observer et essaya de s'imaginer ce qui s'était passé. La première impression qu'on a du lieu d'un crime est souvent fondamentale, il le savait. Au cours de ses enquêtes, souvent longues et difficiles, il revenait sans cesse à cette première impression.

Il pouvait d'ores et déjà constater certains faits. Wetterstedt n'avait pas été assassiné sous le bateau. On l'y avait amené. On l'y avait caché. Comme la maison de Wetterstedt était extrêmement proche, beaucoup d'éléments plaidaient en faveur d'un meurtre dans la maison. De plus, le meurtrier ne pouvait pas avoir agi seul. Il avait bien fallu soulever le bateau pour faire entrer le corps. Et c'était un vieux modèle de bateau, en bois, et à clins. Il était lourd.

Ensuite Wallander pensa au cuir chevelu découpé. Quel mot Martinsson avait-il utilisé déjà ? Au téléphone, Göran Lindgren avait dit que l'homme avait été *scalpé*. Il y avait peut-être d'autres explications aux blessures sur le crâne. Ils ne savaient pas encore comment Wetterstedt était mort. On ne pouvait pas penser d'emblée que quelqu'un lui aurait arraché les cheveux de sang-froid.

Wallander se sentait mal à l'aise. Quelque chose l'inquiétait dans cette histoire de peau arrachée.

Les voitures de police arrivèrent. Martinsson avait donné la consigne de n'utiliser ni sirènes ni gyrophares. Wallander s'écarta à dix mètres du bateau pour qu'ils ne piétinent pas le sable inutilement.

– Il y a un mort sous cette barque, dit Wallander quand les policiers se furent rassemblés autour de lui. C'est probablement Gustaf Wetterstedt, qui a été notre grand chef il y a un certain temps. Ceux qui ont mon âge se souviennent de l'époque où il était ministre de la Justice. Il était à la retraite et il habitait ici. Maintenant il est mort. Nous devons partir de l'hypothèse qu'il a été assassiné. Et nous allons donc commencer par interdire l'accès à cette partie de la plage.

– Heureusement que le match n'est pas ce soir, dit Martinsson.

– Celui qui a fait ça s'intéresse peut-être au football lui aussi, dit Wallander.

Ça l'énervait qu'on lui rappelle sans cesse ce championnat du monde. Mais il évita de laisser paraître son irritation devant Martinsson.

– Nyberg est en route, dit Martinsson.

– Nous allons devoir continuer toute la nuit, dit Wallander. Autant nous y mettre tout de suite.

Svedberg et Ann-Britt Höglund étaient arrivés avec

l'une des premières voitures. Hansson vint lui aussi presque aussitôt après. Göran Lindgren était revenu vêtu d'un ciré jaune. Il dut répéter comment il avait découvert le cadavre, tandis que Svedberg notait. Comme la pluie tombait violemment, ils se mirent à l'abri sous un arbre, en haut d'une dune. Ensuite, Wallander demanda à Lindgren d'attendre. Comme il n'était pas encore question de retourner le bateau, le médecin appelé dut creuser pour arriver aussi loin que possible sous la barque et constater que Wetterstedt était réellement mort.

– Il paraît qu'il est divorcé, dit Wallander. Mais il faut vérifier. Quelques-uns d'entre vous vont rester là. Ann-Britt et moi allons monter jusqu'à sa maison.

– Et les clés ? dit Svedberg.

Martinsson descendit jusqu'au bateau, se coucha sur le ventre et tendit la main. Au bout de quelques minutes, il parvint à tirer un trousseau de la poche du blouson de Wetterstedt. Martinsson était couvert de sable humide quand il remit les clés à Wallander.

– Il faut couvrir tout ça, dit Wallander avec irritation. Pourquoi Nyberg n'est-il pas encore arrivé ? Pourquoi est-ce que tout ça va aussi lentement ?

– Il arrive, dit Svedberg. C'est mercredi aujourd'hui. C'est le jour où il va au sauna.

Wallander se dirigea vers la maison de Wetterstedt en compagnie d'Ann-Britt Höglund.

– Je me souviens de lui du temps de l'école de police, dit-elle brusquement. Quelqu'un avait mis sa photographie sur le mur, elle servait de cible pour les fléchettes.

– Il n'a jamais été apprécié chez les policiers, dit Wallander. C'est sous son autorité que nous nous sommes rendu compte qu'un changement était en cours. Un changement qui arrivait subrepticement. Je m'en souviens, c'était comme si nous avions d'un seul coup une cagoule sur la tête. C'était presque honteux d'être policier à cette époque. On semblait plus se préoccuper du confort des prisonniers que de l'augmentation persistante de la criminalité.

– Je ne me souviens pas de grand-chose, dit Ann-Britt Höglund. Mais il n'avait pas été impliqué dans un scandale ?

– Il y a eu beaucoup de rumeurs. Mais rien n'a jamais été prouvé. Nombre de policiers ont été très choqués à cette époque-là.

– Le temps l'a peut-être rattrapé, dit-elle.

Wallander la regarda avec étonnement. Mais il se tut.

Ils étaient arrivés au portail, devant le mur qui séparait la plage du jardin de Wetterstedt.

– Je suis déjà venue ici, dit-elle soudain. Il appelait souvent la police pour se plaindre de jeunes gens qui s'installaient sur la plage pour chanter pendant les nuits d'été. Un de ces jeunes avait écrit un article dans le journal. Björk m'avait demandé de venir voir.

– Voir quoi ?

– Aucune idée. Mais tu te souviens, Björk était très sensible aux critiques.

– C'était un de ses meilleurs côtés, répondit Wallander. En tout cas, il nous défendait. Ce n'est pas toujours le cas.

Ils trouvèrent la bonne clé et ouvrirent. La lampe du portail ne marchait pas. Le jardin était bien entretenu. Le gazon impeccable, sans aucune feuille morte de l'année passée. Il y avait une petite fontaine avec un jet d'eau : deux enfants nus en plâtre qui s'envoyaient de l'eau par la bouche. Sur une terrasse de granit trônaient une table de jardin au plateau de marbre et plusieurs chaises.

– Bien entretenu et cher, dit Ann-Britt Höglund. A ton avis, ça coûte combien, une table en marbre comme ça ?

Wallander ne répondit pas, il n'en avait aucune idée. Ils suivirent le chemin pavé jusqu'à la maison. Elle devait dater du début du siècle. Wallander sonna. Il laissa passer plus d'une minute avant de sonner une seconde fois. Puis il chercha la bonne clé et ouvrit la porte. Ils entrèrent dans un hall dont la lumière était allumée. Wallander appela. Mais il n'y avait personne.

– Wetterstedt n'a pas été tué sous le bateau, dit-il. Bien sûr, il a pu être attaqué sur la plage. Mais je pense quand même que ça s'est passé ici.

– Pourquoi ?

– Je ne sais pas. Une impression seulement.

Ils inspectèrent lentement la maison, de la cave au grenier, sans toucher à rien en dehors des interrupteurs. Une inspection superficielle, qui n'en restait pas moins importante pour Wallander. Ils ne savaient pas ce qu'ils cherchaient puisqu'ils ne cherchaient rien de particulier. Mais l'homme qui était maintenant mort sur la plage vivait encore tout récemment dans cette maison. Avec un peu de chance, ils pouvaient espérer trouver des indices expliquant ce vide soudain. Ils ne virent nulle part trace d'un désordre quelconque. Wallander chercha des yeux un endroit où le crime aurait pu être commis. Dès qu'il était entré, il avait cherché des traces indiquant l'intrusion de quelqu'un dans la maison. Dans le hall, ils avaient ôté leurs chaussures. Ils marchaient à pas feutrés dans cette maison qui leur semblait de plus en plus grande au fur et à mesure qu'ils avançaient. Son accompagnatrice regardait Wallander au moins autant que les objets dans les chambres qu'ils inspectaient. Jeune enquêteur inexpérimenté, il avait fait la même chose avec Rydberg. Au lieu d'en ressentir comme un encouragement, une confirmation du respect qu'elle portait à ses connaissances et à son expérience, il remarqua que ça le déprimait. La relève était déjà en marche. Ils avaient beau appartenir tous les deux à la même maison, elle était celle qui venait d'y entrer, tandis que lui en était déjà à deviner la voie de garage qui l'attendait. Il pensa à leur première rencontre, deux ans auparavant. Au premier abord, cette jeune femme sortie de l'école de police avec les meilleures notes lui avait paru plutôt pâlotte et pas vraiment attirante. Mais Ann-Britt Höglund avait entamé la conversation en lui déclarant qu'elle comptait sur lui pour lui enseigner tout ce que le milieu protégé de l'école ne pourrait jamais lui apprendre sur l'imprévisible réalité. Ça devrait être l'inverse, se dit-il rapidement, en considérant une lithographie confuse dont il n'arrivait pas à distinguer le motif. La relève a déjà eu lieu, sans qu'on s'en soit rendu compte. J'en apprends plus à sa manière de me regarder qu'elle ne pourra en apprendre de mon cerveau de policier de plus en plus tari.

Ils s'arrêtèrent devant une fenêtre du premier étage, qui donnait sur la plage. Des projecteurs étaient déjà en place. Nyberg, enfin arrivé, gesticulait furieusement et dirigeait la pose d'un auvent en plastique, accroché de travers au-dessus de la barque. Les barrières tout autour étaient surveillées par des policiers vêtus de longs imperméables. Comme il pleuvait à verse, il y avait très peu de badauds.

– Peut-être me suis-je trompé, dit Wallander en regardant l'auvent qu'on finissait de mettre en place. Il n'y a aucune trace ici qui indique que Wetterstedt a été tué à l'intérieur de sa maison.

– Le meurtrier peut avoir fait le ménage, objecta Ann-Britt Höglund.

– Nous le saurons quand Nyberg aura examiné la maison à fond. Disons que ma première intuition n'était pas bonne. Ça a pu se passer à l'extérieur.

Ils retournèrent en silence au rez-de-chaussée.

– Il n'y avait pas de courrier devant la porte, dit-elle. La maison est entourée d'un mur. Il doit y avoir une boîte aux lettres.

– On s'occupera de ça plus tard.

Il entra dans la grande salle de séjour et se tint au milieu de la pièce. Elle resta sur le seuil et le regarda comme si elle s'attendait à ce qu'il improvise un exposé.

– En général, je me demande ce que je ne vois pas, dit

Wallander. Mais tout a l'air tellement évident. Un homme seul vit dans une maison où tout est à sa place, où il n'y a pas de notes impayées, et où la solitude est accrochée aux murs comme une odeur de tabac. Le seul détail incongru dans ce tableau, c'est que l'homme en question est sur la plage, mort, sous le bateau de Göran Lindgren.

Puis il se redressa.

– Une seule chose ne cadre pas avec le reste : la lampe du portail ne marche pas.

– Elle est peut-être en panne.

– Oui. Mais il n'empêche que ça ne cadre pas.

On frappa à la porte. Wallander ouvrit : Hansson était devant lui, sous la pluie. De l'eau qui lui dégoulinait sur le visage.

– Ni le médecin ni Nyberg ne pourront avancer si on ne retourne pas la barque.

– Retournez-la. J'arrive tout de suite.

Hansson disparut sous la pluie.

– Il faudrait appeler sa famille, dit Wallander. Il doit avoir un carnet d'adresses.

– Il y a un détail qui me frappe, dit-elle. La maison regorge de souvenirs d'une vie bien remplie, avec beaucoup de voyages et d'innombrables rencontres. Mais il n'y a pas une seule photographie de famille.

Ils retournèrent dans la salle de séjour et Wallander se rendit compte qu'elle avait raison. Cela l'irrita de ne pas y avoir pensé lui-même.

– Peut-être ne voulait-il pas se voir rappeler son grand âge, dit-il sans conviction.

– Ce serait impensable pour une femme de vivre sans photos de famille. C'est peut-être pour ça que j'y ai pensé.

Il y avait un téléphone sur une table basse à côté d'un canapé.

– Il y a un autre appareil dans son bureau, dit-il en montrant la pièce du doigt. Tu cherches là-bas, moi je commence par ici

94

Wallander s'accroupit devant la table basse. Il remarqua la télécommande de la télévision, posée à côté du téléphone. Il pouvait regarder la télévision tout en parlant au téléphone, se dit-il. Exactement comme moi. Nous vivons dans un monde où il paraît insupportable de ne pouvoir contrôler à la fois la télévision et le téléphone. Il feuilleta les annuaires téléphoniques sans y trouver d'annotations personnelles. Puis il ouvrit avec précaution les deux tiroirs d'une commode située derrière la table basse. L'un contenait un album de timbres, l'autre des tubes de colle et des ronds de serviette dans une boîte. Juste au moment où il se dirigeait vers le bureau, le téléphone sonna. Il sursauta. Ann-Britt apparut aussitôt sur le seuil de la porte du bureau. Wallander s'assit doucement sur le coin du canapé et décrocha.

– Allô, dit une femme. Gustaf ? Pourquoi est-ce que tu ne téléphones pas ?

– Qui est à l'appareil ? demanda Wallander.

La voix de la femme devint soudain très sèche.

– Je suis la mère de Gustaf Wetterstedt, dit-elle. Qui est à l'appareil ?

– Mon nom est Kurt Wallander. Je suis policier ici, à Ystad.

Il entendait la femme respirer. Si c'était la mère de Wetterstedt, elle devait être très vieille. Il fit une grimace à destination d'Ann-Britt qui le regardait.

– Il s'est passé quelque chose ? demanda la femme.

Wallander ne savait pas comment réagir. Informer un membre de la famille de la victime d'un meurtre par téléphone était contraire à toutes les règles écrites et tacites de la police. Mais il avait déjà donné son nom et dit qu'il était de la police.

– Allô, dit-elle. Vous êtes toujours là ?

Wallander ne répondit pas. Il jeta un regard désespéré à Ann-Britt Höglund.

Ce qu'il fit ensuite serait-il justifiable ou non, il ne parviendrait jamais à le savoir *a posteriori*.

Il raccrocha et mit ainsi fin à la conversation.

– C'était qui ? demanda-t-elle.

Wallander secoua la tête sans répondre.

Puis il décrocha à nouveau et appela le quartier général de la police de Stockholm, à Kungsholmen.

7

Un peu après vingt et une heures, le téléphone de Gustaf Wetterstedt sonna à nouveau. Wallander avait alors obtenu l'aide de collègues à Stockholm pour annoncer le décès à la mère de Wetterstedt. C'était l'inspecteur Hans Vikander, de la « police d'Östermalm ». Dans quelques jours, on remplacerait cette vieille appellation par le nom de « police de la cité ».

– Elle est au courant, dit-il. Comme elle est très vieille, je suis venu avec un pasteur. Mais je dois dire qu'elle a pris la nouvelle calmement, malgré ses quatre-vingt-quatorze ans.

– C'est peut-être justement pour ça, répondit Wallander.

– Nous recherchons les deux enfants de Wetterstedt, poursuivit Hans Vikander. L'aîné, son fils, travaille pour les Nations unies à New York. Sa fille habite à Uppsala. Nous espérons pouvoir les joindre dans la soirée.

– Et son ex-femme ? dit Wallander.

– Laquelle ? demanda Hans Vikander. Il s'est marié trois fois.

– Les trois. Nous prendrons nous-mêmes contact avec elles, plus tard.

– J'ai une information qui va peut-être t'intéresser. La mère de Wetterstedt nous a expliqué que son fils lui téléphonait ponctuellement tous les soirs, à vingt et une heures précises.

Wallander regarda sa montre. Il était vingt et une heures trois. Il comprit aussitôt l'importance de ce que Vikander venait de lui dire.

– Il n'a pas appelé hier, poursuivit Hans Vikander. Elle a attendu jusqu'à vingt et une heures trente. Puis elle essayé de le joindre. Personne n'a décroché, bien qu'elle ait laissé sonner le téléphone au moins quinze fois.

– Et la veille ?

– Elle n'a pas réussi à s'en souvenir de manière très précise. Elle a quand même quatre-vingt-quatorze ans Elle reconnaît que sa mémoire immédiate n'est pas très bonne.

– Elle avait autre chose à dire ?

– C'était un peu difficile de savoir ce qu'il fallait lui demander.

– Nous aurons besoin de lui parler à nouveau, dit Wallander. Comme elle te connaît déjà, le mieux serait que tu t'en charges.

– Je pars en vacances la deuxième semaine de juillet, répondit Hans Vikander. Jusque-là, ça marche.

Wallander raccrocha. Ann-Britt Höglund apparut dans l'entrée, elle avait vérifié le contenu de la boîte aux lettres.

– Les journaux d'hier et d'aujourd'hui. Une facture de téléphone. Pas de lettre personnelle. Ça ne doit pas faire longtemps qu'il est sous ce bateau.

Wallander se leva du canapé.

– Fais encore une fois le tour de la maison, dit-il. Regarde si tu peux trouver des signes indiquant que quelque chose a été volé. Je descends le voir.

La pluie s'était mise à tomber très fort. Tandis qu'il se dépêchait de traverser le jardin, Wallander se souvint qu'il aurait dû aller voir son père. Il fit une grimace et retourna dans la maison.

– Rends-moi un service, demanda-t-il à Ann-Britt une fois dans l'entrée. Appelle mon père et dis-lui que je suis pris par une enquête urgente. S'il demande qui tu es, réponds que tu es le nouveau chef de la police.

Elle hocha la tête en souriant. Wallander lui donna le numéro de téléphone. Puis il retourna sous la pluie.

Éclairé par les puissants projecteurs, le lieu du crime avait pris un aspect fantomatique. Très mal à l'aise, Wallander entra sous l'auvent qu'on avait installé. Le corps de Gustaf Wetterstedt était sur le dos, sur une toile plastique. Le médecin qui avait été appelé était justement en train d'éclairer sa gorge avec une lampe de poche. Il s'interrompit quand Wallander arriva.

– Comment ça va ? dit le médecin.

Wallander le reconnut. C'était lui qui l'avait examiné aux urgences, la nuit où il avait cru qu'il avait une attaque.

– En dehors de ça, je me porte bien, répondit Wallander. Ça n'a jamais recommencé.

– Mes conseils ont été suivis ? demanda le médecin.

– Pas du tout, bredouilla Wallander, gêné.

Il contempla le cadavre : mort, il donnait la même impression qu'autrefois, à la télévision. Son visage, même couvert de sang coagulé, avait une expression autoritaire et méprisante. Wallander se pencha en avant pour regarder la blessure qui remontait vers le haut du crâne, là où la peau et les cheveux avaient été arrachés.

– De quoi est-il mort ? demanda Wallander.

– D'un coup puissant sur la colonne vertébrale, répondit le médecin. La colonne est tranchée juste au-dessous des omoplates. Il a dû mourir avant même de tomber par terre.

– Êtes-vous sûr que ça s'est passé dehors ? demanda Wallander.

– Il me semble. Le coup dans le dos a dû être donné par quelqu'un qui se trouvait derrière lui. Selon toute probabilité, la force du coup a dû le faire tomber en avant. Il a du sable dans la bouche et dans les yeux. Le plus vraisemblable est que ça se soit passé ici, à proximité.

Wallander montra la tête déformée de Wetterstedt.

– Et comment expliquez-vous ça ?

Le médecin haussa les épaules.

– L'entaille dans le front a été faite avec un couteau bien aiguisé. Ou une lame de rasoir. Quant à savoir si ça a été fait avant ou après qu'il a reçu le coup dans le dos, je ne peux pas me prononcer pour le moment. Ce sera le boulot du laboratoire de pathologie de Malmö.

– Malmström va avoir beaucoup de travail.

– Qui ?

– Hier, nous lui avons envoyé les restes d'une fille qui s'est suicidée par le feu. Et maintenant nous voilà avec un homme qui a été scalpé. Le médecin auquel j'ai parlé s'appelle Malmström. Une femme.

– Il y a plus d'un médecin là-bas. Je ne la connais pas.

Wallander s'accroupit devant le cadavre.

– Donnez-moi votre point de vue. Qu'est-ce qui s'est passé ?

– Celui qui lui a donné un coup dans le dos savait ce qu'il faisait. Un bourreau n'aurait pas fait mieux. Mais qu'on l'ait scalpé ! Ça pencherait plutôt en faveur d'un fou.

– Ou d'un Indien, dit Wallander pensivement.

Il se leva et sentit une douleur dans ses genoux. Le temps où il pouvait s'accroupir impunément était loin.

– Pour ce qui est de mon travail ici, j'ai fini. J'ai déjà signalé à Malmö que nous allions amener le corps.

Wallander ne répondit pas. Un détail dans les habits de Wetterstedt venait d'attirer son attention. La braguette était ouverte.

– Est-ce que vous avez touché à ses vêtements ? demanda-t-il.

– Seulement derrière, au niveau de la plaie de la colonne vertébrale, répondit le médecin.

Wallander hocha la tête. Il sentait son malaise revenir.

– Puis-je vous demander une chose ? dit-il. Pourriez-vous vérifier si Wetterstedt a encore dans le pantalon ce qui doit s'y trouver normalement ?

Le médecin le regarda sans comprendre.

– Si quelqu'un est capable d'arracher la moitié du crâne d'un homme, cette personne peut aussi arracher autre chose, non ?

Le médecin hocha la tête et enfila une paire de gants en plastique. Puis il glissa la main avec précaution et chercha.

– Ce qui doit s'y trouver a l'air d'y être encore, dit-il en retirant sa main.

Wallander hocha la tête.

On emporta le cadavre de Wetterstedt. Wallander se tourna vers Nyberg. Il était à genoux à côté du bateau qu'on avait remis à l'endroit.

– Comment ça marche ? demanda Wallander.

– Je ne sais pas, dit Nyberg. Avec cette pluie, toutes les traces disparaissent.

– Pourtant, il va falloir creuser demain.

Wallander répéta ce que le médecin avait dit. Nyberg hocha la tête.

– S'il y a du sang, on le trouvera. Veux-tu qu'on cherche dans un endroit particulier ?

– Tout autour de la barque. Et ensuite dans un secteur allant du portail à la mer.

Nyberg montra du doigt une valise ouverte. Elle contenait quelques sacs plastique.

– Je n'ai trouvé qu'une boîte d'allumettes dans ses poches, dit Nyberg. Le trousseau de clés, tu l'as. Ses vêtements sont de très bonne qualité. Les sabots mis à part.

– La maison semble ne pas avoir été touchée, dit Wallander. Mais j'aimerais bien que tu puisses y jeter un coup d'œil dès ce soir.

– Je ne peux pas être à deux endroits en même temps, répondit Nyberg, en grommelant. Si tu veux qu'on trouve des indices ici, il faut chercher avant que la pluie n'efface tout.

Wallander allait retourner à la maison de Wetterstedt quand il remarqua que Göran Lindgren était toujours là Wallander se dirigea vers lui. Il vit qu'il était transi.

– Tu peux rentrer maintenant, dit-il.

– Je peux appeler mon vieux pour lui dire ?

– Tu peux.

– Qu'est-ce qui s'est passé ?

– Nous ne le savons pas encore.

Derrière les barrières de sécurité, il restait encore une grappe de curieux qui observaient le travail des policiers. Quelques personnes âgées, un jeune homme avec un chien, un jeune garçon sur une mobylette. Wallander appréhendait les jours qui suivraient. Un ex-ministre de la Justice dont on a tranché la colonne vertébrale et qu'on a scalpé, c'était le genre de nouvelles que les journaux, la radio et la télévision rêvaient d'avoir tous les jours. Le seul côté positif de la situation : la première page des journaux serait épargnée à la fille qui s'était suicidée dans le champ de colza de Salomonsson.

Il descendit vers l'eau et ouvrit sa braguette pour uriner. Peut-être est-ce aussi bête que ça, se dit-il. La braguette de Gustaf Wetterstedt était ouverte parce qu'il était en train de pisser quand il a été attaqué.

Il commença à remonter vers la maison. Mais il s'arrêta brusquement. Il eut le sentiment que quelque chose lui avait échappé. Puis ça lui revint. Il retourna auprès de Nyberg.

– Sais-tu où est Svedberg ?

– Il est en train d'essayer de se procurer de quoi couvrir le sol, et si possible deux grandes bâches. Il faut recouvrir le sable si on ne veut pas que la pluie fasse tout disparaître.

– Je voudrais le voir quand il reviendra. Où sont Martinsson et Hansson ?

– Martinsson est parti manger un morceau, répondit Nyberg, de mauvaise humeur. Mais qui a le temps de manger dans ce bordel ?

– On peut envoyer quelqu'un te chercher quelque chose, dit Wallander. Où est Hansson ?

– Il devait aller informer le procureur. Et je ne veux rien à manger.

Wallander reprit le chemin de la maison. Après avoir accroché sa veste trempée et enlevé ses bottes, il se rendit compte qu'il avait faim. Dans le bureau de Wetterstedt, Ann-Britt Höglund fouillait dans ses tiroirs. Wallander alla dans la cuisine et alluma la lumière. Il se rappela qu'ils avaient bu du café dans la cuisine de Salomonsson. Maintenant celui-ci était mort. Comparé à la cuisine du vieil agriculteur, c'était un autre monde. Des casseroles de cuivre étincelantes pendaient aux murs. Au milieu de la cuisine, il y avait un foyer ouvert avec une cheminée raccordée à un vieux four à pain. Il ouvrit le réfrigérateur et en sortit un morceau de fromage et une bière. Il trouva du pain dans un des beaux placards muraux. Il s'assit à la table de la cuisine et se mit à manger, l'esprit vide. Il venait de finir son repas quand Svedberg apparut dans l'entrée.

– Nyberg m'a dit que tu voulais me voir ?

– Comment ça s'est passé avec les bâches ?

– Nous essayons de recouvrir du mieux que nous pouvons. Martinsson a téléphoné à la météo pour demander combien de temps ça allait durer. Ça va continuer toute la nuit. Ensuite, il y aura une éclaircie d'une ou deux heures avant de nouvelles averses. Avec en plus un vent costaud.

Une mare s'était formée autour des bottes de Svedberg. Mais Wallander ne se soucia pas de lui demander de les retirer. Le secret de la mort de Gustaf Wetterstedt n'était pas dans sa cuisine.

Svedberg s'assit et s'essuya les cheveux avec son mouchoir.

– J'ai le vague souvenir que tu m'as raconté un jour que, quand tu étais jeune, tu t'intéressais à l'histoire des Indiens, commença Wallander. Ou je me trompe ?

Svedberg le regarda, étonné.

– C'est exact, dit-il. J'ai lu beaucoup de livres sur les Indiens. Par contre, les films, ça ne m'intéressait pas du tout d'aller les voir, de toute façon ils ne disent jamais la vérité. J'ai correspondu avec un spécialiste des Indiens qui s'appelait Uncas. Il a gagné un concours à la télé une fois. Il m'a beaucoup appris.

– Tu te demandes pourquoi je te pose cette question, poursuivit Wallander.

– Non, pas vraiment, répondit Svedberg. Wetterstedt a été scalpé.

Wallander le regarda attentivement.

– C'est sûr ?

– Si on peut qualifier d'art le fait de scalper, c'était vraiment du grand art. Une entaille avec un couteau bien aiguisé sur le front. Puis quelques entailles vers le haut des tempes. Pour avoir une prise.

– Il est mort d'un coup qui lui a tranché la colonne vertébrale. Juste sous les omoplates.

Svedberg haussa les épaules.

– Les guerriers indiens frappaient à la tête. C'est difficile de frapper sur la colonne vertébrale. Il faut tenir la hache en biais. C'est d'autant plus difficile quand la victime bouge.

– Mais si elle est immobile ?

– En tout cas, ce n'est pas très indien. Ce n'est pas très indien de tuer les gens par-derrière. Ou même de tuer quelqu'un.

Wallander s'accouda, le front contre sa main.

– Pourquoi tu me demandes ça ? dit Svedberg. Ce n'est quand même pas un Indien qui a tué Wetterstedt.

– Quels sont les gens qui scalpent ? dit Wallander.

– Les fous, répondit Svedberg. Un type qui fait ça ne peut pas avoir toute sa raison. Il faudrait l'attraper le plus vite possible.

– Je sais.

Svedberg se leva et sortit. Wallander prit une serpillière et nettoya le sol. Puis il alla voir Ann-Britt Höglund. Il était presque vingt-trois heures trente.

– Ton père n'avait pas l'air très content, dit-elle. Mais il était surtout énervé parce que tu n'avais pas téléphoné plus tôt.

– Il n'a pas tort. Qu'est-ce que tu as trouvé ?

– Curieusement, peu de chose. En surface, rien ne semble avoir été volé. Aucune armoire fracturée. Il devait avoir une employée pour faire le ménage dans cette grande maison.

– Et qu'est-ce qui te fait croire ça ?

– Deux choses. La première, il y a des différences entre les méthodes de rangement d'une femme et celles d'un homme. Ne me demande pas. C'est comme ça, c'est tout.

– Et la seconde ?

– J'ai trouvé dans un agenda le mot « bonniche », à certains jours. L'indication revient deux fois par mois

– Il a vraiment écrit « bonniche » ?

– Une vieille expression pleine de mépris.

– Peux-tu retrouver quand elle est venue pour la dernière fois ?

– Jeudi.

– Ça explique pourquoi tout a l'air aussi bien rangé.

Wallander s'affala dans un fauteuil en face du bureau.

– A quoi ça ressemblait là-bas ? demanda-t-elle.

– Un coup de hache sur la colonne vertébrale. Mort sur le coup. Le meurtrier lui a arraché le scalp puis il s'est enfui.

– Avant, tu disais qu'ils devaient être deux.

– Je sais. Mais pour le moment, tout ce que je sais,

c'est que je n'aime pas du tout ça. Pourquoi tue-t-on un vieil homme qui vit dans un endroit reculé depuis vingt ans ? Et pourquoi prend-on son scalp ?

Ils restèrent assis en silence. Wallander pensait à la fille en feu. A l'homme au cuir chevelu arraché. A la pluie qui tombait. Il tenta de combattre ces visions horribles en se remémorant comment Baiba et lui s'étaient glissés derrière une dune de Skagen pour se mettre à l'abri du vent. Mais la fille continuait à courir avec ses cheveux en feu. Et Wetterstedt était sur un brancard en route pour Malmö.

Il chassa ces pensées et regarda Ann-Britt.

– Fais-moi un résumé de la situation, dit-il. Qu'est-ce que tu en penses ? Que s'est-il passé ? Décris-moi les faits. Sans te censurer.

– Il est sorti, dit-elle. Une promenade jusqu'à la plage. Pour rencontrer quelqu'un. Ou simplement pour se dégourdir les jambes. Mais il avait prévu de ne faire qu'une petite promenade.

– Pourquoi ?

– Les sabots. Vieux et usés. Inconfortables. Mais suffisants quand on ne sort pas trop longtemps.

– Et ensuite ?

– Ça s'est passé le soir. Qu'a dit le médecin sur l'heure ?

– Il ne savait pas encore. Continue. Pourquoi le soir ?

– Le risque d'être découvert est trop grand dans la journée. En cette saison, la plage n'est jamais déserte.

– Et ensuite ?

– Il n'y a pas de mobile évident. Mais il me semble que le meurtrier devait avoir un plan.

– Pourquoi ?

– Il s'accorde le temps de cacher le cadavre.

– Pourquoi le fait-il ?

– Pour en retarder la découverte. Parce qu'il veut avoir le temps de se mettre à l'abri.

– Mais personne ne l'a vu ? Et pourquoi dis-tu « il » ?

– Une femme a peu de chances de réussir à trancher la colonne vertébrale de quelqu'un. Une femme désespérée peut éventuellement donner un coup de hache dans la tête de son mari. Mais elle ne le scalpera pas. C'est un homme.

– Tu as dit à peu près tout ce que nous savons. Il est temps de laisser la maison à Nyberg et à ses hommes.

– Tout ça va faire beaucoup de bruit.

– Oui. Dès demain. Tu peux t'estimer heureuse de partir en vacances.

– Hansson m'a déjà demandé si je pouvais reporter mes congés. J'ai dit que j'étais d'accord.

– Rentre chez toi maintenant, dit Wallander. Je vais prévenir les autres qu'on se réunira dès sept heures demain matin pour organiser l'enquête.

Une fois seul, Wallander parcourut une fois de plus la maison. Il fallait se faire le plus vite possible une idée de Gustaf Wetterstedt, de sa personnalité. Ils connaissaient une de ses habitudes : chaque soir, à une heure précise, il téléphonait à sa mère. Mais toutes ses autres habitudes qu'ils ne connaissaient pas encore ? Wallander retourna à la cuisine et chercha un papier dans un des tiroirs. Puis il se fit une liste pour la réunion du lendemain matin. Quelques minutes plus tard, Nyberg entra. Il enleva son ciré mouillé.

– Que veux-tu qu'on cherche ? demanda-t-il.

– Le lieu du crime, répondit Wallander. Qui n'est pas ici. Je veux pouvoir exclure le fait qu'il ait été tué ici. Je veux que tu fasses le tour de la maison comme tu le fais d'habitude.

Nyberg hocha la tête et disparut. Tout de suite après, Wallander l'entendit houspiller un de ses collaborateurs. Wallander se dit qu'il ferait bien de rentrer dormir quelques heures. Puis il décida de refaire encore une fois le tour de la maison. Il commença par la cave. Au bout d'une heure, il arriva au premier étage. Il entra dans la grande chambre à coucher de Wetterstedt. Il ouvrit sa penderie. Il écarta les costumes et commença à chercher par terre. Il entendait la voix énervée de Nyberg au rez-de-chaussée. Il allait fermer les portes du placard quand il aperçut un petit sac dans un coin. Il se pencha et le sortit. Il s'assit sur le bord du lit pour l'ouvrir. Le sac contenait un appareil photo. C'était un appareil bon marché, du même type que celui que Linda avait acheté l'année précédente, avec une pellicule dedans. Sept photos avaient été prises sur trente-six. Il le remit dans le sac. Puis il descendit voir Nyberg.

– Il y a un appareil photo dans ce sac, dit-il. Fais développer la pellicule le plus vite possible.

Il était près de minuit quand il quitta la maison de Wetterstedt. Il pleuvait toujours très fort.

Il rentra directement chez lui.

Une fois dans son appartement, il s'assit dans la cuisine. Il se demandait ce qu'il y avait sur les photos.

La pluie frappait contre les vitres.

Soudain, il se rendit compte que la peur venait de s'installer en lui subrepticement.

Il s'était passé quelque chose. Mais il sentait que ce n'était qu'un début.

8

Ce jeudi matin 23 juin, il régnait dans le commissariat d'Ystad une atmosphère très éloignée de l'ambiance de fête de la Saint-Jean. Wallander avait été réveillé dès trois heures du matin par un journaliste de *Dagens Nyheter* qui avait appris le scoop, la mort de Gustaf Wetterstedt, par la police d'Östermalm. Quand Wallander avait fini par se rendormir, c'était l'*Expressen* qui avait téléphoné. Hansson avait lui aussi été réveillé pendant la nuit. Quand ils se retrouvèrent pour la réunion dans la salle de conférences, un peu après sept heures, ils étaient tous pâles et fatigués. Nyberg était venu lui aussi, bien qu'il eût travaillé jusqu'à cinq heures du matin pour passer au crible la maison de Wetterstedt. Au moment d'entrer dans la salle, Hansson avait pris Wallander à part et lui avait demandé de prendre en charge la réunion.

– Björk devait savoir que ça arriverait, dit Hansson. C'est pour ça qu'il a démissionné.

– Il n'a pas démissionné, dit Wallander. Il a été muté. En plus, c'était lui le moins bien placé pour prévoir l'avenir. Il avait bien assez de soucis avec ce qui se passait tous les jours autour de lui.

Wallander savait que la responsabilité de l'organisation de l'enquête sur le meurtre de Wetterstedt lui retomberait dessus. Leur première grosse difficulté : en été, ils étaient en sous-effectif à cause des congés. Il pensa avec reconnaissance qu'Ann-Britt Höglund était prête à reporter ses vacances. Mais qu'allaient devenir les siennes ? Il avait prévu de partir pour Skagen dans deux semaines, avec Baiba.

Il s'assit à la table de la salle de réunion et regarda les visages fatigués qui l'entouraient. Il pleuvait toujours. Devant lui, il avait posé un tas de messages téléphoniques récupérés à l'accueil. Il poussa le tas sur le côté et frappa quelques petits coups sur la table avec un stylo.

– Commençons, dit-il. Le pire est arrivé. Nous nous retrouvons avec un meurtre sur les bras, en plein été. Nous devons nous organiser le mieux possible. Dans les jours qui viennent, nous avons en plus un week-end de la Saint-Jean qui va mobiliser les gardiens de la paix. Et en général, pendant ce week-end, il y a toujours un incident du ressort de la criminelle. Il va falloir organiser les recherches en gardant ça en tête.

Personne ne dit rien. Wallander se tourna vers Nyberg et lui demanda comment se passaient les recherches du point de vue technique.

– Si seulement la pluie voulait bien s'arrêter quelques heures, dit Nyberg. Pour trouver le lieu de l'assassinat, il faut creuser dans toute la couche superficielle de sable de la plage. C'est impossible tant que ça n'est pas sec. Si c'est mouillé, on n'aura que des blocs de sable.

– J'ai téléphoné à la météo de Sturup il y a un petit moment, dit Martinsson. Ils prévoient que la pluie va s'arrêter ici, à Ystad, après huit heures. Mais le vent va forcir dans l'après-midi. Et du coup il y aura encore de la pluie. Ensuite, ça va s'arranger.

– C'est toujours ça, dit Wallander. En général, c'est plus tranquille pour nous quand il ne fait pas beau le week-end de la Saint-Jean.

– Cette fois-ci, je pense que le football va nous aider, dit Nyberg. Les gens ne boiront pas moins. Mais ils resteront devant leurs téléviseurs.

110

– Qu'est-ce qui va se passer si la Suède perd contre la Russie ? demanda Wallander.

– La Suède ne perdra pas, répondit Nyberg, d'un ton décidé. Nous allons gagner.

Wallander se dit que Nyberg devait suivre les matches.

– J'espère que tu as raison, répondit-il.

– Sinon, nous n'avons rien trouvé d'intéressant autour du bateau, poursuivit Nyberg. Nous avons aussi examiné le bout de plage entre le jardin de Wetterstedt, la barque et l'eau. Nous avons ramassé quelques objets. Mais rien de bien intéressant. Sauf peut-être un truc.

Nyberg prit un des sacs plastique et le posa sur la table.

– Un des policiers qui a mis les barrières a trouvé ça. C'est une bombe anti-agression. On conseille aux femmes d'avoir ce genre d'aérosols dans leur sac pour se défendre en cas d'agression.

– Ces bombes ne sont pas interdites chez nous ? demanda Ann-Britt Höglund.

– Si, dit Nyberg. Mais pourtant on l'a bel et bien trouvée là. Dans le sable, juste derrière les barrières. Nous allons y rechercher des empreintes digitales. Peut-être que ça donnera quelque chose.

Nyberg rangea le sac plastique.

– Est-ce qu'un homme seul peut retourner ce bateau ? demanda Wallander.

– Il faut vraiment qu'il soit très fort.

– Ça veut dire qu'ils étaient deux.

– L'assassin peut aussi avoir dégagé le sable à côté de la barque, dit Nyberg, en hésitant. Et l'avoir remis après avoir poussé Wetterstedt sous le bateau.

– C'est une possibilité, bien sûr, dit Wallander. Mais est-ce que ça semble plausible ?

Personne ne fit de commentaire.

– Rien n'indique que le meurtre a été commis à l'intérieur de la maison, poursuivit Nyberg. Nous n'avons pas trouvé de traces de sang ou de lutte. Personne ne s'est introduit dans la maison par effraction non plus. Je ne peux pas affirmer que rien n'a été volé. Mais ça n'en a pas l'air.

– Sinon, as-tu trouvé quelque chose qui semble digne d'intérêt ? demanda Wallander.

– Je trouve que toute la maison est digne d'intérêt, dit Nyberg. Wetterstedt devait avoir beaucoup d'argent.

Ils réfléchirent en silence. Wallander sentit qu'il était temps de faire un résumé.

– Ce qu'il nous faut avant tout, c'est l'heure à laquelle Wetterstedt a été tué, commença-t-il. Le médecin qui a examiné le cadavre semble penser qu'il a été abattu sur la plage. Il a trouvé des grains de sable dans ses yeux et dans sa bouche. Mais il va falloir attendre le rapport des médecins légistes. Comme nous n'avons aucune piste à suivre, et que nous n'avons pas non plus de mobile évident, il va falloir ratisser large. Essayer d'en savoir plus sur la personnalité de Wetterstedt. Quels étaient les gens qu'il fréquentait ? Quelles étaient ses habitudes ? Il va falloir se faire une idée de son caractère, essayer d'en savoir plus sur sa vie. Nous ne pouvons pas non plus ignorer qu'il y a vingt ans c'était un homme très célèbre. Il était ministre de la Justice. Il était très apprécié par certains, d'autres le haïssaient. Il y a toujours eu des rumeurs de scandales autour de lui. Y aurait-il quelque part l'idée de vengeance ? Il a été abattu et on lui a arraché le cuir chevelu. Il a été scalpé. S'est-il passé quelque chose de semblable auparavant ? Pouvons-nous trouver des similitudes avec des meurtres antérieurs ? Martinsson va devoir faire travailler ses ordinateurs. Wetterstedt avait une femme de ménage, il va falloir lui parler dès aujourd'hui.

– Son parti politique, dit Ann-Britt.

Wallander hocha la tête.

– J'allais justement y venir. Avait-il encore des responsabilités politiques ? Fréquentait-il d'anciens camarades de parti ? Ça aussi, il va falloir le tirer au clair. Y a-t-il quelque chose dans son passé qui puisse suggérer un mobile possible ?

– Depuis que la nouvelle est parue dans les journaux, deux hommes ont déjà téléphoné pour reconnaître le meurtre, dit Svedberg. Le premier a appelé d'une cabine téléphonique de Malmö. Il était tellement saoul qu'on avait beaucoup de mal à comprendre ce qu'il disait. Nous avons demandé aux collègues de Malmö de l'interroger. Le second appelait de la prison d'Österåker. Sa dernière permission remonte au mois de février. Quoi qu'il en soit, il semble évident que Gustaf Wetterstedt est loin de laisser les gens indifférents.

– Nous qui avons été dans le coup suffisamment long-temps, nous savons que c'est vrai aussi pour les policiers, dit Wallander. Du temps où il était ministre de la Justice, il s'est passé beaucoup de choses qu'aucun d'entre nous n'a oubliées. De tous les ministres de la Justice et chefs de la police qui se sont succédé, c'est sans conteste Wet-terstedt qui nous a le moins défendus.

Ils firent le tour de toutes les tâches qui les attendaient et se les répartirent. Wallander irait lui-même interroger la femme de ménage de Wetterstedt. Ils convinrent éga-lement de se réunir une nouvelle fois à quatre heures de l'après-midi.

– Il y a encore deux choses, dit Wallander. La pre-mière : nous allons être envahis par les journalistes et les photographes. C'est le genre d'affaires dont les médias raffolent. Nous allons nous trouver devant des titres de journaux du genre *l'assassin scalpeur* ou *le crime au scalp*. Donc autant faire une conférence de presse dès aujourd'hui. J'aimerais m'en dispenser.

– Mais ce n'est pas possible ! dit Svedberg. Il faut que tu prennes la responsabilité de l'affaire. Même si tu ne veux pas, c'est toi qui fais ça le mieux ici.

– Bon, mais je ne serai pas tout seul, dit Wallander. Je

veux que Hansson vienne avec moi. Et Ann-Britt. Disons, à treize heures ?

Ils allaient tous se lever quand Wallander leur demanda d'attendre encore un peu.

– D'autre part, nous ne pouvons pas laisser tomber l'enquête sur la fille qui s'est suicidée par le feu dans le champ de colza, dit-il.

– Tu veux dire qu'il y a un rapport ? demanda Hansson, étonné.

– Bien sûr que non, répondit Wallander. Ce que je veux dire, c'est qu'il faut quand même essayer de trouver qui elle est.

– La recherche par ordinateur n'a rien donné, dit Martinsson. Ni les combinaisons de lettres. Mais je te promets de continuer.

– Il doit bien y avoir quelqu'un à qui elle manque, dit Wallander. Une jeune fille. Je trouve ça étrange.

– C'est l'été, dit Svedberg. Beaucoup de jeunes sont en vadrouille. Il peut se passer une ou deux semaines avant qu'on se demande où elle est passée.

– Bien sûr, tu as raison, reconnut Wallander. Prenons notre mal en patience.

Ils levèrent la réunion à huit heures moins le quart. Wallander l'avait dirigée à un rythme accéléré, car ils avaient tous beaucoup de travail. De retour dans son bureau, il jeta un coup d'œil sur tous ses messages téléphoniques. Rien ne semblait urgent. Il sortit un cahier d'un tiroir et écrivit le nom de Gustaf Wetterstedt tout en haut sur la première page.

Puis il se rejeta en arrière dans son fauteuil et ferma les yeux. Que me raconte sa mort ? Qui peut l'abattre d'un coup de hache et le scalper ?

Wallander se pencha à nouveau sur son bureau.

Il écrivit : *Rien n'indique que Gustaf Wetterstedt ait été tué dans le cadre d'un cambriolage, même si on ne peut l'exclure totalement pour le moment. Ce n'est pas non plus un meurtre dû au hasard, s'il n'a pas été accompli par un fou. Qui a des raisons de vouloir se venger de Gustaf Wetterstedt en le tuant ?*

Wallander reposa le stylo et lut avec un regard de plus en plus critique ce qu'il venait d'écrire.

Il est trop tôt, pensa-t-il. Je tire des conclusions impossibles. Il faut que j'en sache plus.

Il se leva et sortit. La pluie venait de cesser. La météo de l'aéroport de Sturup ne s'était pas trompée. Il se rendit à la villa de Wetterstedt.

Le périmètre où le meurtre avait eu lieu était toujours interdit au public. Nyberg était déjà au travail. Ses collaborateurs et lui étaient en train de replier les bâches qui recouvraient une partie de la plage. Ce matin, les spectateurs étaient nombreux derrière les barrières. Wallander ouvrit la porte avec les clés de Wetterstedt et alla directement dans son bureau. Il poursuivit de manière méthodique la recherche qu'Ann-Britt Höglund avait entamée la veille au soir. Il lui fallut une bonne demi-heure pour trouver le nom de la femme que Wetterstedt avait qualifiée de « bonniche ». Elle s'appelait Sara Björklund, elle habitait près de Styrbordsgången, juste après les grands centres commerciaux à l'entrée ouest de la ville. Il décrocha le téléphone dans le bureau et fit le numéro. Au bout de huit sonneries, on décrocha. Wallander entendit une voix enrouée masculine.

– Je voudrais parler à Sara Björklund, dit Wallander.

– Elle n'est pas là.

– Où pourrais-je la joindre ?

– Qui est à l'appareil ? demanda l'homme, d'une voix plutôt hostile.

– Kurt Wallander, de la police d'Ystad.

Il y eut un long silence à l'autre bout de la ligne.

– Vous êtes toujours là ? dit Wallander, sans chercher à dissimuler son impatience.

– Est-ce que ça a à voir avec Wetterstedt ? demanda l'homme. Sara Björklund est ma femme.

– J'ai besoin de lui parler.

– Elle est à Malmö. Elle ne reviendra pas avant cet après-midi.

– Quand pourrai-je la joindre ? A quelle heure ? Soyez précis, s'il vous plaît !

– Elle sera rentrée pour dix-sept heures.

– Alors je viens chez vous à dix-sept heures, dit Wallander en raccrochant.

Il sortit de la maison et descendit voir Nyberg. Les badauds se pressaient derrière les barrières.

– Tu as trouvé quelque chose ? demanda-t-il.

Nyberg avait un seau de sable à la main.

– Rien, dit-il. Mais s'il a été tué ici et qu'il est tombé sur le sable, il doit y avoir du sang. Peut-être pas de son dos. Mais de sa tête. Le sang a dû gicler. Il y a des grosses veines sur le front.

Wallander hocha la tête.

– Où avez-vous découvert la bombe anti-agression ? demanda-t-il.

Nyberg montra un point au-delà des barrières.

– Je doute que ça ait un rapport avec cette affaire, dit Wallander.

– Moi aussi, répondit Nyberg

Wallander allait retourner à sa voiture quand il se rappela qu'il avait une autre question à poser à Nyberg.

– L'éclairage du portail du jardin ne marche pas, dit-il. Tu peux regarder ?

– Qu'est-ce que tu veux que je fasse ? demanda Nyberg. Que je change l'ampoule ?

– Je veux savoir pourquoi elle ne marche pas, dit Wallander. C'est tout.

Il retourna au commissariat. Le ciel était gris. Mais il ne pleuvait pas.

– Il y a sans arrêt des journalistes qui appellent, dit Ebba quand il passa devant l'accueil.

– Ils seront les bienvenus à treize heures, répondit Wallander. Où est Ann-Britt ?

– Elle est sortie il y a un moment. Elle n'a pas dit où elle allait.

– Et Hansson ?

– Je crois qu'il est chez Per Åkeson. Je dois aller le chercher ?

– Il faut préparer la conférence de presse. Arrange-toi pour qu'on apporte des chaises supplémentaires dans la salle de conférences. Il y aura beaucoup de monde.

Wallander alla dans son bureau et commença à préparer le communiqué pour la presse. Une demi-heure plus tard environ, Ann-Britt Höglund frappa à la porte.

– Je suis allée à la ferme de Salomonsson, dit-elle. Je crois que j'ai trouvé d'où cette fille sortait toute cette essence.

– Salomonsson en avait un stock dans sa grange ?

Elle hocha la tête.

– Bon. Donc ça, c'est résolu. Cela veut donc dire qu'elle peut être venue à pied jusqu'au champ de colza. Il n'est pas nécessaire qu'elle soit arrivée en vélo ou en voiture. Elle peut être venue à pied.

– Est-ce que Salomonsson pouvait la connaître ? demanda-t-elle.

Wallander réfléchit un instant avant de répondre.

– Non. Salomonsson ne mentait pas. Il ne l'avait jamais vue.

– Donc, la fille vient à pied de quelque part. Elle entre dans la grange de Salomonsson et y trouve un certain nombre de bidons d'essence. Elle en prend cinq qu'elle emporte dans le colza. Puis elle se met le feu.

– C'est quelque chose comme ça, dit Wallander. Même si nous arrivons à savoir qui elle est, nous ne saurons sans doute jamais toute la vérité.

Ils allèrent chercher du café et discutèrent de ce qu'ils allaient dire à la conférence de presse. Il était presque onze heures quand Hansson les rejoignit.

– J'ai discuté avec Per Åkeson, dit-il. Il m'a dit qu'il allait contacter le procureur général.

Wallander leva les yeux de ses papiers.

– Pourquoi ?

– Gustaf Wetterstedt a été un personnage important. Il y a dix ans, le Premier ministre a été assassiné. Et voilà que nous nous retrouvons avec un ministre de la Justice abattu. Je suppose qu'il veut savoir si l'enquête doit être menée d'une façon particulière.

– S'il était toujours ministre de la Justice, j'aurais pu comprendre, dit Wallander. Mais ce n'était plus qu'un vieux retraité qui avait quitté depuis longtemps ses fonctions officielles.

– Tu en parleras avec Åkeson, dit Hansson. Je ne fais que rapporter ce qu'il a dit.

A treize heures, ils allèrent s'asseoir sur la petite estrade au bout de la salle de conférences. Ils avaient décidé d'écourter autant que possible l'entrevue avec la presse. Le principal était de tenter d'empêcher qu'il y ait un trop grand nombre de spéculations folles et sans fondement. Ils avaient donc décidé d'être évasifs quand il s'agirait de répondre sur la manière dont Wetterstedt avait été tué. Ils ne diraient rien du scalp.

La salle de conférences était bondée. Exactement comme Wallander l'avait prévu, les grands quotidiens avaient aussitôt décidé que le meurtre de Gustaf Wetterstedt était une affaire importante. Wallander compta trois caméras de chaînes de télévision différentes.

Quand tout fut fini et que le dernier journaliste eut disparu, Wallander constata avec satisfaction que tout s'était remarquablement bien déroulé. Ils avaient été aussi laconiques que possible dans leurs réponses et avaient prétexté que des raisons liées à l'enquête les empêchaient de donner plus de détails. Pour finir, les journalistes avaient conclu qu'ils n'arriveraient pas à se frayer un chemin à travers le mur invisible que Wallander avait construit autour de lui et de ses collègues. Quand les journalistes quittèrent la salle, il se contenta de se laisser interviewer par la radio locale tandis qu'Ann-Britt Höglund se plaçait devant une des caméras présentes. Il la regarda faire. Pour une fois, il était heureux de ne pas être celui qu'on voyait.

Vers la fin de la conférence de presse, Per Åkeson était entré discrètement dans la salle et s'était installé tout au fond. Il se leva et attendit que Wallander sorte.

– J'ai appris que tu allais appeler le procureur général, dit Wallander. Il t'a donné des directives ?

– Il veut qu'on le tienne au courant, répondit Per Åkeson. De la même manière que tu me tiens au courant.

– Tu auras un état d'avancement de l'enquête tous les jours, dit Wallander. Et on te préviendra chaque fois qu'on découvrira un élément susceptible de nous faire progresser.

– Tu n'as rien de fondamental pour le moment ?

– Rien.

Le groupe des enquêteurs tint une très brève réunion à seize heures. Ils étaient tous en plein travail, et ce n'était pas le moment de faire des comptes rendus. Wallander fit donc juste un tour de table avant de demander à chacun de retourner à ses affaires. Ils décidèrent de se retrouver à huit heures le lendemain s'il ne se passait rien de particulier en ce qui concernait l'enquête.

Peu avant dix-sept heures, Wallander quitta le commissariat pour rendre visite à Sara Björklund. Styrbordsgången était un quartier où Wallander ne mettait jamais les pieds. Il gara sa voiture et entra par le portail du jardin. La porte s'ouvrit avant qu'il n'arrive à la maison. La femme qui se tenait sur le seuil était plus jeune qu'il ne l'avait imaginé. La trentaine. Pour Gustaf Wetterstedt, c'était une « bonniche ». Savait-elle comment il l'appelait ?

– Bonjour, dit Wallander. J'ai appelé ce matin. Vous êtes Sara Björklund ?

Elle l'invita à entrer. Dans la salle de séjour, elle avait préparé un plateau avec des brioches et du café dans une bouteille Thermos. Wallander entendit à l'étage au-dessus un homme en train de crier à des enfants de faire moins de bruit. Wallander s'assit sur une chaise et jeta un regard autour de lui. Comme s'il s'attendait à ce qu'un des tableaux de son père soit accroché à un des murs. C'était en fait la seule chose qui manquait, se dit-il. Il y a le pêcheur, la gitane, et l'enfant qui pleure. Il ne manque plus que les paysages de mon père. Avec ou sans grand tétras.

– Voulez-vous du café ? demanda-t-elle.

– Tutoyons-nous, dit Wallander. Oui, merci.

– Gustaf Wetterstedt, on n'avait pas le droit de le tutoyer, dit-elle brusquement. Il fallait l'appeler M. Wetterstedt. Il m'a fait tout un cours là-dessus quand j'ai commencé chez lui.

Wallander lui fut reconnaissant de pouvoir tout de suite passer aux choses importantes. Il sortit de sa poche un petit carnet et un crayon.

– Donc, tu sais que Gustaf Wetterstedt a été tué, commença-t-il.

– C'est terrible, dit-elle. Qui peut avoir fait ça ?

– Nous nous le demandons nous aussi.

– Il était vraiment sur la plage ? Sous ce bateau moche ? Qu'on voit du premier étage ?

– Oui. Mais reprenons au début. Tu faisais le ménage pour Gustaf Wetterstedt ?

– Oui.

– Depuis combien de temps travailles-tu pour lui ?

– Ça va faire trois ans. Je me suis retrouvée au chômage. Et cette maison coûte pas mal d'argent. Il a bien fallu que je me mette à faire des ménages. J'ai trouvé ce travail par une annonce dans le journal.

– Tu allais souvent chez lui ?

– Deux fois par mois. Un jeudi sur deux.

Wallander nota.

– Toujours un jeudi ?

– Toujours.

– Tu avais tes propres clés ?

– Non. Il ne me les aurait jamais données.

– Pourquoi dis-tu ça ?

– Quand j'étais chez lui, il surveillait chacun de mes mouvements. C'était très pénible. Mais d'un autre côté, il payait bien.

– Tu n'as jamais rien remarqué de spécial ?

– De quel genre ?

– Il n'y avait jamais personne d'autre chez lui ?

– Jamais.

– Il n'invitait jamais des gens à des repas ?

– Pas à ma connaissance. Quand je venais, il n'y avait jamais de vaisselle à faire.

Wallander réfléchit un instant avant de poursuivre.

– Comment le décrirais-tu en tant que personne ?

La réponse vint immédiatement, avec force et conviction.

– On pourrait dire que c'était un arrogant.

– Qu'entends-tu par là ?

– Qu'il me traitait avec mépris. Pour lui, je n'étais qu'une quelconque bonne femme qui passe la serpillière. Même si, pendant un temps, il a représenté le parti qui est censé parler en notre nom. Le parti des travailleurs.

– Sais-tu que, dans son agenda, il t'appelait la « bonniche » ?

– Ça ne m'étonne pas du tout.

– Mais tu es restée ?

– Je t'ai déjà dit qu'il payait bien.

– Essaie de te souvenir de la dernière fois où tu as fait le ménage chez lui. Tu y as été la semaine dernière ?

– Tout était exactement comme d'habitude. J'ai essayé d'y réfléchir. Mais il était exactement comme d'habitude.

– Pendant ces trois années, il ne s'est donc rien passé qui sorte de l'ordinaire ?

Il vit aussitôt qu'elle hésitait avant de répondre. Il aiguisa aussitôt son attention.

– Si, il y a eu cette fois, l'année dernière. En novembre. Je ne sais pas pourquoi, mais je m'étais trompée de jour. J'y suis allée un vendredi matin au lieu du jeudi. Et juste quand j'arrivais, j'ai vu une grosse voiture sortir du garage. Une voiture avec des vitres à travers lesquelles on ne voit rien. Ensuite, j'ai sonné à la porte comme je le faisais d'habitude. Il a mis beaucoup de temps avant de venir m'ouvrir. Quand il m'a vue, il s'est mis dans une colère incroyable. Puis il m'a claqué la porte au nez. J'ai cru qu'il allait me renvoyer. Mais quand je suis revenue la fois suivante, il n'a rien dit. Il a fait comme si de rien n'était.

Wallander attendit une suite qui ne vint pas.

– C'est tout ?

– Oui.

– Une grosse voiture noire qui est sortie de chez lui ?

– Oui.

Wallander se rendit compte qu'il n'en tirerait pas plus. Il but son café rapidement et se leva.

– S'il te revient autre chose, je te serais reconnaissant de bien vouloir m'appeler, dit-il au moment de partir.

Il retourna en ville.

Une grosse voiture noire qui venait chez lui, se dit-il. Qui était dans cette voiture ? Il faut que je trouve.

Il était dix-huit heures. Un vent fort s'était levé.

Et il s'était remis à pleuvoir.

9

En pénétrant dans la maison de Wetterstedt, Wallander y retrouva Nyberg et ses collaborateurs. Ils avaient remué des tonnes de sable sans parvenir à identifier l'endroit où le crime avait été commis. Quand la pluie était revenue, Nyberg avait aussitôt fait remettre les bâches. Il n'y avait plus qu'à attendre que le temps devienne plus clément. De retour dans cette maison, Wallander eut le sentiment que les informations de Sara Björklund sur son erreur et sur la grosse voiture noire lui avaient permis de percer un petit trou, petit, certes, mais un trou quand même, dans l'écorce du parfait Wetterstedt. Elle avait vu quelque chose que personne n'était censé voir. C'était la seule explication de la colère de Wetterstedt et du fait qu'au lieu de la licencier il ait fait comme si de rien n'était. La colère et le silence n'étaient que les deux faces d'un même comportement.

Nyberg était en train de boire du café dans la salle de séjour de Wetterstedt. Wallander aperçut sa bouteille Thermos, posée sur une chaise recouverte d'un papier journal. Elle paraissait très vieille et lui rappelait les années cinquante.

– Nous n'avons toujours pas trouvé ton lieu du crime, dit Nyberg. Et pour le moment, plus moyen de fouiller, puisqu'il pleut.

– Je comptais chercher encore un peu dans son bureau, dit Wallander.

– Hansson a téléphoné. Il a parlé aux enfants de Wetterstedt.

– Seulement maintenant ? Je croyais qu'il l'avait fait depuis longtemps.

– Je n'en sais rien. Je ne fais que te répéter ce qu'il a dit.

Wallander alla s'asseoir dans le bureau. Il dirigea la lampe de manière à ce qu'elle éclaire le plus largement possible. Puis il ouvrit un des tiroirs de gauche. Il y trouva une photocopie de la dernière déclaration de revenus de Wetterstedt. Il la posa devant lui sur le bureau. Wetterstedt avait déclaré un revenu de près d'un million de couronnes. En parcourant la déclaration, Wallander vit que ses sources principales de revenus étaient sa propre épargne-retraite privée et des dividendes d'actions. Il constata, à la lecture d'un compte rendu de la commission des actions en Bourse, que Wetterstedt avait des actions dans la grande industrie traditionnelle suédoise. Il avait investi dans Ericsson, Asea Brown Boveri, Volvo et Rottneros. En dehors de ces revenus, Wetterstedt avait déclaré une retraite du ministère des Affaires étrangères, et des droits d'auteur des éditions Tiden. Sous la rubrique « fortune personnelle », Wetterstedt avait déclaré cinq millions. Wallander inscrivit ces chiffres dans sa mémoire. Il remit la déclaration à sa place et ouvrit le tiroir suivant. Il contenait un album de photos. Voilà les photos de famille qui manquaient à Ann-Britt, se dit-il. Il posa l'album sur le bureau et l'ouvrit à la première page. Il le parcourut page après page avec un étonnement croissant. L'album était rempli de photographies pornographiques anciennes. Quelques clichés étaient extrêmement osés. Et certaines pages avaient été plus souvent ouvertes que d'autres. Wetterstedt avait une préférence pour celles où les modèles étaient très jeunes. On frappa à la porte d'entrée. Martinsson entra. Wallander le salua de la tête et lui montra l'album du doigt.

– Il y en a qui font collection de timbres, dit Martinsson. D'autres collectionnent ce genre d'images.

Wallander referma l'album et le remit dans le tiroir.

– Un avocat du nom de Sjösten a téléphoné de Malmö. Il nous a signalé qu'il avait le testament de Gustaf Wetterstedt. Ça représente pas mal de sous. Je lui ai demandé si le testament mentionnait des héritiers inattendus. Mais tout revient aux légitimes. D'autre part, Wetterstedt a créé une fondation dont le but est d'aider les jeunes juristes. Mais l'argent de la fondation, ça fait longtemps qu'il l'a placé, il a même payé des impôts dessus.

– Donc, nous savons au moins ça : Gustaf Wetterstedt était un homme riche. Pourtant, son père n'était-il pas docker ?

– Svedberg travaille sur sa biographie, dit Martinsson. J'ai entendu dire qu'il avait retrouvé un ancien secrétaire du parti qui a une bonne mémoire et beaucoup de choses à raconter sur Gustaf Wetterstedt. Mais je suis venu te voir à propos de la fille qui s'est suicidée dans le champ de colza de Salomonsson.

– Tu l'as retrouvée ?

– Non. Mais l'ordinateur m'a donné plus de deux mille propositions pour la combinaison de lettres. Ça fait un listing assez long.

Wallander réfléchit. Que faire maintenant ?

– Il va falloir passer par Interpol, dit-il. Et comment elle s'appelle déjà, la nouvelle organisation ? Europol ?

– Exact.

– Envoie-leur une demande de vérification avec le signalement de la fille. Demain, il faudra prendre une photo de la médaille. La Vierge Marie. Même si les vagues que produit la mort de Wetterstedt submergent tout, essayons de faire paraître cette photo dans les journaux.

– J'ai montré la médaille à un joaillier, dit Martinsson. Il m'a confirmé que c'était de l'or.

– Quelqu'un va bien finir par se demander où cette fille est passée, dit Wallander. C'est très rare que des gens n'aient absolument pas de famille.

Martinsson bâilla et demanda à Wallander s'il avait encore besoin d'aide.

– Pas ce soir, dit-il.

Martinsson quitta la maison. Wallander continua à fouiller le bureau une heure encore. Puis il éteignit la lumière et resta assis dans l'obscurité. Qui était Gustaf Wetterstedt ? se demandait-il. L'image que j'en ai est encore très floue.

Subitement, il eut une idée. Il alla dans la salle de séjour et chercha un nom dans l'annuaire. Il n'était pas encore vingt et une heures. Il appela le numéro, on répondit presque aussitôt. Il expliqua qui il était et demanda s'il pouvait passer. Puis il raccrocha après cette brève conversation. Il prévint Nyberg, au premier étage, qu'il repasserait plus tard dans la soirée. Quand il sortit, il soufflait de fortes rafales de vent. La pluie lui cinglait le visage. Il courut jusqu'à sa voiture pour ne pas être trempé. Puis il roula vers le centre-ville et s'arrêta devant un immeuble à proximité de l'école d'Österport.

Il sonna à l'interphone et la porte s'ouvrit. Quand il arriva au deuxième étage, Lars Magnusson l'attendait sur le pas de sa porte, en chaussettes. De l'intérieur parvenait une belle musique jouée au piano.

– Ça fait un bout de temps, dit Lars Magnusson en serrant la main de Wallander.

– Oui, répondit Wallander. Ça doit faire plus de cinq ans qu'on ne s'est pas vus.

Autrefois, Lars Magnusson avait été journaliste. Après avoir travaillé quelques années pour l'*Expressen*, il en avait eu assez de la grande ville et était retourné à Ystad, sa ville natale. Wallander et lui s'étaient rencontrés par l'intermédiaire de leurs femmes. Ils avaient notamment remarqué qu'ils avaient une passion commune pour l'opéra. Nombre d'années plus tard, après sa séparation d'avec Mona, Wallander avait découvert que Lars Magnusson était alcoolique au dernier degré. Un soir, il s'était attardé au commissariat de police quand une patrouille de police avait amené Lars Magnusson. Il était tellement ivre qu'il ne tenait plus debout. Il avait conduit sa voiture dans cet état et était entré tout droit dans la vitrine d'une banque, après avoir perdu le contrôle de son véhicule. On l'avait condamné à six mois de prison ferme. A son retour à Ystad, il n'avait plus jamais mis les pieds au journal. Sa femme s'était lassée de leur couple sans enfants et l'avait quitté. Lui avait continué à boire, tout en évitant de dépasser les limites. Après avoir abandonné son métier, il avait gagné sa vie en inventant des combinaisons d'échecs pour plusieurs journaux. S'il n'était pas encore totalement détruit par la boisson, c'était parce qu'il se forçait à ne boire son premier verre qu'après avoir créé au moins une partie. Maintenant qu'il avait un fax, il n'avait même plus besoin d'aller à la poste. Il pouvait envoyer ses combinaisons directement de chez lui.

Wallander entra dans le modeste appartement de Lars Magnusson. A l'odeur, il devina qu'il avait bu. Une bouteille de vodka trônait sur la table basse devant le canapé. Mais il n'y avait pas de verre.

Lars Magnusson était un peu plus âgé que lui. Sa tignasse grise tombait sur son col de chemise sale. Son visage était rouge et bouffi. Mais Wallander constata qu'il avait le regard étrangement clair. Personne n'avait jamais eu de raison de douter de l'intelligence de Lars Magnusson. On disait d'ailleurs que les éditions Bonniers avaient failli publier un recueil de poèmes qu'il avait écrits, mais qu'au dernier moment Lars Magnusson l'avait retiré, en remboursant la petite avance qu'il avait obtenue.

– Tu débarques à l'improviste, dit-il. Assieds-toi. Qu'est-ce que je peux t'offrir ?

– Rien, dit Wallander en s'installant sur le canapé après avoir écarté un tas de journaux.

Sans la moindre gêne, Lars Magnusson but une gorgée au goulot et s'assit en face de Wallander. Il avait baissé la musique.

– Ça fait longtemps, dit Wallander. J'essaie de me souvenir quand.

– Au magasin des vins et spiritueux. Ça fait presque cinq ans. Tu achetais du vin, et moi j'achetais tout le reste.

Wallander hocha la tête. Il se souvenait.

– Pas de problème pour ce qui est de ta mémoire, dit-il.

– Elle ne s'est pas encore dissoute dans l'alcool. Je la garde pour la fin.

– Tu n'as jamais songé à arrêter ?

– Tous les jours. Mais je suppose que ce n'est pas pour me convaincre d'arrêter de boire que tu es venu me voir.

– Tu as certainement lu dans les journaux que Gustaf Wetterstedt a été assassiné ?

– J'ai vu ça à la télé.

– J'ai le vague souvenir que tu m'as parlé de lui un jour. Des rumeurs de scandales qui tournaient autour de lui. Mais qui finissaient toujours par être étouffées.

– Ce qui était d'ailleurs le plus grand de tous les scandales.

– J'essaie de comprendre qui il était. Je me suis dit que tu pourrais m'aider.

– La question est seulement de savoir si tu veux entendre des rumeurs non vérifiées ou si tu veux savoir la vérité. Je ne suis pas bien certain de pouvoir faire la distinction.

– Il est rare que les rumeurs soient totalement sans fondement, dit Wallander.

Lars Magnusson repoussa la bouteille de vodka, comme s'il avait décidé d'un seul coup qu'elle était trop près de lui.

– J'ai commencé à travailler à quinze ans comme

apprenti dans un des journaux de Stockholm, dit-il. C'était au printemps 1955. Il y avait un vieux rédacteur du nom de Ture Svanberg, qui travaillait la nuit. Il était à peu près aussi poivrot que je ne le suis maintenant. Mais il faisait son travail de manière impeccable. En plus, il avait du génie pour rédiger des gros titres qui faisaient vendre. Il ne supportait pas les textes bâclés. Je me souviens encore de la colère qu'il a piquée une fois à cause d'un reportage vite fait mal fait : il a déchiré les feuillets en mille morceaux et il les a mangés. Il a mâché les morceaux de papier. Puis il a dit : « Ça ne mérite pas de sortir autrement que comme de la merde. » C'est Ture Svanberg qui m'a appris le métier. Il disait qu'il existait deux types de journaliste. « Il y a le journaliste qui creuse pour trouver la vérité. Il est au fond du trou et il sort des pelletées de terre. Mais au-dessus de lui, il y en a un autre qui rebalance la terre au fond. Il est journaliste lui aussi. Et entre ces deux-là c'est la guerre permanente. Tu as des journalistes qui veulent dévoiler, dénoncer. Tu en as d'autres qui jouent le jeu du pouvoir et qui travaillent à masquer ce qui se passe vraiment. » Et c'était vrai. Je l'ai très vite compris, même si je n'avais que quinze ans. Les hommes de pouvoir s'entourent toujours de sociétés de nettoyage et de fossoyeurs symboliques. Bon nombre de journalistes n'hésitent pas à vendre leur âme pour jouer leur jeu. A rebalancer la terre au fond. Enfouir les scandales. Faire prendre l'apparence pour la réalité, entretenir l'illusion d'une société propre.

Avec une grimace, il reprit la bouteille et en but une gorgée. Wallander vit qu'il se tenait le ventre après avoir bu.

– Gustaf Wetterstedt, dit-il. Que s'est-il passé vraiment ?

Lars Magnusson sortit un paquet de cigarettes froissé de sa poche de chemise. Il en alluma une et souffla un nuage de fumée.

– Des putains et de l'art. Tout le monde savait que le bon Gustaf faisait monter chaque semaine une fille dans son petit appartement de Vasastan, appartement dont sa femme ignorait l'existence. Il avait un employé personnel qui s'occupait de tout ça. J'ai entendu dire que ce type était dépendant à la morphine, et que Wetterstedt se procurait la drogue. Il avait beaucoup d'amis médecins. Qu'il couche avec des prostituées n'était pas un sujet pour les journaux. Ce n'était ni le premier ni le dernier ministre suédois à le faire. Mais il serait intéressant de savoir si c'est l'exception ou la règle. Il m'arrive de me le demander. Mais un jour il a été trop loin. Une des prostituées a pris son courage à deux mains et a porté plainte à la police pour coups et blessures.

– Ça s'est passé quand ?

– Au milieu des années soixante. Il l'avait frappée avec une ceinture de cuir et lui avait tailladé les plantes des pieds avec une lame de rasoir. C'est ce qui était écrit dans sa déposition. C'est sans doute ce dernier détail, les lames de rasoir sur les plantes des pieds, qui a mis le feu aux poudres. D'un seul coup, ça devenait une perversion intéressante, ça donnait quelque chose de palpitant à lire. Le seul problème, c'est que la police se retrouvait avec une déposition contre le garant suprême de la sécurité en Suède, dont personne ne se souciait après tous les scandales juridiques des années cinquante. Donc, tout ça a été étouffé. La déposition a disparu.

– Disparu ?

– Elle s'est littéralement volatilisée.

– Mais la fille qui l'avait faite ? Que lui est-il arrivé ?

– Elle est subitement devenue propriétaire d'une boutique de prêt-à-porter très prospère à Västerås.

Wallander secoua la tête.

– Comment sais-tu tout ça ?

– Je connaissais à l'époque un journaliste qui s'appelait Sten Lundberg. Il avait décidé de fouiller dans ce bourbier. Mais quand on a su qu'il commençait à approcher de la vérité, on l'a mis au rancart. En fait, il a eu interdiction d'écrire.

– Et il l'a accepté ?

– Il n'a pas eu le choix. Il avait malheureusement un défaut qu'il ne pouvait pas cacher. Il jouait. Il avait de grosses dettes. D'après la rumeur, ses dettes de jeu ont été épongées d'un seul coup. Disparues, comme la plainte pour coups et blessures de la putain. Tout est revenu à la case départ. Et Gustaf Wetterstedt a continué à envoyer son morphinomane chercher des filles.

– Tu as dit qu'il y avait encore autre chose.

– Des bruits ont circulé selon lesquels il aurait été impliqué dans des trafics d'œuvres d'art volées en Suède, du temps où il était ministre de la Justice. Des tableaux qu'on n'a jamais retrouvés sont maintenant accrochés aux murs de collectionneurs qui n'ont aucune intention de les montrer au public. La police a arrêté un receleur une fois, un intermédiaire. Par erreur, il faut bien le dire. Et il a juré ses grands dieux que Gustaf Wetterstedt était impliqué. Mais bien entendu, on n'a jamais pu le prouver. L'affaire a été enterrée. Ils étaient plus nombreux à remettre la terre dans le trou qu'à creuser au fond.

– L'image que tu en donnes n'est pas bien agréable.

– Tu te souviens de ce que je t'ai demandé ? Si tu voulais la vérité ou les rumeurs. Ce qu'on dit de Gustaf Wetterstedt, c'est que c'était un politicien habile, un camarade de parti loyal, un homme aimable. Instruit et compétent. C'est aussi ce qu'on trouvera dans sa rubrique nécrologique. A condition qu'une des filles qu'il fouettait ne s'avise pas de crier ce qu'elle sait sur les toits.

– Que s'est-il passé quand il a démissionné ?

– Je crois qu'il ne s'entendait pas très bien avec un certain nombre de jeunes ministres. En particulier avec les femmes. Il y a eu un grand rajeunissement dans le gouvernement. Son temps était fini. Et le mien aussi. J'ai

131

cessé de travailler comme journaliste. Après son retour à Ystad, je n'ai pas pensé à lui une seule seconde. Jusqu'à maintenant.

– Peux-tu imaginer que quelqu'un ait envie de le tuer, aussi longtemps après ?

Lars Magnusson haussa les épaules.

– Impossible de répondre.

Wallander n'avait plus qu'une question à poser.

– Te souviens-tu d'avoir entendu parler une fois d'un meurtre dans ce pays où la victime ait été scalpée ?

Le regard de Lars Magnusson s'aiguisa. Il regarda Wallander avec un intérêt soudain.

– Il a été scalpé ? Ils ne l'ont pas dit à la télé. Ils l'auraient dit s'ils l'avaient su.

– Ça reste entre nous, dit Wallander en regardant Lars Magnusson qui hocha la tête.

– Nous n'avons pas voulu lâcher cette information tout de suite, poursuivit-il. Nous pourrons toujours nous abriter derrière des raisons techniques. L'excuse classique de la police pour présenter des demi-vérités. Mais cette fois-ci, c'est pourtant vrai.

– Je te crois, dit Lars Magnusson. Ou je ne te crois pas. Aucune importance, de toute façon, je ne suis plus journaliste. Mais je n'ai aucun souvenir d'un meurtrier scalpeur. Il n'y a pas de doute, ça aurait fait une première page superbe. Ture Svanberg aurait adoré. Tu vas arriver à éviter les fuites ?

– Je ne sais pas, répondit Wallander avec franchise. Hélas, j'ai déjà eu un certain nombre d'expériences malheureuses.

– Je ne vendrai pas ton scoop, dit Lars Magnusson.

Puis il accompagna Wallander jusqu'à la porte.

– Mais comment peux-tu supporter d'être policier ? dit-il alors que Wallander était déjà sur le pas de la porte.

– Je ne sais pas. Si jamais je le sais un jour, je te tiendrai au courant.

Le temps s'était détérioré. Les rafales de vent s'étaient presque transformées en tempête. Wallander retourna à la maison de Wetterstedt. Des collaborateurs de Nyberg étaient en train de relever des empreintes digitales au premier étage. En regardant par la fenêtre, Wallander aperçut Nyberg perché sur une échelle branlante, à côté de la lampe du portail du jardin. Il était obligé de s'accrocher au poteau pour que le vent n'emporte pas l'échelle. Wallander songea à descendre l'aider, mais Nyberg avait déjà fini. Il alla à sa rencontre dans le hall.

– Ça pouvait attendre, dit Wallander. Tu aurais pu tomber, avec ce vent.

– Si j'étais tombé, j'aurais pu me faire mal, c'est sûr, dit Nyberg, irrité. Bien sûr, cette histoire d'ampoule pouvait attendre. On aurait pu l'oublier et ne jamais s'en occuper. Mais comme c'est toi qui me l'as demandé et que j'ai un certain respect pour ta façon de travailler, j'ai décidé d'aller jeter un œil à cette ampoule. Parce que c'est toi qui me l'as demandé.

Surpris par la déclaration de Nyberg. Wallander tenta de ne pas le laisser paraître.

– Et qu'as-tu trouvé ?

– L'ampoule n'était pas grillée. Elle était dévissée.

Wallander essaya de réfléchir rapidement à ce qu'on pouvait en conclure. Il décida de téléphoner.

– Attends une seconde, dit-il avant d'entrer dans la salle de séjour pour appeler Sara Björklund.

C'est elle qui répondit.

– Excuse-moi de te déranger si tard dans la soirée, commença-t-il. Mais j'ai besoin d'un renseignement. Qui changeait les ampoules chez Wetterstedt ?

– Lui-même.

– Même dehors ?

– Je crois. Il s'occupait lui-même de son jardin. J'étais probablement la seule à entrer dans sa maison.

En dehors des occupants de la voiture noire, pensa Wallander.

– Il y a un poteau avec une lampe à côté du portail du jardin, poursuivit-il. En général, était-elle allumée ?

– En hiver, quand il faisait nuit, il la laissait allumée tout le temps.

– C'est tout ce que je voulais savoir, dit Wallander. Merci pour ta réponse.

Il revint dans le hall.

– Peux-tu remonter encore une fois à l'échelle ? demanda-t-il à Nyberg. J'aimerais que tu mettes une nouvelle ampoule.

– Les ampoules de rechange sont dans la pièce qui donne dans le garage, dit Nyberg en enfilant ses bottes.

Ils ressortirent dans la tempête. Wallander tint l'échelle pendant que Nyberg remontait et revissait une ampoule. Elle s'alluma tout de suite. Nyberg remit le globe en place et redescendit de l'échelle. Ils allèrent sur la plage.

– Ça fait une grosse différence, dit Wallander. Ça éclaire jusqu'à l'eau.

– Précise-moi ta pensée, dit Nyberg.

– Le lieu du meurtre doit se trouver quelque part dans le secteur couvert par la lampe. Avec un peu de chance, nous arriverons peut-être à repérer des empreintes digitales sur le globe de la lampe.

– Tu veux dire que l'assassin a prévu tout ça ? Qu'il a dévissé la lampe parce qu'il faisait trop clair ?

– Oui. C'est à peu près ça.

Nyberg retourna dans le jardin avec l'échelle. Wallander resta là un instant, le visage cinglé par la pluie.

Les barrières étaient toujours là. Une voiture de police était garée juste au-dessus des dernières dunes. A part un homme en mobylette, il n'y avait plus un seul curieux.

Wallander retourna dans la maison.

10

Il descendit dans la cave peu après sept heures du matin, le sol était froid contre ses pieds nus. Après être resté un instant sans bouger, à tendre l'oreille, il ferma la porte à clé. Il s'accroupit pour inspecter la fine couche de farine qu'il avait répandue par terre la dernière fois qu'il était venu. Personne n'avait pénétré dans son monde. Aucune empreinte de pied dans la couche de farine. Puis il alla voir ses pièges à rats. Il avait de la chance. Il y avait un rat dans les quatre pièges, et notamment le plus gros qu'il ait jamais vu. *Une fois, vers la fin de sa vie, Geronimo avait parlé du guerrier pawnee qu'il avait vaincu dans sa jeunesse. On l'appelait l'Ours à six griffes, parce qu'il avait six doigts à sa main gauche. Ça avait été son plus redoutable ennemi. Cette fois-là, malgré son jeune âge, Geronimo avait failli mourir. Il avait coupé le sixième doigt de son ennemi et l'avait mis à sécher au soleil. Ensuite il l'avait porté de nombreuses années dans une petite bourse de cuir à sa ceinture.* Il décida d'essayer une de ses haches sur le gros rat. Il testerait l'effet de la bombe anti-agression sur les plus petits.

Mais il avait encore le temps. D'abord, il fallait qu'il passe par la grande transformation. Il s'assit en face des miroirs, régla la lumière afin qu'il n'y ait aucun reflet sur les miroirs, et examina son visage. Il s'était fait une petite entaille sur la joue gauche. La blessure était déjà cicatrisée. Le premier pas vers la transformation finale. *Le coup de hache avait été parfait. Quand il avait frappé la colonne vertébrale du premier monstre, ç'avait été comme de fendre du bois. Il avait senti en lui la jubilation du monde des esprits. Il avait retourné le monstre sur le dos et avait découpé son scalp, sans hésiter. Maintenant le scalp était là où il devait être, enterré, une des mèches de cheveux sortant de terre.*

Bientôt, il y aurait là un nouveau scalp.

Il regarda son visage. Devait-il faire la nouvelle entaille à côté de l'autre ? Ou fallait-il laisser le couteau inaugurer l'autre joue ? En fin de compte, ça n'avait aucune importance. De toute façon, quand il aurait fini, tout son visage serait couvert de cicatrices.

Il commença à se préparer. Il sortit de son sac à dos les armes, les couleurs et les pinceaux. Puis il prit le livre rouge, dans lequel étaient consignées les Apparitions et les Missions. Il le posa doucement sur la table, entre les miroirs et lui.

C'était hier soir qu'il avait enterré le premier scalp. Il y avait un gardien à côté de l'hôpital. Mais il savait où trouver un trou dans la barrière. Le pavillon, avec ses grilles aux fenêtres et aux portes, était isolé dans cette zone qui ressemblait à un parc. Quand il était venu voir sa sœur, il avait calculé à côté de quelles fenêtres elle dormait la nuit. Une faible lumière qui venait d'un couloir, c'était tout ce qu'on distinguait dans ce bâtiment lourd et menaçant. Il avait enterré le scalp et chuchoté à sa sœur qu'il était en route. Il anéantirait les monstres, les uns après les autres. Après, elle pourrait enfin revenir au monde.

Il se mit torse nu. Bien que ce fût l'été, il frissonna dans le froid qui persistait dans la cave. Il ouvrit le livre rouge et passa ce qui était écrit sur l'homme qui s'était appelé Wetterstedt, mais qui n'existait plus maintenant. C'était à la septième page que le deuxième scalp était décrit. Il lut ce que sa sœur avait écrit et décida d'utiliser la petite hache cette fois-ci.

Il referma le livre et regarda son visage dans le miroir. Il avait la forme de celui de sa mère. En revanche, il avait hérité des yeux de son père. Ils étaient profondément enfoncés, comme deux gueules de canons. Ces yeux lui rappelaient parfois que c'était dommage de devoir sacrifier son père aussi. Mais c'était la seule chose qui le retenait, ce n'était qu'un moment d'hésitation qu'il surmontait rapidement. Ces yeux étaient son premier souvenir d'enfance. Ils l'avaient dévisagé, ils l'avaient menacé, ensuite il n'avait jamais pu voir son père autrement que comme une paire d'yeux géants avec des bras, des jambes et une voix tonitruante.

Il s'essuya le visage avec une serviette. Puis il plongea un des gros pinceaux dans la peinture noire et traça le premier trait sur son front, exactement là où le couteau avait découpé la peau du front de Wetterstedt.

Il avait passé de nombreuses heures derrière les barrières. C'était passionnant de voir tous ces policiers consacrer toute leur énergie à tenter de comprendre ce qui s'était passé, qui avait tué l'homme sous la barque. A plusieurs reprises, il avait ressenti comme le besoin de crier que c'était lui.

C'était une faiblesse qu'il ne contrôlait pas encore tout à fait. Ce qu'il faisait, la mission qu'il avait lue dans le livre d'Apparitions de sa sœur, il l'accomplissait uniquement pour elle, pas pour lui. Il fallait surmonter cette faiblesse.

Il dessina le deuxième trait sur son front. Et déjà, avant même que la transformation n'eût commencé, il sentait que de grands pans de son identité extérieure étaient en train de le quitter.

Il ne savait pas pourquoi on lui avait donné le nom de Stefan. Une fois où sa mère était à peu près à jeun, il le lui avait demandé. Pourquoi Stefan ? Pourquoi ce nom-là

137

et pas un autre ? Elle avait répondu de manière très vague. Un joli nom, avait-elle dit. Un nom qui plaisait bien. Comme ça, il n'aurait pas un nom qu'il serait le seul à porter. Il se souvenait encore de son émotion. Il était sorti, et l'avait laissée allongée sur le canapé. Il avait pris son vélo et avait pédalé jusqu'au bord de la mer. Il était descendu sur la plage et s'était choisi un autre nom. Il avait choisi Hoover. Comme le chef du FBI. Il venait de lire un livre sur lui. On disait que du sang indien coulait dans ses veines. Il s'était demandé si dans sa famille aussi il n'y aurait pas eu des Indiens dans le passé. Son grand-père avait raconté qu'autrefois beaucoup de membres de sa famille avaient émigré en Amérique. Peut-être l'un d'entre eux s'était-il installé avec une Indienne. Même si le sang ne coulait pas directement dans ses veines, il pouvait y en avoir dans la famille.

Ce n'est qu'après, quand on avait enfermé sa sœur dans la clinique, qu'il avait décidé de fusionner Geronimo avec Hoover. Il se souvenait que son grand-père lui avait montré comment fondre de l'étain et le verser dans des moules en plâtre qui représentaient des soldats miniatures. Il avait récupéré les moules et la louche à étain à la mort de son grand-père. Ils étaient dans une boîte en carton à la cave. Il les avait ressortis, et il avait modifié les moules, de façon à ce que l'étain fondu devienne un personnage qui soit à la fois un policier et un Indien. Un soir tard, alors que tout le monde dormait, et que son père était en prison, et ne pouvait donc pas faire irruption dans leur appartement à n'importe quelle heure du jour ou de la nuit, il s'était enfermé dans la cuisine et avait accompli la grande cérémonie. En faisant fondre ensemble Hoover et Geronimo, il avait créé sa nouvelle identité. Il était un policier redouté qui avait le courage d'un Indien. Il était invulnérable. Personne ne pourrait jamais l'empêcher d'accomplir sa vengeance.

Il continua à tracer les traits en arc de cercle au-dessus

de ses paupières. Cela donnait l'impression que ses yeux étaient encore plus profondément enfoncés dans leurs orbites. Ils étaient là, tapis au fond, comme deux bêtes sauvages. Deux animaux sauvages, deux regards. Il récapitula lentement tout ce qui l'attendait. C'était le soir de la Saint-Jean. La pluie et le vent allaient rendre sa tâche plus difficile. Mais cela ne l'empêcherait pas d'agir. Il fallait qu'il s'habille chaudement pour le voyage jusqu'à Bjäresjö. En revanche, il ne savait pas si la fête à laquelle il se rendait n'allait pas plutôt se passer à l'intérieur à cause du mauvais temps. Il allait devoir compter sur sa patience. Hoover avait toujours prêché la patience à ses recrues. Comme Geronimo. Il y a toujours un moment où la vigilance d'un homme se relâche. C'est à ce moment-là qu'il faut frapper. Si la fête avait lieu à l'intérieur, ce serait pareil. Tôt ou tard, l'homme qu'il était venu voir se montrerait au-dehors.

Il s'y était rendu la veille. Il avait laissé la mobylette dans un bosquet et s'était frayé un chemin jusqu'à une hauteur d'où il pouvait observer sans être dérangé. La maison d'Arne Carlman était isolée, exactement comme celle de Wetterstedt. Il n'avait pas de voisins immédiats. Une allée de peupliers menait à la vieille ferme blanchie à la chaux.

Les préparatifs de la fête avaient déjà commencé. Il avait vu un homme décharger un certain nombre de tables pliantes et de chaises empilables d'un camion. On était en train de dresser une tente dans un coin du jardin.

Arne Carlman était là, lui aussi. Il avait pu observer à la jumelle l'homme auquel il rendrait visite le lendemain : il allait et venait dans le jardin pour diriger les travaux. Il portait un survêtement et avait un béret basque enfoncé sur la tête. Il n'avait pas pu s'empêcher de penser à sa sœur avec cet homme, et il avait aussitôt eu la nausée. Il n'avait pas eu besoin d'en voir plus. Il savait comment passer à l'action.

Quand il en eut fini avec le front et les ombres autour des yeux, il traça deux vigoureux traits blancs de chaque côté de ses narines. Il sentait déjà le cœur de Geronimo qui battait dans sa poitrine. Il se pencha et mit en route le magnétophone qui était par terre. Les tambours étaient très puissants. Les esprits commençaient à parler en lui.

Ce n'est que tard dans l'après-midi qu'il fut enfin prêt. Il choisit les armes qu'il allait emporter. Il enferma les quatre rats dans une grosse boîte. Ils tentèrent d'escalader les parois, sans y parvenir. Avec la hache qu'il voulait essayer, il visa le plus gros de ces rats bien nourris. Il fut coupé en deux. Ça se passa tellement vite que le rat n'eut même pas le temps de crier. Mais les autres rongeurs commencèrent à se jeter contre les parois pour tenter de s'échapper. Il alla vers l'endroit où son blouson était suspendu, à un crochet dans le mur. Il mit sa main dans une des poches pour y prendre la bombe anti-agression. Mais elle n'y était pas. Il chercha dans les autres poches. Elle n'était nulle part. Il resta sans bouger un moment. Quelqu'un était-il entré ? C'était impossible. Pour avoir les idées claires, il alla se rasseoir devant ses miroirs. La bombe anti-agression avait dû tomber de sa poche. Il réfléchit lentement, avec méthode, aux jours écoulés depuis sa visite à Wetterstedt. Il comprit ce qui s'était passé. Il avait dû perdre la bombe derrière les barrières quand il était en train de regarder les policiers travailler. Au moment où il avait retiré sa veste pour mettre un pull. C'est comme ça que ça avait dû se passer. Ce n'était pas grave. N'importe qui pouvait perdre une bombe anti-agression. Même s'il y avait ses empreintes digitales sur la bombe, la police ne les avait pas dans son fichier. Même Hoover, le chef du FBI, n'aurait trouvé aucun indice lui permettant de remonter jusqu'au propriétaire de la bombe anti-agression. Il se leva et retourna voir les rats dans la boîte. Dès qu'ils l'aperçurent, ils commencèrent à se jeter contre les parois. Il les tua en trois coups de hache. Puis il plaça leurs cadavres ensanglantés dans un sac plastique qu'il ferma soigneusement avant de le remettre dans un autre sac. Il essuya la lame et passa ensuite le bout de ses doigts dessus.

Il fut prêt un peu après six heures du soir. Il avait mis les armes et le sac contenant les cadavres de rats dans son sac à dos. Comme il pleuvait et ventait, il mit des chaussettes et des baskets. Il avait effacé les empreintes de ses semelles. Il éteignit la lumière et sortit de la cave. Avant de sortir, il mit son casque.

*

La nuit de la Saint-Jean était un des grands moments de l'année pour le marchand d'art Arne Carlman. Cela faisait plus de quinze ans qu'il organisait une fête tous les ans dans sa ferme de Scanie, où il passait l'été. Dans le milieu des artistes et des propriétaires de galeries, c'était important d'être invité. Carlman était un homme très influent. Quand il misait sur un artiste, il pouvait lui assurer richesse et renommée. Inversement, il pouvait ruiner ceux qui ne suivaient pas ses conseils ou qui ne faisaient pas ce qu'il voulait. Plus de trente ans auparavant, il sillonnait les routes du pays au volant d'une vieille voiture pour écouler des œuvres d'art. Des années de vaches maigres. Mais il avait appris quel type de tableaux il pouvait vendre à quel type de clients. Il avait appris le métier et, par la même occasion, il s'était débarrassé de cette idée que l'art se situerait au-dessus du monde régenté par l'argent. Il avait mis suffisamment d'argent de côté pour ouvrir un atelier d'encadrement et une galerie dans Österlångsgatan, à Stockholm. Ensuite, il avait acheté des tableaux à de jeunes artistes en alternant flatterie, alcool et argent, et il avait bâti leur renommée. Il s'était frayé son chemin par le mensonge, les menaces et les pots-de-vin. Au bout de dix ans, il possédait une dizaine de galeries d'art dans toute la Suède. Il avait également commencé à vendre des tableaux par correspondance. Au milieu des années soixante-dix, ses affaires étaient prospères. Il avait acheté cette ferme en Scanie et s'était mis, quelques années plus tard, à y organiser ses fêtes. Le caractère excessif de ces soirées en avait fait la renommée. Chaque invité pouvait espérer repartir avec un cadeau qui n'avait pas coûté moins de cinq mille couronnes. Cette année, il avait fait fabriquer une série limitée de stylos créés par un *designer* italien.

Quand Arne Carlman se réveilla au côté de sa femme tôt ce matin de la Saint-Jean, il alla à la fenêtre et jeta un regard sur un paysage lourd de pluie et de vent. Un soupçon de contrariété passa rapidement sur son visage. Mais il avait appris à accepter l'inévitable. Il n'avait aucune prise sur le temps. Cinq années auparavant, il avait fait confectionner une collection particulière de vêtements de pluie qu'il mettait à la disposition de ses invités. Ceux qui le voulaient pourraient ainsi aller dans le jardin, tandis que les autres resteraient à l'intérieur de la vieille grange qu'il avait transformée en une vaste pièce.

Les invités commencèrent à arriver vers vingt heures, ce soir-là. La sempiternelle pluie venait de s'arrêter. Ce qui s'annonçait comme une soirée humide et désagréable était devenu une belle soirée d'été. Arne Carlman reçut ses invités en smoking, un de ses fils le suivait avec un parapluie ouvert. A chaque fête, il invitait cent personnes, dont une cinquantaine venaient pour la première fois. A dix heures du soir, il fit tinter son verre et prononça son traditionnel discours d'été. Il savait très bien qu'au moins la moitié des gens présents le haïssaient ou le méprisaient. Mais à soixante-six ans, il avait cessé de se préoccuper de ce que les gens pouvaient penser. Son solide empire ne pouvait que leur imposer silence. Deux de ses fils étaient prêts à reprendre son entreprise quand il n'en aurait plus la force. Mais pour le moment, il ne songeait pas à se retirer. Ce fut le sujet de son discours d'été, où il ne parla que de lui. Ils n'étaient pas près d'être débarrassés de sa personne. Ils pouvaient encore compter sur un certain nombre de fêtes de la Saint-Jean en espérant que le temps serait meilleur que cette année. Ses paroles furent accueillies par de mols applaudissements. Puis un orchestre commença à jouer dans la grange. La plupart des invités préférèrent se promener dehors. Arne Carlman ouvrit la danse avec sa femme.

– Alors, qu'as-tu pensé de mon petit discours ? lui demanda-t-il.

– Tu n'as jamais été aussi méchant que cette année.

– Laisse-les me haïr. Qu'est-ce que ça peut bien me faire ? Qu'est-ce que ça peut bien nous faire ? Il me reste encore plein de choses à accomplir.

Peu avant minuit, Arne Carlman emmena une jeune artiste de Göteborg sous une tonnelle un peu isolée, au fond de son grand jardin. Un de ses chasseurs de talents lui avait conseillé d'inviter cette artiste à sa fête de la Saint-Jean. En voyant un certain nombre de photos de ses peintures à l'huile, il s'était tout de suite rendu compte qu'elle apportait quelque chose de nouveau. C'était une nouvelle forme de peinture de paysages idylliques. Des banlieues froides, des déserts de pierre, des personnages solitaires, entourés de prés fleuris paradisiaques. Il avait d'ores et déjà décidé de lancer cette artiste en tant que chef de file d'un nouveau mouvement artistique qu'on pourrait appeler le néo-illusionnisme. Tandis qu'ils se dirigeaient vers la tonnelle, il se dit qu'elle était très jeune. Mais elle n'était ni belle ni étrange. Or Arne Carlman avait appris que l'aura de l'artiste est au moins aussi importante que sa peinture. Il se demanda ce qu'il allait bien pouvoir faire de cette jeune femme maigre et pâlotte qui marchait devant lui.

L'herbe était encore humide. C'était une belle soirée

Le bal suivait son cours. Mais bon nombre d'invités avaient commencé à se rassembler autour des postes de télévision qui se trouvaient dans la ferme. La retransmission du match Suède-Russie allait commencer dans une demi-heure environ. Carlman voulait avoir fini son entretien pour pouvoir regarder le match. Il avait un contrat en poche.

Celui-ci accordait à l'artiste une somme importante en espèces, et en contrepartie il obtenait l'exclusivité des droits sur ses œuvres pendant trois ans. A première vue, c'était un contrat très avantageux. Mais les petits caractères, qu'on ne pouvait pas lire à la lumière pâle de la nuit de la Saint-Jean, donnaient également à Carlman un bon pourcentage sur les ventes de ses œuvres à venir. Quand ils arrivèrent sous la tonnelle, il essuya deux chaises avec un mouchoir et la pria de s'asseoir. Il lui fallut moins d'une demi-heure pour la persuader d'accepter le contrat. Puis il lui tendit un des stylos créés par l'Italien et elle signa.

Elle quitta la tonnelle et retourna à la grange. Plus tard, elle affirmerait qu'il était à ce moment-là exactement minuit moins trois. Pour on ne sait quelle raison, elle avait jeté un coup d'œil sur sa montre en remontant une des allées en gravier qui menaient à la maison. Avec la même conviction, elle jurerait que, quand elle avait quitté Arne Carlman, il était absolument comme d'habitude. Il ne lui avait pas donné l'impression d'être inquiet. Ni d'attendre quelqu'un. Il avait seulement dit qu'il allait rester quelques instants pour savourer la fraîcheur de l'air après la pluie.

*

Hoover était resté allongé sur la colline pendant toute cette longue soirée. A cause de l'humidité du sol, il se sentait complètement frigorifié bien qu'il eût cessé de pleuvoir. Il se levait de temps en temps pour bouger ses membres engourdis. Vers vingt-trois heures, il avait vu dans ses jumelles que l'instant propice approchait. Il y avait de moins en moins de monde dans le jardin. Il avait sorti ses armes et les avait glissées dans sa ceinture. Il avait aussi enlevé ses chaussures et ses chaussettes et les avait rangées dans le sac à dos. Il s'était doucement laissé glisser, accroupi, jusqu'au bas de la colline, et avait couru le long d'un chemin de terre, à l'abri d'un champ de colza. Arrivé derrière le fond du jardin, il s'était accroupi sur le sol trempé. Il pouvait surveiller le jardin à travers la haie.

Environ une heure plus tard, son attente prit fin. Arne Carlman venait droit vers lui. Il était en compagnie d'une jeune femme. Ils s'assirent sous la tonnelle. Hoover eut du mal à comprendre de quoi ils parlaient. Au bout de trente minutes environ, la femme se leva, mais Arne Carlman resta. Le jardin était désert et on ne jouait plus de musique dans la grange. En revanche, on entendait très bien le son de plusieurs postes de télévision. Hoover se leva, sortit sa hache et se colla à la haie qui touchait la tonnelle. Il vérifia une dernière fois que le jardin était désert. Puis toute hésitation disparut, les révélations de sa sœur le sommaient d'accomplir sa mission. Il se précipita dans la tonnelle et planta sa hache droit dans le visage d'Arne Carlman. La violence du coup fendit le crâne jusqu'à la mâchoire supérieure. Carlman resta assis sur le banc avec les deux moitiés du visage qui pointaient dans deux directions différentes. Hoover tira son couteau et découpa les cheveux sur la moitié la plus proche de lui. Puis il disparut aussi rapidement qu'il était venu. Il retourna sur la colline, alla chercher son sac à dos et courut ensuite jusqu'au petit chemin couvert de gravier où il avait laissé sa mobylette, derrière un baraquement de cantonnier.

Deux heures plus tard, il enterrait le scalp à côté de l'autre, sous la fenêtre de sa sœur.

Le vent était tombé. Il n'y avait plus un seul nuage dans le ciel.

La journée de la Saint-Jean serait chaude et belle.

L'été était arrivé. Plus vite qu'on ne l'aurait cru.

Scanie

25-28 juin 1994

11

La police d'Ystad fut alertée peu après deux heures du matin.

A l'instant précis où Thomas Brolin marquait un but pour la Suède dans le match contre la Russie. C'était un penalty. Un cri de joie emplit la nuit d'été suédoise. La soirée de la Saint-Jean avait été d'un calme inhabituel. Le policier qui répondait au téléphone était debout, car il venait de se lever de son fauteuil pour crier quand Brolin avait marqué. Malgré sa joie, il comprit tout de suite qu'il s'agissait de quelque chose de grave. La femme qui lui criait dans l'oreille avait l'air à jeun. Son excitation était due à un état de choc. Le policier appela Hansson, qui n'avait pas osé quitter le commissariat pendant la soirée de la Saint-Jean, tant son rôle de chef intérimaire de la police lui pesait. Il avait passé son temps à chercher dans quels endroits il serait le plus utile, compte tenu de ses capacités personnelles limitées. A vingt-trois heures, il y avait eu en même temps deux violents tapages nocturnes dans deux fêtes privées différentes. Dans un cas, il s'agissait de jalousie. Dans l'autre, c'était le gardien de but suédois Thomas Ravelli qui avait été à l'origine du tumulte. Dans le compte rendu qu'il était en train de rédiger, Svedberg notait que c'était l'action de Ravelli au cours du match précédent, au moment du deuxième but du Cameroun, qui avait provoqué une violente dispute. Avec pour résultat d'envoyer trois personnes à l'hôpital.

Lors du coup de fil de Bjäresjö, une des voitures de patrouille était déjà rentrée. Normalement, à la Saint-Jean, le mauvais temps était le meilleur garant d'une soirée tranquille. Mais cette année, l'histoire avait refusé de se répéter.

Hansson se rendit au central pour voir le policier qui avait répondu à l'appel.

– A-t-elle vraiment dit qu'un homme avait la tête coupée en deux ?

Le policier hocha la tête. Hansson réfléchit.

– Il va falloir demander à Svedberg d'y aller.

– Mais il s'occupe de cette bagarre à Svarte.

– J'avais oublié. Appelle Wallander alors.

Pour la première fois depuis une semaine, Wallander était arrivé à s'endormir avant minuit. Dans un instant de faiblesse, il s'était dit qu'il devrait communier avec le reste du peuple suédois et regarder la retransmission du match de football contre la Russie. Mais il s'était endormi en attendant l'arrivée des footballeurs sur le terrain. Le téléphone le ramena brutalement à la surface, il resta un instant sans savoir où il se trouvait. Il chercha à tâtons l'appareil à côté du lit. Après plusieurs années de paresse, il venait enfin de se faire installer une prise de téléphone supplémentaire, qui lui évitait d'avoir à se lever pour répondre.

– Je t'ai réveillé ? demanda Hansson.

– Oui, répondit Wallander. Qu'est-ce qu'il y a ?

Il s'étonna d'avoir dit les choses comme elles étaient. Avant, il prétendait toujours qu'il était réveillé quand quelqu'un lui téléphonait, quelle que soit l'heure.

Hansson lui fit un bref résumé de l'appel. Plus tard, Wallander se demanderait et se redemanderait pourquoi il n'avait pas immédiatement fait de relation entre ce qui était arrivé à Bjäresjö et la mort de Gustaf Wetterstedt. Était-ce parce qu'il ne voulait pas accepter l'idée qu'ils avaient un tueur en série sur les bras ? Ou alors tout simplement parce qu'il ne pouvait pas imaginer qu'un meurtre comme celui de Wetterstedt soit autre chose qu'un événement unique ? La seule chose qu'il fit, à deux heures vingt, fut de dire à Hansson d'envoyer une patrouille sur les lieux, et qu'il arriverait dès qu'il serait habillé. A trois heures moins cinq, il arrêta sa voiture devant la ferme de Bjäresjö. A la radio, il avait entendu que Martin Dahlin avait marqué d'une tête le deuxième but contre la Russie. Il se dit que la Suède allait gagner et qu'il allait encore perdre cent couronnes. Quand il vit Norén venir en courant à sa rencontre, il comprit tout de suite la gravité de la situation. Mais ce n'est qu'une fois dans le jardin, quand il passa devant un certain nombre de personnes, soit hystériques, soit frappées de stupeur, qu'il prit toute la mesure de ce qui s'était produit. L'homme assis sur un banc sous la tonnelle avait vraiment eu le crâne fendu en deux. Sur la moitié gauche, quelqu'un avait découpé un gros morceau de peau avec des cheveux. Wallander resta pétrifié pendant plus d'une minute. Norén prononça quelques mots qu'il ne comprit pas. Les yeux fixés sur le mort, il se disait que ce devait être le même criminel que celui qui avait frappé Wetterstedt quelques jours auparavant. Il perçut alors, l'espace d'un instant, une douleur difficile à interpréter. Plus tard, en parlant avec Baiba au téléphone, il essaya de lui expliquer le sentiment étrange et très peu professionnel qui l'avait envahi. C'était comme si un premier barrage s'était rompu en lui. Ce barrage avait été une illusion. Il savait maintenant que, dans ce pays, il n'existait plus de frontières invisibles. La violence, auparavant concentrée dans les grandes villes, s'était installée durablement dans son propre district. Le monde avait rétréci tout en s'étendant.

Cette vague de tristesse avait ensuite cédé la place à un sentiment de peur. Il s'était tourné vers Norén, qui était très pâle.

– Il semble que ce soit le même homme, dit Norén.

Wallander approuva de la tête.

– Qui était-ce ?

– Il s'appelle Arne Carlman. C'est lui, le propriétaire de la ferme. Il y faisait une fête pour la Saint-Jean.

– Fais en sorte que personne ne parte d'ici. Repère ceux qui ont éventuellement vu quelque chose.

Wallander prit son téléphone, fit le numéro de la police et demanda à parler à Hansson.

– Ça se présente mal, dit-il quand il l'eut en ligne.

– A quel point ?

– J'ai du mal à imaginer pire. C'est sans aucun doute le même meurtrier que pour Wetterstedt. Celui-ci aussi a été scalpé.

Wallander entendait la respiration de Hansson.

– Récupère tous ceux qui sont disponibles, poursuivit Wallander. En plus, je veux que Per Åkeson vienne ici.

Wallander raccrocha avant que Hansson n'ait le temps de poser d'autres questions. Qu'est-ce que je fais maintenant ? pensa-t-il. Que dois-je chercher ? Un psychopathe ? Un meurtrier qui agit avec prudence et méthode ?

En son for intérieur, il savait ce qu'il devait faire. Il y avait certainement un rapport entre Gustaf Wetterstedt et le nommé Arne Carlman. C'était la première chose à rechercher.

Vingt minutes plus tard, les voitures de police commencèrent à arriver. Quand Wallander aperçut Nyberg, il l'emmena directement à la tonnelle.

– Ce n'est pas bien joli, fut le premier commentaire de Nyberg.

– C'est à coup sûr le même homme qui a tué Gustaf Wetterstedt, dit Wallander. Il est revenu et il a frappé à nouveau.

– Il semble que cette fois-ci il n'y ait aucune hésitation à avoir sur le lieu du crime, dit Nyberg en montrant les taches de sang sur la haie et sur la petite table.

– On lui a aussi découpé le cuir chevelu, dit Wallander.

Nyberg appela ses collaborateurs et se mit au travail. Norén avait réuni tous les participants de la fête à l'intérieur de la grange. Le jardin était étrangement vide. Norén vint à la rencontre de Wallander et montra la maison d'habitation.

– Sa femme et ses trois enfants sont là-dedans. Bien entendu, ils sont sous le choc.

– Peut-être devrions-nous appeler un médecin.

– C'est elle qui a téléphoné.

– Je vais leur parler, dit Wallander. Quand Martinsson, Ann-Britt et les autres arriveront, dis-leur d'interroger ceux qui auraient vu quelque chose. Les autres peuvent rentrer chez eux. Mais note leurs noms. Et demande à voir leurs papiers d'identité. Il n'y a pas de témoin oculaire ?

– Personne qui se soit manifesté.

– As-tu son emploi du temps ?

Norén sortit un carnet de sa poche.

– A vingt-trois heures trente, on a vu Carlman en vie, à coup sûr. A deux heures, on le trouve mort. Le meurtre a dû avoir lieu entre-temps.

– Il doit être possible de préciser l'heure. Essaie de trouver qui l'a vu en dernier. Et bien entendu, qui l'a trouvé.

Wallander entra dans la maison. La partie d'habitation de la longère de Scanie avait été restaurée avec un grand souci d'authenticité. Wallander entra dans une grande pièce à la fois cuisine, salle à manger et salle de séjour. Des tableaux étaient accrochés sur tous les murs. La famille du mort était installée dans un coin de la pièce, sur un ensemble de canapés de cuir noir. Une femme d'une cinquantaine d'années se leva et vint à sa rencontre.

– Madame Carlman ? demanda Wallander.

– Oui. C'est moi.

Wallander devinait qu'elle avait pleuré. Il chercha

aussi à estimer si elle était au bord d'une crise de nerfs. Mais elle semblait étonnamment calme.

– Je suis désolé pour ce qui s'est passé, dit Wallander.

– C'est épouvantable.

Wallander sentit quelque chose de mécanique dans sa réponse. Il réfléchit avant de poser sa première question.

– Avez-vous en tête quelqu'un qui aurait pu faire ça ?

– Non.

Wallander sentit que sa réponse venait trop vite. Elle s'y était préparée. En d'autres termes, beaucoup de gens auraient pu songer à le tuer.

– Puis-je vous demander quel était le travail de votre mari ?

– Il était marchand d'art.

Wallander se figea. Elle interpréta de travers son regard concentré et répéta sa réponse.

– J'ai entendu, dit Wallander. Excusez-moi un instant.

Wallander retourna dans la cour. Ses sens en éveil, il réfléchit à ce que la femme venait de lui dire. Il associa ses informations avec celles de Lars Magnusson sur ces rumeurs autour de Gustaf Wetterstedt. Il s'agissait de trafic d'œuvres d'art volées. Maintenant, c'était un marchand d'art qui était mort, tué de la même main que Wetterstedt. Il se sentait à la fois soulagé et satisfait d'avoir d'ores et déjà trouvé un lien entre ces deux meurtres. Il était sur le point d'entrer à nouveau dans la maison quand Ann-Britt Höglund apparut. Elle était plus pâle que d'habitude. Et très tendue. Wallander pensa à ses premières années dans la brigade criminelle : chaque crime devenait pour lui une affaire personnelle. Rydberg lui avait appris dès le début qu'un policier ne doit jamais se laisser aller à se prendre pour un ami de la victime. Il lui avait fallu du temps pour mettre cela en pratique.

– Encore un ? demanda-t-elle.

– Le même homme. Ou les mêmes. Le même schéma qui se répète.

– Lui aussi a été scalpé ?

– Oui.

Il la vit reculer inconsciemment.

– Je crois que j'ai déjà trouvé quelque chose qui lie ces deux hommes, poursuivit Wallander en lui expliquant ce qu'il voulait dire par là.

Pendant ce temps-là, Svedberg et Martinsson étaient arrivés eux aussi. Wallander répéta brièvement ce qu'il avait dit à Ann-Britt Höglund.

– Il faut que vous alliez parler avec les invités. Si j'ai bien compris Norén, ils sont au moins cent. Et avant qu'ils ne partent d'ici, il faut qu'ils aient justifié leur identité.

Wallander retourna dans la maison. Il prit une chaise et alla s'asseoir à côté des canapés sur lesquels la famille était réunie. En dehors de la veuve de Carlman, il y avait deux garçons d'une vingtaine d'années, et une fille qui semblait avoir quelques années de plus. Tous semblaient étonnamment calmes.

– Je vous promets de ne poser que les questions auxquelles il nous est absolument indispensable d'avoir des réponses aussi vite que possible, dit-il. Pour le reste, nous y reviendrons plus tard.

Il y eut un silence. Personne ne dit rien. Wallander se dit que sa première question était évidente.

– Savez-vous qui est le meurtrier ? demanda-t-il. Est-ce un des invités ?

– Qui d'autre cela pourrait-il être ? répondit un des fils.

Il avait des cheveux blonds coupés court. Mal à l'aise, Wallander constata une certaine ressemblance avec le visage défiguré qu'il lui avait fallu voir sous la tonnelle.

– Pensez-vous à quelqu'un en particulier ?

Le garçon secoua la tête.

– Je n'imagine pas bien que quelqu'un choisisse de venir ici de l'extérieur quand il y a une grande fête, dit Mme Carlman.

Quelqu'un qui aurait suffisamment de sang-froid n'hésiterait pas, se dit Wallander. Ou quelqu'un de suffi samment fou. Quelqu'un qui s'en fiche complètement d'être pris ou non.

– Votre mari était marchand d'art, poursuivit Wallander. Pourriez-vous m'expliquer en quoi cela consiste ?

– Mon mari a plus de trente galeries partout dans le pays. Il a également des galeries dans les autres pays nordiques. Il vend des tableaux par correspondance. Il en loue à des entreprises. Il réalise chaque année toute une série de ventes d'œuvres d'art. Et bien d'autres choses.

– Est-ce qu'il aurait pu avoir des ennemis ?

– Un homme qui réussit n'est jamais aimé par ceux qui ont les mêmes ambitions que lui sans avoir les mêmes capacités.

– Votre mari a-t-il évoqué des menaces à son encontre ?

– Non.

Wallander regarda les enfants assis sur le canapé. Ils secouèrent la tête presque en même temps.

– Quand l'avez-vous vu pour la dernière fois ? poursuivit-il.

– J'ai dansé avec lui vers vingt-deux heures et demie, dit la mère. Ensuite je l'ai entrevu une ou deux fois. Il devait être vingt-trois heures quand je l'ai vu pour la dernière fois.

Aucun de ses enfants ne l'avait aperçu après. Wallander pensa que les autres questions pouvaient attendre. Il remit son carnet dans sa poche et se leva. Il aurait dû dire quelques mots de condoléances. Mais ils ne lui vinrent pas. Il se contenta de les saluer d'un bref signe de tête et quitta la maison.

La Suède avait gagné le match de football 3 contre 1. Le gardien de but Ravelli avait été extraordinaire, le Cameroun était oublié et Martin Dahlin avait un jeu de tête génial. Wallander saisit des fragments de conversations autour de lui. Il remit en place les morceaux du puzzle. Apparemment, Ann-Britt et deux autres policiers avaient parié le même résultat. Décidément, Wallander renforçait sa position de dernier. Il n'aurait su dire si ça l'énervait ou le satisfaisait.

Ils travaillèrent d'arrache-pied au cours des heures qui suivirent. Wallander avait installé un quartier général provisoire dans une remise contiguë à la ferme. Vers quatre heures du matin, Ann-Britt amena une jeune femme qui parlait avec un fort accent de Göteborg.

– C'est la dernière personne à l'avoir vu en vie, dit Ann-Britt. Elle était avec Carlman sous la tonnelle un peu avant minuit.

Wallander la pria de s'asseoir. Elle lui expliqua qu'elle s'appelait Madeleine Rhedin et qu'elle était artiste peintre.

– Que faisiez-vous sous la tonnelle ? demanda Wallander.

– Arne voulait que je signe un contrat.

– Quel genre de contrat ?

– Il devait prendre en charge la vente de mes tableaux.

– Et vous l'avez signé ?

– Oui.

– Et que s'est-il passé ensuite ?

– Rien.

– Rien ?

– Je me suis levée et je suis partie. J'ai regardé l'heure. Il était minuit moins trois.

– Pourquoi avez-vous regardé l'heure ?

– En général, quand il se passe quelque chose d'important pour moi, je regarde l'heure

– Le contrat était important ?

– Je devais recevoir deux cent mille couronnes lundi. Pour une artiste peu fortunée, c'est un événement important.

– Quand vous étiez sous la tonnelle, y avait-il quel-qu'un à proximité ?

– Pas que je sache.

– Et quand vous en êtes partie ?

– Le jardin était vide.

– Qu'a fait Carlman quand vous l'avez quitté ?

– Il est resté assis.

– Comment le savez-vous ? Vous vous êtes retournée ?

– Il a dit qu'il voulait prendre un bol d'air. Je ne l'ai pas entendu se lever.

– Avait-il l'air inquiet ?

Non, il avait l'air de bonne humeur.

- Essayez de réfléchir, dit-il. Peut-être demain vous reviendra-t-il d'autres détails. Tout ce dont vous pourrez vous souvenir peut être important. Alors appelez-nous.

Quand elle sortit de la pièce, Per Åkeson entra par l'autre entrée. Il était blême. Il se laissa tomber lour-dement sur la chaise que Madeleine Rhedin venait de quitter.

– C'est la chose la plus épouvantable que j'aie jamais vue, dit Åkeson.

– Tu n'étais pas obligé d'aller voir, dit Wallander. Ce n'est pas pour ça que je t'ai demandé de venir.

– Je ne comprends pas comment tu peux supporter ça.

– Moi non plus

– C'est l'homme qui a tué Wetterstedt ?

– Ça ne fait pas l'ombre d'un doute.

Ils se regardèrent. La même pensée leur traversait l'esprit.

– En d'autres termes, il peut frapper à nouveau ?

Wallander hocha la tête. Åkeson fit une grimace.

– Même si nous n'avons jamais donné la priorité à une enquête, il le faut maintenant. Je suppose que tu as besoin de renforts. Je peux sonner aux bonnes portes.

– Pas encore, dit Wallander. Un nombre plus important de policiers peut éventuellement faciliter l'arrestation d'une personne dont nous avons le portrait-robot et le nom. Mais nous n'en sommes pas encore là.

Il expliqua ce que Lars Magnusson lui avait raconté, et lui signala qu'Arne Carlman était marchand d'art.

– Il y a un lien entre les deux, conclut-il. Et ça va faciliter l'enquête.

Per Åkeson était sceptique.

– J'espère que tu ne mets pas trop tôt tous tes œufs dans le même panier.

– Je ne ferme aucune porte. Mais j'ai besoin de pouvoir m'appuyer contre le mur que je trouve.

Per Åkeson resta encore une heure sur place avant de repartir pour Ystad. A cinq heures du matin, les journalistes commencèrent à arriver à la ferme. En colère, Wallander appela Ystad et demanda à Hansson de s'occuper des journalistes. Il était impossible de cacher le fait qu'Arne Carlman avait été scalpé. Hansson tint une conférence de presse improvisée et complètement décousue sur la route qui menait à la ferme. Pendant ce temps, Martinsson, Svedberg et Ann-Britt Höglund faisaient défiler lentement les invités pour leur faire subir un bref interrogatoire. Wallander eut une conversation plus longue avec le sculpteur ivre qui avait découvert Arne Carlman.

– Pourquoi êtes-vous sorti dans le jardin ? demanda Wallander.

– Pour vomir.

– Et vous avez vomi ?

– Oui.

– Où avez-vous vomi ?

– Derrière un des pommiers.

– Que s'est-il passé ensuite ?

– Je m'étais dit que j'allais m'asseoir sous la tonnelle pour me remettre un peu.

– Et que s'est-il passé ?

– Je l'ai trouvé.

A cette phrase, Wallander fut contraint d'interrompre

l'interrogatoire, car le sculpteur se sentait à nouveau mal. Il se leva et alla vers la tonnelle. Le soleil était déjà haut dans un ciel sans nuages. La journée s'annonçait chaude et belle. En arrivant à la tonnelle, il constata, à son plus grand soulagement, que Nyberg avait recouvert la tête de Carlman d'une bâche en plastique opaque. Nyberg était à genoux devant la haie qui séparait le jardin du champ de colza voisin.

– Comment ça marche ? demanda Wallander d'un ton encourageant.

– Il y a une petite trace de sang ici sur la haie, dit-il. Il y a peu de chances que ça ait giclé de la tonnelle jusqu'ici.

– Et ça veut dire ?

– C'est ton problème de répondre à ça, répondit Nyberg.

Il montra la haie.

– A cet endroit-là, elle est moins fournie. Il serait possible à quelqu'un de peu corpulent d'entrer et de sortir du jardin par là. Nous allons voir ce qu'il y a de l'autre côté. Mais je suggère que tu fasses venir un chien. Le plus rapidement possible.

Wallander approuva de la tête.

Le maître-chien arriva avec son berger allemand à cinq heures et demie. Les derniers invités étaient en train de quitter la ferme. Wallander salua de la tête le maître-chien qui s'appelait Eskilsson. Le berger allemand était un vieux chien qui avait participé à beaucoup d'enquêtes. Il s'appelait Skytt.

Le chien policier trouva tout de suite une piste sous la tonnelle et commença à tirer vers la haie. Il voulait passer par l'endroit précis où Nyberg avait trouvé du sang. Eskilsson et Wallander recherchèrent un autre emplacement où la haie était peu fournie et arrivèrent sur le chemin de terre qui séparait le jardin du champ. Le chien retrouva la piste et partit le long du champ jusqu'à un chemin qui s'éloignait de la ferme. Sur la proposition de

160

Wallander, Eskilsson lâcha l'animal. Wallander se sentit soudain tendu. Le chien chercha le long du chemin et atteignit l'extrémité du champ de colza. Il sembla perdre la piste. Puis il la retrouva et monta vers une petite colline à côté d'un étang à moitié plein d'eau. La piste prenait fin sur la hauteur. Eskilsson chercha dans plusieurs directions sans que le chien retrouve la piste.

Wallander regarda autour de lui. Il y avait un arbre solitaire, penché par le vent, en haut de la petite colline. Les restes d'un vieux cadre de vélo étaient enfouis dans la terre. Wallander s'approcha de l'arbre et regarda vers la ferme. De cet endroit, on avait une excellente vue sur le jardin. Avec des jumelles, on devait voir à tout instant les allées et venues.

Wallander frissonna. Le sentiment que quelqu'un d'autre, quelqu'un d'inconnu pour lui, s'était trouvé au même endroit plus tôt dans la nuit le mit très mal à l'aise. Il retourna dans le jardin. Hansson et Svedberg étaient assis sur les marches de la maison d'habitation. Leurs visages étaient gris de fatigue.

– Où est Ann-Britt ? demanda Wallander.

– Elle est en train d'interroger le dernier invité, répondit Svedberg.

– Et Martinsson ? Qu'est-ce qu'il fait ?

– Il est au téléphone.

Wallander s'assit sur les marches à coté des autres. Le soleil commençait déjà à chauffer.

– Il va nous falloir encore un peu d'énergie. Dès qu'Ann-Britt aura fini, nous rentrerons à Ystad. Il faut récapituler tout ça et décider de la suite.

Personne ne répondit. Il n'était d'ailleurs pas nécessaire de répondre. Ann-Britt Höglund sortit de la grange. Elle s'accroupit devant les autres.

– Qu'autant de gens puissent voir aussi peu de chose, dit-elle d'une voix lasse, ça me dépasse.

Eskilsson passa devant eux avec son chien. Puis on entendit la voix irritée de Nyberg qui venait de la tonnelle.

Martinsson apparut au coin de la maison. Il avait un téléphone à la main.

– Ce n'est peut-être pas le moment, dit-il. Mais il y a un message d'Interpol. Ils ont eu confirmation pour la fille qui s'est suicidée. Ils croient savoir qui c'est.

Wallander le regarda, étonné.

– La fille dans le champ de Salomonsson ?

– Oui.

Wallander se leva.

– Qui est-ce ?

– Je ne sais pas Mais il y a un message au commissariat.

L'instant d'après, ils quittaient Bjäresjö pour retourner à Ystad.

12

Dolores Maria Santana.

Il était six heures moins le quart, ce matin de la Saint-Jean, quand Martinsson lut à haute voix le message d'Interpol qui identifiait la fille qui s'était suicidée par le feu.

– D'où vient-elle ? demanda Ann-Britt.

– De la République dominicaine, répondit Martinsson. C'est passé par Madrid.

Puis il jeta un regard perplexe dans la pièce. Ann-Britt Höglund était la seule à connaître la réponse.

– La République dominicaine est l'autre moitié de l'île où se trouve Haïti. Aux Antilles. Est-ce que l'île ne s'appelle pas Hispaniola ?

– Mais comment a-t-elle pu se retrouver ici ? dit Wallander. Dans le champ de colza de Salomonsson. Qui est-elle ? Que dit Interpol ?

– Je n'ai pas encore eu le temps de lire le message en détail, dit Martinsson. Mais si j'ai bien compris, son père a lancé un avis de recherche en novembre de l'année dernière. L'avis de recherche a été déposé dans une ville qui s'appelle Santiago.

– Mais c'est au Chili, non ? l'interrompit Wallander, étonné.

– Cette ville-là s'appelle Santiago-de-los-Treinta-Caballeros, dit Martinsson. Il n'y a pas de carte du monde quelque part ?

– Si, dit Svedberg en sortant.

Il revint quelques minutes plus tard, secouant négativement la tête.

– Ça devait être la carte personnelle de Björk. Je ne la trouve pas.

– Téléphone, réveille le libraire. Il me faut une carte.

– Mais il n'est même pas six heures du matin, et en plus c'est le matin de la Saint-Jean !

– Ça ne change rien. Appelle-le. Et envoie une voiture pour récupérer la carte.

Wallander sortit un billet de cent couronnes de son portefeuille et le donna à Svedberg qui s'éclipsa. Quelques minutes plus tard, il avait tiré le libraire de son sommeil et la voiture était partie chercher la carte.

Après avoir pris un café, ils se rendirent dans la salle de réunion et fermèrent la porte derrière eux. Hansson avait donné comme consigne de ne pas les déranger pendant une heure, sauf si c'était Nyberg. Wallander embrassa du regard les visages gris et épuisés rassemblés autour de la table et se demanda, gêné, de quoi il avait l'air lui-même.

– Nous reviendrons plus tard à la fille du champ de colza. Pour le moment, concentrons-nous sur les événements de cette nuit. Nous pouvons d'ores et déjà établir que l'homme qui a tué Gustaf Wetterstedt a frappé à nouveau. La méthode est la même, même si Carlman a été cogné à la tête et que Wetterstedt a eu le dos fendu. Mais ils ont tous les deux été scalpés.

– Je n'ai jamais rien vu d'équivalent, dit Svedberg. Celui qui a fait ça doit être totalement bestial.

Wallander leva la main pour l'interrompre.

– Laisse-moi finir. Nous savons aussi qu'Arne Carlman était marchand d'art. Et voici ce que j'ai appris hier.

Wallander rendit compte de sa conversation avec Lars Magnusson à propos des rumeurs qui avaient couru sur Gustaf Wetterstedt.

– En d'autres termes, nous avons un lien possible, conclut-il. Le lien, le mot clé, c'est l'art, le vol et recel d'œuvres d'art. Et si nous trouvons ce qui les lie entre eux, peut-être trouverons-nous le meurtrier.

Il y eut un silence. Tous semblaient méditer ce que Wallander venait de dire.

– Enfin, nous savons sur quoi concentrer notre enquête, poursuivit Wallander. Chercher le point commun entre Wetterstedt et Carlman. Mais cela ne signifie pas qu'il n'y a pas un autre problème.

Il regarda ses collègues : ils avaient compris ce à quoi il faisait allusion.

– Cet homme peut frapper à nouveau. Nous ne savons pas pourquoi il a tué Wetterstedt et Carlman. Nous ne savons donc pas non plus s'il en veut à d'autres personnes. Nous ignorons qui il peut bien être. Nous pouvons simplement espérer que ceux qui sont menacés en soient conscients.

– Il y a encore autre chose que nous ignorons, dit Martinsson. Ce type, est-il fou ou pas ? Nous ne savons pas si le mobile est la vengeance. Nous ne savons même pas si le meurtrier s'est fabriqué des motivations qui n'ont aucun fondement dans la réalité. Personne ne peut prévoir ce qui se passe dans un cerveau dérangé.

– Oui, tu as raison, répondit Wallander. Beaucoup de facteurs d'incertitude sont à prendre en compte.

– Ce que nous avons vu n'est peut-être qu'un début, dit Hansson d'un air sombre. Et si nous avions un tueur en série sur les bras ?

– Cela peut être aussi grave que ça, répondit Wallander d'une voix ferme. Pour cette raison, il faut à mon avis demander immédiatement une aide extérieure. Particulièrement au service de psychiatrie criminelle de Stockholm. Le comportement de cet homme est si particulier, du fait qu'il scalpe ses victimes, qu'ils pourront peut-être nous établir un profil psychologique du meurtrier.

– Ce meurtrier a-t-il déjà tué auparavant ? demanda Svedberg. Ou ne se lance-t-il que maintenant ?

– Je ne sais pas, répondit Wallander. Mais il est prudent. J'ai l'impression qu'il prévoit ses actes en détail. Au moment de frapper, il n'hésite pas un seul instant. Il peut y avoir au moins deux raisons à ça. La première est qu'il ne veut pas être pris. La seconde est qu'il ne veut pas être interrompu avant d'avoir fini ce qu'il s'est fixé.

Les derniers mots de Wallander déclenchèrent dégoût et malaise dans la pièce.

– Voilà notre point de départ, conclut-il. Quel est le point commun entre Wetterstedt et Carlman ? Où leurs trajectoires se rejoignent-elles ? Voilà ce qu'il va falloir tirer au clair. Le plus vite possible.

– Ça va devenir impossible de travailler en paix, dit Hansson. Les journalistes vont nous tourner autour comme des mouches. Ils savent que Carlman a été scalpé. Ils ont la nouvelle qu'ils attendaient. Pour une raison que j'ignore, tous les Suédois adorent lire des histoires de violence quand ils sont en vacances.

– Ce n'est pas si mauvais, dit Wallander. En tout cas, ça peut alerter ceux qui auraient une raison de craindre d'être sur la liste du meurtrier.

– Avant tout, nous avons besoin de renseignements, dit Ann-Britt. En supposant que, comme tu le dis, le meurtrier suive une liste qu'il a établie, il y a des gens qui se sentent menacés, et donc il y a forcément quelqu'un qui sait, ou du moins soupçonne, qui peut être le meurtrier.

– Tu as raison, dit Wallander, se tournant vers Hansson. Convoque une conférence de presse dans les plus brefs délais. Nous allons dire exactement ce que nous savons. Que nous cherchons un même meurtrier pour les deux crimes. Et que nous avons besoin de tous les renseignements possibles.

Svedberg se leva pour ouvrir une fenêtre. Martinsson bâilla très fort.

– Nous sommes tous fatigués, dit Wallander. Pourtant, il faut continuer. Essayez de dormir quand vous en aurez la possibilité.

On frappa à la porte. Un policier déposa une carte. Ils l'étalèrent sur la table et cherchèrent la République domi nicaine et la ville de Santiago.

– Il va falloir attendre pour cette fille, dit Wallander. On ne peut pas s'occuper d'elle tout de suite.

– En tout cas, j'envoie une réponse, dit Martinsson. Et nous pouvons toujours demander des précisions sur sa disparition.

– Je me demande comment elle a atterri ici, marmonna Wallander.

– Le message d'Interpol indique qu'elle avait dix-sept ans, dit Martinsson. Et qu'elle mesurait un mètre soixante.

– Renvoie une description de la médaille, dit Wallander. Si son père l'identifie, l'affaire est réglée.

A sept heures deux, ils sortirent de la salle de réunion. Martinsson rentra chez lui pour discuter avec sa famille et annuler son voyage à Bornholm. Svedberg descendit au sous-sol prendre une douche. Hansson disparut au bout du couloir pour organiser la conférence de presse. Wallander accompagna Ann-Britt Höglund à son bureau.

– On va l'attraper ? demanda-t-elle gravement.

– Je ne sais pas, répondit Wallander. Nous avons une piste qui a l'air de tenir le coup. Nous pouvons exclure que c'est le genre de meurtrier qui tue celui qui se trouve sur son chemin. Il est à la recherche de quelque chose. Les scalps sont ses trophées.

Elle s'était assise dans son fauteuil, tandis que Wallander s'appuyait contre l'encadrement de la porte.

– Pourquoi prend-on des trophées ? demanda-t-elle.

– Pour pouvoir s'en glorifier.

– Tout seul ou devant les autres ?

– Les deux.

167

Il comprit soudain le sens de sa question.

– Tu penses qu'il aurait pris ces scalps pour les montrer à quelqu'un ?

– En tout cas, on ne peut pas l'exclure.

– Non, dit Wallander. On ne peut pas l'exclure. Ni ça ni autre chose.

Il allait sortir du bureau quand il se ravisa.

– Tu téléphones à Stockholm ? demanda-t-il.

– C'est la Saint-Jean aujourd'hui. Ça m'étonnerait qu'il y ait une permanence.

– Alors il va falloir déranger quelqu'un chez lui. Nous ne savons absolument pas s'il va frapper à nouveau ou non, et il n'y a pas de temps à perdre.

Wallander regagna son bureau et s'affala dans le fauteuil destiné aux visiteurs. Un des pieds du siège grinçait de manière inquiétante. Il avait la migraine. Il pencha la tête en arrière et ferma les yeux. Il s'endormit rapidement.

Il se réveilla en sursaut quand quelqu'un entra dans son bureau. Jetant un œil sur sa montre, il constata qu'il avait dormi presque une heure. Sa migraine persistait. Pourtant, il lui semblait que sa fatigue s'était légèrement dissipée.

C'était Nyberg, les yeux injectés de sang et les cheveux ébouriffés.

– Je ne voulais pas te réveiller, s'excusa-t-il.

– Je me suis juste assoupi, répondit Wallander. Tu as des nouvelles ?

Nyberg secoua négativement la tête.

– Pas grand-chose. Celui qui a tué Carlman a forcément eu du sang sur ses vêtements, c'est tout ce que je peux dire. En anticipant sur l'examen de médecine légale, je peux confirmer que le coup est venu exactement par-devant. Celui qui tenait la hache devait donc être très près.

– Tu es sûr que c'était une hache ?

– Je ne suis sûr de rien. C'était peut-être un gros sabre.

Ou autre chose. Mais son crâne avait bien l'air fendu comme une bûche.

Wallander se sentit tout de suite mal.

– Ça suffit. Le coupable a donc eu du sang sur ses vêtements. Il se peut que quelqu'un l'ait vu. En plus, ça exclut les invités de la fête. Aucun d'entre eux n'avait de sang sur ses vêtements.

– Nous avons cherché le long de la haie, poursuivit Nyberg. Puis le long du champ de colza, jusqu'en haut de cette colline. Le paysan à qui appartient le champ est venu me demander s'il pouvait récolter le colza. Je lui ai dit oui.

– Tu as bien fait, dit Wallander. Ce n'est pas un peu tard cette année ?

– Il me semble, dit Nyberg. C'est déjà la Saint-Jean.

– Et la colline ?

– Quelqu'un y a été. L'herbe a été piétinée. Quelqu'un s'est assis à un endroit. Nous avons pris des échantillons d'herbe et de terre.

– Rien de plus ?

– Je doute que le vieux vélo présente un intérêt pour nous.

– Le chien policier a perdu la piste. Pourquoi ?

– Demande plutôt au maître-chien, répondit Nyberg. Mais il est possible qu'une substance étrangère soit d'un seul coup si forte que le chien perde l'odeur qu'il a suivie auparavant. Il y a maintes raisons pour qu'une piste disparaisse sans explication.

Wallander réfléchit à ce que Nyberg venait de dire.

– Rentre chez toi et dors. Tu as l'air complètement épuisé.

– En effet.

Une fois Nyberg parti, Wallander passa au réfectoire pour se faire un sandwich. La réceptionniste lui apporta une pile de messages. Il les feuilleta : les journalistes avaient appelé. Il songea un instant à rentrer chez lui et à se changer. Mais il se ravisa. Il frappa à la porte de Hansson et le prévint qu'il allait à la ferme de Carlman.

– Nous parlerons à la presse à treize heures, dit Hansson.

– Je serai revenu. Sauf s'il se passe quelque chose de particulier, je ne veux pas qu'on vienne me chercher là-bas. J'ai besoin de réfléchir.

– Et tout le monde a besoin de dormir. Jamais je n'aurais pu imaginer qu'on vivrait un enfer pareil.

– Ça vient toujours quand on s'y attend le moins.

Wallander partit pour Bjäresjö dans cette radieuse matinée d'été, et roula vitre baissée. Il se dit qu'il devrait passer voir son père aujourd'hui. Il fallait aussi qu'il appelle Linda. Demain, Baiba serait rentrée de son voyage à Tallinn, elle serait de retour à Riga. Dans moins de quinze jours, ce serait le début des vacances.

Il gara sa voiture devant les barrières qui interdisaient l'accès à la grande propriété de Carlman. De petits groupes de curieux s'étaient rassemblés sur la route. Wallander salua d'un hochement de tête le policier qui surveillait les barrières. Puis il fit le tour du grand jardin et suivit le chemin jusqu'en haut de la colline. Il s'arrêta à l'endroit où le chien avait perdu la trace et regarda autour de lui. *Il a bien choisi son emplacement. D'ici on voit tout ce qui se passe dans le jardin. Il a dû aussi entendre la musique qui venait de la grange. Tard dans la soirée, il commence à y avoir moins de monde dehors. Tous les invités sont unanimes pour dire que tout le monde est rentré à l'intérieur. Vers onze heures et demie, Carlman vient avec Madeleine Rhedin sous la tonnelle. Qu'est-ce que tu fais à ce moment-là ?*

Wallander ne répondit même pas à la question qu'il s'était posée en silence. Il se retourna pour observer le versant de la colline. En bas, on voyait des traces de tracteur. Il descendit jusqu'au chemin. D'un côté les traces de tracteur menaient à un bosquet, de l'autre à une bifurcation qui rejoignait la route principale de Malmö à Ystad. Wallander suivit les traces de tracteur jusqu'au bosquet. Il se retrouva à l'ombre de grands hêtres. Le soleil perçait à travers les feuilles. On sentait l'odeur de la terre. Les traces de tracteur s'interrompaient devant une zone de coupe où quelques troncs ébranchés et récemment coupés attendaient d'être emportés. Wallander chercha en vain un sentier. Il essaya de se représenter la carte routière. Celui qui voudrait atteindre la route principale en partant de ce bosquet ne pouvait éviter de passer devant deux maisons d'habitation et plusieurs champs. Il estima à deux kilomètres la distance jusqu'à la route principale. Puis il revint sur ses pas et prit le chemin dans l'autre direction. En comptant ses enjambées, il calcula que l'endroit où la bifurcation rejoignait la E 65 était à moins d'un kilomètre de la colline. La bifurcation était pleine de traces de voitures. Sur le côté de la route se trouvait un baraquement de cantonnier. La porte était fermée à clé. Il regarda tout autour de lui. Puis il alla à l'arrière. Il y avait une bâche repliée et deux tuyaux. Il allait s'éloigner quand son regard fut attiré par quelque chose par terre. Il se pencha : c'était un morceau de sac en papier marron. Le papier était couvert de taches brunes. Il le prit avec précaution entre le pouce et l'index et le tint devant ses yeux. Il n'arrivait pas à déterminer quel genre de taches c'était. Il reposa délicatement le morceau de papier par terre. Puis il inspecta avec soin tout le secteur derrière le baraquement. Ce n'est que quand il regarda en dessous de la cabane qui reposait sur quatre blocs de béton qu'il trouva le reste du sac. Il n'y avait pas de taches dessus. Il réfléchit un instant sans bouger. Puis il reposa le sac en papier et appela le commissariat. Il eut Martinsson.

– J'ai besoin d'Eskilsson et de son chien.

– Tu es où ? Il s'est passé quelque chose ?

– Je suis à l'extérieur de la ferme de Carlman. Je veux simplement procéder à une vérification.

Martinsson promit d'appeler Eskilsson. Wallander lui expliqua où il se trouvait.

Une demi-heure plus tard, Eskilsson arriva avec son chien.

– Va sur la colline où le chien a perdu la trace Puis reviens ici.

Eskilsson s'éclipsa. Dix minutes plus tard, il était de retour. Wallander vit que le chien avait cessé de chercher. Mais en arrivant devant le baraquement, il se mit à réagir. Eskilsson jeta un regard interrogateur à Wallander.

– Lâche-le, dit Wallander.

Le chien se dirigea droit sur le morceau de papier et se mit à l'arrêt. Mais quand Eskilsson tenta de le faire continuer, il abandonna rapidement. La trace s'interrompait à nouveau.

– C'est du sang ? demanda Eskilsson en montrant le morceau de papier.

– Je crois, dit Wallander. En tout cas, nous avons trouvé quelque chose en rapport avec l'homme qui était en haut de la colline.

Eskilsson et son chien partirent. Wallander allait appeler Nyberg quand il découvrit qu'il avait un sac plastique dans la poche. Il se souvint de l'avoir pris quand ils avaient inspecté la villa de Wetterstedt. Il y glissa avec précaution le morceau de papier déchiré. *Tu n'as pas dû mettre beaucoup de temps pour venir du jardin de Carlman jusqu'ici. Il devait y avoir un vélo ici. Tu t'es changé, puisque tu étais copieusement arrosé de sang. Mais tu as aussi essuyé un objet. Peut-être un couteau ou une hache. Puis tu es parti, vers Malmö ou vers Ystad. Tu as probablement traversé la route principale pour prendre une de ces petites routes qui sillonnent ce paysage. Jusque-là, je te suis, pour le moment. Mais pas plus loin.*

Wallander retourna à la ferme de Carlman chercher sa

voiture. Il demanda au policier qui surveillait les barrières si la famille était toujours là.

– Je ne les ai pas vus. Mais personne n'a quitté la maison.

Wallander hocha la tête et se dirigea vers sa voiture. Il y avait beaucoup de curieux devant les barrières. Wallander leur jeta un regard, s'étonnant de ce que des gens puissent sacrifier un matin d'été au plaisir de flairer un peu de sang.

Ce n'est qu'après avoir démarré qu'il se dit qu'il avait remarqué quelque chose d'important sans réagir. Il ralentit et essaya de s'en souvenir.

Cela avait un rapport avec les gens qui se tenaient derrière les barrières. Qu'est-ce qu'il s'était dit ? A propos de gens qui sacrifiaient un dimanche matin pour venir flairer du sang ?

Il freina et fit demi-tour. Quand il parvint de nouveau devant la maison de Carlman, il y avait toujours des curieux derrière les barrières. Wallander regarda autour de lui sans trouver d'explication à sa réaction. Il demanda au policier si des badauds venaient de partir.

– Peut-être. Il y a tout le temps des gens qui vont et qui viennent.

– Personne dont tu te souviens spécialement ?

Le policier réfléchit.

– Non

Wallander retourna à sa voiture.

Il était neuf heures dix, le matin de la Saint-Jean.

13

Quand Wallander revint au commissariat, un peu avant neuf heures et demie, la jeune réceptionniste lui annonça qu'un visiteur l'attendait dans son bureau. Pour une fois, Wallander sortit de ses gonds et se mit à jurer et à crier après la jeune femme qui travaillait là pour l'été. Il hurla qu'il était interdit de laisser qui que ce soit entrer dans son bureau. Puis il traversa le couloir en quelques grandes enjambées nerveuses et ouvrit brutalement la porte.

Son père était assis dans le fauteuil et le regardait.

– Incroyable ce que tu peux tirer fort sur les portes, dit son père. On croirait presque que tu es en colère.

– On m'a seulement dit que quelqu'un m'attendait dans mon bureau, s'excusa Wallander, stupéfait. Mais pas que c'était toi.

C'était la première fois que son père venait lui rendre visite sur son lieu de travail. Durant les années où Wallander avait travaillé en uniforme, son père avait toujours refusé de le laisser entrer chez lui, sauf quand il était en civil. Mais il était là, dans le fauteuil, et il avait mis son plus beau costume.

– Ça alors, je suis vraiment étonné, dit Wallander. Qui t'a amené jusqu'ici ?

– J'ai une femme qui a un permis de conduire et une voiture, répondit son père. Elle est partie voir sa famille pendant que je venais te rendre visite. Tu as vu le match cette nuit ?

– Non. Je travaillais.

– C'était superbe. Je me souviens de 1958, quand la Coupe du monde s'était déroulée en Suède.

– Mais tu n'as jamais été intéressé par le football.

– J'ai toujours aimé le football.

Wallander le regarda avec étonnement.

– Je ne le savais pas.

– Il y a beaucoup de choses que tu ne sais pas. En 1958, la Suède avait un arrière qui s'appelait Sven Axbom. Je me souviens qu'il avait eu de grosses difficultés avec un des avants du Brésil. Tu as oublié ?

– J'avais quel âge, en 1958 ? J'étais à peine né.

– Tu n'as jamais eu vraiment de goût pour le ballon. C'est peut-être pour ça que tu es devenu policier.

– J'avais parié que la Russie gagnerait.

– Je veux bien te croire. Moi-même j'ai parié 2-0. Par contre, Gertrud a été plus prudente. Elle pensait que ce serait 1-1.

– Tu veux du café ?

– Oui, volontiers.

Wallander alla chercher du café. Dans le corridor, il rencontra Hansson.

– Peux-tu t'arranger pour qu'on ne me dérange pas dans la demi-heure qui vient ? dit-il.

Embarrassé, Hansson fronça les sourcils.

– Il me faut impérativement te parler.

Le langage précieux de Hansson énerva Wallander.

– Dans une demi-heure, répéta-t-il. Dans une demi-heure, tu pourras me parler autant que tu voudras.

Il retourna dans son bureau et ferma la porte. Son père prit le gobelet en plastique entre ses deux mains. Wallander s'installa derrière son bureau.

– Je ne m'attendais vraiment pas à ça, dit-il. Je n'aurais jamais cru te voir un jour au commissariat.

– C'est inattendu pour moi aussi, dit son père. Je ne

175

serais pas venu si ce n'était pas absolument indispensable.

Wallander reposa son gobelet sur son bureau. Il aurait dû se dire tout de suite qu'il était arrivé quelque chose de très important, pour que son père vienne le voir au commissariat.

– Il s'est passé quelque chose ?

– Rien, sinon que je suis malade, répondit son père calmement.

Wallander sentit son estomac se nouer.

– Comment ?

– Je suis en train de perdre la tête, poursuivit son père sans se préoccuper de sa réaction. C'est une maladie qui a un nom dont je ne me souviens plus. C'est comme de devenir sénile. Mais on peut devenir méchant. Et ça peut aller vite.

Wallander savait de quoi son père parlait. La mère de Svedberg avait eu cette maladie. Mais il n'arrivait pas non plus à se souvenir du nom.

– Comment le sais-tu ? Tu as été chez le médecin ? Pourquoi n'as-tu rien dit avant ?

– Je suis même allé voir un spécialiste à Lund. C'est Gertrud qui m'a emmené.

Il se tut et but son café. Wallander ne savait pas quoi dire.

– En réalité, je suis venu te demander quelque chose.

Au même instant, le téléphone sonna. Wallander décrocha et raccrocha sans répondre.

– J'ai le temps, je peux attendre, dit son père.

– J'ai signalé que je ne voulais pas qu'on me dérange. Dis-moi plutôt ce que tu veux.

– J'ai toujours rêvé de l'Italie, dit son père. Je voudrais y aller avant qu'il ne soit trop tard. Et je me disais que tu pourrais venir avec moi. Gertrud n'a rien à faire en Italie. Je crois qu'elle n'a même aucune envie d'y aller. Et c'est moi qui paie tout. J'ai ce qu'il faut.

Wallander regarda son père. Assis dans le fauteuil, il avait l'air petit et tassé. C'était comme s'il était instantanément devenu aussi vieux qu'il l'était réellement. Bientôt quatre-vingts ans.

– Bien sûr que nous irons en Italie, dit Wallander. Quand avais-tu pensé que nous partirions ?

– Il vaut mieux ne pas trop attendre. J'ai entendu dire qu'en septembre il ne fait pas trop chaud. Mais auras-tu le temps ?

– Je peux prendre une semaine de vacances sans problème. Comptais-tu partir plus longtemps ?

– Une semaine, ça ira.

Son père se pencha pour reposer son gobelet. Puis il se leva.

– Je ne vais pas te déranger plus longtemps. Je vais aller attendre Gertrud là-bas.

– Il vaut mieux que tu restes assis ici.

Son père leva sa canne en signe de refus.

– Tu as plein de choses à faire. Je ne sais pas quoi, mais plein de choses. J'attendrai là-bas.

Wallander l'accompagna dans le hall où il s'assit dans un canapé.

– N'attends pas ici, dit son père. Gertrud ne va pas tarder.

Wallander hocha la tête.

– Bien sûr, nous allons partir pour l'Italie, dit-il. Je passe te voir dès que j'ai un moment.

– Ce sera peut-être un voyage agréable. On ne sait jamais.

Wallander le quitta et alla voir la jeune réceptionniste.

– Excuse-moi, dit-il. Tu as bien fait de faire attendre mon père dans mon bureau.

Il retourna dans son bureau. Il se rendit compte qu'il avait les larmes aux yeux. Même si sa relation avec son père était plutôt difficile, lourde de mauvaise conscience, savoir que son père était en train de s'éloigner de lui le remplissait de tristesse. Il alla à la fenêtre et regarda dehors le beau temps estival *Il fut un temps où nous étions si proches que rien ne pouvait venir s'interposer entre nous. C'était l'époque où des hommes d'affaires venaient dans leurs rutilants bolides américains t'acheter des tableaux. Tu parlais déjà à l'époque d'aller en Italie. Une autre fois, il y a quelques années, tu avais commencé à partir pour l'Italie. C'est moi qui t'avais retrouvé, en pyjama, une valise à la main, en plein champ. Mais maintenant nous allons le faire, ce voyage. Et rien ne pourra nous en empêcher.*

Wallander retourna à son bureau et appela sa sœur à Stockholm. Un répondeur téléphonique lui indiqua qu'elle serait de retour dans la soirée.

Il lui fallut un bon moment avant d'être capable de se concentrer à nouveau sur l'enquête. Il se sentait inquiet et constata qu'il avait du mal à rassembler ses idées. Il refusait encore d'admettre ce qu'il venait d'apprendre, d'accepter que ce fût vrai.

Après avoir vu Hansson, il fit un compte rendu détaillé et une évaluation de l'état d'avancement de l'enquête. Vers onze heures, il appela Per Åkeson pour lui donner son point de vue. Puis il rentra chez lui prendre une douche et se changer. A midi, il était de retour au commissariat. En allant dans son bureau, il passa prendre Ann-Britt Höglund. Il lui parla du morceau de papier avec des taches de sang qu'il avait trouvé derrière le baraquement de cantonnier.

– Tu as pu joindre les psychologues de Stockholm ?

– J'ai eu un dénommé Roland Möller, répondit-elle. Il était dans sa maison de campagne à côté de Vaxholm. Il faut juste que Hansson lui fasse une demande officielle en sa qualité de chef intérimaire.

– Tu le lui as dit ?

– Il l'a déjà faite.

– Bien. Changeons de sujet. Quand je dis que les criminels reviennent sur le lieu de leur crime, qu'est-ce que tu me réponds ?

– Que c'est à la fois un mythe et une réalité.

– De quel point de vue est-ce un mythe ?

– C'est un mythe de dire que ce serait une réalité générale. Quelque chose qui a toujours lieu.

– Et que dit la réalité ?

– Que ça arrive effectivement de temps en temps. Il me semble que l'exemple le plus classique dans notre histoire policière s'est passé ici, en Scanie. Le policier qui, au début des années cinquante, avait commis une série de meurtres et qui participait ensuite aux enquêtes.

– Ce n'est pas un bon exemple. Il était obligé de revenir. Je parle de ceux qui reviennent volontairement. Pourquoi le font-ils ?

– Pour défier la police. Pour leur amour-propre. Ou pour essayer d'apprendre ce que sait la police.

Wallander hocha pensivement la tête.

– Pourquoi me demandes-tu ça ?

– Il m'est arrivé un truc étrange, dit Wallander. J'ai eu le sentiment de voir quelqu'un là-bas à côté de la ferme de Carlman, que j'avais déjà vu sur la plage. Quand nous étions en train d'enquêter sur le meurtre de Wetterstedt.

– Qu'est-ce qui empêcherait que ce soit la même personne ?

– Rien, bien sûr. Mais cette personne-là avait quelque chose de particulier. Je n'arrive pas à trouver quoi.

– Je ne crois pas que je puisse t'aider.

– Je sais. Mais à l'avenir, je veux qu'on photographie le plus discrètement possible les gens qui viennent derrière les barrières.

– A l'avenir ?

Wallander se rendit compte qu'il avait dit un mot de trop. Il frappa trois coups de l'index sur le bureau.

– J'espère, bien sûr, qu'il ne se passera rien d'autre. Mais au cas où.

Wallander accompagna Ann-Britt jusqu'à son bureau. Puis il se dirigea vers la sortie. Son père n'était plus sur le canapé de l'accueil. Il alla manger un hamburger à un kiosque à une sortie de la ville. Il lut sur un thermomètre qu'il faisait 26 degrés. A douze heures quarante-cinq, il était de retour au commissariat.

Ce jour de Saint-Jean, la conférence de presse qui eut lieu au commissariat d'Ystad fut mémorable dans le sens où Wallander sortit complètement de ses gonds et quitta la salle avant la fin. Il refusa de présenter ses excuses. La plupart de ses collègues pensaient d'ailleurs qu'il avait eu raison. Le lendemain, Wallander reçut cependant un appel téléphonique de la direction de la police au cours duquel un gradé, un chef de service à la voix décidée, lui notifia qu'il était tout à fait intolérable que des policiers parlent en termes injurieux à des journalistes. Les relations entre les médias et la police étaient suffisamment tendues comme ça depuis un certain temps, ce n'était pas utile d'en rajouter.

C'est vers la fin de la conférence de presse que l'incident s'était produit. Un envoyé spécial d'un quotidien du soir avait commencé à attaquer Wallander en lui posant des questions détaillées sur la manière dont le meurtrier inconnu avait scalpé ses victimes. Wallander avait tenté jusqu'au bout de maintenir la conférence de presse à un niveau décent en évitant de donner des détails trop sanglants. Il s'était contenté de dire qu'une partie du cuir chevelu de Wetterstedt et de Carlman avait été arrachée. Mais le journaliste n'avait pas lâché prise. Il avait continué à exiger des détails bien qu'à ce stade Wallander eût refusé d'en donner pour des raisons techniques liées à l'enquête. A ce point de la conférence, Wallander commençait à avoir sérieusement mal à la tête. Quand le journaliste l'avait accusé de s'être retranché dès le début derrière des raisons techniques pour ne pas donner plus de détails sur les scalps et l'avait taxé d'hypocrisie, Wallander en avait eu assez. Il s'était levé après avoir donné un grand coup de poing sur la table.

– Je ne tolérerai pas qu'un journaliste prétentieux qui n'a aucun sens des limites vienne dicter son travail à la police ! avait-il hurlé.

Les flashes avaient crépité. Puis il avait mis rapidement fin à la conférence de presse et avait quitté la salle. Une fois calmé, il était allé présenter ses excuses pour ses débordements à Hansson.

– Je doute que ça modifie énormément les gros titres de certains journaux demain, avait répondu Hansson.

– Il fallait montrer qu'il existe des limites, avait dit Wallander.

– Je te soutiens, bien sûr. Mais je pense que ce ne sera pas le cas pour d'autres.

– On peut me suspendre. On peut me mettre au rancart. Mais on ne pourra jamais m'obliger à présenter des excuses à ce foutu journaliste.

– Ces excuses seront sans doute présentées très discrètement par la direction de la police au rédacteur en chef du journal. Sans que nous soyons mis au courant.

A quatre heures de l'après-midi, les enquêteurs s'enfermèrent dans la salle de réunion. Hansson avait donné l'ordre strict qu'on ne les dérange sous aucun prétexte. A la demande de Wallander, un véhicule de police était allé chercher Per Åkeson. Wallander savait que les décisions qu'ils prendraient cet après-midi seraient très importantes. Ils allaient devoir chercher dans de nombreuses directions à la fois. Toutes les portes devaient rester grandes ouvertes. En même temps, il sentait qu'il fallait se concentrer sur la piste principale. Après qu'Ann-Britt Höglund lui eut donné deux comprimés pour calmer sa migraine, Wallander s'enferma cinq minutes pour réfléchir une nouvelle fois aux confidences de Lars

Magnusson, et au fait qu'il existait un point commun entre Wetterstedt et Carlman. Ou bien y avait-il autre chose qui lui avait échappé ? Il scruta son cerveau fatigué sans y trouver de raison majeure de changer d'opinion. Jusqu'à nouvel ordre, ils allaient concentrer leurs enquêtes sur la piste principale, qui tournait autour du milieu artistique et du trafic d'œuvres d'art volées. Il fallait fouiller dans des rumeurs concernant Wetterstedt, vieilles de trente ans, et il fallait le faire rapidement. Wallander ne se faisait aucune illusion sur l'aide qu'ils obtiendraient. Lars Magnusson avait parlé des entrepreneurs de pompes funèbres qui faisaient le ménage dans la demeure des serviteurs du pouvoir, dans les salles éclairées comme dans les zones d'ombre. C'étaient ces zones d'ombre qu'il leur fallait éclairer de leurs torches, et ce serait très difficile.

La réunion qui commença à seize heures précises fut la plus longue à laquelle Wallander ait jamais participé. Ils restèrent ensemble pendant près de neuf heures avant que Hansson puisse lever la réunion. Ils étaient alors tous blêmes de fatigue. Le tube de comprimés d'Ann-Britt Höglund avait fait le tour de la table et était revenu vide. Une montagne de gobelets de café s'entassait sur la table. Des cartons de pizzas à moitié mangées étaient empilés dans un coin de la pièce.

Wallander avait cependant le sentiment que cette longue réunion du groupe des enquêteurs avait aussi été une des meilleures qu'il ait connues en tant que policier de la brigade criminelle. La concentration n'avait jamais faibli. Tous avaient présenté leurs points de vue, et l'organisation de l'enquête résultait de leur volonté commune d'avancer de manière logique. Svedberg commença par faire le point sur les conversations téléphoniques qu'il avait eues avec les deux enfants de Gustaf Wetterstedt et avec sa dernière femme : ils n'avaient toujours pas de mobile plausible. Hansson avait également pris le temps d'aller voir l'homme de quatre-vingts ans qui avait été secrétaire du parti à l'époque où Wetterstedt était ministre de la Justice, sans que rien de remarquable n'en découle. Il avait obtenu confirmation du fait que Wetterstedt était controversé au sein du parti. Mais personne n'avait jamais pu mettre en doute sa loyauté à l'égard du parti. Martinsson avait eu un long entretien avec la veuve de Carlman. Elle semblait parfaitement calme, même si elle paraissait sous l'influence de tranquillisants. Ni elle ni aucun de ses enfants ne voyaient de mobile évident. Wallander rapporta de son côté sa conversation avec Sara Björklund, la « bonniche ». Il rappela également que l'ampoule de la lampe à côté du portail avait été dévissée. Pour conclure la première partie de la réunion, il parla du morceau de papier taché de sang qu'il avait trouvé derrière le baraquement de cantonnier.

Aucune des personnes présentes ne remarqua que, pendant tout ce temps, Wallander pensait à son père. Plus tard, il demanda à Ann-Britt Höglund si elle avait remarqué sa difficulté à se concentrer pendant toute cette soirée. Elle en fut très surprise. Il lui avait semblé plus attentif et plus décidé que jamais.

A vingt et une heures, Wallander aéra la pièce à fond et proposa une pause. Martinsson et Ann-Britt allèrent téléphoner chez eux, et Wallander parvint enfin à joindre sa sœur. Elle se mit à pleurer quand Wallander lui parla de la visite de son père, et lui annonça qu'il était en train de s'éloigner d'eux. Wallander essaya de la réconforter de son mieux, mais il dut lui-même lutter contre une boule au fond de sa gorge. Finalement, ils convinrent qu'elle appellerait Gertrud le lendemain et qu'elle passerait les voir dès que possible. Avant de raccrocher, elle demanda si leur père supporterait un voyage en Italie. Wallander répondit qu'il ne savait pas, ce qui était vrai. Mais il défendit le projet, lui rappelant que leur père rêvait d'aller en Italie au moins une fois dans sa vie depuis qu'ils étaient enfants.

Pendant la pause, Wallander tenta également de joindre Linda. Au bout de quinze sonneries, il laissa tomber. Énervé, il décida de lui offrir un répondeur.

De retour en salle de réunion, Wallander commença par évoquer le lien entre les deux crimes. C'était ce lien qu'il leur fallait rechercher, sans pour autant exclure d'autres hypothèses.

– La veuve de Carlman est certaine que son mari n'a jamais eu quoi que ce soit à faire avec Wetterstedt, dit Martinsson. Ses enfants non plus n'en ont jamais entendu parler. Ils ont cherché dans tous ses carnets d'adresses sans trouver le nom de Wetterstedt.

– Arne Carlman ne figure pas non plus dans le carnet d'adresses de Wetterstedt, dit Ann-Britt.

– Donc ce lien est invisible, dit Wallander. Invisible, ou plutôt dans l'ombre. Nous devons trouver une relation quelque part. Si nous y arrivons, nous pourrons peut-être entrevoir l'ombre d'un criminel possible. Ou du moins un mobile plausible. Il va falloir creuser profondément et rapidement.

– Avant qu'il ne frappe à nouveau, dit Hansson. Personne ici ne sait s'il va le faire.

– Nous ne savons pas non plus qui mettre en garde, dit Wallander. La seule chose que nous savons sur le criminel, ou sur les criminels, c'est qu'ils prévoient ce qu'ils vont faire.

– Le savons-nous vraiment ? l'interrompit Per Åkeson. Cette conclusion me paraît trop hâtive.

– En tout cas, rien n'indique que nous ayons ici affaire à un meurtrier occasionnel qui, en plus, aurait une envie spontanée d'arracher les cheveux de ses victimes, répondit Wallander, sentant l'irritation monter en lui.

– C'est la conclusion qui me gêne, dit Per Åkeson. Loin de moi l'idée de nier des indices.

L'ambiance devint un instant très tendue dans la salle. La tension qui montait entre les deux hommes ne pouvait échapper à personne. En situation normale, Wallander n'aurait pas hésité à se disputer avec Åkeson. Mais ce soir-là, il décida de battre en retraite. Il se sentait très fatigué et il savait que la réunion allait durer encore plusieurs heures.

– Je suis d'accord, dit-il simplement. Effaçons cette conclusion et contentons-nous de dire que le criminel prévoit probablement ce qu'il va faire.

– Un psychologue va venir dès demain, dit Hansson Je vais aller le chercher à Sturup. Espérons qu'il pourra nous aider.

Wallander hocha la tête. Puis il lâcha une question qu'en fait il n'avait pas préméditée. Mais c'était le bon moment.

– L'assassin. Considérons pour simplifier, pour le moment qu'il s'agit d'un homme et d'un seul. Comment le voyez-vous ? Qu'en pensez-vous ?

– Un homme fort, dit Nyberg. Le coup de hache a été donné avec une force terrible.

– Le fait qu'il collectionne des trophées me fait peur, dit Martinsson. Il n'y a qu'un fou pour faire un truc pareil.

– Ou quelqu'un qui veut nous orienter vers une fausse piste avec ces scalps, remarqua Wallander.

– Je n'ai aucune opinion, dit Ann-Britt Höglund. Mais il doit s'agir de quelqu'un de très perturbé.

La question du criminel resta finalement en suspens. Wallander rassembla tout le monde pour refaire un dernier point, établir le programme de l'enquête et répartir les tâches. Per Åkeson se retira vers minuit après les avoir tous assurés de son concours s'ils avaient besoin de renforts. En dépit de leur fatigue, Wallander refit encore une fois la liste des tâches en suspens.

– Aucun d'entre nous ne risque de dormir beaucoup dans les jours qui viennent, dit-il pour conclure. En plus, il est probable que l'organisation de nos vacances va être pas mal chamboulée. Mais nous devons travailler de toutes nos forces. Il n'y a pas d'autre solution.

– Il nous faut des renforts, dit Hansson.

– Voyons ça lundi, dit Wallander. Attendons lundi.

Ils décidèrent de se réunir à nouveau le lendemain dans l'après-midi. Avant la réunion, Wallander et Hansson feraient le point de la situation avec le psychologue venu de Stockholm.

Puis ils se séparèrent et chacun partit de son côté.

Wallander resta à côté de sa voiture à regarder le pâle ciel nocturne.

Il essayait de penser à son père.

Mais il y avait tout le temps quelque chose qui l'en empêchait.

La peur qu'un meurtrier inconnu ne frappe à nouveau.

14

A sept heures du matin, le dimanche 26 juin, on sonna à la porte de l'appartement de Wallander, sur Mariagatan, dans le centre d'Ystad. Brutalement arraché à son profond sommeil, il crut tout d'abord que c'était le téléphone qui sonnait. Ce n'est que quand retentit la seconde sonnerie qu'il se leva rapidement, chercha sa robe de chambre qui avait à moitié disparu sous le lit et alla ouvrir. Devant sa porte, se tenait sa fille Linda, en compagnie d'une amie que Wallander n'avait jamais vue. C'est à peine s'il reconnut sa propre fille dont les longs cheveux blonds étaient teints en rouge et coiffés en brosse. Mais le soulagement et la joie des retrouvailles furent les plus forts. Il les fit entrer et salua l'amie de Linda qui se présenta sous le nom de Kajsa. Wallander avait mille questions à poser. Comment se faisait-il qu'elle vienne sonner à sa porte aussi tôt un dimanche matin ? Y avait-il vraiment des trains qui arrivaient si tôt ? Linda expliqua qu'elles étaient à Ystad depuis la veille, mais qu'elles avaient passé la nuit chez une camarade de classe de Linda, dont les parents étaient absents. Elles allaient rester là-bas la semaine suivante. Elles étaient venues tôt, car Linda, qui avait lu les journaux, pensait que ce ne serait pas facile de voir son père. Wallander leur prépara un petit déjeuner avec les restes qu'il trouva dans son réfrigérateur. Assis à la table de la cuisine, Wallander apprit qu'elles passaient une semaine à répéter une pièce de théâtre dont elles avaient écrit le texte. Puis elles partiraient pour Gotland, suivre un stage de théâtre. Il écouta Linda, essayant de dissimuler son inquiétude de la voir abandonner son vieux rêve : devenir artisan tapissier et s'installer à Ystad en ouvrant son propre atelier, une fois sa formation terminée. Il ressentit également un fort besoin de parler de son père avec elle. Il savait qu'ils étaient tous les deux très proches. Il était certain que, lors de son séjour à Ystad, elle ne manquerait pas de lui rendre visite. Il profita du moment où Kajsa alla aux toilettes.

– Il se passe tant de choses, dit-il. J'aurais besoin de parler avec toi tranquillement. Rien que toi et moi.

– C'est ce que je préfère chez toi, répondit-elle. Que tu sois toujours si content de me voir.

Elle inscrivit son numéro de téléphone sur un papier et lui promit de venir quand il l'appellerait.

– J'ai lu les journaux, dit-elle. C'est vraiment aussi terrible qu'ils le disent ?

– C'est pire que ça. J'ai tant à faire que je ne sais pas trop comment je vais m'en sortir. Tu as vraiment eu de la chance de me trouver à la maison.

Ils restèrent à bavarder jusqu'à huit heures passées. Puis Hansson appela. Il se trouvait à l'aéroport de Sturup, où le psychologue de Stockholm venait d'arriver. Ils convinrent de se retrouver à neuf heures au commissariat.

– Il va falloir que j'y aille, dit-il à Linda.

– Nous aussi, répondit-elle.

– Et cette pièce de théâtre que vous allez jouer, elle a un nom ? demanda Wallander quand ils furent dans la rue.

– Ce n'est pas une pièce, c'est un spectacle de cabaret.

– Ah bon, répondit Wallander, essayant de trouver la différence entre un spectacle de cabaret et une pièce de théâtre. Et il n'a pas de nom ?

– Pas encore, dit Kajsa.

– On peut le voir ? demanda Wallander avec précaution.

– Quand nous serons prêtes, dit Linda. Pas avant.

Wallander offrit de les déposer quelque part.

– Je vais lui montrer un peu la ville, dit Linda.

– D'où viens-tu ? demanda-t-il à Kajsa.

– De Sandviken. C'est la première fois que je viens en Scanie.

– Un partout. Je ne suis jamais allé à Sandviken.

Il les regarda disparaître au coin de la rue. Le beau temps se maintenait. Il allait faire encore plus chaud aujourd'hui. La visite inopinée de sa fille l'avait mis de bonne humeur. Même s'il ne s'était pas habitué à toutes les expériences étranges auxquelles elle se livrait quant à son apparence. En la voyant ce matin, il s'était rendu compte que ce que les gens lui avaient dit était vrai. Linda lui ressemblait. Pour la première fois, il avait reconnu son propre visage dans celui de sa fille.

Quand il arriva au commissariat, il sentit que l'apparition de Linda lui avait redonné de l'énergie. Il allongea le pas dans le couloir, pensant en se moquant de lui-même qu'il martelait ses enjambées comme le pachyderme qu'il était, et il lança son blouson en entrant dans son bureau. Il saisit le combiné du téléphone avant même de s'asseoir et pria la standardiste d'appeler Sven Nyberg. Juste avant de s'endormir la veille, il lui était venu une idée qu'il voulait essayer. Il fallut cinq minutes à la fille pour localiser Nyberg, cinq minutes pendant lesquelles Wallander s'impatienta.

– C'est Wallander. Tu te souviens que tu m'as parlé d'une bombe à gaz lacrymogène que tu as trouvée derrière les barrières sur la plage ?

– Bien sûr que je m'en souviens.

Nyberg était apparemment de mauvaise humeur.

– Je me suis dit qu'il fallait analyser les empreintes digitales qu'il y a dessus. Et les comparer avec ce que tu pourras trouver sur ce bout de papier taché de sang que j'ai ramassé pas loin de la maison de Carlman.

– Ce sera fait. Mais on l'aurait fait de toute façon, sans que tu aies besoin de le demander. Je te préviendrai dès que j'aurai les résultats.

Wallander reposa d'un geste vif le combiné du téléphone, comme pour confirmer son énergie retrouvée. Il alla à la fenêtre et regarda le vieux château d'eau tout en planifiant sa journée. Il savait d'expérience qu'il y a toujours quelque chose qui vient perturber les projets. S'il arrivait à faire la moitié de ce qu'il avait prévu, ce serait déjà très bien. A neuf heures, il sortit de son bureau, alla se chercher un café et entra dans une des petites salles de réunion, où Hansson l'attendait avec le psychologue de Stockholm. Un homme d'une soixantaine d'années, nommé Mats Ekholm. Il avait une poignée de main énergique et il fit tout de suite bonne impression à Wallander. Comme beaucoup de policiers, Wallander se méfiait toujours de l'apport des psychologues dans les enquêtes criminelles. Mais il s'était rendu compte, notamment en en discutant avec Ann-Britt, que son attitude négative n'était pas fondée et qu'elle n'était qu'un préjugé. Maintenant, puisqu'il se retrouvait assis à la même table que Mats Ekholm, autant lui permettre de montrer l'étendue de ses connaissances.

Le dossier de l'enquête était devant eux, sur la table.

– Je l'ai parcouru, dit Mats Ekholm. Mais je propose que nous commencions par parler de ce qui ne s'y trouve pas.

– Tout est là, fit Hansson, étonné. S'il y a une chose que les policiers ont bien dû apprendre, c'est écrire des rapports.

– Tu veux savoir ce que nous pensons, intervint Wallander. C'est ça ?

Mats Ekholm approuva de la tête.

– Une règle élémentaire de psychologie dit que les policiers ne cherchent jamais dans le vide. Si on ne sait pas à quoi ressemble un meurtrier, on lui imagine un remplaçant. Quelqu'un dont la plupart des policiers ne pensent voir que le dos. Mais souvent le double présente des ressemblances avec le meurtrier qui finit par être arrêté.

Wallander reconnut son propre fonctionnement dans la description de Mats Ekholm. Quand une enquête était en cours, il avait toujours en filigrane l'image projetée d'un criminel. Il ne cherchait jamais dans le vide absolu.

– Deux meurtres ont été commis, poursuivit Mats Ekholm. La méthode est la même, même s'il y a des différences intéressantes. Gustaf Wetterstedt a été tué par-derrière. Le meurtrier l'a frappé dans le dos, pas à la tête. Ce qui est intéressant aussi. Il a choisi la solution la plus difficile. Ou alors a-t-il voulu éviter d'abîmer le crâne de Wetterstedt ? Aucune idée. Après le meurtre, il lui découpe le cuir chevelu et se donne le temps de cacher le corps. Si nous passons ensuite à ce qui est arrivé à Carlman, il est facile de trouver les ressemblances et les différences. Carlman a, lui aussi, été frappé à coups de hache. Lui aussi, on l'a scalpé. Mais il a été frappé par-devant. Il a dû voir l'homme qui l'a tué. Le meurtrier a, qui plus est, choisi une occasion où nombre de gens étaient à proximité. Le risque d'être découvert était donc important. Il n'a pas fait l'effort de chercher à dissimuler le corps. Il savait que cela ne servirait pas à grand-chose. La première question qu'on peut se poser est : qu'est-ce qui est le plus important ? Les ressemblances ou les différences ?

– Il tue, dit Wallander. Il a choisi deux personnes. Il planifie. Il a dû aller voir la plage devant la maison de Wetterstedt à plusieurs reprises. Il s'est même donné le temps de dévisser une ampoule pour que la zone entre le jardin et la mer reste dans l'obscurité.

– Est-ce que nous savons si Gustaf Wetterstedt avait pour habitude de faire une promenade le soir sur la plage ? demanda Mats Ekholm.

– Non, dit Wallander. Nous l'ignorons. Mais tu as raison, nous devrions nous en assurer.

– Continue, dit Mats Ekholm.

– A première vue, la situation semble tout à fait différente pour ce qui est de Carlman. En plein milieu d'une foule de gens pendant une fête de la Saint-Jean. Mais peut-être le meurtrier a-t-il raisonné autrement ? Peut-être s'est-il dit qu'il pouvait profiter du fait que, souvent dans les fêtes, plus personne ne voit rien ? Rien n'est plus difficile que d'obtenir des détails quand une foule doit essayer de se souvenir.

– Pour répondre à cette question, il faut chercher quelles autres possibilités il avait, dit Mats Ekholm. Arne Carlman était un homme d'affaires, qui bougeait beaucoup. Toujours entouré de gens. Peut-être la fête était-elle malgré tout un véritable choix ?

– La ressemblance et la différence, dit Wallander. Laquelle des deux est déterminante ?

Mats Ekholm fit un geste évasif des mains.

– Il est, bien sûr, trop tôt pour y répondre. La seule chose que nous pouvons supposer, c'est qu'il organise ses crimes très méticuleusement, et qu'il a beaucoup de sang-froid.

– Il prend des scalps, dit Wallander. Il collectionne les trophées. Qu'est-ce que ça veut dire ?

– Il exerce un pouvoir, dit Mats Ekholm. Les trophées sont la preuve de ses actes. Pour lui, ce n'est pas plus extraordinaire qu'un chasseur qui accroche les bois d'un animal sur son mur.

– Mais ce choix de scalper, poursuivit Wallander. Pourquoi celui-là, précisément ?

– Ce n'est pas si bizarre que ça, dit Mats Ekholm. Je ne veux pas jouer au cynique. Mais quelle partie de l'homme convient le mieux comme trophée ? Le corps humain pourrit. Un bout de peau avec des cheveux, ça se conserve plus facilement.

– Pourtant, je ne peux pas m'empêcher de penser aux Indiens.

– On ne peut pas exclure que ton criminel fasse une fixation sur un guerrier indien, dit Mats Ekholm. Les gens qui se situent dans un fonctionnement psychique limite choisissent souvent de se dissimuler sous l'identité de quelqu'un d'autre.

– Un fonctionnement limite, dit Wallander. Qu'est-ce que ça implique ?

– Ton criminel a déjà commis deux meurtres. Nous ne pouvons pas exclure que son objectif soit de continuer, puisque nous ne connaissons pas ses motivations. Cela veut dire que, selon toute vraisemblance, il a dépassé une barrière psychique, c'est-à-dire qu'il s'est libéré de tous les interdits normaux. N'importe qui peut commettre un meurtre, un assassinat, sur une impulsion. Un meurtrier qui réitère ses actes obéit à de toutes autres lois psychiques. Il se trouve dans un territoire flou où nous ne pouvons le suivre qu'en partie. Ses limites, c'est lui-même qui les a déterminées. Extérieurement, il peut vivre une vie tout à fait normale. Il peut se rendre à son travail tous les matins. Il peut avoir une famille et passer ses loisirs à jouer au golf ou à cultiver ses plates-bandes. Il peut s'asseoir dans son canapé, entouré de ses enfants, et regarder les actualités qui parlent des meurtres qu'il a lui-même commis. Il peut sans se trahir un instant s'effarer du fait que des gens comme ça puissent être en liberté. Il a deux identités différentes qu'il maîtrise entièrement. Il tire ses propres ficelles. Il est à la fois marionnette et marionnettiste.

Wallander réfléchit en silence à ce que Mats Ekholm venait de dire.

– Qui est-il ? De quoi a-t-il l'air ? Quel âge a-t-il ? Je ne peux pas rechercher un cerveau malade qui a en plus l'air tout à fait normal vu de l'extérieur. Je ne peux que rechercher une personne.

– C'est trop tôt pour répondre, dit Mats Ekholm. Avant d'esquisser un profil psychologique de meurtrier, il me faut un certain temps pour m'imprégner du dossier.

– J'espère que, pour toi, ce dimanche-ci n'est pas un jour de repos, dit Wallander, très las. Nous aurions besoin de ce profil le plus vite possible.

– Je vais essayer de faire quelque chose pour demain. Mais il faut que vous soyez bien conscients des difficultés, toi et tes collègues, que vous sachiez que la marge d'imprécision est importante, et qu'il peut y avoir beaucoup d'erreurs

– Je m'en rends tout à fait compte. Mais nous avons vraiment besoin de toutes les aides possibles.

Une fois l'entretien avec Mats Ekholm terminé, Wallander sortit du commissariat. Il descendit vers le port et alla sur la jetée où, quelques jours plus tôt, il avait tenté de rédiger son discours en l'honneur de Björk. Il s'assit sur le banc et regarda un bateau de pêche qui sortait du port. Il déboutonna sa chemise et ferma les yeux. Des rires d'enfants tintèrent dans le voisinage. Il essaya de chasser toutes ses pensées pour se borner à savourer la chaleur du soleil. Mais au bout de quelques minutes, il se leva et quitta le port. *Ton meurtrier a déjà commis deux meurtres. Nous ne pouvons pas exclure que son intention soit de continuer, puisque nous ne connaissons pas ses motivations.* Les mots de Mats Ekholm auraient pu être les siens. Son inquiétude ne cesserait que quand ils auraient mis la main sur le meurtrier de Gustaf Wetterstedt et d'Arne Carlman. Wallander se connaissait bien. Sa force résidait dans le fait qu'il n'abandonnait jamais. Et qu'il faisait subitement preuve d'une clairvoyance aiguë. Mais son point faible était aussi très facile à identifier. Il ne pouvait empêcher sa responsabilité professionnelle de se transformer en engagement personnel. *Ton* meurtrier, avait dit Mats Ekholm. On ne pouvait pas mieux parler de son point faible. L'homme qui avait tué

Wetterstedt et Arne Carlman, il s'en sentait vraiment responsable. Qu'il le veuille ou non.

Il remonta dans sa voiture et décida de suivre le programme qu'il s'était fixé dans la matinée. Il se rendit à la villa de Wetterstedt. Les barrières sur la plage avaient disparu. Göran Lindgren et un homme âgé qu'il supposa être son père étaient en train de poncer leur bateau. Il ne se soucia pas d'aller les saluer. Il avait gardé le trousseau de clés et alla ouvrir la porte. Le silence était assourdissant. Il s'assit dans un des fauteuils du salon. Seuls des bruits lointains de la plage lui parvenaient. Que pouvaient révéler les objets ? Le meurtrier était-il déjà entré dans la maison ? Il remarqua qu'il avait du mal à maîtriser ses pensées. Il se leva et se dirigea vers la grande baie vitrée qui donnait sur le jardin, la plage et la mer. Gustaf Wetterstedt avait dû venir s'asseoir ici bien des fois : le parquet était usé à cet endroit précis. Il regarda par la fenêtre. Quelqu'un avait fermé l'eau de la fontaine du jardin, nota-t-il. Il laissa errer son regard et retrouva le fil de sa pensée. *Mon meurtrier était installé sur la colline qui surplombe la maison de Carlman, pour surveiller la fête. Il peut s'y être rendu plusieurs fois. De là, il exerçait ce pouvoir qui est de voir sans être vu. La question est maintenant de savoir où se trouve la colline de laquelle tu pouvais avoir la même vue sur Gustaf Wetterstedt. D'où pouvais-tu le voir sans être vu ?* Il fit le tour de la maison en s'arrêtant devant chaque fenêtre. De la fenêtre de la cuisine il regarda longuement deux arbres qui poussaient en dehors du terrain de Wetterstedt. Mais c'étaient de jeunes bouleaux, qui n'auraient pas supporté le poids d'un homme.

Ce n'est qu'une fois dans le bureau qu'il eut le sentiment d'avoir peut-être la réponse. Du toit du garage il était possible de voir directement dans la pièce. Il sortit de la maison et fit le tour du garage. Il constata qu'un homme jeune, en bonne condition physique, pouvait sauter, s'accrocher à la gouttière et se hisser sur le toit. Wallander alla chercher une échelle qu'il avait repérée de l'autre côté de la maison. Le toit était recouvert d'un vieux revêtement goudronné. Comme il n'était pas certain du poids que le toit pourrait supporter, il se déplaça à quatre pattes jusqu'à un endroit d'où il pouvait voir le bureau de Wetterstedt. Il chercha ensuite méthodiquement le point le plus distant de la fenêtre et avec une vue parfaite. Il resta à quatre pattes et examina le revêtement goudronné. Il aperçut presque aussitôt des entailles en forme de croix. Il passa ses doigts sur le revêtement. Quelqu'un avait fait des entailles avec un couteau. Il jeta un regard alentour. Personne ne pouvait le voir, que ce soit de la plage ou de la route qui passait au-dessus de la maison de Wetterstedt. Wallander redescendit et remit l'échelle à sa place. Puis il examina soigneusement le sol, juste à côté des fondations en pierre du garage. La seule chose qu'il trouva, ce furent quelques feuilles sales, arrachées à un journal de bandes dessinées, amenées par le vent dans le jardin. Il retourna dans la maison. Le silence était toujours aussi total. Il monta au premier. Il vit par la fenêtre de la chambre à coucher Göran Lindgren et son père en train de remettre le bateau à l'endroit. Il constata qu'il fallait bien être deux pour le retourner.

Pourtant, il savait que le meurtrier avait agi seul, ici, et quand il avait tué Arne Carlman. Même s'il avait peu d'indices, son intuition lui disait que c'était une seule et même personne qui s'était assise sur le toit du garage de Wetterstedt et sur la colline de Carlman.

J'ai affaire à un meurtrier solitaire, se dit-il. Un homme seul, un déséquilibré qui tue des gens à coups de hache pour ensuite prendre leurs scalps comme trophées.

Il quitta la maison de Wetterstedt à onze heures. Quand il ressortit au soleil, il ressentit un intense soulagement. Il roula jusqu'à la station-service OK et alla manger au self. Une jeune femme installée à une table voisine le

196

salua. Il lui rendit son salut, sans savoir qui elle était. Ce n'est qu'après son départ qu'il se souvint qu'elle s'appelait Britta-Lena Bodén et qu'elle travaillait à la banque. Sa mémoire remarquable l'avait beaucoup aidé au cours d'une précédente enquête.

A midi, il était de retour au commissariat. Ann-Britt vint à sa rencontre dans le hall.

– Je t'ai vu arriver par la fenêtre, dit-elle.

Wallander comprit qu'il s'était passé quelque chose. Tendu, il attendit ce qu'elle allait dire.

– Nous avons un lien, dit-elle. Dans la fin des années soixante, Arne Carlman a fait de la prison. A Långholmen. Gustaf Wetterstedt était alors ministre de la Justice.

– Ce n'est pas suffisant comme lien.

– Je n'ai pas fini. Arne Carlman a écrit à Gustaf Wetterstedt. Et quand il est sorti de prison, ils se sont rencontrés.

Wallander resta sans bouger.

– Comment as-tu appris ça ?

 - Viens dans mon bureau, je vais t'expliquer.

Wallander savait ce que ça signifiait.

S'ils avaient trouvé le lien, ils avaient fait une brèche dans l'écorce extérieure de l'enquête, la plus dure.

15

Ça avait commencé par un coup de téléphone.

Ann-Britt Höglund était dans le couloir, et elle se rendait dans le bureau de Martinsson pour lui parler quand elle avait été appelée par haut-parleur. Elle était retournée dans son bureau pour prendre l'appel. C'était un homme, avec une voix si sourde qu'elle avait cru au début qu'il était malade, ou blessé. Il voulait parler à Wallander. Personne d'autre ne lui convenait, et surtout pas une femme. Elle avait donc expliqué que Wallander était sorti, que nul ne savait où il se trouvait, ni quand il rentrerait. Mais l'homme au téléphone avait insisté, elle n'arrivait d'ailleurs pas à comprendre comment quelqu'un qui parlait si doucement pouvait dégager une telle impression de volonté. Elle avait songé un moment à passer la communication à Martinsson en lui faisant jouer le rôle de Wallander. Or elle ne l'avait pas fait. Quelque chose dans la voix de l'homme lui avait soufflé qu'il savait comment Wallander parlait.

Il avait dit d'emblée qu'il avait des informations importantes à lui communiquer. Elle lui avait demandé si ça avait un rapport avec la mort de Gustaf Wetterstedt. *Peut-être*, avait-il répondu. Puis elle avait demandé si ça concernait Carlman. *Peut-être*, avait-il répondu à nouveau. Il fallait qu'elle trouve un moyen de le garder en ligne, bien qu'il refuse de donner son nom ou son numéro de téléphone.

C'est lui qui avait résolu le problème. Il était resté si longtemps silencieux qu'Ann-Britt pensa que la communication avait été coupée. Mais il avait repris la parole pour demander le numéro du fax de la police. *Donne le fax à Wallander*, avait dit l'homme. *A personne d'autre.*

La télécopie était arrivée une heure plus tard. Ann-Britt Höglund la tendit à Wallander qui s'était installé dans son fauteuil. Elle avait découvert à son grand étonnement que le fax avait été expédié de la quincaillerie Skoglund, à Stockholm.

– J'ai cherché le numéro et j'ai appelé là-bas, dit-elle. Je trouvais étrange qu'une quincaillerie soit ouverte le dimanche. Par un renvoi sur un répondeur, je suis parvenue à joindre le propriétaire du magasin sur son téléphone portable. Lui non plus ne comprenait pas comment quelqu'un avait pu envoyer un fax de son bureau. Il partait jouer au golf, mais il m'a promis d'aller voir. Une demi-heure plus tard, il m'a appelé, bouleversé : quelqu'un s'était introduit dans son bureau.

– Étrange histoire, dit Wallander.

Puis il lut le fax. Il était écrit à la main, et difficile à lire par endroits. Il songea qu'il devrait se procurer des lunettes. Il lui devenait difficile de mettre sur le compte d'une fatigue passagère ou du surmenage cette impression que les lettres lui glissaient devant les yeux. La lettre semblait avoir été écrite à toute vitesse, avec un mélange d'écriture cursive et de majuscules. Wallander la lut en silence. Puis il la relut à haute voix, pour vérifier qu'il n'y avait rien qu'il ait mal interprété.

– « Arne Carlman a été en prison à Långholmen pour recel et escroquerie au printemps 1969. A l'époque, Gustaf Wetterstedt était ministre de la Justice. Carlman lui a écrit. Il s'en vantait. Quand il est sorti, il a rencontré Wetterstedt. De quoi ont-ils parlé ? Qu'ont-ils fait ? On n'en sait rien. Mais ensuite, ça a bien marché pour Carlman. Il ne s'est plus retrouvé en prison. Maintenant ils sont morts. Tous les deux. » J'ai bien compris le texte ?

– Je suis arrivée au même résultat, dit-elle.

– Pas de signature. Que veut-il dire vraiment ? Qui est-il ? Comment sait-il ça ? Et cette histoire est-elle vraie ?

– Je ne sais pas. Mais j'ai vraiment eu le sentiment que cet homme savait de quoi il parlait. En plus, ce n'est pas très difficile de vérifier si Carlman était réellement à la prison de Långholmen au printemps 1969. Que Wetterstedt ait été ministre de la Justice à l'époque, ça. nous le savons déjà.

– Mais on n'avait pas déjà fermé Långholmen ?

– C'est quelques années plus tard. En 1975, je crois. Je peux me renseigner sur la date exacte, si tu veux.

Wallander fit un geste de dénégation.

- Pourquoi voulait-il me parler ? Il n'a pas donné d'explication ?

– J'ai eu le sentiment qu'il avait entendu parler de toi.

– Ce n'était donc pas quelqu'un qui me connaissait ?

– Non.

Wallander réfléchit.

– Espérons que ce qu'il a écrit est vrai. Nous aurions dès maintenant une relation entre eux deux.

– Ça ne devrait pas être si compliqué de vérifier. Même si on est dimanche.

– Je sais. Je vais tout de suite voir la veuve de Carlman. Elle doit bien savoir si son mari a été en prison.

– Tu veux que je vienne avec toi ?

– Ce n'est pas la peine.

Une demi-heure plus tard, Wallander se garait devant les barrières, à Bjäresjö. Un policier qui s'ennuyait lisait le journal dans une voiture. Il se redressa quand il l'aperçut.

– Nyberg est toujours là ? demanda Wallander, étonné. L'examen du lieu du crime n'est pas terminé ?

– Je n'ai pas vu de technicien, répondit le policier.

– Appelle Ystad et demande-leur pourquoi on n'a toujours pas retiré les barrières. La famille est là ?

– La veuve doit être dans la maison. Avec sa fille. Mais les fils sont partis en voiture il y a quelques heures.

Wallander entra dans la ferme. On avait enlevé le banc et la table qui étaient sous la tonnelle. Par ce beau temps estival, les événements des jours précédents semblaient irréels. Il frappa à la porte. La veuve d'Arne Carlman ouvrit presque aussitôt.

– Excusez-moi de venir vous déranger, dit Wallander. Mais j'ai besoin le plus rapidement possible de réponses à certaines questions.

Elle était encore très pâle. En passant devant elle, il sentit une légère odeur d'alcool. A l'intérieur de la maison, la fille de Carlman demanda qui c'était. Wallander essaya de se souvenir du prénom de la femme qui marchait devant lui. L'avait-il jamais entendu ? Il se souvint que c'était Anita. Svedberg avait prononcé ce nom pendant la longue réunion de la journée de la Saint-Jean. Il s'assit sur le canapé, en face d'elle. Elle alluma une cigarette et le regarda. Elle portait une robe d'été claire. Une pensée négative traversa rapidement la tête de Wallander. Même si elle n'aimait pas son mari, il avait quand même été assassiné. Les gens n'avaient-ils donc plus aucun respect de la mort ? N'aurait-elle pas pu choisir des habits d'une couleur moins gaie ?

Puis il se dit qu'il avait parfois des points de vue tellement conservateurs qu'il en était étonné lui-même. Le deuil et le respect ne suivaient pas nécessairement la hiérarchie des couleurs.

– Quelque chose à boire, monsieur le commissaire ? demanda-t-elle.

– Non, merci, dit Wallander. D'ailleurs, je vais être très bref.

Il vit soudain que le regard de la femme se dirigeait

201

derrière lui. Il se retourna. La fille de Carlman était entrée sans bruit dans la pièce et s'était assise sur une chaise au fond. Elle fumait et paraissait très nerveuse.

– Ça pose un problème si je vous écoute ? demanda-t-elle d'une voix que Wallander ressentit d'emblée agressive.

– Pas du tout, répondit-il. Vous pouvez tout à fait venir vous asseoir avec nous.

– Je suis bien là où je suis.

La femme sur le canapé secoua presque imperceptiblement la tête. Pour Wallander, c'était comme si elle marquait ainsi une capitulation devant sa fille.

– En fait, il se trouve que nous sommes dimanche aujourd'hui, commença Wallander. Il est donc difficile d'avoir accès à certains fichiers et aux archives. Comme nous avons besoin d'une réponse le plus rapidement possible, je suis venu vous voir.

– Vous n'avez pas besoin de vous excuser, dit la femme. Que voulez-vous savoir ?

– Votre mari a-t-il été en prison à Långholmen au printemps 1969 ?

Elle répondit très vite, avec détermination.

– Il a été à Långholmen du 9 février au 8 juin. Je l'y ai conduit et je suis allée le rechercher. On l'avait condamné pour recel et escroquerie.

Sa franchise fit perdre pied un instant à Wallander. A quoi s'attendait-il en fin de compte ? A ce qu'elle nie ?

– Était-ce la première fois qu'il était incarcéré ?

– La première et la dernière.

– Il avait été condamné pour recel et escroquerie ?

– Oui.

– Pouvez-vous m'en dire plus à ce sujet ?

– Il a été condamné bien qu'il ait clamé son innocence. Il n'avait pas accepté de tableaux volés ni falsifié de chèques. D'autres avaient utilisé son nom.

– Vous voulez dire qu'il était innocent ?

– Il ne s'agit pas de savoir ce que je veux dire. Il était innocent.

Wallander décida de changer de stratégie.

– Nous avons eu des informations qui tendraient à prouver que votre mari connaissait Gustaf Wetterstedt. Bien que vous ayez affirmé, vous et vos enfants, que ce n'était pas le cas.

– S'il connaissait Gustaf Wetterstedt, je n'étais pas au courant.

– Aurait-il pu avoir ce contact sans que vous le sachiez ?

Elle réfléchit avant de répondre.

– Ça me semble difficile à croire.

Wallander comprit immédiatement qu'elle ne disait pas la vérité. Mais il ne parvint pas à trouver tout de suite ce que ce mensonge pouvait cacher. Comme il n'avait plus d'autres questions, il se leva.

– Vous trouverez sans doute la sortie tout seul, dit la femme sur le canapé.

Elle paraissait tout d'un coup très abattue.

Wallander se dirigea vers la porte. Au moment où il allait passer devant la fille qui, de sa chaise, suivait tous ses mouvements, elle se leva et se tint droite devant lui. Elle tenait sa cigarette de la main gauche.

Venue de nulle part, sa gifle frappa violemment Wallander sur la joue gauche. Il fut si étonné qu'il fit un pas en arrière et perdit l'équilibre.

– Pourquoi avez-vous laissé tout ça arriver ? cria la fille.

Puis elle commença à frapper Wallander qui parvint avec beaucoup de difficultés à la maintenir à distance tout en essayant de se lever. La femme quitta son canapé pour venir à son secours. Elle donna une forte gifle à sa fille. Quand celle-ci se fut calmée, elle la mena jusqu'au canapé. Puis elle revint vers Wallander qui restait là, la joue brûlante, hésitant entre colère et stupéfaction.

– Ce qui s'est passé l'a beaucoup déprimée. Elle a perdu tout contrôle d'elle-même. Excusez-la, monsieur le commissaire.

– Peut-être devrait-elle voir un médecin, dit Wallander, en remarquant que sa voix tremblait.

– C'est fait.

Wallander salua de la tête et sortit. Il était encore sous le choc de cette gifle violente. Il essaya de se rappeler la dernière fois qu'on l'avait frappé. Il y avait plus de dix ans. Il interrogeait quelqu'un qu'on suspectait de vol avec effraction. D'un seul coup, l'homme s'était jeté sur lui et l'avait frappé d'un coup de poing en plein sur la bouche. Cette fois-là, Wallander avait rendu le coup. Sa colère avait été si violente qu'il lui avait cassé le nez. Après, l'homme avait essayé d'attaquer Wallander pour brutalité policière et mauvais traitements, mais Wallander avait été relaxé. Il avait ensuite porté plainte contre Wallander, plainte qui avait été elle aussi classée sans suite.

Il n'avait jamais été frappé par une femme. Quand son épouse Mona était en colère au point de ne plus arriver à se maîtriser, elle lui jetait des objets à la tête. Mais elle ne l'avait jamais frappé. Que se serait-il passé si elle l'avait fait ? Lui aurait-il rendu le coup ? Il se rendait bien compte que c'était tout à fait imaginable.

Il resta dans le jardin, la joue brûlante. Toute l'énergie qu'il avait ressentie ce matin-là en voyant Linda sur le pas de sa porte avec son amie avait disparu. Il retourna vers sa voiture. Le policier était en train de replier lentement les barrières.

Il mit une cassette dans l'autoradio. *Les Noces de Figaro*. Il monta le volume à en faire vibrer toute la voiture. Sa joue lui faisait toujours mal. Il pouvait voir dans le rétroviseur qu'elle était rouge. En arrivant à Ystad, il entra dans le grand parking du magasin de meubles. Tout était fermé, le parking était désert. Il ouvrit la portière et laissa la musique déborder. Barbara Hendricks lui fit oublier un instant Wetterstedt et Carlman. Mais la fille en feu continuait à courir dans sa conscience. Le champ de colza semblait interminable. Elle courait, elle courait. Elle brûlait, elle brûlait.

Il baissa le son et commença à marcher en long et en large sur le parking. Comme toujours quand il réfléchissait, il gardait les yeux rivés au sol. Et il ne remarqua pas le photographe de presse qui le prenait au téléobjectif alors qu'il arpentait ce damier sur lequel il n'y avait pas, ce jour-là, d'autre voiture que la sienne. Quelques semaines plus tard, quand, à sa plus grande stupéfaction, Wallander découvrit cette photo de lui sur le parking, il avait oublié qu'il s'était arrêté là pour tenter de faire le point.

La réunion du groupe de travail fut très brève ce dimanche-là. Mats Ekholm y participait, il résuma ce qu'il avait évoqué précédemment avec Wallander et Hansson. Ann-Britt Höglund exposa le contenu du fax anonyme, et Wallander expliqua qu'Anita Carlman avait confirmé ces renseignements. Il ne dit rien, en revanche, de la gifle qu'il avait reçue. Quand Hansson lui demanda avec des pincettes s'il voulait bien parler aux journalistes qui s'étaient rassemblés autour du commissariat et qui semblaient être toujours au courant des heures de réunion, il refusa.

– Il faut que les journalistes apprennent que notre travail se fait dans le cadre de la loi, dit-il tout en entendant lui-même combien ça sonnait faux. Ann-Britt peut s'occuper d'eux. Moi, je refuse.

– Y a-t-il quelque chose que je ne dois pas dire ? demanda-t-elle.

– Que nous avons un suspect, répondit Wallander. Parce que ce n'est pas vrai du tout.

Après la réunion, Wallander échangea quelques phrases avec Martinsson.

– Tu as eu d'autres informations sur la fille qui s'est suicidée ?

– Pas encore.

– Tiens-moi au courant dès que tu auras quelque chose.

Wallander entra dans son bureau. Au même moment, le téléphone se mit à sonner. Il sursauta. Chaque fois que la sonnerie retentissait, il s'attendait à ce que le central lui annonce un nouveau meurtre. Mais c'était sa sœur. Elle lui dit qu'elle avait discuté avec Gertrud, l'infirmière qui avait épousé leur père. Cela ne faisait aucun doute, il avait la maladie d'Alzheimer. Wallander entendit à sa voix qu'elle était triste.

– Il a quand même près de quatre-vingts ans, dit-il pour la réconforter. Il fallait bien qu'il arrive quelque chose un jour ou l'autre.

– Oui, mais quand même...

Wallander savait très bien ce qu'elle voulait dire. Il aurait pu exprimer la même chose. Bien trop souvent la vie se réduit à ces faibles mots de protestation *mais quand même...*

– Il ne supportera pas le voyage en Italie, dit-elle.

– S'il le veut, il le supportera, répondit Wallander. En plus, je lui ai promis.

– Peut-être devrais-je venir aussi ?

– Non. C'est son voyage, et mon voyage.

Il raccrocha, sans savoir vraiment si elle avait été blessée ou non qu'il ne veuille pas l'emmener en Italie. Mais il chassa ces pensées et décida d'aller enfin rendre visite à son père. Il chercha le papier sur lequel il avait noté le numéro de Linda et téléphona. Comme il s'attendait à ce qu'elles soient sorties se promener par ce beau temps, il fut étonné quand Kajsa répondit aussitôt. Quand il eut Linda au téléphone, il lui demanda si elle pouvait s'extraire de ses répétitions et venir avec lui chez son grand-père.

– Est-ce que Kajsa peut venir ? demanda-t-elle.

– Oui, bien sûr, répondit Wallander. Mais aujourd'hui

je préférerais qu'il n'y ait que toi et moi. Il y a quelque chose dont je voudrais te parler.

Il la récupéra une demi-heure plus tard du côté d'Öster-portstorg. Sur la route de Löderup, il lui parla de la visite de son père au commissariat et lui dit qu'il était malade.

– A quelle vitesse ça va évoluer, personne ne peut le dire, dit Wallander. Mais il va nous quitter. Un peu comme un bateau qui s'éloigne progressivement vers l'horizon. Nous continuerons à le voir très clairement. Mais pour lui, nous serons de plus en plus comme des silhouettes dans le brouillard. Nos visages, nos paroles, nos souvenirs en commun, tout deviendra incertain et finira par disparaître totalement. Il pourra même se montrer méchant sans en avoir lui-même conscience. Il pourra devenir quelqu'un de tout à fait différent.

Wallander vit qu'elle était triste.

– On ne peut rien faire du tout ? demanda-t-elle après un long silence.

– Il n'y a que Gertrud qui puisse répondre, dit-il. Mais je ne crois pas qu'il y ait de traitement.

Il parla aussi du voyage en Italie que son père voulait faire.

– Il n'y aura que lui et moi. Peut-être pourrons-nous enfin régler tout ce qui a coincé entre nous pendant tant d'années.

Gertrud les attendait sur le pas de la porte. Linda partit immédiatement voir son grand-père qui était en train de peindre dans l'atelier installé dans la vieille grange. Wallander alla dans la cuisine discuter avec Gertrud. Elle lui confirma ce qu'il pensait. Il n'y avait rien d'autre à faire que d'essayer de vivre comme avant, et d'attendre.

– Est-ce qu'il supportera le voyage en Italie ? demanda Wallander.

– Il ne parle que de ça, dit-elle. Et puis, même s'il

mourait là-bas, ce ne serait pas la pire chose qui puisse lui arriver.

Elle lui dit qu'il avait accueilli la nouvelle de sa maladie avec un grand calme. Cela étonna Wallander qui avait toujours vu son père inquiet dès la moindre crampe.

– J'ai l'impression qu'il se dit que s'il avait eu une seconde chance, il n'aurait globalement rien changé à sa vie, dit Gertrud.

– Dans cette vie-là, il m'aurait certainement empêché de devenir policier, répondit Wallander.

– C'est terrible, ce qu'il y a dans les journaux. Toutes ces horreurs dont tu dois t'occuper.

– Il faut bien qu'il y ait quelqu'un qui le fasse. C'est comme ça.

Ils restèrent dîner dans le jardin. Wallander eut le sentiment que son père était d'excellente humeur pendant toute la soirée. Il supposa que c'était Linda qui en était la raison. Quand ils rentrèrent, il était déjà vingt-trois heures.

– Les adultes sont souvent si puérils, dit-elle soudain. Parfois parce qu'ils en font trop, ou pour avoir l'air jeune. Mais grand-père arrive à être puéril d'une manière qui paraît tellement vraie.

– Ton grand-père est quelqu'un de vraiment particulier, dit Wallander. Il l'a toujours été.

– Tu sais que tu commences à lui ressembler ? De plus en plus à chaque année qui passe.

– Je sais. Mais je ne suis pas sûr que ça me fasse plaisir.

Il la déposa à l'endroit où il l'avait retrouvée. Ils convinrent qu'elle l'appellerait bientôt. Il la vit disparaître au coin de l'école d'Österport, et se rendit compte à son plus grand étonnement que pendant toute la soirée il n'avait pas pensé une seule seconde à l'enquête en cours. Il eut tout de suite mauvaise conscience. Mais il rejeta ce sentiment. Il ne pouvait pas en faire plus.

Il roula jusqu'au commissariat et y resta un court instant. Il n'y avait personne de la brigade criminelle. Aucun des messages qu'on lui avait laissés ne lui parut suffisamment important pour qu'il s'y consacre dès le soir même. Il rentra chez lui, se gara et monta dans son appartement.

Wallander resta éveillé longtemps cette nuit-là. Il avait ouvert ses fenêtres, et la nuit d'été était chaude. Il avait mis une musique de Puccini et avait versé les dernières gouttes d'une bouteille de whisky dans un verre. Pour la première fois, il eut l'impression d'avoir retrouvé une part de cette joie qu'il avait ressentie au cours de l'après-midi où il avait roulé vers la ferme de Salomonsson. C'était avant que la catastrophe arrive. Il se retrouvait maintenant au beau milieu d'une enquête dont on aurait pu définir la situation en deux points. D'une part, ils avaient très peu d'éléments pour identifier le meurtrier. D'autre part, il était possible qu'en cet instant précis le meurtrier commette son troisième meurtre. Pourtant, Wallander sentait qu'en cette heure avancée de la nuit il pouvait prendre un peu de distance. Pour quelque temps la fille qui brûlait avait également cessé de courir dans sa tête. Il devait bien se rendre à l'évidence qu'il ne pouvait pas faire face tout seul à tous les crimes violents qui frappaient le district policier d'Ystad. Personne ne le pouvait.

Il s'était allongé sur le canapé et somnolait en écoutant la musique et en humant la nuit d'été, son verre de whisky à portée de la main.

Puis quelque chose le fit remonter à la surface. Une phrase que Linda avait prononcée dans la voiture. Quelques mots d'une conversation prenaient tout de suite une tout autre signification. Qu'avait-elle dit ? *Les adultes sont souvent si puérils.* Il y avait quelque chose là-dedans qu'il n'arrivait pas à saisir. *Les adultes sont souvent si puérils.*

Puis il comprit. Comment avait-il pu être si superficiel,

si négligent ? Il remit ses chaussures, alla chercher une lampe de poche dans un des tiroirs de la cuisine et sortit de l'appartement. Il prit la rocade est, tourna à droite et s'arrêta devant la villa de Wetterstedt, plongée dans l'obscurité. Il ouvrit le portail du jardin. Un chat qui disparut comme une ombre dans l'un des buissons de cassis le fit sursauter. Puis il éclaira les fondations du garage avec sa lampe de poche. Il n'eut pas besoin de chercher bien longtemps. Il prit les pages arrachées entre le pouce et l'index et les regarda sous le halo de la torche. Elles venaient d'un numéro de *Superman*. Il sortit un sac plastique de sa poche et y glissa les pages du magazine.

Puis il rentra chez lui. Il s'en voulait encore d'avoir été si négligent. Il aurait dû mieux réfléchir.

Les adultes sont comme des enfants.

Un adulte pouvait très bien être resté assis sur le toit du garage à lire un numéro de *Superman*.

16

Quand Wallander se réveilla tôt le matin, des nuages venus de l'ouest avaient atteint Ystad. On était le lundi 27 juin, il était près de cinq heures du matin. Toujours pas de pluie cependant. Wallander resta couché dans son lit et essaya en vain de se rendormir. Un peu avant six heures, il se leva, prit une douche et but un café. La fatigue, le manque de sommeil lui laissaient comme une douleur lancinante dans tout le corps. Il pensa avec regret que, quand il avait dix ou quinze ans de moins, il ne se sentait jamais fatigué le matin, quel que soit le nombre d'heures de sommeil. Mais ce temps-là était révolu.

A sept heures moins cinq, il franchit le seuil du commissariat. Ebba était déjà là ; elle lui sourit en lui tendant quelques messages.

– Je te croyais en vacances, s'étonna Wallander.

– Hansson m'a demandé de rester quelques jours de plus, répondit Ebba. C'est tellement agité en ce moment.

– Comment va ta main ?

– C'est comme je le disais. Ce n'est pas drôle d'être vieux. Tout fout le camp.

Wallander n'avait pas souvenir d'avoir entendu Ebba s'exprimer de manière aussi énergique auparavant. Il hésita un instant à parler de son père et de sa maladie. Mais il laissa tomber. Il alla chercher du café. Après avoir jeté un œil sur les messages téléphoniques et les avoir posés sur la pile de ceux de la veille, il décrocha le combiné et appela Riga. Il ressentit aussitôt une pointe de mauvaise conscience, dans la mesure où c'était un appel privé : il était assez vieux jeu pour ne pas aimer faire payer par son employeur une dépense qui lui incombait Il repensa à ce qui s'était passé quelques années auparavant, quand Hansson était possédé par la passion des courses de chevaux. Il passait alors la moitié de ses journées de travail à téléphoner aux pistes de trot de toute la Suède, en chasse des derniers pronostics. Tout le monde le savait, mais personne ne réagissait. Wallander s'était étonné d'être le seul à penser qu'il faudrait en discuter avec Hansson. Puis, un beau jour, tous les programmes des courses et les coupons à moitié remplis avaient brusquement disparu du bureau de Hansson. Wallander avait entendu dire qu'il avait tout simplement décidé d'arrêter de jouer avant de se retrouver avec des dettes.

Baiba répondit à la troisième sonnerie. Wallander était nerveux. Chaque fois qu'ils se parlaient au téléphone, il craignait qu'elle lui annonce qu'elle n'avait plus envie de le revoir. Il était aussi peu sûr des sentiments de Baiba qu'il était certain des siens. Mais cette fois-ci elle semblait contente. Il partagea aussitôt cette joie. Elle lui expliqua que ce voyage à Tallinn avait été décidé à l'improviste. Une de ses amies devait s'y rendre et lui avait proposé de l'accompagner. Justement, cette semaine-là, elle ne faisait pas cours à l'université. La traduction qu'elle avait entamée n'était pas non plus si urgente. Elle parla brièvement de son voyage puis demanda comment ça allait à Ystad. Wallander se garda de dire que, pour le moment, leur voyage à Skagen était compromis par les événements de la semaine précédente. Il se borna à lui répondre que tout allait bien. Ils convinrent qu'il la rappellerait le soir même. Wallander resta un moment la main sur le combiné. Il commençait à appréhender sa réaction s'il était contraint de repousser ses vacances.

C'était un mauvais trait de caractère qui se renforçait avec l'âge. Il s'inquiétait pour tout. Il s'inquiétait parce qu'elle était partie pour Tallinn, il s'inquiétait à l'idée de tomber malade, il s'inquiétait de se réveiller trop tard, ou d'avoir une panne de voiture. Il s'entourait de nuages d'inquiétude inutiles. Avec une grimace, il se demanda si Mats Ekholm pourrait faire son profil psychologique et lui donner des conseils pour se libérer de tous ces problèmes qu'il ne cessait d'anticiper.

Il fut interrompu dans ses pensées par Svedberg qui frappa à la porte. Wallander remarqua que la veille il n'avait pas dû faire attention au soleil. Son crâne chauve était complètement brûlé, tout comme son front et son nez.

– Je n'apprendrai jamais, dit Svedberg d'un ton sombre. Ça brûle vachement.

Wallander pensa à la brûlure qu'il avait ressentie à la joue après la gifle de la veille.

– J'ai passé la journée d'hier à parler avec les gens qui habitent près de la villa de Wetterstedt. Il en est ressorti qu'il faisait souvent des promenades. Soit le matin, soit le soir. Il était toujours aimable et saluait les gens qu'il rencontrait. Mais il ne fréquentait personne dans le voisinage.

– Donc il avait l'habitude de faire une promenade même le soir ?

Svedberg consulta ses notes.

– Il avait l'habitude de faire un tour sur la plage.

– C'était une habitude systématique ?

– Si j'ai bien compris, la réponse est oui.

Wallander hocha la tête.

– C'est bien ce que je pensais.

– J'ai aussi une information qui peut présenter de l'intérêt, poursuivit Svedberg. Un retraité nommé Lantz, un ancien secrétaire de la commune, m'a dit qu'une journaliste de la presse écrite avait sonné à sa porte le lundi

20 juin. Elle cherchait la maison de Wetterstedt. Lantz avait compris que la journaliste et un photographe s'y rendaient pour un reportage. En d'autres termes, deux personnes sont entrées dans sa villa le dernier jour où il était en vie.

– Et des photographies ont été prises, ajouta Wallander. C'était quel journal ?

– Lantz ne savait pas.

– Alors il va falloir téléphoner aux journaux. Ça peut être important.

Après le départ de Svedberg, Wallander appela Nyberg. Quelques minutes plus tard, Nyberg vint dans le bureau de Wallander chercher les pages arrachées au numéro de *Superman*.

– Je ne crois pas que ton homme soit venu à bicyclette, dit Nyberg. Des traces derrière ce baraquement indiquent qu'un vélomoteur ou une moto a pu y passer. Nous avons vérifié que tous ceux qui travaillent à la réfection des routes ont des voitures.

Une image surgit rapidement de la mémoire de Wallander sans qu'il puisse la saisir. Il nota ce que Nyberg venait de dire dans son carnet.

– Que veux-tu que je fasse avec ça ? demanda Nyberg en montrant le sac plastique qui contenait les feuilles illustrées.

– Empreintes digitales, dit Wallander. Elles coïncideront peut-être avec les autres empreintes.

– Je croyais que seuls les enfants lisaient des bandes dessinées.

– Non. Là, tu as tort.

Quand Nyberg fut parti, Wallander hésita un instant. Rydberg lui avait appris qu'un policier doit toujours saisir ce qui est le plus important sur le moment. Mais qu'est-ce qui était le plus important ? Ils étaient dans une phase de l'enquête où tout restait très peu clair, et où aucun élément ne pouvait être tenu pour plus important qu'un autre.

Dans l'état actuel des choses, le plus important était de compter sur sa propre patience.

Il sortit et alla frapper à la porte du bureau prêté à Mats Ekholm. Entendant sa voix, il ouvrit la porte et entra. Les pieds sur le bureau, Ekholm parcourait quelques papiers. Il lui montra de la tête le fauteuil et jeta les feuillets sur son bureau.

– Comment ça marche ? demanda Wallander.

– Mal, répondit Ekholm, jovial. C'est une personnalité difficile à cerner. C'est dommage que nous n'ayons pas plus d'éléments.

– Tu veux dire qu'il aurait dû commettre plus de meurtres ?

– Franchement, ça aurait simplifié les choses. Dans beaucoup d'affaires de tueurs en série où le FBI a trempé, il s'avère qu'il y a souvent un tournant dans l'enquête au bout du troisième ou du quatrième meurtre d'une série. C'est à ce moment-là qu'on peut mettre de côté ce qui est dû à un hasard spécifique à chaque crime, et qu'on commence à entrevoir un schéma général. Et c'est ce schéma que nous cherchons. Un schéma que nous puissions utiliser comme un miroir pour commencer à identifier le cerveau qui se cache derrière tout cela.

– Que peut-on dire sur les adultes qui lisent des journaux de bandes dessinées ? demanda Wallander.

Ekholm leva les sourcils.

– Ça a un rapport avec cette affaire ?

– Peut-être.

Wallander parla de sa découverte de la veille. Ekholm l'écouta avec intérêt et concentration.

– Chez les gens qui commettent des actes de violence répétés, il y a presque toujours immaturité ou perturbation affective, dit Ekholm. Il leur manque la capacité de s'identifier avec les valeurs d'autrui. C'est pour cela qu'ils ne réagissent pas non plus à la douleur qu'ils infligent aux autres.

– Tous les adultes qui lisent *Superman* ne commettent pas de meurtres, quand même.

– De la même manière qu'il y a des cas de tueurs en série spécialistes de Dostoïevski, répondit Ekholm. Il faut prendre chaque pièce et regarder si elle a sa place quelque part dans le puzzle. Ou si elle appartient à un autre puzzle.

Wallander commença à perdre patience. Il n'avait pas le temps de se lancer dans une longue discussion avec Ekholm.

– Maintenant que tu as lu tout notre dossier, qu'en tires-tu comme conclusions ?

– En fait, une seule : qu'il va frapper à nouveau.

Wallander attendit une suite, une explication qui ne vint pas.

– Pourquoi ?

– Quelque chose dans la globalité de ces deux crimes me le dit. Sans que je puisse le motiver autrement que par les expériences passées. D'autres affaires qui impliquaient aussi des chasseurs de trophées.

– Que vois-tu ? Dis-moi ce que tu penses en ce moment. Quoi que ce soit. Je te garantis que tu ne seras pas tenu plus tard pour responsable de ce que tu m'as dit.

– Un adulte. En considérant l'âge des victimes, et le fait qu'il a dû avoir affaire à elles, d'une manière ou d'une autre, je pense qu'il a au moins trente ans. Mais sans doute plus. Son identification possible à un mythe, peut-être à un mythe indien, fait que je me l'imagine en excellente condition physique. Il est à la fois prudent et intrépide, donc calculateur. Je crois qu'il mène une vie régulière et bien organisée. Le fond de sa personnalité, qui est terrible, il le cache derrière une banale apparence de normalité.

– Et il va frapper à nouveau ?

Ekholm haussa les épaules.

– Espérons que je me trompe. Mais tu m'as demandé de te dire ce que je pensais en ce moment.

– Il s'est passé trois jours entre Wetterstedt et Carlman.

S'il tient cet intervalle de trois jours, il doit donc tuer quelqu'un aujourd'hui.

– Ce n'est pas obligatoire. Comme il est prévoyant, le facteur temps ne joue pas un rôle décisif. Il frappe quand il est sûr de réussir. Il peut, bien sûr, se produire quelque chose aujourd'hui. Mais ça peut aussi bien arriver dans plusieurs semaines. Voire plusieurs années.

Wallander n'avait pas d'autres questions. Il demanda à Ekholm d'être présent quand le groupe de travail se réunirait plus tard. Il retourna dans son bureau avec un sentiment de malaise grandissant dû aux réflexions d'Ekholm. L'homme qu'ils recherchaient, et dont ils ne savaient rien, allait frapper à nouveau.

Il prit le carnet sur lequel il avait noté les paroles de Nyberg et tenta de retrouver l'image fugitive qui avait traversé sa mémoire. Il avait le sentiment que c'était important. Il était certain que c'était lié au baraquement de cantonnier. Mais il ne parvint pas à retrouver ce que c'était.

Il se leva et gagna la salle de réunion Rydberg lui manquait plus que jamais.

Wallander s'assit à sa place habituelle, à une des extrémités de la table. Il jeta un regard autour de lui. Tous étaient présents. Il sentit aussitôt cette atmosphère particulière de concentration qui régnait quand tous espéraient qu'ils allaient franchir un palier dans l'enquête. Ils allaient être déçus. Cependant, personne ne le montrerait. Les policiers réunis dans cette salle étaient de haut niveau.

– Récapitulons ce qui s'est passé pendant ces dernières vingt-quatre heures dans l'enquête sur les scalps, commença-t-il.

Il n'avait pas prévu de dire « l'enquête sur les scalps » ; c'était venu tout seul. Mais à partir de ce moment-là l'enquête ne fut plus jamais désignée autrement à la brigade criminelle.

Quand il n'y avait pas urgence à parler, Wallander prévoyait en général de faire son rapport en dernier. C'était pour une bonne part lié au fait que tous s'attendaient à ce qu'il fasse la synthèse et qu'il les fasse ainsi avancer. Il était naturel que ce soit Ann-Britt qui prenne la parole en premier. Le fax envoyé de la quincaillerie Skoglund fit le tour de la table. On avait pu contrôler dans les registres pénitentiaires centraux les informations déjà confirmées par Anita Carlman. En revanche, Ann-Britt n'avait pu avancer dans la partie la plus difficile, à savoir obtenir des confirmations et, de préférence, des copies des lettres que Carlman aurait écrites à Wetterstedt.

– Le problème est que tout remonte à si loin, dit-elle pour conclure. Même si nous vivons dans un pays où les fichiers et les archives sont bien tenus, ça prend beaucoup de temps de se frayer un chemin jusqu'à des événements et des documents survenus ou rédigés voici plus de vingt-cinq ans. En plus, ces informations sont antérieures à l'époque où les données des fichiers et des archives ont été rentrées dans les ordinateurs.

– Et pourtant, il faut fouiller par là, dit Wallander. Le lien entre Wetterstedt et Carlman est fondamental pour nous permettre d'avancer.

– L'homme qui a téléphoné, dit Svedberg en frottant son nez brûlé par le soleil. Pourquoi ne voulait-il pas dire qui il était ? Quel genre d'individu peut entrer par effraction pour envoyer un fax ?

– J'y ai réfléchi, dit Ann-Britt. Il voulait nous mettre sur une piste bien précise, c'est évident. Il peut y avoir plusieurs raisons à ce qu'il ait voulu dissimuler son identité. Une de ces raisons pourrait être qu'il a peur.

Le silence se fit dans la salle.

Wallander se dit qu'Ann-Britt avait raison. Il lui fit signe de continuer.

– C'est une pure hypothèse. Mais imaginez qu'il se sente menacé par l'homme qui a tué Wetterstedt et Carlman. Il a tout intérêt à ce qu'on arrête le meurtrier. Sans dire qui il est.

– Dans ce cas, il aurait dû être plus clair, dit Martinsson.

– Peut-être ne le pouvait-il pas, objecta Ann-Britt. Si mon hypothèse est bonne, et qu'il nous a bien contactés parce qu'il avait peur, il nous a sans doute aussi dit tout ce qu'il savait.

Wallander leva la main.

– Suivons cette idée. L'homme qui envoie le fax nous donne des informations dont le point de départ est Carlman. Pas Wetterstedt. C'est un point fondamental. Selon lui, Carlman a écrit des lettres à Wetterstedt et ils se sont vus après la libération de Carlman. Qui peut détenir une telle information ?

– Quelqu'un qui a lui aussi été en prison, dit Ann-Britt.

– C'est aussi ce que je pense, dit Wallander. Mais d'un autre côté, ton hypothèse qu'il nous contacte parce qu'il a peur ne tient, à ce moment-là, plus debout. Si son contact avec Carlman a seulement été celui qu'on peut avoir avec un compagnon provisoire de détention.

– Il y a malgré tout eu une suite, dit Ann-Britt. Il dit que Carlman et Wetterstedt se sont rencontrés *après* que Carlman est sorti de prison. Cela indique que le contact s'est poursuivi.

– Il peut avoir été témoin de quelque chose, dit Hansson, qui était resté silencieux jusque-là. Pour une raison ou une autre, deux personnes se retrouvent assassinées vingt-cinq ans plus tard, à cause de cette chose.

Wallander se tourna vers Mats Ekholm, assis dans son coin au bout de la table.

– Vingt-cinq ans, c'est long, dit Wallander.

– Le temps d'incubation de la vengeance peut être infini, répondit Ekholm. Les processus psychiques n'ont pas de délai de prescription. C'est une des vérités les plus anciennes en criminologie que de dire qu'une vengeance peut attendre un temps infini. Si tant est qu'il s'agisse d'une vengeance.

– Qu'est-ce que ça pourrait être d'autre ? demanda Wallander. Nous excluons un crime lié à un vol. Selon toute vraisemblance en ce qui concerne Gustaf Wetterstedt, de manière certaine dans le cas de Carlman.

– Une image peut avoir beaucoup de composantes, dit Ekholm. Même un crime de sang pur et simple peut être construit autour d'un mobile qui n'est pas discernable au premier abord. Un tueur en série peut choisir ses victimes selon des critères qui nous paraissent, à nous, complètement incohérents. Si nous réfléchissons aux scalps, nous pouvons nous poser la question de savoir s'il n'est pas à la recherche d'un certain type de cheveux. Sur les photos, je constate que Wetterstedt et Carlman avaient le même type d'épais cheveux gris. Nous ne pouvons rien exclure. Mais en ma qualité de profane pour ce qui est des méthodes d'enquête de la police, je suis d'accord avec vous : le lien entre les deux crimes doit être la priorité du moment.

– Se pourrait-il que nous pensions tous de travers ? lança Martinsson. Peut-être le meurtrier voit-il un point commun symbolique entre Wetterstedt et Carlman ? Pendant que nous sommes en train de fouiller dans la réalité, peut-être voit-il, lui, un rapport symbolique qui ne nous est pas perceptible ? Quelque chose qui serait impensable pour nos esprits rationnels ?

Wallander savait qu'il arrivait parfois à Martinsson de saisir une enquête à bras-le-corps pour la remettre sur les bons rails.

– Tu penses à quelque chose, dit-il. Continue.

Martinsson haussa les épaules, semblant déjà presque prêt à retirer sa première carte.

– Wetterstedt et Carlman étaient des gens riches, dit-il. Ils appartenaient tous les deux à la classe supérieure. En tant que représentants du pouvoir politique et économique, ils sont tous les deux bien choisis.

– Tu cherches des motifs terroristes ? demanda Wallander avec étonnement.

– Je ne cherche rien, répondit Martinsson. J'écoute ce que vous dites et j'essaie de penser en même temps. J'ai au moins aussi peur que tout le monde dans cette pièce qu'il frappe à nouveau.

Wallander regarda tous ceux qui étaient rassemblés autour de la table. Des visages graves, pâles. En dehors de Svedberg et de son coup de soleil.

A cet instant il comprit qu'ils avaient tous aussi peur que lui. Il n'était pas le seul à craindre la prochaine sonnerie de téléphone.

La réunion se termina un peu avant dix heures. Wallander avait prié Martinsson de rester.

– Qu'est-ce que ça donne, pour la fille ? demanda-t-il. Dolores Maria Santana.

– J'attends toujours une réaction d'Interpol.

– Relance-les.

Martinsson le regarda, perplexe.

– Avons-nous vraiment le temps de nous occuper d'elle maintenant ?

– Non. Mais nous ne pouvons pas non plus laisser ça traîner.

Martinsson promit de renvoyer une demande d'information sur Dolores Maria Santana. Wallander alla dans son bureau téléphoner à Lars Magnusson. Celui-ci mit longtemps à répondre. Wallander reconnut au son de sa voix qu'il était ivre.

– J'ai besoin de poursuivre notre conversation.

– Tu téléphones trop tard, répondit Lars Magnusson. A cette heure-ci de la journée, je ne tiens plus de conversation du tout.

– Fais du café. Et enlève les bouteilles. J'arrive dans une demi-heure.

Il raccrocha au beau milieu des protestations de Lars

221

Magnusson. Ensuite, il lut les deux comptes rendus d'autopsie déposés sur son bureau. Avec les années, Wallander avait appris à comprendre les rapports indéchiffrables que rédigeaient les pathologistes et les médecins légistes. Il avait d'ailleurs suivi un cours organisé par la direction centrale de la police. Il avait été à Uppsala, et Wallander se rappelait encore la sensation désagréable qu'il avait éprouvée dans un laboratoire de médecine légale.

Il ne lut rien d'inattendu dans ces deux rapports. Il les mit de côté et regarda par la fenêtre.

Il essayait de se représenter le meurtrier qu'ils recherchaient. De quoi avait-il l'air ? Que faisait-il à cet instant précis ?

L'image était vide. Wallander ne voyait que de l'obscurité.

Mal à l'aise, il se leva et sortit.

17

Wallander quitta l'appartement de Lars Magnusson au bout de plus de deux heures de vaines tentatives pour poursuivre une conversation sensée. Il n'avait qu'une envie : rentrer chez lui et s'allonger dans sa baignoire. La dernière fois, il n'avait pas remarqué la crasse accumulée chez Magnusson. Mais cette fois-ci, sa déchéance lui avait sauté aux yeux. Quand Wallander était arrivé, la porte d'entrée était entrebâillée. A l'intérieur de l'appartement, Magnusson était allongé sur son canapé tandis qu'une cafetière débordait dans la cuisine. Il avait accueilli Wallander en lui disant d'aller au diable. De disparaître et d'oublier qu'il y avait quelqu'un qui s'appelait Lars Magnusson. Mais Wallander était resté. Il avait interprété le café qui bouillait sur la cuisinière comme le signe que Magnusson avait malgré tout songé un instant à passer outre son habitude de ne parler à personne en milieu de journée. En vain Wallander avait cherché deux tasses propres. L'évier était plein d'assiettes sur lesquelles des restes et du gras s'étaient figés en d'étranges protubérances fossiles. Il avait fini par dénicher deux tasses qu'il avait lavées et apportées dans la salle de séjour. Magnusson était vêtu d'un short sale. Il n'était pas rasé et tenait entre ses mains une bouteille de vin doux, comme s'il se cramponnait à un crucifix. Au début, cette déchéance avait mis Wallander mal à l'aise. Ce qui le dégoûtait le plus, c'était de découvrir que Lars Magnusson perdait ses dents. Puis l'irritation et la colère l'avaient gagné parce que l'homme avachi sur le canapé semblait ne pas entendre ce qu'il disait. Il lui avait pris sa bouteille et avait exigé qu'il lui réponde. Il n'avait aucune idée de l'autorité qu'il pouvait bien faire valoir. Mais Lars Magnusson avait obéi. Il s'était même, avec un certain effort, hissé jusqu'à une position assise. Wallander avait essayé de pénétrer plus profondément dans ce monde ancien dans lequel Gustaf Wetterstedt avait été un ministre de la Justice entouré de rumeurs de scandales plus ou moins étouffées. Mais Lars Magnusson semblait avoir tout oublié. Il ne se souvenait plus de ce qu'il avait dit lors de la précédente visite de Wallander. Wallander finit par lui rendre sa bouteille, et, après quelques gorgées, quelques souvenirs ténus lui étaient revenus. Quand Wallander avait enfin quitté l'appartement, il n'était arrivé à obtenir qu'un seul détail intéressant. Dans un moment inattendu de lucidité, Magnusson s'était souvenu qu'un policier de la brigade financière de Stockholm s'était penché sur le cas Gustaf Wetterstedt. Dans le petit monde des journalistes, le bruit avait couru que cet homme – dont Magnusson parvint, au prix d'un certain effort, à se rappeler le nom, Hugo Sandin – avait constitué des archives privées sur Wetterstedt. Selon Magnusson, il n'en était jamais rien sorti. Mais il avait entendu dire qu'une fois à la retraite Hugo Sandin était parti dans le Sud et qu'il habitait maintenant chez son fils, potier du côté de Hässleholm.

– S'il est toujours en vie, avait dit Magnusson avec son sourire édenté, comme si au fond il espérait que Hugo Sandin ait déjà franchi la frontière avant lui.

Wallander décida de rechercher si le policier était toujours en vie. Il songea un instant à rentrer chez lui prendre un bain pour se débarrasser du malaise qu'il avait ressenti dans l'atmosphère confinée de l'appartement de Magnusson. Il était presque treize heures. Il n'avait pas faim du tout, bien qu'il n'ait avalé qu'un petit déjeuner rapide. Il retourna au commissariat, avec l'intention de vérifier tout de suite si Lars Magnusson avait raison, si Hugo Sandin habitait dans la région de Hässleholm. Dans le hall, il se retrouva nez à nez avec Svedberg, qui avait toujours son coup de soleil sur le visage.

– Wetterstedt a été interviewé par une journaliste de *MagaZenit*, dit Svedberg.

Wallander n'en avait jamais entendu parler.

– C'est un journal destiné aux retraités, répondit Svedberg. La journaliste s'appelle Anna-Lisa Blomgren. Il y avait un photographe avec elle. Comme Wetterstedt est mort, ils ne vont pas publier l'interview.

– Appelle-la, dit Wallander. Et demande les photos au journaliste.

Wallander poursuivit jusqu'à son bureau. Pendant la brève conversation qu'il avait eue avec Svedberg, il lui était revenu un fait qu'il voulait vérifier immédiatement. Il appela le standard et demanda qu'on recherche Nyberg qui était sorti. Un quart d'heure plus tard, Nyberg appela.

– Tu te souviens que je t'avais donné un sac avec un appareil photo dans la maison de Wetterstedt ? demanda Wallander.

– Bien sûr que je m'en souviens, répondit Nyberg d'un ton irrité.

– Je me demandais si le film avait été développé. Je crois qu'il y avait sept clichés.

– Tu ne les a pas reçus ? demanda Nyberg, étonné.

– Non.

– Ils devaient te les envoyer dès samedi.

– Je ne les ai pas reçus.

– Tu es sûr ?

– Ils ont dû rester coincés quelque part.

– Je vais vérifier ça, dit Nyberg. Je te rappelle.

Wallander raccrocha avec le pressentiment que, dans

peu de temps, quelqu'un subirait la colère de Nyberg. Il était content que ce ne soit pas lui.

Il chercha le numéro de téléphone du commissariat de Hässleholm et obtint au bout d'un certain moment un commissaire qui lui procura le numéro de Hugo Sandin. A la question directe de Wallander, il répondit que Hugo Sandin avait quatre-vingt-cinq ans, mais qu'il avait encore toute sa tête.

– Il vient encore nous rendre visite une ou deux fois par an, dit le commissaire de police qui se présenta sous le nom de Mörk.

Wallander nota le numéro et le remercia pour sa collaboration. Puis il reprit le combiné et appela Malmö. Il eut la chance de joindre tout de suite le médecin qui avait fait l'autopsie de Wetterstedt.

– L'heure de la mort n'est pas indiquée, dit Wallander. Pour nous, c'est une information importante.

Le médecin alla chercher ses papiers. Il revint au bout d'une minute en présentant ses excuses.

– Malheureusement, ça a dû disparaître du compte rendu. De temps en temps, mon dictaphone a des problèmes. Wetterstedt est mort au plus tôt vingt-quatre heures avant d'être découvert. Nous attendons encore quelques résultats qui pourraient nous permettre de préciser l'heure.

– Bon, alors nous attendrons ces résultats, dit Wallander en le remerciant.

Il alla dans le bureau de Svedberg, qui travaillait à son ordinateur.

– Tu as parlé à cette journaliste ?

– C'est ce que je suis en train de rédiger.

– Tu as eu des indications quant à l'horaire ?

Svedberg chercha dans ses notes.

– Ils sont arrivés chez Wetterstedt à dix heures. Et ils sont restés jusqu'à une heure de l'après-midi.

– Après treize heures, il n'y a donc plus personne qui l'ait vu en vie ?

Svedberg réfléchit.

– Pas que je sache.

– Bon. Donc, ce sera toujours ça que nous saurons, dit Wallander en sortant.

Il allait appeler le vieux policier, Hugo Sandin, quand Martinsson entra dans son bureau.

- Tu as un peu de temps ? demanda-t-il.

– Toujours, répondit Wallander. Qu'est-ce que tu veux ?

Martinsson agita une enveloppe qu'il tenait à la main.

– Cette lettre est arrivée par la poste aujourd'hui. Quelqu'un dit avoir pris une fille en stop de Helsingborg jusqu'à Tomelilla, lundi 20 juin au soir. Il a lu dans les journaux la description de la jeune fille qui s'est suicidée et il pense que c'est elle.

Martinsson tendit l'enveloppe à Wallander qui sortit la lettre et la lut.

– Pas de signature.

– Mais l'en-tête de la lettre est intéressant.

Wallander hocha la tête.

– « Paroisse de Smedstorp », lut-il. Un vrai papier d'église officielle.

– Il va falloir vérifier ça, dit Martinsson.

– Bien sûr qu'il va falloir. Si tu t'occupes d'Interpol et de tout ce que tu as en plus sur les bras, je m'occupe de ça.

– Je n'arrive toujours pas à comprendre que nous ayons le temps de nous occuper d'elle.

– Nous avons le temps parce que c'est nécessaire.

C'est après le départ de Martinsson que Wallander comprit sa critique à mots couverts pour ne pas avoir mis de côté le dossier de la jeune fille morte. Pendant un court instant, Wallander se dit que Martinsson avait raison. En ce moment précis, il n'y avait pas de temps pour autre chose que Wetterstedt et Carlman. Puis il changea d'avis : la critique n'était pas fondée. Il n'y avait pas de limite à ce que la police devait assumer. Il fallait qu'ils aient le temps et la force de tout faire.

Comme pour démontrer que sa conception était la bonne, Wallander quitta le commissariat et prit sa voiture ; il sortit de la ville, en direction de Tomelilla et de Smedstorp. Le trajet lui donna du temps pour réfléchir à Wetterstedt et à Carlman. Le paysage estival dans lequel il roulait fournissait un cadre irréel à ses pensées. Deux hommes sont tués et scalpés, se dit-il. En plus, une jeune fille se rend dans un champ de colza et s'immole par le feu. Et autour de moi, c'est l'été. C'est le moment où la Scanie est la plus belle. Il y a un paradis caché dans chaque recoin de ce monde. Pour le découvrir, il suffit d'avoir les yeux ouverts. Mais peut-être voit-on également les corbillards invisibles qui glissent le long des routes.

Il savait où se trouvait le presbytère de Smedstorp. Quand il eut dépassé Lunnarop, il tourna à gauche. Il savait aussi que le presbytère avait des horaires très particuliers. Mais quand il arriva devant le bâtiment blanc, il aperçut des voitures garées devant. Un homme tondait la pelouse à côté. Wallander mit la main sur la poignée de la porte. C'était fermé. Il sonna et lut que le bureau du pasteur serait ouvert le dimanche suivant. Il attendit. Puis il sonna à nouveau tout en cognant sur la porte. Dans le fond, la tondeuse faisait du vacarme. Wallander allait partir quand une fenêtre du premier étage s'ouvrit. Une femme sortit la tête.

– C'est ouvert le mercredi et le vendredi, cria-t-elle.

– Je sais, répondit Wallander. Mais il s'agit d'une affaire urgente. Je viens de la police d'Ystad.

La tête disparut. La porte s'ouvrit tout de suite après. Une femme aux cheveux blonds, habillée tout en noir, se tint devant lui. Son visage était très maquillé. Elle portait des chaussures à talons hauts. Mais ce qui étonna le plus Wallander, c'était le petit col blanc clérical qui détonnait sur tout ce noir. Il tendit la main pour saluer.

– Gunnel Nilsson, répondit-elle. Je suis le pasteur de la paroisse.

Wallander la suivit dans la maison. Si j'entrais dans une boîte de nuit, j'aurais moins de mal à comprendre, pensa-t-il furtivement. De nos jours, les pasteurs ne sont plus comme je les imaginais.

Elle ouvrit une porte et l'invita à s'asseoir dans le bureau. Gunnel Nilsson était une très jolie femme. Mais Wallander avait du mal à distinguer si le sentiment qu'il éprouvait était lié à sa fonction de pasteur.

– Une lettre est arrivée à la police, commença-t-il. Elle a été écrite sur votre papier à en-tête. C'est pour ça que je suis venu.

Il parla de la jeune fille qui s'était suicidée par le feu. Il remarqua une grande émotion sur son visage. Elle lui expliqua qu'elle avait été malade plusieurs jours et qu'elle n'avait pas lu les journaux.

Wallander lui montra la lettre.

– Avez-vous une idée de qui a pu écrire cette lettre ? demanda-t-il. Qui a accès à votre papier à lettres ?

Elle secoua la tête.

– Un bureau de pasteur, ce n'est pas comme une banque. Et ici, il n'y a que des femmes qui travaillent.

– Rien n'indique dans cette lettre que ce soit un homme ou une femme qui l'ait écrite, fit remarquer Wallander.

– Je ne vois pas qui ça peut être.

– Helsingborg. Y a-t-il quelqu'un dans votre bureau qui habite là-bas ? Ou qui y va souvent ?

Elle secoua à nouveau la tête. Wallander vit qu'elle essayait vraiment de l'aider.

– Vous êtes combien à travailler ici ?

– Quatre, en me comptant. Puis il y a Andersson qui s'occupe du jardin. Et aussi un gardien à plein temps.

Sture Rosell. Mais en général, il est dans les cimetières et dans nos églises. N'importe lequel d'entre eux peut avoir pris un papier à en-tête. Plus tous ceux qui viennent ici pour une raison ou pour une autre.

– Et vous ne reconnaissez pas l'écriture ?

– Non.

– Il n'est pas interdit de prendre des auto-stoppeurs, dit Wallander. Alors, pourquoi une lettre anonyme ? Pour cacher qu'on a été à Helsingborg ? Pour moi, cet anonymat est bizarre.

– Je peux me renseigner pour savoir si quelqu'un est allé à Helsingborg ce jour-là. Et je peux aussi essayer de vérifier si l'écriture me rappelle celle de quelqu'un d'ici.

– Je vous en serais reconnaissant, dit Wallander en se levant. Vous pouvez me joindre au commissariat d'Ystad.

Il nota son numéro de téléphone sur un papier qu'elle lui avait tendu. Elle l'accompagna jusqu'à la sortie.

– C'est la première fois que je rencontre un pasteur femme, dit-il.

– Il y a encore beaucoup de gens que ça étonne.

– A Ystad, notre nouveau chef de la police est une femme, c'est la première fois. Tout change.

– En mieux, espérons-le, dit-elle en souriant.

Wallander la regarda : elle était vraiment très belle. Elle n'avait pas de bague à son doigt. En retournant à sa voiture, il se laissa aller à des pensées interdites. Elle était très attirante.

L'homme qui tondait la pelouse s'était assis sur un banc pour fumer une cigarette. Sans savoir pourquoi, Wallander alla s'asseoir à côté de lui et engagea la conversation. Il devait avoir la soixantaine et portait une veste de travail bleue ouverte et un pantalon de velours sale. Il avait de très vieilles tennis aux pieds. Wallander remarqua qu'il fumait des Chesterfield sans filtre. C'était la marque que fumait son père quand il était petit.

– En général, elle n'ouvre pas quand ça doit être fermé,

dit-il avec philosophie. Pour être franc, c'est la première fois que ça arrive.

– Le pasteur est une très belle femme, dit Wallander.

– En plus, elle est sympathique. Et ses sermons sont bons. J'en viens même à me demander si ce n'est pas le meilleur pasteur qu'on ait jamais eu. Mais il y a plein de gens qui auraient préféré avoir un homme.

– Ah bon ? dit Wallander évasivement.

– Oh, il y a beaucoup de gens qui ne peuvent pas imaginer qu'un prêtre puisse être une femme. En Scanie, les gens sont conservateurs. Pour la plupart.

La conversation s'effilocha. C'était comme s'ils avaient tous deux épuisé leurs forces. Wallander écouta les oiseaux. Une bonne odeur montait de l'herbe fraîchement coupée. Il songea qu'il devrait contacter son collègue de la police d'Östermalm, Hans Vikander, pour savoir si quelque chose était sorti de sa conversation avec la mère de Gustaf Wetterstedt. Il avait beaucoup à faire. Et il n'avait pas de temps à perdre à rester assis sur un banc devant le presbytère de Smedstorp.

– Vous aviez besoin d'une attestation de déménagement ? demanda soudain l'homme.

Wallander sursauta comme s'il avait été surpris dans une situation inconvenante.

– Je venais simplement lui poser quelques questions, dit-il en se levant.

L'homme le regarda en plissant les yeux.

– Je te reconnais, dit-il. Tu es de Tomelilla ?

– Non, répondit Wallander. Je suis originaire de Malmö. Mais ça fait plusieurs années que j'habite à Ystad.

Puis il se leva et se tourna vers l'homme pour prendre congé. Il jeta distraitement les yeux sur le tee-shirt blanc qui apparaissait sous la veste ouverte. Un tee-shirt publicitaire de la compagnie de ferries reliant Helsingborg à Helsingör. Sa première réaction fut de mettre ça sur le compte du hasard. Mais il se ravisa et se rassit. L'homme écrasa son mégot par terre et fit mine de se lever.

– Reste un instant, dit Wallander. J'ai quelque chose à te demander.

L'homme avait dû percevoir le changement dans la voix de Wallander. Il le regarda d'un œil soupçonneux.

– Je suis de la police, dit Wallander. En fait, je ne suis pas venu ici pour voir le pasteur. Je suis venu pour te parler. Pourquoi n'as-tu pas signé la lettre que tu nous as envoyée ? A propos de la fille que tu as prise en stop à Helsingborg.

C'était un sacré pari, il le savait. Ça allait à l'encontre de tout ce qu'il avait appris. Il avait enfreint la règle selon laquelle un policier n'a pas le droit de dire un mensonge pour faire jaillir une vérité. En tout cas, pas quand il y a un crime.

Mais le coup avait porté. L'homme sursauta. Il ne s'attendait absolument pas à cette attaque de Wallander Le coup avait si bien porté que toutes les objections logiques et imaginables semblaient balayées. Comment Wallander pouvait-il savoir qui avait écrit la lettre ? Comment pouvait-il savoir quoi que ce soit ?

Wallander était conscient de tout ça. A présent que le coup avait porté, il pouvait aider son interlocuteur à se relever du tapis imaginaire et le calmer.

– Ça n'a rien d'illégal d'écrire des lettres anonymes, dit-il. De prendre des gens en stop non plus. Tout ce que je veux savoir, c'est pourquoi tu as écrit cette lettre. Et où tu as pris la jeune fille, et où elle est descendue. Quelle heure il était. Et si elle t'a dit quelque chose pendant le trajet.

– Je te reconnais maintenant, marmonna l'homme. C'est toi, le policier qui a descendu un homme dans le brouillard il y a quelques années de ça. Sur le champ de tir à côté d'Ystad.

– Tu as raison. C'est moi. Je m'appelle Kurt Wallander.

– Elle était vers la sortie sud, dit l'homme brusquement. Il était sept heures du soir. J'étais allé acheter des chaussures. Mon cousin a un magasin à Helsingborg. Il me fait des réductions. En général, je ne prends pas d'auto-stoppeurs. Mais elle avait l'air tellement perdue.

– Et qu'est-ce qui s'est passé, alors ?

– Il ne s'est rien passé.

– Quand tu t'es arrêté. Quelle langue est-ce qu'elle parlait ?

– Ça, j'en sais fichtre rien. En tout cas, c'était pas du suédois. Et je parle pas anglais. J'ai dit que j'allais à Tomelilla. Elle a hoché la tête. Elle hochait la tête à tout ce que je disais.

– Elle avait des bagages ?

– Rien.

– Même pas un sac à main ?

– Elle n'avait rien du tout.

– Et donc vous êtes partis ?

– Elle s'est assise à l'arrière. Elle n'a pas desserré les dents de tout le voyage. Je trouvais tout ça bizarre. J'ai regretté de l'avoir fait monter.

– Pourquoi ?

– Peut-être qu'elle n'allait pas du tout à Tomelilla ! Que peut-on bien avoir à faire à Tomelilla ?

– Donc, elle n'a rien dit ?

– Pas un mot.

– Qu'est-ce qu'elle faisait ?

– Ce qu'elle faisait ?

– Elle dormait ? Elle regardait par la fenêtre ? Qu'est-ce qu'elle faisait ?

L'homme réfléchit.

– Il y a un détail qui m'a fait réfléchir après. Chaque fois qu'on nous dépassait, elle se recroquevillait sur le siège arrière. Comme si elle ne voulait pas qu'on la voie.

– Elle avait donc peur ?

– Elle devait avoir peur.

– Que s'est-il passé ensuite ?

– Je me suis arrêté au rond-point à l'entrée de Tome-lilla, et je l'ai laissée descendre. Pour être franc, je crois qu'elle n'avait aucune idée de l'endroit où elle était.

– Donc elle ne voulait pas aller spécialement à Tome-lilla ?

– Je crois surtout qu'elle voulait quitter Helsingborg. Je suis parti. Mais une fois arrivé presque chez moi, je me suis dit : tu ne peux pas la laisser. Et je suis revenu. Mais elle n'était plus là.

– Ça t'a pris combien de temps ?

– Dix minutes, pas plus.

Wallander réfléchit.

– Quand tu l'as prise en stop à la sortie de Helsingborg, était-elle à l'entrée de l'autoroute ? Pouvait-on imaginer qu'elle avait été amenée en voiture jusqu'à Helsingborg ? Ou venait-elle du centre-ville ?

Il réfléchit.

– Du centre-ville. Si on l'avait déposée en venant du nord, elle n'aurait jamais été là où je l'ai prise.

– Ensuite tu ne l'as plus jamais revue ? Tu n'as pas essayé de la chercher en voiture ?

– Pourquoi l'aurais-je fait ?

– Quelle heure était-il quand tout ça s'est passé ?

– Elle est descendue de la voiture à vingt heures. Je me souviens que c'était le début des informations.

Wallander réfléchit. Il savait qu'il avait eu de la chance.

– Pourquoi as-tu écrit à la police ? Pourquoi as-tu envoyé une lettre anonyme ?

– J'ai lu dans les journaux qu'il y avait cette fille qui s'était suicidée par le feu. J'ai tout de suite eu l'impression que ça pouvait être elle. Mais je voulais éviter de me faire connaître. Je suis marié. Que j'aie pris une auto-stoppeuse, ça aurait pu être mal interprété.

Wallander sentit que l'homme disait la vérité.

– Cette conversation ne sortira pas de ce carnet. Mais

je dois quand même te demander ton nom et ton numéro de téléphone.

– Je m'appelle Sven Andersson. J'espère qu'il n'y aura pas de tracasseries ?

– Pas si tu as tout raconté comme ça s'est passé.

Wallander nota le numéro de téléphone.

– Un dernier détail. Est-ce que tu peux te souvenir si elle portait une médaille ?

Sven Andersson réfléchit. Puis il secoua la tête. Wallander se leva et lui serra la main.

– Tu m'as été d'un grand secours.

– C'est elle ?

– Probablement. Maintenant, la question est de savoir ce qu'elle faisait à Helsingborg.

Il salua Sven Andersson et se dirigea vers sa voiture.

Quand il ouvrit la portière, son téléphone portable se mit à sonner.

Sa première réaction fut de penser que l'homme qui avait tué Wetterstedt et Carlman avait frappé à nouveau.

18

En rentrant à Ystad au volant de sa voiture, Wallander décida de se rendre le jour même à Hässleholm pour voir le policier en retraite Hugo Sandin. Quand il avait répondu au téléphone pour entendre Nyberg lui annoncer qu'il avait déposé les sept photos développées sur son bureau, il avait tout d'abord ressenti un intense soulagement : le meurtrier de Wetterstedt et de Carlman n'avait pas frappé à nouveau. Puis, après avoir quitté Smedstorp, il s'était dit qu'il devrait mieux contrôler ses réactions. Il n'était pas certain que cet homme eût d'autres victimes sur sa liste invisible. Il ne fallait surtout pas se laisser dominer par une peur qui ne faisait que semer le désordre dans sa tête. Comme ses collègues, il devait poursuivre son travail d'enquête comme si tout ce qui devait arriver était déjà arrivé et qu'il ne se passerait plus rien. Sinon, ils finiraient par consacrer tout leur temps à une attente stérile.

Il alla droit à son bureau et écrivit un compte rendu de sa conversation avec Sven Andersson. Il tenta de contacter Martinsson, en vain. Ebba savait seulement qu'il avait quitté le commissariat sans dire où il allait. Wallander essaya de le joindre sur son téléphone portable sans succès. Que Martinsson se rende aussi souvent injoignable l'énerva profondément. A la prochaine réunion de travail, il allait donner des consignes pour que tout le monde puisse être contacté en permanence. Puis il se souvint des photographies que Nyberg avait laissées sur son bureau. Sans y faire attention, il avait posé son carnet sur l'enveloppe des photos. Il les sortit, alluma la lampe et les regarda, l'une après l'autre. Il fut déçu, sans pouvoir dire exactement ce qu'il espérait. Les photos ne représentaient rien d'autre que la vue depuis la maison de Wetterstedt. On les avait prises du premier étage. On pouvait apercevoir le bateau retourné de Lindgren, et la mer calme. Personne sur les photos. La plage était déserte. De plus, deux des clichés étaient flous. Il les posa devant lui en se demandant pourquoi Wetterstedt les avait prises. Si toutefois c'était lui qui les avait prises. Il prit une loupe dans un des tiroirs de son bureau. Il n'arrivait toujours pas à voir quoi que ce soit d'intéressant dans ces photos. Il les remit dans l'enveloppe : il demanderait à un autre membre de la brigade criminelle de les regarder pour être certain que rien ne lui avait échappé. Il allait téléphoner à Hässleholm quand une secrétaire frappa à la porte et vint déposer une télécopie de Hans Vikander, de Stockholm. C'était un compte rendu en cinq pages denses de l'entretien qu'il avait eu avec la mère de Wetterstedt. Il le parcourut rapidement : rédigé avec soin, mais sans aucune imagination. Pas une seule question imprévisible. L'expérience avait appris à Wallander que, dans le cadre d'une enquête sur un crime, un interrogatoire ou un entretien devait comporter autant de questions de base que de moments de surprise. En même temps, il savait qu'il était injuste envers Hans Vikander. Aucune chance qu'une dame de quatre-vingt-quatorze ans dise quelque chose d'inattendu de son fils, qu'elle ne voyait presque jamais et avec lequel elle n'avait que de brèves conversations téléphoniques. Il alla chercher un café et pensa distraitement à la femme pasteur de Smedstorp. De retour dans son bureau, il composa le numéro de Hässleholm. Un homme jeune lui répondit. Wallander se présenta et expliqua la raison de son appel. Il se passa ensuite plusieurs minutes avant que Hugo Sandin arrive au téléphone. D'une voix claire et décidée, celui-ci déclara qu'il était prêt à rencontrer Wallander le jour même. Wallander prit son carnet et nota le trajet. Il quitta le commissariat à quinze heures trente et fit une pause sur la route pour manger. Il était plus de seize heures trente quand il arriva près du moulin rénové où une pancarte indiquait une poterie. Un vieil homme arrachait des mauvaises herbes devant la maison. Quand Wallander descendit de la voiture, il s'essuya les mains et vint à sa rencontre. Wallander avait du mal à croire que cet homme sportif qui venait à sa rencontre avait plus de quatre-vingts ans. L'idée que Hugo Sandin et son père puissent avoir le même âge était difficile à admettre.

– C'est rare que j'aie de la visite, dit Hugo Sandin. Tous mes vieux amis ont disparu. J'ai encore un collègue de la criminelle en vie. Mais il est dans un centre de soins à côté de Stockholm et il ne se souvient plus de rien qui se soit passé après 1960. Devenir vieux, c'est vraiment de la merde.

Wallander se dit que Hugo Sandin employait les mêmes mots qu'Ebba. Et là aussi, il y avait une différence avec son propre père, qui se plaignait rarement, voire jamais, de sa vieillesse.

Dans un vieux hangar transformé en local d'exposition pour les poteries, il vit une table avec une Thermos et des tasses. Wallander se dit que la politesse exigeait qu'il passe quelques minutes à admirer les pièces exposées. Hugo Sandin s'assit et servit du café.

– Tu es bien le premier policier à s'intéresser à la poterie, dit-il avec ironie.

Wallander s'assit à la table.

– En fait, je ne suis pas si intéressé que ça, avoua-t-il

– En général, les policiers aiment bien la pêche, dit Hugo Sandin. Dans des lacs de montagne solitaires et reculés. Ou tout au fond des forêts de Småland.

– Je l'ignorais. Je ne vais jamais à la pêche.

Sandin le regarda avec attention.

– Qu'est-ce que tu fais quand tu ne travailles pas ?

– En fait, j'ai beaucoup de mal à me déconnecter.

Sandin hocha la tête, approbateur.

– Être policier, c'est une vocation. Comme la médecine. On est toujours en service. Qu'on soit en uniforme ou non.

Wallander décida de ne pas argumenter, même s'il n'était pas du tout d'accord avec Hugo Sandin pour dire que le métier de policier était une vocation. Il l'avait cru. Mais il ne le croyait plus. Ou du moins il en doutait.

– Raconte, lui intima Sandin. J'ai lu dans les journaux ce que vous êtes en train de faire à Ystad. Raconte-moi ce qu'on ne trouve pas dans les journaux.

Wallander lui fit un rapport des circonstances entourant les deux meurtres. Hugo Sandin glissait une question par-ci par-là, toujours à propos.

– En d'autres termes, il est probable qu'il puisse tuer à nouveau, dit-il quand Wallander eut fini.

– Nous ne pouvons pas l'exclure.

Hugo Sandin repoussa un peu la chaise de la table pour pouvoir allonger ses jambes.

– Et maintenant tu veux que je te parle de Gustaf Wetterstedt. Je le ferai avec plaisir. Mais comment as-tu appris que je me suis intéressé à lui en particulier, et de très près ?

– C'est un journaliste d'Ystad, malheureusement alcoolique au dernier degré, qui me l'a raconté. Il s'appelle Lars Magnusson.

– Ce nom ne me dit rien.

– Quoi qu'il en soit, c'est lui qui m'a parlé de toi.

Hugo Sandin resta silencieux un moment, se passant le doigt sur les lèvres. Wallander sentit qu'il cherchait par où commencer.

– La vérité sur Gustaf Wetterstedt est assez simple à

exposer, dit Hugo Sandin. C'était un escroc. En tant que ministre de la Justice, il était sans doute compétent d'un point de vue purement formel. Mais il n'était pas celui qu'il fallait.

– Pourquoi ?

– Son activité politique était plus axée sur la réussite de sa carrière personnelle que sur le bien du pays. C'est la plus mauvaise note qu'on puisse donner à un ministre.

– Pourtant, il avait été pressenti comme secrétaire du parti ?

Hugo fit un geste énergique de dénégation.

– C'est faux. Ça, c'étaient des supputations des journaux. Au sein du parti, il était évident qu'il ne serait jamais le chef. La question est même de savoir s'il était membre du parti.

– Mais il a quand même été ministre de la Justice pendant plusieurs années. Il n'a pas pu être complètement nul.

– Tu es trop jeune pour te souvenir. Mais quelque part dans les années cinquante, il y a une ligne de démarcation. Invisible, mais bien réelle. La Suède avait alors le vent en poupe. On disposait de ressources illimitées pour éradiquer les derniers restes de pauvreté. Il y a eu au même moment un mouvement invisible dans la vie politique. Les politiciens sont devenus des gens de métier. Des carriéristes. Avant, l'idéalisme était un élément important dans la vie politique. Cet idéalisme commençait à l'époque à décliner. Des gens comme Gustaf Wetterstedt surgissaient. Les sections de jeunesse des partis politiques sont devenues des viviers pour les politiciens de l'avenir.

– Parlons des scandales qui l'entouraient, dit Wallander, qui craignait que Hugo Sandin ne se perde dans des souvenirs politiques passionnés.

- Il allait voir des prostituées, dit Hugo Sandin. Bien

sûr, il n'était pas le seul. Mais il avait des goûts spéciaux qu'il imposait aux filles.

– J'ai entendu parler d'une fille qui a porté plainte.

– Elle s'appelait Karin Bengtsson. Elle venait d'un milieu défavorisé à Eksjö. Elle avait fait une fugue et était partie pour Stockholm, et elle apparaît dans les registres de la brigade des mœurs pour la première fois en 1954. Quelques années plus tard, elle est tombée dans le groupe où Wetterstedt choisissait ses filles. En janvier 1957, elle a porté plainte contre lui. Il lui avait taillidé les pieds à coups de lame de rasoir. Je l'ai vue à l'époque. Elle arrivait à peine à tenir sur ses jambes. Wetterstedt s'est rendu compte qu'il était allé trop loin. La déposition a disparu, on a acheté le silence de Karin Bengtsson. On lui a donné de l'argent pour acquérir un magasin de prêt-à-porter bien situé à Västerås. En 1959, de l'argent est à nouveau apparu sur son compte, ce qui lui a permis d'acheter un pavillon. A partir de 1960, elle allait tous les ans à Majorque.

– Qui lui donnait cet argent ?

– Il y avait déjà à l'époque ce qu'on appelle des fonds occultes. La cour suédoise avait montré l'exemple en achetant des gens qui avaient été trop intimes avec le roi.

– Karin Bengtsson est encore en vie ?

– Elle est morte en mai 1984. Elle est restée célibataire. Je ne l'ai plus vue après son installation à Västerås. Mais elle me téléphonait parfois. Jusqu'à l'année de sa mort. La plupart du temps, elle était ivre.

– Pourquoi est-ce qu'elle t'appelait ?

– Quand j'ai appris qu'une prostituée voulait déposer une plainte contre Wetterstedt, j'ai pris contact avec elle. Je désirais l'aider. Sa vie avait été détruite. Il ne lui restait plus grand-chose de sa foi en elle-même.

– Comment t'es-tu retrouvé aussi impliqué ?

– J'ai été choqué. Je devais être assez engagé à l'époque. Trop de policiers acceptaient l'injustice. Moi non. Autant à l'époque que maintenant.

– Que s'est-il passé après ? Quand Karin Bengtsson est partie.

– Wetterstedt a continué comme avant. Il a tailladé beaucoup de filles. Mais personne n'a plus jamais porté plainte. Par contre, au moins deux filles ont disparu.

– Qu'est-ce que tu veux dire ?

Hugo Sandin regarda Wallander avec étonnement.

– Je veux dire qu'elles ont disparu. On n'a plus jamais entendu parler d'elles. On a donné leur signalement, on a lancé des avis de recherche. Mais elles ont disparu.

– Que s'était-il passé, à ton avis ?

– Mon avis, c est qu'elles ont certainement été tuées. Plongées dans la chaux vive, jetées à la mer. Qu'est-ce que j'en sais ?

Wallander avait du mal à en croire ses oreilles.

– C'est vrai, ça ? bredouilla-t-il. Ça semble pour le moins incroyable.

– Qu'est-ce qu'on dit d'habitude ? Incroyable mais vrai ?

– Wetterstedt aurait commis des meurtres ?

Hugo Sandin secoua la tête.

– Je ne dis pas qu'il l'ait fait personnellement. Je suis même persuadé que ce n'est pas lui qui les a commis. Ce qui s'est passé exactement, je n'en sais rien. Et on n'arrivera jamais à le savoir. Il n'empêche qu'on peut conclure. Même s'il manque les preuves.

– J'ai du mal à le croire, dit Wallander.

– Bien sûr que c'est vrai, dit Hugo Sandin d'un ton décidé, comme s'il ne supportait pas la moindre contradiction. Wetterstedt n'avait aucune conscience. Mais rien n'a jamais pu être prouvé.

– Il y a eu beaucoup de rumeurs à son sujet.

– Elles étaient toutes fondées. Wetterstedt utilisait son pouvoir et sa situation pour satisfaire ses désirs sexuels pervers. Mais il était aussi mêlé à des affaires qui l'enrichissaient dans le plus grand secret.

– De la vente d'œuvres d'art ?

– Des vols d'œuvres d'art, plutôt. Pendant mes loisirs, j'ai dépensé pas mal d'énergie à essayer de tirer au clair toutes les imbrications de ces affaires. Je devais rêver de pouvoir balancer sur le bureau du procureur un dossier suffisamment étayé pour que Wetterstedt soit tout d'abord obligé de démissionner et pour qu'il ait ensuite droit à une bonne peine de prison. Malheureusement, je n'ai jamais pu aller aussi loin.

– Tu dois avoir un grand nombre de documents de l'époque ?

– J'ai tout brûlé il y a quelques années. Dans le four de mon fils. Ça devait bien faire dix kilos de papier.

Wallander jura intérieurement. Il n'avait pas prévu cette possibilité, que Hugo Sandin se soit débarrassé de tous ces documents qu'il avait eu tant de peine à rassembler.

– J'ai encore une bonne mémoire, dit Sandin. Je pense que je me souviens de tout ce que j'ai brûlé.

– Arne Carlman ? dit Wallander. Qui était-ce ?

– Un type qui a poussé le colportage d'œuvres d'art à un niveau supérieur.

– Au printemps 1969, il était en prison à Långholmen. Nous avons reçu une information anonyme selon laquelle il serait entré en contact avec Wetterstedt à l'époque. Ils se seraient rencontrés après sa sortie de prison.

– Le nom de Carlman apparaissait de temps en temps dans diverses enquêtes. Je crois qu'il s'est retrouvé en prison pour un truc aussi bête que des chèques en bois.

– As-tu trouvé des liens entre lui et Wetterstedt ?

– Selon certaines informations, ils se seraient rencontrés dès la fin des années cinquante. Apparemment, ils avaient une passion commune pour les courses de chevaux Leurs noms sont apparus en liaison avec une descente de police sur la piste de trot de Täby. On a barré le nom de Wetterstedt : il était inutile d'informer le public qu'un ministre de la Justice faisait des paris sur un champ de courses.

– Qu'est-ce qu'ils faisaient ensemble ?

– Rien qui soit identifiable. Ils gravitaient comme des planètes sur des trajectoires séparées et se rencontraient de temps en temps.

– J'ai besoin de ce lien entre eux. Je suis persuadé qu'il faut le trouver pour identifier celui qui les a assassinés.

– En général, quand on creuse suffisamment profond, on trouve ce qu'on cherche.

Le téléphone portable que Wallander avait posé sur la table se mit à sonner. La peur tapie resurgit aussitôt.

Mais il se trompait. Cette fois encore. C'était Hansson.

– Je voulais seulement savoir si tu comptais repasser par ici aujourd'hui. Sinon, on fait une réunion demain matin.

– Quelque chose de nouveau ?

– Rien d'important. Tout le monde est plongé dans son travail.

– A huit heures, demain matin. On arrête pour ce soir.

– Svedberg est allé à l'hôpital pour faire soigner ses brûlures, dit Hansson.

– Il devrait faire plus attention, répondit Wallander C'est la même chose tous les ans.

Il raccrocha et reposa le téléphone sur la table.

– On a beaucoup écrit sur toi, dit Hugo Sandin. Il semble que par moments tu aies suivi ta propre voie.

– La plupart des choses qu'on écrit sont fausses, répondit Wallander en esquivant le sujet.

– Je me demande souvent quel effet ça fait d'être policier de nos jours.

– Moi aussi.

Ils se levèrent et se dirigèrent vers la voiture de Wallander. C'était une très belle soirée.

– Qui peut avoir tué Wetterstedt selon toi ? dit Wallander.

– Ça peut être pas mal de gens, répondit Hugo Sandin.

Wallander s'arrêta sur les marches.

– Peut-être pensons-nous de travers. Peut-être faudrait-il séparer les enquêtes. Ne pas chercher de dénominateur commun. Mais chercher deux solutions distinctes. Pour trouver le lien.

– Les meurtres ont été commis par la même personne, dit Hugo Sandin. Donc les enquêtes doivent être liées. Sinon j'ai peur que vous ne vous égariez sur de fausses pistes.

Wallander hocha la tête. Mais il ne dit rien. Ils se saluèrent.

– Donne de tes nouvelles, dit Hugo Sandin. J'ai tout mon temps. Le vieillissement, c'est la solitude. Une attente de l'inévitable, sans aucun réconfort.

– T'est-il arrivé de regretter d'être devenu policier ?

– Jamais. Pourquoi l'aurais-je regretté ?

– Je me demandais seulement. Merci de m'avoir consacré du temps.

– Vous l'aurez, dit Hugo Sandin, d'un ton rassurant. Même si ça doit prendre un moment.

Wallander hocha la tête et s'assit dans la voiture. En partant, il put voir dans le rétroviseur que Hugo Sandin reprenait l'arrachage des mauvaises herbes.

Wallander arriva ce soir-là à Ystad vers huit heures moins le quart. Il gara sa voiture devant chez lui. Il allait entrer dans l'immeuble quand il se souvint qu'il n'avait rien à manger à la maison.

Au même instant, il se rendit compte qu'il avait oublié de déposer sa voiture au centre de contrôle technique.

Il jura tout haut.

Puis il se rendit dans le centre-ville et alla dîner dans le restaurant chinois à côté du marché. Il était le seul client. Après le dîner, il fit une promenade jusqu'au port et se promena sur le quai. Tout en regardant les bateaux qui tanguaient doucement, il repensa aux deux conversations qu'il avait eues dans la journée.

Une fille nommée Dolores Maria Santana s'était retrouvée à faire du stop à la sortie de Helsingborg un soir. Elle ne parlait pas suédois, elle avait peur des voitures qui les dépassaient. Tout ce qu'ils étaient arrivés à établir jusqu'à présent, c'était qu'elle était née en République dominicaine.

Pourquoi et comment était-elle venue en Suède ? Qu'est-ce qu'elle fuyait ? Pourquoi s'était-elle suicidée par le feu dans le champ de Salomonsson ?

Il continua à marcher sur le quai.

Il y avait une fête sur un voilier. Quelqu'un leva un verre à la santé de Wallander. Il répondit en mettant sa main en forme de verre.

Au bout du quai, il s'assit sur une bitte d'amarrage et repassa dans sa tête la conversation avec Hugo Sandin. Tout ça était un sacré embrouillamini. Il ne voyait pas d'ouvertures, pas d'indices qui puissent les mener à un début de solution.

En même temps, la peur était toujours là. La peur que ça se reproduise.

Il était bientôt vingt et une heures. Il lança une poignée de gravier dans l'eau et se leva. La fête suivait son cours sur le voilier. Il rentra par le centre-ville. Son tas de linge sale était toujours par terre. Il écrivit un mot qu'il posa sur la table de la cuisine. *Le contrôle de la voiture, bordel.* Puis il alluma la télévision et se coucha sur le canapé.

A vingt-deux heures, il appela Baiba. Sa voix était très distincte et semblait très proche.

– Tu as l'air fatigué, dit-elle. Tu as beaucoup de travail ?

– Pas trop. Mais tu me manques.

Il l'entendit rire.

- Mais on se voit bientôt, dit-elle.

– Qu'es-tu allée faire à Tallinn, vraiment ?

Elle rit à nouveau.

– J'ai rencontré un autre homme. Qu'est-ce que tu crois ?

– Ça, exactement.

– Tu as besoin de dormir. Cela paraît évident, même depuis Riga. J'ai cru comprendre que ça marche bien pour la Suède dans la Coupe du monde.

– Le sport t'intéresse ? demanda Wallander avec étonnement.

– Parfois. Quand la Lettonie joue.

– Ici, les gens sont comme fous.

– Mais pas toi ?

– Je promets de m'améliorer. Quand la Suède jouera contre le Brésil, je vais essayer de rester éveillé pour regarder ça.

Il l'entendit rire.

Il avait envie de dire quelque chose de plus. Mais rien ne lui vint. Après avoir raccroché, il retourna devant la télévision. Il tenta un moment de suivre le film. Puis il éteignit et alla se coucher.

Avant de s'endormir, il pensa à son père.

Cet automne, ils partiraient pour l'Italie.

19

Les aiguilles lumineuses de l'horloge avaient la forme de deux serpents entrelacés. Elles indiquaient sept heures dix du soir, ce mardi 28 juin. Dans quelques heures, la Suède affrontait le Brésil. Cela faisait aussi partie de son plan. Tout le monde aurait les yeux fixés sur ce qui se passait à l'intérieur des maisons, sur l'écran de télévision. Personne ne penserait à ce qui pouvait se passer dehors, dans la nuit d'été. Le sol de la cave était glacial. Il avait commencé tôt dans la matinée et était resté devant ses miroirs toute la journée. Cela faisait plusieurs heures qu'il avait achevé sa grande transformation. Cette fois-ci, il avait modifié le motif de sa joue droite. Il avait peint l'ornement circulaire avec une couleur bleue tendant vers le noir. Les fois précédentes, il avait utilisé de la peinture rouge. Il était satisfait : tout son visage avait pris de la profondeur et devenait encore plus effrayant. Il reposa le dernier pinceau et pensa à la tâche qui l'attendait ce soir. C'était le plus important des sacrifices qu'il avait accomplis jusqu'à présent pour sa sœur. Même s'il avait été obligé de modifier ses plans. Il s'était présenté une situation inattendue. Un court instant, il avait eu le sentiment que les forces maléfiques qui l'entouraient avaient eu le dessus. Pour décider comment faire face à cette nouvelle situation, il avait passé une nuit entière dans les ombres sous la fenêtre de sa sœur. Il s'était assis entre les deux scalps qu'il avait enterrés et avait attendu que l'énergie de la terre s'insinue en lui. A la lueur d'une lampe de poche, il avait lu le livre sacré qu'elle lui avait donné : rien ne l'empêchait de modifier l'ordre qu'elle avait indiqué.

La dernière victime aurait dû être l'être malfaisant qui était leur père. Mais l'homme qui aurait dû rencontrer son destin ce soir était brusquement parti pour l'étranger. Il fallait changer l'ordre.

Il avait écouté le cœur de Geronimo qui battait dans sa poitrine. Les battements étaient comme des messages qui lui venaient du passé. Son cœur martelait un message qui disait que le plus important était de ne pas rompre la mission sacrée qui lui incombait. La terre sous la fenêtre de sa sœur réclamait déjà la troisième vengeance.

Le troisième homme attendrait jusqu'à son retour de voyage. A sa place, ce serait leur père.

Pendant cette longue journée où il était resté devant les miroirs en passant par toutes les phases de la grande transformation, il avait remarqué que c'était avec une tension particulièrement forte qu'il se préparait à rencontrer son père. Sa mission avait demandé des préparatifs particuliers. Dès le matin, après s'être enfermé dans la cave, il avait commencé par préparer les instruments qu'il allait employer. Il lui avait fallu plus de deux heures pour fixer le nouveau tranchant sur le manche de la hache-jouet que son père lui avait donnée pour son anniversaire voilà longtemps. Il avait sept ans. Il se souvenait d'avoir déjà songé à l'époque à l'utiliser contre celui qui avait offert ce cadeau. Maintenant, l'occasion se présentait enfin. Pour éviter que le manche de plastique avec sa décoration mal peinte ne se casse quand il frapperait, il l'avait renforcé avec l'adhésif que les joueurs de hockey utilisent pour leurs crosses. *Tu ne sais pas comment ça s'appelle. Ce n'est pas une hache pour couper le bois. C'est un tomahawk.* En repensant à la manière dont son père lui avait donné son cadeau cette fois-là, il ressentait un mépris indicible. A l'époque, c'était un jouet sans intérêt, une copie en plastique fabriquée dans un pays asiatique. Maintenant, avec la vraie lame, il l'avait transformé en une vraie hache.

Il attendit qu'il fût vingt heures trente. Il repensa une dernière fois à tout. Il regarda ses mains et constata qu'elles ne tremblaient pas. Il maîtrisait la situation. Les préparatifs de ces deux derniers jours garantissaient que tout se passerait bien.

Il glissa ses armes, le flacon en verre enveloppé dans une serviette, et la corde dans son sac à dos. Ensuite il mit son casque, éteignit la lumière et sortit. Une fois dans la rue, il jeta un coup d'œil au ciel. Il y avait des nuages. Il allait peut-être pleuvoir. Il fit démarrer la mobylette qu'il avait volée la veille et descendit vers le centre-ville. Arrivé près de la gare, il entra dans une cabine téléphonique, un peu à l'écart. Il l'avait choisie à l'avance et avait collé sur une des parois en verre une affiche d'un concert imaginaire dans une maison de jeunes qui n'existait pas. Personne dans les parages. Il retira le casque et se tint derrière l'affiche. Puis il introduisit sa carte téléphonique et composa le numéro. De la main gauche, il tenait un morceau d'étoupe devant sa bouche. Il était vingt heures cinquante-trois. Il attendit pendant que le téléphone sonnait. Il était très calme, puisqu'il savait ce qu'il allait dire. Son père décrocha et répondit. Hoover devina à sa voix qu'il était en colère. Ça montrait qu'il avait commencé à boire et qu'il ne voulait pas qu'on le dérange.

Il parlait dans l'étoupe, le combiné un peu éloigné de sa bouche.

– C'est Peter. J'ai quelque chose qui devrait t'intéresser.

– Quoi ?

Son père était encore en colère. Mais il avait tout de suite accepté l'idée que c'était Peter qui l'avait appelé. Le premier danger était donc écarté.

– Pour plus d'un demi-million de timbres.

Son père ne répondit pas tout de suite.

– C'est sûr ?

– Au moins un demi-million. Peut-être plus.

– Tu ne peux pas parler plus fort ?

– La ligne doit être mauvaise.

– D'où ils viennent ?

– D'un pavillon à Limhamn.

Son père avait maintenant l'air moins en colère Il avait éveillé son intérêt. Hoover avait choisi les timbres parce que son père lui avait une fois pris sa collection pour la vendre.

– Ça ne peut pas attendre demain ? Le match contre le Brésil va bientôt commencer.

– Je pars pour le Danemark demain. Ou bien tu les prends ce soir, ou bien je les donne à quelqu'un d'autre.

Hoover savait que son père ne laisserait jamais une grosse somme d'argent tomber dans les poches d'un autre. Il attendait, parfaitement calme.

– J'arrive. Tu es où ?

– A côté du port de plaisance de Limhamn. Le parking.

– Pourquoi pas en ville ?

– J'ai dit que c'était un pavillon à Limhamn. Je l'ai dit, non ?

– J'arrive, dit son père.

Hoover raccrocha et mit son casque.

Il laissa la carte téléphonique dans l'appareil. Il savait qu'il avait largement le temps d'aller jusqu'à Limhamn. Son père se déshabillait toujours quand il se mettait à boire. De toute façon, il ne se pressait jamais pour quoi que ce soit. Sa flemme était aussi grande que sa pingrerie. Il fit démarrer la mobylette et traversa la ville, jusqu'à la route de Limhamn. Il y avait peu de voitures sur le parking du port de plaisance. Il cacha la mobylette derrière des buissons et jeta les clés. Il retira son casque et sortit la hache. Il enfonça le casque dans son sac à dos, en faisant attention de ne pas abîmer le flacon en verre.

Puis il attendit. Il savait que son père avait pour habitude de garer la camionnette qui lui servait à transporter les marchandises volées dans un coin précis du parking. Son père était un homme d'habitudes. En plus, il serait ivre, son cerveau serait engourdi et ses réflexes atténués.

Au bout de vingt minutes d'attente, Hoover entendit le bruit de la camionnette qui s'approchait. La lueur des phares éclaira les arbres avant que la camionnette n'entre dans le parking. Exactement comme Hoover l'avait prévu, il s'arrêta dans son coin habituel. Hoover courut pieds nus jusqu'à la camionnette en traversant le parking dans les zones d'ombre. Quand il entendit son père ouvrir sa portière, il fit rapidement le tour de l'autre côté. Comme il l'avait prévu, son père regardait vers le parking et lui tournait le dos. Il leva sa hache et le frappa à la tête avec le dos de la lame. C'était l'instant critique. Il ne voulait pas frapper trop fort, et le tuer sur le coup. Mais assez fort quand même pour l'assommer, car il était grand et costaud.

Son père tomba sans un bruit sur l'asphalte. Hoover attendit un bref instant, hache levée, de peur qu'il ne se réveille.

Hoover chercha les clés et ouvrit la porte latérale de la camionnette. Il souleva son père et le hissa à l'intérieur. Il s'était préparé à ce qu'il soit particulièrement lourd. Il lui fallut plusieurs minutes pour fourrer le corps en entier. Puis il alla chercher son sac à dos, se glissa dans la camionnette et ferma les portes. Il alluma et vérifia que son père était toujours sans connaissance. Il sortit la corde et lui lia les mains derrière le dos. Il attacha ses jambes à un des sièges avec une sangle. Puis il lui mit du ruban adhésif sur la bouche et éteignit la lumière. Il escalada le siège pour se mettre à la place du conducteur et démarra. Il se souvint des leçons de conduite que son père lui avait données il y avait quelques années de ça. Son père avait toujours eu une camionnette. Hoover savait où étaient les vitesses, et à quoi servaient les cadrans du tableau de bord. Il sortit du parking et prit vers la rocade qui faisait le tour de Malmö. Comme il avait le visage peint, il ne voulait pas rouler dans des endroits où les réverbères risqueraient de l'éclairer à travers les vitres. Il sortit vers la E 65 et poursuivit vers l'est. Il était vingt et une heures cinquante. Le match contre le Brésil allait bientôt commencer.

Il avait découvert cet endroit par hasard. C'était en revenant à Malmö, le jour où il avait passé toute la journée à regarder les policiers à l'œuvre vers Ystad, après qu'il eut accompli la première des missions sacrées que lui avait confiées sa sœur. Il roulait en longeant la côte quand il avait découvert le ponton reculé, presque invisible de la route. Il avait tout de suite su que c'était l'endroit qu'il lui fallait.

Il était plus de vingt-trois heures quand il s'arrêta après avoir quitté la route et éteignit ses phares. Son père était toujours sans connaissance, mais avait commencé à pousser quelques faibles soupirs. Il se dépêcha de défaire la sangle attachée au siège et le tira hors de la camionnette. Son père poussa un soupir quand il le traîna jusqu'au ponton. Il le retourna sur le dos et attacha ses bras et ses jambes aux anneaux du ponton. Hoover se dit que son père était attaché comme une peau d'animal qu'on a tendue. Son costume était froissé. Sa chemise était ouverte jusqu'au ventre. Il lui ôta les chaussures et les chaussettes. Puis il alla chercher le sac à dos dans la camionnette. Il y avait très peu de vent. De temps en temps, une voiture ou deux passaient sur la route. Leurs phares n'atteignaient jamais le ponton.

Quand il revint avec le sac à dos, son père était sorti de son état d'inconscience. Ses yeux étaient grands ouverts. Sa tête bougeait dans tous les sens. Il tirait sur ses bras et ses jambes sans parvenir à se détacher. Hoover ne put s'empêcher de rester dans l'ombre et de le regarder. Ce n'était plus un homme qu'il avait en face de lui. Son père était passé par la transformation qu'il avait décidée pour lui. Il était devenu un animal.

Hoover sortit de l'ombre pour aller sur le ponton. Son père écarquilla les yeux en le voyant arriver. Hoover vit qu'il ne le reconnaissait pas. Les rôles étaient inversés. Il pensait à toutes les fois où il avait ressenti cette terreur glaciale quand son père le fixait des yeux. Maintenant, c'était l'inverse. La peur avait changé de forme. Il se pencha tout contre le visage de son père afin qu'à travers les peintures du visage il découvre son fils derrière le déguisement. Ce serait la dernière chose qu'il verrait. C'était cette image qu'il emporterait avec lui en mourant. Hoover avait dévissé le bouchon du flacon. Il le tenait caché derrière son dos. Puis il le sortit et versa rapidement quelques gouttes d'acide dans l'œil gauche de son père. Quelque part, sous le ruban adhésif, il se mit à hurler. Il tira comme un forcené sur la corde. Hoover ouvrit de force l'autre œil et y versa de l'acide. Puis il se leva et jeta le flacon dans la mer. Ce qu'il avait devant les yeux était un animal qui luttait contre la mort. Hoover regarda une nouvelle fois ses mains. Ses doigts tremblaient légèrement. C'était tout. La bête allongée sur le ponton devant lui était prise de crampes. Hoover sortit le couteau de son sac à dos et découpa la peau du crâne. Il leva le scalp contre l'obscurité du ciel. Puis il sortit sa hache et frappa le front de l'animal, avec une telle force qu'il traversa le crâne et que la lame se ficha dans le ponton.

C'était fini. Sa sœur allait bientôt revenir à la vie.

*

Un peu avant une heure du matin, il entra dans Ystad. La ville était déserte. Il avait longtemps hésité. Mais les battements du cœur de Geronimo l'avaient convaincu. Il avait vu les policiers tâtonner sur la plage, il les avait vus avancer comme dans le brouillard devant cette ferme, à la Saint-Jean. Geronimo l'avait convaincu qu'il fallait leur lancer un défi. Il tourna vers la gare. Il avait déjà repéré l'endroit. On était en train de remplacer des tuyaux d'évacuation. Une bâche recouvrait une tranchée. Il éteignit les phares et baissa la vitre. Il entendit quelques personnes ivres brailler dans le lointain. Il sortit de la camionnette et souleva un bord de la bâche. Puis il tendit à nouveau l'oreille. Personne en vue, pas de voiture non plus. Il ouvrit rapidement les portes de la camionnette, en sortit le corps de son père et le traîna jusqu'à la tranchée où il l'enfonça. Après avoir remis la bâche en place, il démarra. Il était deux heures moins dix quand il gara la camionnette sur le parking ouvert de l'aéroport de Sturup. Il vérifia soigneusement qu'il n'avait rien oublié. Il y avait beaucoup de sang dans la voiture. Il avait du sang sur les pieds. Il pensa à tout le désarroi qu'il allait causer, et aux policiers qui auraient encore plus de mal à avancer dans une obscurité qu'ils n'avaient aucun moyen d'éclairer.

C'est à ce moment-là que lui vint l'idée. *L'homme qui était parti pour l'étranger n'allait peut-être pas revenir. Ça voulait dire qu'il allait devoir trouver un remplaçant. Il pensa aux policiers qu'il avait vus sur la plage autour du bateau retourné. Il pensa à ceux qu'il avait vus devant la ferme où avait eu lieu la fête de la Saint-Jean. Un de ceux-là. Il pouvait sacrifier un de ceux-là pour que sa sœur revienne à la vie. Il allait en choisir un. Il allait prendre leurs noms puis jeter des cailloux dans un carré quadrillé, exactement comme Geronimo avait fait, et il tuerait celui que le hasard désignerait.*

Il mit son casque. Puis il alla vers sa mobylette qu'il avait amenée la veille. Il l'avait attachée avec une chaîne contre un réverbère et avait pris une navette de l'aéroport pour rentrer en ville. Il démarra et quitta l'aéroport. Il faisait déjà clair quand il enterra le scalp de son père sous la fenêtre de sa sœur.

A quatre heures et demie, il ouvrit doucement la porte de l'appartement de Rosengård. Il tendit l'oreille. Dans sa chambre, son frère dormait. Tout était calme. Dans la chambre de sa mère, le lit était vide. Elle était couchée sur le canapé de la salle de séjour et dormait la bouche ouverte.

Devant elle, sur la table, il y avait une bouteille de vin, à moitié vide. Il posa doucement une couverture sur elle. Puis il s'enferma dans la salle de bains pour enlever la peinture de son visage. Il jeta le papier dans les toilettes.

Il était presque six heures quand il se coucha après s'être déshabillé. Il entendit un homme tousser dans la rue.

Sa tête était absolument vide.

Il s'endormit aussitôt.

Scanie

29 juin-4 juillet 1994

20

L'homme qui avait soulevé la bâche s'était mis à crier. Puis il s'était enfui en courant.

Un des employés des chemins de fer était sorti fumer une cigarette à l'extérieur de la gare. C'était un peu avant sept heures, ce matin du 29 juin. La journée s'annonçait très chaude. L'employé avait été arraché brutalement à ses pensées qui étaient plutôt centrées sur son prochain voyage en Grèce que sur les billets de train qu'il allait vendre dans la journée. En entendant le cri, il avait tourné la tête et avait vu l'homme jeter la bâche loin de lui. Et s'enfuir ensuite en courant. Tout cela était très étrange, comme si on était en train de tourner un film, sans que pourtant il ne voie la moindre caméra. L'homme s'était enfui en courant vers l'embarcadère des ferries. L'employé des chemins de fer avait jeté son mégot et s'était dirigé vers la tranchée. Il ne lui était venu que trop tard à l'esprit que ce qui l'attendait pouvait être désagréable. Mais quand cette pensée lui était venue, il tenait déjà la bâche à la main et n'avait pas pu arrêter son geste. Son regard était tombé sur une tête ensanglantée. Il avait lâché la bâche comme si elle lui brûlait les doigts puis il s'était précipité dans la gare, avait trébuché sur deux valises qu'un voyageur matinal en partance pour Simrishamn avait négligemment posées là et était entré dans le bureau du chef de gare pour se jeter sur le téléphone.

La police d'Ystad fut alertée par le numéro d'urgence,

le 90 000, à sept heures quatre. On appela Svedberg, qui était arrivé plus tôt que d'habitude ce matin-là, et il prit l'appel. Quand il entendit le vendeur de billets bouleversé parler d'une tête tout ensanglantée, il sentit son sang se glacer. D'une main tremblante, il écrivit simplement *la gare*, et il raccrocha. Il se trompa deux fois de numéro avant d'arriver à joindre Wallander. Même s'il affirma le contraire, il était évident que Wallander avait été réveillé en sursaut.

– Je crois que ça a recommencé, dit Svedberg.

Wallander ne comprit pas tout de suite, même si c'était précisément ce qu'il redoutait chaque fois que le téléphone sonnait, que ce soit chez lui ou au commissariat. Maintenant que ses craintes prenaient corps, il eut un instant de stupéfaction, ou peut-être n'était-ce qu'une tentative désespérée et aussitôt avortée de fuir loin de tout cela.

Puis il comprit. Il sut aussitôt que c'était un de ces instants qu'il ne pourrait jamais oublier. C'était comme de pressentir sa propre mort. Un de ces instants où il n'est plus possible de nier ou d'éviter quoi que ce soit. *Je crois que ça a recommencé.* Ça avait recommencé. Il se sentait comme un jouet, un policier mécanique : les mots hésitants de Svedberg étaient comme des mains qui auraient tourné la clé cachée dans son dos. La nouvelle avait tiré Wallander de son sommeil, de son lit, de rêves peut-être agréables dont il ne se souvenait pas, et il s'habilla avec une nervosité exacerbée qui fit voler ses boutons, et il laissa les lacets de ses chaussures défaits pour descendre les marches quatre à quatre et sortir à la lueur d'un soleil auquel il ne prêta aucune attention. Quand il arriva en trombe au volant de sa voiture, pour laquelle il aurait dû prendre un nouveau rendez-vous pour le contrôle technique, Svedberg était déjà sur place. Quelques gardiens de la paix installaient sous la direction de Norén les barrières rayées qui confirmaient que le monde s'était effondré une fois de plus Svedberg tentait maladroitement de réconforter un employé de chemins de fer en larmes en lui tapotant l'épaule, tandis que quelques hommes en salopette bleue restaient figés devant la tranchée dans laquelle ils auraient dû descendre, mais qui était devenue l'enfer. Wallander courut vers Svedberg en laissant sa portière ouverte. Pourquoi courait-il, il n'en avait aucune idée. Peut-être la mécanique policière s'était-elle emballée ? Ou peut-être avait-il tellement peur de ce qu'il allait voir qu'il n'osait pas s'approcher lentement ?

Svedberg était blême. Il montra la tranchée d'un signe de tête. Wallander s'en approcha lentement, comme s'il était engagé dans un duel qu'il était sûr de perdre. Il prit plusieurs inspirations profondes avant de regarder.

C'était pire que tout ce qu'il avait pu imaginer. Il eut un instant l'impression de regarder directement dans le cerveau d'un cadavre. Il y avait quelque chose de déplacé dans la situation, comme si le mort dans la tranchée avait été découvert dans une position intime dans laquelle il aurait pu exiger qu'on le laisse seul. Ann-Britt Höglund l'avait rejoint. Wallander remarqua qu'elle sursautait et détournait les yeux. Sa réaction lui redonna aussitôt les idées claires. Son cerveau se remit en route. Ses sentiments passèrent à l'arrière-plan, il redevint l'enquêteur criminel qu'il était et il comprit que l'homme qui avait tué Gustaf Wetterstedt et Arne Carlman avait frappé à nouveau.

– Il n'y a pas de doute, dit-il à Ann-Britt en regardant vers la tranchée. C'est encore lui.

Elle était très pâle. L'espace d'un instant, Wallander eut peur qu'elle ne s'évanouisse. Il lui prit les épaules.

– Ça va ?

Elle hocha la tête sans répondre.

Martinsson arriva en compagnie de Hansson. Wallander vit leur réaction de recul quand ils regardèrent dans la tranchée. Il fut pris d'une soudaine fureur. Il fallait à tout prix arrêter celui qui avait fait ça.

– Ça doit être le même homme, dit Hansson d'une voix mal assurée. Ça ne s'arrêtera donc jamais ? Je ne peux plus garder la responsabilité de cette affaire. Est-ce que Björk était au courant quand il est parti ? Je vais demander des renforts à la brigade criminelle nationale.

– Fais-le, dit Wallander. Mais commençons par remonter le corps et essayons de voir si nous pouvons trouver la solution nous-mêmes.

Hansson le fixa avec l'air de ne pas y croire, et Wallander eut un instant l'impression qu'il pensait vraiment qu'ils allaient devoir sortir eux-mêmes le cadavre de la tranchée.

Beaucoup de gens s'étaient déjà rassemblés derrière les barrières de sécurité. Wallander se souvint de l'idée qui lui avait traversé la tête au moment du meurtre de Carlman. Il prit Norén à part et lui demanda d'emprunter un appareil photo à Nyberg et de photographier discrètement ceux qui s'agglutinaient derrière les barrières. Pendant ce temps, le fourgon des pompiers était arrivé sur les lieux. Nyberg avait déjà commencé à donner des consignes à ses assistants massés autour de la tranchée. Wallander alla vers lui, tout en essayant d'éviter de voir le cadavre.

– C'est reparti, dit Nyberg.

Wallander sentit au son de sa voix qu'il n'était ni cynique ni indifférent. Leurs regards se croisèrent.

– Il faut attraper le type qui a fait ça, dit Wallander.

– Le plus vite possible, répondit Nyberg.

Il s'était allongé sur le ventre pour bien voir le fond de la tranchée et étudier le visage du mort. En se redressant, il appela Wallander qui retournait voir Svedberg.

– Tu as vu ses yeux ? demanda Nyberg.

Wallander secoua négativement la tête.

– Qu'est-ce qu'ils ont ?

Nyberg fit une grimace.

– Apparemment, il ne s'est pas contenté de scalper cette fois-ci. Il semble qu'il lui ait aussi arraché les yeux.

Wallander le regarda sans comprendre.

– Que veux-tu dire ?

– Je veux seulement dire que l'homme qui a été jeté au fond de cette tranchée n'a plus d'yeux. Là où ils étaient, il n'y a plus que deux trous.

Il leur fallut deux heures pour sortir le corps. Pendant ce temps, Wallander parlait avec l'agent municipal qui avait soulevé la bâche et avec l'employé des chemins de fer qui avait rêvé de la Grèce sur les marches de la gare. Il avait dressé un ordre chronologique des événements. Il avait demandé à Nyberg de fouiller dans les poches du mort afin qu'ils puissent établir son identité. Les poches étaient vides.

– Rien ? demanda Wallander avec étonnement.

– Rien, répondit Nyberg. Mais il peut toujours être tombé quelque chose de ses poches. Nous allons chercher au fond de la tranchée.

Ils le remontèrent à l'aide de sangles. Wallander se força à regarder le visage. Nyberg avait raison. L'homme qui avait été scalpé n'avait plus d'yeux. Avec ses cheveux arrachés, le corps semblait celui d'un animal mort.

Wallander alla s'asseoir sur les marches de la gare. Il examina la chronologie qu'il venait d'établir. Il appela Martinsson qui parlait au médecin.

– Cette fois, nous savons qu'il n'est pas resté long-temps ici. J'ai parlé avec les types qui sont en train de changer les tuyaux d'évacuation. Ils ont remis la bâche à quatre heures de l'après-midi, hier. Le corps a dû y être déposé après, mais avant sept heures du matin.

– Ici, il y a beaucoup de gens le soir, répondit Martins-son. Des gens qui se promènent, des voitures qui vont à la gare, au ferry, ou qui en reviennent. Ça a dû se passer en pleine nuit.

– Depuis combien de temps est-il mort ? demanda Wallander. C'est ça que je veux savoir en priorité. Et puis qui il est.

Nyberg n'avait pas trouvé de portefeuille. Il n'y avait aucun élément permettant d'établir l'identité du mort. Ann-Britt Höglund vint s'asseoir à côté d'eux sur les marches.

– Hansson parle de demander des renforts.

– Je sais, répondit Wallander. Mais il ne fera rien tant que je ne le lui demanderai pas. Qu'a dit le médecin ?

Elle regarda ses notes.

– Quarante-cinq ans environ. Costaud, bien bâti.

– Donc, c'est le plus jeune jusqu'à présent, dit Wallander.

– Drôle d'endroit pour cacher un corps, dit Martinsson. Est-ce qu'il s'est dit que les travaux s'arrêtaient pendant les vacances ?

– Il voulait peut-être simplement se débarrasser du corps, dit Ann-Britt.

– Mais alors, pourquoi a-t-il choisi cette tranchée ? objecta Martinsson. Ça a dû représenter un effort énorme pour lui de descendre le cadavre là-dedans. En plus, il courait le risque d'être découvert.

– Peut-être voulait-il qu'on le trouve, dit Wallander pensivement. Nous ne pouvons pas exclure cette possibilité.

Ils le regardèrent, l'air interrogateur. Mais ils attendirent en vain qu'il s'explique.

On emporta le corps. Wallander avait donné l'ordre de le transporter immédiatement à Malmö. Ils quittèrent la zone interdite d'accès à dix heures moins le quart et partirent pour le commissariat. Wallander remarqua que Norén prenait de temps en temps des photographies de la foule mouvante qui se pressait aux alentours des barrières.

Mats Ekholm les rejoignit dès neuf heures. Il regarda longuement le mort. Wallander alla le voir.

– Tu as eu ce que tu voulais, dit-il. Un de plus.

– Ce n'est pas moi qui ai voulu ça, lui répondit Ekholm.

Wallander regretta ce qu'il avait dit.

Peu après dix heures, ils s'enfermèrent dans la salle de réunion. Hansson avait donné des consignes strictes pour qu'on ne leur passe aucun appel. Mais ils avaient à peine commencé que le téléphone sonna. Hansson se précipita, et, le visage tout rouge, répondit par un rugissement menaçant. Puis il retomba lentement dans son fauteuil. Wallander devina que c'était quelqu'un de très haut placé. Hansson avait hérité de cette soumission rampante qui caractérisait Björk. Il fit de courtes interventions, répondit à des questions, mais, surtout, écouta en silence. A la fin de la conversation, il reposa le combiné du téléphone comme si ç'avait été une antiquité fragile de la plus haute valeur.

– Attends que je devine, c'est la direction centrale de la police, dit Wallander. Ou le procureur. Ou un journaliste de la télé.

– Le grand patron de la direction centrale de la police, dit Hansson. Il a manifesté son mécontentement tout en nous adressant ses encouragements.

– Ça me semble un mélange assez étrange, remarqua Ann-Britt Höglund d'un ton sec.

– Il n'a qu'à venir nous donner un coup de main, dit Svedberg.

– Qu'est-ce qu'il connaît du travail d'enquête ? renâcla Martinsson. Absolument rien.

Wallander donna de petits coups de stylo sur la table. Ils avaient tous les nerfs à vif et ne savaient pas trop comment continuer. Ce genre d'explosion pouvait survenir à tout moment. Cette vulnérabilité pouvait paralyser un groupe d'enquêteurs dans l'impasse, et ainsi réduire très vite à néant toutes leurs chances de redémarrage de l'enquête. Il ne leur restait maintenant que très peu de temps avant de se retrouver sous un feu croisé de critiques les accusant d'inefficacité et d'incompétence. Il était impossible de se blinder totalement vis-à-vis des pressions extérieures. La seule façon de s'y opposer était de se concentrer sur le cœur, sur le centre fluctuant de l'investigation, et faire comme si la fin de l'enquête devait être la fin du monde. Wallander tenta de se concentrer pour faire le point, tout en sachant qu'en réalité ils n'avaient pas grand-chose à se mettre sous la dent.

– Que savons-nous ? commença-t-il, en promenant son regard tout autour de la table, comme si, au fond de lui-même, il espérait que quelqu'un ferait apparaître un lapin invisible resté caché sous la table sombre de la salle de réunion.

Mais aucun lapin n'apparut, il ne vit rien d'autre qu'une attention grise et morose concentrée sur lui. Wallander se sentait un peu comme un prêtre qui aurait perdu la foi. Il avait le sentiment qu'aucun mot ne lui venait. Et pourtant il fallait qu'il essaie de dire quelque chose qui leur permette de sortir à nouveau tous unis, avec au moins l'impression d'avoir compris un peu ce qui se passait autour d'eux.

– L'homme a dû échouer dans la tranchée pendant la nuit, poursuivit-il. Supposons que c'était après minuit. Nous pouvons considérer comme établi qu'il n'a pas été assassiné à proximité. Il y a dû y avoir beaucoup de traces de sang, toutes au même endroit. Nyberg n'avait rien trouvé quand nous sommes partis, ce qui tendrait à penser qu'on l'a transporté jusque-là dans un véhicule. Ceux qui vendent des saucisses dans le kiosque à côté ont peut-être remarqué quelque chose. D'après le médecin, il a été tué d'un violent coup de hache par-devant. Ça a traversé le crâne. En d'autres termes, c'est une troisième variante de ce qu'on peut faire d'un visage avec un objet tranchant.

Martinsson était tout pâle. Il se leva sans un mot et

quitta précipitamment la pièce. Wallander décida de poursuivre sans attendre son retour.

– Il a été scalpé comme les autres. Et, en plus, il a eu les yeux arrachés. Le médecin n'était pas très sûr de ce qui s'est passé. Quelques marques tout près des paupières pourraient indiquer qu'il a reçu quelque chose de corrosif dans les yeux. Quant à savoir ce que ça signifie, peut-être notre spécialiste a-t-il un avis sur la question.

Wallander se tourna vers Ekholm.

– Pas encore, répondit Ekholm. C'est trop tôt.

– Nous n'avons pas besoin d'une analyse complète et détaillée, dit Wallander d'un ton décidé. A ce stade, nous devons penser tout haut. Il est toujours possible qu'une vérité se glisse dans toutes les bêtises, les erreurs et les fausses idées que nous pouvons sortir. Nous ne croyons pas au miracle. Mais si jamais il s'en produit un de temps en temps, nous ne sommes pas contre.

– Je crois que ces yeux arrachés veulent dire quelque chose, dit Ekholm. Nous pouvons sans problème partir de l'hypothèse que nous avons affaire au même meurtrier. Ce mort-là était plus jeune que les deux précédents. En plus, on lui ôte la vue, probablement alors qu'il était encore en vie. Sa souffrance a dû être épouvantable. Les fois précédentes, le meurtrier a pris les scalps de ceux qu'il avait tués. Cette fois-ci aussi. Mais il rend également sa victime aveugle. Pourquoi ? Quelle vengeance spéciale assouvit-il cette fois-ci ?

– Cet homme doit être un psychopathe sadique, dit soudain Hansson. Un tueur en série. Je croyais qu'il n'y en avait qu'aux États-Unis. Mais ici ? A Ystad ? En Scanie ?

– Cependant, il y a chez lui quelque chose de tout à fait contrôlé. Il sait ce qu'il veut. Il tue, il scalpe. Il arrache les yeux ou il verse de l'acide dessus. Rien n'indique une crise incontrôlée. Psychopathe, sans doute. Mais il garde le contrôle de ce qu'il fait.

267

– A-t-on déjà eu des exemples de meurtres de ce genre-là ? demanda Ann-Britt.

– Pas à ma connaissance, répondit Ekholm. En tout cas, pas ici, en Suède. Aux États-Unis, on a fait des études sur le rôle des yeux chez différents meurtriers ayant de graves perturbations mentales. Je vais me rafraîchir la mémoire dans la journée.

Wallander avait écouté d'une oreille distraite la conversation entre Ekholm et ses collègues. Une idée avait surgi dans sa tête, mais il n'arrivait pas à la saisir.

C'était quelque chose sur les yeux.

Une phrase prononcée par quelqu'un. Une phrase à propos des yeux.

Il essaya de récupérer cette idée cachée dans sa mémoire. En vain.

Il revint à la réalité dans la salle de réunion. Toutefois, cette idée restait présente au fond de lui, comme une inquiétude vague et lancinante.

– Autre chose ? demanda-t-il à Ekholm.

– Pas pour le moment.

Martinsson entra dans la salle de réunion. Il était encore très pâle.

– Il m'est venu une idée, dit Wallander. Je ne sais pas si elle a un sens. Après avoir entendu Mats Ekholm, je suis encore plus convaincu que le lieu du meurtre est ailleurs. L'homme à qui on a détruit les yeux a dû crier. Il est absolument impensable que ça ait pu avoir lieu devant la gare sans que quelqu'un remarque quelque chose. Ou entende quelque chose. Il nous faut évidemment contrôler ça. Mais jusqu'à plus ample information, partons du point de vue que j'ai raison. Cela m'amène à me demander pourquoi il a choisi cette tranchée comme cachette. J'ai discuté avec un des types qui travaillaient là-bas. Il s'appelle Persson, Erik Persson. Il m'a dit qu'ils avaient creusé la tranchée lundi après-midi. Donc, depuis moins de deux jours. Celui qui a choisi cet endroit peut, bien entendu, l'avoir fait au hasard. Mais ça ne cadre pas avec l'impression que tout a été bien préparé En d'autres termes, ça veut dire que le meurtrier a dû passer devant la gare à un moment ou à un autre après lundi après-midi. Il a dû regarder dans la tranchée pour vérifier si elle était assez profonde. Il faut donc interroger très précisément ceux qui travaillaient dans la tranchée. Ont-ils remarqué quelqu'un qui manifestait un intérêt inhabituel lors de leur travail ? Est-ce que les employés de la gare ont remarqué quelque chose ?

Il constata que ceux qui étaient assis autour de la table concentraient toute leur attention. Cela le renforça dans l'idée que sa vision des choses ne devait pas être totalement aberrante.

– Il me semble également que la question de savoir s'il s'agit d'une cachette ou non est fondamentale, poursuivit-il. Il a bien dû se rendre compte que le corps serait découvert dès le lendemain matin. Alors pourquoi a-t-il choisi cette tranchée ? Justement pour qu'on découvre le corps ? Ou y a-t-il une autre explication ?

Tous attendaient qu'il donne la réponse.

– Est-ce qu'il nous lance un défi ? dit Wallander. Veut-il nous aider, à sa manière malsaine ? Ou se joue-t-il de nous ? Est-ce qu'il se joue de moi en m'amenant à penser ce que je viens d'exprimer tout haut ? Et si c'était le contraire de tout ça ?

Il y eut un silence autour de la table.

– Le facteur temps est important aussi, dit Wallander. Ce meurtre est très proche du précédent. Cela peut nous aider.

– Pour ça, il nous faut des renforts, dit Hansson.

Il attendait le moment propice pour remettre la question des renforts sur le tapis.

– Pas encore, dit Wallander. Décidons de cela plus tard dans la journée. Ou peut-être demain. Autant que je sache, il n'y a personne dans cette pièce qui parte en vacances pile aujourd'hui. Ni même demain. Gardons le groupe intact quelques jours encore. Nous pourrons toujours le renforcer après, si besoin est.

Hansson s'inclina devant Wallander qui se demanda, l'espace d'un instant, si Björk aurait fait la même chose.

– Le lien entre ces crimes, dit Wallander pour conclure. Maintenant, nous avons un autre crime qui doit rentrer dans un schéma que nous n'avons pas encore établi. Mais c'est pourtant dans ce sens-là qu'il faut continuer.

Il fit une nouvelle fois le tour de la salle du regard

– Il nous faut également envisager qu'il frappera encore une fois, dit-il. Tant que nous ne savons pas comment fonctionne le meurtrier, il faut partir du principe qu'il peut encore frapper.

La réunion était finie. Tous savaient ce qu'ils avaient à faire. Wallander resta assis pendant que les autres sortaient. Il essaya une nouvelle fois de retrouver l'image qu'il cherchait dans sa mémoire. Il était maintenant persuadé que c'était une phrase prononcée par quelqu'un dans le cadre de l'enquête sur les trois meurtres. Quelqu'un avait parlé d'yeux. Il fit intérieurement un rapide retour en arrière jusqu'à ce jour où il avait reçu le message annonçant que Gustaf Wetterstedt avait été retrouvé assassiné. Il chercha jusque dans les recoins les plus reculés de sa mémoire. Sans rien trouver. En colère, il jeta son stylo loin de lui et se leva. Il alla chercher un café au réfectoire et posa la tasse sur son bureau. Quand il se retourna pour fermer la porte, il vit Svedberg qui arrivait dans le couloir.

Svedberg marchait vite. Il ne marchait vite que quand il s'était passé quelque chose d'important. Wallander eut aussitôt l'estomac noué. Non, pas un de plus, se dit-il. On n'y arrivera pas.

– Nous pensons avoir trouvé le lieu du meurtre, dit Svedberg.

– Où ça ?

– Les collègues de l'aéroport de Sturup ont découvert une camionnette pleine de sang sur le parking.

Wallander réfléchit rapidement. Puis il hocha la tête en direction de Svedberg, mais peut-être tout autant pour lui-même.

Une camionnette. Ça collait. Ça pouvait être ça.

Quelques minutes plus tard, ils quittaient le commissariat. Wallander était pressé. Il n'avait pas souvenir d'avoir jamais eu si peu de temps.

Quand ils sortirent de la ville, il dit à Svedberg qui conduisait de mettre son gyrophare sur le toit.

Dans un champ sur le bord de la route, un paysan moissonnait son champ de colza.

21

Ils arrivèrent à l'aéroport de Sturup peu après onze heures du matin. L'air restait immobile sous la chaleur qui commençait à devenir étouffante.

En moins d'une heure, ils établirent que la camionnette était, selon toute vraisemblance, le lieu du crime.

Ils pensèrent aussi avoir trouvé l'identité du mort.

La camionnette était une Ford ancien modèle, de la fin des années soixante, avec une porte coulissante sur le côté. Elle avait été peinte en noir, de manière plutôt bâclée, et par endroits la couleur grise d'origine apparaissait. La carrosserie était abondamment rayée et cabossée un peu partout. Dans cet endroit reculé du parking, elle faisait penser à un vieux boxeur qui vient d'être déclaré K-O et qui s'accroche aux cordes du ring. Wallander connaissait certains collègues de Sturup. Il savait qu'on ne l'appréciait guère depuis une affaire de l'année précédente. Ils descendirent tous deux de la voiture. La porte coulissante de la Ford était ouverte. Des inspecteurs de la brigade criminelle examinaient déjà l'intérieur de la camionnette. Un inspecteur nommé Waldemarsson vint à leur rencontre. Bien qu'ils aient roulé comme des fous depuis Ystad, Wallander s'efforça de donner une impression de calme parfait. Il ne voulait pas laisser transparaître son état d'excitation depuis que le coup de téléphone du matin lui avait ôté l'espoir fallacieux que tout ça était fini.

– Ce n'est pas joli à regarder, dit Waldemarsson après les avoir salués.

Wallander et Svedberg se dirigèrent vers la Ford et regardèrent à l'intérieur. Waldemarsson éclaira avec une lampe de poche. Le plancher de la camionnette était littéralement couvert de sang.

– Nous avons entendu aux informations ce matin qu'il avait frappé une nouvelle fois, dit Waldemarsson. J'ai téléphoné et j'ai parlé avec une inspectrice dont je ne me rappelle pas le nom.

– Ann-Britt Höglund, dit Svedberg.

– Qu'importe, elle m'a dit que vous étiez à la recherche du lieu du crime, poursuivit Waldemarsson. Et d'un moyen de transport.

Wallander hocha la tête.

– Quand avez-vous trouvé la camionnette ? demanda-t-il.

– Nous inspectons le parking tous les jours. Nous avons eu pas mal de problèmes de vols de voitures ici. Mais tu sais tout ça.

Wallander hocha la tête à nouveau. Pendant cette enquête ingrate sur le trafic de voitures volées vers la Pologne, il avait été plusieurs fois en contact avec la police de l'aéroport.

– Nous sommes sûrs que la camionnette n'était pas là hier après-midi, poursuivit Waldemarsson. Elle n'a pas pu rester garée là plus de vingt-quatre heures environ.

– Qui en est le propriétaire ? demanda Wallander.

Waldemarsson sortit un carnet de sa poche.

– Björn Fredman, dit-il. Il habite à Malmö. Son numéro de téléphone ne répond pas.

– Est-ce que ça pourrait être lui, dans la tranchée ?

– Nous savons pas mal de choses sur Björn Fredman, dit Waldemarsson. Malmö nous a sorti des renseignements. Il était connu comme receleur et a été en prison plusieurs fois.

– Receleur, dit Wallander, sentant une tension immédiate. D'œuvres d'art ?

– Ce n'est pas précisé. Tu devras te renseigner auprès des collègues.

– Qui dois-je demander ? interrogea-t-il en sortant son téléphone portable.

– Un commissaire qui s'appelle Forsfält. Sten Forsfält

Wallander avait le numéro de la police de Malmö en mémoire. Une bonne minute plus tard, il parvint à joindre Forsfält. Il se présenta et expliqua qu'il se trouvait à l'aéroport. Leur conversation fut un instant noyée dans le bruit du décollage d'un avion. Wallander songea un court instant au voyage en Italie qu'il allait faire cet automne en compagnie de son père.

– Il nous faut en premier lieu identifier l'homme qui était dans la tranchée, dit Wallander quand l'avion à réaction eut disparu en direction de Stockholm.

– A quoi ressemblait-il ? demanda Forsfält. J'ai vu Fredman plusieurs fois.

Wallander essaya d'en donner la description la plus précise.

– Ça peut être lui, répondit Forsfält. En tout cas, il était grand.

Wallander réfléchit un instant.

– Peux-tu te rendre à l'hôpital pour l'identifier ? Il nous faut une confirmation le plus vite possible.

– D'accord.

– Prépare-toi à un spectacle plutôt désagréable. On lui a arraché ou brûlé les yeux.

Forsfält ne répondit pas.

– Nous partons pour Malmö, dit Wallander. Il va nous falloir de l'aide pour entrer dans son appartement. Il n'avait pas de famille ?

– Autant que je me souvienne, il était divorcé, répondit Forsfält. Il me semble que la dernière fois il était en prison pour coups et blessures.

– Je croyais que c'était pour recel ?

– Ça aussi. Björn Fredman a fait beaucoup de choses différentes dans sa vie. Mais jamais rien de légal. De ce point de vue-là, il était cohérent.

Wallander raccrocha et appela Hansson. Il lui fit un bref compte rendu de ce qui s'était passé.

– Bien, dit Hansson. Préviens quand tu auras de nouvelles informations. Au fait, tu sais qui a téléphoné ?

– Non. Le grand chef encore une fois ?

– Presque. Lisa Holgersson. Le successeur de Björk. Ou peut-être faut-il dire la successeuse. Elle nous a souhaité bonne chance. Elle voulait simplement se tenir au courant de la situation, c'est ce qu'elle a dit.

– C'est bien que des gens nous souhaitent bonne chance, répondit Wallander, qui n'arrivait pas à comprendre pourquoi Hansson lui rapportait cette conversation téléphonique d'un ton si ironique.

Wallander emprunta la lampe de poche de Waldemarsson et éclaira l'intérieur de la camionnette. Dans un coin, il découvrit l'empreinte d'un pied dans le sang. Il l'éclaira et se pencha.

– On a marché pieds nus ici, dit-il avec étonnement. Ce n'est pas une empreinte de chaussure. C'est un pied gauche.

– Pieds nus ? s'étonna Svedberg.

Il constata que Wallander avait raison.

– Donc il barbote pieds nus dans le sang de ceux qu'il tue ?

– Nous ne savons pas si c'est il ou elle, répondit Wallander d'une voix mal assurée.

Ils prirent congé de Waldemarsson et de ses collègues. Wallander attendit dans la voiture pendant que Svedberg courait jusqu'au café de l'aéroport pour acheter quelques sandwiches.

– Les prix sont insensés, se plaignit-il

– Allez, démarre, dit Wallander sans se soucier de lui répondre.

Il était près de midi et demi quand ils s'arrêtèrent devant le commissariat de Malmö. En descendant de voiture, Wallander aperçut Björk qui venait dans leur direction. Björk s'arrêta net et le dévisagea comme s'il avait surpris Wallander en train de faire quelque chose d'interdit.

– Toi ici ? s'exclama-t-il.

– Je me suis dit qu'il fallait que je vienne te demander de revenir, dit Wallander, en tentant maladroitement de plaisanter.

Puis il expliqua rapidement ce qui s'était passé.

– C'est épouvantable, dit Björk.

Wallander comprit que son air préoccupé était vraiment sincère. Il ne lui était jamais venu à l'esprit auparavant que Björk pourrait regretter ceux avec lesquels il avait travaillé tant d'années à Ystad.

– Rien n'est vraiment comme avant, répondit Wallander.

– Comment ça va pour Hansson ?

– Je n'ai pas le sentiment qu'il se sente bien dans ce rôle.

– Qu'il n'hésite pas à me téléphoner s'il a besoin d'aide.

– Je vais le lui dire.

Björk partit et ils entrèrent dans le commissariat. Forsfält n'était pas encore revenu de l'hôpital. En l'attendant, ils allèrent à la cafétéria boire un café.

– Je me demande quel effet ça ferait de travailler ici, dit Svedberg en regardant les nombreux policiers qui étaient en train de déjeuner.

– Peut-être un jour allons-nous tous nous retrouver ici, répondit Wallander. Si on ferme le commissariat du district. Juste un poste de police dans chaque province.

– Ça ne marchera jamais.

– Non. Ça ne marchera pas. Mais ça peut finir comme ça quand même. La direction centrale de la police et les bureaucrates de la politique ont une chose en commun. Ils essaient toujours de démontrer l'impossible.

Forsfält apparut soudain devant eux. Ils se levèrent, saluèrent, et le suivirent dans son bureau. Il fit immédiatement une bonne impression à Wallander. D'une certaine manière, Forsfält lui rappelait Rydberg. Il avait au moins soixante ans, et un visage avenant. Il boitait légèrement de la jambe droite. Forsfält alla chercher un fauteuil supplémentaire. Wallander s'était assis et contemplait des photographies d'enfants rieurs punaisées à un des murs. Sans doute les petits-enfants de Forsfält.

– Björn Fredman, dit Forsfält. Bien sûr que c'est lui. Quel spectacle épouvantable ! Qui a fait ça ?

– Si nous le savions..., répondit Wallander. Mais bon, nous ne le savons pas. Qui était Björn Fredman ?

– Un homme d'environ quarante-cinq ans qui n'a jamais fait un seul travail honnête dans sa vie, commença Forsfält. Beaucoup de détails me sont inconnus. Mais j'ai demandé qu'on nous sorte tout ce qu'on a dans nos fichiers. Il a fait du recel et il a été mis en prison pour coups et blessures. Des choses assez violentes, si je me souviens bien.

– Est-ce qu'il a pu s'occuper d'achats et de ventes d'œuvres d'art ?

– Pas que je me souvienne.

– C'est dommage, dit Wallander. Nous aurions pu le relier à Wetterstedt et à Carlman.

– J'ai beaucoup de mal à m'imaginer que Björn Fredman et Gustaf Wetterstedt aient pu avoir des relations, dit Forsfält d'un ton réfléchi.

– Pourquoi pas ?

– Disons les choses simplement, et en gros, dit Forsfält. Björn Fredman était une brute. Il buvait, et il cognait. Son instruction a dû être à peu près inexistante, si on excepte qu'il savait lire, écrire et compter. Ses centres d'intérêt étaient loin d'être sophistiqués C'était un homme brutal. Je l'ai interrogé moi-même à plusieurs reprises. Je me souviens que son vocabulaire semblait se résumer à des jurons.

Wallander écouta attentivement. Quand Forsfält se tut, il se tourna vers Svedberg.

– Donc, cette enquête passe à sa deuxième étape, dit Wallander lentement. Si nous ne trouvons pas de lien entre Fredman et les deux autres, nous sommes revenus au point de départ.

– Il peut, bien sûr, y avoir quelque chose que je ne sais pas, dit Forsfält.

– Je ne tire aucune conclusion, dit Wallander. Je ne fais que penser à haute voix.

– Sa famille, dit Svedberg. Elle est par ici, en ville ?

– Il était divorcé depuis quelques années. Ça, j'en suis sûr.

Il décrocha le combiné du téléphone et appela un poste dans le commissariat. Quelques minutes plus tard, une secrétaire entra avec une fiche d'état civil et la donna à Forsfält. Il y jeta un coup d'œil rapide et la posa sur son bureau.

– Il a divorcé en 1991. Sa femme habite toujours au même endroit. L'appartement est situé dans Rosengård. Il y a trois enfants dans la famille, le plus petit venait de naître quand ils se sont séparés. Björn Fredman est allé s'installer dans un appartement sur Stenbrottsgatan. Il l'avait depuis plusieurs années et l'utilisait principalement comme bureau et comme entrepôt. Je ne crois pas que sa femme ait eu connaissance de cet appartement. C'était aussi là qu'il emmenait toutes ses relations féminines.

– Commençons par l'appartement, dit Wallander. La famille attendra. Je suppose que vous vous occupez de les prévenir de sa mort ?

Forsfält hocha la tête. Svedberg était sorti dans le couloir pour appeler Ystad et les informer qu'ils connaissaient maintenant l'identité du mort. Wallander se mit à la fenêtre pour tenter de réfléchir au point fondamental : cette absence apparente de lien entre les deux premières victimes et Björn Fredman l'inquiétait. Pour la première fois, il avait le pressentiment qu'ils s'étaient lancés sur une fausse piste. Serait-il passé à côté d'une autre explication à tout cela ? Il décida de reprendre le soir même le dossier de l'enquête et de l'examiner à nouveau sans *a priori*.

Svedberg le rejoignit.

– Hansson était soulagé.

Wallander hocha la tête. Mais il ne dit rien.

– Martinsson a dit qu'il était arrivé un communiqué détaillé d'Interpol au sujet de la fille dans le champ de colza, poursuivit-il.

Wallander n'avait pas entendu. Il dut demander à Svedberg de répéter. C'était comme si la fille qu'il avait vue courir comme une torche enflammée appartenait à un passé lointain. Et pourtant il savait que, tôt ou tard, il lui faudrait s'intéresser de nouveau à elle.

Ils restèrent silencieux.

– Je ne me plais pas à Malmö, dit soudain Svedberg. En fait, je ne me sens bien que quand je suis chez moi, à Ystad.

Svedberg ne quittait jamais qu'à contrecœur la ville où il était né. Au commissariat, en son absence, c'était un sujet récurrent de plaisanteries au point que c'en devenait pénible. Wallander se demanda pour sa part quand il se sentait vraiment bien.

Il se souvint cependant de la dernière fois où ça lui était arrivé. Quand Linda était apparue sur le seuil de sa porte, dimanche, à sept heures du matin.

Forsfält régla quelques affaires et vint leur dire qu'ils pouvaient y aller. Ils descendirent au parking et partirent pour une zone industrielle au nord de Malmö. Le vent commençait à souffler. Le ciel restait sans nuages. Wallander était assis devant, à côté de Forsfält.

– Est-ce que tu as connu Rydberg ? lui demanda-t-il.

– Si j'ai connu Rydberg ? répondit-il lentement. Bien sûr que je l'ai connu. Très bien même. Il lui arrivait de passer nous dire bonjour à Malmö.

Sa réponse étonna Wallander. Il avait toujours été persuadé que le vieux policier avait depuis longtemps laissé de côté tout ce qui n'avait pas un rapport avec son métier, y compris ses amis.

– C'est lui qui m'a appris tout ce que je sais, dit Wallander.

– Il a eu une fin tragique, dit Forsfält. Il aurait mérité de vivre un peu plus longtemps. Son rêve, c'était d'aller en Islande au moins une fois dans sa vie.

– En Islande ?

Forsfält lui jeta un bref regard et hocha la tête.

– C'était son grand rêve. Aller en Islande. Mais il ne l'a jamais réalisé.

Wallander eut le sentiment confus que Rydberg lui avait caché quelque chose qu'il aurait dû savoir. Il n'aurait jamais deviné que Rydberg puisse rêver d'un pèlerinage en Islande. Il n'aurait jamais imaginé d'ailleurs que Rydberg puisse avoir quelque rêve que ce soit. Et surtout il n'aurait jamais imaginé que Rydberg ait des secrets pour lui.

Forsfält freina devant un immeuble de trois étages. Il montra du doigt une rangée de volets fermés au rez-de-chaussée. L'immeuble était vétuste et mal entretenu. La vitre de la porte d'entrée avait été réparée avec une plaque d'aggloméré. Wallander avait le sentiment d'entrer dans une maison qui n'existait plus en réalité. L'existence de cet immeuble n'était-elle pas en contradiction avec les fondements de la société suédoise ? se dit-il, sarcastique La cage d'escalier sentait l'urine. Forsfält ouvrit la porte

Wallander se demanda où il avait trouvé la clé. Ils pénétrèrent dans l'entrée et allumèrent la lumière. Il n'y avait pas de courrier par terre, en dehors de quelques brochures publicitaires. Comme Wallander se trouvait en territoire étranger, il laissa Forsfält prendre la direction des opérations. Ils firent tout d'abord le tour du logement, comme pour contrôler qu'il n'y avait personne.

C'était un trois-pièces avec une petite cuisine étroite qui donnait sur une réserve de bidons d'essence. En dehors du lit qui avait l'air récent, l'appartement donnait un sentiment d'extrême banalité. Les meubles semblaient répartis un peu n'importe comment. Dans une bibliothèque des années cinquante se trouvait un peu de vaisselle bon marché et poussiéreuse. Dans un coin, une pile de journaux et quelques haltères. Sur le canapé traînait un CD sur lequel on avait renversé du café. Wallander remarqua à son grand étonnement que c'était un disque de musique folklorique turque. Les rideaux étaient tirés. Forsfält fit le tour de l'appartement en allumant systématiquement toutes les lampes. Wallander suivait, quelques pas derrière lui, tandis que Svedberg s'installait sur une chaise dans la cuisine pour téléphoner à Hansson et lui dire où ils étaient. Wallander poussa du pied la porte du cellier. Il y trouva quelques cartons de whisky Grant, fermés. Sur un bordereau sale, il lut que les cartons avaient été expédiés par la distillerie écossaise à un marchand de vins de Gand, en Belgique. Il se demanda pensivement comment ils avaient abouti chez Björn Fredman. Forsfält revint dans la cuisine avec deux photographies du propriétaire des lieux. Wallander hocha la tête. Il n'y avait aucun doute, c'était bien lui qui avait été jeté dans la tranchée devant la gare d'Ystad. Il retourna dans la salle de séjour et essaya de déterminer ce qu'il espérait réellement trouver là. L'appartement était l'exact opposé de la villa de Wetterstedt, et même de la ferme rénovée à grands frais d'Arne Carlman. Voilà à quoi ressemble la Suède, se dit-il. Les différences entre les gens sont aussi grandes maintenant qu'à l'époque où une partie de la population vivait dans des manoirs tandis que le reste logeait dans des masures.

Son regard tomba sur un bureau surchargé de journaux d'antiquités. Il se dit que ça devait avoir un rapport avec les affaires de recel de Fredman. Le bureau n'avait qu'un seul tiroir. Il n'était pas fermé. En dehors d'une pile de factures, de stylos abîmés et d'un étui à cigarettes, il s'y trouvait une photographie encadrée. Elle représentait Björn Fredman entouré de sa famille. Il arborait un large sourire en direction du photographe. A côté de lui était assise celle qui devait être sa femme. Elle avait un nouveau-né dans les bras. En biais, derrière la mère, se tenait une jeune adolescente. Elle fixait le photographe d'un regard qui évoquait une terreur sans nom. A côté d'elle, juste derrière la mère, se trouvait un garçon de quelques années plus jeune. Il avait le visage fermé, comme s'il voulait jusqu'au dernier moment opposer une résistance au photographe. Wallander prit la photographie et se dirigea vers une fenêtre dont il tira les rideaux. Il regarda longuement le cliché en essayant de comprendre ce qu'il y voyait. Une famille malheureuse ? Une famille qui n'avait toujours pas découvert son malheur ? Un nouveau-né qui ne soupçonnait pas ce qui l'attendait ? Il y avait dans la photographie quelque chose qui l'oppressait, qui le déprimait peut-être, sans qu'il puisse dire ce que c'était. Il l'emporta dans la chambre à coucher où il trouva Forsfält, à genoux, qui regardait sous le lit.

– Tu m'avais dit qu'il était allé en prison pour coups et blessures, dit Wallander.

Forsfält se leva et jeta un coup d'œil sur la photographie que Wallander tenait à la main.

– Il a battu sa femme, elle est tombée dans le coma, dit-il. Elle était enceinte. Il l'a battue aussi juste après la naissance du bébé. Mais, curieusement, il n'est jamais allé en prison pour ça. Une fois, il a fracturé le nez d'un chauffeur de taxi. Il a à moitié tué un ancien compagnon parce qu'il estimait qu'il l'avait roulé. C'est pour le chauffeur de taxi et le collègue qu'il est allé en prison.

Ils continuèrent d'inspecter l'appartement. Svedberg avait fini de parler avec Hansson. Il secoua négativement la tête quand Wallander lui demanda s'il s'était passé quelque chose d'important. Il leur fallut deux heures pour examiner l'appartement à fond. Wallander se dit que son propre logis était un petit paradis en comparaison avec celui de Björn Fredman. Ils ne trouvèrent rien d'intéressant, hormis une valise contenant des bougeoirs anciens que Forsfält tira d'une des cachettes intérieures d'un placard. Wallander comprenait de mieux en mieux que l'expression orale de Fredman fût ponctuée d'une bordée presque ininterrompue de jurons. Son appartement était presque aussi vide et inconsistant que son langage. A quinze heures trente, ils quittèrent l'appartement et sortirent dans la rue. Le vent avait forci. Forsfält appela le commissariat où on lui confirma qu'on avait annoncé la mort de Fredman à sa famille.

– Je voudrais leur parler, dit Wallander quand ils s'assirent dans la voiture. Mais je crois qu'il vaut mieux attendre demain.

Il savait qu'il n'était pas sincère.

Il aurait dû dire les choses telles qu'elles étaient, que ça lui demandait toujours un gros effort d'aller s'imposer à une famille dont un membre venait de mourir de mort violente. Il ne supportait surtout pas l'idée de devoir parler à des enfants qui venaient de perdre un de leurs parents. Attendre le lendemain ne changeait rien pour eux. Mais pour Wallander, c'était un répit.

Ils se quittèrent devant le commissariat. Forsfält devait contacter Hansson pour régler un certain nombre de détails formels au sujet de la coopération entre les deux districts de police. Il convint avec Wallander qu'ils se rencontreraient le lendemain à dix heures.

Ils prirent leur propre voiture et repartirent pour Ystad.

Wallander avait la tête pleine de pensées.

Ils n'échangèrent pas un seul mot durant le voyage.

22

On distinguait Copenhague à travers la brume de chaleur.

Wallander se demanda s'il allait pouvoir y retrouver Baiba dans dix jours à peine, ou si le criminel qu'ils recherchaient, mais sur lequel ils en savaient encore moins qu'avant, allait le contraindre à reporter ses congés.

Il pensait à tout cela en attendant devant le terminus des hydroglisseurs de Malmö. La veille, Wallander avait décidé de remplacer Svedberg par Ann-Britt Höglund pour l'accompagner à Malmö et parler avec la famille de Björn Fredman. Il l'avait appelée chez elle. Elle avait souhaité partir assez tôt pour avoir le temps de faire une course en route, avant qu'ils retrouvent Forsfält à neuf heures et demie. Svedberg avait été à cent lieues de se sentir mis à l'écart quand Wallander l'avait dispensé de venir avec lui à Malmö. Son soulagement à l'idée de ne pas avoir à quitter Ystad deux jours d'affilée était visible. Pendant qu'Ann-Britt faisait sa course à l'intérieur du terminal – Wallander ne lui avait évidemment pas demandé de quoi il s'agissait –, il s'était promené le long du quai et avait regardé vers Copenhague. Un hydroglisseur, dont il lui semblait voir le nom, *Le Sprinter*, quittait le port. Il faisait chaud. Il avait ôté sa veste et l'avait jetée sur son épaule. Il bâillait.

La veille, à leur retour de Malmö, il avait réuni rapidement tous les enquêteurs encore présents dans le commissariat. Il avait également improvisé une conférence de presse dans le hall, avec l'aide de Hansson. Ekholm était présent à la réunion. Il continuait de tenter d'établir un profil psychologique approfondi intégrant le fait que le criminel avait arraché ou brûlé les yeux de sa victime. Ils s'étaient accordés sur la déclaration que Wallander pouvait dès maintenant faire à la presse : ils étaient à la recherche d'un homme dont on ne pouvait dire qu'il était dangereux pour tous, mais dont on pouvait affirmer qu'il l'était au plus haut point pour les victimes qu'il s'était choisies. Il y avait eu des opinions diverses sur l'opportunité de faire une telle annonce. Mais Wallander avait insisté fortement sur la possibilité qu'une victime potentielle se reconnaisse et soit tentée, par pur instinct de conservation, de contacter la police. Les journalistes s'étaient jetés sur son communiqué. Avec un malaise croissant, il lui avait fallu se rendre à l'évidence : il leur avait fourni la meilleure des nouvelles. Celle dont les journaux avaient besoin au moment critique pour eux où le pays tout entier était sur le point de s'enfermer dans la forteresse que représentaient les vacances d'été. Une fois la réunion et la conférence de presse terminées, il s'était senti épuisé.

Mais il avait pris le temps de parcourir avec Martinsson le long télex d'Interpol. Ils savaient donc maintenant que la jeune fille qui s'était immolée par le feu dans le champ de colza de Salomonsson avait disparu de Santiago-de-los-Treinta-Caballeros en décembre de l'année passée. Son père, qui était présenté comme ouvrier agricole, avait déclaré sa disparition à la police le 14 janvier. Dolores Maria, alors âgée de seize ans, mais qui allait avoir dix-sept ans le 18 février – ce détail déprima considérablement Wallander –, se trouvait à Santiago pour chercher du travail comme femme de ménage. Auparavant, elle vivait avec son père dans un petit village, à soixante-dix kilomètres de la ville. Elle habitait chez un parent éloigné, un cousin de son père, et elle avait disparu brusquement. A en croire le maigre dossier, la police dominicaine ne semblait pas avoir fait d'effort pour enquêter sur sa disparition. C'était son père qui l'avait obstinément harcelée pour qu'elle fasse des recherches. Il était parvenu à intéresser un journaliste à son cas, et la police avait fini par conclure qu'elle avait probablement quitté le pays pour chercher un éventuel bonheur ailleurs.

Et cela s'arrêtait là. L'enquête avait disparu, dissoute dans le néant. Le commentaire d'Interpol était bref. Rien n'indiquait que Dolores Maria Santana ait été vue dans aucun des pays faisant partie de cette organisation. Rien jusqu'à maintenant.

C'était tout.

– Elle disparaît dans une ville qui s'appelle Santiago, avait dit Wallander. Six bons mois plus tard, elle réapparaît dans le champ de colza de Salomonsson. Et là, elle se suicide par le feu. Qu'est-ce que ça peut bien vouloir dire ?

Martinsson avait secoué la tête en signe d'impuissance.

Bien qu'il fût épuisé, au point de ne plus même avoir la force de penser, Wallander s'était ressaisi. La passivité de Martinsson l'énervait.

– Nous savons pas mal de choses, avait-il dit d'un ton ferme. Nous savons qu'elle n'avait pas complètement disparu de la surface de la terre. Nous savons qu'elle s'est trouvée à Helsingborg, et qu'un homme de Smedstorp l'a prise en stop. Nous savons qu'elle donnait l'impression d'être en fuite. Et nous savons qu'elle est morte. Maintenant, il faut transmettre toutes ces informations à Interpol. Et je veux que tu leur demandes tout particulièrement de veiller à informer le père de la mort de sa fille. Quand ce cauchemar sera terminé, nous chercherons de qui elle pouvait bien avoir peur à Helsingborg. Je te propose de prendre contact avec les collègues de Helsingborg dès maintenant, ou plutôt demain matin. Il se peut qu'ils aient une idée.

Après cette calme protestation contre la passivité de Martinsson, Wallander était rentré chez lui. Il s'était arrêté à un kiosque pour manger un hamburger. Partout les titres de journaux hurlaient les dernières nouvelles de la Coupe du monde. Il ressentit l'envie subite de les arracher et de crier que ça suffisait comme ça. Mais il n'en fit rien, bien entendu. Il attendit son tour patiemment dans la file d'attente. Il paya, on lui donna son hamburger dans un sac, et il retourna dans sa voiture. De retour chez lui, il s'installa à la table de la cuisine et déchira le sac en papier. Il but un verre d'eau pour accompagner le hamburger. Puis il se fit un café fort et nettoya la table. Il aurait dû aller se coucher, mais il se força à parcourir une nouvelle fois tout le dossier de l'enquête. Il n'arrivait pas à se défaire du sentiment qu'ils faisaient fausse route. Il n'avait pas été seul à baliser cette piste qu'ils suivaient. Mais c'était lui qui dirigeait le travail des enquêteurs ; en d'autres termes, c'était lui qui décidait de l'orientation à prendre, et du moment de s'arrêter et de changer de piste. Il recherche les circonstances où il aurait fallu agir plus lentement, être plus attentif, et déceler un lien évident entre Wetterstedt et Carlman. Il examina avec soin tous les indices de la présence du meurtrier, des preuves concrètes, et parfois rien d'autre qu'un vent froid soufflant sur leur nuque. Il notait au fur et à mesure dans un cahier toutes les questions sans réponse. Que les résultats de plusieurs laboratoires ne lui soient pas encore parvenus l'énerva profondément. Bien qu'il fût déjà plus de minuit, il fut tenté, poussé par son impatience, d'appeler Nyberg pour lui demander si les chimistes et les laborantins de Linköping avaient fermé pour l'été. Mais il renonça, heureusement. Il resta penché sur ses papiers jusqu'à ce que son dos lui fasse mal et que les lettres commencent à danser sous ses yeux. Il n'abandonna que vers deux heures et demie du matin. L'état des lieux qu'avait produit son cerveau fatigué confirmait qu'ils ne pouvaient que poursuivre sur la voie qu'ils suivaient déjà. Il devait y avoir un lien entre ces gens que l'on assassinait et scalpait. Que Björn Fredman semble s'accorder si mal avec les deux autres pouvait les aider à trouver la solution. Ce qui ne coïncidait pas pouvait très bien, comme le visage dans l'image inversée d'un miroir, leur révéler ce qui coïncidait réellement, et où étaient le haut et le bas.

Quand il finit par aller se coucher, son tas de linge sale était toujours par terre. Tout ça le ramena au chaos qui régnait dans sa tête. En outre, il avait une fois de plus oublié de prendre rendez-vous pour faire réviser sa voiture. Ne fallait-il pas malgré tout demander des renforts à la direction centrale ? Il décida d'en parler avec Hansson tôt le lendemain, après quelques heures de sommeil.

Mais quand il se réveilla à six heures du matin, il avait changé d'avis. Il voulait attendre encore une journée. En revanche, il téléphona à Nyberg, qui était matinal, pour se plaindre de n'avoir toujours pas reçu les résultats des analyses de certains objets et des échantillons de sang qu'ils avaient envoyés à Linköping. Il s'attendait à ce que Nyberg se mette en colère. Mais à son grand étonnement, Nyberg convint que tout ça allait très lentement. Il lui promit d'intervenir. Puis ils évoquèrent les recherches que Nyberg avait faites dans la tranchée. Les traces de sang tout autour indiquaient que le meurtrier s'était garé juste à côté. Nyberg avait également eu le temps d'aller à Sturup pour voir lui-même la camionnette de Björn Fredman. Qu'on l'ait utilisée pour transporter le corps ne faisait aucun doute. Cependant, Nyberg ne croyait pas que ce puisse être également le lieu du crime.

– Björn Fredman était grand et fort, dit-il. Qu'on ait pu

le tuer à l'intérieur de la camionnette, ça me dépasse. Je pense que le meurtre a eu lieu ailleurs.

– La question est donc de savoir qui conduisait la camionnette, dit Wallander. Et où le meurtre s'est produit.

Wallander arriva au commissariat vers sept heures. Il appela Ekholm à l'hôtel où il logeait et le rejoignit dans la salle de petit déjeuner.

– Je voudrais que tu te concentres sur les yeux, dit-il. Je ne sais pas pourquoi. Mais je suis persuadé que c'est important. Peut-être même fondamental. Pourquoi a-t-il fait ça à Fredman ? Et pas aux autres ? C'est ça que je veux savoir.

– Il faut tout voir comme un ensemble, objecta Ekholm. Le psychopathe se crée toujours des schémas rationnels qu'il suit ensuite comme s'ils étaient inscrits dans un livre sacré. Il faut insérer les yeux dans ce concept.

– Fais comme tu veux, dit Wallander sèchement. Mais je veux savoir pourquoi c'est précisément Fredman qui a eu les yeux mutilés. Concept ou pas concept.

– C'était certainement de l'acide, dit Ekholm.

Wallander se rendit compte qu'il avait oublié de parler à Nyberg de ce détail précis.

– On peut considérer ça comme sûr ? demanda-t-il.

– C'est probable. Quelqu'un a versé de l'acide dans les yeux de Fredman.

Wallander fit une grimace de dégoût.

– On se revoit cet après-midi.

Un peu après huit heures, il quittait Ystad en compagnie d'Ann-Britt Höglund. C'était un soulagement de partir du commissariat. Les journalistes appelaient sans arrêt. Qui plus est, la chasse au meurtrier n'était plus du seul ressort des policiers, elle était devenue l'affaire du pays tout entier : tout un chacun téléphonait. C'était une bonne chose, et une chose nécessaire, Wallander le savait. Mais classer et contrôler tous les renseignements dont le grand public les inondait demandait un énorme effort à la police.

Ann-Britt Höglund sortit du terminal et le rejoignit sur le quai.

– Je me demande quel été nous aurons cette année, dit-il distraitement.

– Ma grand-mère, qui habite à Älmhult, prévoit le temps qu'il va faire, répondit Ann-Britt. Elle nous a annoncé un été chaud et sec.

– Et en général elle a raison ?

– Presque chaque fois.

– J'ai l'impression que ça sera le contraire. Pluie, froid, merdier.

– Tu sais aussi prédire le temps ?

– Non. Mais ça n'empêche.

Ils retournèrent à la voiture. Wallander se demanda avec une pointe de curiosité ce qu'elle était allée faire dans le terminal. Mais il ne lui posa pas de question.

A neuf heures et demie, ils s'arrêtèrent devant le commissariat de Malmö. Forsfält les attendait sur le trottoir. Il monta à l'arrière et indiqua la route à Wallander tout en discutant du temps avec Ann-Britt Höglund. Quand ils furent devant l'immeuble de Rosengård, il leur fit un court résumé de ce qui s'était passé la veille.

– Quand je suis venu annoncer que Björn Fredman était mort, elle l'a pris avec calme. Je n'ai rien remarqué personnellement. Mais la collègue avec laquelle j'étais venu m'a dit qu'elle sentait l'alcool. C'était mal rangé, un appartement plutôt miteux. Le plus jeune des garçons a quatre ans. On ne peut pas attendre beaucoup de réactions de sa part quand on vient lui annoncer que le père qu'il n'a presque jamais vu est mort. Le grand fils de la maison a eu l'air de comprendre de quoi il s'agissait. La fille aînée n'était pas à la maison.

– Comment s'appelle-t-elle ? demanda Wallander.

– La fille ?

291

– La femme. L'ex-femme.

– Annette Fredman.

– Elle a un travail ?

– Pas que je sache.

– De quoi vit-elle ?

– Sais pas. Mais je doute que Björn Fredman ait été particulièrement généreux avec sa famille. Ce n'était pas son genre.

Wallander n'avait rien d'autre à demander. Ils descendirent de la voiture entrèrent et prirent l'ascenseur jusqu'au quatrième étage. Quelqu'un avait cassé une bouteille en verre dans l'ascenseur. Wallander échangea un regard avec Ann-Britt Höglund et secoua la tête. Forsfält sonna à la porte. Il se passa presque une minute avant que quelqu'un vienne ouvrir. C'était une femme maigre et pâle. Cet effet était accentué par ses vêtements noirs. Elle regarda d'un œil effrayé les deux visages qu'elle ne connaissait pas. Pendant qu'ils accrochaient leurs vestes dans l'entrée, Wallander remarqua que quelqu'un jetait un coup d'œil furtif depuis la porte entrouverte d'une chambre avant de disparaître. Ça devait être le fils aîné ou sa sœur. Forsfält présenta Wallander et Ann-Britt Höglund avec beaucoup de gentillesse. Il n'y avait aucune précipitation dans sa manière de se comporter. Wallander se dit qu'il aurait sans doute autant à apprendre de Forsfält qu'il avait appris de Rydberg. La femme les invita à entrer dans le salon. Vu le tableau que Forsfält avait brossé de l'appartement, elle avait fait le ménage. Il ne restait plus trace de l'abandon que Forsfält avait décrit. Dans la salle de séjour, un canapé semblait n'avoir jamais servi. Wallander remarqua un tourne-disque, un magnétoscope et une télévision Bang & Olufsen, une marque qu'il avait souvent convoitée tout en pensant qu'elle n'était pas dans ses moyens. Elle avait préparé du café. Wallander tendit l'oreille, espérant entendre du bruit. Il y avait un enfant de quatre ans dans cette famille. Les enfants de cet âge sont rarement silencieux. Ils s'assirent autour de la table.

– Je veux tout d'abord vous présenter nos très sincères condoléances, dit-il, en essayant d'avoir l'air aussi aimable que Forsfält.

– Merci, répondit-elle d'une voix si basse, si faible qu'on avait l'impression qu'elle pouvait se briser à tout instant.

– Malheureusement, je dois vous poser quelques questions, poursuivit Wallander. Même si je préférerais les remettre à plus tard.

Elle hocha la tête sans répondre. La porte d'une des chambres qui donnaient directement sur la salle de séjour s'ouvrit. Un garçon bien bâti de quatorze ans entra dans la pièce. Il avait un visage ouvert et aimable, même si ses yeux semblaient aux aguets.

– C'est mon fils, dit-elle. Il s'appelle Stefan.

Le garçon paraissait très bien élevé, nota Wallander. Il serra toutes les mains. Puis il alla s'asseoir à côté de sa mère sur le canapé.

– J'aimerais bien qu'il reste avec moi pendant que vous me posez vos questions, dit-elle.

– Ça ne pose aucun problème, répondit Wallander. Je tiens à te dire que je suis désolé pour ce qui est arrivé à ton père.

– On ne se voyait pas très souvent, répondit le garçon. Mais merci quand même.

Il fit aussitôt une bonne impression à Wallander. Il semblait très mûr pour son âge. Sans doute avait-il dû combler le vide laissé par l'absence de son père.

– Si j'ai bien compris, il y a un autre garçon dans votre famille, poursuivit Wallander.

– Il est chez une amie, il joue avec son fils, répondit Annette Fredman. Je me suis dit que ce serait plus calme sans lui. Il s'appelle Jens.

Wallander hocha la tête en direction d'Ann-Britt Höglund, qui prenait des notes.

– Et donc vous avez également une fille plus âgée ?

– Elle s'appelle Louise.

– Mais elle n'est pas chez vous ?

– Elle est partie quelques jours pour se reposer.

Le garçon prit la parole à la place de sa mère, comme s'il voulait la soulager d'un fardeau trop lourd. Il parlait calmement, poliment. Wallander sentit cependant que quelque chose n'allait pas comme il fallait. Peut-être la réponse était-elle venue trop vite. Ou trop lentement. Il sentit qu'il aiguisait immédiatement son attention. Ses antennes invisibles se déployèrent sans bruit.

– Je comprends tout à fait que ce qui s'est passé a dû être éprouvant pour elle, poursuivit-il prudemment.

– Elle est très sensible, répondit son frère.

Il y a quelque chose qui ne va pas, pensa Wallander une nouvelle fois. En même temps, son instinct l'avertissait de ne pas pousser plus loin tout de suite. Il valait mieux revenir à la fille plus tard. Il jeta un regard rapide vers Ann-Britt. Elle semblait ne pas avoir réagi.

– Je n'ai pas besoin de reprendre les questions auxquelles vous avez déjà répondu, dit Wallander en se versant une tasse de café, comme pour montrer que tout se passait normalement.

Il remarqua que le fils ne le quittait pas du regard. Il y avait dans ses yeux une vigilance qui rappelait celle d'un oiseau. Ce garçon avait dû assumer trop tôt des responsabilités pour lesquelles il n'était pas suffisamment mûr. Cette pensée déprima Wallander. Rien ne le faisait plus souffrir que de voir des enfants ou des jeunes gens en mauvaise posture. En tout cas, il n'avait pas, quant à lui, contraint Linda à assumer un quelconque rôle de maîtresse de maison chez lui après le départ de Mona. Même s'il avait très certainement été un très mauvais père, il lui avait épargné ça.

– Je sais qu'aucun d'entre vous n'a vu Björn depuis plusieurs semaines, poursuivit-il. Je suppose qu'il en est de même pour Louise ?

Cette fois, ce fut la mère qui répondit.

– La dernière fois qu'il est venu, Louise était sortie. Ça doit faire plusieurs mois qu'elle ne l'a pas vu

Wallander passa lentement aux autres questions. Même s'il lui était impossible d'éviter les souvenirs pénibles, il essaya de manœuvrer avec le plus de prudence possible.

– Quelqu'un l'a tué, dit-il. L'un d'entre vous a-t-il une idée de l'identité du meurtrier ?

Annette Fredman le regarda avec étonnement. Quand elle ouvrit la bouche, la réponse vint, stridente. Sa discrétion du début disparut en un instant.

– Est-ce qu'on ne ferait pas mieux de se demander qui ne l'a pas tué ? répondit-elle. Je ne sais pas combien de fois j'aurais souhaité moi-même avoir assez de force pour le tuer.

Son fils lui passa un bras autour du cou.

– Ce n'est pas ça qu'il voulait dire, dit-il d'un ton apaisant.

Après ce court accès d'humeur, elle reprit ses esprits.

– Je ne sais pas qui a fait ça, dit-elle. Je ne veux pas le savoir non plus. Mais je ne veux pas non plus avoir mauvaise conscience de me sentir très soulagée à l'idée qu'il ne franchira plus jamais cette porte.

Elle se leva brusquement et alla dans la salle de bains. Wallander vit qu'Ann-Britt hésitait un instant à la suivre. Mais elle resta assise quand le garçon sur le canapé commença à parler.

– Maman a été très choquée, dit-il.

– Nous comprenons tout à fait, répondit Wallander qui commençait à le trouver de plus en plus sympathique. Mais toi, qui donnes l'impression d'être très éveillé, tu as peut-être quelques idées de ton côté. Même si, je m'en doute bien, ce n'est pas forcément très agréable.

– Pour moi, ça ne peut être que quelqu'un de la bande de papa, dit-il. C'était un voleur, ajouta-t-il. Il frappait souvent les gens aussi. Même si je ne sais pas très bien, je crois aussi qu'il était ce qu'on appelle un torpilleur. Il encaissait des dettes, il menaçait les gens.

– Comment sais-tu ça ?

– Je ne sais pas.

– Tu penses à quelqu'un en particulier ?

– Non.

Wallander resta silencieux, pour lui laisser le temps de réfléchir.

– Non, répéta-t-il. Je ne sais pas.

Annette Fredman revint de la salle de bains.

– L'un de vous deux se souvient-il s'il a été en contact avec un certain Gustaf Wetterstedt ? Il a été ministre de la Justice. Ou avec un marchand d'œuvres d'art nommé Arne Carlman ?

Ils secouèrent la tête après s'être regardés tous les deux.

La conversation avança lentement. Wallander essaya de les aider à se souvenir. De temps à autre, Forsfält intervenait calmement. Wallander se dit enfin qu'il n'arriverait pas plus loin. Il décida également de s'abstenir de poser d'autres questions sur la fille. Il fit un signe de tête à Ann-Britt et à Forsfält. Il avait fini. Quand ils prirent congé dans l'entrée, il leur dit qu'il les recontacterait sans doute très rapidement, peut-être même le lendemain. Il leur donna aussi son numéro de téléphone, celui de la police et son numéro personnel.

Quand ils sortirent dans la rue, il remarqua qu'Annette Fredman les regardait par la fenêtre.

– La sœur, dit Wallander. Louise Fredman. Que savons-nous d'elle ?

– Elle n'était pas là hier non plus, répondit Forsfält.

Elle peut tout à fait être partie en voyage. Elle a dix-sept ans, c'est tout ce que je sais.

Wallander resta un instant plongé dans ses pensées.

– J'aimerais bien lui parler, dit-il.

Les autres ne réagirent pas. Il comprit qu'il était le seul à avoir remarqué la transition rapide de l'amabilité à la vigilance quand il avait commencé à parler d'elle.

Il pensa aussi au garçon, Stefan Fredman. A ses yeux attentifs. Il lui faisait de la peine.

– Ce sera tout pour le moment, dit Wallander quand ils se séparèrent devant le commissariat. Mais bien entendu, nous restons en contact.

Ils serrèrent la main de Forsfält.

Ils repartirent en direction d'Ystad, traversant le paysage estival de la Scanie, dans ses plus beaux jours. Ann-Britt Höglund avait posé sa nuque contre l'appui-tête et fermé les yeux. Wallander l'entendait fredonner une mélodie improvisée. Il aurait aimé partager sa faculté de se couper de cette enquête qui l'inquiétait tant. Rydberg lui avait dit bien des fois qu'un policier n'était jamais totalement déchargé de sa responsabilité. Wallander pensa que Rydberg avait tort sur ce point.

Juste après avoir dépassé la route de Sturup, il vit qu'elle s'était endormie. Il essaya de conduire le plus délicatement possible pour ne pas la réveiller. Ce n'est que quand il lui fallut freiner au rond-point de l'entrée d'Ystad qu'elle ouvrit les yeux. Au même instant, le téléphone sonna. Il lui fit signe de répondre. Il n'arrivait pas à comprendre avec qui elle parlait. Mais il comprit tout de suite qu'il s'était passé quelque chose de grave. Elle écouta sans poser de questions. Ils étaient presque arrivés devant le commissariat quand elle raccrocha.

– C'était Svedberg, dit-elle. La fille de Carlman a essayé de se suicider. Elle est en réanimation à l'hôpital.

Wallander ne parla pas avant d'avoir garé sa voiture dans une place de parking libre et éteint le moteur.

Puis il se tourna vers elle. Il avait compris qu'elle n'avait pas encore tout dit.

– Qu'a-t-il dit d'autre ?

– Qu'elle ne s'en tirera probablement pas.

Wallander regarda fixement à travers la vitre.

Il pensait à la manière dont elle l'avait frappé au visage.

Puis il descendit de la voiture en silence.

23

C'était toujours la canicule.

Wallander constata qu'on était déjà en plein été et qu'il ne s'en était même pas rendu compte. Il descendit du commissariat vers le centre-ville et arriva devant l'hôpital, trempé de sueur.

Quand il avait eu le message de Svedberg au retour de Malmö, il n'était même pas entré dans le hall du commissariat. Il était resté immobile à côté de sa voiture comme s'il avait d'un seul coup perdu tous ses repères, puis il avait prié Ann-Britt Höglund de faire un rapport aux autres pendant qu'il irait à pied jusqu'à l'hôpital où la fille de Carlman était en train de mourir. Il était parti sans attendre sa réponse. A ce moment-là, dans la côte, il avait commencé à suer à grosses gouttes, il s'était rendu compte que l'été était là et s'annonçait long, chaud et sec. Il n'avait pas vu Svedberg qui l'avait croisé en voiture en lui faisant des signes. Il marchait la tête baissée, le regard fixé sur le trottoir. Cette fois, il avait tenté de mettre à profit la courte distance entre le commissariat et l'entrée de l'hôpital pour creuser une idée qu'il venait d'avoir et dont il ne savait que faire. Le point de départ en était simple. Dans un laps de temps très court, en moins de dix jours, une fille s'était immolée par le feu dans un champ de colza, une autre avait tenté de se suicider après le meurtre de son père et une troisième, dont le père avait lui aussi été assassiné, avait disparu dans la nature. Toutes trois étaient très jeunes. Deux d'entre elles avaient été les victimes indirectes du même meurtrier, tandis que la troisième avait été son propre bourreau. Ce qui les distinguait, c'était que la fille du champ de colza n'avait rien à voir avec les deux autres. Mais dans la tête de Wallander, c'était comme s'il endossait pour le compte de sa génération une responsabilité personnelle de tous ces événements, responsabilité renforcée par son impression d'être un mauvais père pour sa propre fille Linda. Wallander se dévalorisait facilement. Il lui arrivait alors d'être écrasé, absent, plein d'une mélancolie sur laquelle il pouvait à peine mettre des mots. Souvent, il en résultait une période d'insomnie. Mais comme il lui fallait continuer à fonctionner, en tant que policier d'une petite ville et responsable d'une équipe d'enquêteurs, il tenta de secouer cette inquiétude et de remettre de l'ordre dans ses idées pendant cette brève promenade.

Dans quel monde vivait-il ? Un monde où des jeunes gens s'immolaient par le feu ou tentaient de se suicider. Son époque était bien celle de l'échec. Ce en quoi ils avaient cru, ce qu'ils avaient construit, s'était révélé moins solide que prévu. Ils avaient cru bâtir une maison alors qu'ils n'avaient fait qu'élever un monument à la gloire de valeurs déjà dépassées, à moitié oubliées. Aujourd'hui, la Suède s'effondrait, tout autour de lui, comme un gigantesque assemblage d'étagères. Personne ne savait quels menuisiers attendaient dans l'entrée pour en monter de nouvelles. Personne ne savait non plus de quoi auraient l'air ces nouvelles étagères. Tout était très vague, en dehors du fait que c'était l'été et qu'il faisait chaud. Les jeunes gens se suicidaient ou tentaient de le faire. Les gens vivaient pour oublier, et non pour se souvenir. Les logements devenaient des tanières au lieu d'être des foyers. Et les policiers restaient muets, dans l'attente du moment où leurs locaux de garde à vue seraient confiés à d'autres hommes, avec d'autres uniformes, les employés des sociétés privées de gardiennage.

Wallander épongea la sueur de son front. Ça suffisait comme ça. Ce qu'il pouvait supporter avait des limites. Il pensa au garçon assis à côté de sa mère, les yeux aux aguets. Il pensa à Linda, et pour finir il ne sut plus à quoi il pensait.

Il était presque arrivé devant l'hôpital. Svedberg l'attendait sur les marches. Soudain, Wallander chancela et faillit tomber, comme pris de vertige. Svedberg fit un pas vers lui et lui tendit la main. Mais il repoussa la main tendue et ils montèrent tous deux les marches qui menaient à l'hôpital. Svedberg avait mis une casquette amusante, mais bien trop grande, pour se protéger du soleil. Wallander marmonna quelques mots inaudibles et l'entraîna dans la cafétéria, à droite de l'entrée. Des gens pâles, dans des fauteuils roulants ou se traînant avec des déambulateurs, buvaient une tasse de café en compagnie d'amis ou de parents compatissants dont la seule envie était de ressortir au soleil et d'oublier l'hôpital, la mort et la misère. Wallander acheta un café et un sandwich, Svedberg se contenta d'un verre d'eau. Wallander se rendait bien compte du caractère déplacé de cette pause repas alors que la fille de Carlman était en train de mourir. Mais c'était sa manière de se protéger contre tout ce qui se passait en ce moment autour de lui. La pause café était son dernier rempart. Son dernier combat, quel qu'il soit, se déroulerait dans un recoin où il aurait vérifié auparavant qu'il y avait du café.

– C'est la veuve de Carlman qui a téléphoné, dit Svedberg. Elle était complètement défaite.

– Qu'est-ce que sa fille a fait ?

– Elle a avalé des cachets.

– Comment ça s'est passé ?

– Quelqu'un l'a trouvée par hasard. Elle était dans un coma profond. Son pouls ne battait presque plus. Elle a eu un arrêt cardiaque en arrivant à l'hôpital. Elle va très mal. Ce qui veut dire que tu n'as aucune chance de pouvoir lui parler.

Wallander hocha la tête. C'était pour son propre compte qu'il avait fait cette promenade jusqu'à l'hôpital.

– Qu'a dit sa mère ? A-t-on retrouvé une lettre ? Une explication ?

– Apparemment, personne ne s'y attendait.

Wallander repensa à la gifle qu'elle lui avait donnée.

– Elle avait l'air d'avoir perdu totalement le contrôle d'elle-même la dernière fois que je l'ai vue. Elle n'a vraiment rien laissé ?

– En tout cas, sa mère n'a rien dit.

Wallander réfléchit.

– Rends-moi un service. Va là-bas et exige de savoir si elle a laissé une lettre ou non. S'il y a quelque chose, examine-le bien.

Ils sortirent de la cafétéria. Wallander rentra au commissariat avec Svedberg. Il pourrait tout aussi bien téléphoner à un médecin de l'hôpital pour prendre des nouvelles.

– Je t'ai posé un papier sur ton bureau, dit Svedberg. J'ai téléphoné à la journaliste et au photographe qui ont rendu visite à Wetterstedt le jour de sa mort et je les ai interrogés.

– Ça a donné quelque chose ?

– Ça ne fait que confirmer ce que nous pensions. Que Wetterstedt était comme d'habitude. Il ne semblait pas peser sur lui de menace particulière. Rien dont il ait eu conscience, apparemment.

– Selon toi, ce n'est pas vraiment la peine que je lise ton compte rendu ?

Svedberg haussa les épaules.

– Deux paires d'yeux valent mieux qu'une.

– Je n'en suis pas convaincu.

– Ekholm est en train de mettre la dernière main à son profil psychologique, dit Svedberg.

Wallander répondit par un marmonnement inaudible.

Svedberg déposa Wallander devant le commissariat et repartit aussitôt pour interroger la veuve de Carlman. Wallander prit quelques messages au passage. C'était encore une nouvelle à la réception. Il demanda où se trouvait Ebba, on lui répondit qu'elle était à l'hôpital pour faire retirer son plâtre du poignet. J'aurais pu passer la voir, se dit Wallander. Puisque j'y étais. Si tant est que ça ait un sens d'aller à l'hôpital voir quelqu'un qui se fait retirer un plâtre.

Il regagna son bureau et entrouvrit la fenêtre. Sans s'asseoir, il parcourut les papiers dont Svedberg avait parlé. Soudain, il se rappela qu'il avait aussi demandé à voir les photographies. Où étaient-elles ? Sans pouvoir maîtriser sa colère, il chercha le numéro de téléphone portable de Svedberg et l'appela.

– Les photos ? demanda-t-il. Où sont-elles ?

– Elles ne sont pas sur ton bureau ? demanda Svedberg avec étonnement.

– Il n'y a rien ici.

– Alors elles sont sur le mien. J'ai dû les oublier. Elles sont arrivées par le courrier aujourd'hui.

Les photographies étaient dans une enveloppe marron posée sur le bureau de Svedberg. Wallander s'assit dans le fauteuil de Svedberg et les étala sur le bureau rangé avec un soin maniaque. Wetterstedt posait chez lui, dans le jardin, et sur la plage. Sur une des photos on devinait, dans le fond, la barque retournée. Wetterstedt souriait au photographe. Ses cheveux gris qu'on allait bientôt lui arracher du crâne étaient ébouriffés par le vent. Les photographies, qui dégageaient une impression d'équilibre et d'harmonie, montraient un homme qui semblait avoir accepté son âge. Rien ne pouvait laisser deviner ce qui allait bientôt se passer. Au moment où les clichés avaient été pris, Wetterstedt n'avait que quinze heures à vivre tout au plus. Wallander continua à examiner les photos pendant quelques minutes puis les remit dans l'enveloppe et repartit vers son bureau. Mais, changeant d'avis, il s'arrêta devant la porte du bureau d'Ann-Britt Höglund, qui était ouverte comme d'habitude.

Elle regardait des papiers.

– Je te dérange ? demanda-t-il.

– Pas du tout.

Il s'assit dans le fauteuil. Ils échangèrent quelques mots à propos de la fille de Carlman.

– Svedberg est en quête d'une lettre d'adieu, dit Wallander. Si tant est qu'il y en ait une

– Elle devait être très proche de son père, remarqua Ann-Britt.

Wallander ne répondit pas. Il changea de sujet de conversation.

– Quand nous sommes allés voir la famille Fredman, as-tu remarqué quelque chose de bizarre ?

– De bizarre ?

– Comme un vent froid qui aurait traversé la pièce ?

Il regretta aussitôt ses paroles. Ann-Britt fronça les sourcils, comme s'il avait dit quelque chose de déplacé.

– Tu n'as pas remarqué qu'ils répondaient de manière évasive quand j'ai posé des questions sur Louise ? précisa-t-il.

– Non. Par contre, j'ai remarqué que toi, tu avais changé de comportement à ce moment-là.

Il expliqua le sentiment qu'il avait eu. Elle réfléchit et essaya de se souvenir avant de répondre.

– Tu as peut-être raison. Maintenant qu'on en parle, ils avaient l'air aux aguets. Un vent froid, comme tu dis.

– La question est de savoir si cette impression est valable pour les deux ou seulement pour l'un des deux, dit Wallander, d'un air sombre.

– Tu crois ?

– Je ne sais pas. Je parle d'une impression que j'ai eue.

– Si je me souviens bien, le garçon a commencé à répondre aux questions que tu posais à sa mère.

Wallander hocha la tête.

– Exactement. Je me demande pourquoi.

– Cela dit, est-ce vraiment important ?

– C'est sûr. J'ai tendance à me polariser sur des détails sans importance. Mais quoi qu'il en soit, j'ai envie de parler avec cette fille.

Cette fois, c'est Ann-Britt Höglund qui changea de sujet de conversation.

– Ça me fait froid dans le dos quand je pense aux paroles d'Annette Fredman. Qu'elle se sentait soulagée à l'idée que son mari ne puisse plus franchir le seuil de leur porte. J'ai du mal à me rendre compte de ce que c'est vraiment que de vivre dans de telles conditions.

– Il la battait. Peut-être s'en prenait-il aussi aux enfants. Mais aucun d'entre eux n'a jamais porté plainte.

– Le garçon avait l'air tout à fait normal. Bien élevé, en plus.

– Les enfants apprennent à survivre.

Wallander pensa un instant à sa jeunesse et à celle qu'il avait offerte à Linda. Il se leva.

– Je pense que je vais essayer de trouver cette fille. Louise Fredman. Dès demain, si possible. Je suis persuadé qu'elle n'est pas du tout en voyage.

Il retourna à son bureau et prit un café au passage. Il faillit entrer en collision avec Norén et se rappela les photos qu'il lui avait demandé de prendre des gens qui se pressaient derrière les barrières pour regarder le travail de la police.

– J'ai donné les pellicules à Nyberg, dit Norén. Mais je ne suis pas un très bon photographe.

– Tu crois qu'il y en a ici, des bons photographes ? répondit Wallander, en essayant de ne pas se montrer désagréable.

Il entra dans son bureau et referma la porte. Il resta un moment devant son téléphone avant d'appeler le centre de contrôle des véhicules pour prendre un nouveau rendez-vous. Comme la date proposée était en plein milieu des vacances qu'il comptait passer avec Baiba à Skagen, il se mit en colère. Quand il eut expliqué à son interlocutrice toutes les horreurs qu'il était en train de résoudre, elle lui trouva un créneau dans une tranche horaire réservée. Il se demanda, sans poser la question à haute voix, pour qui ce rendez-vous avait été prévu. Après avoir raccroché, il décida de laver son linge le soir même. Et s'il n'y avait pas d'heure libre dans la buanderie de son immeuble, il s'inscrirait sur la liste.

Le téléphone sonna. C'était Nyberg.

– Tu avais raison, dit-il. Les empreintes digitales sur ce papier taché de sang que tu as trouvé derrière le baraquement de cantonnier sont les mêmes que sur l'exemplaire déchiré de *Superman*. Il n'y a plus de raison de douter, c'est bel et bien le même individu. Dans une heure ou deux, nous saurons s'il y a un lien avec la camionnette pleine de sang de Sturup. Nous essayons aussi de trouver des empreintes digitales sur le visage de Björn Fredman.

– Et ça marche ?

– Si quelqu'un lui a versé de l'acide sur les pupilles, il a utilisé sa main pour lui tenir les yeux ouverts. Plutôt désagréable d'y penser. Mais c'est vrai. Avec un peu de chance, nous trouverons des empreintes digitales sur ses paupières.

– Heureusement que les gens n'entendent pas ce qu'on dit, remarqua Wallander.

– Au contraire, objecta Nyberg. S'ils nous entendaient, peut-être serions-nous mieux considérés, nous qui essayons de garder cette société propre.

– L'ampoule. La lampe en panne près du portail du jardin de Wetterstedt.

– J'allais justement y venir. Tu avais raison, là aussi. Nous avons trouvé des empreintes digitales.

Wallander se redressa sur son siège. Son découragement s'était envolé. Il sentait son énergie revenir. L'enquête semblait avancer.

– Est-ce qu'il est dans nos archives ?

– Malheureusement non, dit Nyberg. Mais j'ai demandé au fichier central de vérifier encore une fois.

– Partons quand même de ton point de vue. Nous avons donc affaire à quelqu'un qui n'a jamais été arrêté auparavant.

– C'est probable.

– Fais contrôler ses empreintes par Interpol. Et Europol aussi. Demande que ce soit fait en priorité. Explique qu'il s'agit d'un tueur en série.

Nyberg promit de le faire. Wallander reposa le combiné et décrocha aussitôt. Il demanda à la standardiste de chercher à joindre Mats Ekholm. Elle le rappela pour lui dire qu'Ekholm était sorti déjeuner.

– Où ? demanda Wallander.

– Il me semble qu'il a parlé du Continental.

– Appelle-le là-bas, dit Wallander. Et demande-lui de venir ici le plus vite possible.

Il était quatorze heures trente quand Ekholm frappa à sa porte. Wallander parlait au téléphone avec Per Åkeson. Il indiqua le fauteuil à Ekholm et l'invita à s'asseoir. Wallander ne raccrocha qu'après avoir convaincu un Åkeson sceptique qu'un groupe plus étoffé n'améliorerait rien à court terme dans cette enquête. Åkeson finit par céder, et ils décidèrent de repousser cette décision de quelques jours.

Wallander se renfonça dans son fauteuil en croisant ses bras derrière la nuque. Il confirma à Ekholm que les empreintes digitales étaient les mêmes.

– Les empreintes que nous allons trouver sur le corps

de Björn Fredman seront aussi les mêmes. Ce n'est plus la peine de supposer ou d'avoir des intuitions. Nous savons maintenant que nous avons affaire à un seul et même meurtrier. La question, c'est de l'identifier.

– J'ai réfléchi aux yeux, dit Ekholm. Dans tous les cas dont nous disposons, c'est, après les organes sexuels, le plus souvent sur les yeux que s'exercent les vengeances finales.

– Ce qui veut dire ?

– Ça veut dire simplement qu'on commence rarement par arracher les yeux à quelqu'un. On finit par ça.

Wallander lui fit signe de continuer.

– On peut partir de deux points de vue, dit Ekholm. On peut se demander pourquoi c'est justement Björn Fredman qui a eu les yeux brûlés à l'acide. On peut aussi inverser la question et se demander pourquoi les deux autres n'ont rien eu aux yeux.

– Et quelle est ta réponse ?

Ekholm leva les mains en signe d'impuissance.

– Je n'en ai pas. Quand on parle de psychologie, et particulièrement celle de gens perturbés, malades, de personnes qui ont un rapport mental perturbé avec le monde, on est dans un domaine où il n'existe pas de réponses absolues.

Ekholm semblait attendre un commentaire. Mais Wallander hocha la tête négativement.

– J'entrevois une sorte de schéma, poursuivit Ekholm. Celui qui a agi ainsi a choisi ses victimes dès le départ. Il existe une raison fondamentale à tout cela. Le meurtrier a une relation quelconque avec ces gens-là. Il n'a pas besoin de les avoir connus personnellement. Ça peut être une relation symbolique. Sauf pour Björn Fredman. Là, je suis tout à fait convaincu, autant qu'on peut l'être : les yeux montrent que le meurtrier connaissait sa victime. Il y a beaucoup de chances pour qu'il en ait été très proche.

Wallander se pencha en avant et regarda Ekholm dans les yeux.

– Proche à quel point ? demanda-t-il.

– Ils peuvent avoir été amis. Collègues. Rivaux.

– Et il s'est passé quelque chose ?

– Il s'est passé quelque chose. En réalité ou dans l'imagination du meurtrier.

Wallander tenta d'évaluer ce que les remarques d'Ekholm pouvaient apporter à l'enquête. Mais il n'était pas convaincu.

– En d'autres termes, il faut nous concentrer sur Björn Fredman, dit-il après avoir réfléchi.

– C'est une possibilité.

Wallander commençait à s'irriter de cette manière qu'avait Ekholm de fuir tous les points de vue affirmés. Cela l'énervait même s'il comprenait que celui-ci avait raison de laisser ouvertes la plupart des portes.

– Mets-toi à ma place, dit Wallander. Je te promets de ne pas te citer. Ni de t'accuser si tu as tort. Mais qu'est-ce que tu ferais ?

La réponse d'Ekholm vint aussitôt.

– Je me concentrerais sur la vie de Björn Fredman. Mais je garderais les yeux ouverts sur le reste et je jetterais souvent un coup d'œil en arrière.

Wallander hocha la tête. Il avait compris.

– Quel type d'homme sommes-nous en train de chercher, finalement ?

Ekholm chassa une abeille qui était entrée par la fenêtre.

– Les conclusions immédiates, tu peux les tirer toi-même. C'est un homme. Il est apparemment fort. Il a un sens pratique, il est précis et il n'a pas peur du sang.

– Et il n'est pas dans le fichier des criminels, ajouta Wallander. Vraisemblablement, c'est la première fois qu'il tue.

– Cela me renforce dans l'idée qu'il mène une vie tout

à fait normale. Son moi psychotique, sa dualité mentale sont bien cachés. Il est capable de s'asseoir pour déjeuner avec les scalps dans la poche et de manger de bon appétit. Si tu vois ce que je veux dire.

– Donc, nous n'avons que deux façons de lui mettre la main dessus. Soit nous le prenons en flagrant délit. Soit nous avons un indice où son nom apparaît de manière évidente, comme en lettres de feu.

– C'est à peu près ça. Votre tâche est donc difficile.

Ekholm allait partir quand Wallander lui posa une dernière question.

– Est-ce qu'il va frapper encore une fois ?

– C'est peut-être fini. Björn Fredman et ses yeux en point final.

– Tu y crois ?

– Non. Il va frapper à nouveau. Ce que nous avons vu jusqu'à présent n'est sans doute que le début d'une longue série.

Resté seul, Wallander prit sa veste pour chasser l'abeille. Puis il alla s'asseoir et ferma les yeux, en repensant aux paroles d'Ekholm. A seize heures, il se leva et alla chercher un autre café. Puis il gagna la salle de réunion où les autres l'attendaient.

Il demanda à Ekholm de répéter tout ce qu'il lui avait dit. Après sa déclaration, il y eut un long silence. Wallander laissa le silence se prolonger : il savait que chacun tentait de mesurer l'impact de ce qu'il venait d'apprendre. D'abord, chacun fait sa mise au point individuelle, puis nous confrontons nos pensées, se dit-il.

Ils étaient tous d'accord avec Ekholm. Il fallait se concentrer sur la vie de Björn Fredman. Sans oublier de regarder derrière soi.

Ils conclurent la réunion en définissant l'étape suivante de l'enquête et se séparèrent peu après dix-huit heures. Le seul à quitter le commissariat fut Martinsson. Il devait aller chercher ses enfants. Les autres retournèrent au travail.

Wallander alla à sa fenêtre.

Quelque chose continuait de l'inquiéter.

L'idée qu'il était malgré tout sur une fausse piste.

Qu'est-ce qu'il ne voyait pas ?

Il se retourna et regarda dans son bureau comme s'il était entré un visiteur invisible.

C'est comme ça, se dit-il. Je poursuis un fantôme. Alors que je devrais rechercher un être vivant. Qui se trouve peut-être chaque fois dans un endroit différent de celui où je regarde.

Il demeura dans son bureau à étudier le dossier jusqu'à minuit.

Ce n'est que lorsqu'il quitta le commissariat qu'il se rappela le tas de linge sale resté sur le sol de son appartement.

24

Le lendemain matin à l'aube, Wallander descendit dans un demi-sommeil jusqu'à la buanderie de son immeuble et découvrit à son grand étonnement que quelqu'un l'avait précédé. Les machines à laver étaient occupées et il dut se contenter d'inscrire son nom pour l'après-midi. Il tenta pendant tout ce temps de garder en tête un rêve qu'il avait fait pendant la nuit. C'était un rêve érotique, violent, épuisant, où il s'était vu lui-même, acteur d'une scène fort éloignée de ce qu'il avait jamais connu en état de veille. Ce n'était pas Baiba qui était entrée dans son rêve, comme elle aurait ouvert la porte de sa chambre à coucher. En remontant l'escalier qui venait de la buanderie, il comprit que la femme dans son rêve ressemblait à la femme pasteur qu'il avait vue à la paroisse de Smedstorp. Il fut tout d'abord étonné, puis vaguement honteux de ce rêve, qui, de retour dans son appartement, lui apparut tel qu'il était : un rêve qui naissait et se déroulait selon ses propres lois. Il s'assit pour boire le café qu'il avait préparé avant de descendre. Il sentait la chaleur pénétrer par la fenêtre à demi ouverte. Les prévisions de la grand-mère d'Ann-Britt Höglund étaient peut-être bonnes, peut-être serait-ce un bel été. Il était six heures passées. Il but son café en songeant à son père. Souvent, le matin, ses pensées se retournaient vers le passé, vers le temps des chevaliers aux chemises de soie, le temps où son père et lui s'entendaient bien, et où chaque matin il se réveillait avec le sentiment d'être un enfant aimé par son père. Maintenant, plus de quarante ans après, il avait du mal à se rappeler comment son père était alors. Il peignait les mêmes tableaux, des paysages avec ou sans grand tétras, avec le même soin indéfectible à ne rien changer d'un tableau à l'autre. En réalité, il n'avait peint qu'un seul et même tableau toute sa vie. Dès le début, le résultat l'avait satisfait. Il avait atteint son but dès la première fois où il avait achevé son tableau. Wallander but le reste du café et tenta d'imaginer son existence quand son père ne serait plus là. Que ferait-il du vide qui remplacerait sa mauvaise conscience permanente ? Le voyage qu'ils allaient entreprendre en Italie en septembre serait peut-être leur dernière chance pour se comprendre, se réconcilier, et relier l'époque heureuse, celle des chevaliers de soie, avec tout ce qui s'était passé ensuite. Ses souvenirs ne devaient pas s'arrêter au moment où, ayant tiré de l'atelier les derniers tableaux pour les déposer dans une voiture, il était resté avec son père à faire des signes d'adieux au chevalier de soie qui, après avoir sorti quelques billets d'une épaisse liasse, disparut dans un nuage de poussière pour aller vendre les toiles trois ou quatre fois le prix payé.

A six heures et demie, il redevint policier. Il mit ses souvenirs de côté. Tout en s'habillant, il essaya de déterminer l'ordre dans lequel il allait réaliser le programme qu'il s'était fixé pour la journée. A sept heures, il franchit le seuil du commissariat, après avoir échangé quelques mots avec Norén qui était arrivé en même temps que lui. Normalement, pour Norén, ç'aurait dû être le dernier jour de travail avant les congés. Mais comme nombre de ses collègues, il avait reporté ses vacances.

– Il va commencer à pleuvoir quand vous aurez attrapé le meurtrier, dit-il. Qu'est-ce qu'un dieu du temps peut bien avoir à faire d'un simple policier quand il y a un tueur en série en action ?

Wallander lui répondit par un marmonnement inaudible. Tout en pensant qu'il y avait une part de vérité dans ce que Norén venait de dire.

Il alla voir Hansson, qui semblait passer tout son temps dans le commissariat, accablé d'inquiétude devant cette enquête difficile et ployant sous le fardeau de sa responsabilité de chef intérimaire. Il avait le visage gris comme l'asphalte. Quand Wallander entra dans son bureau, il était en train de se raser avec un antique rasoir électrique. Sa chemise était froissée, il avait les yeux injectés de sang.

– Essaie de dormir quelques heures de temps en temps, dit Wallander. Tu as plus de responsabilités que nous tous.

Hansson éteignit le rasoir et contempla le résultat dans un miroir de poche d'un air sombre.

– J'ai pris un somnifère hier. Mais ça ne m'a pas empêché de rester éveillé. Résultat : j'ai mal à la tête.

Wallander regarda Hansson en silence. Il lui faisait de la peine. Hansson n'avait jamais rêvé de devenir chef. Du moins, c'est ce que Wallander croyait.

– Je retourne à Malmö, dit-il. Je veux parler encore une fois avec la famille de Björn Fredman. Particulièrement avec ceux qui n'étaient pas là hier.

Hansson le regarda, perplexe.

– Tu vas interroger un enfant de quatre ans ? Tu n'as pas le droit.

– Je pensais surtout à la fille. Elle a dix-sept ans. Et je n'ai pas l'intention d'interroger quelqu'un.

Hansson hocha la tête et se leva péniblement de son fauteuil. Il montra un livre ouvert sur son bureau.

– C'est Ekholm qui m'a donné ça. Science du comportement, étude d'un certain nombre de cas de tueurs en série célèbres. C'est incroyable ce que les gens peuvent faire comme trucs quand ils ont la tête malade.

– Y a-t-il quelque chose sur les scalps ? demanda Wallander.

– Les scalps appartiennent à la forme mineure de collection de trophées. Si tu savais ce qu'on a trouvé chez ces gens, tu ne te sentirais pas bien.

– Je ne me sens déjà pas bien. Je crois que je peux imaginer sans problème ce qu'il y a dans ce livre.

– Des gens normaux, dit Hansson d'un ton résigné. Vus de l'extérieur, complètement normaux. Mais par-dessous, des bêtes sauvages. Un homme en France, un responsable d'un entrepôt de charbon, découpait le ventre de ses victimes et s'y enfonçait la tête pour essayer de s'étouffer. Seulement à titre d'exemple.

– Pas besoin d'autre exemple, merci.

– Ekholm voulait que je te passe le livre quand je l'aurai lu, dit Hansson.

– Je n'en doute pas, répondit Wallander. Mais je ne pense pas que j'aurai le temps de le lire. Ni l'envie.

Wallander alla se faire un sandwich dans le réfectoire et l'emporta en quittant le commissariat. Il le mangea dans sa voiture en se demandant s'il allait oser appeler Linda tout de suite. Mais il laissa tomber. Il était trop tôt.

Il arriva à Malmö vers huit heures et demie. La torpeur estivale avait déjà commencé à envahir le pays. La circulation sur les routes qui se croisaient à l'entrée de Malmö était déjà... Il sortit en direction de reçu une balle en plein cœur. Une chemise presque neuve. Baiba la lui avait achetée à Noël après avoir fait le tour de sa garde-robe et jeté ses vieux habits usés.

Sa première envie fut de tout laisser tomber et de rentrer à Ystad se coucher. Combien de chemises jetait-il chaque année parce qu'il oubliait de fermer son stylo avant de le mettre dans sa poche, il préférait ne pas le savoir.

Il songea à aller en ville acheter une nouvelle chemise. Mais ça l'obligerait à attendre au moins une heure, le temps que les magasins ouvrent. Il y renonça. Il jeta le stylo plein d'encre par la fenêtre et en chercha un autre dans le fouillis de la boîte à gants. Il écrivit quelques mots clés au dos de la note d'essence. *Les amis de BF. Dans le passé et maintenant. Des événements exceptionnels.* Il faillit fourrer le papier froissé dans sa poche de chemise, mais s'arrêta à temps. Il descendit de voiture et retira sa veste. L'encre de la chemise n'avait pas encore eu le temps de déborder sur la doublure. La veste à la main, il jeta un regard sombre sur sa chemise. Puis il entra dans l'immeuble et appela l'ascenseur. Les débris de verre de la veille étaient toujours là. Il sortit au quatrième étage et sonna à la porte. Aucun bruit ne venait de l'appartement. Peut-être dormaient-ils enco... Il se mit à d'une
min...

– Je suis tout seul à la maison, dit-il. Maman est partie avec mon petit frère. Ils devaient aller à Copenhague.

– C'est une belle journée pour se rendre à Copenhague, dit Wallander d'un ton conciliant.

– Oui, elle aime bien aller là-bas. Pour être loin de tout ça.

Ces mots résonnèrent dans l'entrée vide. Le garçon semblait étrangement peu ému quand il évoquait la mort de son père. Ils entrèrent dans la salle de séjour. Wallander posa sa veste sur une chaise et montra la tache sur sa chemise.

– Ça m'arrive tout le temps, dit-il.

– Moi, jamais, dit le garçon en souriant. Je peux faire du café si vous voulez.

– Non, merci.

Ils s'assirent l'un en face de l'autre. Une couverture et un oreiller sur le canapé indiquaient que quelqu'un avait dû y dormir. Sous une chaise, Wallander devina le goulot d'une bouteille de vin vide. Le garçon vit tout de suite qu'il l'avait aperçue. Sa vigilance ne semblait jamais se relâcher un seul instant. Wallander se demanda un court moment s'il avait réellement le droit d'exposer un mineur à une conversation qui touchait à la mort de son père, sans le faire dans les règles, en présence d'un responsable légal. En même temps, il ne voulait pas laisser passer l'occasion. Ce garçon était d'une maturité incroyable pour son âge. Même Linda, qui avait quelques années de plus que lui, paraissait puérile en comparaison.

– Qu'est-ce que tu vas faire cet été ? demanda Wallander. Le beau temps est revenu.

Le garçon sourit.

– J'ai plein de choses a faire, repondit-il.

Wallander attendit la suite qui ne vint pas.

– A la rentrée, tu seras en quelle classe ?

– En quatrième.

– Ça marche bien ?

– Oui.

– Qu'est-ce que tu préfères ?

– Rien. Mais le plus simple, c'est les mathématiques. On a monté un club qui fait de la numérologie.

– Je n'ai aucune idée de ce que ça peut être.

– Les triades sacrées. Les sept années difficiles. Pouvoir lire son avenir en combinant les chiffres de sa propre vie.

– Ça a l'air intéressant.

– Oui.

Wallander se rendit compte que le garçon assis en face de lui le fascinait de plus en plus. Son corps, grand et bien bâti, contrastait fortement avec son visage d'enfant. En tout cas, apparemment, pour ce qui était du cerveau, il n'avait pas de problème.

Wallander sortit la note froissée de sa veste. Ses clés tombèrent par terre. Il les remit dans sa poche et se rassit.

– J'ai quelques questions à te poser. Mais ce n'est pas un interrogatoire. Si tu préfères attendre que ta maman soit rentrée, n'hésite pas à le dire.

– Ce n'est pas la peine. Je vais répondre, si je peux.

– Ta sœur, dit Wallander. Quand rentre-t-elle ?

– Je ne sais pas.

Le garçon le regarda. La question ne semblait pas l'avoir gêné. La réponse était venue sans hésitation. Wallander commença à se demander s'il s'était trompé la veille

– Je suppose que vous êtes en contact avec elle ? Que vous savez où elle est ?

– Elle est partie comme ça. Ce n'est pas la première fois. Elle rentrera quand elle en aura envie.

– Tu te doutes bien que je trouve ça un peu bizarre.

– Ce n'est pas bizarre pour nous.

Le garçon semblait imperturbable. Wallander était persuadé qu'il savait où sa sœur se trouvait. Mais il serait impossible de lui arracher une réponse. Il ne pouvait pas non plus négliger la possibilité qu'elle ait été choquée et qu'elle ait fui loin de tout cela.

– Elle ne se trouverait pas à Copenhague par hasard ? demanda-t-il prudemment. Et ta maman ne serait-elle pas partie là-bas pour lui rendre visite ?

– Elle est partie pour acheter des chaussures.

Wallander hocha la tête.

– Parlons d'autre chose, poursuivit-il. Tu as eu le temps de réfléchir. Qui, à ton avis, pourrait avoir tué ton père ?

– Je ne sais pas.

– Es-tu d'accord avec ta maman quand elle dit que beaucoup de gens peuvent en avoir eu envie ?

– Oui.

– Pourquoi ?

Une première faille apparut dans l'amabilité imperturbable et courtoise du jeune garçon. Sa réponse vint avec une violence surprenante.

– Mon père était un homme mauvais. Ça faisait longtemps qu'il avait perdu tout droit de vivre.

Sa réponse mit Wallander très mal à l'aise. Si jeune, comment pouvait-il avoir autant de haine ?

– On ne peut pas dire ce genre de choses. Que quelqu'un perde tout droit de vivre. Quoi qu'il ait fait.

Le jeune garçon resta une fois de plus imperturbable.

– Qu'a-t-il fait qui soit si mal ? poursuivit Wallander. Il y a beaucoup de gens qui deviennent des voleurs. Beaucoup de gens qui vendent des marchandises volées. Ce n'est pas pour ça que ce sont des monstres.

– Il nous faisait peur.

– Comment ça ?

– On avait tous peur de lui.

– Toi aussi ?

– Oui. Mais plus depuis un an.

– Et pourquoi ?

– Ma peur a disparu.

– Ta maman ?

319

– Elle avait peur.

– Ton frère ?

– Il courait se cacher quand il pensait que papa allait venir.

– Ta sœur ?

– C'est elle qui avait le plus peur.

Wallander remarqua un changement presque imperceptible dans la voix du jeune garçon. Il avait eu un instant d'hésitation, cela ne faisait aucun doute.

– Et pourquoi ? demanda-t-il avec prudence.

– C'est elle la plus sensible.

Wallander décida de prendre un risque.

– Est-ce que ton papa l'a touchée ?

– Comment ?

– Je crois que tu vois bien ce que je veux dire

– Oui. Mais il ne l'a jamais touchée.

Nous y voilà, se dit Wallander, en essayant de ne pas montrer sa réaction. Peut-être a-t-il maltraité sa propre fille. Peut-être même aussi le plus jeune garçon. Et peut-être celui avec lequel je parle maintenant.

Wallander décida de ne pas aller plus loin. Il ne voulait pas être seul pour demander où se trouvait sa sœur et ce qui avait pu lui arriver. L'idée du viol possible le mettait très mal à l'aise.

– Est-ce que ton papa avait des amis ? demanda-t-il.

– Il fréquentait pas mal de monde. Quant à savoir si c'étaient des amis, c'est autre chose.

– Ce serait bien si tu pouvais me suggérer le nom de quelqu'un que ton papa connaissait bien. A qui penses-tu qu'il faudrait que je parle ?

Le garçon eut un sourire involontaire, mais il reprit tout de suite le contrôle de son visage.

– Peter Hjelm, répondit-il.

Wallander nota le nom.

– Pourquoi souriais-tu ?

– Je ne sais pas.

320

– Tu connais Peter Hjelm ?

– Je l'ai rencontré, bien sûr.

– Où puis-je le joindre ?

– Il est dans l'annuaire, sous la rubrique « Travaux divers ». Il habite Kungsgatan.

– De quelle manière se connaissaient-ils ?

– Ils buvaient ensemble. C'est tout ce que je sais. Ce qu'ils faisaient d'autre, je ne peux pas le dire.

Wallander jeta un coup d'œil dans la pièce.

– Ton papa a-t-il laissé des affaires dans l'appartement ?

– Non.

– Rien ?

– Rien du tout.

Wallander mit le morceau de papier dans sa poche. Il n'avait plus de questions à poser.

– Quel effet ça fait d'être policier ? demanda soudain le jeune garçon.

Wallander sentit qu'il s'intéressait vraiment à la réponse. Ses yeux aux aguets pétillaient.

– Il y a des hauts et des bas, répondit Wallander, soudain très perplexe quant à la manière dont il considérait son métier.

– C'est comment, d'arrêter un meurtrier ?

– Froid, gris, misérable, répondit-il, en pensant avec dégoût à toutes les séries télévisées que le jeune garçon avait dû voir.

– Qu'est-ce que tu vas faire quand tu auras attrapé celui qui a tué papa ?

– Je n'en sais rien. Ça dépend.

– Il doit être dangereux. Puisqu'il a déjà tué d'autres gens.

Wallander trouva la curiosité du jeune garçon pénible.

– Nous l'aurons, dit-il d'une voix décidée pour mettre un terme à la conversation. Nous l'aurons, tôt ou tard.

Il se leva et demanda où étaient les toilettes. Le garçon

lui montra une porte dans le couloir qui menait aux chambres à coucher. Wallander s'enferma. Il regarda son visage dans le miroir. Ce qu'il lui fallait avant tout, c'était du soleil. Quand il eut fini, il ouvrit sans bruit l'armoire à pharmacie. Il y avait quelques boîtes de médicaments. Sur une des boîtes était écrit le nom de Louise Fredman. Il vit qu'elle était née un 9 novembre. Il nota dans sa mémoire le nom du médicament et celui du médecin qui l'avait prescrit. *Sarotène*. Il n'avait jamais entendu parler de ce médicament auparavant. Il fallait qu'il regarde dans le répertoire de la police en rentrant à Ystad.

Quand il revint dans la salle de séjour, le jeune garçon était assis à la même place. Wallander se demanda un court instant s'il était vraiment normal. Sa maturité apparente et sa maîtrise de soi lui faisaient une drôle d'impression.

Le garçon se tourna vers lui et lui sourit. L'espace d'un instant, la vigilance sembla disparaître de son regard. Wallander effaça ce qu'il venait de penser et prit sa veste.

– Je vous referai signe. N'oublie pas de dire à ta maman que je suis passé. Ce serait bien si tu lui racontais de quoi nous avons parlé.

– Est-ce que je pourrai venir vous voir un jour ? demanda le jeune garçon.

La question surprit Wallander. C'était comme si on venait de lui lancer une balle qu'il ne serait pas arrivé à attraper.

– Tu veux dire que tu veux venir au commissariat à Ystad ?

– Oui.

– Bien sûr, répondit Wallander. Mais téléphone avant. Je suis souvent dehors. Et ce n'est pas toujours possible de venir.

Wallander sortit dans le couloir et appela l'ascenseur. Ils se saluèrent d'un signe de tête. Le garçon referma la porte. Wallander descendit et sortit dehors au soleil.

C'était la journée la plus chaude depuis le début de l'été. Il resta un moment sans bouger, savourant la chaleur. Il en profita pour décider ce qu'il allait faire ensuite. Ce ne fut pas trop difficile. Il se rendit au commissariat de Malmö. Forsfält était dans son bureau. Wallander lui raconta la conversation qu'il avait eue avec le jeune garçon. Il lui donna le nom du médecin, Gunnar Bergdahl, et lui demanda de le joindre au plus vite. Puis il lui exposa ses soupçons quant à une agression sexuelle de Björn Fredman sur sa propre fille, et peut-être aussi contre les deux garçons. Forsfält était certain qu'il n'y avait jamais eu de chefs d'accusation de ce genre contre lui. Mais il promit d'examiner cela le plus vite possible. Wallander parla ensuite de Peter Hjelm. Forsfält lui apprit que l'homme avait pas mal de points communs avec Björn Fredman. Il avait séjourné dans plusieurs prisons différentes. Il avait été arrêté une fois en même temps que Fredman pour la même affaire de recel. Forsfält pensait que c'était Hjelm qui stockait les marchandises et que Fredman les revendait ensuite. Wallander demanda à Forsfält s'il n'avait rien contre le fait qu'il aille parler à Hjelm tout seul.

– Je m'en passerai avec plaisir, dit Forsfält.

– Je veux te garder en réserve, dit Wallander.

Wallander chercha l'adresse de Hjelm dans l'annuaire de Forsfält. Il donna également son propre numéro de téléphone portable à Forsfält. Ils convinrent de déjeuner ensemble. Forsfält espérait qu'il aurait alors une copie de tous les documents concernant Björn Fredman que la police de Malmö avait accumulés depuis des années. Wallander laissa sa voiture devant le commissariat et alla à pied vers Kungsgatan. Il entra dans un magasin de vêtements s'acheter une chemise qu'il enfila tout de suite. Après un instant d'hésitation, il jeta la chemise tachée. C'était quand même Baiba qui la lui avait offerte. Il ressortit dehors. Il s'assit quelques minutes sur un banc pour prendre un peu le soleil. Puis il poursuivit jusqu'à l'immeuble dans lequel habitait Hjelm. La porte avait un code. Mais Wallander avait de la chance : au bout de quelques minutes, un homme âgé sortit promener son chien. Wallander le salua courtoisement et entra. Il lut sur le tableau que Hjelm habitait au troisième. Juste au moment où il allait ouvrir la porte de l'ascenseur, son téléphone portable sonna. C'était Forsfält.

– Où es-tu ? demanda-t-il.

– Je suis devant l'ascenseur, dans l'immeuble de Hjelm.

– C'est ce que j'espérais. Que tu n'étais pas encore arrivé.

– Il s'est passé quelque chose ?

– J'ai réussi à joindre le médecin. En fait, nous nous connaissons. Je l'avais complètement oublié.

– Qu'est-ce qu'il t'a dit ?

– Quelque chose qu'en principe il n'aurait pas dû dévoiler. Mais j'ai promis de ne pas le citer. En d'autres termes, il ne faut pas non plus que tu le fasses.

– Je te le promets.

– Ce qu'il m'a dit, c'est que la personne dont nous parlons et dont nous tairons le nom, puisque nous avons des téléphones portables, a été placée en hôpital psychiatrique.

Wallander retint son souffle.

– Cela explique son voyage au loin, dit-il.

– Non, dit Forsfält. Ça ne l'explique pas. Ça fait trois ans qu'elle est en hôpital psychiatrique.

Wallander resta muet. Quelqu'un appela l'ascenseur qui disparut vers le haut avec un bruit sec.

– On en parlera plus tard, dit-il.

– Bonne chance avec Hjelm.

La conversation fut coupée.

Wallander réfléchit un long moment à ce qu'il venait d'entendre.

Puis il prit l'escalier pour monter jusqu'au troisième étage.

25

Wallander reconnut la musique qui fusait de l'appartement de Hjelm. Il colla son oreille contre la porte. C'était un disque que Linda écoutait souvent à une époque. Wallander se rappelait vaguement le nom du groupe : le Grateful Dead. Il sonna à la porte et recula. La musique était très forte. Il sonna une nouvelle fois, sans qu'il y ait de réaction. Mais quand il se mit à cogner, on arrêta la musique. Il entendit des pas et quelqu'un vint ouvrir. Pour une raison obscure, Wallander s'était imaginé que la porte serait seulement entrebâillée. Quand elle s'ouvrit en grand, il fit un pas en arrière pour ne pas prendre le coin de la porte en plein visage. L'homme qui avait ouvert était nu. Entièrement nu. Wallander vit qu'il devait être sous l'influence d'une drogue quelconque. Il y avait comme un imperceptible mouvement d'oscillation dans son grand corps. Wallander se présenta et montra sa carte. L'homme ne se soucia pas de la regarder. Il continua à fixer Wallander des yeux.

– Toi, je t'ai déjà vu, dit-il. A la télé. Et dans les journaux. Je lis jamais les journaux. J'ai dû te voir en première page. Ou sur les gros titres. Le flic arrêté. Qui descend les gens sans sommation. Comment t'as dit que tu t'appelais ? Wahlgren ?

– Wallander. Peter Hjelm, c'est toi ?

– *Yes*.

– Je voudrais te parler.

L'homme nu fit un geste significatif en direction de l'appartement. Wallander en déduisit qu'il était en compagnie d'une femme.

– Ça ne change rien, dit-il. Ça ne prendra pas tant de temps que ça.

Hjelm le laissa entrer à contrecœur.

– Mets quelque chose, dit Wallander d'un ton autoritaire.

Hjelm haussa les épaules, arracha un pardessus d'un cintre et l'enfila. Comme si Wallander l'avait demandé, il enfila aussi un vieux chapeau. Wallander le suivit dans un long couloir. C'était un appartement ancien, spacieux. Wallander avait parfois rêvé d'en trouver un de ce genre à Ystad. Il s'était renseigné une fois sur un des grands appartements de l'immeuble rouge de la librairie près du marché. Mais apprenant le montant du loyer, il en était resté estomaqué. Quand ils entrèrent dans la salle de séjour, Wallander découvrit à sa grande stupeur un homme nu qui s'était enroulé un drap autour de la taille. Wallander ne s'attendait pas à cette situation. Dans sa vision des choses simpliste et souvent pleine de préjugés, quand un homme nu ouvrait la porte et faisait un geste significatif, cela voulait dire qu'il y avait une femme nue dans l'appartement, pas un homme nu. Pour cacher sa gêne, Wallander prit un ton autoritaire. Il s'assit sur une chaise et fit signe à Hjelm de s'asseoir en face de lui.

– Qui êtes-vous ? demanda-t-il ensuite à l'autre homme qui était nettement plus jeune que Hjelm.

– Geert ne comprend pas le suédois, dit Hjelm. Il vient d'Amsterdam. Il est de passage, on pourrait dire.

– Dis-lui que je veux voir ses papiers, dit Wallander. Maintenant.

Hjelm parlait un très mauvais anglais, pire que celui de Wallander. L'homme enroulé dans le drap disparut et revint avec un permis de conduire hollandais. Comme d'habitude, Wallander n'avait rien pris pour noter. Il mémorisa le nom de l'homme, Van Loenen, et lui rendit son permis. Puis il lui posa quelques questions en anglais. Van Loenen lui dit qu'il était garçon de café à Amsterdam où il avait rencontré Peter Hjelm. C'était la troisième fois qu'il venait à Malmö. Il devait rentrer à Amsterdam dans quelques jours. Wallander lui demanda de quitter la pièce. Hjelm s'était assis par terre, vêtu de son pardessus, le chapeau profondément enfoncé sur le front. Wallander se mit en colère.

– Enlève ce chapeau ! rugit-il. Et assieds-toi sur une chaise. Sinon j'appelle une voiture de police et je t'emmène au commissariat.

Hjelm obtempéra. Il jeta son chapeau au loin en une belle trajectoire courbe qui le fit atterrir entre deux vases, sur un des rebords de fenêtre. Toujours furieux, Wallander commença à poser ses questions. La colère le faisait suer à grosses gouttes.

– Björn Fredman est mort, dit-il brutalement. Mais peut-être es-tu déjà au courant ?

Hjelm se figea. Il ne le savait pas, pensa Wallander.

– On l'a tué. En plus, quelqu'un lui a versé de l'acide dans les yeux. Et lui a découpé une partie de son cuir chevelu. Ça s'est passé il y a trois jours. Et nous recherchons celui qui a fait ça. Le meurtrier a déjà tué deux personnes auparavant. Un ancien politicien nommé Wetterstedt. Et un marchand d'art nommé Carlman. Mais peut-être as-tu déjà fait le lien ?

Hjelm hocha lentement la tête. Wallander tenta en vain d'interpréter son attitude.

– Je comprends maintenant pourquoi Björn ne répondait pas au téléphone, dit-il au bout d'un certain temps. Je l'ai appelé plusieurs fois hier dans la journée. Et je l'ai rappelé ce matin.

– Qu'est-ce que tu voulais ?

– Je voulais l'inviter à dîner.

Wallander savait que ce n'était pas vrai. Comme il était

encore furieux de l'attitude arrogante de Hjelm, il lui fut facile de resserrer la vis. Deux fois seulement, il était sorti de ses gonds et avait frappé des gens qu'il interrogeait. En général, il maîtrisait sa colère.

– Ne mens pas, dit-il. Ta seule chance de me voir sortir par cette porte dans un délai raisonnable est de répondre de manière claire et sans mentir à mes questions. Nous sommes aux prises avec un tueur en série fou. Et ça donne à la police des pouvoirs spéciaux.

C'était faux, bien sûr. Mais cette phrase eut un impact certain sur Hjelm.

– Je l'appelais pour parler d'une affaire entre nous.

– Quel genre d'affaire ?

– Import-export. Il me devait un peu d'argent.

– Un peu ?

– Peu. Environ 100 000. Pas plus.

Wallander songea que cette petite somme d'argent correspondait à plusieurs mois de son salaire. Cela ne fit qu'attiser sa colère.

– Nous reviendrons plus tard à ton business avec Fredman. C'est la police de Malmö qui s'occupera de ça. Moi, je veux savoir si tu sais qui peut avoir tué Fredman.

– En tout cas, pas moi.

– Je ne le crois pas non plus. Quelqu'un d'autre ?

Wallander vit que Hjelm cherchait vraiment.

– Je ne sais pas, répondit-il finalement.

– Tu n'as pas l'air bien sûr ?

– Björn s'occupait de pas mal de choses, dont je ne savais rien.

– Quoi, par exemple ?

– Je ne sais pas.

– Réponds vraiment !

– Mais bordel de merde ! Je ne *sais* pas. Nous avions quelques affaires en commun. Ce que Fredman faisait le reste du temps, je ne peux rien en dire. Dans ce secteur, il ne faut pas en savoir trop. Il ne faut pas en savoir trop peu non plus. Mais c'est une autre affaire.

– Donne-moi quelques suggestions sur les affaires de Fredman.

– Je crois qu'il passait encaisser pas mal de sous.

– C'était ce qu'on appelle un torpilleur ?

– A peu près.

– Et il travaillait pour qui ?

– Sais pas.

– Ne mens pas.

– Je ne mens pas. Je n'en sais vraiment rien.

Wallander était à deux doigts de le croire.

– Et ensuite ?

– Il était plutôt discret. Il voyageait beaucoup. Et quand il revenait, il était bronzé. Et il rapportait des souvenirs.

– Il allait où ?

– Il ne le disait pas. Mais quand il revenait de ces voyages, il avait en général pas mal d'argent.

Le passeport de Björn Fredman, pensa Wallander. Nous ne l'avons pas trouvé.

– En dehors de toi, qui connaissait Björn Fredman ?

– Pas mal de monde.

– Qui le connaissait aussi bien que toi ?

– Personne.

– Est-ce qu'il avait une amie ?

– Quelle question ! Bien sûr qu'il avait des amies !

– Quelqu'un en particulier ?

– Il changeait souvent.

– Pourquoi changeait-il d'amie ?

– Est-ce que je sais ? Pourquoi je change d'ami, moi ? Pourquoi est-ce que je rencontre un jour quelqu'un d'Amsterdam et le jour suivant quelqu'un de Bjärred ?

– De Bjärred ?

– C'est un exemple, bordel ! De Halmstad, si tu préfères !

Wallander se figea. Il considéra Hjelm avec attention.

329

Il ressentait une hostilité instinctive à son égard. A l'égard d'un voleur qui considérait cent mille couronnes comme une petite somme.

– Gustaf Wetterstedt, dit-il ensuite. Et Arne Carlman. Tu savais qu'ils avaient été tués.

– Je ne lis pas les journaux. Mais je regarde la télé.

– Te souviens-tu d'avoir entendu Björn Fredman mentionner leurs noms ?

– Non.

– Est-ce que tu aurais oublié ? Est-ce qu'il pouvait les connaître quand même ?

Hjelm resta silencieux plus d'une minute. Wallander attendait.

– J'en suis relativement certain. Mais il pouvait les connaître sans que je le sache.

– Cet homme qui court encore est dangereux. Il est froid, calculateur. Il est fou. Il a versé de l'acide dans les yeux de Fredman, qui a dû ressentir une douleur terrible. Tu vois ce que je veux dire ?

– Oui.

– Je voudrais que tu fasses un petit travail pour moi. Que tu répandes le bruit que la police cherche un lien entre ces trois hommes. Je suppose que tu es d'accord pour dire qu'il faut empêcher ce type de se promener dans la rue. Ce type qui a versé de l'acide dans les yeux de ton copain.

Hjelm fit une grimace de dégoût.

– Bien sûr.

Wallander se leva.

– Appelle le commissaire Forsfält. Ou donne-moi de tes nouvelles. A Ystad. Tout ce dont tu peux te souvenir peut avoir son importance.

– Björn avait une copine qui s'appelle Marianne, dit Hjelm. Elle habite vers le Triangle.

– Et son nom ?

– Eriksson, je crois.

– Que fait-elle comme boulot ?

– Je ne sais pas.

– Tu as son numéro de téléphone ?

– Je peux essayer de le trouver.

– Cherche-le maintenant.

Wallander attendit pendant que Hjelm passait à côté. Il entendit des chuchotements, une des deux voix semblait en colère. Hjelm revint et donna un morceau de papier à Wallander. Puis il l'accompagna dans l'entrée.

Hjelm semblait s'être extrait des brumes de la drogue qu'il avait prise, et cependant totalement insensible à ce qui était arrivé à son ami. La froideur de ses sentiments déplaisait fortement à Wallander. Elle lui paraissait incompréhensible.

– Ce fou..., commença Hjelm, sans terminer sa phrase.

Wallander comprit la question qui n'avait pas été posée.

– Il cherche certaines victimes. Si tu ne vois pas de rapport entre toi, Wetterstedt, Carlman et Fredman, tu n'as pas de raison d'être inquiet.

– Pourquoi vous ne l'attrapez pas ?

Wallander fixa Hjelm des yeux. Il sentit sa colère revenir.

– Entre autres parce que des gens comme toi ont un mal fou à répondre à mes questions.

De retour dans la rue, il se réinstalla en plein soleil et ferma les yeux. Il réfléchit à sa conversation avec Hjelm, et il eut à nouveau la sensation qu'ils étaient sur une fausse piste. Il ouvrit les yeux et alla se mettre à l'ombre de l'immeuble. Il ne voulait pas laisser filer cette impression qu'il était en train de mener toute l'enquête vers une impasse. Le sentiment instinctif qu'il avait eu à plusieurs reprises lui revint, ce sentiment que quelqu'un lui avait dit quelque chose de fondamental. *Il y a quelque chose que je ne vois pas là-dedans*, se dit-il. *Il y a un rapport entre Wetterstedt, Carlman et Fredman que j'effleure sans le repérer.* Il sentit l'angoisse s'installer à nouveau en lui. L'homme qu'ils recherchaient pouvait frapper à nouveau. Et ils n'avaient aucune idée de son identité. Qui plus est, ils ne savaient pas trop où chercher. Il sortit de l'ombre de l'immeuble et héla un taxi.

Il était plus de midi quand, après avoir réglé la course, il descendit du taxi devant le commissariat. Quand il arriva au bureau de Forsfält, ce dernier lui dit qu'il devait rappeler Ystad. Son angoisse qu'il se soit encore passé quelque chose de grave revint immédiatement. C'est Ebba qui répondit. Elle le rassura tout de suite et lui passa Nyberg. Forsfält avait prêté son fauteuil à Wallander, qui prit un morceau de papier et nota les informations de Nyberg. Ils avaient trouvé des empreintes digitales sur la paupière gauche de Fredman. Elles n'étaient pas très claires. Mais ils étaient parvenus à les identifier comme étant les mêmes que celles des deux crimes précédents. Il n'y avait plus aucun doute, c'était bien l'homme qu'ils recherchaient. L'examen de médecine légale avait établi que Fredman avait été tué moins de douze heures avant qu'on ait trouvé le corps. En outre, le médecin était certain que l'acide avait été versé dans les yeux de Fredman alors qu'il était encore en vie.

Après sa conversation avec Nyberg, Ebba lui passa le poste de Martinsson, qui avait reçu un message d'Interpol confirmant que le père de Dolores Maria Santana avait reconnu la médaille. C'était bien la sienne. Par ailleurs, l'ambassade de la République dominicaine en Suède était extrêmement réticente à l'idée de payer les frais de rapatriement à Santiago du cercueil qui contenait les restes de la jeune fille. Wallander l'écouta d'une oreille distraite. Quand Martinsson eut fini de se plaindre du manque de coopération de l'ambassade, il demanda où en étaient Svedberg et Ann-Britt Höglund. Martinsson lui répondit qu'ils étaient en train de creuser. Mais qu'aucun d'entre eux n'était arrivé à percer l'épaisse écorce qui enveloppait toute l'enquête. Wallander promit d'être de retour à Ystad dans l'après-midi et raccrocha. Forsfält était sorti éternuer dans le couloir.

– De l'allergie, dit-il en se mouchant. C'est en été que c'est le pire.

Ils se rendirent à pied sous le soleil radieux dans le restaurant habituel de Forsfält et commandèrent un plat de pâtes. Une fois que Wallander eut raconté son entretien avec Hjelm, Forsfält se mit à parler de sa maison de vacances dans les environs de Älmhult. Wallander comprit qu'il ne voulait pas gâcher le repas en parlant de l'enquête en cours. Normalement, Wallander aurait eu du mal à garder son calme. Mais en compagnie de Forsfält, c'était facile. Il écouta avec une fascination grandissante le vieux policier lui décrire la restauration qu'il avait entreprise d'une ancienne forge. Ils ne revinrent à l'enquête qu'au café. Forsfält promit d'interroger Marianne Eriksson le jour même. Mais le plus important restait la découverte du fait que Louise Fredman était dans un hôpital psychiatrique depuis trois ans.

– Je pense, dit Forsfält, qu'elle doit être à Lund. A la clinique Saint-Lars. C'est là qu'on envoie les cas les plus graves, je crois.

– C'est difficile d'accéder au registre des malades, il y a toute une série de barrages à franchir, dit Wallander. Évidemment, c'est une bonne chose. Mais j'ai le sentiment que Louise Fredman est importante. Notamment parce que sa famille a menti.

– Pas nécessairement, objecta Forsfält. Un malade mental dans une famille, c'est une chose dont on ne parle pas volontiers. J'avais une tante qui a passé une bonne partie de sa vie dans plusieurs hôpitaux psychiatriques. Je me souviens qu'on ne parlait jamais d'elle quand il y avait des gens extérieurs à la famille. C'était une honte.

– Je vais demander à un des procureurs d'Ystad de

prendre contact avec Malmö, dit Wallander. Il y aura sans doute un tas de formalités à faire.

– Que vas-tu invoquer comme motif ?

Wallander réfléchit.

– Je ne sais pas. Je suspecte Björn Fredman d'avoir abusé de sa fille.

– Ce n'est pas défendable, dit Forsfält d'un ton décidé.

– Je sais. Il faut que j'arrive à prouver qu'il est fondamental pour l'enquête criminelle d'obtenir des informations sur Louise Fredman. Et son témoignage.

– Et quelle aide crois-tu qu'elle pourra t'apporter ?

Wallander écarta les bras.

– Je n'en sais rien. Connaître les raisons de son internement en hôpital psychiatrique ne clarifiera peut-être rien. Peut-être ne peut-elle même pas soutenir une conversation avec quelqu'un.

Forsfält hocha pensivement la tête. Même si les objections de Forsfält étaient fondées, Wallander ne pouvait aller contre son intuition qui lui disait que Louise Fredman était un témoin important. Mais avec Forsfält, il n'était pas question de parler d'intuition.

Wallander invita Forsfält. Quand ils furent de retour au commissariat, Forsfält se rendit à la réception et revint avec un sac plastique noir.

– Voilà quelques kilos de photocopies qui donnent un assez bon résumé de la vie mouvementée de Björn Fredman, dit-il en souriant.

Puis il redevint aussitôt sérieux, comme si son sourire avait été déplacé.

– Pauvre diable, dit-il. Il a dû terriblement souffrir. Qu'est-ce qu'il avait fait pour mériter ça ?

– Justement, dit Wallander. Qu'est-ce qu'il avait fait ? Qu'est-ce que Wetterstedt avait fait ? Et Carlman ? A qui ?

– Des scalps, et de l'acide dans les yeux. Où allons-nous ?

– Selon la direction centrale de la police, nous allons vers une société où un district comme celui d'Ystad n'aura pas besoin de personnel de surveillance pendant le week-end, dit Wallander.

Forsfält réfléchit en silence un instant avant de répondre.

– Je ne pense pas que ce soit la bonne manière de réagir à l'évolution de la société.

– Dis-le au chef de la police.

– Qu'est-ce qu'il peut y faire ? Il a une direction au-dessus de lui. Et derrière il y a les politiques.

– Il peut en tout cas refuser. Il peut même démissionner si ça va trop loin.

– Peut-être, dit Forsfält d'un air absent.

– Merci pour ton aide, dit Wallander. Et notamment pour m'avoir raconté l'histoire de la forge.

– Viens me voir un de ces jours. Que la Suède soit aussi merveilleuse qu'on l'écrit partout, je ne sais pas. Mais c'est encore un grand pays. Un beau pays. Qui, curieusement, a été sauvegardé. A condition qu'on fasse l'effort de regarder.

– Et Marianne Eriksson ?

– Je me charge tout de suite de la retrouver. Je te rappelle dans l'après-midi.

Wallander déposa le sac plastique dans son coffre. Puis il quitta la ville et prit la E 65. Il baissa la vitre et laissa le vent d'été souffler sur son visage. En arrivant à Ystad, il bifurqua vers le magasin d'alimentation et alla faire des courses. Il était déjà à la caisse quand il constata qu'il avait oublié la lessive. Il rentra déposer ses achats chez lui.

Au moment d'ouvrir, il se rendit compte qu'il avait perdu ses clés.

Il redescendit et chercha dans sa voiture sans les trouver. Il appela Forsfält : il était sorti. Un de ses collègues alla voir dans le bureau de Forsfält si Wallander n'y aurait pas laissé son trousseau de clés. Elles n'étaient pas là non plus. Il appela Peter Hjelm qui répondit presque tout de suite et revint quelques minutes plus tard confirmer qu'il ne les trouvait pas. Il chercha dans sa poche le papier sur lequel il avait noté le numéro de la famille Fredman à Rosengård. C'est le fils qui répondit. Wallander attendit qu'il revienne au téléphone. Il n'avait rien trouvé non plus. Wallander hésita un instant à lui dire qu'il savait que sa sœur Louise était dans un hôpital psychiatrique depuis plusieurs années. Mais il y renonça et réfléchit. Il pouvait avoir perdu ses clés dans le restaurant où il avait déjeuné avec Forsfält. Ou dans la boutique où il s'était acheté une chemise neuve. Il retourna, exaspéré, à sa voiture et partit pour le commissariat. Ebba avait un stock de doubles de clés. Il lui donna le nom du restaurant et de la boutique à Malmö. Elle promit de se renseigner. Wallander rentra chez lui sans avoir parlé à aucun de ses collègues. Il éprouvait le besoin de réfléchir à ce qui s'était passé au cours de la journée. Il lui fallait notamment préparer ce qu'il allait dire à Per Åkeson. Il porta ses achats à l'intérieur de l'appartement et les rangea dans le réfrigérateur et dans le cellier. L'heure de lave-linge pour laquelle il s'était inscrit était déjà passée. Il prit son paquet de lessive et ramassa le tas de linge sale. Dans la buanderie, il n'y avait encore personne. Il tria son linge sale en essayant de déterminer quels vêtements pouvaient être lavés à la même température. Au prix d'un certain effort, il parvint à mettre en marche les deux machines. Ce n'est pas sans une certaine satisfaction qu'il remonta dans son appartement.

Il avait à peine refermé la porte que le téléphone sonna. C'était Forsfält. Marianne Eriksson séjournait en Espagne, et il allait tenter de la joindre à l'hôtel que l'agence de voyages lui avait indiqué. Wallander sortit le contenu du sac plastique noir. Sa table de cuisine se retrouva couverte de dossiers. Pris d'une soudaine lassitude, il sortit une bière du réfrigérateur et alla s'asseoir au salon. Il mit un disque de Jussi Björling. Au bout d'un moment, il s'étendit sur le canapé et posa sa canette de bière par terre à côté de lui. Il s'endormit presque aussitôt.

Il se réveilla en sursaut quand la musique s'arrêta. La canette était à moitié vide. Allongé sur le canapé, il finit sa bière. Ses pensées vaquaient librement dans sa tête. Le téléphone sonna. Il alla répondre dans sa chambre à coucher. C'était Linda. Elle demandait si elle pouvait venir habiter chez lui quelques jours. Les parents de son amie devaient rentrer aujourd'hui. Wallander se sentit aussitôt plein d'énergie. Il dégagea la table de cuisine de tous les papiers et alla les poser dans sa chambre. Puis il fit le lit dans la chambre que Linda occupait habituellement. Il ouvrit les fenêtres pour laisser l'air chaud du soir pénétrer dans tout l'appartement. Elle devait arriver à neuf heures. Il eut le temps de descendre à la buanderie sortir le linge des deux machines. A son grand étonnement, rien n'avait déteint. Il étendit le linge dans le séchoir et remonta dans son appartement. Elle avait dit qu'elle aurait déjà dîné. Il se prépara des pommes de terre et un bifteck. Tout en mangeant, il se demanda s'il devait appeler Baiba.

Il pensa aussi à ses clés qui avaient disparu. A Louise Fredman. A Peter Hjelm. A tous les papiers qu'il avait dans sa chambre.

Il pensa surtout à l'homme perdu quelque part dans la nuit d'été.

L'homme qu'il fallait arrêter rapidement. Avant qu'il ne frappe une nouvelle fois.

Il resta accoudé à la fenêtre ouverte et la vit arriver dans la rue.

– Je t'aime, dit-il à haute voix.

Puis il lui lança son trousseau de clés, qu'elle attrapa.

26

Bien qu'il fût resté la moitié de la nuit à parler avec Linda, Wallander s'obligea à se lever dès six heures du matin. Il resta longtemps, à moitié endormi, sous la douche, sentant la fatigue quitter peu à peu son corps. Il se déplaça sans bruit dans l'appartement, et remarqua qu'il ne s'y sentait vraiment bien que quand Baiba ou Linda s'y trouvait. Quand il était seul, son appartement n'était qu'un refuge, un simple toit provisoire et interchangeable. Il fit du café et descendit récupérer son linge. Une voisine, qui fourrait son linge dans une machine, lui signala qu'il n'avait pas nettoyé la buanderie après son passage. C'était une vieille dame qui vivait seule. Wallander la saluait quand ils se croisaient. Il ne connaissait pas son nom. Elle lui montra un endroit où il avait renversé un petit tas de lessive. Wallander présenta ses excuses et promit de faire mieux la prochaine fois. Vieille vache, se dit-il en remontant chez lui, un peu énervé. Certes, elle avait raison. Il avait rangé un peu à la va-vite. Il posa le linge sur son lit et porta dans la cuisine les dossiers que Forsfält lui avait donnés. Il avait mauvaise conscience de ne pas avoir eu le courage de les lire. Mais la longue conversation qu'il avait eue avec Linda avait été importante. Il avait fait très chaud cette nuit-là. Ils étaient restés sur le balcon et il l'avait écoutée. C'était une adulte qu'il avait devant les yeux, une adulte qui lui parlait. Ce n'était plus une enfant, et il en était réellement étonné. Quelque chose avait changé, et il n'y avait pas prêté attention auparavant. Elle lui apprit que Mona songeait à se remarier. Cela fit un choc à Wallander. Il devinait que son ex-femme avait chargé Linda de le lui annoncer. Cette nouvelle, qui le blessait, et qui curieusement le déprimait, sans qu'il comprenne pourquoi, l'amena à lui confier pour la première fois les raisons pour lesquelles, selon lui, son couple s'était défait. Il comprit à ses commentaires que la version de Mona était légèrement différente. Puis elle l'interrogea sur Baiba, et il lui répondit le plus sincèrement possible, même s'il restait encore beaucoup d'incertitudes dans leur relation. Quand ils étaient enfin allés se coucher, il avait eu confirmation de ce qui lui importait le plus : elle ne lui reprochait pas ce qui s'était passé. Elle voyait maintenant la séparation de ses parents comme un événement nécessaire.

Il s'installa dans la cuisine et entama le volumineux dossier qui décrivait la vie complexe et mouvementée de Björn Fredman. Il lui fallut deux heures pour parcourir l'ensemble, en lisant certains passages en diagonale. Il prit quelques notes sur un cahier. Quand il referma la dernière chemise en s'étirant, il était huit heures du matin. Il se reversa une tasse de café et alla à la fenêtre. Ce serait encore une belle journée d'été. Il n'arrivait plus à se rappeler quand il avait plu pour la dernière fois. Il tenta de résumer ce qu'il venait de lire. Dès sa naissance, Björn Fredman avait été un triste sire. Il avait grandi dans une famille violente et perturbée, et il avait eu maille à partir avec la police dès l'âge de sept ans pour un vol de bicyclette. Après, ça ne s'était jamais arrêté. Björn Fredman s'était dès le début confronté à une existence à laquelle il n'avait que trop peu de raisons de s'attacher. Dans sa vie de policier, Wallander était sans arrêt obligé de lire ces histoires ternes, sans couleurs, où l'on devinait dès les premières lignes que ça finirait mal. La Suède s'était sortie de la pauvreté grâce à ses propres forces, mais aussi à des circonstances favorables. Wallander se souvenait que, dans son enfance, il y avait des gens vraiment pauvres, même si à l'époque ils étaient déjà peu nombreux. Mais l'autre pauvreté, songea-t-il en buvant son café devant la fenêtre, nous n'avons jamais pu la changer. Elle hibernait derrière toutes ces façades propres. Et maintenant que l'ère de l'expansion semble passée, et qu'on tire à hue et à dia sur l'État-Providence, voilà que la pauvreté sort de son hibernation, que la misère familiale revient. Björn Fredman n'est pas un cas unique. Nous n'avons pas réussi à créer une société où des gens comme lui se sentiraient chez eux. Quand nous avons fait voler en éclats la vieille société, dans laquelle la famille avait encore une cohérence, nous avons oublié de la remplacer par autre chose. Nous ignorions que nous aurions à en payer le prix : une grande solitude. Ou peut-être avons-nous fait semblant de l'ignorer ?

Il rangea les dossiers dans le sac plastique noir et écouta une dernière fois à la porte de Linda. Elle dormait. Il ne put résister au plaisir d'ouvrir doucement la porte pour la regarder. Elle dormait en chien de fusil, tournée contre le mur. Il lui laissa un mot sur la table de la cuisine et se demanda comment il allait faire pour les clés. Il appela Ebba au commissariat. Mais elle ne put lui donner qu'une réponse négative. Ni le restaurant ni la boutique n'avaient trouvé les clés. Il ajouta un post-scriptum à son mot pour dire à Linda de laisser les clés sous le paillasson. Puis il partit en direction du commissariat. Il arriva peu avant neuf heures. Hansson était dans son bureau, le visage plus gris que jamais. Wallander eut soudain pitié de lui. Combien de temps allait-il tenir le coup ? Ils allèrent prendre un café ensemble au réfectoire. C'était un samedi, qui plus est du mois de juillet, et on n'aurait guère imaginé en voyant le commissariat que la plus grosse enquête criminelle de l'histoire de la police d'Ystad battait son plein. Wallander voulait dire à Hansson qu'ils avaient maintenant, à son avis, besoin de renforts. Pour être franc, Hansson devait être soulagé de certaines tâches. Il restait convaincu qu'ils avaient suffisamment de gens à envoyer sur le terrain. Mais Hansson avait besoin de renforts pour l'arrière-garde. Il tenta de protester, mais Wallander insista : son visage gris et ses yeux hagards étaient des arguments suffisants. Pour finir, Hansson céda, presque soulagé, et promit d'en parler lundi au préfet de la région. Il leur fallait un intendant de police.

Une réunion de travail était prévue pour dix heures. Wallander appela Forsfält depuis son bureau. Il l'interrogea à propos du passeport de Björn Fredman.

– Il devrait être dans son appartement, dit Forsfält. C'est bizarre qu'on ne l'ait pas trouvé.

– Je ne sais pas si ça présente un intérêt, dit Wallander. Mais je veux en savoir plus sur ces voyages dont Peter Hjelm a parlé.

– De nos jours, les pays européens ne mettent plus de tampons sur les passeports.

– J'ai eu le sentiment que Hjelm parlait de voyages vers des pays plus lointains. Mais je peux me tromper.

Forsfält promit de rechercher le passeport de Fredman.

– J'ai parlé avec Marianne Eriksson, hier soir. J'ai songé à t'appeler. Mais il était tellement tard.

– Où l'as-tu trouvée ?

– A Malaga. Elle ne savait même pas que Björn Fredman était mort.

– Qu'est-ce qu'elle avait à dire ?

– Pas grand-chose. Évidemment, elle était bouleversée. Je n'ai pas pu lui épargner les détails. Ils se voyaient de temps en temps, ces six derniers mois. J'ai cru comprendre qu'elle aimait bien Björn Fredman.

– Elle doit bien être la première. En dehors de Peter Hjelm.

– Elle croyait que c'était un homme d'affaires, poursuivit Forsfält. Elle ignorait qu'il avait passé toute sa vie dans l'illégalité. Elle ne savait pas non plus qu'il était marié et père de trois enfants. Je crois que ça l'a pas mal secouée. Cette conversation téléphonique a dû faire voler en éclats l'image qu'elle avait de Björn Fredman.

– Qu'est-ce qui te fait dire qu'elle l'aimait ?

– Elle était malheureuse d'apprendre qu'il lui avait menti.

– Tu as appris autre chose ?

– Non. Mais elle rentre en Suède. Elle arrive vendredi J'irai la voir à ce moment-là.

– Et ensuite, tu pars en vacances ?

– En tout cas, c'était dans mes intentions. Tu ne devais pas partir en vacances, toi aussi ?

– Pour le moment, je préfère ne pas trop y penser.

– Dès que ça va commencer à se préciser, ça peut aller très vite.

Wallander ne fit aucun commentaire. Ils raccrochèrent. Wallander demanda ensuite au standard de joindre Per Åkeson. On lui répondit qu'il était chez lui. Wallander regarda sa montre. Neuf heures cinq. Il décida d'aller le voir. Dans le couloir, il faillit heurter Svedberg qui portait toujours son étrange couvre-chef.

– Comment va ton coup de soleil ? demanda Wallander.

– Mieux. Mais je n'ose pas sortir sans mon chapeau.

– Est-ce que tu crois qu'il y a un serrurier ouvert un samedi ?

– Ça m'étonnerait. Si tu as oublié tes clés chez toi, il y a des serruriers qui ont des permanences.

– J'ai besoin de faire un double de deux clés.

– Tu t'es enfermé dehors ?

– J'ai perdu mes clés.

– Il y avait ton nom et ton adresse dessus ?

– Bien sûr que non.

– Dans ce cas, tu n'as pas besoin de changer la serrure.

Wallander prévint Svedberg qu'il serait un peu en retard à la réunion.

Per Åkeson habitait dans une zone pavillonnaire qui surplombait l'hôpital. Wallander était déjà allé chez lui, il connaissait le chemin. Åkeson tondait sa pelouse. Il arrêta la tondeuse et se dirigea vers Wallander.

– Il s'est passé quelque chose ?

– Oui et non. Il se passe toujours plein de choses. Mais rien de fondamental. J'ai besoin de ton aide pour rechercher quelqu'un.

Ils entrèrent dans le jardin. Wallander constata avec amertume que c'était le même genre de jardin que partout ailleurs. Il refusa le café que lui proposait Åkeson. Ils s'assirent à l'ombre sur la terrasse.

– Si ma femme vient, dit Per Åkeson, je te serais reconnaissant d'éviter de lui parler de mon départ pour l'Afrique. C'est un sujet sensible.

Wallander le lui promit. Puis il parla brièvement de Louise Fredman, de ses soupçons quant à un viol éventuel par son père. Il parla franchement. Peut-être était-ce une fausse piste de plus, peut-être cela ne donnerait-il rien. Mais il ne pouvait pas prendre le risque du contraire. Il insista sur la nouvelle ouverture que donnait à l'enquête la certitude que Fredman avait été tué par le même homme que Wetterstedt et Carlman. *Fredman est la brebis galeuse de la famille des scalpés*, dit-il en sentant aussitôt combien sa comparaison était douteuse. De quelle manière cadrait-il avec les autres ? De quelle manière ne cadrait-il pas ? Peut-être fallait-il justement partir de Fredman, là où rien ne semblait évident, pour trouver le lien qui le reliait aux autres ? Åkeson l'écouta attentivement. Il ne fit aucune objection.

– J'ai parlé avec Ekholm, dit-il quand Wallander se tut. Un type bien, je crois. Compétent. Réaliste. L'impression qu'il m'a donnée est que le tueur va frapper une nouvelle fois.

– J'y pense sans arrêt.

– Où en est-on au sujet des renforts ?

Wallander évoqua l'entretien qu'il avait eu avec Hansson.

– Je crois que tu as tort, dit Per Åkeson. Ça ne suffit pas de donner des renforts à Hansson. A mon avis, tu surestimes ta capacité de travail et celle de tes collègues. C'est une grosse enquête, une *trop* grosse enquête. Il faut plus de gens dessus. Plus de gens, ça veut dire qu'on peut faire plus de choses en même temps. Et pas les unes après les autres. Nous avons affaire à un homme qui peut tuer encore une fois. Notre temps est précieux.

– Je sais ce que tu veux dire. Où que je sois, j'ai sans arrêt peur d'arriver trop tard.

– Des renforts, répéta Per Åkeson. Qu'est-ce que tu en dis ?

– Pour le moment, je dis non. Le problème n'est pas là.

La tension monta aussitôt.

– En tant que responsable de l'enquête, je ne peux pas accepter ça, lança Per Åkeson. Et tu ne veux pas plus de gens. Qu'est-ce qui se passe à ce moment-là ?

– On se retrouve dans une situation difficile.

– Très difficile. Et très désagréable. Si je dois demander des renforts contre la volonté de la police, je suis obligé de dire que la brigade chargée de l'enquête ne s'est pas montrée capable de résoudre le problème. Je dois vous déclarer incompétents, même si ça peut être dit de manière aimable. Et je n'ai pas envie de ça.

– Tu le feras si c'est nécessaire, dit Wallander. Et je donnerai ma démission sur-le-champ.

– Mais enfin, Kurt !

– C'est toi qui as entamé cette discussion. Pas moi.

– Tu as tes règles professionnelles. J'ai les miennes. Et je considère que je commets une faute professionnelle si je ne veille pas à ce que vous ayez plus de personnel à votre disposition.

– Et des chiens. Il me faut des chiens policiers. Et des hélicoptères.

La conversation s'arrêta là. Wallander regretta de s'être emporté. Il n'arrivait pas non plus à expliquer son hostilité aux renforts. Il savait d'expérience que ceux-ci pouvaient occasionner des problèmes de collaboration susceptibles de compromettre ou de retarder le cours de l'enquête. Mais il n'avait pas d'argument à opposer à Per Åkeson sur la possibilité de faire plusieurs choses en même temps.

– Parles-en avec Hansson. C'est lui qui décide.

– Hansson ne décide rien sans te consulter. Et il fait ce que tu dis.

– Je peux refuser de donner mon avis. Je peux au moins t'apporter cette aide.

Per Åkeson se leva pour fermer le robinet auquel était branché un tuyau d'arrosage vert qui gouttait. Puis il se rassit.

– Attendons lundi, dit-il.

– Attendons, répondit Wallander.

Puis il revint à Louise Fredman. Il insista. Rien ne prouvait que Björn Fredman avait abusé de sa fille. Mais il ne pouvait pas exclure quoi que ce soit : c'est pour cela qu'il avait besoin de l'aide d'Åkeson pour tenter d'accéder à la chambre de malade de Louise Fredman.

– Il est possible que je me trompe totalement, conclut Wallander. Ce ne serait pas la première fois. Mais je ne peux pas me permettre de passer à côté de quoi que ce soit. Je veux savoir pourquoi Louise Fredman se trouve dans un hôpital psychiatrique. Et quand je le saurai, je veux voir avec toi s'il y a des raisons d'aller plus loin.

– Ce qui veut dire ?

– Lui parler.

Per Åkeson hocha la tête. Wallander sentit qu'il pou-

vait compter sur son soutien. Il connaissait bien Åkeson.
Celui-ci respectait ses intuitions, même quand elles
n'étaient fondées sur aucune preuve concrète.

– Ça risque d'être assez compliqué, dit Per Åkeson.
Mais je vais essayer d'agir dès ce week-end.

– Je t'en serai reconnaissant. Tu peux m'appeler au
commissariat ou à la maison, quand tu veux.

Per Åkeson vérifia qu'il avait bien les bons numéros
de téléphone.

La tension qu'il y avait eue entre eux semblait avoir
disparu. Per Åkeson le raccompagna jusqu'à sa voiture.

– L'été a bien commencé, dit-il. Mais je me doute que
tu n'as guère le temps d'y penser.

Wallander perçut comme de la compassion dans sa
voix.

– Pas beaucoup, non. Mais la grand-mère d'Ann-Britt
Höglund a prédit qu'il ferait chaud longtemps.

– Elle ne pourrait pas plutôt nous dire où chercher cet
assassin ?

Wallander secoua la tête avec résignation.

– Il nous parvient sans arrêt des éléments nouveaux.
Même nos médiums habituels et pas mal de gens qui se
disent voyants ont commencé à donner de leurs nouvelles. Quelques stagiaires mettent de l'ordre dans tout ça.
Ensuite Ann-Britt et Svedberg vérifient. Jusqu'à présent,
ça n'a rien donné. Personne n'a rien vu, que ce soit chez
Wetterstedt ou à côté de la ferme de Carlman. On commence à en savoir un peu plus sur la tranchée devant la
gare ou sur la camionnette sur le parking de l'aéroport.
Mais ça n'aboutit nulle part.

– L'homme que tu pourchasses est prudent.

– Prudent, rusé, et dénué d'humanité. Je n'arrive pas
à comprendre comment son cerveau fonctionne. Même
Ekholm semble frappé de mutisme. C'est la première fois
de ma vie que j'ai l'impression d'avoir affaire à un monstre en liberté.

Åkeson réfléchit un instant.

– Ekholm m'a dit qu'il était en train de mettre toutes les informations sur ordinateur. Pour travailler dessus avec un programme développé par le FBI. Peut-être cela va-t-il nous donner quelque chose.

– Espérons...

Wallander laissa la phrase en suspens. Åkeson avait compris de toute façon :

... Avant qu'il ne frappe une nouvelle fois...

... Sans que nous sachions où le chercher.

Wallander retourna au commissariat. Il arriva à la réunion avec quelques minutes de retard. Pour encourager son personnel qui travaillait dur, Hansson était descendu acheter de la brioche à la pâtisserie Fridolf. Wallander s'assit à sa place habituelle et regarda les autres. Martinsson était venu en short pour la première fois de l'année. Ann-Britt présentait les premiers signes du coup de soleil. Il l'envia : quand avait-elle eu le temps de prendre un bain de soleil ? Le seul à être correctement habillé était Ekholm, qui avait rejoint sa place habituelle en bout de table.

– Un de nos quotidiens du soir a eu le bon goût de proposer à ses lecteurs des considérations sur l'histoire du scalp, dit Svedberg d'un ton désabusé. Espérons que ça ne va pas devenir une nouvelle mode chez tous les fous qui se promènent en liberté.

Wallander frappa quelques coups de stylo sur la table.

– Commençons la réunion. Nous sommes à la recherche du pire criminel que nous ayons connu. Il a déjà commis trois meurtres violents. Nous savons que c'est le même homme. Mais nous ne savons rien de plus. En dehors du fait qu'il risque fort de frapper à nouveau.

Il y eut un silence autour de la table. Wallander n'avait pas l'intention d'alourdir l'atmosphère. Son expérience lui avait appris que les enquêtes compliquées devenaient plus faciles quand on adoptait un ton plus léger, même si les crimes étaient brutaux et tragiques. Il les savait tous aussi déprimés que lui. Ils partageaient ce sentiment de pourchasser un monstre humain, dont les sentiments étaient si déformés qu'ils semblaient insaisissables.

Ce fut une des réunions les plus pénibles de la carrière de Wallander. De l'autre côté des vitres, un été dont la beauté paraissait presque irréelle, la brioche de Hansson qui poissait sous la chaleur, et son propre malaise qui lui donnait la nausée. Tout en suivant avec attention les propos autour de la table, il se demandait comment il pouvait supporter de travailler dans la police. N'avait-il pas atteint ce point où il ressentait qu'il avait assez donné ? La vie devait être plus que ça. Ce qui le déprimait, c'était de ne pas déboucher sur la moindre piste, la moindre brèche qu'ils puissent agrandir pour se frayer un chemin à travers le mur. Ils n'étaient pas dans l'impasse, il leur restait encore pas mal d'issues. Ce qui leur manquait, c'était l'évidence dans le choix des directions à prendre. Dans les enquêtes, il finissait toujours par y avoir une sorte de cap invisible, qui leur permettait de s'orienter. Mais cette fois-ci, ce cap leur manquait. Ils n'étaient plus seulement à rechercher le lien, le point commun. Ils commençaient à douter de son existence même.

A la fin de la réunion, trois heures plus tard, une évidence subsistait. Continuer. Wallander regarda les visages fatigués qui l'entouraient et leur suggéra de se reposer. Il annula toutes les réunions du dimanche. Ils se retrouveraient lundi matin. Il était inutile de mentionner les réserves d'usage. A condition qu'il ne se passe rien de grave. A condition que l'homme qui se cachait quelque part au milieu de l'été ne frappe pas une nouvelle fois.

De retour à l'appartement dans l'après-midi, il trouva un mot de Linda disant qu'elle rentrerait tard. Fatigué, il dormit quelques heures. Puis il téléphona deux fois à Baiba sans succès. Il appela Gertrud, qui le rassura sur son père. La seule différence, c'est qu'il parlait souvent du voyage en Italie qu'ils allaient faire en septembre. Wallander passa l'aspirateur et répara une fermeture de fenêtre. L'idée du meurtrier inconnu ne le quittait pas. A sept heures du soir, il fit un dîner simple, un filet de cabillaud surgelé et des pommes de terre. Il alla ensuite s'asseoir sur le balcon et feuilleta distraitement un vieux numéro d'*Ystads Allehanda*, une tasse de café à la main. A neuf heures et quart, Linda arriva. Ils burent un thé dans la cuisine. Wallander pourrait venir voir le lendemain une répétition du spectacle qu'elle était en train de monter avec Kajsa. Elle restait très mystérieuse et refusa de dévoiler de quoi il s'agissait. A vingt et une heures trente, ils allèrent se coucher tous les deux.

Wallander s'endormit presque aussitôt. Linda resta un moment éveillée à écouter les oiseaux de nuit. Puis elle s'endormit, elle aussi. Elle avait laissé sa porte entrouverte

*

Ils ne virent ni l'un ni l'autre la porte qui s'ouvrait doucement peu après deux heures du matin. Hoover était pieds nus Il resta un moment dans l'entrée, écoutant le silence. Il entendait un homme ronfler dans une chambre à gauche de la salle de séjour. Il avança doucement vers l'intérieur de l'appartement. Par une porte entrouverte, il aperçut quelqu'un qui dormait dans la chambre. Une fille qui devait avoir à peu près le même âge que sa sœur. Il ne put résister à la tentation d'entrer et de s'approcher d'elle. Il avait sur la dormeuse un pouvoir énorme. Puis il sortit de la chambre et continua vers celle d'où venaient les ronflements. Le policier nommé Wallander était couché sur le dos et avait rejeté tout ce qui le couvrait, en dehors d'un bout de son drap. Il dormait profondément. Sa poitrine faisait comme de grandes vagues.

Hoover resta immobile à le regarder.

Il pensa à sa sœur qui allait bientôt être libérée de tout ce mal. Qui pourrait bientôt revenir à la vie.

Il regarda l'homme qui dormait. Il pensa à la personne dans la chambre d'à côté. Ce devait être sa fille.

Il prit sa décision.

Il reviendrait dans quelques jours.

Il quitta l'appartement aussi silencieusement qu'il était venu. Il referma avec les clés qu'il avait prises dans la veste du policier.

Aussitôt après, le silence fut brisé par le bruit d'une mobylette qui démarra et disparut.

Puis tout redevint silencieux

En dehors du chant des oiseaux de nuit.

27

Quand Wallander se réveilla ce dimanche matin, il sentit qu'il avait bien dormi. Cela faisait très longtemps que ça ne lui était pas arrivé. Il était plus de huit heures. Par l'ouverture du rideau, il aperçut un coin de ciel bleu. Il continuait à faire beau. Il resta un moment couché, à écouter les bruits. Puis il se leva, enfila son peignoir propre et jeta un coup d'œil dans la chambre voisine. Linda dormait toujours. Il se sentit un court instant revenu au temps où elle était enfant. Cela le fit sourire. Il alla dans la cuisine faire du café. Le thermomètre à la fenêtre de la cuisine indiquait déjà 19 degrés. Quand le café fut prêt, il prépara un plateau pour Linda. Il se souvenait de ce qu'elle prenait. Un œuf à la coque, du pain grillé, quelques tranches de fromage et des quartiers de tomate. A boire, rien que de l'eau. Il but son café et attendit qu'il soit neuf heures moins le quart. Puis il alla la réveiller. Elle sursauta en entendant son nom. Quand elle vit le plateau, elle éclata de rire. Il s'assit sur le bord du lit et la regarda manger. Il n'avait pas pensé un seul instant à l'enquête depuis la réflexion fugitive qu'il s'était faite en se réveillant. Il avait déjà ressenti la même chose, notamment lors d'une enquête sur un couple de paysans âgés assassinés dans une ferme isolée du côté de Knickarp. Tous les matins, en quelques secondes, l'enquête défilait à toute vitesse dans sa tête, avec tous les détails et toutes les questions non résolues imbriquées.

Elle repoussa le plateau et se rejeta en arrière dans le lit en s'étirant.

– Qu'est-ce que tu as fait debout, cette nuit ? demanda-t-elle. Tu avais du mal à dormir ?

– J'ai dormi comme un loir. Je ne me suis même pas levé pour aller aux toilettes.

– Alors j'ai dû rêver.

Elle bâilla.

– Il m'a semblé que tu ouvrais ma porte et que tu entrais dans ma chambre.

– Tu as dû rêver. Pour une fois, j'ai dormi toute la nuit sans interruption.

Une heure plus tard, L.nda quitta l'appartement. Ils avaient convenu de se retrouver à Österportstorg à sept heures du soir. Linda lui avait demandé s'il avait conscience que c'était précisément l'heure où la Suède allait jouer en quart de finale contre l'Arabie saoudite. Wallander avait répondu que ça lui était bien égal. En revanche, il avait parié que la Suède allait gagner 3-1, et il avait donné une fois de plus cent couronnes à Martinsson. On avait prêté un local commercial vide aux deux jeunes filles pour répéter. Une fois seul, Wallander sortit son fer et sa planche et commença à repasser ses chemises propres. Il en eut assez au bout de deux chemises et alla téléphoner à Baiba. Elle répondit presque aussitôt, et il sentit qu'elle était heureuse de son appel. Il lui dit que Linda était venue le voir, et que ça faisait longtemps qu'il ne s'était pas senti aussi reposé. Baiba aurait bientôt fini ses cours à l'université. Elle parla de leur voyage à Skagen avec une excitation presque puérile. Après avoir raccroché, Wallander alla dans la salle de séjour et mit le disque d'*Aïda* très fort. Il se sentait joyeux, plein d'énergie. Il alla s'asseoir sur le balcon et parcourut consciencieusement les quotidiens des derniers jours. Il sauta les comptes rendus de l'enquête : il s'était mis en congé, et s'était autorisé à ne pas penser jusqu'à midi. Alors il reprendrait le travail. Les choses ne se passèrent cependant pas tout à fait comme il l'avait prévu. Per Åkeson l'appela dès onze heures et quart. Il avait eu le procureur général de Malmö au téléphone et ils avaient discuté de la requête de Wallander. Åkeson avait le sentiment que Wallander aurait la réponse à certaines de ses questions à propos de Louise Fredman dans très peu de jours. Cependant, il avait une hésitation dont il voulait lui faire part.

– Ce n'aurait pas été plus simple de demander à la mère de répondre à tes questions ?

– Je ne sais pas. Je ne suis pas sûr que j'aurais la vérité que je veux.

– Et quelle est cette vérité ? Si tant est qu'il y en ait plus d'une ?

– La mère protège sa fille. C'est naturel. Moi aussi, je le ferais. Même si elle me racontait ce qu'il en est vraiment, sa description serait déformée par son désir de protéger sa fille. Les dossiers ou les rapports médicaux parlent un autre langage.

– Je pars du point de vue que c'est toi qui sais, dit Åkeson, en promettant de le rappeler lundi s'il avait du nouveau.

Sa conversation avec Per Åkeson avait ramené Wallander à l'enquête. Il décida de prendre un cahier et d'aller s'asseoir dehors pour en revoir le déroulement pour la semaine à venir. Il commençait à avoir faim et se dit qu'il allait s'offrir un déjeuner ce dimanche. Il sortit de son appartement un peu avant midi, vêtu de blanc comme un joueur de tennis, sandales aux pieds. Il roula vers Österlen, avec l'idée qu'il pourrait passer dire bonjour à son père un peu plus tard dans la journée. S'il n'avait pas eu cette enquête sur le dos, il les aurait invités à déjeuner quelque part, lui et Gertrud. Mais il avait besoin d'être seul. Pendant la semaine, il était tout le temps entouré de gens, il était impliqué dans des conversations et dans les réunions. Maintenant, il voulait être seul. Sans s'en rendre vraiment compte, il roula jusqu'à Simrishamn. Il s'arrêta sur le port et fit une petite promenade. Puis il alla manger au Bistrot du port. Il s'assit à une table libre dans un coin et observa les vacanciers qui remplissaient le restaurant. L'homme que je recherche est peut-être ici parmi eux, songea-t-il. Si Ekholm a raison, si le tueur mène une vie tout à fait normale, sans que transparaisse le moindre signe qu'il a en lui un esprit malade qui l'autorise à soumettre d'autres gens à la pire des violences, il peut bien être un des clients de ce restaurant.

Et le caractère estival de cette journée lui fila aussitôt entre les doigts. Il se mit à revivre tout ce qui s'était passé. Pour une raison obscure, le point de départ fut la jeune fille qui s'était immolée par le feu dans le champ de Salomonsson. Elle n'avait rien à voir avec le reste, personne ne lui avait planté de hache dans le dos ou dans la tête. Et pourtant, c'est par elle que commença Wallander. C'était toujours par elle qu'il commençait chaque fois qu'il faisait un retour sur l'enquête. Ce dimanche-là, au Bistrot du port à Simrishamn, il ressentit une légère inquiétude. Il se souvenait vaguement que quelqu'un lui avait dit quelques mots relatifs à la jeune fille morte dans le champ de colza. Il resta la fourchette à la main à tenter de ressusciter cette pensée. Qui avait prononcé cette phrase ? Dans quel contexte ? Dans quelle mesure était-ce important ? Au bout d'un moment, il abandonna. De toute façon, ça lui reviendrait tôt ou tard. Avec l'inconscient, il fallait toujours une certaine patience. Comme pour prouver qu'il était vraiment habité par cette patience, il commanda exceptionnellement un dessert. Il avait d'ailleurs constaté avec satisfaction que le pantalon d'été qu'il mettait pour la première fois cette année lui serrait nettement moins la taille que l'année dernière. Il mangea une tarte aux pommes et commanda un café. Durant l'heure suivante, il tenta une nouvelle fois de revoir le déroulement de l'enquête. Il essaya d'analyser ses pensées, de la même manière qu'un acteur critique considère le texte d'une pièce qu'il lit pour la première fois. Où étaient les carences, les failles ? Où les pensées avaient-elles été mal formulées ? Où ai-je mélangé abusivement les faits avec les circonstances ? Où est-ce que j'ai trop simplifié, au point d'en tirer des conclusions fausses ? Il parcourut à nouveau intérieurement la maison de Wetterstedt, son jardin, la plage, Wetterstedt marchait devant lui, il jouait lui-même le rôle de l'assassin qui le suivait comme une ombre silencieuse. Il monta sur le toit du garage et lut un vieux numéro de *Superman* en attendant que Wetterstedt vienne s'asseoir à son bureau pour feuilleter sa collection de photographies pornographiques anciennes. Puis il fit de même avec Carlman, appuya une moto contre le baraquement de cantonnier, suivit le chemin de terre jusqu'à la colline, depuis laquelle il avait une bonne vue sur la ferme. Il prenait de temps en temps une ou deux notes. *Le toit du garage. Qu'est-ce qu'il espère y voir ? La colline de Carlman. Jumelles ?* Il parcourut méthodiquement tout ce qui s'était passé, aveugle et sourd à toute l'agitation autour de lui. Il rendit une nouvelle fois visite à Hugo Sandin, il parla à nouveau avec Sara Björklund et nota qu'il fallait la recontacter. Peut-être les mêmes questions auraient-elles d'autres réponses, plus réfléchies ? Et en quoi consisteraient les différences ? Il pensa longuement à la fille de Carlman qui lui avait donné une gifle, il pensa à Louise Fredman. Et à son frère si bien élevé. Il s'aperçut vite que ce retour en arrière lui avait donné une abondance de renseignements. Il était bien reposé, sa fatigue s'était envolée, ses pensées s'élevaient légèrement, poussées par le vent favorable de sa forme retrouvée. Quand, pour finir, il régla l'addition, il s'était passé plus d'une heure. Il jeta un coup d'œil aux notes griffonnées sur son cahier, comme si ç'avait été des formules magiques, puis il quitta le Bistrot du port. Il alla s'asseoir sur un des bancs du parc devant l'hôtel Svea et regarda la mer. Il soufflait une légère brise tiède. L'équipage d'un voilier battant pavillon danois menait une lutte inégale contre un spinnaker rétif. Wallander relut ses notes. Puis il glissa le cahier sous sa cuisse.

Le point commun aux meurtres était en train de se déplacer. Il passait des parents aux enfants. Il pensa à la fille de Carlman et à Louise Fredman. Était-ce un pur hasard que l'une tente de se suicider à la mort de son père et que l'autre soit internée en hôpital psychiatrique depuis longtemps ? Cela lui parut soudain difficile à croire. Wetterstedt était l'exception. Il n'avait que deux enfants adultes. Wallander se souvint de ce que Rydberg avait dit une fois. *Ce qui arrive en premier n'est pas nécessairement le début.* Et si c'était le cas cette fois-ci ? Il essaya de s'imaginer le meurtrier en femme. Mais c'était impossible. La force physique dont ils avaient vu les preuves, les scalps, les coups de hache, l'acide dans les yeux de Fredman : c'était forcément un homme. Pour tuer des hommes, c'était forcément un homme. Les femmes, elles, se suicidaient ou sombraient dans la folie. Il se leva et alla s'asseoir sur un autre banc, comme pour marquer qu'il y avait aussi d'autres explications plausibles. Gustaf Wetterstedt avait été mêlé à des affaires louches, tout ministre de la Justice qu'il était. Il existait un lien vague, mais néanmoins bien établi, entre lui et Carlman. Il s'agissait d'œuvres d'art, de vols, peut-être de faux. Il s'agissait en premier lieu d'argent. Il n'était pas impossible qu'on fasse entrer Björn Fredman dans le même secteur, à condition de creuser suffisamment profond. Il n'avait rien trouvé dans le dossier de Forsfält. Mais ce n'était pas à exclure. En fait, rien n'était à exclure.

Perdu dans ses pensées, Wallander regarda le bateau danois dont l'équipage commençait à replier le spinnaker. Puis il sortit son cahier et relut les derniers mots qu'il avait écrits. *La mystique.* Les meurtres avaient un caractère de rituel. Il l'avait pensé de son côté, et Ekholm l'avait fait remarquer lui aussi lors de la dernière réunion de travail. Scalper était un rituel, comme l'était toute prise de trophée. Le sens du scalp était le même que celui de la tête d'élan sur le mur du chasseur. C'était la preuve. La preuve de quoi ? Vis-à-vis de qui ? La preuve pour le meurtrier lui-même ou pour quelqu'un d'autre aussi ? Pour un dieu ou un diable apparu dans un cerveau malade ? Pour quelqu'un d'autre dont le comportement quotidien était aussi anodin, aussi banal que celui du meurtrier ? Wallander pensa à ce qu'Ekholm avait dit des sacrifices et des rites initiatiques. On sacrifiait pour qu'un autre ait la grâce. D'être riche, d'obtenir la fortune, la santé ? Il y avait beaucoup de possibilités. Certaines bandes de motards avaient des règles bien précises pour l'admission de nouveaux membres. Aux États-Unis, il n'était pas rare qu'il faille tuer quelqu'un, désigné par la bande ou par le hasard, pour prouver sa valeur et être ainsi admis. Cet usage macabre était arrivé jusqu'ici. Wallander s'arrêta un instant aux bandes de motards, qui existaient aussi en Scanie, en repensant au baraquement de cantonnier, en bas de la colline de Carlman. Ça donnait le vertige de penser que les indices, ou plutôt le manque d'indices, le menait aux bandes de motards. Wallander repoussa cette pensée.

Il se leva et retourna s'asseoir sur le premier banc. Il était revenu au point de départ. Où ce retour en arrière l'avait-il mené ? Il n'arriverait pas plus loin s'il n'avait personne avec qui parler. Il pensa à Ann-Britt Höglund. Peut-être pouvait-il se permettre de la déranger un dimanche après-midi ? Il se leva et alla téléphoner de sa voiture. Elle était chez elle. Il était le bienvenu. Avec un sentiment de mauvaise conscience, il repoussa à plus tard sa visite chez son père. C'était maintenant qu'il devait mettre ses réflexions à l'épreuve. S'il attendait, il y avait fort à craindre qu'il se perde dans ses enchaînements de pensées. Il retourna à Ystad, en roulant légèrement au-dessus des vitesses limites. Il n'avait pas entendu parler de contrôles de vitesse ce dimanche-là.

Il était quinze heures quand il s'arrêta devant la maison d'Ann-Britt. Elle l'accueillit, vêtue d'une robe claire. Ses deux enfants jouaient dans un jardin voisin. Elle fit asseoir Wallander dans une balancelle et s'installa dans un fauteuil en rotin.

– Je ne veux pas te déranger, dit-il Tu as tout à fait le droit de refuser.

– J'étais fatiguée hier, répondit-elle. Nous sommes *tous* fatigués. Aujourd'hui, ça va mieux.

– La nuit dernière a dû être le grand sommeil des policiers. On atteint parfois un point où on ne peut plus rien tirer de nous. Hier, nous en étions là.

Il raconta son tour vers Österlen, et ses allées et venues entre les deux bancs du parc près du port.

– J'ai tout passé en revue. Il arrive qu'on fasse des découvertes étonnantes. Mais tu sais ça.

– Je compte beaucoup sur le travail d'Ekholm, dit-elle. Avec des ordinateurs bien programmés, on peut faire des corrélations et des croisements entre tous les éléments d'une enquête et trouver des correspondances auxquelles on n'a pas pensé. Les ordinateurs ne *pensent* pas. Mais ils font parfois mieux le *lien* que nous.

– Mon scepticisme devant les ordinateurs doit venir de mon âge. Mais j'espère qu'Ekholm réussira à retrouver le meurtrier avec ses hypothèses comportementales. Ça m'est complètement égal de savoir qui posera la nasse dans laquelle il va être pris. Du moment qu'on le prenne. Vite.

Elle le regarda avec gravité.

– Il va frapper encore une fois ?

– Je crois bien. Sans arriver à déterminer vraiment pourquoi, j'ai le sentiment qu'il y a quelque chose d'*ina-*

chevé dans l'image de ces meurtres. Si tu me permets l'expression. Il manque quelque chose. Ça me fait peur. Ça veut dire qu'il va frapper à nouveau.

– Comment trouver l'endroit où Fredman a été tué ?

– On ne le trouvera pas. Sauf si on a de la chance. Ou si quelqu'un a entendu quelque chose.

– Je suis allée me renseigner. Voir si quelqu'un aurait entendu des cris. Mais je n'ai rien trouvé.

Le cri invisible resta suspendu au-dessus de leurs têtes. Wallander se balançait doucement.

– C'est rare qu'une solution vienne comme ça, sans qu'on s'y attende du tout. Dans mes allées et venues, je me suis demandé si j'avais déjà eu l'idée qui nous donnerait la solution. Je peux avoir eu la bonne idée. Sans m'en apercevoir.

Elle songea à ce qu'il venait de dire sans répondre. Elle jetait de temps en temps un regard vers le jardin voisin où jouaient ses enfants.

– Nous n'avons rien appris à l'école de police sur le type qui prendrait des scalps et verserait de l'acide dans les yeux de ses victimes. La réalité s'est montrée tout aussi imprévisible que je le pensais déjà, à l'époque.

Wallander hocha la tête sans répondre. Puis il prit son élan, sans être certain qu'il aurait la force d'aller jusqu'au bout, et il exposa toutes les pensées qui l'avaient traversé à Simrishamn. Exposer ses pensées à un autre donnait toujours au problème un éclairage différent. Quand il avait appelé Ann-Britt, il avait espéré découvrir d'où ses pensées lui envoyaient ce signal qui lui aurait échappé auparavant. Elle écouta avec attention, presque comme une élève devant son professeur, mais elle ne l'interrompit pas une seule fois pour lui dire qu'il s'était trompé ou qu'il avait tiré une mauvaise conclusion. Une fois qu'il eut fini, elle déclara seulement qu'elle était impressionnée par sa faculté de pénétrer au cœur du matériau complexe de l'enquête, pour en extraire les éléments principaux. Mais elle n'avait rien à ajouter ni à retrancher. Même si les équations de Wallander étaient correctement posées, il manquait les composants fondamentaux. Ann-Britt ne pouvait pas l'aider, ni elle ni personne d'autre.

Elle alla chercher des tasses et une Thermos de café. Sa fille cadette vint se glisser sur la balancelle à côté de Wallander. Elle ne ressemblait pas du tout à sa mère. Elle ressemblait sans doute à son père qui était en Arabie saoudite. Wallander se rendit compte qu'il ne l'avait jamais rencontré.

— Ton mari est une énigme vivante. Je commence à me demander s'il existe vraiment. Ou si tu l'as inventé.

— Il m'arrive de me poser la même question.

Elle rit. Sa fille disparut dans la maison.

— La fille de Carlman ? demanda Wallander en regardant la fille d'Ann-Britt disparaître. Comment ça se passe ?

— Svedberg a appelé l'hôpital hier. Elle n'avait pas encore repris conscience. Mais les médecins étaient un peu plus optimistes.

— Elle n'avait pas laissé de lettre ?

— Rien.

— Bien sûr, c'est avant tout un être humain. Mais je ne peux pas m'empêcher de la voir comme un témoin.

— Un témoin de quoi ?

— De quelque chose qui a un lien avec la mort de son père. Je n'arrive pas à me défaire de l'idée que l'heure du suicide n'a pas été choisie au hasard.

— J'ai l'impression que tu n'es pas convaincu de ce que tu dis.

— Je ne suis pas convaincu. J'avance à tâtons. Il n'y a qu'une chose incontournable dans cette enquête. Nous n'avons aucun indice concret qui nous permette d'aller de l'avant.

— Donc nous ne savons pas si nous sommes sur la

bonne piste ou si nous partons dans la mauvaise direction ?

– Ou si nous tournons en rond. Ou si nous piétinons. Pendant qu'en dessous de nous, ça bouge. Et que nous, nous ne progressons pas.

Elle hésita avant de poser la question suivante.

– Peut-être ne sommes-nous pas assez nombreux ?

– Jusqu'à présent, j'ai fait barrage. Mais je commence à vaciller. La question va se reposer demain avec encore plus de force.

– Per Åkeson ?

Wallander hocha la tête.

– Que risquons-nous d'y perdre ?

– Les petites unités sont plus mobiles que les grosses. A cela on peut toujours opposer que plusieurs têtes pensent mieux. On peut prétendre, et c'est l'argument d'Åkeson, qu'on pourra travailler sur un front plus large. On déploie l'infanterie et on couvre une plus grande surface

– Comme si on faisait une battue.

Wallander hocha la tête. Son image était frappante. Ce qui manquait, c'était un élément supplémentaire, le fait qu'ils arrivaient à peine à se repérer dans le secteur de la battue. Et le fait qu'ils ne savaient absolument pas qui ils recherchaient.

– Il y a quelque chose que nous ne voyons pas, dit Wallander. En plus, je m'évertue à retrouver une phrase que quelqu'un m'a dite. Quand Wetterstedt a été tué. Mais je ne me rappelle plus qui. Tout ce que je sais, c'est que c'est important. C'était alors trop tôt pour que je comprenne.

– Tu dis souvent que le travail de policier, c'est le triomphe de la patience.

– C'est vrai. Mais la patience a des limites. En plus, en ce moment, on peut être en train d'assassiner quelqu'un. Notre enquête ne consiste pas uniquement à résoudre des meurtres déjà commis. En ce moment, ce serait plutôt d'en empêcher de nouveaux.

– Nous faisons notre maximum.

– Comment le savons-nous ? A quoi voit-on qu'on fait son maximum ?

Elle n'avait pas de réponse. Wallander non plus.

Il resta encore un moment. A seize heures, il déclina son invitation à dîner et se leva.

– Merci d'être venu, lui dit-elle en l'accompagnant jusqu'au portail. Tu vas voir le match ?

– Non. J'ai rendez-vous avec ma fille. Mais je pense qu'on va gagner 3-1.

Elle le regarda, étonnée.

– J'ai parié le même résultat.

– Alors on gagnera ou on perdra tous les deux, dit Wallander.

– Merci d'être venu, répéta-t-elle.

– Merci pour quoi ? Merci d'avoir gâché ton dimanche ?

– Merci d'avoir pensé que j'aurais pu t'être utile.

– Je l'ai déjà dit, et je le redirai volontiers, je trouve que tu es un bon policier. En plus, tu crois à la capacité des ordinateurs de faciliter notre travail, mais aussi de l'améliorer. Moi, je n'y crois pas vraiment. Mais tu arriveras peut-être à me convaincre.

Wallander s'installa au volant de sa voiture et roula vers le centre-ville. Il entra faire quelques courses dans une boutique ouverte le dimanche. Puis il s'installa dans le fauteuil sur son balcon, en attendant qu'il soit dix-neuf heures. Sans s'en apercevoir, il piqua du nez. Il avait grand besoin de sommeil. Il ne s'en trouva pas moins à dix-huit heures cinquante-cinq sur la place d'Österport-storg. Linda vint le chercher pour l'emmener dans la boutique vide qu'on leur avait prêtée, juste à côté. Elles avaient accroché quelques projecteurs de photographe et lui avaient installé une chaise. Il se sentit tout de suite un peu mal à l'aise, il avait peur de ne pas tout comprendre, et peut-être de rire aux mauvais endroits. Elles disparurent dans une pièce voisine. Wallander attendit. Il se passa près d'un quart d'heure. Quand elles furent enfin de retour, elles s'étaient changées et se ressemblaient. Après avoir disposé les projecteurs et le décor sommaire, elles commencèrent enfin. Leur spectacle, qui durait une heure, parlait de deux jumeaux. Wallander était tendu à l'idée d'être le seul spectateur. Les rares fois où il allait voir un opéra à Malmö ou à Copenhague, il était confortablement installé dans l'obscurité, parmi le public. Il avait surtout peur que Linda soit mauvaise. Mais il lui suffit de quelques minutes de spectacle pour se rendre compte qu'elles avaient écrit un texte astucieux qui donnait avec un humour grinçant un tableau critique de la Suède. Il leur arrivait de décrocher, leurs attitudes n'étaient parfois pas totalement convaincantes. Mais elles croyaient à ce qu'elles faisaient, ce qui rendit Wallander heureux à son tour. Quand tout fut fini, il leur exprima son étonnement, son amusement. Linda l'observait attentivement. Quand elle comprit qu'il était sincère, elle devint toute joyeuse. Elle l'accompagna sur le pas de la porte quand il s'en alla.

– J'ignorais que tu savais faire ça, dit-il. Je croyais que tu voulais tapisser des meubles.

– Il n'est jamais trop tard, répondit-elle. Laisse-moi essayer.

– Bien sûr que tu dois essayer. Quand on est jeune comme toi, on a tout le temps qu'il faut. Pas quand on est un vieux policier comme moi.

Elles avaient encore quelques heures de répétition. Il l'attendrait à la maison.

C'était une belle soirée d'été. Il marcha lentement vers Mariagatan. Il nota distraitement que des voitures le dépassaient en klaxonnant. Et il comprit que la Suède avait gagné. Il demanda à quelqu'un dans la rue comment ça s'était passé. La Suède avait gagné 3 à 1. Il éclata de rire. Puis ses pensées revinrent à sa fille. Que savait-il vraiment d'elle ? Il ne lui avait pas encore demandé si elle avait un petit ami en ce moment.

Il arriva chez lui à vingt et une heures trente. Il venait de fermer la porte quand le téléphone sonna. Il sentit aussitôt son estomac se nouer. Quand il reconnut la voix de Gertrud, il se calma un peu.

Mais il s'était calmé trop vite. Gertrud était dans tous ses états. Il eut du mal au début à comprendre ce qu'elle disait.

– Il faut que tu viennes, dit-elle. Tout de suite !

– Que s'est-il passé ?

– Je ne sais pas. Mais ton père a commencé à mettre le feu à ses tableaux. Il brûle tout ce qu'il y a dans son atelier. Et il s'est enfermé à clé. Il faut que tu viennes.

Elle raccrocha pour qu'il ne lui pose pas de questions et qu'il parte sur-le-champ.

Il garda les yeux fixés sur le téléphone.

Puis il écrivit un mot pour Linda et le posa sur le paillasson.

Quelques minutes plus tard, il était en route pour Löderup.

28

Cette nuit-là, Wallander dormit chez son père à Löderup.

Quand il arriva dans la petite ferme, après un trajet
plein d'angoisse, il fut accueilli par Gertrud dans la cour.
Elle avait pleuré, même si elle semblait avoir repris ses
esprits et répondait de manière claire à ses questions. La
crise de son père, si c'était bien ça, était venue d'un seul
coup. Ils avaient dîné ce dimanche soir, tout semblait
normal. Ils n'avaient rien bu. Après le dîner, comme
d'habitude, il était retourné à sa grange aménagée pour
se remettre à peindre. Et elle avait entendu du vacarme.
Elle était sortie sur le perron et avait vu le père de Wallander jeter quelques pots de peinture vides dans la cour.
Sa première réaction avait été de se dire qu'il était en train
de ranger son atelier en désordre. Mais quand il s'était
mis à jeter des cadres neufs, elle était allée le voir. Il
n'avait pas répondu à ses questions. Il semblait ailleurs,
incapable de l'entendre. Quand elle l'avait pris par le
bras, il s'était dégagé et était allé s'enfermer dans son
atelier. Elle avait regardé par la fenêtre et l'avait vu allumer du feu dans le poêle. Quand il avait commencé à
détruire ses toiles et à les jeter au feu, elle avait téléphoné.
Pendant qu'elle parlait, ils se dépêchèrent de traverser la
cour. Wallander voyait une fumée grise sortir par la cheminée. Il alla regarder par une fenêtre ce qui se passait
dans l'atelier. Son père semblait devenu fou furieux. Il

avait les cheveux dressés sur la tête, il avait dû perdre ses lunettes, et tout l'atelier était dévasté. Il allait et venait pieds nus parmi des pots de peinture renversés, des toiles piétinées. Wallander crut voir une de ses chaussures en train de brûler dans le poêle. Son père déchirait, arrachait les toiles et en enfonçait les morceaux dans le poêle. Wallander frappa au carreau. Mais son père n'eut aucune réaction. Wallander essaya d'ouvrir la porte : elle était fermée à clé. Il cogna à la porte en criant que c'était lui. Aucune réponse ne vint de l'atelier. Le vacarme continuait. Wallander chercha des yeux un outil pour ouvrir la porte. Mais tous les outils de son père étaient rangés dans l'atelier. Wallander regarda avec amertume la porte qu'il l'avait aidé à poser jadis. Il retira sa veste et la donna à Gertrud. Puis il prit de l'élan et se jeta de toutes ses forces contre la porte. Tout le chambranle céda sous la poussée de son épaule et il tomba tête en avant dans la pièce en se cognant contre une brouette. Son père le regarda d'un air absent. Puis il continua à déchirer ses tableaux. Gertrud voulut entrer, mais Wallander leva la main pour l'en empêcher. Il avait déjà vu une fois son père comme ça, dans cet étrange mélange d'absence et de folie maniaque. Il était en pyjama et traversait un champ boueux, une valise à la main. Il alla vers lui, posa ses mains sur ses épaules et commença à lui parler d'une voix calme. Il lui demanda ce qui n'allait pas. Il lui dit que ses tableaux étaient beaux, que c'étaient les plus beaux de tous les tableaux, et que ses grands tétras étaient magnifiques. Tout allait bien. Chacun pouvait avoir un moment de détresse. Maintenant, il fallait qu'il arrête de brûler tout ça, ça ne servait à rien, pourquoi faire du feu en plein été, et ensuite ils allaient ranger et discuter de leur voyage en Italie. Wallander parlait sans interruption, il serrait fort les épaules de son père, non comme s'il voulait l'arrêter, mais comme pour le maintenir dans la réalité. Son père le fixait de ses yeux myopes sans bouger. En parlant à son père, Wallander vit ses lunettes écrasées par terre. Gertrud partit en courant chercher une paire de rechange. Elle les donna à Wallander qui les essuya sur son bras de chemise avant de les poser sur le nez de son père. Pendant tout ce temps, il lui parlait d'une voix apaisante, il répétait ce qu'il disait comme quelques versets d'une prière qu'il se rappelait. Son père le regarda tout d'abord avec un regard perplexe et perdu, puis de plus en plus étonné, et, pour finir, il sembla retrouver ses esprits. Wallander lâcha alors ses épaules. Son père contempla timidement le champ de bataille.

– Que s'est-il passé ? demanda-t-il.

Wallander comprit qu'il ne se souvenait plus de rien. Gertrud se mit à pleurer. Mais Wallander lui ordonna d'aller dans la cuisine faire du café. Enfin, son père sembla prendre conscience que c'était lui, le responsable de ce désastre.

– C'est moi qui ai fait tout ça ?

Il fixait Wallander d'un regard inquiet, comme s'il craignait la réponse.

– Qui n'a jamais eu marre de tout ? essaya Wallander. Mais c'est fini maintenant. On va ranger tout ça en vitesse.

Son père regarda la porte défoncée.

– A quoi ça sert, une porte en plein été ? dit Wallander. A Rome, en septembre, il n'y a pas une seule porte fermée. Il faut s'y habituer dès maintenant.

Son père fit d'un pas lent le tour des vestiges de cette crise à laquelle ni lui ni autrui n'avaient d'explication. Il ne comprenait pas du tout ce qui lui était arrivé. Il n'arrivait pas à concevoir qu'il était responsable de ce désastre. Wallander sentit sa gorge se nouer. Face au désespoir et au sentiment d'abandon de son père, il se sentait complètement désemparé. Wallander ramassa la porte cassée et l'appuya contre le mur de l'étable. Puis il commença à ranger l'atelier. Quelques tableaux avaient échappé au massacre. Son père s'assit sur le tabouret devant son établi et le suivit des yeux. Gertrud vint annoncer que le café était prêt. Wallander lui fit signe de prendre son père par le bras et de l'emmener à la maison. Puis il remit un peu d'ordre. Avant de les rejoindre, il appela chez lui du téléphone de sa voiture. Linda était déjà rentrée. Elle lui demanda ce qui s'était passé, elle avait eu peine à lire le mot qu'il avait griffonné. Wallander ne voulut pas l'inquiéter, il lui dit que son grand-père avait eu un malaise, mais que tout allait bien maintenant. Pour plus de sûreté, il resterait à Löderup cette nuit. Puis il alla dans la cuisine. Son père se sentait fatigué, il partit se coucher. Wallander tint compagnie à Gertrud. Le seul moyen d'expliquer ce qui venait de se passer était de mettre cela sur le compte de sa maladie sournoise. Mais quand Gertrud suggéra que, dans ces conditions, le voyage en Italie semblait exclu, Wallander protesta. Il n'avait pas peur de prendre son père en charge. Il ne craignait pas de partir avec lui. Ce voyage aurait lieu, du moment que son père était en vie, et qu'il tenait sur ses jambes.

Il dormit sur un lit pliant dans la salle de séjour. Il resta longtemps à regarder la nuit claire d'été avant de s'endormir.

Le matin, quand il but un café avec son père, celui-ci semblait avoir tout oublié. Il ne comprenait pas ce qui était arrivé à la porte. Wallander lui dit ce qu'il en était, que c'était lui qui l'avait retirée. Il fallait une nouvelle porte pour l'atelier et il allait la fabriquer lui-même.

– Mais quand le pourrais-tu ? Toi qui n'as même pas le temps de nous prévenir pour dire que tu viens nous voir.

A cet instant, Wallander comprit que tout était rentré dans l'ordre. Peu après sept heures, il quitta Löderup en direction d'Ystad. Ce n'était pas la dernière fois qu'il arriverait quelque chose de ce genre. Il pensa avec un frisson à ce qui aurait pu se passer si Gertrud n'avait pas été là.

A sept heures et quart, Wallander franchit le seuil du commissariat. Il faisait toujours beau. Tout le monde parlait de football. Il était entouré de policiers en vêtements d'été. Seuls ceux qui avaient obligation de porter l'uniforme ressemblaient vraiment à des policiers. Avec sa tenue toute blanche, Wallander se dit qu'il aurait pu lui-même sortir d'un des opéras italiens qu'il avait vus à Copenhague. Quand il passa devant la réception, Ebba lui fit signe qu'il y avait un appel pour lui. Forsfält, malgré l'heure matinale, lui annonçait qu'ils avaient retrouvé le passeport de Björn Fredman, caché dans son appartement, avec une grosse somme en devises étrangères.

– Je crains de te décevoir, dit Forsfält. Ça fait quatre ans qu'il a ce passeport. Il y a des tampons de Turquie, du Maroc et du Brésil. C'est tout.

Wallander fut extrêmement déçu, sans savoir réellement ce qu'il avait espéré. Forsfält promit de lui envoyer des télécopies des détails de tout ce qu'il y avait sur le passeport. Il lui donna aussi une autre information, qui n'était pas directement en relation avec l'enquête, mais qui éveilla cependant quelques souvenirs chez Wallander.

– En cherchant le passeport, nous avons trouvé les clés d'un grenier, dit Forsfält. Dans tout le capharnaüm, nous avons découvert une caisse avec quelques icônes anciennes. Nous avons pu établir qu'elles provenaient d'un vol. Devine où ?

Wallander réfléchit sans trouver de réponse.

– D'un vol avec effraction dans une maison de la banlieue d'Ystad, dit Forsfält. Il y a plus d'un an. Une maison en attente de règlement de succession. Qui avait appartenu à un avocat nommé Gustaf Tortensson.

C'était l'un des deux avocats qui avaient été assassinés l'année précédente. Wallander se souvint. Il avait vu la collection d'icônes dans la cave du plus âgé. Une de ces icônes était même accrochée au mur de sa chambre à coucher. Un cadeau du secrétaire de l'avocat assassiné. Il se souvenait aussi du cambriolage sur lequel Svedberg avait enquêté.

– Bon, c'est toujours ça, dit Wallander. Je suppose que cette enquête n'a jamais été résolue ?

– Tu vas reprendre l'affaire, répondit Forsfält.

– Pas moi. Svedberg.

Forsfält demanda des nouvelles de Louise Fredman. Wallander lui raconta sa dernière conversation téléphonique avec Per Åkeson.

– Avec un peu de chance, nous en saurons plus dans la journée.

– J'espère que tu me tiendras au courant.

Wallander le lui promit. Après avoir raccroché, il contrôla sa liste de questions non résolues qu'il gardait toujours sur lui. Il put en rayer certaines, il ressortirait les autres au cours de la réunion qui n'allait pas tarder à commencer. Auparavant, il eut le temps de passer au bureau dans lequel deux stagiaires contrôlaient les informations communiquées par le public. Wallander savait que s'ils arrivaient à repérer l'endroit où Björn Fredman avait été tué, cela pouvait être très important pour l'enquête.

L'un des policiers s'appelait Tyrén. Il avait les cheveux coupés court, un regard intelligent et la réputation d'être habile. Wallander ne le connaissait pas particulièrement. Il lui expliqua ce qu'il cherchait en peu de mots.

– Quelqu'un qui aurait entendu des cris ? dit Tyrén. Et vu une camionnette Ford ? Le lundi 27 juin ?

– Oui.

Tyrén fit non de la tête.

– Je m'en souviendrais, dit-il. Une femme a crié dans un appartement de Rydsgård. Mais c'était mardi. Et elle était saoule.

– Qu'on m'informe tout de suite s'il y a du nouveau, dit Wallander.

Il sortit du bureau et se dirigea vers la salle de réunion. Dans le hall, Hansson parlait avec un journaliste. Wallander se souvenait de l'avoir déjà vu. C'était le correspondant d'un des deux grands quotidiens du soir. Ils attendirent quelques minutes que Hansson se débarrasse du journaliste et ils fermèrent la porte. Hansson s'assit et donna aussitôt la parole à Wallander. Au moment où celui-ci prononçait ses premiers mots, Per Åkeson entra et alla s'asseoir tout au bout de la table, à côté d'Ekholm. Wallander leva les sourcils d'un air interrogateur. Åkeson hocha la tête. Il y avait du nouveau au sujet de Louise Fredman. Réfrénant sa curiosité, Wallander passa le relais à Ann-Britt qui donna les dernières nouvelles de l'hôpital où on soignait la fille de Carlman. Selon les médecins, sa vie n'était plus en danger, et ils autorisaient Wallander et Ann-Britt à passer la voir dans moins de vingt-quatre heures. Puis Wallander lut rapidement la liste des questions non résolues. Comme d'habitude, Nyberg avait bien préparé la réunion et put combler les nombreux points en suspens qui dépendaient des résultats de laboratoire. On n'apprit cependant rien de remarquable. La plupart des informations étaient de simples confirmations de conclusions qu'ils avaient déjà tirées. Le seul point qui attira leur attention fut le fait qu'on avait retrouvé des fragments de goémon sur les habits de Björn Fredman. On pouvait en conclure qu'il était allé au bord de la mer le dernier jour. Wallander réfléchit.

– Où étaient les traces ? demanda-t-il.

Nyberg vérifia ses notes.

– Sur le dos de son costume.

– On peut l'avoir tué quelque part en bord de mer, dit Wallander. Autant que je me souvienne, il y avait du vent ce soir-là. Mais tous les bruits se mélangent près de la

371

mer. Ce qui peut expliquer pourquoi personne n'a rien entendu.

– Si ça s'était passé sur une plage, on aurait trouvé des grains de sable, dit Nyberg.

– C'était peut-être sur le pont d'un bateau, suggéra Svedberg.

– Ou sur un ponton, dit Ann-Britt Höglund.

La question resta en suspens. Impossible d'explorer tous les pontons et des milliers de bateaux de plaisance. Wallander nota qu'il fallait accorder une attention particulière aux renseignements communiqués par des gens qui habitaient près du rivage.

Puis il donna la parole à Per Åkeson.

– J'ai pu obtenir quelques renseignements sur Louise Fredman, dit-il. Inutile de vous préciser que ce sont des informations strictement confidentielles. Par conséquent, il est hors de question d'y faire référence en dehors du groupe des enquêteurs.

– Nous serons muets comme des carpes, dit Wallander.

– Louise Fredman est à l'hôpital Saint-Lars, à Lund, poursuivit Per Åkeson. Elle a été internée il y a trois ans. Pour une psychose profonde. Elle a cessé de communiquer. A certains moments, il faut l'alimenter de force, et elle ne montre aucun signe d'amélioration. Elle a dix-sept ans. A en juger par une photographie que j'ai vue, elle est très jolie.

Il y eut un silence dans la pièce. Wallander devinait l'émotion de ses collègues, émotion qu'il partageait totalement.

– En général, une psychose est déclenchée par quelque chose, dit Ekholm.

– On l'a internée le vendredi 9 janvier 1991, poursuivit Per Åkeson après avoir cherché dans ses papiers. Si j'ai bien compris, sa maladie est survenue aussi subitement que la foudre. Elle avait disparu de chez elle depuis une semaine. Elle aurait eu de gros problèmes à l'école et manqué les cours. On parle également de drogue. Mais elle n'a jamais pris de drogues dures. Des amphétamines, peut-être de la cocaïne. On l'a retrouvée dans le parc de Pildamm. Elle était complètement perdue.

– Est-ce qu'elle présentait des blessures apparentes ? demanda Wallander qui avait écouté attentivement.

– Pas si on s'en tient aux éléments en ma possession pour le moment.

Wallander réfléchit.

– Donc nous ne pouvons pas lui parler. Mais je voudrais savoir si elle présentait des blessures. Et je veux parler à ceux qui l'ont retrouvée.

– C'était il y a trois ans, dit Per Åkeson. Mais on doit arriver à localiser ces gens.

– Je vais en parler avec Forsfält, de la criminelle de Malmö, dit Wallander. Si on l'a trouvée complètement perdue dans le parc de Pildamm, on a dû y envoyer une patrouille de police. Il y a forcément un rapport écrit quelque part.

– Pourquoi demandes-tu si elle était blessée ? demanda Hansson.

– Juste pour avoir un tableau aussi complet que possible, répondit Wallander.

Ils passèrent à un autre sujet. Comme Ekholm attendait toujours que les ordinateurs aient fini leur contrôle croisé de tous les éléments de l'enquête, Wallander aborda le sujet des renforts. Hansson avait déjà obtenu une réponse positive du préfet de police : on leur enverrait un intendant de police de Malmö. Il arriverait à Ystad vers midi.

– Qui est-ce ? demanda Martinsson, qui était resté silencieux jusque-là.

– Il s'appelle Sture Holmström, dit Hansson.

– Connais pas, dit Martinsson.

Personne ne le connaissait. Wallander promit d'appeler Forsfält pour en savoir plus.

Puis Wallander se tourna vers Per Åkeson.

373

– Une question se pose maintenant : demandons-nous d'autres renforts ? commença Wallander. J'aimerais que tout le monde donne son avis. Je promets de m'incliner devant le choix de la majorité. Même si je reste sceptique quant au fait que des renforts puissent améliorer la qualité de notre travail. J'ai peur que nous ne perdions notre rythme. Du moins à court terme. Mais, quoi qu'il en soit, je voudrais avoir vos opinions.

Martinsson et Svedberg se montrèrent favorables à ce qu'on demande du personnel supplémentaire. Ann-Britt se rangea à l'avis de Wallander. Hansson comme Ekholm n'avaient pas d'opinion. Wallander sentit qu'une nouvelle responsabilité, invisible mais pesante, venait d'atterrir sur ses épaules. Per Åkeson décida de laisser la question en suspens quelques jours de plus.

– Un nouveau meurtre et ce sera inévitable, dit-il. Mais pour le moment, continuons comme ça.

Ils sortirent de réunion peu avant dix heures. Wallander retourna dans son bureau. La fatigue lancinante qu'il avait ressentie samedi avait disparu. Ç'avait été une bonne réunion, même s'ils n'avaient pas progressé. Ils s'étaient prouvé à eux-mêmes que leur énergie et leur volonté restaient intactes.

Wallander était sur le point d'appeler Forsfält au téléphone quand Martinsson apparut sur le seuil de la porte

– Je pensais juste à un truc.

Il s'appuyait contre le chambranle.

Wallander attendit la suite.

– Louise Fredman était complètement perdue dans une allée d'un parc, dit Martinsson. Ça fait un peu penser à la fille qui courait dans le champ de colza, non ?

Martinsson avait raison. Il y avait une ressemblance, même si elle était lointaine.

– Je suis d'accord avec toi. C'est dommage que ces deux affaires n'aient rien à voir.

– C'est quand même bizarre.

Il s'arrêta sur le seuil de la porte.

– Tu avais donné le bon score, ce coup-ci.

Wallander hocha la tête.

– Je sais. Et Ann-Britt aussi.

– Vous pourrez vous partager un billet de mille.

– C'est quand, le prochain match ?

– Je repasserai te voir, dit Martinsson en partant.

Wallander appela Malmö.

En attendant, il regarda par la fenêtre ouverte. Il faisait toujours beau.

Puis il entendit la voix de Forsfält à l'autre bout du fil et ne pensa plus au beau temps.

*

Hoover sortit de la cave vers neuf heures du soir. Il avait longuement hésité entre les haches bien aiguisées qui étaient alignées sur le morceau de soie noire. Il avait fini par choisir la plus petite, la seule qu'il n'ait pas encore utilisée. Il l'enfonça dans sa ceinture de cuir et enfila son casque. Comme les autres fois, il était pieds nus quand il sortit de la cave. Il ferma la porte à clé.

Il faisait très chaud ce soir-là. Il roula sur des petites routes qu'il avait choisies avec soin sur une carte. Il lui faudrait environ deux heures. Il comptait être sur place peu après vingt-trois heures.

La veille, il avait dû modifier ses plans. L'homme qui avait disparu à l'étranger venait de revenir subitement. Il ne pouvait pas courir le risque de voir cet homme disparaître une nouvelle fois. Il avait écouté le cœur de Geronimo. Le martèlement des tambours dans sa poitrine lui avait transmis le message. Il ne fallait pas attendre. Il fallait saisir l'occasion.

A travers son casque, le paysage estival était de couleur bleue. Il devinait la mer à gauche, les lumières clignotantes des bateaux et des côtes danoises. Il se sentait heureux, exalté. D'ici peu, il pourrait apporter à sa sœur le dernier sacrifice qui l'aiderait à sortir du brouillard qui l'entourait. Elle reviendrait à la vie au plus fort de l'été.

Il atteignit la ville peu après vingt-trois heures. Un quart d'heure plus tard, il s'arrêta devant la villa située au fond d'un vieux jardin, à l'ombre de grands arbres. Il appuya sa mobylette contre un réverbère et l'attacha avec une chaîne. Sur le trottoir d'en face, un couple âgé promenait son chien. Il attendit qu'ils aient disparu pour enlever son casque et le glisser dans son sac à dos. Profitant de l'ombre des arbres, il courut jusqu'à l'arrière du grand jardin, qui donnait sur un terrain de football en terre battue. Il cacha son sac à dos dans l'herbe et rampa ensuite sous la haie, dans laquelle il s'était déjà préparé un passage depuis longtemps. Il se déchirait et se piquait les bras et les pieds. Mais il se raidit pour supporter toutes ces douleurs. Geronimo ne tolérerait pas le moindre signe de faiblesse. Il avait une mission sacrée, inscrite dans le livre que sa sœur lui avait donné. Sa mission exigeait toute sa force, il était prêt à l'offrir sans compter.

Il se retrouva à l'intérieur du jardin. Jamais il n'avait été aussi près du monstre. Une lumière brillait au premier étage, tandis que le rez-de-chaussée était plongé dans l'obscurité. Il pensa avec colère que sa sœur était venue ici avant lui. Elle avait décrit la maison et il s'était dit qu'un jour il réduirait cette maison en cendres. Mais pas maintenant. Il courut sans bruit jusqu'au mur et ouvrit doucement le soupirail dont il avait auparavant dévissé les gonds. Il lui fut très facile de se glisser à l'intérieur. Il savait qu'il donnait dans un cellier. Il sentait l'odeur aigre des pommes qu'on y avait entreposées. Il écouta. Tout était silencieux. Il monta doucement l'escalier du cellier. Il arriva dans la grande cuisine. Toujours pas de bruit. Hormis un léger ruissellement dans des tuyaux. Il alluma le four et en ouvrit la porte. Puis il poursuivit jusqu'à l'escalier qui menait à l'étage au-dessus. Il venait de sortir la hache de sa poche. Il était parfaitement calme.

La porte de la salle de bains était entrouverte. Tapi dans l'ombre du couloir, il aperçut l'homme qu'il allait tuer. Il était devant le miroir, en train de s'enduire le visage de pommade. Hoover se glissa derrière la porte de la salle de bains. Il attendit. Quand l'homme éteignit la lumière, il leva sa hache. Il frappa un seul coup. L'homme tomba sans un bruit sur le tapis. Avec sa hache, il découpa une partie de sa chevelure. Il mit le scalp dans sa poche. Puis il traîna le corps en bas de l'escalier. L'homme était en pyjama. Son pantalon glissa et suivait derrière, accroché à un pied. Il évita de le regarder.

Une fois qu'il eut traîné le corps dans la cuisine, il l'appuya contre la porte du four. Puis il enfonça la tête dans la chaleur du four. Bientôt, il sentit l'odeur de la pommade qui commençait à fondre. Pour sortir de la maison, il emprunta le chemin par lequel il était entré.

A l'aube, il enterra le scalp sous la fenêtre de sa sœur. Il n'avait plus qu'une personne à sacrifier pour elle. Un dernier scalp. Après, tout serait fini.

Il pensa à sa prochaine victime. L'homme dont la poitrine se soulevait, en faisant comme de grosses vagues. L'homme qui était resté assis sur le canapé en face de lui sans rien comprendre de sa mission sacrée.

Mais il n'avait pas encore décidé s'il devait aussi sacrifier la fille qui dormait dans la chambre à côté.

Maintenant, il fallait qu'il se repose. L'aube était proche.

Il prendrait sa décision demain.

Scanie

5-8 juillet 1994

29

Waldemar Sjösten était un policier de la criminelle de Helsingborg, entre deux âges, qui, l'été, consacrait tous ses loisirs à un vieux bateau en bois des années trente sur lequel il était tombé un jour par hasard. Ce 5 juillet, un peu avant six heures du matin, quand il remonta avec un bruit sec le store de sa chambre à coucher, il n'avait pas le moins du monde l'intention de changer ses habitudes. Il habitait un immeuble récemment rénové dans le centre-ville. Le bâtiment n'était séparé de la mer que par une rue, les voies du tramway et le port. Il faisait très beau, comme l'avaient promis les journaux de la veille. Il ne serait en vacances que fin juillet. En attendant, il consacrait une ou deux heures tôt le matin à son bateau qui était mouillé dans le port de plaisance, à portée de bicyclette. Waldemar Sjösten allait avoir cinquante ans cet automne. Il s'était marié trois fois et il avait six enfants. Il envisageait maintenant un quatrième mariage. La femme qu'il avait rencontrée partageait sa passion pour le vieux bateau qui répondait au nom imposant de *Roi des océans 2*. Il avait repris le nom du joli cotre dans lequel il avait passé les étés de son enfance en compagnie de ses parents. A son plus grand désespoir, son père l'avait vendu à des Norvégiens, quand il avait dix ans. Il ne l'avait jamais oublié. Il lui arrivait souvent de se demander si le *Roi des océans 1* existait encore, s'il avait coulé, ou s'il pourrissait quelque part.

Il but une tasse de café en vitesse et se prépara à partir. Le téléphone sonna juste à ce moment-là. L'heure matinale de ce coup de fil l'étonna. Il prit le combiné qui était accroché sur le mur de la cuisine.

– Waldemar ? demanda une voix qu'il reconnut comme étant celle du commissaire Birgersson.

– Oui, c'est moi.

– J'espère que je ne te réveille pas.

– J'étais sur le point de sortir.

– Heureusement que j'ai réussi à te joindre. Il vaudrait mieux que tu viennes tout de suite.

Waldemar Sjösten savait que Birgersson n'aurait jamais appelé s'il ne s'était pas passé quelque chose d'extrêmement grave.

– J'arrive. Qu'y a-t-il ?

– Un incendie dans une des vieilles villas là-haut sur Tågaborg. Quand les pompiers ont pénétré dans la maison, ils ont trouvé un homme dans la cuisine.

– Mort ?

– Assassiné. Tu comprendras en le voyant pourquoi je t'ai appelé.

Waldemar Sjösten vit fondre ses heures avec son bateau comme neige au soleil. Mais c'était un policier consciencieux. Et puis il n'avait pas perdu le goût pour l'excitation que représentait un nouveau meurtre, il n'eut aucun mal à changer de programme. Il remplaça la clé du cadenas de son vélo par ses clés de voiture et sortit de son appartement. Il fut au commissariat en quelques minutes. Birgersson l'attendait sur le pas de la porte. Il monta dans la voiture de Waldemar Sjösten et lui indiqua où aller.

– Qui est-ce qui est mort ? demanda Sjösten.

– Åke Liljegren.

Sjösten siffla d'étonnement. Åke Liljegren était très connu, non seulement en ville, mais aussi dans tout le pays, sous le nom de « l'expert-comptable ». Il avait fait parler de lui dans les années quatre-vingt en tant qu'éminence grise de plusieurs sociétés de liquidation d'entreprises. La police et les tribunaux n'étaient jamais arrivés à le coincer pour ses activités illégales, excepté une peine de six mois de prison avec sursis. Åke Liljegren était devenu le symbole même de l'escroquerie financière, et le fait qu'il reste libre de circuler partout démontrait le peu d'armes dont disposait la société de droit contre des gens comme lui. Il était originaire de Båstad mais habitait Helsingborg depuis quelques années, quand il n'était pas à l'étranger. Sjösten se souvenait d'un reportage qu'il avait lu dans un journal, qui tentait de faire le compte des propriétés d'Åke Liljegren, en Suède et à l'étranger.

– Est-ce que tu connais la chronologie des événements ?

– Un type qui faisait son jogging très tôt le matin a vu de la fumée qui sortait par les aérations de la maison. Il a donné l'alarme. Les pompiers sont arrivés à cinq heures et quart. Quand ils ont pu pénétrer dans la villa, ils l'ont trouvé dans la cuisine.

– Où est-ce que ça brûlait ?

– Nulle part.

Sjösten jeta un regard interrogateur à Birgersson.

– Liljegren avait la tête enfoncée dans le four qui marchait à fond, poursuivit Birgersson. Il était littéralement en train de cuire.

Sjösten fit une grimace. Il commençait à avoir une idée de ce qu'il allait voir.

– Il s'est suicidé ?

– Non. On l'a frappé avec une hache.

Sjösten donna un coup de frein involontaire. Il regarda Birgersson qui hocha la tête.

– Son visage et ses cheveux étaient presque complètement brûlés. Mais le médecin a pu établir qu'on lui avait arraché un bout de cuir chevelu.

Sjösten ne dit rien. Il pensait à ce qui s'était passé à Ystad. C'était le grand événement de l'été. Un tueur fou qui assassinait les gens et les scalpait.

Ils arrivèrent à la villa de Liljegren, sur Aschebergsgatan. Devant la maison étaient garés une voiture de pompiers ainsi que quelques véhicules de police et une ambulance. Des barrières et des panneaux interdisaient l'accès au grand jardin. Sjösten descendit de voiture et fit signe de s'écarter à un journaliste qui s'approchait. Il enjamba les barrières en compagnie de Birgersson et se dirigea vers la villa. Quand ils entrèrent, Sjösten sentit une odeur étrange, qui émanait du corps de Liljegren. Birgersson lui tendit un mouchoir, qu'il fourra devant sa bouche et son nez. Birgersson lui indiqua la cuisine d'un geste. Un gardien de la paix gardait l'entrée. Il était très pâle. Sjösten regarda dans la cuisine. Le spectacle était grotesque. L'homme à moitié nu était à genoux. Son corps était appuyé contre la porte du four. Son cou et sa tête disparaissaient dans l'ouverture. Sjösten pensa avec malaise à l'histoire de Hänsel et Gretel. Le médecin, à genoux, éclairait de sa lampe de poche l'intérieur du four. Sjösten retira le mouchoir et respira par la bouche. Le médecin le salua de la tête. Sjösten se pencha pour regarder. Il pensa à un rôti carbonisé.

– Grands dieux ! dit-il. Ce n'est pas bien joli.

– Il a reçu un coup sur la nuque, dit le médecin.

– Ici, dans la cuisine ?

– Au premier, dit Birgersson qui se tenait derrière lui. Sjösten se leva.

– Sortez-le du four, dit-il. Le photographe est prêt ?

Birgersson hocha la tête. Sjösten le suivit jusqu'au premier étage. Ils montèrent avec précaution, car l'escalier était plein de traces de sang. Birgersson s'arrêta devant la porte de la salle de bains.

– Comme tu l'as vu, il était en pyjama, dit Birgersson. Liljegren devait se trouver dans sa salle de bains. Quand

384

il en est sorti, le meurtrier l'attendait. Il l'a frappé d'un coup de hache sur la nuque et a traîné le corps jusqu'en bas dans la cuisine. Ça peut expliquer pourquoi son pantalon de pyjama était accroché, roulé en boule, à un de ses pieds. Ensuite il a posé le corps près du four, il a allumé le four à fond et il est parti. Comment il est entré et comment il est sorti, nous l'ignorons pour le moment. Je me suis dit que tu pourrais t'en charger.

Sjösten ne dit rien. Il réfléchit. Puis il redescendit dans la cuisine. Le cadavre était maintenant posé sur le sol, sur une toile plastique.

– C'est lui ? demanda Sjösten.

– Ça ressemble bien à Liljegren, répondit le médecin. Même s'il n'a plus de visage.

– Ce n'est pas ça que je voulais dire. C'est l'homme qui prend des scalps ?

Le médecin releva un coin de la bâche qui recouvrait le visage carbonisé.

– Je suis absolument certain qu'il a découpé ou arraché le cuir chevelu sur le devant du crâne, dit-il.

Sjösten hocha la tête. Puis il se tourna vers Birgersson.

– Je voudrais que tu appelles la police d'Ystad, dit-il. Demande Kurt Wallander. Je veux lui parler. Tout de suite.

Pour une fois, Wallander s'était préparé un bon petit déjeuner. Il avait fait cuire des œufs, et il allait s'asseoir pour lire le journal tout en mangeant quand le téléphone sonna. Il eut aussitôt le sentiment qu'il s'était passé quelque chose. Quand il entendit que c'était un commissaire qui se présenta sous le nom de Sture Birgersson, de la police de Helsingborg, son inquiétude s'accrut.

Il comprit tout de suite que ce qu'il craignait venait d'arriver. L'inconnu avait frappé une fois de plus. Il jura en silence, un juron qui exprimait autant la peur que la colère.

Waldemar Sjösten vint lui parler au téléphone. Ils se connaissaient déjà. Au début des années quatre-vingt, ils avaient collaboré au démantèlement d'un réseau de trafic de drogue qui touchait toute la Scanie. Malgré leurs différences de caractère, ils avaient appris à travailler ensemble et avaient développé le début d'une amitié.

– Kurt ?

– Oui. Je suis là.

– Ça fait un bout de temps qu'on ne s'est pas parlé au téléphone.

– Que s'est-il passé ? C'est vrai, ce que j'entends ?

– Malheureusement, oui. Le tueur que tu recherches vient de resurgir ici, à Helsingborg.

– C'est confirmé ?

– Il n'y a rien qui permette de penser le contraire. Un coup de hache sur la tête. Et ensuite il a arraché le scalp de sa victime.

– Qui est-ce ?

– Åke Liljegren. Ce nom ne te dit rien ?

Wallander réfléchit un instant.

– C'est l'expert-comptable ?

– Oui, c'est bien lui. Un ex-ministre, un marchand d'art, et maintenant l'expert-comptable.

– Et entre-temps un receleur, dit Wallander. Ne l'oublie pas, celui-là.

– Je pense qu'il faut que tu viennes. Nos chefs et nos commissaires sont là pour couvrir le fait que nous débordons de nos districts.

– J'arrive, dit Wallander. Je me demande si je ne devrais pas emmener Sven Nyberg. Notre technicien en criminologie.

– Emmène qui tu veux. Je ne vais pas te mettre des bâtons dans les roues. Ce qui me déplaît, c'est que ce type soit venu ici.

– Je serai à Helsingborg dans deux heures. Si tu peux me dire à ce moment-là s'il y a un rapport entre Liljegren et les autres types qui ont été tués, nous aurons déjà fait un bon bout du chemin. Est-ce qu'il y a des indices ?

– Pas directement. Mais on sait comment ça s'est passé. Encore que, cette fois-ci, il n'ait pas versé d'acide dans ses yeux. Il l'a fait cuire. En tout cas, la tête et le haut de son cou.

– Cuire ?

– Dans un four. Tu peux t'estimer heureux de ne pas avoir à regarder ça.

– Qu'est-ce que tu sais de plus ?

– Je viens de débarquer. Je ne peux rien te dire de plus pour le moment

Après avoir raccroché, Wallander regarda sa montre. Six heures dix. Ce qu'il craignait venait d'arriver. Il chercha le numéro de Sven Nyberg et l'appela. Nyberg répondit presque aussitôt. Wallander fut bref. Nyberg promit d'être devant l'immeuble de Wallander, à Mariagatan, dans moins d'un quart d'heure. Wallander fit ensuite le numéro de Hansson. Mais il changea d'avis, raccrocha, et appela Martinsson. Comme d'habitude, sa femme répondit. Son mari n'arriva qu'au bout de plusieurs minutes au téléphone.

– Il a frappé à nouveau, dit Wallander. A Helsingborg. L'expert-comptable, Åke Liljegren.

– Le boucher des entreprises ? demanda Martinsson.

– Lui-même.

– Notre tueur a du discernement.

– Arrête tes conneries. J'y vais avec Nyberg. Ils ont téléphoné pour nous demander de venir. Préviens Hansson. Je rappelle dès que j'ai quelque chose à raconter.

– Ça, ça veut dire que la police criminelle nationale va prendre le relais, dit Martinsson. C'est peut-être aussi bien comme ça.

– L'idéal serait qu'on attrape ce fou furieux le plus vite possible. J'y vais maintenant. Je rappellerai plus tard.

Il était déjà devant l'immeuble quand Nyberg arriva au

volant de sa vieille Volvo. Il s'assit à côté de lui. Ils sortirent d'Ystad. C'était une très belle matinée. Nyberg roulait vite. Arrivés à Sturup, ils obliquèrent vers Lund et se retrouvèrent sur la nationale qui menait à Helsingborg. Wallander fit part à Nyberg des quelques détails qu'il connaissait. Quand ils eurent dépassé Lund, Hansson les appela sur le téléphone portable. Wallander entendit qu'il était essoufflé. Hansson devait être encore plus inquiet que moi, pensa-t-il.

– C'est terrible, que ça arrive encore une fois, dit Hansson. Ça change tout.

– Jusqu'à nouvel ordre, ça ne change rien du tout, répondit Wallander. Ça dépend entièrement de ce qui s'est passé.

- Il est temps que la police criminelle nationale reprenne l'affaire, dit Hansson.

Wallander devina à la voix de Hansson qu'il n'attendait que cela : être dégagé de ses responsabilités. Wallander remarqua que ça l'irritait profondément. Il n'arrivait pas à se défaire du sentiment qu'il y avait une dépréciation du travail de son groupe dans ce que Hansson venait de dire.

– Ce qui va se passer est de ta responsabilité et de celle de Per Åkeson, dit Wallander. Ce qui s'est passé à Helsingborg, c'est le problème de ceux de Helsingborg. Mais c'est eux qui m'ont demandé de venir. On parlera de la suite en temps et en heure.

Wallander raccrocha. Nyberg ne dit rien. Mais Wallander savait qu'il avait écouté.

Une voiture de police les attendait à l'entrée de Helsingborg. Ce devait être à peu près là que Sven Andersson de Lunnarp s'était arrêté pour prendre Dolores Maria Santana en stop, pour son dernier voyage. Ils suivirent la voiture de police vers Tågaborg et s'arrêtèrent devant le grand jardin de Liljegren. Wallander et Nyberg franchirent les barrières. Ils furent accueillis par Sjösten en bas des marches de la grande villa qui, jugea Wallander, datait de la fin du siècle dernier. Ils se saluèrent et échangèrent quelques mots à propos de leur dernière rencontre. Puis Sjösten présenta à Nyberg le technicien en criminologie de Helsingborg, responsable de l'examen des lieux. Ils disparurent à l'intérieur.

Sjösten jeta son mégot par terre et l'enterra du talon dans le gravier.

– C'est ton type qui est venu ici, dit-il. Aucune raison d'en douter.

– Que sais-tu de l'homme qui a été tué ?

– Åke Liljegren était quelqu'un de connu.

– Localement connu, je dirais.

Sjösten hocha la tête.

– Beaucoup de gens ont dû rêver de le supprimer. Avec une législation plus efficace, moins de lacunes, moins de facilités pour contourner les lois censées contrôler la délinquance économique, une telle chose n'aurait jamais dû se passer. Il aurait été en prison. Pour le moment, les prisons en Suède ne sont pas encore équipées de salles de bains ou de fours.

Sjösten emmena Wallander à l'intérieur de la maison. La puanteur de la chair grillée persistait. Sjösten donna à Wallander un masque que celui-ci mit avec un certain scepticisme. Ils entrèrent dans la cuisine où le cadavre était étendu sur une bâche plastique. Wallander fit signe à Sjösten de lui laisser voir le corps. Autant voir l'horreur dans sa totalité. Pourtant, il sursauta. Le visage de Liljegren n'existait plus. La peau était brûlée, on voyait clairement de grandes parties du crâne. A la place des yeux subsistaient deux trous. Les cheveux avaient disparu, tout comme les oreilles. Sjösten lui décrivit brièvement comment Liljegren reposait contre la porte du four. Le photographe qui allait quitter la cuisine pour gagner le premier étage donna à Wallander quelques photos Polaroïd. C'était presque pire en photo. Wallander secoua la tête en faisant la grimace et reposa les clichés. Sjösten l'emmena au premier et lui exposa ce qui s'était probablement passé. Wallander lui demanda une ou deux précisions, mais la description de Sjösten lui parut convaincante.

– Y a-t-il des témoins ? demanda Wallander. Des traces du meurtrier ? Comment est-il entré dans la maison ?

– Par un soupirail.

Ils retournèrent à la cuisine et descendirent dans la grande cave qui faisait toute la surface de la maison. Dans un cellier où persistait l'odeur des pommes stockées l'hiver précédent, un petit soupirail était entrouvert.

– Nous pensons qu'il est entré par là, dit Sjösten. Et qu'il est sorti par le même endroit. Bien qu'il eût pu sortir directement par la porte d'entrée. Åke Liljegren habitait seul.

– A-t-on pu repérer quelque chose ? demanda Wallander. Les fois précédentes, il a fait très attention à ne pas nous laisser d'indices. Mais d'un autre côté, il n'a pas forcément été si consciencieux que ça. Nous avons toute une série d'empreintes digitales. Selon Nyberg, il ne manque que l'empreinte du petit doigt gauche.

– Il sait que c'est cette empreinte que la police a dans son fichier.

Wallander hocha la tête. Le commentaire de Sjösten était tout à fait pertinent. Il n'avait pas pensé à formuler les choses de cette manière.

– Nous avons trouvé une empreinte de pied dans la cuisine près du four, dit Sjösten.

– Donc il était encore pieds nus, dit Wallander.

– Pieds nus ?

Wallander lui parla de l'empreinte qu'ils avaient trouvée dans la camionnette ensanglantée de Björn Fredman. Il pensait qu'une des premières choses à faire, c'était de mettre Sjösten et ses collègues au courant de tous les éléments en leur possession à propos des trois premiers meurtres.

Wallander examina le soupirail. Il crut voir de légères éraflures le long d'un des gonds qui avaient été dévissés. En se penchant, il aperçut le boulon, à peine visible, sur la terre battue. Il s'abstint de le prendre avec ses doigts.

– On dirait qu'il a été défait avant, dit-il.

– Il aurait préparé sa venue ?

– Pas impossible. Ça colle bien avec son habitude de tout préparer. Il surveille ses victimes. Il guette. Nous ne savons pas pourquoi ni combien de temps. Selon notre spécialiste du comportement, Mats Ekholm, c'est typique des gens à tendance psychotique.

Ils allèrent dans une pièce contiguë où les soupiraux étaient du même type. Les gonds étaient intacts.

– Il faudrait rechercher des traces de pas dans l'herbe devant l'autre soupirail, lança Wallander.

Il regretta ce qu'il venait de dire. Il n'avait pas de raisons d'indiquer à un enquêteur aussi expérimenté que Waldemar Sjösten ce qu'il fallait faire.

Ils retournèrent dans la cuisine. On était en train d'emporter le cadavre d'Åke Liljegren.

– Je n'ai pas arrêté de chercher le lien, dit Wallander. D'abord celui entre Gustaf Wetterstedt et Arne Carlman. J'ai fini par le trouver. Puis j'ai cherché un point commun entre Björn Fredman et les deux autres. En vain jusqu'à présent. Pourtant, je suis persuadé qu'il existe. Je pense que c'est pratiquement la première chose à faire ici. Est-ce qu'il y a moyen de trouver un rapport entre Åke Liljegren et les trois autres ? De préférence avec les trois, mais au moins avec l'un d'entre eux.

– Si on veut, il y a déjà un point commun assez évident, dit Sjösten tranquillement.

Wallander le regarda d'un air interrogateur.

– Je veux dire, le meurtrier est un lien assez identifiable, poursuivit Sjösten. Même si nous ne savons pas qui il est.

Sjösten lui indiqua la porte. Wallander comprit qu'il voulait lui parler seul à seul. Quand ils sortirent dans le jardin, ils clignèrent des yeux face au soleil. Ce serait encore une chaude journée d'été, sans pluie. Sjösten alluma une cigarette et emmena Wallander vers des meubles de jardin, un peu à l'écart de la maison. Ils s'installèrent dans des fauteuils, à l'ombre.

– Pas mal de bruits courent au sujet d'Åke Liljegren, dit Sjösten. Les liquidations d'entreprises n'étaient qu'une partie de son activité. Ici, à Helsingborg, nous avons entendu bien d'autres rumeurs. Des Cessna volant à basse altitude qui largueraient des lots de cocaïne. De l'héroïne, de la marijuana. Aussi difficile à démontrer qu'à démentir. Personnellement, j'ai un peu de mal à associer ce genre d'activités avec Åke Liljegren. Mais c'est peut-être dû à mon manque d'imagination. Difficile de se défaire de la vieille idée que les délinquants peuvent être classés par catégories. Les différents types de délits peuvent être groupés par familles. Ensuite, il faut que les délinquants restent dans leurs secteurs respectifs. Sans piétiner le territoire des autres.

– J'ai pensé comme toi, reconnut Wallander. Mais il me semble que cette époque est révolue. Le monde dans lequel nous vivons devient à la fois plus contrôlable et plus chaotique.

Sjösten agita sa cigarette en montrant la grande villa.

– Il y a aussi eu d'autres rumeurs. Plus palpables. Des fêtes pleines de violence dans cette maison. Des femmes, de la prostitution.

– Des fêtes pleines de violence ? Vous avez dû intervenir ?

– Jamais. Je ne sais pas pourquoi je parle de fêtes pleines de violence. En tout cas, pas mal de gens se sont retrouvés ici. Et ils ont disparu ensuite aussi vite qu'ils étaient venus.

Wallander se tut. Il réfléchissait à ce que Sjösten venait

de dire. Une pensée qui donnait le vertige lui passa rapidement dans la tête. Il voyait Dolores Maria Santana à la sortie sud de Helsingborg. Est-ce que ça pouvait avoir un rapport avec les remarques de Sjösten ? Prostitution ? Il repoussa cette idée. C'était sans fondement. Et c'était la preuve manifeste qu'il était en train de mélanger deux enquêtes.

– Nous aurons besoin de collaborer, dit Sjösten. Toi et tes collègues, vous avez plusieurs semaines d'avance Aujourd'hui, nous ajoutons Liljegren à la série. Que donne le tableau maintenant ? Qu'est-ce qui change ? Qu'est-ce qui se précise ?

– Il est à présent exclu que la police criminelle nationale n'intervienne pas, dit Wallander. C'est une bonne chose, évidemment. Mais j'ai toujours peur qu'il y ait des problèmes de collaboration et que l'information n'arrive pas où il faut.

– Je partage ton inquiétude. C'est pour ça que je voudrais te faire une proposition. Que nous formions, toi et moi, une petite entité qui pourra prendre un peu ses distances quand ça nous arrangera.

– Volontiers.

– Nous savons tous les deux comment ça se passait du temps de la vieille commission des affaires criminelles. On a détruit un truc qui marchait très bien. Et on n'a jamais rien trouvé d'aussi efficace.

– L'époque n'était pas la même, dit Wallander. La violence n'était pas la même. D'ailleurs, il y avait moins de meurtres. Les vrais grands délinquants agissaient selon des règles qui étaient autrement identifiables. Je suis d'accord avec toi pour dire que la commission des affaires criminelles était une bonne chose. Mais je ne suis pas sûr qu'elle serait aussi efficace aujourd'hui.

Sjösten se leva.

– Mais nous sommes d'accord ?

– Bien sûr. Quand nous sentirons que c'est nécessaire, nous irons réfléchir dans notre coin.

– Tu peux venir habiter chez moi. Si tu as besoin de rester ici. C'est toujours agréable d'être ailleurs qu'à l'hôtel.

– Volontiers.

Au fond de lui-même, Wallander n'avait cependant rien contre le fait de séjourner à l'hôtel quand c'était nécessaire. Il avait besoin de se retrouver seul au moins quelques heures par jour.

Ils retournèrent vers la maison. A gauche on apercevait un grand garage avec deux entrées. Tandis que Sjösten poursuivait jusqu'à la villa, Wallander décida de jeter un coup d'œil dans le garage. Il ouvrit avec difficulté une des portes coulissantes. A l'intérieur était garée une Mercedes noire. Wallander entra pour examiner la voiture de plus près. Les vitres étaient teintées pour empêcher de voir à l'intérieur. Il resta songeur.

Puis il retourna dans la maison et emprunta le téléphone portable de Nyberg.

Il appela Ystad et demanda qu'on lui passe Ann-Britt Höglund. Il résuma les derniers événements. Puis il arriva à ce qui l'amenait.

– Je désire que tu appelles Sara Björklund, dit-il. Tu te souviens d'elle ?

– La femme de ménage de Wetterstedt ?

– C'est ça. Je voudrais que tu lui téléphones et que tu l'amènes ici à Helsingborg. Sans tarder.

– Pourquoi ?

– Je voudrais lui montrer une voiture. Et je vais rester à côté d'elle en espérant de toutes mes forces qu'elle la reconnaîtra.

Ann-Britt ne demanda rien de plus. Elle raccrocha.

Wallander essaya de mettre de l'ordre dans ses idées.

Puis il retourna vers la maison de Liljegren.

Lentement tout d'abord, puis de plus en plus vite.

30

Sara Björklund regarda longuement la voiture noire.

Wallander se tenait près d'elle, tout en restant en arrière. Il voulait la rassurer par sa présence. Mais il ne voulait pas être trop près d'elle, pour ne pas la perturber. Il voyait qu'elle faisait de grands efforts pour arriver à une conclusion. Avait-elle déjà vu cette voiture, ce vendredi où elle était venue chez Wetterstedt, en croyant que c'était jeudi ? Ressemblait-elle à celle-là, ou était-ce précisément cette voiture qu'elle avait vue sortir de la maison de l'ancien ministre ?

Sjösten approuva Wallander quand celui-ci lui exposa son point de vue. Même si Sara Björklund, la « bonniche » tant méprisée de Wetterstedt, disait que ça pouvait être une voiture de la même marque qu'elle avait vue, ça ne prouverait rien. Tout ce qu'ils pouvaient obtenir, c'était une indication, une possibilité. Cela n'en demeurait pas moins important, ils le savaient tous les deux.

Sara Björklund hésitait. Comme les clés de contact étaient dans la voiture, Wallander demanda à Sjösten de rouler un peu dans la cour. En fermant les yeux, peut-être reconnaîtrait-elle le bruit du moteur ? Toutes les voitures ne font pas le même bruit. Elle écouta.

– Peut-être, dit-elle enfin. Elle ressemble à la voiture que j'ai vue ce matin-là. Mais je ne peux pas affirmer que c'était celle-là et pas une autre. Je n'ai pas vu les plaques.

Wallander hocha la tête.

– Je ne vous en demande pas tant. Je suis désolé de vous avoir dérangé jusqu'ici.

Ann-Britt Höglund avait astucieusement emmené Norén, à qui Wallander demanda de reconduire Sara Björklund à Ystad. Ann-Britt voulait rester sur place.

Il était encore tôt le matin. Cependant, tout le pays semblait déjà au courant. Sjösten improvisa une conférence de presse dans la rue, tandis que Wallander et Ann-Britt Höglund allaient prendre un petit déjeuner au terminal des ferries.

Wallander décrivit en détail ce qui s'était passé à Ann-Britt.

– Le nom d'Åke Liljegren apparaissait dans notre enquête sur Laferd Harderberg, dit-elle. Tu te souviens ?

Wallander se remémora l'affaire, qui remontait à l'année précédente. Il se rappela avec dégoût cet individu, homme d'affaires renommé et mécène, qui vivait derrière les murs du château de Farnholm. Cet homme qu'ils avaient finalement empêché de quitter le pays grâce à une intervention mémorable à l'aéroport de Sturup. Le nom d'Åke Liljegren avait été cité au cours de l'enquête. Mais à la périphérie de l'enquête. Il n'avait jamais été question de l'interroger.

Sa troisième tasse de café à la main, Wallander regardait la mer entre la Suède et le Danemark, couverte ce matin-là de voiliers et de ferries.

– Nous ne voulions pas de ce nouveau meurtre, mais nous l'avons eu quand même. Encore un homme tué et scalpé. Selon Ekholm, nous avons atteint la frontière magique au-delà de laquelle nos chances d'identifier le meurtrier augmentent considérablement. Si on en croit les modèles du FBI, qui ne sont certainement pas sans intérêt, nous allons pouvoir distinguer encore plus clairement ce qui se ressemble et ce qui diffère.

– J'ai comme l'impression que les choses sont devenues plus grossières. Si tant est qu'on puisse évaluer les coups de hache et la manière de scalper.

Wallander attendit la suite avec intérêt. Les hésitations d'Ann-Britt trahissaient souvent le fait qu'elle avait une idée intéressante.

– Wetterstedt était sous une barque, poursuivit-elle. On l'a frappé par-derrière. Son scalp a été découpé. Comme si le tueur s'était donné le temps de bien faire les choses. Ou peut-être était-ce le signe d'un manque d'assurance ? Le premier scalp. Carlman a été tué directement par-devant. Ses cheveux ont été arrachés, et non découpés. On peut deviner une colère, ou un mépris, ou encore une fureur presque incontrôlée. Puis vient Björn Fredman. Il était probablement sur le dos. Sans doute ligoté. Sinon, il aurait opposé une résistance. On lui a versé de l'acide dans les yeux. On lui a maintenu les yeux ouverts de force. Le coup sur la tête a été donné avec une grande violence. Et maintenant Liljegren. Dont on a enfoncé la tête dans un four. Il y a une escalade. Est-ce la haine ? Ou la jouissance incompréhensible d'un malade qui démontre ainsi son pouvoir ?

– Répète ce que tu viens de dire à Ekholm. Qu'il entre cette information dans son ordinateur. Je suis d'accord avec toi. Il y a des changements notables dans son comportement. Comme un glissement. Mais qu'est-ce que ça nous indique ? Parfois, c'est comme s'il fallait interpréter des traces datant d'il y a plusieurs millions d'années. Des empreintes d'animaux disparus figées dans de la cendre volcanique. Ce qui me tracasse le plus, c'est l'ordre des événements Qui repose sur le fait que nous avons trouvé les cadavres dans un certain ordre. Puisque les victimes ont été tuées dans un certain ordre. Et donc une chronologie apparaît, qui nous semble naturelle. La question reste de savoir s'il y a un ordre que nous n'arrivons pas à déchiffrer entre tous ces cadavres. Peut-être l'un d'entre eux est-il plus important que les autres ?

Elle réfléchit un instant.

– L'une des victimes serait-elle plus proche du meurtrier que les autres ?

– Oui, c'est tout à fait ça, dit Wallander. Est-ce que Liljegren est plus proche d'un centre éventuel que, par exemple, Carlman ? Et lequel est le plus éloigné de ce centre ? Ou est-ce qu'ils ont tous le même rapport avec le meurtrier ?

– Un rapport qui, si ça se trouve, n'existe que dans sa conscience perturbée ?

Wallander repoussa sa tasse de café vide.

– La seule chose dont nous pouvons être certains, c'est que ces hommes n'ont pas été choisis au hasard.

– Björn Fredman est un peu en marge, dit-elle quand ils se levèrent.

– Oui, dit Wallander. Il est un peu en marge. Mais en inversant les données, on pourrait aussi dire que ce sont les trois autres qui sont l'exception.

Ils revinrent vers Tågaborg où on leur annonça que Hansson était parti pour Helsingborg afin de rencontrer le préfet de police.

– Demain, la police criminelle nationale débarque, dit Sjösten.

– Quelqu'un a-t-il parlé avec Ekholm ? demanda Wallander. Il faudrait qu'il vienne ici le plus vite possible.

Ann-Britt alla se renseigner. Pendant ce temps, Wallander refit une inspection de la maison en compagnie de Sjösten. Ils virent Nyberg avec les autres techniciens à genoux dans la cuisine. Ann-Britt les rejoignit alors qu'ils étaient à mi-chemin entre le rez-de-chaussée et le premier étage, et leur annonça qu'Ekholm arrivait dans la voiture de Hansson. Tous trois continuèrent leur inspection. Aucun d'entre eux ne parlait. Chacun suivait son propre sentier invisible. Wallander essayait de percevoir la présence du meurtrier, de la même manière qu'il l'avait cherchée dans l'obscurité de la maison de Wetterstedt, ou

398

sous la tonnelle dans le jardin de Carlman. Le meurtrier était monté par ce même escalier moins de douze heures auparavant. L'empreinte invisible de sa présence restait encore palpable dans la maison. Wallander se déplaçait plus lentement que les autres. Il s'arrêtait souvent et fixait le plafond d'un regard vague. Parfois, il s'asseyait sur une chaise et regardait un mur, un tapis ou une porte. Comme s'il était dans une galerie d'art, et qu'il contemplait avec attention certaines des œuvres exposées. De temps à autre, il retournait sur ses pas et refaisait le court chemin qu'il venait de parcourir. Ann-Britt, qui l'observait, songea que c'était comme s'il marchait sur une mince couche de glace. Wallander lui aurait certainement donné raison. Chaque pas impliquait un risque, une nouvelle position, une discussion avec lui-même sur une idée qu'il venait d'avoir. Il se déplaçait autant dans sa tête que sur le lieu du crime. La maison de Gustaf Wetterstedt lui avait semblé étrangement vide. Nulle part il n'avait senti la présence de l'individu qu'ils recherchaient. Il avait donc fini par admettre que l'homme qui avait tué Wetterstedt n'était jamais entré dans sa maison. Il n'avait jamais approché plus près que le toit du garage où il avait lu un numéro de *Superman* pour passer le temps et l'avait déchiré en morceaux. Mais ici, dans la villa de Liljegren, c'était différent. Wallander retourna vers l'escalier et regarda en direction de la salle de bains. Ici, l'assassin avait pu voir l'homme qu'il allait bientôt tuer. Si la porte de la salle de bains était ouverte. Et pourquoi n'aurait-elle pas été ouverte si Liljegren était tout seul dans la maison ? Il continua jusqu'à la salle de bains et se mit contre le mur. Puis il entra, se mit un instant à jouer le rôle de Liljegren comme dans une tragédie muette. Il ressortit, imagina le violent coup de hache qui venait tout droit, sans hésitation, avec force et de l'arrière. Il se vit tomber sur le tapis du couloir. Puis il prit l'autre rôle, celui de l'homme qui tenait une hache dans la main droite. Pas à la main gauche, ils avaient déjà pu le constater à propos de la mort de Wetterstedt. L'homme était droitier. Wallander descendit lentement l'escalier en traînant le cadavre invisible. Jusque dans la cuisine, devant le four. Il descendit dans la cave et s'arrêta devant le soupirail trop étroit pour qu'il puisse s'y glisser. Pour pouvoir entrer dans la maison de Liljegren par ce soupirail, il fallait que ce soit un homme sans kilos superflus. L'homme qu'ils recherchaient devait être maigre. Il retourna dans la cuisine et sortit ensuite dans le jardin. Les techniciens cherchaient des empreintes dans la terre devant le soupirail, à l'arrière de la maison. Wallander pouvait d'ores et déjà prévoir qu'ils ne trouveraient rien. L'homme était venu pieds nus, comme les fois précédentes. Il regarda la haie, la plus courte distance entre le soupirail et la rue qui passait devant la maison. Il se demanda pourquoi l'homme ne portait pas de chaussures. Il avait posé plusieurs fois la question à Ekholm sans obtenir de réponse satisfaisante. Marcher pieds nus implique qu'on prend le risque de se blesser. De glisser, de se piquer, de se couper. Et pourtant, il était pieds nus. Pourquoi se déplaçait-il ainsi ? Pourquoi avait-il décidé d'enlever ses chaussures ? C'était encore un des points particuliers auxquels il devait se cramponner. Il prenait les scalps. Il utilisait une hache. Il était pieds nus. Wallander ne bougeait plus. L'idée lui vint comme un éclair. Son inconscient avait tiré une conclusion et lui avait envoyé le message.

Un Indien, se dit-il. Un guerrier d'un peuple primitif.

Il sut tout de suite qu'il avait raison. L'homme qu'ils recherchaient était un guerrier solitaire qui suivait le sentier invisible qu'il s'était choisi. Il imitait. Tuait à coups de hache, découpait des scalps, se déplaçait pieds nus. Pourquoi un Indien se promenait-il au beau milieu de l'été suédois et tuait-il des gens ? Qui tuait les gens en fin de compte ? L'Indien ou celui qui jouait son rôle ?

Wallander resserra sa prise sur son idée pour ne pas la

perdre avant de l'avoir suivie jusqu'au bout. Il couvre de longues distances, se dit-il. Il doit avoir un cheval. Une moto. Qu'il avait appuyée contre le mur du baraquement de cantonnier. Une voiture, on roule dedans, une moto, on la chevauche.

Il retourna vers la maison. Pour la première fois depuis le début de l'enquête, il lui sembla deviner la silhouette de l'homme qu'il cherchait. La tension de la découverte fut immédiate. Sa vigilance redoubla. Cependant, pour le moment, il voulait garder cette idée pour lui.

On ouvrit une fenêtre au premier. Sjösten se pencha au-dehors.

– Viens là-haut ! cria-t-il.

Wallander retourna dans la villa en se demandant ce qu'ils avaient bien pu trouver. Dans une pièce qui avait dû être le bureau de Liljegren, Sjösten et Ann-Britt se tenaient devant une bibliothèque. Sjösten avait un sachet plastique dans la main.

– Je parie pour de la cocaïne, dit-il. Encore que ça puisse aussi être de l'héroïne.

– C'était où ? demanda Wallander.

Sjösten montra un tiroir ouvert.

– Il peut y en avoir d'autres.

– Je vais demander qu'on nous envoie un chien pour chercher la drogue.

– Tu devrais aussi réclamer des hommes pour aller discuter avec les voisins, dit Wallander. Leur demander s'ils ont vu un homme en moto. Pas seulement hier soir ou cette nuit. Mais avant aussi. Ces dernières semaines.

– Il est venu en moto ?

– Je crois. Ça collerait avec sa manière de se déplacer les autres fois. Tu trouveras ça dans le dossier.

Sjösten sortit.

– Il n'y a rien sur une moto dans le dossier, dit Ann-Britt, étonnée.

– Ça devrait y être, dit Wallander d'un ton absent. Nous

avons bien établi que c'était une moto qui avait été appuyée contre le mur devant la maison de Carlman, non ?

Il aperçut par la fenêtre Ekholm et Hansson qui remontaient le chemin de gravier bordé de rosiers. Ils étaient en compagnie d'un autre homme que Wallander supposa être le préfet de Helsingborg. Le commissaire Birgersson les accueillit à mi-chemin de la maison.

– Il vaut peut-être mieux descendre, dit-il à Ann-Britt. Tu as trouvé quelque chose ?

– Sa maison fait penser à celle de Wetterstedt, dit-elle. La même bourgeoisie sinistre. En tout cas, il y a un certain nombre de photos de famille. Qu'elles soient réjouissantes, c'est une autre affaire. Apparemment, il n'y a que des officiers de cavalerie dans la famille de Liljegren. Des dragons de Scanie. Si on en croit les photographies.

– Je ne les ai pas vues, s'excusa Wallander. Mais je te crois volontiers. Ses affaires de liquidation d'entreprises avaient pas mal de points communs avec les activités pendant la guerre.

– Il y a une photo d'un vieux couple, devant une ferme. Si je comprends bien ce qui est écrit au dos, c'est la photo de ses grands-parents maternels, à Öland.

Ils descendirent au rez-de-chaussée. La moitié de l'escalier était interdite à la circulation pour préserver les traces de sang.

– Des hommes âgés vivant seuls, dit Wallander. Leurs maisons se ressemblent peut-être parce qu'ils se ressemblaient. Quel âge avait Åke Liljegren ? Plus de soixante-dix ans ?

La question resta sans réponse, Ann-Britt ne savait pas.

On improvisa un lieu de réunion dans la salle à manger de Liljegren. Sjösten avait mis à la disposition d'Ekholm, qui avait pu s'éclipser, un policier pour lui fournir les informations dont il avait besoin. Quand tous se furent présentés et se furent assis, Hansson surprit Wallander par sa détermination. En venant d'Ystad, il avait eu le temps de s'entretenir aussi bien avec Per Åkeson qu'avec la police criminelle nationale de Stockholm.

– Ce serait une erreur de dire que la situation a changé du tout au tout suite à ce qui s'est passé dans cette maison, commença-t-il. La situation est de toute façon suffisamment dramatique depuis que nous avons compris que nous avions affaire à un tueur en série. A présent, une sorte de frontière a été franchie. Rien n'indique que cette série de meurtres va s'arrêter. C'est une chose que nous ne pouvons qu'espérer. Du côté de la police criminelle nationale, on est prêt à nous fournir toute l'aide dont nous avons besoin. Les formalités pour mettre en place un groupe d'enquêteurs dépendant de plusieurs districts, avec en outre la participation de gens de Stockholm, ne devraient pas poser de problèmes particuliers. Je pense que personne n'a rien contre le fait que Kurt dirige ce nouveau groupe d'enquête ?

Personne n'avait rien à objecter. A l'autre bout de la table, Sjösten hocha la tête en signe d'approbation.

– Kurt a une certaine renommée, dit Hansson, sans se rendre compte que ce qu'il disait pouvait avoir un double sens. Il paraît évident pour le chef de la criminelle nationale qu'il doit continuer à diriger l'enquête.

– Je suis d'accord, dit le préfet.

Ce furent ses seuls mots de toute la réunion.

– Il y a des règles claires pour qu'une telle collaboration puisse être mise en œuvre le plus rapidement possible, poursuivit Hansson. Les procureurs ont leurs propres procédures. Le plus important maintenant est de préciser de quel type d'aide nous avons besoin de la part de Stockholm.

Wallander avait écouté Hansson parler avec un mélange de fierté et d'inquiétude. En même temps, il se rendait bien compte qu'il serait difficile de trouver quelqu'un pour prendre sa place de responsable de l'enquête.

– Y a-t-il déjà eu dans notre pays quelque chose qui ressemble à cette série de meurtres ? demanda Sjösten.

– Pas si on en croit Ekholm, répondit Wallander.

– Il serait bon d'avoir des policiers qui ont l'expérience de ce genre de crime, poursuivit Sjösten.

– Alors, il faut aller les chercher sur le continent ou aux États-Unis, dit Wallander. Et je n'y crois pas beaucoup. En tout cas, pas pour le moment. Ce dont nous avons besoin, c'est d'enquêteurs criminels expérimentés. Qui puissent augmenter nos potentialités.

Il leur fallut moins de vingt minutes pour prendre les décisions nécessaires. Puis Wallander partit rapidement à la recherche d'Ekholm. Il le trouva au premier étage devant la salle de bains. Wallander l'entraîna dans une chambre d'amis qui semblait ne pas avoir servi depuis longtemps. Il ouvrit la fenêtre pour chasser l'air confiné. Puis il s'assit sur le bord du lit et fit part à Ekholm des idées qu'il venait d'avoir dans la matinée.

– Il se peut que tu aies raison, dit Ekholm quand il eut fini. Un homme perturbé psychiquement qui a endossé le rôle d'un guerrier solitaire. Il y a beaucoup d'exemples de ce genre dans l'histoire de la criminalité. Mais pas en Suède. Il s'agit de gens qui se déguisent en quelqu'un d'autre pour se venger, la vengeance étant le motif le plus fréquent. Leur déguisement les décharge de toute culpabilité. L'acteur n'a pas de remords pour les actions commises par le personnage qu'il joue. Mais il ne faut pas oublier qu'il y a une catégorie de psychopathes qui tuent sans autre motivation que leur propre jouissance.

– Ça paraît peu vraisemblable dans notre cas, dit Wallander.

– La difficulté réside dans le fait que le rôle endossé par le meurtrier, si nous prenons par exemple l'option du guerrier indien, ne nous renseigne pas sur le mobile. Il n'y a pas nécessairement de cohérence. Si tu as raison, si c'est un guerrier aux pieds nus qui a choisi ce déguisement pour des raisons qui nous sont inconnues, il aurait tout aussi bien pu décider de se déguiser en samouraï ou en tonton macoute haïtien. Il n'y a qu'une personne qui connaisse les raisons de son choix. Lui.

Wallander se remémora une de ses conversations précédentes avec Ekholm.

– Ça pourrait signifier que les scalps sont une fausse piste, dit-il. Qu'il ne les prend que pour le rituel lié au personnage qu'il s'est choisi. Et non qu'il collectionne des trophées pour atteindre le but qui l'a poussé à tuer tous ces gens.

– C'est une possibilité.

– Ce qui veut dire que nous sommes revenus à la case départ.

– Il faut réessayer sans arrêt toutes les combinaisons, dit Ekholm. On ne revient jamais à la case départ une fois qu'on l'a quittée. Il faut nous déplacer comme le tueur. Il ne reste jamais sans bouger. Ce qui s'est passé cette nuit le confirme.

– Est-ce que tu t'es fait une idée ?

– Le four est intéressant.

Les mots qu'avait choisis Ekholm firent sursauter Wallander. Mais il ne dit rien.

– De quel point de vue ?

– La différence entre le four et l'acide est frappante. Dans un cas, il utilise un produit chimique pour torturer quelqu'un qui est encore en vie. Ça fait partie de la mise à mort. Dans l'autre cas, ça ressemble plutôt à un petit salut.

Wallander regarda attentivement Ekholm. Il essaya d'interpréter ce qu'il venait d'entendre.

– Un petit salut à la police ?

– Dans le fond, ça ne m'étonne pas vraiment. Le meurtrier n'est pas insensible à ses actes. L'image qu'il se fait de lui-même devient de plus en plus favorable. Souvent, il atteint un point où il faut qu'il commence à chercher à établir un contact avec quelqu'un d'autre que lui-même. Il est pénétré de satisfaction de soi. Il faut qu'il obtienne à l'extérieur la confirmation de sa grandeur. Ses victimes ne peuvent pas se relever pour l'applaudir. Et il arrive fréquemment que, dans ce cas, il se tourne vers la police. Vers ceux qui le poursuivent. Ceux qui veulent l'empêcher de continuer. Ça peut prendre des formes diverses. Des appels anonymes ou des lettres. Ou, pourquoi pas, un mort dans une posture grotesque ?

– Il nous lance un défi ?

– Je ne crois pas qu'il pense comme ça. Il se sent invincible. S'il a effectivement choisi le rôle d'un guerrier aux pieds nus, son invulnérabilité peut être une des raisons. Il y a beaucoup d'exemples de guerriers qui s'enduisent de pommades pour se rendre invulnérable aux épées ou aux flèches. A notre époque, la police pourrait symboliser les épées.

Wallander resta un moment silencieux.

– Quelle sera l'étape suivante ? demanda-t-il. Il nous lance un défi en enfonçant la tête de Liljegren dans le four. Et la prochaine fois ? S'il y a une prochaine fois ?

– Il y a plusieurs possibilités. Entre autres, il est connu que les meurtriers psychopathes recherchent le contact avec un policier en particulier.

– Et pourquoi ?

Ekholm ne parvint pas à cacher son hésitation.

– Il est arrivé que des policiers soient tués.

– Tu veux dire que ce fou pourrait avoir un œil sur nous ?

– Ce n'est pas impossible. Sans que nous le sachions, il peut s'amuser à apparaître dans notre environnement le plus proche. Puis à disparaître. Un jour, peut-être ça ne lui suffira-t-il plus.

Wallander repensa à l'impression qu'il avait eue derrière les barrières interdisant l'accès à la ferme de Carlman. Cette impression de reconnaître un visage dans la foule des badauds qui regardaient le travail de la police. Quelqu'un qui s'était déjà trouvé derrière les barrières et les panneaux sur la plage quand ils avaient retourné la barque pour en sortir le corps du ministre de la Justice.

Ekholm le regarda gravement.

– Je crois qu'il est très important que tu sois conscient de ça, dit-il. Même si nous n'avions pas eu cette conversation, j'avais l'intention de t'en parler.

– Et pourquoi moi précisément ?

– Tu es celui qu'on voit le plus. L'enquête sur ces quatre meurtres a impliqué beaucoup de monde. Mais le seul nom et le seul visage qu'on voit régulièrement, c'est le tien.

Wallander fit une grimace.

– Je dois vraiment prendre ce que tu me dis au sérieux ?

– C'est toi qui vois.

Quand Ekholm eut quitté la pièce, Wallander resta assis un moment. Il tentait d'analyser sa réaction aux paroles d'Ekholm.

C'était comme si un vent froid traversait la pièce, se dit-il.

Ça et rien de plus.

Peu après quinze heures, Wallander rentra avec ses collègues. Ils avaient convenu que l'enquête continuerait à être dirigée à partir d'Ystad. Wallander resta muet pendant tout le trajet et répondit le plus brièvement possible aux quelques questions que lui posa Hansson. Au commissariat, ils tinrent une courte réunion d'information avec Svedberg, Martinsson et Per Åkeson. Svedberg leur annonça qu'il était maintenant possible de parler à la fille de Carlman. Ils convinrent que Wallander et Ann-Britt Höglund iraient la voir à l'hôpital le lendemain matin. A dix-huit heures, Wallander téléphona à son père. Ce fut Gertrud qui répondit. Son père avait à nouveau un comportement normal. Il semblait avoir oublié ce qui s'était passé quelques jours auparavant.

Wallander passa aussi un coup de fil chez lui. Personne ne répondit. Linda n'était pas là. En sortant du commissariat, il demanda à Ebba s'il y avait du nouveau à propos de ses clés. Rien Il roula jusqu'au port et fit une petite promenade le long du quai. Puis il alla boire une bière au café. Il s'aperçut d'un seul coup qu'il était en train d'observer attentivement tous les gens qui allaient et venaient. Il se leva, mal à l'aise, et alla s'asseoir au bout du quai, sur le banc devant le baraquement rouge de la Société de sauvetage en mer.

C'était une chaude soirée d'été, sans vent. Quelqu'un jouait de l'accordéon dans un bateau. De l'autre côté du quai, un ferry venant de Pologne entrait dans le port. Sans s'en rendre compte tout de suite, il commença à trouver un lien. Il ne bougea plus et laissa son cerveau travailler. Il entrevoyait les contours d'un drame plus terrible que tout ce qu'il avait pu imaginer. Il restait de nombreux blancs. Mais il lui semblait voir sur quoi il fallait concentrer les recherches.

Il se dit que la manière dont ils avaient travaillé jusqu'à présent n'était pas à mettre en cause.

Ce qui était faux, c'étaient les idées et les conclusions qu'il en avait tirées.

Il rentra chez lui et s'installa dans la cuisine pour faire par écrit un résumé de ses réflexions.

Linda arriva peu avant minuit. Elle avait lu dans un journal ce qui s'était passé.

– Qui est-ce qui fait ça ? demanda-t-elle. Comment une telle personne fonctionne-t-elle ?

Wallander réfléchit un instant avant de répondre.

Comme toi et moi. En gros, comme toi et moi.

31

Wallander se réveilla en sursaut.

Il ouvrit les yeux et demeura immobile. La lueur de la nuit d'été était encore grise. Quelqu'un marchait dans l'appartement. Il jeta un coup d'œil rapide sur le réveil posé sur la table de nuit. Il était deux heures et quart. La peur fut immédiate. Il savait que ce n'était pas Linda. Une fois endormie, elle ne bougeait plus de son lit jusqu'au lendemain matin. Il retint son souffle et tendit l'oreille. C'était un bruit très faible.

Celui qui marchait était pieds nus.

Wallander se leva doucement de son lit. Il chercha quelque chose pour se défendre. Il avait laissé son arme de service dans le tiroir de son bureau, au commissariat. La seule chose qu'il avait à portée de main était le dossier d'une chaise cassée. Il défit doucement le dossier et tendit l'oreille à nouveau. Les pas semblaient venir de la cuisine. Il laissa son peignoir de côté, car il risquait d'entraver ses mouvements. Il sortit de sa chambre et regarda dans la salle de séjour. Il passa devant la chambre de Linda. La porte était fermée. Elle dormait. Il avait très peur maintenant. Le bruit venait de la cuisine. Il resta sur le pas de la porte de la salle de séjour et écouta. Ekholm avait donc raison. Il se prépara à l'idée de se mesurer à quelqu'un de très fort. Le dossier en bois qu'il avait à la main ne lui servirait pas à grand-chose. Il se souvint qu'il avait une reproduction d'anciens coups-de-poing américains dans un des tiroirs de ses étagères. Il avait gagné une fois ce lot stupide à la tombola de la police. Il décida qu'ils étaient plus sûrs que le dossier. On entendait toujours le bruit dans la cuisine. Il se déplaça doucement sur le plancher et ouvrit le tiroir. Les coups-de-poing américains étaient sous une copie de sa dernière déclaration d'impôts. Il en posa un sur son poing droit. Il se rendit compte que le bruit dans la cuisine avait cessé. Il se retourna rapidement et leva un bras.

Linda était sur le pas de la porte et le contemplait avec un mélange d'étonnement et de peur. Il la regarda.

– Qu'est-ce que tu fais ? demanda-t-elle. Qu'as-tu à la main ?

– J'ai cru que quelqu'un était entré dans l'appartement, dit-il en retirant son coup-de-poing américain.

Il vit qu'elle était secouée.

– Ce n'est que moi. J'ai du mal à m'endormir.

– La porte de ta chambre n'était pas fermée ?

– Alors j'ai dû la fermer. J'étais venue boire de l'eau. Je devais avoir peur qu'elle claque, avec les courants d'air.

– Mais tu ne te réveilles jamais la nuit !

– C'est fini, ça. Ça m'arrive de mal dormir. Quand j'ai trop de choses qui me trottent dans la tête.

Wallander se dit qu'il devrait se sentir un peu bête. Mais le soulagement était le plus fort. Derrière sa réaction, un fait venait de se confirmer. Il avait pris les propos d'Ekholm bien plus au sérieux qu'il ne lui avait semblé. Il s'assit sur le canapé. Elle resta debout et le regarda.

– Je me suis souvent demandé comment tu faisais pour dormir aussi bien. Quand je pense à tout ce que tu es obligé de voir. Tout ce que tu dois faire.

– Ça devient de la routine, répondit Wallander, tout en sachant très bien que ce n'était pas vrai.

Elle s'assit à côté de lui.

– J'ai feuilleté un journal pendant que Kajsa achetait

des cigarettes, poursuivit-elle. Il y avait plein de détails sur ce qui s'est passé à Helsingborg. Je me demande comment tu peux supporter tout ça.

– Les journaux exagèrent.

– Peut-on exagérer au point de dire qu'on a enfoncé la tête de quelqu'un dans un four ?

Wallander tenta de fuir ses questions. Il ne savait pas trop qui il voulait épargner, elle ou lui.

– C'est l'affaire de la médecine légale. Moi, j'examine le lieu du crime et j'essaie de comprendre ce qui s'est passé.

Elle secoua la tête d'un air résigné.

– Tu n'es jamais vraiment arrivé à me mentir de façon convaincante. A maman, peut-être, mais pas à moi.

– Je n'ai jamais menti à Mona !

– Tu ne lui as jamais dit à quel point tu l'aimais. Quand on ne dit pas les choses, c'est un mensonge par omission.

Il la regarda avec étonnement. Il ne s'attendait pas à ce qu'elle utilise ces mots-là.

– Quand j'étais petite, je lisais en cachette tous les papiers que tu rapportais le soir à la maison. Parfois, je faisais venir des copines quand tu étais sur une enquête qui nous paraissait palpitante. On se réunissait dans ma chambre et on lisait les notes que tu avais prises quand tu avais interrogé des témoins. Ça m'a appris pas mal de mots.

– Je ne me suis jamais aperçu de rien.

– Ce n'était pas le but non plus. Dis-moi plutôt qui tu pensais trouver dans ton appartement.

Elle avait changé très rapidement de sujet de conversation. Il décida tout aussi rapidement de dire les choses au moins en partie comme elles étaient. Il lui expliqua qu'il arrivait, mais très rarement, que des policiers dans sa situation, en particulier ceux qui apparaissaient souvent dans les journaux ou à la télévision, soient repérés par des criminels. Et qu'ils fassent une fixation sur eux.

Ou plutôt qu'ils soient fascinés. Normalement, pas de quoi s'inquiéter. Mais il n'était plus possible de savoir où était la norme dans tout cela. Il était bon de connaître ce phénomène. De là à s'inquiéter, il y avait une marge.

Elle ne le crut pas un seul instant.

– Celui que j'ai vu là avec son coup-de-poing américain n'était pas quelqu'un qui connaissait le phénomène. C'était mon papa, un policier. Et il avait peur.

– J'ai dû avoir un cauchemar, bredouilla-t-il. Raconte-moi plutôt ce qui t'empêche de dormir.

– Je me demande ce que je vais faire de ma vie.

– Ce que vous m'avez montré, Kajsa et toi, c'était bien.

– Mais pas aussi bien qu'on le voudrait.

– Tu as le temps de trouver ton chemin.

– C'est peut-être tout autre chose que j'ai envie de faire.

– Quoi alors ?

– C'est à ça que je pense quand je me réveille la nuit. J'ouvre les yeux et je me dis que je ne sais toujours pas.

– Tu peux toujours me réveiller. Mon métier de policier m'a au moins appris à écouter. Pour les réponses, tu en auras sans doute de meilleures ailleurs.

Elle posa sa tête contre son épaule.

– Je sais, dit-elle. Tu écoutes bien. Bien mieux que maman. Mais la réponse, il n'y a sans doute que moi qui puisse la trouver.

Ils restèrent longtemps assis sur le canapé. Il était quatre heures et le jour commençait à poindre quand ils retournèrent se coucher. Linda avait dit une chose qui avait fait plaisir à Wallander. Il écoutait mieux que Mona.

Dans une vie future, il ne rechignerait pas à tout faire mieux qu'elle. Plus maintenant qu'il y avait Baiba.

Wallander se leva peu avant sept heures. Linda dormait. Il avala une tasse de café en vitesse avant de partir. Il faisait toujours beau. Mais le vent se levait. En arrivant au commissariat, il trouva un Martinsson dans tous ses états qui lui raconta que ce serait le chaos pour les vacances, puisqu'ils avaient été si nombreux à avoir repoussé leurs congés à une date indéterminée quand cette grosse affaire leur était tombée dessus.

– Si ça continue comme ça, je vais me retrouver à prendre mes vacances en septembre, dit-il d'une voix hargneuse. Qui a envie de prendre des vacances en septembre ?

– Moi, répondit Wallander. Je pars en Italie avec mon père.

En entrant dans son bureau, il s'aperçut qu'on était déjà le mercredi 6 juillet. Samedi matin, dans trois jours, il serait à l'aéroport de Kastrup à attendre Baiba. C'est à cet instant qu'il se rendit compte qu'il fallait annuler leur voyage, ou du moins le reporter à une date ultérieure. Il avait évité de penser à ça dans l'agitation des semaines précédentes. Ce matin-là, il comprenait qu'il ne pouvait plus continuer comme ça. Il fallait annuler les billets et les réservations d'hôtel. Il se demanda comment Baiba allait réagir. Il resta assis un moment dans son fauteuil et remarqua qu'il commençait à avoir mal au ventre. Il doit y avoir une solution, se dit-il. Baiba peut venir ici. Peut-être même arriverons-nous à attraper ce foutu individu qui tue les gens et leur découpe le cuir chevelu ?

Il avait peur de la déception de Baiba. Même si elle avait déjà été mariée avec un policier, Wallander craignait qu'elle ne s'imagine que tout était différent dans un pays comme la Suède. Il ne pouvait pourtant plus attendre pour lui expliquer qu'ils ne pourraient pas partir pour Skagen comme prévu. Il devait décrocher son téléphone et appeler Riga dès maintenant. Mais il repoussa à plus tard cette conversation pénible. Il n'était pas encore prêt. Il prit un cahier et nota qu'il devait annuler les réservations.

Puis il redevint policier.

Il réfléchit à ce qu'il avait cru découvrir la veille au soir, quand il était assis sur le banc devant la cabine de la

Société de sauvetage en mer. Avant de partir de chez lui, il avait arraché les feuillets sur lesquels il avait fait son résumé. Il les posa devant lui sur son bureau et lut ce qu'il avait écrit. Il persistait à penser que ça tenait la route. Il décrocha le combiné et demanda à Ebba de joindre Waldemar Sjösten à Helsingborg. Ebba rappela quelques minutes plus tard.

– Il semble qu'il passe ses matinées à racler un bateau, dit-elle. Mais il ne doit pas tarder.

Sjösten donna de ses nouvelles au bout d'un bon quart d'heure. Wallander écouta brièvement ce qu'il avait à lui dire sur la suite de l'enquête. Ils avaient réussi à trouver quelques témoins, un couple de gens âgés, qui disaient avoir vu une moto dans Aschebergsgatan le soir où Liljegren avait été tué.

– Vérifie bien cette information, dit Wallander. Ça peut être très important.

– Je comptais m'en charger moi-même.

Wallander s'appuya contre son bureau, comme s'il avait besoin de prendre de l'élan pour la question suivante.

– Je voudrais te demander une chose, dit-il. Une chose qui doit être traitée avec une priorité absolue. Je voudrais que tu trouves des femmes qui ont participé à des fêtes dans la villa de Liljegren.

– Tiens, pourquoi ?

– Je pense que c'est important. Il faut que nous sachions qui participait à ces fêtes. Tu comprendras en lisant le dossier.

Wallander savait très bien qu'il n'y avait pas d'explication là-dessus dans le dossier de l'enquête sur les trois autres meurtres. Mais il ne voulait pas trop s'appesantir. Il lui fallait chasser seul encore un moment.

– Tu veux donc que je te ramène une prostituée, dit Sjösten.

– Oui. S'il y avait des prostituées dans ces fêtes.

– C'est ce qu'on dit.

– Donne-moi des nouvelles le plus vite possible. Et je viendrai à Helsingborg.

– Si j'en trouve une, faut-il que je la mette en détention ?

– En détention, pour quel motif ?

– Je n'en sais rien.

– C'est pour une conversation. Rien de plus. Au contraire, explique-lui bien qu'elle n'a aucune raison de s'inquiéter. Si elle a peur, elle ne dira que ce qu'elle croit que je veux entendre, et ça ne me servira à rien.

– Je vais essayer, dit Sjösten. Voilà une mission intéressante en plein été.

Ils raccrochèrent. Wallander revint à ses notes de la veille. Peu après huit heures, Ann-Britt Höglund l'appela dans son bureau pour lui demander s'il était prêt. Il se leva, prit sa veste et la retrouva dans le hall. Sur la suggestion de Wallander, ils allèrent à pied à l'hôpital de façon à avoir le temps de préparer leur entretien avec la fille de Carlman. Wallander se rendit compte qu'il ne connaissait même pas le prénom de celle qui l'avait giflé.

– Erika, répondit Ann-Britt Höglund. Un nom qui ne lui va pas bien.

– Pourquoi ? s'étonna Wallander.

– C'est un nom qui me fait penser à quelqu'un de robuste. Une femme de ménage dans un hôtel, ou une conductrice de tramway.

– Est-ce que je colle avec mon prénom, Kurt ?

Elle hocha joyeusement la tête.

– Évidemment, c'est idiot d'associer une personnalité à un prénom. Mais ça m'amuse, c'est comme un jeu tout bête. Mais d'un autre côté, on n'imagine pas un chat qui s'appellerait Médor. Ou un chien Minet.

– Pourquoi pas ? Que savons-nous d'Erika Carlman ?

En marchant vers l'hôpital, ils avaient le vent dans le dos et le soleil de côté. Ann-Britt expliqua qu'Erika Carlman avait vingt-sept ans. Qu'elle avait été hôtesse de l'air dans une petite compagnie de charters anglaise. Qu'elle avait fait pas mal de choses différentes sans s'y tenir longtemps ou s'engager vraiment. Elle avait voyagé dans le monde entier, avec le confortable soutien économique de son père. Un mariage avec un joueur de football péruvien avait été rompu assez rapidement.

– Ça me semble la description classique d'une jeune fille de la bonne bourgeoisie. Qui a tout eu à sa disposition dès le début.

– D'après sa mère, elle a montré des tendances à l'hystérie dès son adolescence. Elle a utilisé ce mot bien précis, l'hystérie. Je pense qu'on peut plutôt parler de tendances névrotiques.

– A-t-elle déjà fait des tentatives de suicide ?

– Jamais. En tout cas, personne n'est au courant de la moindre tentative. Je n'ai pas eu l'impression que sa mère me mentait.

Wallander réfléchit.

– Ça devait être sérieux. Je pense qu'elle voulait vraiment mourir.

– C'est aussi mon impression.

Ils continuèrent à marcher. Wallander se dit qu'il ne pouvait pas cacher plus longtemps à Ann-Britt Höglund la gifle qu'elle lui avait donnée. Il y avait de grandes chances pour qu'elle en parle. Il n'aurait plus aucune excuse, hormis son orgueil masculin.

Près de l'hôpital, Wallander s'arrêta un instant pour évoquer la gifle. Ann-Britt sembla étonnée.

– Ce n'est sans doute que l'expression des tendances hystériques dont sa mère t'a parlé, dit-il pour conclure.

Ils continuèrent leur chemin. Puis elle s'arrêta.

– Ça peut poser des problèmes, dit-elle. Elle n'est sans doute pas bien du tout. Nous ne savons même pas si elle regrette son geste ou si elle est toujours furieuse. Si tu entres dans sa chambre, ça peut la briser, faire éclater sa mauvaise conscience. Ou la rendre agressive, l'effrayer. Elle peut se renfermer sur elle-même.

– Tu as raison, il vaut mieux que tu ailles lui parler seule. Je t'attendrai dans la cafétéria.

– Dans ce cas, faisons rapidement le point sur ce que nous voulons apprendre.

Ils s'assirent sur un banc devant la station de taxis.

– Dans une enquête comme celle-ci, on espère toujours que les questions seront plus intéressantes que les réponses, dit Wallander. Quel rapport y a-t-il entre sa tentative de suicide, presque réussie, et la mort de son père ? Prends ça comme point de départ. Maintenant, pour ce qui est du reste, je ne peux pas t'aider. Sa réponse déclenchera les questions dont tu as besoin.

– Supposons qu'elle réponde oui, qu'elle était tellement anéantie de douleur qu'elle n'avait plus envie de vivre, dit Ann-Britt.

– Alors nous saurons au moins ça.

– Mais que saurons-nous vraiment ?

– Il faudra que tu lui poses les autres questions, celles que nous ne pouvons pas prévoir. Était-ce une relation d'amour filial normal entre un père et sa fille ? Ou était-ce autre chose ?

– Et si elle répond non ?

– Alors, commence par ne pas la croire. Sans le lui dire. Mais ça m'étonnerait beaucoup qu'elle ait tenté de provoquer un double enterrement pour d'autres raisons.

– Si elle répond non, ça veut donc dire que je dois m'intéresser aux raisons qu'elle peut avoir de nous cacher la vérité ?

– C'est à peu près ça. Il y a encore une troisième possibilité. Qu'elle ait tenté de se suicider parce qu'elle savait quelque chose sur la mort de son père, et que sa seule solution était d'emporter son secret avec elle dans sa tombe.

– Est-ce qu'elle aurait pu voir le meurtrier ?

– C'est possible.

– Et elle ne voudrait pas qu'il soit découvert ?

– Possible aussi.

– Et pourquoi ne le voudrait-elle pas ?

– Une fois encore, il y a deux possibilités. Elle veut le protéger. Ou elle veut protéger la mémoire de son père.

Ann-Britt eut un soupir de découragement.

– Je ne sais pas si je vais me sortir de tout ça.

– Bien sûr que tu vas t'en tirer. Je t'attends à la cafétéria. Ou dehors, ici. Prends tout ton temps.

Wallander la suivit dans le hall d'entrée. Il repensa furtivement à la fois où il était passé, quelques semaines auparavant, pour apprendre la nouvelle de la mort de Salomonsson. Il n'imaginait pas alors ce qui l'attendait. Ann-Britt demanda le numéro de la chambre à l'accueil et disparut dans un couloir. Wallander entra dans la cafétéria, mais il changea d'avis et rebroussa chemin pour retourner s'asseoir sur le banc, devant l'arrêt des taxis. Avec son pied, il continua à agrandir la petite colline de gravier qu'Ann-Britt avait commencée. Il songea une fois de plus à son idée de la veille. Il fut interrompu par la sonnerie du téléphone dans sa poche. C'était Hansson qui semblait très excité.

– Il y a deux enquêteurs qui arrivent à Sturup cet après midi. Ludwigsson et Hamrén. Tu les connais ?

– Seulement de nom. Il paraît qu'ils sont habiles. Hamrén a bien fait partie de l'équipe qui a résolu l'affaire de l'homme au laser ?

– Tu as la possibilité d'aller les accueillir ?

– Non, répondit Wallander après un instant de réflexion. Je vais probablement retourner à Helsingborg.

– Birgersson ne m'en a rien dit, pourtant. Je viens de lui parler à l'instant.

– Ils doivent avoir les mêmes problèmes de communication interne que nous, répondit Wallander posément. Il me semble que ce serait une bonne chose que tu ailles les accueillir.

– Une bonne chose pour quoi ?

– Une marque de respect. Quand je suis allé à Riga il y a quelques années, on est venu m'accueillir en limousine. Une vieille limousine russe, mais quand même. C'est important que les gens se sentent accueillis, qu'on s'occupe d'eux.

– Bien, dit Hansson. Faisons comme ça. Tu es où, pour le moment ?

– A l'hôpital.

– Tu es malade ?

– La fille de Carlman. Tu l'as oubliée ?

– Franchement, oui.

– Estimons-nous heureux tant que nous n'oublions pas tous la même chose en même temps, dit Wallander.

Il ne sut jamais si Hansson avait compris sa tentative d'humour ironique. Il posa le téléphone portable sur le banc et regarda un moineau perché en équilibre sur le bord d'une poubelle municipale. Cela faisait déjà trente minutes qu'Ann-Britt était partie. Il ferma les yeux et tendit son visage au soleil. Il essaya de trouver comment annoncer les choses à Baiba. Un homme avec une jambe dans le plâtre fit un petit bruit sec en s'asseyant sur le banc. Wallander garda le visage tourné vers le soleil. Au bout de cinq minutes, un taxi arriva. L'homme à la jambe dans le plâtre disparut. Wallander fit quelques allers et retours devant l'entrée de l'hôpital. Puis il se rassit. Il s'était écoulé une heure.

Ann-Britt Höglund sortit de l'hôpital au bout d'une heure et cinq minutes, et s'assit à côté de lui sur le banc. Il ne put deviner à l'expression de son visage comment ça s'était passé.

– Nous avions oublié une des raisons pour lesquelles on se suicide, dit-elle. En avoir assez de vivre.

– C'est ce qu'elle t'a répondu ?

– Je n'ai même pas eu besoin de lui poser la question. Elle était assise sur une chaise dans sa chambre toute blanche. Elle portait un des peignoirs de l'hôpital. Les cheveux en désordre, pâle, absente. Certainement encore assommée par sa dépression et les calmants. « A quoi ça sert de vivre ? » C'est comme ça qu'elle m'a accueillie. Je suis persuadée qu'elle va refaire une nouvelle tentative de suicide. Par lassitude de vivre.

Wallander comprit son erreur. Il avait négligé la raison la plus courante qu'on peut avoir de se suicider : ne plus avoir envie de vivre.

– Je suppose que tu as parlé de son père ?

– Elle le détestait. Mais je suis persuadée qu'il n'a jamais abusé d'elle.

– Elle l'a dit ?

– Pas besoin de dire certaines choses.

– Le meurtre ?

– Curieusement, ça semblait très peu l'intéresser.

– Et elle avait l'air crédible ?

– Je crois qu'elle disait exactement ce qu'elle ressentait. Elle se demandait pourquoi j'étais venue. Je lui ai dit la vérité. Que nous recherchons un meurtrier. Elle a dit qu'il devait y avoir beaucoup de gens qui auraient eu envie de tuer son père. Pour son absence de scrupules en affaires. Pour sa manière d'être.

– Elle n'a pas sous-entendu qu'il y aurait pu avoir une autre femme ?

– Rien.

Déçu, Wallander regarda le moineau qui était revenu sur la poubelle

– Bon, c'est toujours ça, dit-il. Nous savons que nous ne savons rien de plus.

Ils remontèrent vers le commissariat. Il était onze heures moins le quart. Le vent, qui soufflait maintenant contre eux, avait forci. A mi-chemin, le téléphone de

Wallander sonna. Il tourna le dos au vent et répondit. C'était Svedberg.

- Nous pensons avoir trouvé l'endroit où Björn Fredman a été tué, dit-il. Un ponton tout de suite à l'est de la sortie de la ville.

Wallander sentit disparaître immédiatement sa déception après cette visite infructueuse à l'hôpital.

– Bien, dit-il.

– Un appel téléphonique, poursuivit Svedberg. Et l'interlocuteur a parlé de taches de sang. Ça peut évidemment être quelqu'un qui a vidé du poisson. Mais ça m'étonnerait. Celui qui a téléphoné travaille dans un labo. Ça fait trente-cinq ans qu'il fait des analyses de sang. En plus, il a dit qu'il y avait des traces de pneus juste à côté. A un endroit où il n'y a pas de voitures en général. Un véhicule s'est garé par là. Pourquoi pas une Ford de 1967 ?

– On part dans cinq minutes, on va voir ça, dit Wallander.

Ils pressèrent le pas en direction du commissariat. Wallander lui fit un compte rendu de sa conversation téléphonique.

Ni l'un ni l'autre ne pensaient plus à Erika Carlman.

*

Hoover descendit du train à Ystad à onze heures trois. Il avait choisi de laisser sa mobylette à la maison ce jour-là. En voyant que la police avait enlevé les barrières autour de la tranchée où il avait jeté son père, il sentit une pointe de déception et de colère. Les policiers qui étaient à sa recherche étaient bien trop mauvais. Ils n'auraient même pas réussi les examens d'entrée les plus élémentaires aux cours du FBI. Il sentit que le cœur de Geronimo commençait à battre en lui comme un tambour. Il comprenait le message très clairement. Il fallait qu'il accomplisse ce qu'il avait déjà décidé. Avant que sa sœur ne revienne à la vie, il allait lui apporter ses deux dernières victimes. Deux scalps sous sa fenêtre. Et le cœur de la fille. En cadeau. Puis il irait la chercher à l'hôpital et ils sortiraient ensemble. Ce serait le début d'une autre vie. Peut-être liraient-ils plus tard son journal ensemble tous les deux. Pour se remémorer les événements qui lui avaient permis de sortir de l'obscurité.

Il marcha jusqu'au centre-ville. Il avait mis des chaussures pour ne pas éveiller l'attention. Mais ses pieds n'aimaient pas ça. En arrivant au marché, il tourna à droite et se dirigea vers l'immeuble où le policier habitait avec celle qui devait être sa fille. C'était pour en savoir plus qu'il était venu à Ystad, ce jour-là. Le passage à l'acte était fixé au lendemain. Ou au surlendemain. Pas plus tard. Sa sœur ne devait pas rester plus longtemps à l'hôpital. Il s'assit sur les marches d'un des immeubles voisins. Il s'entraîna à oublier le temps. Rester là, sans penser, jusqu'au moment de reprendre sa mission. Il lui restait encore beaucoup à apprendre avant de maîtriser complètement cet art. Mais il était persuadé qu'il y arriverait un jour.

Son attente fut exaucée au bout de deux heures. Elle sortit. Apparemment, elle était pressée, elle se rendait en ville.

Il la suivit, sans la perdre de vue.

32

En arrivant au ponton, Wallander eut tout de suite la certitude que c'était le bon endroit : exactement tel qu'il l'avait imaginé. La réalité, telle qu'elle se présentait, à environ dix kilomètres à l'est d'Ystad, coïncidait avec l'image qu'il s'en était faite. Ils avaient roulé le long de la côte et s'étaient arrêtés en voyant un homme en short, avec un tee-shirt publicitaire pour le golf de Malmberget, qui leur faisait des signes. Il les avait guidés vers un chemin dissimulé, et ils avaient tout de suite trouvé le ponton invisible de la route. Ils s'étaient arrêtés là pour ne pas effacer les traces de voitures. Le laborantin s'appelait Erik Wiberg et avait une cinquantaine d'années ; il leur expliqua qu'il habitait l'été une petite cabane au nord de la route et qu'il allait souvent s'installer sur ce ponton pour lire le journal le matin. Ce matin-là, le 29 juin, il n'avait pas failli à son habitude. Il avait vu des traces de pneus et des taches noires sur le bois foncé du ponton. Mais il n'y avait pas vraiment prêté attention. Le jour même, il était parti en Allemagne avec sa famille. Ce n'est qu'à son retour, quand il avait lu dans le journal que la police recherchait le lieu du crime, probablement situé au bord de la mer, qu'il avait repensé à ces taches brunes. Comme il travaillait dans un laboratoire où il faisait souvent des analyses de sang de bétail, il était à même d'affirmer que les taches sur le ponton ressemblaient à du sang.

Nyberg, qui était arrivé en voiture juste après Wallander et les autres, se mit à genoux pour examiner les traces de pneus. Une rage de dents le rendait plus bougon que jamais. Wallander était le seul auquel il supportait de parler.

– Ça pourrait bien être la Ford de Fredman, dit-il. Mais il faut vérifier ça sérieusement.

Ils allèrent ensemble sur le ponton. Wallander constata qu'ils avaient eu de la chance. La sécheresse de l'été leur était favorable. S'il avait plu, ils auraient eu du mal à repérer quoi que ce soit. Il chercha confirmation auprès de Martinsson, qui n'avait pas son pareil pour se souvenir du temps qu'il avait fait.

– Il a plu après le 28 juin ? demanda-t-il.

La réponse de Martinsson vint immédiatement.

– Il est tombé des trombes d'eau le matin de la Saint-Jean. Après, plus rien.

– Bon, alors, interdisons l'accès à ce secteur, dit Wallander en faisant signe à Ann-Britt Höglund.

Elle alla téléphoner pour demander du personnel.

– Faites attention où vous mettez les pieds, ajouta Wallander.

Il s'arrêta au début du ponton pour regarder les taches de sang, toutes à peu près concentrées dans la première moitié de ce ponton de quatre mètres de long. Il se retourna et regarda vers la route. On entendait les voitures. En revanche, on ne les voyait pas. Il ne vit passer que le toit d'un camion surélevé. Une idée lui vint. Ann-Britt était toujours au téléphone, en train de parler avec Ystad.

– Demande-leur d'apporter une carte, dit-il. Une carte qui couvre Ystad, Malmö et Helsingborg.

Puis il alla au bout du ponton et regarda l'eau. Le fond était caillouteux. Erik Wiberg se tenait sur la rive, un peu plus loin.

– Où se trouve la maison la plus proche ? demanda Wallander.

– A deux cents mètres environ, répondit Wiberg. De l'autre côté de la route. Vers l'est.

Nyberg vint sur le ponton.

– Il va falloir plonger ? demanda-t-il.

– Oui, dit Wallander. On va commencer sur un rayon de vingt-cinq mètres autour du ponton.

Puis il montra les marques dans le bois.

– Empreintes digitales, dit-il. Si Björn Fredman a été tué ici, on a dû le ligoter. Notre tueur se promène pieds nus et il n'a pas de gants.

– Qu'est-ce que nos plongeurs doivent chercher ?

Wallander réfléchit.

– Je ne sais pas. Voyons s'ils trouvent quelque chose. Mais tu vas certainement trouver des traces d'algues sur la rive entre l'endroit où les traces de pneus s'arrêtent et le ponton.

– La voiture n'a pas fait demi-tour. Il est remonté en marche arrière. Il n'a pas pu voir si des voitures arrivaient. Donc, il n'y a que deux possibilités. S'il n'est pas complètement fou.

Wallander fronça les sourcils.

– Il est fou, dit-il.

– Pas de cette manière-là, dit Nyberg.

Wallander comprit ce qu'il voulait dire. Il n'aurait pas pu remonter sur la route en marche arrière s'il n'avait pas quelqu'un avec lui pour lui faire signe que la route était libre. Ou alors ça s'était passé la nuit. Quand la lueur des phares suffisait pour savoir si on pouvait retourner sur la route.

– Il n'avait personne avec lui, dit Wallander. Et nous savons que ça a dû se passer la nuit. La question est seulement de savoir pourquoi il a jeté le corps de Fredman dans cette tranchée devant la gare d'Ystad.

– Il est fou, dit Nyberg. Tu l'as dit toi-même.

Quelques minutes plus tard, la voiture arriva avec la carte. Wallander demanda un stylo à Martinsson et alla s'asseoir sur un rocher. Il traça des cercles autour d'Ystad, de Bjäresjö et de Helsingborg. Il pointa en dernier le ponton, qui se trouvait juste à côté de la petite route qui menait à Charlottenlund. Il inscrivit un numéro sur ce dernier point. Puis il appela Ann-Britt Höglund, Martinsson et Svedberg qui venait d'arriver et qui avait troqué sa casquette contre un chapeau de soleil sale. Il montra la carte.

– Voilà ses déplacements. Et les lieux des crimes. On peut voir un motif géométrique, comme toujours.

– Une rue, dit Svedberg. Avec Ystad et Helsingborg aux extrémités. Le scalpeur de la côte sud.

– Je ne trouve pas ça drôle, dit Wallander.

– Je n'essaie pas de faire de l'humour, protesta Svedberg. Je ne fais que dire les choses comme elles sont.

– En gros, ça doit coller, dit Wallander. C'est un secteur limité. Il y a eu un meurtre dans Ystad. Peut-être un autre meurtre ici, nous n'en sommes pas encore certains ; le cadavre est ensuite emmené jusqu'à Ystad. Un meurtre a eu lieu tout près, à Bjäresjö, où l'on retrouve également le corps. Enfin, nous en avons un à Helsingborg.

– Tout se passe pratiquement autour d'Ystad, dit Ann-Britt. Cela sous-entend-il que l'homme que nous cherchons habite dans cette ville ?

– A l'exception de Björn Fredman, toutes les victimes ont été retrouvées chez elles, ou près de chez elles, dit Wallander. C'est la carte des victimes, pas celle du meurtrier.

– Alors il faudrait entourer Malmö aussi, dit Svedberg. C'est là qu'habitait Björn Fredman.

Wallander entoura Malmö. Le vent tirait sur la carte.

– Maintenant, ce n'est plus la même figure géométrique. C'est un angle droit, plus une route. Avec Malmö au milieu.

– Chaque fois, c'est Björn Fredman qui se singularise, dit Wallander.

– Peut-être devrions-nous tracer un nouveau cercle, autour de l'aéroport. Qu'est-ce que ça donne ?

– Un mouvement, dit Wallander. Autour du meurtre de Fredman.

Ils savaient qu'ils approchaient.

– Rectifiez si je me trompe, poursuivit-il. Björn Fredman habite Malmö. Il part avec celui qui va le tuer. Prisonnier ou non, il part vers l'est dans la Ford. Ils arrivent ici. C'est ici qu'il est tué. Le voyage continue vers Ystad. Le corps est jeté au fond d'une tranchée recouverte par une bâche à Ystad. Puis la camionnette retourne vers l'est. On la gare à l'aéroport, à peu près à mi-chemin entre Malmö et Ystad. Et là, toutes les traces s'arrêtent.

– Il y a plein de moyens de repartir de Sturup, dit Svedberg. Les taxis, les bus qui font la navette, des voitures de location. Un autre véhicule qu'on a garé auparavant dans le parking.

– En d'autres termes, ça veut dire qu'il y a peu de chances que le meurtrier habite Ystad, dit Wallander. Ça pourrait plaider en faveur de Malmö. Ou de Lund. Ou encore de Helsingborg. Et pourquoi pas de Copenhague ?

– Si tant est qu'il n'est pas en train de nous mener sur une fausse piste, dit Ann-Britt Höglund. Et qu'il habite en fait à Ystad. Mais qu'il préfère qu'on ne s'en aperçoive pas.

– C'est possible, dit Wallander en hésitant. Mais j'ai peine à le croire.

– Il faut donc nous concentrer sur Sturup plus que nous ne l'avons fait jusqu'à présent, dit Martinsson.

Wallander hocha la tête.

– Je crois que l'homme que nous recherchons roule en moto. Nous en avons déjà parlé. On a d'ailleurs peut-être aperçu une moto à Helsingborg, devant la maison où Liljegren est mort. Des témoins ont peut-être vu quelque chose. Sjösten est là-dessus pour le moment. Des renforts nous arrivent cet après-midi, et nous pourrons faire une enquête sérieuse sur les moyens de transport à partir de Sturup. Nous recherchons un homme qui y a garé la Ford entre le 28 et le 29 juin. Il est reparti de là par un moyen quelconque. Si toutefois il ne travaille pas là-bas.

– Impossible de répondre à cette question, dit Svedberg. A quoi ressemble ce monstre ?

– Nous ne savons rien de son visage, dit Wallander. Par contre, nous savons qu'il est fort. En plus, un soupirail à Helsingborg nous indique qu'il est maigre. La somme de ces deux informations nous donne quelqu'un de très sportif. Dont on peut penser en plus qu'il se promène pieds nus.

– Tu viens de parler de Copenhague, dit Martinsson. Cela veut-il dire que ça pourrait être un étranger ?

– Je ne pense pas, répondit Wallander. Je crois que nous avons affaire à un tueur en série cent pour cent suédois.

– Il n'y a pas beaucoup d'indices, dit Svedberg. On n'a pas trouvé un seul cheveu ? Il est blond ou brun ?

– On ne sait pas, dit Wallander. A en croire Ekholm, il semble peu vraisemblable qu'il cherche à éveiller l'attention. Nous n'avons aucun moyen de dire comment il est habillé quand il commet ses meurtres.

– Est-ce qu'on peut donner un âge à ce type ? demanda Ann-Britt.

– Non, dit Wallander. Ses victimes sont des hommes âgés. En dehors de Björn Fredman. Le fait qu'il soit sportif, qu'il marche nu-pieds et qu'il roule en moto ne donne pas à penser qu'il soit plutôt âgé. Impossible de deviner.

– Plus de dix-huit ans, dit Svedberg. S'il roule en moto.

– Ou de seize ans, ajouta Martinsson. S'il a une mobylette.

– Ne pourrait-on pas partir de Björn Fredman ? demanda Ann-Britt. Il se distingue des autres qui sont nettement plus âgés. On pourrait peut-être imaginer que Björn Fredman et celui qui l'a assassiné avaient à peu près le même âge. Il aurait donc moins de cinquante ans. Parmi les gens de cet âge-là, il y en a pas mal qui sont assez sportifs.

Wallander regarda ses collègues d'un œil morose. Ils avaient tous moins de cinquante ans, Martinsson était le plus jeune avec ses trente ans et quelque. Mais aucun d'entre eux n'était particulièrement sportif.

– Ekholm est en train de peaufiner ses esquisses de profil psychologique, dit Wallander en se levant. Il faut que chacun d'entre nous relise ce profil tous les jours. C'est important, ça peut nous donner des idées.

Norén vint à la rencontre de Wallander, un téléphone portable à la main. Wallander s'accroupit, face au vent. C'était Sjösten.

– Je crois que j'ai quelqu'un pour toi, dit-il. Une femme qui a participé à trois fêtes dans la villa de Liljegren.

– Bien, dit Wallander. Quand pourrai-je la voir ?

– Quand tu veux.

Wallander regarda sa montre. Il était midi vingt.

– Je serai chez toi à trois heures de l'après-midi au plus tard, dit-il. Au fait, nous pensons avoir trouvé l'endroit où Björn Fredman est mort.

– J'ai entendu dire ça, dit Sjösten. J'ai aussi appris que Ludwigsson et Hamrén venaient de Stockholm. Des types bien, tous les deux.

– Comment ça se passe avec les témoins qui ont vu un homme en moto ?

– Ils n'ont pas vu d'homme. Par contre, ils ont vu une moto. Nous essayons de déterminer de quel modèle il s'agit. Mais ce n'est pas facile. Les deux témoins sont âgés. En plus, ce sont des passionnés de sport et de santé qui ont horreur de tous les véhicules à moteur. Pour finir, si ça se trouve, on va apprendre qu'ils ont vu une brouette.

Il y eut un craquement dans le téléphone. Leur conversation disparut dans un souffle de vent. Nyberg était devant le ponton en train de frotter sa joue enflée.

– Comment ça va ? demanda Wallander.

– J'attends les plongeurs, répondit Nyberg

– Tu as très mal ?

– C'est une dent de sagesse.

– Fais-la arracher.

– C'est ce que je vais faire. Mais d'abord, je veux que les plongeurs arrivent.

– C'est du sang, ce qu'on voit sur le ponton ?

– C'est pratiquement certain. Ce soir au plus tard, je pourrai même te dire si ce sang a coulé dans les veines de Björn Fredman.

Wallander quitta Nyberg et annonça à ses collègues qu'il partait pour Helsingborg. En remontant vers sa voiture, il se souvint d'une chose qui lui était sortie de la tête. Il redescendit.

– Louise Fredman, dit-il à Svedberg. Est-ce que Per Åkeson est arrivé à quelque chose ?

Svedberg ne savait pas. Mais il promit d'en parler à Åkeson

Wallander reprit la route vers Charlottenlund : le meurtrier avait bien choisi l'endroit où il avait tué Fredman. La maison la plus proche était suffisamment loin pour qu'on ne puisse pas entendre ses cris. Il rejoignit la E 65 et prit la route de Malmö. Le vent faisait vibrer la carrosserie de la voiture. Mais il n'y avait toujours pas un nuage. Il pensa à la discussion qu'ils avaient eue autour de la carte. Plusieurs arguments amenaient à penser que le meurtrier habitait Malmö. En tout cas, il n'habitait pas Ystad. Mais pourquoi avait-il pris la peine de jeter le corps de Björn Fredman dans une tranchée devant la gare ? Ekholm aurait-il raison ? Serait-il en train de lancer des défis à la police ? Wallander bifurqua vers Sturup, dans l'idée qu'il pouvait faire un saut jusqu'à l'aéroport. Mais il changea d'avis. Qu'est-ce qu'il avait à y faire ? La conversation qui l'attendait à Helsingborg était plus importante. Il obliqua vers Lund, en se demandant quel type de femme Sjösten lui avait trouvé.

Elle s'appelait Elisabeth Carlén. Elle était assise en face de Wallander au commissariat de Helsingborg, dans le bureau qui servait habituellement à l'inspecteur Waldemar Sjösten. Il était seize heures et la femme, qui avait la trentaine, venait d'entrer dans le bureau. Wallander lui avait serré la main, en songeant qu'elle lui rappelait la femme pasteur qu'il avait rencontrée la semaine précédente à Smedstorp. Était-ce parce qu'elle était habillée tout en noir et qu'elle était très maquillée ? Il lui avait proposé de s'asseoir, tout en constatant que la description que lui en avait faite Sjösten était d'une précision frappante. Il avait dit qu'elle était attirante justement parce qu'elle considérait les gens autour d'elle avec une expression froide et distante. Pour Wallander, c'était comme si elle avait décidé d'être un défi pour tous les hommes qui l'approchaient. Il n'avait jamais vu un regard comme le sien. Avec un tel mélange de mépris et d'intérêt. Wallander se remémora son histoire en silence pendant qu'elle allumait une cigarette. Sjösten avait été d'une concision et d'une précision exemplaires.

– Elisabeth Carlén est une prostituée, avait-il dit. La question est de savoir si elle a jamais été autre chose depuis l'âge de vingt ans. Elle a quitté l'école et a travaillé ensuite comme serveuse sur un ferry entre la Suède et le Danemark. Elle en a eu assez et elle a ouvert un magasin avec une amie. Ça n'a pas marché du tout. Pour ouvrir la boutique, elle avait contracté un emprunt pour lequel ses parents s'étaient portés garants. Après cela, elle s'est fâchée avec eux, et elle a mené une vie assez dissipée.

Copenhague pendant un temps, puis Amsterdam. A dix-sept ans, elle a fait de la prison pour avoir tenté de passer un lot d'amphétamines. Elle en prenait certainement elle-même, mais semblait contrôler sa consommation. C'est à cette époque que je l'ai rencontrée pour la première fois. Ensuite elle a disparu pendant quelques années, des trous noirs dont je ne sais pas grand-chose. Et voilà qu'elle resurgit à Malmö dans un bordel bourgeois très bien camouflé.

Wallander avait interrompu Sjösten à ce point de son exposé.

– Il y a toujours des bordels ? s'était-il étonné.

– Des maisons de prostituées, alors, avait dit Sjösten. Appelle ça comme tu veux. Bien sûr que ça existe. Vous n'en avez pas, à Ystad ? Patience, ça va venir.

Wallander n'avait plus rien demandé. Sjösten avait repris le fil de son exposé.

– Évidemment, elle ne fait jamais le trottoir. Elle exerce à domicile. Elle s'est constitué son propre réseau de clients. Apparemment, elle a quelque chose de spécial qui lui donne une valeur marchande vertigineuse. Elle ne passe même pas par les petites annonces qu'on publie dans certains magazines pornographiques. Tu peux toujours lui demander ce qui la rend si spéciale. Ça pourrait être intéressant de le savoir. Ces dernières années, on a commencé à la voir dans les circuits qui touchent parfois Åke Liljegren. On la voit dans des restaurants, avec un certain nombre de ses directeurs. Stockholm note qu'elle apparaît de temps à autre dans des occasions pas très reluisantes, où la police a quelques raisons de s'intéresser à l'homme ou aux hommes aux bras desquels elle se trouve. Voilà Elisabeth Carlén, en bref. Une prostituée suédoise plutôt prospère, en résumé.

– Pourquoi l'as-tu choisie ?

– Elle est sympathique. J'ai parlé plusieurs fois avec elle. Elle n'a pas froid aux yeux. Si je lui dis qu'on ne la soupçonne de rien en particulier, elle me croira. Je pense qu'elle a aussi l'instinct de conservation d'une prostituée. En d'autres termes, elle a l'œil pour un certain nombre de choses. Elle n'aime pas les policiers. Mais elle a conscience que la meilleure manière de ne pas avoir affaire à nous est de bien se tenir avec des gens comme toi et moi.

Wallander accrocha sa veste et repoussa un certain nombre de papiers sur le bureau. Elisabeth Carlén fumait. Elle suivait tous ses gestes du regard. Wallander pensa à un oiseau aux aguets.

– On t'a déjà dit qu'il n'y a rien contre toi, commença-t-il.

– Åke Liljegren a été rôti dans sa cuisine. Je n'ai pas vu son four. Il est très sophistiqué. Mais ce n'est pas moi qui l'ai mis en marche.

– Nous ne le pensons pas non plus. Ce que je recherche, c'est des informations. J'essaie de me faire une image. J'ai un cadre vide. Je voudrais y mettre une photographie. Prise à une des fêtes de Liljegren. Je voudrais que tu me montres ses invités.

– Non, répondit-elle. Ce n'est pas du tout ça que tu veux. Tu veux que je te dise qui l'a tué. Mais je ne peux pas te le dire.

– Qu'as-tu pensé quand tu as appris la mort de Liljegren ?

– Je n'ai pas pensé. J'ai éclaté de rire.

– Pourquoi ? C'est rarement comique, la mort de quelqu'un.

– Il avait d'autres projets que de mourir dans son propre four. Un mausolée dans un cimetière à côté de Madrid. C'est là qu'il voulait être enterré, tu ne savais pas ? Un entrepreneur était en train d'élever le mausolée d'après ses propres dessins. En marbre de Carrare. Et il est mort dans son propre four. Je crois que ça l'aurait fait rire lui aussi.

– Ses fêtes. Revenons à ses fêtes. On m'a dit que c'étaient des fêtes d'une grande violence.

– Elles l'étaient.

– Dans quel sens ?

– Dans tous les sens.

– Tu ne peux pas être un peu plus précise ?

Elle aspira quelques profondes bouffées de cigarette Pendant tout ce temps, elle garda ses yeux plongés dans ceux de Wallander.

– Åke Liljegren aimait faire se rencontrer des gens qui avaient la capacité de vivre les choses à fond. Des gens insatiables. Insatiables de pouvoir, de richesse, de sexe. En plus, Liljegren avait la réputation d'être fiable. Il créait une zone de sécurité autour de ses invités. Pas de caméras cachées, pas d'espions. Rien n'a jamais transpiré de ces fêtes. Il savait aussi quelles femmes il fallait inviter.

– Des femmes comme toi ?

– Des femmes comme moi.

– Et qui encore ?

Elle ne sembla pas comprendre sa question.

– Qu'y avait-il comme autres femmes ?

– Ça dépendait des souhaits.

– Quels souhaits ?

– Ceux des invités. Des hommes.

– Quel type de souhaits ?

Il y avait ceux qui voulaient que je sois là.

· J'ai compris. Qui d'autre ?

· Je ne te donnerai pas de nom.

· – Qui étaient-elles ?

– Des jeunes, des encore plus jeunes, des blondes, des brunes, des noires. Des plus vieilles parfois, de temps en temps une ou deux plus rondes. Ça changeait.

– Tu les connaissais ?

– Pas toujours. Pas souvent.

– Comment se les procurait-il ?

Elle éteignit sa cigarette, en alluma une nouvelle avant de répondre. Elle ne le quitta pas des yeux même pour écraser son mégot.

– Tu veux savoir comment un type comme Åke Liljegren se procurait ce qu'il voulait ? Il avait énormément d'argent. Il avait des collaborateurs. Des relations. Il était capable d'aller chercher une fille en Floride pour la faire participer à une fête. Elle ne se doutait pas qu'elle était venue faire un tour en Suède. Et encore moins à Helsingborg.

– Tu dis qu'il avait des collaborateurs. Qui étaient-ils ?

– Ses chauffeurs. Son assistant. Il avait souvent un maître d'hôtel personnel avec lui. Anglais, bien sûr. Mais il en changeait.

– Comment s'appelait-il ?

– Pas de nom.

– Nous les aurons de toute façon.

– Sans doute. Mais ce n'est pas pour ça que moi, je vous les donnerai.

– Que se passerait-il si tu me donnais des noms ?

La question ne sembla pas l'émouvoir le moins du monde.

– Il se pourrait que je meure. Peut-être pas la tête dans un four. Mais d'une façon au moins aussi désagréable.

Wallander réfléchit un instant avant de poursuivre. Il avait compris qu'il n'obtiendrait pas un seul nom d'Elisabeth Carlén.

– Combien de ses invités étaient des personnalités ?

– Beaucoup.

– Des politiciens ?

– Oui.

– L'ancien ministre Gustaf Wetterstedt ?

– J'ai dit que je ne te donnerais pas de nom.

Il s'aperçut soudain qu'elle lui donnait une information. Il y avait un message caché dans ses mots. Elle savait qui était Gustaf Wetterstedt. Mais il n'était jamais venu à une fête.

– Des hommes d'affaires ?

– Oui.

– L'homme d'affaires Arne Carlman ?

– Il s'appelait vraiment presque comme moi ?

– Oui.

– Tu n'auras pas de nom. Je ne vais pas le répéter. Sinon je me lève et je m'en vais.

Lui non plus, pensa Wallander. Ses signaux étaient très clairs.

– Des artistes ? Ce qu'on appelle des célébrités ?

– Une fois ou deux. Mais rarement. Je crois qu'Åke ne leur faisait pas confiance. Avec raison, sans doute.

– Tu as parlé de filles très jeunes. Des filles brunes. Des filles aux cheveux bruns ? Ou des filles à la peau brune ?

– Oui.

– As-tu le souvenir d'avoir rencontré une fille qui s'appelait Dolores Maria ?

– Non.

– Une fille qui venait de la République dominicaine ?

– Je ne sais même pas où ça se trouve.

– Te souviens-tu d'une fille qui s'appelait Louise Fredman ? Dix-sept ans ? Peut-être moins ? Les cheveux blonds ?

– Non.

Wallander donna une autre direction à leur conversation. Elle ne semblait pas s'être encore lassée.

– Les fêtes étaient violentes ?

– Oui.

– Raconte.

– Tu veux des détails ?

– Volontiers.

– Des descriptions de corps nus ?

– Pas nécessairement.

436

– C'étaient des orgies. Le reste, tu peux l'imaginer.

– Tu crois ? Je n'en suis pas certain.

– Si je me déshabillais et m'allongeais sur ton bureau, ce serait assez inattendu. C'est à peu près ça.

– Des événements inattendus ?

– C'est comme ça quand des gens insatiables se rencontrent.

– Des hommes insatiables ?

– Exactement.

Wallander se fit un résumé rapide dans sa tête. Il ne faisait qu'effleurer la surface.

– J'ai une proposition à te faire, dit-il. Et une dernière question.

– Je suis toujours là.

– Ma proposition est que tu me donnes la possibilité de te revoir encore une fois. Bientôt. Dans quelques jours.

Elle hocha la tête. Wallander eut le désagréable sentiment de passer une sorte de marché. Cela lui rappela vaguement les moments épouvantables qu'il avait connus aux Antilles, quelques années auparavant.

– Ma question est simple, dit-il. Tu m'as parlé des chauffeurs de Liljegren. Et de ses serviteurs personnels qui changeaient. Mais tu m'as dit qu'il avait un assistant Il n'y en avait pas plusieurs. Ça colle ?

Il remarqua un léger flottement dans son attitude. Elle se rendait compte qu'elle en avait trop dit, même sans dire de nom.

– Cette conversation ne sortira pas de mon carnet, dit Wallander. J'ai bien entendu ou non ?

– Tu as mal compris, dit-elle. Bien sûr qu'il avait plus d'un assistant.

Donc j'ai bien entendu, pensa Wallander.

– Alors ça suffira pour aujourd'hui, dit-il en se levant.

– Je sortirai quand j'aurai fini ma cigarette, répondit-elle.

Pour la première fois de leur entretien, elle le quitta du regard.

Wallander ouvrit la porte qui donnait dans le couloir. Sjösten était assis sur une chaise et lisait un magazine sur les bateaux. Wallander hocha la tête. Elle éteignit sa cigarette, se leva et lui serra la main. Quand Sjösten revint après l'avoir accompagnée, il trouva Wallander à la fenêtre en train de la regarder monter dans sa voiture.

– Ça s'est bien passé ? demanda Sjösten.

– Peut-être, dit Wallander. Elle était d'accord pour me revoir encore une fois.

– Qu'est-ce qu'elle a dit ?

– En fait, rien.

– Et tu trouves ça bien ?

– C'est ce qu'elle ne sait pas qui m'intéresse, dit Wallander. Je voudrais qu'on surveille la maison de Liljegren nuit et jour. Je voudrais aussi que tu surveilles Elisabeth Carlén. Tôt ou tard, il surgira quelqu'un à qui nous aurons besoin de parler.

– Ça semble un motif assez creux pour une surveillance, dit Sjösten.

– C'est mon problème, dit doucement Wallander. On m'a confié la direction de l'enquête à l'unanimité.

– Je suis content que ce ne soit pas moi qu'on ait désigné, répondit Sjösten. Tu restes cette nuit ?

– Non, je rentre chez moi.

Ils descendirent au rez-de-chaussée.

– Tu as lu l'histoire de cette jeune fille qui s'est immolée par le feu dans un champ de colza ? demanda Wallander avant qu'ils ne se séparent.

– J'ai lu ça. Une histoire terrible.

– On l'a prise en stop à Helsingborg, poursuivit Wallander. Et elle était terrorisée. Je me demande justement si elle n'aurait pas quelque chose à voir avec tout ça. Bien que ça paraisse assez absurde.

– Il y a des rumeurs associant Liljegren à la traite des

Blanches, dit Sjösten. Parmi des milliers d'autres rumeurs.

Wallander le regarda avec attention.

– Un trafic de jeunes filles ?

– Il y a eu des rumeurs qui disaient que la Suède servait de plaque tournante pour le transfert de jeunes filles pauvres d'Amérique du Sud vers des bordels de l'Europe du Sud. Ou de l'Est. Il nous est arrivé de recueillir une ou deux filles qui s'étaient sauvées. Mais nous n'avons jamais rien pu prouver. Ça ne nous empêche pas d'y croire.

Wallander regarda fixement Sjösten.

– Et c'est maintenant que tu me dis ça ?

Sjösten secoua la tête sans comprendre.

– Tu ne m'as pas posé la question avant maintenant.

Wallander resta figé. La jeune fille qui brûlait courait à nouveau dans sa tête.

– Je change d'avis, dit-il. Je reste ici cette nuit.

Il était dix-sept heures. Toujours ce mercredi 6 juillet.

Ils prirent l'ascenseur pour remonter au bureau de Sjösten.

33

Vers dix-neuf heures, Wallander et Sjösten prirent le
ferry pour Helsingör et allèrent dîner dans un restaurant
que connaissait Sjösten. Comme par une entente impli-
cite, ce dernier parla pendant tout le dîner du bateau qu'il
était en train de remettre en état, de ses nombreux maria-
ges et de ses enfants, encore plus nombreux. Ils laissèrent
l'enquête de côté jusqu'au café. Sjösten était un conteur-
né, et Wallander l'écouta avec reconnaissance. Il se sentait épuisé, plutôt somnolent après ce bon repas. Mais sa
tête avait pris du repos. Sjösten avait bu quelques bières
et quelques verres d'aquavit tandis que Wallander se
tenait à l'eau minérale. Quand on leur apporta le café, ils
changèrent de rôles. Sjösten écouta Wallander parler. Il
fit le tour de tout ce qui s'était passé. Pour la première
fois, la fille qui s'était immolée par le feu dans le champ
de colza servit d'introduction à la série de meurtres dont
il ignorait s'ils avaient vu la fin. En parlant à Sjösten, il
se forçait à énoncer clairement les événements, ce qui lui
clarifiait les choses par la même occasion. Il revint sur ce
qui lui avait paru totalement improbable jusqu'à présent,
le rapport possible entre la mort de Dolores Maria Santana et ce qui s'était passé ensuite. Et il reconnut que par
ses déductions abusives, ou son absence de déduction, il
avait fait preuve d'irresponsabilité, de négligence. Sjösten était un auditeur attentif et le rappelait à l'ordre
quand il devenait confus.

Cette soirée à Helsingör lui apparaîtrait plus tard comme l'instant où l'enquête avait changé de cap. Le schéma qu'il lui avait semblé découvrir en réfléchissant sur le banc du port se confirmait. Des lacunes se comblaient, des trous se rebouchaient, des questions obtenaient des réponses ou du moins elles se formulaient de manière plus claire, et elles entraient toutes dans un même contexte. Il fit le tour du panorama de l'enquête, avec pour la première fois la sensation d'en avoir une vision d'ensemble cohérente. Mais il s'y mêlait toujours un sentiment obstiné de culpabilité, de ne pas avoir vu plus tôt ce qu'il voyait maintenant, d'avoir suivi avec une incompréhensible obstination des fausses pistes au lieu de se rendre compte qu'il devait suivre une tout autre direction. Cette question le rongeait. Aurait-on pu éviter un des meurtres, ou du moins le dernier, celui de Liljegren ? Il ne pouvait pas répondre à cette question, il ne pouvait que se la poser, et il savait qu'elle le torturerait longtemps, et qu'il n'aurait peut-être jamais de réponse claire qui le satisfasse.

Et, au bout du compte, il n'y avait toujours pas de meurtrier. Il n'y avait pas non plus de piste évidente qui mènerait dans une direction particulière. Pas de suspect, pas même un groupe de gens parmi lesquels ils pourraient jeter leur filet en espérant prendre celui qu'ils recherchaient.

Plus tôt dans la journée, après le départ d'Elisabeth Carlén, quand Sjösten avait dit sur les marches du commissariat, au détour d'une conversation, que certaines rumeurs faisaient craindre que la Suède, et Helsingborg en particulier, ne soit une plaque tournante pour la traite de jeunes Sud-Américaines à destination des bordels de l'Europe du Sud, la réaction de Wallander avait été immédiate. Ils étaient remontés dans le bureau encore tout imprégné de l'odeur des cigarettes d'Elisabeth Carlén, malgré la fenêtre ouverte. La soudaine énergie de Wallander avait surpris Sjösten. Sans y faire attention, Wallander s'était assis dans le fauteuil de Sjösten pendant que celui-ci se contentait d'être le visiteur dans son propre bureau. Quand Wallander raconta tout ce qu'il savait de Dolores Maria Santana, en ajoutant qu'elle était apparemment en fuite quand elle avait fait du stop à la sortie de Helsingborg, Sjösten comprit sa réaction.

– Une voiture noire venait toutes les semaines chez Gustaf Wetterstedt, dit Wallander. Sa femme de ménage l'a découvert par hasard. Comme tu as pu le constater, elle a pratiquement reconnu la voiture dans le garage de Liljegren. Qu'en tires-tu comme conclusion possible ?

– Aucune, répondit Sjösten. Il y a des tas de Mercedes noires avec des vitres teintées.

– Ajoute à ça les rumeurs qui couraient sur Liljegren Les rumeurs de trafic de jeunes filles. Qu'est-ce qui l'empêchait d'organiser des fêtes ailleurs que dans sa propre maison ? Pourquoi n'aurait-il pas pu proposer un service de livraison à domicile ?

– Rien ne l'en empêchait, reconnut Sjösten. Mais ça me paraît manquer singulièrement de preuves.

– Je veux savoir si cette voiture sortait le jeudi du garage de Liljegren. Et si elle revenait le vendredi.

– Comment le vérifier ?

– Ses voisins peuvent avoir vu des choses. Qui conduisait la voiture ? C'est étrange comme tout semble désert autour de Liljegren. Il employait du personnel. Il avait un assistant. Où sont tous ces gens ?

– Nous y travaillons, répondit Sjösten.

– Déterminons les priorités, dit Wallander. La moto est importante. L'assistant de Liljegren aussi. Tout comme la voiture du jeudi. Commence par ça. Mets tout le personnel dont tu disposes là-dessus.

Sjösten sortit du bureau pour organiser le travail des enquêteurs. Il confirma qu'on avait commencé à filer Elisabeth Carlén.

– Qu'est-ce qu'elle fait ?

– Elle est chez elle, dans son appartement. Seule.

Wallander téléphona à Per Åkeson.

– Je crois que j'ai vraiment besoin de parler avec Louise Fredman.

– Alors il va falloir que tu trouves de solides raisons à invoquer, dit Åkeson. Sinon je ne pourrai pas t'aider.

– Je sais que ça peut être important.

– Il faut que ce soit du concret, Kurt.

– Il y a toujours un chemin détourné pour échapper à toutes ces complications bureaucratiques.

– Mais qu'espères-tu apprendre d'elle ?

– Si on lui a tailladé la plante des pieds à coups de couteau, par exemple.

– Grands dieux ! Mais pourquoi lui aurait-on fait ça ?

Wallander ne répondit pas.

– Sa mère ne pourrait pas m'autoriser à la voir ? demanda-t-il. La veuve de Fredman.

– C'est justement à ça que j'étais en train de penser. C'est par cette voie-là qu'il faut passer.

– Alors je pars pour Malmö demain, dit Wallander. J'ai besoin d'un papier ?

– Pas si elle te donne son autorisation. Mais il ne faut pas exercer de pression sur elle.

– Ai-je l'habitude de menacer les gens ? Je ne savais pas.

– Je ne fais que te rappeler les règles à suivre. Rien de plus.

Après l'entretien avec Per Åkeson, Sjösten proposa de traverser le Sund pour dîner et discuter tranquillement. Wallander accepta. Il était encore trop tôt pour téléphoner à Baiba. Trop tôt pour lui, en tout cas. Sjösten, avec toutes ses expériences conjugales, aurait peut-être des conseils à lui donner sur la manière d'annoncer le report ou l'annulation de leurs vacances à Baiba, qui s'en faisait une telle joie. Ils traversèrent le Sund et allèrent dîner.

Sjösten insista pour l'inviter. Il était environ neuf heures et demie du soir quand ils marchèrent à travers la ville pour prendre le ferry du retour. Sjösten s'arrêta devant une plaque d'un cabinet médical.

– Là, il y a un type qui apprécie beaucoup les Suédois. Il prescrit des médicaments pour maigrir interdits dans leur pays. Tous les jours, des Suédois avec des kilos en trop viennent faire la queue chez lui.

– Et où vont les Danois ? demanda Wallander quand ils repartirent en direction du terminal.

Sjösten n'en avait aucune idée.

Ils montaient les marches du hall des départs quand le téléphone portable de Sjösten sonna. Celui-ci répondit en continuant à marcher.

– Un collègue, Larsson, est apparemment tombé sur une vraie mine d'or, dit-il en raccrochant. Un voisin de Liljegren qui a remarqué un tas de choses.

– Qu'est-ce qu'il a remarqué ?

– Des voitures noires, des motos. On ira le voir demain

– On ira ce soir, dit Wallander. Il ne sera que vingt-deux heures quand nous arriverons à Helsingborg.

Sjösten hocha la tête sans rien dire. Il rappela le policier et demanda à Larsson de les attendre au terminal.

Un jeune policier, qui ressemblait un peu à Martinsson, les attendait. Ils s'installèrent dans sa voiture et partirent en direction de Tågaborg. Pendant le trajet, Larsson leur donna des détails sur l'homme qu'ils allaient voir. Wallander remarqua qu'un fanion du club d'athlétisme de Helsingborg était accroché au rétroviseur.

– Il s'appelle Lennart Heineman et il a été conseiller d'ambassade, dit le policier avec un accent de Scanie tellement fort que Wallander dut faire un effort pour comprendre ce qu'il disait. Il a presque quatre-vingts ans. Mais il est très alerte. Sa femme aussi est en vie, mais apparemment elle est en voyage. Le jardin de Heineman fait un angle avec celui de Liljegren, mais il est pratiquement en face de son entrée principale. Il a remarqué certaines choses.

– Sait-il que nous venons ? demanda Sjösten.

– Je l'ai appelé, répondit Larsson. Il m'a répondu que ça ne posait aucun problème, puisqu'il se couchait rarement avant trois heures du matin. Il m'a dit qu'il était en train d'écrire une analyse critique de la politique étrangère de la Suède. Va savoir.

Wallander se rappela avec déplaisir une femme autoritaire du ministère des Affaires étrangères qui était venue les voir quelques années auparavant, dans le cadre de l'enquête où il avait rencontré Baiba. Il essaya en vain de se remémorer son nom. Il chassa ce souvenir quand ils s'arrêtèrent devant la villa de Heineman. Une voiture de police stationnait devant celle de Liljegren. Un homme aux cheveux blancs coupés court vint du fond du jardin à leur rencontre. Il avait une poignée de main énergique. Il inspira tout de suite confiance à Wallander. Sa grande villa devait dater de la même époque que celle de Liljegren. Et pourtant elles étaient très différentes. Cette maison-ci dégageait de la vie, comme le vieil homme qui les invitait à entrer. Il leur offrit quelque chose à boire. Un homme du monde habitué à recevoir des gens qu'il ne connaissait pas. Ils refusèrent tous les trois.

– C'est terrible ce qui se passe, dit Heineman.

Sjösten fit un signe discret à Wallander pour l'inviter à prendre la direction de l'entretien.

– C'est pour ça que nous ne pouvons pas reporter cette conversation à demain, dit Wallander.

– Et pourquoi faudrait-il la reporter ? dit Heineman. Je n'ai jamais compris pourquoi les Suédois se couchaient si absurdement tôt le soir. L'habitude continentale de la sieste est bien plus saine. Si je m'étais couché tôt le soir, je serais mort depuis longtemps.

– Tout ce que vous avez pu remarquer nous intéresse,

dit Wallander, après un temps de réflexion. A propos des voitures qui entraient et sortaient de la villa de Liljegren. Mais certains détails nous intéressent plus que d'autres. Commençons par la Mercedes noire de Liljegren.

– Il devait en avoir au moins deux, dit Heineman.

Sa réponse surprit Wallander. Il n'avait pas pensé à cette éventualité, même si le garage de Liljegren était assez spacieux pour contenir deux ou trois voitures.

– Qu'est-ce qui vous fait penser qu'il y avait plus d'une voiture ?

– Je propose de nous tutoyer, dit Heineman. Je croyais qu'on n'utilisait cet absurde vouvoiement que dans certains cercles vieux jeu du ministère des Affaires étrangères.

– Deux voitures, reprit Wallander. Qu'est-ce qui te fait penser ça ?

– Ce n'est pas une idée comme ça, c'est une certitude, dit Heineman. Il arrivait que deux voitures partent en même temps. Ou reviennent en même temps. Quand Liljegren n'était pas là, elles restaient garées ici. Je vois un bout de son jardin du premier étage. Il y avait deux voitures.

Ça veut dire qu'il en manque une, pensa Wallander. Où se trouve-t-elle en ce moment ?

Sjösten avait sorti un carnet. Wallander vit qu'il prenait des notes.

– Et le jeudi ? poursuivit Wallander. Te souviens-tu si une des voitures, ou les deux, quittait régulièrement la villa de Liljegren le jeudi en fin d'après-midi ou le soir ? Pour revenir dans la nuit ou le lendemain matin ?

– Je ne suis pas très doué pour les dates. Mais c'est vrai : une des voitures quittait la maison le soir. Et ne revenait que le lendemain matin.

– Il est important pour nous de savoir si c'était le jeudi.

– Ma femme et moi n'avons jamais sacrifié à cette

tradition culinaire stupide de manger de la purée de pois cassés le jeudi.

Wallander patienta tandis que Heineman tentait de se souvenir. Larsson regardait le plafond. Sjösten tapotait son genou avec son carnet.

– C'est possible, lança-t-il. J'ai peut-être la réponse. Je me souviens très clairement que la sœur de ma femme était là l'an dernier un jour où la voiture sortait. Je ne peux pas vraiment vous dire pourquoi. Mais c'est certain. Elle habite à Bonn et vient très rarement nous voir. C'est pour ça que je l'ai gardé en mémoire.

– Pourquoi penses-tu que c'était un jeudi ? demanda Wallander. Tu l'as écrit dans un agenda ?

– Je n'ai jamais compris l'utilité d'un agenda, répondit Heineman avec une nuance de dégoût dans la voix. Pendant toutes mes années au ministère des Affaires étrangères, je n'ai jamais noté une seule réunion. Mais en quarante ans de service, je n'en ai jamais oublié une seule. Ce qui, par contre, est arrivé souvent à ceux qui notaient bêtement la réunion dans leur agenda.

– Et pourquoi un jeudi ? répéta Wallander.

– Je ne sais pas si c'était un jeudi. Mais c'était le jour de la fête de ma belle-sœur. Elle s'appelle Frida.

- Quel mois ?

– Février ou mars.

Wallander fouilla dans sa poche mais son agenda n'avait pas le calendrier de l'année précédente. Celui de Sjösten non plus. Larsson n'avait pas d'agenda du tout.

– Tu n'aurais pas par hasard un vieux calendrier ? demanda Wallander.

– Il y a peut-être un des calendriers de l'Avent de mes petits-enfants au grenier, dit Heineman. Ma femme a la mauvaise habitude de garder tout un tas de vieilleries. Moi, je n'arrête pas de jeter. C'est une habitude prise aux Affaires étrangères. Le premier jour du mois, je me débarrassais sans hésiter de tous les papiers du mois précédent que je n'avais pas besoin de garder. J'avais pour règle de jeter plutôt plus que pas assez. Et je n'ai jamais eu besoin d'un seul des papiers.

Wallander fit un signe à Larsson.

– Prends le téléphone et trouve la date de la Sainte-Frida, dit-il. Et le jour de la semaine. C'était en 1993.

– Qui peut bien savoir ça ? demanda Larsson.

– Bordel ! dit Sjösten en colère. Appelle le commissariat. Tu as cinq minutes pour me donner la réponse.

– Le téléphone est dans l'entrée, dit Heineman.

Larsson disparut.

– Eh bien, j'apprécie les ordres clairs, dit Heineman, ravi. Il me semble qu'on ne sait même plus donner d'ordres de nos jours.

Wallander eut du mal à continuer en attendant la réponse. Pour passer le temps, Sjösten questionna Heineman sur les endroits où il avait été en poste.

– Ça s'est amélioré les dernières années, dit-il. Mais au début de ma carrière, ceux qu'on nommait pour représenter notre pays sur d'autres continents étaient d'un niveau plutôt médiocre.

Larsson revint au bout de dix minutes environ. Il avait un morceau de papier à la main.

- La Sainte-Frida est le 17 février. Le 17 février 1993 était un jeudi.

– C'est bien ce que je pensais, dit Wallander.

En fin de compte, se dit-il, le travail de policier consiste à ne jamais abandonner avant qu'un détail important ne se trouve confirmé sur un morceau de papier.

Toutes les autres questions que Wallander avait prévu de poser à Heineman devenaient moins urgentes après cette information. Pour le principe, il continua de l'interroger. Heineman avait-il remarqué quelque chose qui pouvait avoir un rapport avec ce que Wallander appela, de manière un peu confuse, un éventuel trafic de jeunes filles ?

– On donnait des fêtes, dit Heineman, sèchement. Du premier dans cette maison, il était impossible de ne pas voir certaines scènes. Il y avait, bien sûr, des femmes dans le coup.

– As-tu rencontré Åke Liljegren ?

– Oui, répondit Heineman, une fois, à Madrid. Pendant une de mes dernières années d'activité aux Affaires étrangères. Il avait demandé une audience pour être introduit auprès de quelques grandes entreprises espagnoles du bâtiment. Évidemment, nous savions parfaitement qui il était. Ses affaires de liquidations d'entreprises battaient leur plein. Nous l'avons reçu le plus courtoisement possible. Mais ce n'était pas quelqu'un d'agréable.

– Pourquoi ?

Heineman réfléchit avant de répondre.

– Il était désagréable, tout simplement. Il considérait le monde qui l'entourait avec un mépris affiché et général.

Wallander indiqua qu'il n'avait pas l'intention de prolonger la conversation.

– Mes collègues te recontacteront, dit-il en se levant.

Heineman les raccompagna jusqu'au portail. La voiture de police était toujours devant la villa de Liljegren. Il n'y avait pas de lumière dans la maison. Wallander traversa la rue. Un des policiers descendit de voiture et se mit au garde-à-vous. Wallander fit un vague geste de la main en guise de réponse à ce salut excessif.

– Il s'est passé quelque chose ?

– C'est calme. Il y a pas mal de curieux qui sont venus voir. Sinon, rien à signaler.

Puis Larsson les déposa devant le commissariat. Pendant que Wallander passait quelques coups de fil, Sjösten retourna à son magazine de bateaux. Wallander commença par téléphoner à Hansson qui lui annonça que Ludwigsson et Hamrén de la Criminelle nationale étaient bien arrivés. Ils étaient descendus à l'hôtel Sekelgården.

– Ils ont l'air bien, dit Hansson. Pas hautains comme je le craignais.

– Pourquoi seraient-ils hautains ?

– Des gens de Stockholm. On les connaît. Tu te souviens de la femme procureur, avant Per Åkeson ? Comment elle s'appelait déjà ? Mme Bodin ?

– Brolin, corrigea Wallander. Non, je ne m'en souviens pas.

Wallander s'en rappelait très bien. Il sentit un malaise sournois en repensant à la fois où, complètement ivre, il s'était jeté sur elle. C'était le souvenir le plus honteux de sa vie. La nuit passée plus tard avec Annette Brolin à Copenhague, dans des circonstances bien plus agréables, n'y changeait rien.

– Ils vont commencer à travailler sur le cas de Sturup, dit Hansson.

Wallander lui résuma l'entretien avec Heineman.

– Nous avons donc un indice, dit Hansson. Tu crois donc que Liljegren envoyait une fille chez Wetterstedt à Ystad une fois par semaine ?

– Oui.

– Et il peut aussi s'être passé la même chose pour Carlman ?

– Peut-être pas sous la même forme. Mais je suis sûr que les réseaux de Carlman et de Liljegren se sont côtoyés. Pour le moment, nous ne savons pas encore où.

– Et Björn Fredman ?

– Il reste la grande exception. Il ne colle nulle part. Et surtout pas dans le milieu de Liljegren. Sauf s'il travaillait pour lui comme torpilleur. Je vais retourner à Malmö demain pour revoir sa famille. J'ai surtout besoin de voir leur fille qui est à l'hôpital.

– Per Åkeson m'a parlé de votre conversation. Tu es conscient du fait que le résultat peut être aussi négatif que votre entrevue avec Erika Carlman ?

– Bien sûr.

– Je vais appeler Ann-Britt et Svedberg dès ce soir. C'est des bonnes nouvelles tout ça, malgré tout.

– N'oublie pas Ludwigsson et Hamrén. Ils font d'ores et déjà partie de l'équipe.

Wallander raccrocha. Sjösten était parti chercher du café. Wallander fit son propre numéro à Ystad. A son plus grand étonnement, Linda répondit aussitôt.

– Je viens de rentrer, dit-elle. Où es-tu ?

– A Helsingborg. Je reste ici cette nuit.

– Il s'est passé quelque chose ?

– Je suis allé dîner à Helsingör.

– Ce n'est pas ça que je voulais dire.

– On travaille.

– Nous aussi, dit Linda. Nous avons rejoué le spectacle en entier ce soir. On avait du public, une fois de plus.

– Qui ça ?

– Un garçon qui nous a demandé s'il pouvait venir voir. Il était devant le local dans la rue, il avait entendu dire que nous montions une pièce de théâtre. Ce doit être les gens du kiosque qui lui ont raconté.

– Vous ne le connaissiez pas ?

– Non, il était juste de passage. Il m'a raccompagnée à la maison après.

Wallander sentit un aiguillon de jalousie.

– Et il est dans l'appartement en ce moment ?

– Il m'a *accompagnée* jusqu'à Mariagatan. Une promenade de cinq minutes. Quand on ne marche pas vite. Puis il est rentré chez lui.

– C'est juste pour savoir.

– Il avait un nom bizarre. Hoover. Mais il était très gentil. J'ai eu l'impression qu'il aimait bien ce qu'on faisait. Il a dit que, s'il avait le temps, il reviendrait demain.

– Bien, dit Wallander.

Sjösten entra dans le bureau, deux tasses de café à la

main. Wallander lui demanda son numéro pour le donner à Linda.

– Ma fille, dit-il après avoir raccroché. Contrairement à toi, je n'ai qu'un enfant. Elle part samedi pour un stage de théâtre à Visby.

– Avoir des enfants, ça donne un sens à la vie, dit Sjösten en tendant une tasse à Wallander.

Ils discutèrent à nouveau de l'entretien avec Heineman. Sjösten semblait très sceptique : pour lui, avoir découvert que Liljegren fournissait des prostituées à Wetterstedt ne représentait pas nécessairement un grand pas en avant dans leur chasse au meurtrier.

– Pourrais-tu me fournir demain matin toutes les informations que tu as sur cette traite de jeunes filles ? Pourquoi justement Helsingborg comme plaque tournante ? Comment sont-elles arrivées ici ? Il doit y avoir une explication. En plus, ce vide autour de Liljegren est incompréhensible. Je ne comprends pas.

– Cette histoire de jeunes filles, c'est surtout des hypothèses. Il n'y a pas eu d'enquête. En fait, nous n'en avons jamais eu l'occasion. Birgersson en a discuté un jour avec un des procureurs. L'enquête a été refusée : selon le procureur, on avait des choses plus importantes à faire. Ce en quoi il avait tout à fait raison.

– Je voudrais quand même que tu regardes, dit Wallander. Fais-m'en un résumé demain dans la journée. Envoie-le par fax à Ystad le plus vite possible.

Il était près de vingt-trois heures trente quand ils se rendirent chez Sjösten. Wallander se dit qu'il fallait qu'il téléphone à Baiba maintenant. Il n'y avait plus d'autre issue. C'était bientôt jeudi. Elle était déjà en train de faire ses bagages. Il ne pouvait pas attendre davantage.

– J'aurais besoin de passer un coup de fil en Lettonie, dit-il. Deux minutes seulement.

Sjösten lui indiqua le téléphone. Wallander ne décrocha que quand Sjösten se retira dans la salle de bains. Il

452

raccrocha dès la première sonnerie. Il ne savait pas quoi dire. Il n'osait pas. Il attendrait le lendemain soir pour lui annoncer que tout ça était arrivé subitement, et pour la prier de venir plutôt à Ystad. C'était la meilleure solution. Pour lui, en tout cas.

Ils discutèrent encore une demi-heure en buvant un verre de whisky. Sjösten téléphona pour vérifier qu'Elisabeth Carlén était bien sous surveillance.

– Elle dort, dit-il. Nous devrions en faire autant.

Wallander fit son lit avec les draps que lui donna Sjösten dans une chambre décorée de dessins d'enfant. Il éteignit la lumière et s'endormit presque aussitôt.

Il se réveilla, trempé de sueur. Il avait dû faire un cauchemar, mais il ne se souvenait de rien. Il était deux heures et demie à sa montre. Il n'avait dormi que deux heures. Il se demanda pourquoi il s'était réveillé. Il se retourna pour se rendormir. Mais il fut soudain tout à fait réveillé. D'où venait cette panique, il l'ignorait. Mais elle était là.

Il avait laissé Linda à Ystad. Elle ne pouvait pas rester toute seule là-bas. Il fallait qu'il rentre.

Sans réfléchir, il se leva, s'habilla et griffonna un message pour Sjösten. A trois heures moins le quart, il sortit de la ville au volant de sa voiture. Il devait téléphoner à Sjösten. Mais pour lui dire quoi ? Il lui ferait peur, c'est tout. Il roulait dans la nuit claire. Il ne comprenait pas d'où lui était venue cette panique. Mais elle était bien là et ne le lâchait pas.

Il se gara devant chez lui peu avant quatre heures. Arrivé à l'appartement, il ouvrit doucement. La peur était toujours là. Il poussa doucement sa porte entrouverte, vit la tête de Linda sur l'oreiller et l'entendit respirer. Alors seulement il retrouva son calme.

Il s'assit sur le canapé. Sa peur avait fait place à de la gêne. Il secoua la tête puis écrivit un mot à l'intention de

Linda pour lui dire qu'il était rentré dans la nuit et le posa sur la table basse. Avant de gagner son propre lit, il mit le réveil à cinq heures. Sjösten se levait très tôt pour consacrer quelques heures matinales à son bateau. Il ne savait pas trop comment il allait lui expliquer sa crise nocturne.

Il resta couché dans son lit en se demandant pourquoi il avait eu ce sentiment de panique. Mais il ne trouva pas de réponse.

Il mit longtemps à s'endormir.

34

Quand on sonna à la porte, il sut aussitôt que ça ne pouvait être que Baiba. Curieusement, cela ne l'inquiéta pas du tout. Pourtant, il aurait bien du mal à lui expliquer pourquoi il ne lui avait pas annoncé plus tôt que leur voyage était reporté. Mais quand il se leva en sursaut, elle n'était bien évidemment pas là. Ce n'était que la sonnerie du réveil, et les aiguilles, qui indiquaient cinq heures moins trois, étaient comme une grande gueule ouverte. Après un court instant de stupeur, il arrêta la sonnerie. La réalité lui revint lentement. La ville était encore endormie. En dehors de chants d'oiseaux, très peu de bruits parvenaient jusqu'à sa chambre et sa conscience. Il ne savait plus s'il avait rêvé de Baiba ou non. Sa fuite précipitée de la chambre d'enfant de l'appartement de Sjösten lui apparaissait comme une entorse gênante et incompréhensible à son comportement habituellement posé. Il se leva avec un bâillement sonore. Linda dormait. Il trouva un mot sur la table de la cuisine. C'était elle qui l'avait écrit. Mes relations avec ma fille se résument à une quantité infinie de petits mots, pensa-t-il. En lisant le message, il s'aperçut que son rêve et ce réveil avec la conviction que Baiba était sur le pas de la porte avaient un caractère prémonitoire. Baiba avait téléphoné et demandé à Linda de dire à son père de l'appeler immédiatement. Il devinait sa colère dans le mot de Linda. Elle était à peine perceptible, mais présente. Il ne pouvait pas l'appeler. Pas maintenant. Il lui téléphonerait tard ce soir, ou peut-être demain. A moins qu'il ne demande à Martinsson de le faire ? De lui transmettre un message disant que l'homme qui était censé partir avec elle en vacances et l'accueillir dans deux jours à Kastrup était pour le moment prisonnier d'une chasse à un fou qui donnait des coups de hache dans le crâne de ses prochains et qui découpait leur scalp ? C'était vrai et faux à la fois. Un mensonge auquel on avait collé deux ailes factices. Tout l'air d'une vérité. Mais ça n'expliquerait pas pour autant, ça n'excuserait jamais sa lâcheté – aurait-il peur de Baiba ? – ni qu'il ne se comporte pas comme il le devrait et ne l'appelle pas lui-même.

A cinq heures et demie, il décrocha son téléphone, non pour appeler Baiba, mais pour parler à Sjösten et lui fournir une explication vaseuse à son départ précipité de la nuit. Qu'est-ce qu'il pourrait bien lui dire ? Il aurait pu dire la vérité. Sa soudaine inquiétude pour sa fille, une inquiétude que connaissent tous les parents sans jamais pouvoir expliquer d'où elle vient. Mais quand Sjösten répondit, il donna un tout autre prétexte : il avait oublié qu'il avait rendez-vous avec son père tôt ce matin. Quelque chose que Sjösten ne pourrait jamais vérifier, si tant est qu'il en ait eu l'intention. Ou quelque chose qu'il ne risquait absolument pas de découvrir par hasard, puisque son père et Sjösten n'avaient aucune chance de se rencontrer. Ils convinrent de se rappeler plus tard dans la journée, quand Wallander serait rentré de Malmö.

Il se sentit aussitôt soulagé. Ce n'était pas la première fois qu'il commençait la journée avec quelques petits mensonges, des faux-fuyants et des reniements. Il prit une douche, but du café, écrivit un nouveau mot à Linda et quitta l'appartement peu après six heures et demie. Au commissariat, tout était très calme. Cette première heure solitaire, quand le personnel de nuit fatigué rentrait chez lui, et qu'il était encore trop tôt pour le personnel de jour, était l'heure préférée de Wallander, celle où il avait le plus plaisir à traverser le couloir pour gagner son bureau. A cette première heure solitaire, la vie avait un sens tout particulier. Il n'avait jamais compris pourquoi. Mais il avait déjà ce sentiment depuis longtemps, depuis une vingtaine d'années peut-être. Rydberg, son vieil ami et mentor, avait ressenti la même chose. *Tout le monde a des instants sacrés. Ces instants sont courts, mais extrêmement personnels*, avait dit Rydberg une fois, à l'une des rares occasions où ils s'étaient installés dans son bureau ou dans celui de Wallander pour partager une flasque de whisky, après avoir bien fermé la porte. On ne buvait pas d'alcool au commissariat. Mais ils devaient avoir un événement à fêter. Ou un deuil, pourquoi pas ? Wallander avait oublié. Mais ces rares et brefs moments passés à philosopher avec Rydberg lui manquaient énormément. Des moments d'amitié, de confiance. Wallander s'assit et feuilleta rapidement un tas de papiers posés sur son bureau. Dans une note venue d'il ne savait où il lut qu'on avait donné l'autorisation d'inhumer Dolores Maria Santana et qu'elle reposait maintenant dans le même cimetière que Rydberg. Cela le ramena à l'enquête, il retroussa ses manches comme s'il n'allait pas tarder à sortir se battre, et lut à toute vitesse les rapports que ses collègues lui avaient adressés. Il y avait des notes de Nyberg, divers résultats de laboratoire, en marge desquels Nyberg avait griffonné des points d'interrogation et des commentaires, les comptes rendus des informations fournies par le public, plus nombreuses, tout en restant plus modestes que d'habitude, à cause des vacances. Tyrén semblait un jeune homme tout à fait consciencieux, se dit-il, sans pouvoir déterminer s'il avait l'étoffe d'un bon policier de terrain ou s'il avait plus d'accointances avec le monde fermé de la bureaucratie. Il parcourut les documents très vite, mais attentivement. Le point capital, c'était d'avoir pu déterminer très rapidement que Björn Fredman avait

bien été tué sur le ponton près de la petite route de Charlottenlund. Il repoussa les papiers et se renfonça pensivement dans son fauteuil. Qu'avaient ces hommes en commun ? Un ancien ministre de la Justice, un marchand
d'art, un expert-comptable et un petit délinquant. Tués et
scalpés par le même meurtrier. Découverts dans l'ordre
où ils avaient été tués. Wetterstedt, le premier, n'avait pas
vraiment été caché, mais il avait été bien rangé. Carlman,
le deuxième, tué au beau milieu d'une fête de la Saint-
Jean, chez lui sous sa tonnelle. Björn Fredman, fait prisonnier, emmené sur un ponton isolé puis laissé en plein
centre d'Ystad, presque comme si on l'exposait. Dans
une tranchée de canalisations avec une bâche sur la tête.
Comme une statue attendant l'inauguration. Enfin, le
meurtrier était allé jusqu'à Helsingborg pour tuer Åke
Liljegren. Un rapport était vite apparu entre Wetterstedt
et Liljegren. Maintenant, il restait à trouver la relation
avec les autres. Une fois connu ce qui les reliait entre eux,
viendrait la question : qui aurait pu avoir une raison de
les tuer ? Et pourquoi ces scalps ? Qui était le guerrier
solitaire ?

Wallander pensa longtemps à Björn Fredman et à Åke
Liljegren. Dans leurs cas, on avait quelque chose de plus.
L'acide dans les yeux pour ce qui est de Fredman, et la
tête de Liljegren dans le four. Pour le meurtrier, les tuer
à coups de hache et prendre leurs scalps n'avait pas suffi.
Pourquoi ? Wallander tenta un pas supplémentaire.
Autour de lui, l'eau devenait de plus en plus profonde.
Le fond était glissant. Facile de déraper. La différence
entre Björn Fredman et Liljegren ? Évidente. Björn Fredman avait eu de l'acide dans les yeux, alors qu'il était
encore en vie. Liljegren était déjà mort quand on l'avait
mis dans le four. Il essaya une nouvelle fois de se représenter le meurtrier. Maigre, sportif, pieds nus, fou. Si
c'étaient des hommes mauvais qu'il chassait, Björn Fredman devait être le pire de tous. Liljegren suivait. Carlman

et Wetterstedt étaient à peu près dans la même catégorie. Wallander se leva et alla à la fenêtre. Quelque chose le tourmentait dans l'ordre des meurtres. Björn Fredman était le troisième. Pourquoi pas le premier ou le dernier ? La racine du mal, la première ou la dernière à arracher par un meurtrier fou, mais prudent et bien organisé. Il avait choisi ce ponton parce que c'était celui-là qu'il lui fallait. *Combien de pontons avait-il vus avant d'arrêter son choix ?* Est-ce un homme qui passe tout son temps au bord de la mer ? Un homme paisible, un pêcheur, ou un employé des Douanes ? Ou pourquoi pas quelqu'un de la Société de sauvetage en mer, qui possède le meilleur banc de la ville pour réfléchir en paix ? En plus, il avait emmené Björn Fredman. Dans sa propre camionnette. Pourquoi s'était-il donné tout ce mal ? Parce que c'était son seul moyen de mettre la main sur lui ? Ils s'étaient déjà rencontrés. Ils se connaissaient. Peter Hjelm avait été très clair. Björn Fredman partait en voyage et revenait avec beaucoup d'argent. Selon la rumeur, il faisait de l'extorsion de fonds. Il ne connaissait que des fragments de la vie de Björn Fredman. Le reste lui était inconnu, à la police de tenter d'éclaircir cela.

Wallander se rassit. L'ordre des meurtres ne collait pas. Mais comment l'expliquer ? Il alla chercher du café. Svedberg et Ann-Britt Höglund étaient arrivés. Svedberg avait encore changé de chapeau. Il avait les joues rouges. Ann-Britt était de plus en plus bronzée. Wallander de plus en plus pâle. Puis arriva Hansson, suivi de Mats Ekholm. Même Ekholm bronzait. Les yeux de Hansson étaient rouges de fatigue. Il regarda Wallander avec étonnement. Avait-il mal compris, Wallander n'était-il pas censé rester à Helsingborg ? Il n'était encore que sept heures et demie. Pourquoi était-il rentré si tôt ? Devinant ses pensées, Wallander secoua discrètement la tête : tout allait bien, personne n'avait mal compris, personne n'avait compris quoi que ce soit d'ailleurs. Ils n'avaient pas prévu de réunion.

Ludwigsson et Hamrén étaient déjà partis pour Sturup, Ann-Britt Höglund comptait les y rejoindre, tandis que Svedberg et Hansson achevaient leurs recherches sur Wetterstedt et Carlman. Quelqu'un passa la tête pour dire qu'on appelait Wallander de Helsingborg. Wallander prit l'appel à un poste à côté de la machine à café. C'était Sjösten. Elisabeth Carlén dormait encore. Personne n'était venu la voir, personne ne s'était approché de la villa de Liljegren, en dehors d'un certain nombre de curieux.

– Åke Liljegren n'avait-il pas de famille ? demanda Martinsson, presque en colère, comme si Liljegren avait été d'une inconvenance totale en ne se mariant pas.

– Il n'a laissé que quelques entreprises en deuil, quelques entreprises en morceaux, dit Svedberg.

– Ils enquêtent sur Liljegren à Helsingborg, ajouta Wallander. Nous n'avons qu'à attendre.

Hansson les avait bien informés, nota Wallander. Tous étaient d'accord : Liljegren livrait régulièrement des filles à Wetterstedt.

– Cela recoupe les vieilles rumeurs qui couraient sur Wetterstedt, dit Svedberg.

– Il faut trouver un lien équivalent entre Liljegren et Carlman, poursuivit Wallander. Il existe, j'en suis certain. Laissons Wetterstedt de côté pour le moment. Il est plus important de se concentrer sur Carlman.

Ils étaient tous pressés. Le lien avéré leur avait redonné de l'énergie. Wallander emmena Ekholm dans son bureau. Il lui fit part des idées qu'il avait eues au cours de la matinée. Son interlocuteur l'écouta attentivement, comme d'habitude.

– L'acide et le four, dit Wallander. J'essaie d'interpréter son langage. Il se parle à lui-même et il parle aux victimes. Qu'est-ce qu'il dit vraiment ?

– Ton idée sur l'ordre des meurtres est intéressante, remarqua Ekholm. Les tueurs psychopathes ont souvent quelque chose de maniaque dans leur artisanat sanglant.

Il peut s'être passé quelque chose qui a contrecarré ses plans.

– Quoi ?

– Personne ne peut y répondre, sauf lui.

– Pourtant, il faut essayer d'y répondre.

Ekholm n'ajouta rien. Wallander eut le sentiment qu'il n'avait pas beaucoup de certitudes.

– Donnons-leur un numéro. Wetterstedt est le numéro un. Que voit-on si on jette les dés à nouveau ?

– Fredman en premier ou en dernier, dit Ekholm. Liljegren juste avant, ou juste après. Les positions de Wetterstedt et Carlman dépendent des autres.

– Peut-on supposer qu'il a fini ?

– Je n'en sais rien. Il suit sa propre piste.

– Que disent tes ordinateurs ? Qu'est-ce qu'ils nous ont sorti comme combinaison ?

– En fait, rien.

Ekholm s'en montrait le premier étonné.

– Qu'est-ce que tu en conclus ? demanda Wallander.

– Que notre tueur en série est différent de ses prédécesseurs, et que ses différences portent sur des points fondamentaux.

– Et qu'est-ce que ça implique ?

– Qu'il va nous procurer une expérience nouvelle. Si nous parvenons à mettre la main dessus.

– Il le faut, affirma Wallander tout en remarquant combien il était peu convaincant.

Il se leva et sortit de son bureau en compagnie d'Ekholm.

– Des spécialistes du comportement du FBI et de Scotland Yard se sont manifestés, dit Ekholm. Ils suivent notre travail avec beaucoup d'intérêt.

– Ils n'ont pas de suggestion à nous donner ? Nous acceptons toutes les propositions.

– Je te dirai s'il nous vient une idée intéressante.

Ils se séparèrent dans le hall. Wallander prit le temps

d'échanger quelques mots avec Ebba, qui avait fait enlever le plâtre de son poignet. Puis il partit pour Sturup. Il trouva Ludwigsson et Hamrén dans le bureau de la police de l'aéroport. Il y retrouva aussi avec déplaisir un jeune policier qui s'était évanoui devant lui l'année dernière pendant la capture d'un homme qui allait fuir le pays. Il lui serra la main, en tentant de donner l'impression qu'il regrettait ce qui s'était passé.

Wallander se rendit compte qu'il avait déjà vu Ludwigsson à Stockholm. C'était un homme de haute taille, assez fort, probablement hypertendu. Il avait le visage rouge, mais ce n'était pas à cause du soleil. Hamrén était l'opposé, petit et nerveux, avec de grosses lunettes. Wallander leur souhaita maladroitement la bienvenue et leur demanda où ils en étaient.

– Il semble qu'il y ait beaucoup de problèmes entre les compagnies de taxis par ici, répondit Ludwigsson. Comme à Arlanda. Nous n'avons pas encore fini de faire la liste des possibilités qu'il avait pour quitter l'aéroport dans les heures qui nous intéressent. Personne n'a remarqué de moto. Mais il y a encore de quoi faire.

Wallander but un gobelet de café et répondit aux questions que les deux hommes de la brigade criminelle nationale voulaient lui poser. Puis il prit congé et poursuivit jusqu'à Malmö. Il était dix heures quand il se gara devant l'immeuble à Rosengård. Il faisait très chaud. Pas un souffle de vent. Il prit l'ascenseur jusqu'au quatrième étage et sonna a la porte. Cette fois, ce fut la veuve de Björn Fredman qui lui ouvrit. Wallander remarqua tout de suite qu'elle sentait le vin. Un petit garçon, qui semblait avoir trois ou quatre ans, se cachait derrière ses jambes. Il avait l'air très timide. Ou plutôt effrayé. Quand Wallander se pencha vers lui, il parut complètement terrorisé. A cet instant, un souvenir passa rapidement dans la tête de Wallander. Mais il ne réussit pas à le saisir au passage. Il nota la situation qui avait déclenché ce souvenir. Une fois de plus, son inconscient lui avait rappelé un événement passé, ou une phrase. Il arriverait tôt ou tard à attraper ce souvenir fugace, mais important, il le savait. Elle le fit entrer. Le garçon s'accrochait à ses jambes. Elle n'était ni coiffée ni maquillée. La couverture sur le canapé indiquait que c'était là qu'elle avait passé la nuit. Wallander s'assit sur la même chaise que les deux fois précédentes. Aussitôt, le fils, Stefan Fredman, les rejoignit, les yeux aux aguets, comme la dernière fois. Il vint lui serrer la main. Le même comportement préadulte. Puis il s'assit à côté de sa mère sur le canapé. Tout se reproduisait. La différence, c'était le petit garçon recroquevillé sur les genoux de sa mère, cramponné à elle. Il n'avait pas un comportement tout à fait normal. Il ne quittait pas Wallander des yeux. Cela lui fit penser à Elisabeth Carlén. Nous vivons une époque où les gens se surveillent de près, se dit-il. Que ce soit une prostituée, un garçon de quatre ans ou son grand frère. Toujours cette peur, cette méfiance. Cette vigilance inquiète.

– Je suis venu au sujet de Louise, dit Wallander. Je sais qu'il est pénible de parler d'un membre de la famille qui se trouve dans un hôpital psychiatrique. Mais c'est pourtant nécessaire.

– Pourquoi ne peut-on pas la laisser en paix ? demanda la femme, d'une voix hésitante et douloureuse, comme si, dès le début, elle doutait de sa capacité à défendre sa fille.

Wallander se sentit oppressé. Comme il aurait aimé être dispensé de cette conversation ! Il ne savait pas comment avancer.

– On la laissera en paix, ne vous inquiétez pas, dit-il. Mais ça fait partie du travail parfois pénible de la police de rassembler toutes les informations possibles pour être en mesure de résoudre un crime.

– Elle n'a pas vu son père depuis plusieurs années, répondit-elle. Elle ne peut rien vous raconter d'important.

Une idée lui vint soudain.

– Louise sait-elle que son père est mort ?

– Quel besoin aurait-elle de le savoir ?

– Mais enfin, ce n'est pas complètement absurde !

Wallander vit que la femme assise sur le canapé était en train de s'effondrer. Son malaise croissait à chaque question, à chaque réponse. Sans le vouloir, il la soumettait à une pression qu'elle n'avait pas la force de supporter. Le garçon à côté d'elle se taisait.

– Il faut que vous compreniez que Louise n'a plus aucun lien avec la réalité, dit-elle, d'une voix si basse que Wallander dut se pencher pour saisir ses paroles. Louise a tout quitté. Elle vit dans son propre monde. Elle ne parle pas, elle n'écoute pas, elle joue à ne pas exister.

Wallander réfléchit avant de continuer.

– Il peut quand même être important pour la police de savoir ce qui l'a rendue malade. J'étais venu vous demander l'autorisation de la rencontrer. De lui parler. Je vois que ce ne serait pas une bonne chose. Mais dans ce cas, il va falloir répondre à mes questions.

– Je ne sais pas quoi répondre. Elle est tombée malade. C'est venu de nulle part.

– On l'a trouvée dans le parc de Pildamm, dit Wallander.

La mère et le fils sursautèrent. Même le petit garçon sembla réagir, sous l'influence des deux autres.

– Comment le savez-vous ?

– Il y a un rapport de police qui décrit quand et comment on l'a emmenée à l'hôpital. Mais je n'en sais pas plus. Tout ce qui concerne sa maladie est un secret entre elle et son médecin. Et vous. D'après ce que j'ai compris, elle a eu quelques problèmes à l'école avant de tomber malade.

– Elle n'a jamais eu de difficultés. Mais elle a toujours été très sensible.

– Certainement. Mais en général ce sont des événements bien précis qui déclenchent des maladies mentales aiguës.

– Qu'est-ce que vous en savez ? Vous êtes médecin ?

– Je suis policier. Et je sais ce que je dis.

– Il ne s'était rien passé.

– Mais vous avez dû y penser ? Nuit et jour ?

– Je ne fais plus que ça.

Wallander commença à trouver l'atmosphère tellement insupportable qu'il eut envie d'arrêter là et de partir. Ses réponses ne le menaient nulle part, même s'il sentait qu'elle disait la vérité, ou du moins une partie de la vérité.

– Peut-être auriez-vous une photographie d'elle à me montrer ?

– Vous voulez la voir ?

– Volontiers.

Wallander remarqua que le garçon assis à côté d'elle faillit parler. Ce fut très rapide. Mais Wallander s'en aperçut. Il se demanda pourquoi. Il ne voulait pas qu'il voie sa sœur ? Et si c'était le cas, pourquoi ?

La mère se leva, le petit garçon cramponné à elle. Elle ouvrit un tiroir dans une armoire et revint avec deux photographies. Wallander les disposa sur la table. La jeune fille qui s'appelait Louise lui souriait. Elle avait des cheveux blonds et ressemblait à son frère. Dans ses yeux, il n'y avait rien de cette vigilance qui l'entourait aujourd'hui. Elle souriait franchement au photographe, d'un sourire confiant. Elle était très jolie.

– Une belle fille. Espérons qu'elle retrouvera la santé un jour.

– J'ai cessé d'espérer. A quoi bon ?

– Les médecins font bien leur travail, dit Wallander d'une voix hésitante.

– Un jour, Louise sortira de cet hôpital, dit soudain le jeune garçon.

Il parlait d'une voix très ferme. Il sourit à Wallander.

– C'est important qu'elle se sente soutenue par sa

famille, dit Wallander en s'irritant de son langage conven-
tionnel.

– Nous la soutenons par tous les moyens possibles,
poursuivit le garçon. La police doit chercher celui qui a
tué notre père. Et ne pas la déranger.

– Si je vais la voir à l'hôpital, ce n'est pas pour la
déranger. Ça fait partie de l'enquête.

– Nous préférerions qu'on la laisse tranquille, dit le
garçon avec obstination.

Wallander hocha la tête.

– Si le procureur, qui est le responsable de l'enquête,
le décide, il faudra que j'aille la voir. Et c'est probablement ce qui va se passer. Très bientôt. Aujourd'hui ou
demain. Mais je vous promets de ne pas lui dire que son
père est mort.

– Qu'allez-vous faire là-bas ?

– La voir, dit Wallander. Et j'ai aussi besoin de prendre
cette photo.

– Pourquoi ?

La question fusa. Wallander fut surpris par toute l'hostilité contenue dans la voix du garçon.

– J'ai besoin de montrer cette photographie à certaines
personnes. Pour voir si elles la reconnaissent. Rien de
plus.

– Vous allez la donner à des journalistes, dit le garçon.
On va retrouver sa photo à la première page de tous les
journaux.

– Pourquoi ferais-je une chose pareille ?

Le garçon se leva brusquement du canapé, se pencha
et attrapa les deux photos sur la table. Cela se passa si
vite que Wallander n'eut pas le temps de réagir. Puis il
reprit ses esprits, en remarquant qu'il commençait à être
en colère.

– Si c'est comme ça, je vais devoir revenir avec un
jugement du tribunal qui vous obligera à me donner ces
photos. Et à ce moment-là, des journalistes risquent de

l'apprendre et de me suivre. Je ne pourrai pas les en empêcher. Si je peux vous emprunter une photographie et en faire un tirage, vous éviterez ça.

Wallander mentait. Le garçon le fixa des yeux. Sa vigilance avait fait place à autre chose. Sans un mot, il lui rendit une des photographies.

– J'ai quelques dernières questions à vous poser, dit Wallander. Savez-vous si Louise a jamais rencontré un homme nommé Gustaf Wetterstedt ?

La mère le regarda sans comprendre. Le garçon regardait à travers la porte-fenêtre entrouverte. Il leur tournait le dos.

– Non, dit-elle.

– Est-ce que le nom d'Arne Carlman vous dit quelque chose ?

Elle secoua la tête négativement.

– Åke Liljegren ?

– Non.

Elle ne lit pas les journaux, se dit Wallander. Il y a probablement une bouteille de vin sous cette couverture. Et dans cette bouteille de vin se résume sa vie.

Il se leva. Le garçon qui était passé sur le balcon se retourna.

– Est-ce que vous allez voir Louise ? demanda-t-il à nouveau.

– Ce n'est pas impossible, répondit Wallander.

Wallander dit au revoir et quitta l'appartement. Dehors, il se sentit soulagé. Le garçon le suivait du regard là-haut. Wallander s'assit dans sa voiture et décida que sa visite chez Louise Fredman pouvait attendre. En revanche, il voulait immédiatement savoir si Elisabeth Carlén reconnaissait sa photo. Il descendit la vitre et fit le numéro de Sjösten. Le garçon à la fenêtre du quatrième étage avait disparu. Tout en patientant, il chercha dans sa mémoire l'explication à l'inquiétude qu'il avait ressentie en voyant le petit garçon. Mais il n'arrivait toujours pas à la trouver.

Sjösten lui répondit. Wallander lui annonça qu'il était en route pour Helsingborg. Il voulait montrer une photo à Elisabeth Carlén.

– Aux dernières informations, elle prend un bain de soleil sur son balcon, dit Sjösten.

– Et vos recherches sur l'entourage de Liljegren ?

– Nous essayons de localiser celui qui a dû être son collaborateur le plus proche. Un certain Hans Logård.

– Toujours pas de famille ? demanda Wallander.

– Apparemment non. Nous avons interrogé un cabinet d'avocats qui gère une partie de ses affaires privées. Curieusement, il n'y a pas de testament, ni d'indication d'héritier. Åke Liljegren semble avoir vécu dans un univers tout à fait à lui.

– Bien. J'arrive à Helsingborg dans moins d'une heure.

– Est-ce que je dois faire venir Elisabeth Carlén ?

– Oui. Mais traite-la gentiment. Ne va pas la chercher dans une voiture de police. J'ai le sentiment que nous allons encore avoir besoin d'elle pendant un moment. Elle peut ruer dans les brancards si ça ne lui convient plus.

– J'irai la chercher moi-même, dit Sjösten. Comment allait ton père ?

– Mon père ?

– Tu ne devais pas le voir ce matin ?

Wallander avait oublié l'excuse qu'il avait donnée à Sjösten.

- Bien. Mais c'était important que je passe le voir.

Wallander raccrocha. Il jeta un regard vers le quatrième étage. Plus personne à la fenêtre.

Il démarra. Il lança un coup d'œil sur l'horloge de la voiture Il serait à Helsingborg avant midi.

*

Hoover descendit dans la cave un peu avant treize heures. Il ferma la porte et enleva ses chaussures. Le froid du sol pavé remonta dans son corps. La lueur du soleil filtrait faiblement à travers quelques fissures dans la peinture dont il avait recouvert le soupirail. Il s'assit et regarda son visage dans la glace.

Il ne pouvait pas laisser le policier la voir, alors qu'ils étaient si près du but, de l'instant sacré où les mauvais esprits qui habitaient sa sœur seraient chassés pour de bon. Il ne pouvait pas tolérer que quelqu'un l'approche.

Il avait pensé juste. La visite du policier avait été un signe pour lui rappeler qu'il ne pouvait plus attendre. Pour plus de sûreté, il ne fallait pas que sa sœur reste là plus que nécessaire.

Il savait ce qui lui restait à faire, maintenant.

Il pensa à la fille qu'il avait été si facile d'aborder. Il y avait une certaine ressemblance. Ça aussi, c'était un bon signe. Sa sœur aurait besoin de toutes les forces qu'il pourrait lui donner.

Il retira son blouson et regarda la pièce. Tout ce dont il avait besoin était là. Il n'avait rien oublié. Les haches et les couteaux étincelaient, posés sur le tissu noir.

Puis il prit un des grands pinceaux et traça un seul trait sur son front.

Il ne lui restait plus de temps. Comme s'il en avait jamais eu.

35

Wallander posa la photo de Louise Fredman à l'envers sur le bureau.

Elisabeth Carlén suivait ses mouvements du regard. Elle portait une robe d'été blanche qui paraissait très coûteuse. Ils étaient dans le bureau de Sjösten, Wallander assis au bureau, Sjösten au fond, s'appuyant contre le chambranle de la porte, Elisabeth Carlén dans le fauteuil. Il était midi dix. La chaleur estivale pénétrait par la fenêtre ouverte. Wallander sentit qu'il transpirait.

Je vais te montrer une photo, dit-il. Et il faudra que tu répondes à une simple question : si tu reconnais ou non la personne.

– Pourquoi les policiers ont-ils toujours besoin de faire de telles mises en scène ? demanda-t-elle.

Son air d'impassible supériorité irrita profondément Wallander. Mais il garda son calme.

– Nous essayons d'attraper un type qui a tué quatre personnes, dit Wallander. Et qui en plus leur découpe le cuir chevelu. Leur verse de l'acide dans les yeux. Et qui leur met la tête dans un four.

– Un fou comme ça ne doit évidemment pas rester en liberté, répondit-elle avec calme. Alors, on regarde la photo ?

Wallander glissa la photo vers elle et hocha la tête. Elle la retourna et se pencha en avant. Louise Fredman avait un grand sourire. Wallander regarda le visage d'Elisabeth

Carlén. Elle prit le portrait et sembla réfléchir. Il se passa près d'une minute. Puis elle secoua la tête négativement.

– Non. Je ne l'ai jamais vue. En tout cas, pas que je me souvienne.

– C'est très important, dit Wallander, sentant venir la déception.

– J'ai une bonne mémoire des visages. Mais je suis sûre de moi. Je ne l'ai jamais vue. Qui est-ce ?

– Pour le moment, ça n'a pas d'importance. Réfléchis.

– Où voudrais-tu que je l'ai vue ? Chez Åke Liljegren ?

– Oui.

– Elle peut toujours être passée là-bas une fois où je n'y étais pas.

– C'est arrivé souvent que tu n'y sois pas ?

– Pas ces dernières années.

– Ça fait combien d'années ?

– A peu près quatre.

– Mais elle aurait pu y être ?

– Certains hommes aiment bien les jeunes filles. Les vrais vicelards.

– Quels vicelards ?

– Ceux qui ne rêvent que d'une chose. De coucher avec leur propre fille.

Wallander sentit qu'il s'énervait à nouveau. Ce qu'elle disait était vrai. Mais son impassibilité l'énervait. Elle participait à tout ce commerce qui attirait de plus en plus d'enfants innocents et détruisait leur vie.

– Si tu ne peux pas me dire si elle a participé à une des fêtes de Liljegren, qui peut me répondre ?

– Quelqu'un d'autre.

– Réponds-moi clairement. Qui ? Je veux son nom et son adresse.

– Tout ça se passait de manière très anonyme. C'était une des conditions *sine qua non*. On reconnaissait des gens par-ci par-là dans ces fêtes. Mais on n'échangeait pas de cartes de visite.

– D'où venaient les filles ?

– D'un peu partout. Du Danemark, de Stockholm, de Belgique, de Russie.

– Elles venaient, puis elles disparaissaient.

– C'est à peu près ça.

– Mais toi, tu habites à Helsingborg ?

– J'étais la seule à habiter ici.

Avant de poursuivre, Wallander jeta un regard vers Sjösten, comme pour confirmer que la conversation n'avait pas complètement dévié de son but.

– La fille sur la photo s'appelle Louise Fredman. Est-ce que ce nom te dit quelque chose ?

Elle fronça les sourcils.

– Il ne s'appelait pas comme ça ? Celui qui a été tué ? Fredman ?

Wallander hocha la tête. Elle regarda la photographie à nouveau. Elle parut un instant émue du lien entre la photo et Fredman.

– C'est sa fille ?

– Oui.

Elle fit à nouveau non de la tête.

– Je ne l'ai jamais vue.

Wallander savait qu'elle disait la vérité. Peut-être uniquement parce que mentir ne lui apporterait rien. Il reprit la photo et la retourna, comme s'il voulait épargner une plus longue présence à Louise Fredman.

– As-tu déjà été chez un homme nommé Gustaf Wetterstedt ? demanda-t-il. A Ystad ?

– Qu'est-ce que j'y aurais fait ?

– Ce dont tu vis en général. Est-ce qu'il était ton client ?

– Non.

– C'est sûr ?

– Oui.

– Tout à fait sûr ?

– Oui.

472

– As-tu déjà été chez un marchand d'art qui s'appelait Arne Carlman ?

– Non.

Wallander eut soudain une idée. Peut-être que, là aussi, on ne donnait jamais de nom.

– Je vais te montrer d'autres photos dans un instant.

Il emmena Sjösten hors du bureau.

– Qu'est-ce que tu en penses ? demanda-t-il.

Sjösten haussa les épaules.

– Elle ne ment pas.

– Il nous faut des photos de Wetterstedt et de Carlman, dit Wallander. De Fredman aussi. Tu les trouveras dans le dossier.

– Il est chez Birgersson, dit Sjösten. Je vais le chercher.

Wallander revint dans le bureau et lui demanda si elle voulait un café.

– Je préférerais un gin tonic.

– Le bar n'est pas encore ouvert.

Elle sourit. La réponse lui avait plu. Wallander retourna dans le couloir. Elisabeth Carlén était très belle. On devinait ses formes à travers sa robe d'été légère. Il pensa à Baiba qui devait fulminer de ne pas recevoir son coup de téléphone. Sjösten revint, une chemise plastique à la main. Ils entrèrent dans le bureau. Elisabeth Carlén fumait une cigarette. Wallander lui posa une photographie de Wetterstedt devant les yeux.

– Je le reconnais. Je l'ai vu à la télé. Ce n'est pas lui qui fricotait avec des putes à Stockholm ?

– Peut-être qu'il a continué.

– Pas avec moi, répondit-elle, toujours aussi impassible.

– Mais tu n'as jamais été chez lui à Ystad ?

– Jamais.

– Connais-tu quelqu'un qui y serait allé ?

– Non.

Wallander prit une autre photo. Celle de Carlman. Il

posait à côté d'une œuvre d'art abstrait. Wetterstedt était sérieux sur sa photo, Carlman souriait de toutes ses dents. Cette fois, elle ne secoua pas la tête.

– Celui-là, je l'ai vu, dit-elle avec conviction.

– Chez Liljegren ?

– Oui.

– C'était quand ?

Wallander vit que Sjösten avait sorti un carnet de sa poche. Elisabeth Carlén réfléchissait. Wallander regardait discrètement son corps.

– Il y a à peu près un an.

– Tu en es sûre ?

– Oui.

Wallander hocha la tête. Quelque chose bouillonnait en lui. Encore un. Il ne restait plus qu'à trouver la bonne case pour Fredman.

Il lui montra Björn Fredman. Une photo prise en prison. Fredman jouait de la guitare. La photo devait être vieille. Il avait les cheveux longs, des pantalons pattes d'éléphant, et les couleurs étaient passées.

Elle secoua encore une fois la tête négativement. Elle ne l'avait jamais vu.

– C'est tout ce que je voulais savoir pour le moment, dit-il. Maintenant, je laisse ma place à Sjösten.

Wallander remplaça Sjösten à la porte du bureau. Il reprit aussi le carnet.

– Comment peut-on mener une vie comme la tienne ? commença Sjösten de manière surprenante.

Il posait cette question avec un large sourire. Il avait un air très aimable. Elisabeth Carlén ne se départit pas une seconde de son rôle.

– Qu'est-ce que ça peut te faire ?

– Rien. Simple curiosité. Comment fais-tu pour supporter de te voir dans la glace tous les matins ?

– Et toi, quand tu te vois dans la glace, tu penses quoi ?

– Qu'en tout cas je ne m'allonge pas pour n'importe qui pour quelques couronnes. Tu prends la carte bleue ?

– Va te faire foutre.

Elle fit mine de se lever et de sortir. La manière dont Sjösten l'agressait énervait déjà Wallander depuis un moment. Elle pouvait encore lui être d'une grande utilité.

– Je te présente mes excuses, dit Sjösten, d'un ton toujours aussi aimable et convaincant. Laissons là ta vie privée. Hans Logård. Est-ce que ce nom te dit quelque chose ?

Elle le regarda sans répondre. Puis elle se tourna vers Wallander.

– Je t'ai posé une question, reprit Sjösten.

Wallander avait compris son regard. Elle ne répondrait qu'à lui. Il sortit dans le couloir et fit signe à Sjösten de le rejoindre. Il lui expliqua qu'il avait cassé la relation de confiance avec Elisabeth Carlén.

– Alors on la met en garde à vue, dit Sjösten. Je ne vais pas me laisser impressionner par une pute.

– La mettre en garde à vue pour quelle raison ? dit Wallander. Attends-moi ici, je vais écouter sa réponse. Calme-toi, bordel !

Sjösten haussa les épaules. Wallander retourna dans le bureau.

Il s'assit au bureau.

– Hans Logård voyait souvent Liljegren, dit-elle.

– Tu sais où il habite ?

– Quelque part dans la campagne.

– Qu'est-ce que tu veux dire par là ?

– Qu'il n'habite pas en ville.

– Mais tu ne sais pas où ?

– Non.

– Que fait-il comme travail ?

– Je ne sais pas non plus.

– Mais il participait aux fêtes.

– Oui.

– Comme invité ou comme hôte ?

– Comme hôte. Et comme invité.

– Tu ne sais pas où on pourrait le joindre ?

– Non.

Wallander avait l'impression qu'elle disait la vérité. Ce n'était pas par son intermédiaire qu'ils retrouveraient Logård.

– Quels rapports avaient-ils entre eux ? Liljegren et Logård.

– Hans Logård avait toujours plein d'argent. Je ne sais pas ce qu'il faisait pour Liljegren, mais en tout cas il était bien payé.

Elle écrasa sa cigarette. Wallander eut le sentiment que c'était elle qui lui accordait une audience et non lui qui l'avait convoquée.

– J'y vais maintenant, dit-elle en se levant.

– Je t'accompagne, dit Wallander.

Sjösten allait et venait dans le couloir. Lorsqu'ils passèrent devant lui, elle le fusilla du regard. Wallander la suivit des yeux alors qu'elle rejoignait sa voiture, une Nissan avec un toit ouvrant. Quand elle fut partie, Wallander attendit un instant devant le commissariat pour vérifier que quelqu'un la filait. Elle était toujours sous surveillance. La chaîne n'était pas encore rompue. Wallander retourna dans son bureau.

– Pourquoi l'as-tu agressée comme ça ?

Elle représente tout ce que je déteste, répondit Sjösten. Pas toi ?

– Nous avons besoin d'elle, dit Wallander d'un ton fuyant. Nous aurons le temps de la détester plus tard.

Ils allèrent prendre un café et résumèrent la situation. Sjösten fit venir Birgersson.

– Le problème, c'est Björn Fredman, dit Wallander. Il ne cadre pas. Mais nous avons un certain nombre d'éléments qui semblent avoir un rapport. Un certain nombre de liens assez fragiles.

– Peut-être que ça correspond à la réalité, dit Sjösten d'un ton pensif.

Wallander dressa l'oreille. Sjösten pensait à quelque chose. Il attendit la suite. Mais rien ne vint.

– A quoi penses-tu ? dit-il.

Sjösten continua de regarder par la fenêtre.

– Et pourquoi les choses ne se présenteraient-elles pas comme ça ? Que Björn Fredman ne colle pas avec les autres. On peut partir de la certitude qu'il a été tué par le même homme que les autres. Mais pour une tout autre raison.

– Ça paraît absurde, dit Birgersson.

– Qu'est-ce qui n'est pas absurde dans toute cette histoire ? poursuivit Sjösten. Rien.

– En d'autres termes, il faudrait chercher deux mobiles différents, dit Wallander. C'est ça ?

– C'est à peu près ça. Mais je peux me tromper complètement, bien sûr. C'est juste une idée qui m'est passée par la tête. Rien de plus.

Wallander hocha la tête.

– Il se peut que tu aies raison Nous ne pouvons pas exclure cette hypothèse.

– Il y aurait des fausses pistes, dit Birgersson. Des pistes qui ne mènent nulle part, dans une impasse. Ça ne me paraît pas plausible.

– Ne laissons pas complètement tomber cette possibilité. Il ne faut jamais rien laisser de côté. Mais maintenant, il faut trouver cet homme, Hans Logård. C'est ça, le plus important.

– La maison d'Åke Liljegren est très étrange, dit Sjösten. Il n'y a pas un seul papier. Pas un carnet d'adresses. Rien. On l'a trouvé tôt le matin et, depuis, toute la maison est restée sous surveillance, donc personne n'a pu faire le ménage.

– C'est donc nous qui n'avons pas suffisamment bien

cherché, dit Wallander. Sans Hans Logård, nous n'arriverons pas plus loin.

Sjösten et Wallander allèrent prendre un déjeuner rapide dans un restaurant proche du commissariat. Vers quatorze heures, ils s'arrêtèrent devant la villa de Liljegren. Les barrières étaient toujours là. Un policier leur ouvrit les grilles. Le soleil filtrait à travers les feuilles des arbres. Tout paraissait totalement irréel. Les monstres appartenaient à l'obscurité et au froid. Pas à un été comme celui qu'ils avaient cette année. Wallander se rappela une réflexion de Rydberg, une plaisanterie qui se voulait ironique. *Les tueurs fous se chassent plutôt en automne. L'été, on préfère avoir affaire à un bon vieux perceur de coffre-fort.* Cette pensée le fit sourire. Sjösten le regarda d'un air interrogateur. Mais il ne dit rien. Ils entrèrent dans la grande villa. Les techniciens de la police avaient fini leur travail. Wallander jeta à contrecœur un coup d'œil dans la cuisine. La porte du four était fermée. Il songea à l'idée qu'avait eue Sjösten. Björn Fredman ne cadrant pas avec les autres, ce qui du coup lui donnait peut-être sa vraie place. Un tueur qui aurait deux mobiles ? De tels oiseaux existaient-ils ? Il décrocha le téléphone qui était sur une table. Ils n'avaient pas encore coupé la ligne. Il appela Ystad et demanda Ekholm. En attendant qu'on aille le chercher, Wallander regarda Sjösten faire le tour des grandes pièces du rez-de-chaussée, et tirer les rideaux. La lueur du soleil devint d'un seul coup éblouissante. Wallander sentait l'odeur persistante des produits chimiques qu'utilisaient les criminologues. Ekholm répondit. Wallander lui posa d'emblée sa question. Elle était plutôt destinée à ses ordinateurs. Un critère de recherche un peu différent. Des tueurs en série qui mêleraient plusieurs mobiles dans la même série de meurtres. Connaissait-on des cas de ce genre ? Est-ce que les spécialistes mondiaux avaient une opinion là-dessus ? Comme d'habitude, Ekholm trouva cela intéressant. Wallander commençait à se demander si Ekholm était vraiment sincère, à accueillir toutes ses réflexions avec le même enthousiasme. Ça lui rappelait tout ce qu'on disait de l'incompétence de la sûreté suédoise. On faisait de plus en plus souvent appel à divers spécialistes. Sans raisons bien précises.

En même temps, Wallander ne voulait pas être injuste avec Ekholm. Pendant son séjour à Ystad, il s'était montré un bon auditeur. Il avait compris que les policiers devaient savoir écouter, au moins aussi bien qu'ils étaient censés maîtriser l'art délicat de poser des questions. Les policiers devaient toujours écouter. Les sous-entendus, ou les motivations cachées, qui n'étaient pas forcément évidentes au premier abord. Ils devaient aussi tendre l'oreille pour capter les signes invisibles de la présence des meurtriers. Comme dans cette maison. Après un crime, il subsistait toujours quelque chose qui échappait à l'analyse des techniciens. Un policier expérimenté devait pouvoir tendre l'oreille et arriver à le percevoir. Wallander raccrocha et retrouva Sjösten qui s'était installé à un bureau. Ils ne parlèrent ni l'un ni l'autre. La villa invitait au silence. L'âme de Liljegren, si tant est qu'il en eût une, voletait de façon inquiète tout autour d'eux. Wallander monta au premier, ouvrit les portes de toutes les chambres les unes après les autres. Pas le moindre papier nulle part. La maison de Liljegren se caractérisait par son vide. Wallander repensa à ce qui avait rendu Liljegren célèbre. Les sociétés de liquidation, les sociétés de pompage d'entreprises. Il avait parcouru le monde et avait caché son argent. Avait-il fait de même avec sa vie ? Il possédait des maisons partout. Cette villa n'était qu'une de ses nombreuses cachettes. Wallander s'arrêta devant une porte qui menait au grenier. Enfant, il s'était fait une cachette dans le grenier de la maison qu'il habitait à l'époque. Il ouvrit la porte. L'escalier était étroit et raide. Il tourna le vieil interrupteur. Le grenier avec ses poutres apparentes était presque vide. A l'exception de quelques paires de skis, deux vieilles malles, quelques meubles. Wallander sentit la même odeur qu'en bas. Les techniciens étaient passés par là aussi. Il embrassa la pièce du regard.

Pas de porte dérobée, pas de recoin secret. Il faisait chaud sous le toit. Il redescendit. Il se mit à chercher de manière plus systématique. Il écarta les vêtements dans les grands placards de Liljegren. Toujours rien. Wallander s'assit sur le bord du lit pour réfléchir. Il était impensable que Liljegren ait tout eu dans sa tête. Il devait y avoir un carnet d'adresses quelque part. Mais il n'y en avait pas. Que manquait-il encore ? Il revint en arrière et se reposa la question fondamentale : qui était Åke Liljegren ? Celui qu'on appelait l'expert-comptable national ? Un homme qui voyageait. Mais il n'y avait pas de valises dans la villa. Pas même une mallette. Wallander se leva et descendit voir Sjösten.

– Liljegren devait avoir une autre maison, dit Wallander. Au moins un bureau.

– Il avait des maisons partout dans le monde, répondit Sjösten distraitement.

– Je veux dire à Helsingborg. Ici, c'est trop vide pour être normal.

– Je ne crois pas qu'il avait une autre maison, dit Sjösten. On l'aurait su.

Wallander hocha la tête sans rien ajouter. Il était sûr de lui. Il poursuivit son exploration. Avec obstination. Il descendit dans la cave. Il repéra un banc de gymnastique et quelques haltères, ainsi qu'un placard. Des survêtements et des cirés y étaient suspendus. Wallander les regarda pensivement. Puis il retourna voir Sjösten

– Liljegren avait-il un bateau ?

– Certainement. Mais pas ici. Je l'aurais su.

Wallander hocha la tête en silence. Il allait sortir à nouveau quand il eut une idée.

– Il était peut-être sous le nom d'un autre ?

– Quoi ?

– Le bateau. Il était peut-être enregistré sous le nom d'un autre. Sous le nom de Hans Logård, par exemple.

Sjösten comprit que Wallander était sûr de ce qu'il avançait.

– Qu'est-ce qui te fait dire que Liljegren avait un bateau ?

– Il y a à la cave des vêtements pour bateau, il me semble.

Sjösten suivit Wallander dans la cave.

– Tu as peut-être raison.

– Quoi qu'il en soit, ça peut valoir le coup de chercher. Cette maison est trop vide, ce n'est pas normal.

Ils sortirent de la cave. Sjösten s'assit pour téléphoner. Wallander ouvrit la porte-fenêtre et sortit au soleil. Il pensa à nouveau à Baiba. Aussitôt il sentit son estomac se nouer. Pourquoi ne l'appelait-il pas ? S'imaginait-il encore qu'il lui serait possible d'aller l'attendre à Kastrup samedi après-midi ? Dans moins de quarante-huit heures ? Il hésitait à demander à Martinsson de mentir pour son compte. Il ne pouvait plus reculer. Il était trop tard. En proie à un profond mépris envers lui-même, il rentra à l'ombre dans la villa. Sjösten parlait au téléphone. Wallander se demanda quand le tueur allait frapper à nouveau. Sjösten raccrocha et passa aussitôt un nouveau coup de fil. Wallander alla boire de l'eau dans la cuisine. Il évita de regarder le four. Quand il revint, Sjösten raccrochait d'un geste énergique.

– Tu avais raison. Il y a un voilier enregistré sous le nom de Logård dans le port de plaisance. Dans mon propre yacht-club.

– On y va, dit Wallander, sentant la tension croître.

Ils furent accueillis au port par un gardien qui leur montra le bateau de Logård. C'était un bateau bien entretenu. Une coque en plastique avec un pont en teck.

– Un Komfortina, dit Sjösten. Un beau bateau. Qui marche bien à la voile.

Il sauta lestement à bord et constata que le roof était fermé.

– Tu dois connaître Hans Logård ? demanda Wallander à l'homme qui se tenait à côté de lui sur le ponton.

Il avait le visage buriné et portait un sweat-shirt publicitaire pour une marque norvégienne de quenelles de poisson.

– Il n'est pas très bavard. Mais on se dit bonjour quand il vient par ici.

– Quand est-il venu pour la dernière fois ?

L'homme réfléchit.

– La semaine dernière. Mais en pleine saison, on se trompe facilement.

Sjösten était arrivé à ouvrir le roof. De l'intérieur, il put ouvrir les deux battants. Wallander monta gauchement à bord. Pour lui, c'était comme de marcher sur une patinoire bien glissante. Il descendit dans le cockpit puis dans le carré. Prévoyant, Sjösten avait pris une lampe de poche. Ils explorèrent rapidement le carré sans rien trouver.

– Je ne comprends pas, dit Wallander quand ils furent redescendus sur le ponton. Il doit bien avoir géré ses affaires de quelque part.

– Nous recherchons ses numéros de téléphone portable, dit Sjösten. Ça donnera peut-être des résultats.

Ils remontèrent vers la rive. L'homme au sweat-shirt publicitaire les suivit.

– Vous voulez sans doute voir son autre bateau aussi ? dit-il quand ils furent descendus du grand ponton.

Wallander et Sjösten réagirent en même temps

– Hans Logård a un autre bateau ?

L'homme montra du doigt le ponton le plus éloigné.

– Le bateau blanc tout au bout. Un Storö. Le *Rosmarin*.

– Bien sûr que nous voulons le voir, dit Wallander.

C'était un bateau à moteur puissant, spacieux et effilé à la fois.

– Un bateau comme ça, ça coûte cher. Très très cher.

Ils montèrent à bord. La porte de la cabine était fermée. L'homme sur le ponton les regardait.

– Il sait que je suis de la police, dit Sjösten.

– Ne perdons pas de temps, dit Wallander. Ouvre. Mais sans trop abîmer.

Sjösten parvint à ouvrir la porte sans casser plus d'une latte. Ils descendirent dans le carré. Aussitôt, Wallander vit qu'ils étaient au bon endroit. Sur un des côtés se trouvait une étagère remplie de dossiers et de chemises en plastique.

– Le plus urgent, c'est de trouver l'adresse de Hans Logård, dit Wallander. Nous examinerons le reste plus tard.

Ils mirent dix minutes à découvrir une carte de membre d'un club de golf près d'Ängleholm, avec le nom et l'adresse de Hans Logård.

– Il habite à Bjuv, dit Sjösten. Ce n'est pas loin d'ici.

Ils allaient partir quand Wallander, poussé par son instinct, ouvrit un placard. A son plus grand étonnement, il découvrit des vêtements de femme.

– Ils ont peut-être fait des fêtes ici aussi, dit Sjösten.

– Peut-être, dit Wallander pensivement. Mais je ne crois pas que ce soit ça.

Ils sortirent du bateau et redescendirent sur le ponton.

– Appelle-moi impérativement si Hans Logård débarque, dit Sjösten au gardien.

Il lui donna une carte avec ses numéros de téléphone.

– Je suppose que je dois être discret, dit l'homme avec excitation.

Sjösten sourit.

– Absolument. Fais comme si tout était normal. Puis appelle-moi. A n'importe quelle heure du jour ou de la nuit.

– Il n'y a personne ici la nuit.

– Alors espérons qu'il va débarquer de jour.

– Est-ce qu'on peut demander ce qu'il a fait ?

– On peut toujours demander, dit Sjösten. Mais on n'aura pas de réponse.

Ils quittèrent le port de plaisance. Il était trois heures de l'après-midi.

– On demande des renforts ? demanda Sjösten.

– Pas encore, répondit Wallander. Il faut d'abord trouver sa maison et vérifier s'il est là.

Ils quittèrent Helsingborg en direction de Bjuv. C'était une région de Scanie que Wallander ne connaissait pas. Il faisait très lourd. Il y aurait sans doute de la pluie et de l'orage dans la soirée.

– Quand est-ce qu'il a plu pour la dernière fois ? demanda-t-il.

– La nuit de la Saint-Jean, répondit Sjösten après un temps de réflexion. Et pas grand-chose.

Ils venaient juste d'arriver à Bjuv quand le téléphone portable de Sjösten sonna. Il ralentit pour répondre.

– C'est pour toi, dit-il en tendant le combiné à Wallander.

C'était Ann-Britt Höglund qui appelait d'Ystad. Elle alla droit aux faits.

– Louise Fredman s'est enfuie de l'hôpital.

Il fallut un instant à Wallander pour comprendre.

– Tu peux me le dire encore une fois ?

– Louise Fredman s'est enfuie de l'hôpital.

– Quand ?

– Il y a une bonne heure.

– Comment l'as-tu appris ?

– Quelqu'un a appelé Per Åkeson. Qui m'a prévenue à son tour.

Wallander réfléchit.

– Comment ça s'est passé ?

– Quelqu'un est venu la chercher.

– Qui ?

– Je n'en sais rien. Personne n'a rien vu. Elle a disparu d'un seul coup.

– Bordel de merde !

Sjösten ralentit quand il comprit qu'il venait de se passer quelque chose de grave.

– Je te rappelle dans quelques instants. Essaie pendant ce temps de savoir ce qui s'est passé. Et surtout qui est venu la chercher.

Wallander raccrocha.

– Louise Fredman s'est enfuie de l'hôpital, dit-il à Sjösten.

– Pourquoi ?

Wallander réfléchit un instant.

– Je n'en sais rien. Mais ça a un rapport avec notre tueur. J'en suis sûr.

– On fait demi-tour ?

– Non. On continue. C'est plus important que jamais d'arriver à mettre la main sur Hans Logård.

Ils entrèrent dans le village et s'arrêtèrent. Sjösten descendit sa vitre pour demander où se trouvait la rue où habitait Hans Logård.

Ils demandèrent à trois personnes et reçurent la même réponse.

Personne n'avait jamais entendu parler de cette rue.

36

Ils allaient renoncer et demander des renforts quand ils retrouvèrent enfin la trace de Hans Logård. Au même instant, il se mit à tomber quelques gouttes de pluie sur Bjuv. Mais les nuages orageux partirent vers l'est. Le temps allait continuer à être sec.

Ils cherchaient l'allée de Hördestigen. Le code postal était celui de Bjuv. Mais ce n'était pas à Bjuv. Wallander alla lui-même vérifier à la poste. Hans Logård n'avait pas de boîte postale non plus, du moins pas à Bjuv. Ils étaient sur le point de conclure que l'adresse de Hans Logård était une fausse adresse, quand Wallander entra d'un pas décidé dans la pâtisserie du village. Il entama la conversation avec les deux dames derrière le comptoir, tout en achetant quelques brioches à la cannelle. L'une des femmes connaissait la réponse. Hördestigen n'était pas une allée. C'était le nom d'une ferme, au nord du village, un endroit difficile à trouver si on ne connaissait pas le chemin.

– C'est un homme qui s'appelle Hans Logård qui habite là-bas, avait dit Wallander. Vous le connaissez ?

Les deux femmes se regardèrent, comme pour consulter leurs souvenirs communs, puis elles secouèrent la tête.

– J'avais un cousin éloigné qui habitait à Hördestigen quand j'étais petite, dit la plus maigre. A sa mort, sa ferme a été vendue à des étrangers. En tout cas, la ferme s'appelle bien Hördestigen, ça, je vous le dis. Mais l'adresse postale doit être autre chose.

Wallander lui demanda de lui faire un plan pour y aller. Elle déchira un sac en papier et lui dessina le chemin. Sjösten attendait dans la voiture. Il était près de six heures du soir. Cela faisait plusieurs heures qu'il cherchait Hördestigen. Comme Wallander avait passé pratiquement tout le temps au téléphone pour tirer au clair les circonstances de la disparition de Louise Fredman, Sjösten avait mené seul les recherches pour retrouver la mystérieuse adresse de Hans Logård.

Ils avaient eu de la chance Wallander sortit en brandissant le morceau de sac en papier comme un trophée. Ils sortirent du village, empruntèrent la route de Höganäs. Wallander donnait les directives à Sjösten en suivant le plan. Les fermes se firent plus rares. Ils prirent tout d'abord le mauvais chemin et arrivèrent dans un bois de hêtres superbe. Ils firent demi-tour et ressortirent sur la route principale. Au croisement suivant, à gauche, puis à droite et encore à gauche. Le chemin était interrompu par un champ. Wallander jura intérieurement, descendit de voiture et jeta un coup d'œil tout autour de lui. Il cherchait le clocher dont les dames de la pâtisserie avaient parlé. Il avait la sensation, en plein milieu de ce champ, d'être comme un navigateur à la dérive cherchant un phare pour savoir quel cap suivre. Il trouva le clocher et comprit après avoir consulté le sac en papier pourquoi ils s'étaient trompés. Il fit faire demi-tour à Sjösten. Cette fois-ci, ils prirent le bon chemin. Hördestigen était une vieille ferme, assez semblable à celle d'Arne Carlman, éloignée de tout, sans voisins, bordée d'un côté par une forêt de hêtres et de l'autre par un champ légèrement en pente. Le chemin s'arrêtait devant la ferme. Wallander vit qu'il n'y avait pas de boîte aux lettres. Aucun facteur ne venait jamais à cette adresse. Le courrier de Logård devait arriver quelque part ailleurs. Sjösten allait descendre de voiture quand Wallander l'arrêta.

– A quoi faut-il s'attendre ? dit-il. Hans Logård ? Qui est-il ?

– Tu veux dire qu'il est peut-être dangereux ?

– Nous ne savons pas si ce n'est pas lui qui a tué Liljegren, dit Wallander. Et les autres. Nous ne savons rien de Hans Logård.

La réponse de Sjösten surprit Wallander.

– J'ai un fusil dans le coffre. Avec des munitions. Tu peux le prendre. Moi, j'ai mon revolver.

Sjösten prit son arme de service glissée sous le siège arrière.

– Totalement contraire au règlement, dit-il en souriant. Mais s'il fallait suivre tous les règlements existants, le travail de policier serait interdit depuis longtemps.

– On laisse tomber le fusil, dit Wallander. Au fait, tu as un permis de port d'arme ?

– Bien sûr, dit Sjösten. Qu'est-ce que tu crois !

. Ils descendirent de voiture. Sjösten avait glissé son revolver dans sa poche. Ils restèrent immobiles et tendirent l'oreille. Au loin, l'orage. Autour d'eux, le silence, et une chaleur pesante. Aucune voiture nulle part, aucun signe de vie. La ferme semblait abandonnée. Ils se dirigèrent vers le bâtiment, en forme de L allongé.

– Un des bâtiments a dû brûler, dit Sjösten. Ou alors il a été démoli. Mais c'est une belle maison. Bien entretenue. Comme le bateau.

Wallander s'avança et frappa à la porte. Pas de réponse. Puis il cogna. Toujours aucune réaction. Il regarda à l'intérieur par une des fenêtres. Sjösten était derrière lui, la main dans la poche. Cette arme à portée de main ne plaisait pas beaucoup à Wallander. Ils firent le tour de la maison. Toujours aucun signe de vie. Wallander resta immobile, très perplexe.

– Il y a partout des étiquettes pour signaler que les

portes et les fenêtres sont sous alarme, dit Sjösten. Mais si jamais l'alarme se déclenche, ça va prendre un temps fou avant qu'on n'arrive. On a le temps d'entrer et de sortir.

– Quelque chose ne colle pas ici, dit Wallander, qui semblait ne pas avoir entendu le commentaire de Sjösten.

– Quoi ?

– Je ne sais pas.

Ils se dirigèrent vers le bâtiment qui servait de remise. Les portes étaient fermées avec de gros cadenas. En regardant par la fenêtre, ils virent un tas d'objets divers.

– Il n'y a personne ici, dit Sjösten d'un ton décidé. Il va falloir mettre la ferme sous surveillance.

Wallander regarda autour de lui. Quelque chose n'allait pas, il en était certain. Mais il n'arrivait pas à dire quoi. Il refit le tour de la maison, regarda par plusieurs fenêtres, écouta. Sjösten le suivait à distance. Quand ils firent pour la deuxième fois le tour de la maison, Wallander s'arrêta devant quelques sacs-poubelle noirs adossés au mur. Ils étaient mal fermés, on les avait attachés avec de la ficelle. Des mouches volaient tout autour. Il ouvrit un des sacs. Des restes de nourriture, des assiettes en carton. Il sortit un emballage plastique de supermarché et le tint entre le pouce et l'index. Sjösten le regardait faire. Les dates de péremption étaient encore lisibles. Le plastique sentait encore la viande fraîche. Ça ne faisait pas longtemps que le sac était là. Compte tenu de la chaleur. Il ouvrit l'autre sac, lui aussi plein d'emballages plastique de nourriture. Beaucoup de nourriture mangée en peu de jours.

Sjösten vint à côté de Wallander et regarda dans les sacs.

– Il a dû faire une fête.

Wallander tenta de réfléchir. Il avait la tête lourde à cause de la chaleur étouffante. Il sentait venir la migraine.

– On entre, dit-il. Je veux voir ce qu'il y a dans la maison. Il n'y a pas moyen d'éviter l'alarme ?

– Peut-être en passant par la cheminée, répondit Sjösten.

– Bon, alors on verra bien.

– J'ai un pied-de-biche dans la voiture.

Pendant que Sjösten allait le chercher, Wallander examina la porte principale. Il se souvint de celle qu'il avait défoncée chez son père, à Löderup, peu de temps auparavant. Ce serait l'été des portes. En compagnie de Sjösten, il se rendit à l'arrière de la maison. Cette porte semblait moins solide. Wallander décida de la forcer à l'envers. Il glissa le pied-de-biche entre les deux gonds. Puis il regarda Sjösten qui jeta un coup d'œil sur sa montre.

– Prêt, dit-il.

Wallander banda ses muscles et poussa de toutes ses forces. Les gonds furent arrachés avec un peu de ciment et des morceaux de vieilles briques. Il fit un saut de côté pour ne pas prendre la porte sur la tête.

Ils entrèrent. L'intérieur faisait encore plus penser à la maison de Carlman. On avait abattu des cloisons, les pièces étaient spacieuses. Des meubles modernes, des planchers tout neufs. Ils tendirent à nouveau l'oreille. Tout était silencieux. Trop silencieux, se dit Wallander. Comme si toute la maison retenait son souffle. Sjösten montra un répondeur-fax sur une table. Le voyant du répondeur clignotait. Wallander hocha la tête. Sjösten appuya sur le bouton. On entendit un grincement. Puis une voix. Wallander vit que Sjösten sursautait. Une voix d'homme demandait à Hans Logård de rappeler le plus vite possible. Puis rien. Le répondeur s'arrêta.

– C'était Liljegren, dit Sjösten, visiblement impressionné. Ben, mon vieux.

– Bon. Alors nous savons que ça fait un moment qu'il a laissé ce message, dit Wallander.

– Logård n'est pas passé depuis, dit Sjösten.

– Pas forcément, objecta Wallander. Il peut avoir

écouté le message. Sans l'effacer. Et s'il y a eu une coupure de courant, le voyant s'est remis à clignoter. Il peut y avoir eu de l'orage par ici. On ne sait pas.

Ils continuèrent leur exploration. Un petit couloir menait à la partie de la maison située dans l'angle du L. La porte était fermée. Wallander leva soudain la main. Sjösten s'arrêta net derrière lui. Wallander avait entendu du bruit. Au début, il n'arriva pas à l'identifier. Puis il entendit comme un animal en train de creuser. Suivi d'un chuchotement. Il regarda Sjösten. Il tourna la poignée de la porte en fer. Elle était fermée à clé. Le chuchotement s'était interrompu. Sjösten l'avait entendu, lui aussi

– Mais que se passe-t-il ici ? chuchota-t-il.

– Je ne sais pas, répondit Wallander. Je n'arriverai pas à bout de cette porte avec le pied-de-biche.

– Je pense que nous allons voir arriver une voiture de la société de gardiennage dans un quart d'heure environ.

Wallander réfléchit. Qu'y avait-il de l'autre côté de la porte ? Un être humain, peut-être plusieurs ? Il se sentait au bord de la nausée. Il fallait qu'il ouvre la porte.

– Donne-moi ton arme, dit-il.

Sjösten tira son revolver de sa poche.

– Tenez-vous loin de la porte, cria Wallander de toutes ses forces. Je vais tirer.

Il regarda la serrure. Il fit un pas en arrière, ôta la sécurité et tira. Le bruit des coups de feu était assourdissant. Il tira à nouveau, puis encore une fois. Les balles allèrent s'enfoncer dans le mur de l'autre côté du couloir. Puis il rendit le revolver à Sjösten et donna un coup de pied à la porte. Ses oreilles sifflaient.

C'était une grande pièce. Sans fenêtres. Il y avait des lits, un recoin avec un WC. Un réfrigérateur, des verres, des tasses, quelques Thermos. Tapies dans un coin de la pièce, terrifiées par les coups de feu, quatre jeunes filles se serraient les unes contre les autres. Deux d'entre elles rappelèrent à Wallander la jeune fille qu'il avait vue à vingt mètres de distance dans le champ de colza de Salomonsson avant qu'elle ne s'immole par le feu. Un court instant, les oreilles résonnant encore des coups de feu, Wallander vit défiler dans sa tête tous les événements les uns après les autres. Tout se tenait, il n'y avait plus de mystère. En réalité, il ne vit rien du tout. C'était juste une intuition qui le traversait de part en part, comme un train qui s'engouffre dans un tunnel à toute vitesse, ne laissant derrière lui qu'une légère vibration dans le sol. Mais il n'y avait pas de temps pour la réflexion. Les jeunes filles qui se serraient les unes contre les autres dans un coin étaient tout à fait réelles, tout comme l'était leur peur, et elles avaient besoin de lui et de Sjösten.

– Mais qu'est-ce qui se passe ici ? dit Sjösten une nouvelle fois.

– Il faut réclamer des renforts à Helsingborg, répondit Wallander. Le plus vite possible.

Il s'agenouilla. Sjösten fit de même, on aurait pu croire qu'ils allaient s'unir en une prière commune. Wallander commença à parler aux jeunes filles terrorisées en anglais. Mais elles ne semblaient pas comprendre, ou, en tout cas, elles comprenaient très mal son anglais. Elles ne devaient pas être plus âgées que Dolores Maria Santana.

– Tu sais un peu parler espagnol ? demanda-t-il à Sjösten. Je ne connais pas un seul mot.

– Que veux-tu que je dise ?

– Tu parles espagnol ou pas ?

– Je ne parle pas espagnol, merde ! Qui sait parler espagnol ? Je connais un ou deux mots. Que veux-tu que je dise ?

– N'importe quoi ! Histoire de les rassurer.

– Faut-il que je dise que je fais partie de la police ?

– Non ! Ce que tu veux. Mais pas ça !

– *Buenos días*, dit Sjösten d'une voix hésitante.

– Souris, hurla Wallander. Tu ne vois pas qu'elles sont terrifiées ?

– Je fais ce que je peux.

– Allez, encore une fois. Gentiment.

– *Buenos días*, répéta Sjösten.

Une des jeunes filles lui répondit. Elle avait une voix très aiguë. Pour Wallander, ce fut comme la réponse qu'il attendait depuis qu'il avait vu la jeune fille dans le champ de colza le regarder fixement de ses yeux effrayés.

Au même moment, quelque part derrière eux dans la maison, il y eut un bruit, peut-être un bruit de portières de voiture. Les jeunes filles l'entendirent aussi et se recroquevillèrent à nouveau dans leur coin.

– Ce doit être les vigiles de la société de gardiennage, dit Sjösten. Il vaut mieux aller les voir. Sinon, ils vont se demander ce qui se passe ici.

Wallander fit signe aux filles de rester là. Ils rebroussèrent chemin dans le couloir étroit. Cette fois, Sjösten marchait devant.

Cela faillit lui coûter la vie. Quand ils arrivèrent dans la grande pièce dont les cloisons avaient été abattues, plusieurs coups de feu claquèrent. Ils se succédèrent avec une telle rapidité qu'ils devaient provenir d'une arme semi-automatique à vitesse réglable. La première balle atteignit Sjösten à l'épaule gauche et lui cassa la clavicule. Il fut projeté en arrière sous la violence du coup et atterrit devant Wallander comme un mur vivant. Les deuxième, troisième et peut-être quatrième coups passèrent quelque part au-dessus de leurs têtes.

– Ne tirez pas ! Police ! cria Wallander.

Le tireur invisible lâcha une nouvelle rafale. Une balle frappa Sjösten, lui traversant cette fois-ci l'oreille droite.

Wallander se jeta derrière une des cloisons qu'on avait laissées dans la pièce pour décorer. Il traîna derrière lui Sjösten qui cria et s'évanouit.

Wallander chercha son revolver et tira. Il ne restait plus que deux ou trois balles dans le chargeur.

Il n'y eut pas de riposte. Il attendit, le cœur battant, le

revolver levé et prêt à tirer. Puis il entendit le bruit d'une voiture qui démarrait. Il lâcha Sjösten et courut tête baissée jusqu'à la fenêtre. Il vit l'arrière d'une Mercedes noire qui partait par l'étroit chemin et disparut bientôt derrière les hêtres. Il retourna vers Sjösten, couvert de sang, qui avait perdu connaissance. Il chercha son pouls sur son cou ensanglanté. Il battait très vite, Wallander fut rassuré. Il valait mieux ça que le contraire. Le revolver toujours à la main, il décrocha le téléphone et composa le numéro d'urgence.

– Un collègue blessé ! cria-t-il.

Puis, recouvrant son calme, il expliqua qui il était, ce qui s'était passé, et où ils se trouvaient. Il retourna auprès de Sjösten qui venait de reprendre conscience.

– Ça va aller, dit Wallander plusieurs fois. Les secours arrivent.

– Que s'est-il passé ? demanda Sjösten.

– Ne parle pas. Tout va s'arranger.

Wallander chercha fébrilement par où étaient entrées les balles. Il pensait que Sjösten avait été frappé par trois balles. Finalement, il n'y en avait que deux, l'une à l'épaule, l'autre dans l'oreille. Il fit deux pansements rapides, en se demandant où était passée la société de gardiennage et pourquoi les secours tardaient autant. Il pensait aussi à la Mercedes qui avait pris la fuite. Il n'abandonnerait pas avant d'avoir mis la main sur l'homme qui avait tire sur Sjösten sans lui laisser aucune chance.

Entendant enfin les sirènes, il partit au-devant des voitures qui venaient de Helsingborg. L'ambulance arriva en premier, suivie de Birgersson et de deux véhicules de la police, puis de la voiture des pompiers. La stupeur se lut sur leurs visages quand ils virent Wallander. Il ne s'était pas rendu compte qu'il était couvert de sang. Et qu'il avait encore le revolver de Sjösten à la main.

Comment va-t-il ? demanda Birgersson.

– Il est à l'intérieur. Je crois que ça ira.

– Mais que s'est-il passé ?

– Il y a quatre filles enfermées ici. Probablement des filles en transit à Helsingborg avant d'aller rejoindre des bordels dans le Sud.

– Qui a tiré ?

– Je ne l'ai pas vu. Mais je suppose que c'était Hans Logård. Cette maison lui appartient.

– Une Mercedes a heurté le véhicule d'une société de gardiennage vers la sortie de la nationale, dit Birgersson. Pas de blessés. Mais le conducteur de la Mercedes a volé la voiture des vigiles.

– Alors, ils l'ont vu, dit Wallander. Ça doit être Logård. Les vigiles devaient venir ici. L'alarme a dû se déclencher quand on est entrés.

– Vous êtes entrés par effraction ?

– On s'en fout pour le moment. Donne le signalement du véhicule de la société de gardiennage. Dépêche les techniciens par ici. Je veux qu'on prenne un paquet d'empreintes digitales. Et qu'on les compare à celles qu'on a trouvées chez les autres. Wetterstedt, Carlman, tous.

Birgersson devint d'un seul coup très pâle. Il ne saisissait que maintenant le lien avec l'affaire.

– C'était lui ?

– Probablement. Mais on n'en sait rien. Fais vite. Et n'oublie pas les filles. Fais-les toutes sortir. Traite-les avec douceur. Et fais venir des interprètes. Des interprètes de l'espagnol.

– Incroyable tout ce que tu sais, dit Birgersson.

Wallander le regarda droit dans les yeux.

– Je ne sais rien, répondit-il. Dépêche-toi.

On emmena Sjösten. Wallander l'accompagna dans l'ambulance. Un des ambulanciers lui donna une serviette. Il s'essuya tant bien que mal. Puis il prit le téléphone de l'ambulance pour appeler Ystad. Il était environ sept heures du soir. Il put joindre Svedberg et lui expliqua ce qui s'était passé.

– Qui est ce Logård ? demanda Svedberg.

– C'est ce qu'il faut tirer au clair maintenant. Louise Fredman est toujours introuvable ?

– Oui.

Wallander ressentit soudain le besoin de réfléchir. Ce qui lui avait semblé si clair un instant auparavant était devenu incohérent.

– Je te rappelle. Mais informe les autres.

– Ludwigsson et Hamrén ont trouvé un témoin intéressant à Sturup, dit Svedberg. Un veilleur de nuit. Il a vu un homme en mobylette. Les heures coïncident.

– En mobylette ?

– Oui.

– Tu ne vas quand même pas me dire que notre tueur se balade en mobylette ? C'est les gamins qui roulent en mobylette, bordel de merde !

Wallander remarqua qu'il était en train de se mettre en colère. Il n'avait pas envie de ça. Surtout vis-à-vis de Svedberg. Il mit rapidement fin à la conversation.

Sjösten le regardait de sa civière. Wallander lui sourit.

– Tout ira bien.

– C'était comme de prendre un coup de sabot d'un cheval, soupira Sjösten. Deux fois.

– Ne parle pas pour le moment. Nous allons bientôt arriver à l'hôpital.

La soirée et la nuit du jeudi au vendredi, ce 8 juillet, furent parmi les plus chaotiques de la carrière de Wallander. Tout semblait irréel. Cette nuit resterait gravée dans sa mémoire, sans qu'il soit certain de l'exactitude de ses souvenirs. Dès que Sjösten fut pris en charge et déclaré hors de danger par les médecins, une voiture de police ramena Wallander, soulagé, au commissariat. Le commissaire Birgersson se révéla un bon organisateur. il semblait avoir bien compris les directives données par Wallander devant la ferme où Sjösten avait été blessé. Il avait notamment pensé à délimiter une première zone où pouvaient pénétrer tous les journalistes accourus sur les lieux. Aucun d'entre eux n'avait été autorisé à entrer dans la maison, là où on menait réellement l'enquête. Il était vingt-deux heures quand Wallander revint de l'hôpital. Un collègue lui avait prêté un pantalon et une chemise propres. Un pantalon si serré que Wallander n'arrivait pas à remonter la fermeture Éclair. Birgersson comprit le problème et appela le propriétaire d'un des magasins chic de Helsingborg. Cela fit une impression étrange à Wallander d'essayer de se souvenir de son tour de taille au beau milieu de toute cette agitation. Mais pour finir, il trouva un pantalon à sa taille parmi tous ceux qu'on vint livrer au commissariat. Quand Wallander était revenu de l'hôpital, Ann-Britt Höglund, Svedberg, Ludwigsson et Hamrén travaillaient déjà d'arrache-pied sur les lieux. On avait lancé un avis de recherche du véhicule de la société de gardiennage, sans résultat. Parallèlement, toute une série d'auditions étaient en cours dans différents bureaux. On avait fait venir un interprète pour chacune des jeunes filles. Ann-Britt parlait avec l'une d'elles, tandis que trois femmes policiers de Helsingborg s'occupaient des autres. Les deux vigiles qui avaient heurté la Mercedes étaient interrogés dans d'autres bureaux, tandis que les techniciens comparaient déjà les empreintes digitales. Enfin, plusieurs policiers penchés sur leurs claviers d'ordinateurs tentaient de réunir toutes les informations disponibles concernant Hans Logård. Il régnait une activité intense, mais l'ambiance restait calme. Birgersson allait d'un endroit à l'autre, vérifiant qu'ils maintenaient bien la pression. Après avoir eu un résumé de l'état d'avancement de l'enquête, Wallander prit ses collègues d'Ystad à part dans un bureau et ferma la porte. Il avait obtenu l'accord de Birgersson : en tant que responsable de la police, celui-ci se comportait avec beaucoup de discerne-ment. Pas de trace chez lui de cet esprit de clocher qui sévissait souvent, au détriment de la qualité du travail. Birgersson semblait s'intéresser à ce qu'il fallait : arrêter celui qui avait tiré sur Sjösten, tirer au clair toute cette affaire et ne pas lâcher avant d'avoir compris ce qui s'était passé et découvert le tueur.

Ils avaient pris chacun leur tasse de café et s'étaient enfermés. Relié à une ligne directe, Hansson pouvait être joint en une fraction de seconde.

Wallander donna sa version des faits. Mais il voulait essentiellement obtenir une explication à sa propre inquiétude. Il y avait beaucoup d'éléments qu'il n'arrivait pas à relier entre eux. L'homme qui avait tiré sur Sjösten, le collaborateur de Liljegren, le gardien des jeunes filles prisonnières, était-il vraiment le même que celui qui avait endossé le rôle du guerrier solitaire ? Il avait du mal à le croire. Mais les choses s'étaient passées trop vite, trop confusément, pour qu'il ait eu le temps de réfléchir. La réflexion devait donc se faire en groupe, maintenant qu'ils étaient tous réunis, séparés par une simple porte du monde où l'enquête suivait son cours et où il n'y avait pas de temps pour la réflexion. Wallander avait pris à part ses collègues, auxquels il aurait associé Sjösten s'il n'avait pas été à l'hôpital, pour mener une analyse en profondeur. L'enquête était maintenant en marche for-cée : il y avait toujours le risque qu'elle ne s'emballe et ne finisse au point mort. Wallander les regarda et demanda pourquoi Ekholm n'était pas là.

– Il est parti pour Stockholm ce matin, dit Svedberg.

– Mais c'est maintenant qu'on a besoin de lui, s'étonna Wallander.

– Il doit revenir demain matin, dit Ann-Britt Höglund. Je crois qu'un de ses enfants a été renversé par une voi-ture. Rien de grave. Mais quand même.

Wallander hocha la tête. Au moment où il allait reprendre la parole, le téléphone sonna. C'était Hansson qui voulait lui parler.

– Baiba Liepa a téléphoné à plusieurs reprises de Riga, dit Hansson. Elle veut que tu l'appelles tout de suite.

– Impossible pour le moment. Explique-le-lui si elle rappelle.

– Si j'ai bien compris, tu étais censé aller l'accueillir à l'aéroport de Kastrup samedi. Pour passer vos vacances ensemble. Comment as-tu pu imaginer que ça marcherait ?

– Pas maintenant, dit Wallander. J'appellerai plus tard.

En dehors d'Ann-Britt Höglund, personne ne sembla remarquer que la conversation avec Hansson portait sur un sujet personnel. Wallander croisa son regard. Elle sourit. Mais elle ne dit rien.

– Continuons. Nous recherchons un homme qui a tenté de nous tuer, Sjösten et moi. Nous trouvons des jeunes filles enfermées dans une ferme à la campagne, à côté de Bjuv. Nous pouvons partir de l'hypothèse que Dolores Maria Santana a appartenu à un groupe de ce genre, qui transite par la Suède pour alimenter les bordels et Dieu sait quoi dans d'autres pays. Ces jeunes filles ont été attirées ici par des gens qui ont un lien avec Liljegren. Et principalement un homme nommé Hans Logård. Si tant est que ce soit son vrai nom. C'est probablement lui qui a tiré. Mais nous n'en savons pas plus. Nous n'avons même pas de photo de lui. Les vigiles dont il a volé la voiture pourront peut-être nous en donner un signalement utilisable. Mais ils semblent avoir été secoués. Ils n'ont dû voir que son revolver. Donc, nous sommes maintenant à sa poursuite. Mais est-il vraiment le tueur que nous poursuivons ? Celui qui a tué Wetterstedt, Carlman, Fredman et Liljegren ? Nous l'ignorons. Personnellement, j'en doute. Tout ce que nous pouvons espérer, c'est attraper le plus vite possible l'homme qui a volé la voiture des vigiles. Entre-temps, à mon avis, il faut continuer à travailler comme si ce n'était qu'un épisode en marge de notre enquête. Ce qui est arrivé à Louise Fredman m'intéresse au moins autant. Et ce qu'on a appris à Sturup. Mais avant d'aller plus loin, avez-vous des objections à ma manière de voir les choses ?

Il y eut un silence dans la pièce.

– Pour moi qui viens de l'extérieur, et qui n'ai pas de raison d'avoir peur de marcher sur les pieds de quelqu'un, puisque je marche sur les pieds de tout le monde à la fois, ça me paraît une bonne méthode. La police a parfois tendance à ne penser qu'à une seule chose à la fois. Pendant que les tueurs qu'elle recherche pensent, eux, à dix choses à la fois.

C'était Hamrén qui avait pris la parole. Wallander acquiesça, sans être totalement convaincu de sa sincérité.

– Louise Fredman a disparu sans laisser de traces, dit Ann-Britt Höglund. Elle a eu de la visite. Puis elle est sortie avec ce visiteur. Le personnel de l'hôpital n'avait jamais vu cette personne. Le nom inscrit dans le registre de l'accueil est illisible. L'été, il n'y a que des stagiaires, ou presque. Le système habituel de contrôle devient pratiquement inexistant.

– Il y a bien quelqu'un qui a vu la personne qui est venue la chercher, objecta Wallander.

– Oui, dit Ann-Britt. Une employée nommée Sara Pettersson.

– Quelqu'un lui a-t-il parlé ?

– Elle est partie.

– Où est-elle ?

– Elle est partie en train. Avec une carte Inter Rail. Elle peut être n'importe où.

– Merde !

– On peut essayer de la joindre par l'intermédiaire d'Interpol, dit Ludwigsson d'un ton doucereux. Ça va sans doute marcher.

– Oui, dit Wallander. Je crois qu'on va le faire. Et cette

fois-ci sans attendre. Je veux que quelqu'un appelle Per Åkeson pour qu'il s'en charge dès ce soir.

– Ça dépend du district de Malmö, fit remarquer Svedberg.

– J'en ai rien à foutre pour le moment de savoir dans quel district on est ! dit Wallander. Arrangez-vous. Ce sera à Per Åkeson de voir ça.

Ann-Britt Höglund promit de s'en occuper. Wallander se tourna vers Ludwigsson et Hamrén.

– J'ai entendu parler d'une mobylette. Un témoin a vu quelque chose d'intéressant à l'aéroport.

– Oui, dit Ludwigsson. Les horaires collent. Une mobylette est partie en direction de la E 65 la nuit en question.

– Et pourquoi est-ce intéressant ?

– Parce que le veilleur de nuit est certain que la mobylette est partie à peu près au moment où la Ford est arrivée. La Ford de Björn Fredman.

Wallander comprit l'importance de cette information.

– C'est une heure de la nuit où l'aéroport est fermé, poursuivit Ludwigsson. Il ne se passe rien. Pas de taxis, pas de circulation. Tout est très calme. Une camionnette vient se garer sur le parking. Juste après, une mobylette s'en va.

Il se fit un grand silence dans le bureau.

Ils comprenaient tous qu'ils approchaient pour la première fois du tueur qu'ils recherchaient. S'il existe des instants magiques au cours des enquêtes, celui-ci en était un.

– Un homme en mobylette, dit Svedberg. Ça peut vraiment coller ?

– Est-ce qu'on a un signalement ? demanda Ann-Britt.

– Selon le veilleur de nuit, l'homme à la mobylette avait un casque intégral. Il n'a donc pas vu son visage. Ça fait plusieurs années qu'il travaille à Sturup. C'était

501

la première fois qu'une mobylette partait de l'aéroport en pleine nuit.

– Comment peut-il être certain qu'il allait vers Malmö ?

– Il n'en était pas certain. Je n'ai pas dit ça non plus.

Wallander éprouva le besoin de retenir son souffle. Les voix des autres semblaient venir de très loin, presque comme un brouhaha lointain et inarticulé.

Il ne savait toujours pas ce qu'il voyait.

Mais il sentit qu'ils étaient très très proches.

37

Hoover entendait le tonnerre dans le lointain.

Sans faire de bruit, pour ne pas réveiller sa sœur, il compta les secondes entre les éclairs et les longs grondements de tonnerre. L'orage restait lointain. Il n'atteindrait pas Malmö. Il la regarda à nouveau. Elle dormait, couchée sur le matelas. Ce n'est pas ça qu'il voulait lui offrir. Mais tout était allé si vite. Le policier qu'il haïssait maintenant, le lieutenant de cavalerie avec son pantalon bleu – à qui il avait donné le nom de Perkins parce qu'il trouvait que ça lui allait bien, et qu'il appelait aussi l'Homme à la Grande Curiosité dans ses messages à Geronimo –, était venu exiger une photo de Louise. Il avait menacé d'aller la voir. Hoover avait tout de suite compris qu'il lui fallait changer de plan. Il fallait emmener Louise avant même d'avoir fini d'enterrer la série de scalps sous sa fenêtre, avant l'offrande ultime du cœur de la fille. C'était devenu urgent. Il n'avait eu que le temps de descendre un matelas et une couverture dans la cave. Il avait envisagé tout autre chose pour elle : une grande maison vide à Limhamn. La femme qui y vivait seule partait tous les étés voir sa famille au Canada. Elle avait été son professeur voilà quelques années. Il lui avait rendu visite depuis et avait fait quelques courses pour elle Il en avait profité pour faire faire un double de ses clés. Il savait qu'elle n'était pas là. Ils auraient pu habiter dans sa maison, le temps de faire des projets pour l'avenir.

Mais le policier curieux s'était mis sur son chemin. Jusqu'à sa mort, qui ne saurait tarder, ils devraient se contenter du matelas et de la cave.

Elle dormait. Quand il était allé la chercher, il avait pris les médicaments qui étaient dans son armoire. Il était venu sans peintures sur le visage. Mais il avait emporté une hache et quelques couteaux, au cas où quelqu'un aurait voulu l'empêcher de l'emmener. L'hôpital était étrangement calme, il n'y avait presque pas de personnel. Tout s'était passé bien mieux que prévu. Au début, Louise ne l'avait pas reconnu, ou du moins elle avait hésité. Mais quand elle avait entendu sa voix, elle n'avait pas opposé de résistance. Il lui avait apporté des vêtements. Ils étaient sortis par le parc, puis ils avaient pris un taxi, tout s'était passé facilement. Elle n'avait rien dit, elle n'avait pas demandé pourquoi il fallait qu'elle dorme sur un matelas directement posé par terre, elle s'était couchée et s'était endormie presque aussitôt. Il était fatigué, lui aussi. Il s'était allongé contre elle. Ils étaient plus près que jamais de l'avenir, s'était-il dit avant de s'endormir. La force des scalps qu'il avait enterrés commençait déjà à agir. Elle était en train de revenir à la vie. Bientôt, tout serait différent.

Il la regarda. C'était le soir. Il était plus de vingt-deux heures. Il avait pris sa décision. Le lendemain, à l'aube, il retournerait pour la dernière fois à Ystad.

*

A Helsingborg, il était près de minuit. De nombreux journalistes faisaient le siège de la zone extérieure que le commissaire Birgersson avait délimitée. Le préfet de police était venu sur les lieux, on avait diffusé un avis de recherche national pour intercepter le véhicule de la société de gardiennage, qui restait introuvable. A la demande obstinée de Wallander, on avait lancé un avis de recherche par Interpol pour contacter la jeune Sara Pettersson, partie en train avec une amie. Grâce à l'aide des parents des deux jeunes filles, on essaya de déterminer un trajet possible. Ce fut une nuit d'activité fébrile. Hansson était resté à Ystad en compagnie de Martinsson, et on l'informait en permanence. En sens inverse, Hansson pouvait leur envoyer les éléments de l'enquête dont Wallander pensait soudain avoir besoin. Per Åkeson était chez lui. Mais il était joignable à tout instant. Bien qu'il fût tard, Wallander avait envoyé Ann-Britt Höglund à Malmö, pour voir la famille Fredman. Il voulait s'assurer que ce n'était pas elle qui avait fait sortir Louise de l'hôpital. Il aurait préféré y aller lui-même. Mais il ne pouvait pas être en deux endroits à la fois. Elle était partie à vingt-trois heures trente, après que Wallander eut parlé en personne à la veuve de Fredman. Ann-Britt serait de retour vers une heure du matin.

– Qui s'occupe de tes enfants en ce moment ? avait-il demandé au moment où elle partait pour Malmö.

– J'ai une voisine fantastique, répondit-elle. Sinon, ce serait impossible.

Après son départ, Wallander téléphona chez lui. Il expliqua tant bien que mal à Linda ce qui s'était passé. Il ne savait pas quand il allait rentrer, peut-être dans la nuit, peut-être tôt le matin.

– Tu seras là avant mon départ ? demanda-t-elle.

– Ton départ ?

– Tu as oublié que j'allais à Gotland ? Nous partons samedi, Kajsa et moi. En même temps que tu pars pour Skagen.

– Non, je n'ai pas oublié, bien sûr. Je serai de retour avant.

– Tu as parlé avec Baiba ?

– Oui, répondit Wallander en espérant qu'elle ne s'apercevrait pas de son mensonge.

Il lui donna le numéro de téléphone de Helsingborg. Il

songea un instant à appeler chez son père. Mais il était tard. Ils étaient certainement déjà couchés.

Il alla rejoindre Birgersson. Cinq heures s'étaient écoulées sans que personne ait signalé la voiture volée. Logård, si c'était lui, n'était donc pas en train de courir les routes.

– Il avait deux bateaux à sa disposition, dit Wallander. Et une maison près de Bjuv que nous avons eu un mal fou à trouver. Il a certainement d'autres cachettes.

– Deux hommes fouillent les bateaux, dit Birgersson Et la ferme de Hördestigen. Je leur ai dit de vérifier toutes les adresses qu'ils pourront trouver.

– Qui est ce foutu Hans Logård ? dit Wallander.

– Ils ont déjà commencé à vérifier les empreintes digitales. S'il a déjà eu affaire à la police, nous allons vite le retrouver.

Wallander poursuivit jusqu'aux bureaux où on interrogeait les jeunes filles. Ça avançait lentement, dans la mesure où tout se passait par l'intermédiaire d'interprètes. Elles étaient terrorisées, ce qui ne simplifiait pas les choses. Wallander avait expliqué aux policiers que la première chose à faire était de leur expliquer qu'elles n'étaient accusées d'aucun crime. Mais jusqu'où leur peur allait-elle ? Wallander se rappelait la terreur de Dolores Maria Santana, la pire terreur qu'il ait jamais vue de sa vie. On commençait maintenant à entrevoir un schéma. Toutes ces jeunes filles venaient de la République dominicaine. Sans se connaître les unes les autres, elles avaient toutes quitté leur village pour venir dans une grande ville chercher du travail comme domestique ou ouvrière. Des hommes différents, tous très gentils, les avaient abordées et leur avaient proposé des places de domestiques en Europe. On leur avait montré des photos de superbes maisons au bord de la Méditerranée, et proposé des salaires dix fois plus élevés que ce qu'elles pouvaient espérer dans leur pays, à condition d'y trouver du travail. Certaines avaient hésité, d'autres non, mais elles avaient toutes fini par accepter. On leur avait donné un passeport, mais on le leur avait retiré tout de suite. Elles avaient pris l'avion pour Amsterdam, c'est du moins ce que deux filles avaient cru comprendre. Puis on les avait emmenées en minibus au Danemark. On les avait fait passer en bateau en Suède par une nuit obscure. Chaque fois, elles étaient prises en charge par des hommes différents, dont l'amabilité allait décroissant au fur et à mesure qu'elles s'éloignaient de leur pays natal. On les avait enfermées dans cette ferme isolée, et elles avaient commencé à avoir vraiment peur. On leur avait donné à manger, et un homme était venu leur expliquer en mauvais espagnol qu'elles allaient bientôt repartir pour la dernière partie du voyage. Mais elles commençaient à comprendre que rien ne se passerait comme on le leur avait promis. L'inquiétude s'était transformée en terreur.

Wallander demanda aux policiers qui menaient l'interrogatoire de poser des questions précises sur les hommes qu'elles avaient vus pendant les journées où elles étaient restées enfermées. Y en avait-il eu plus d'un ? Pouvaient-elles décrire le bateau qui les avait emmenées en Suède ? Comment était le capitaine ? Y avait-il un équipage ? Il demanda qu'on conduise une des jeunes filles au yacht-club afin de vérifier si elle reconnaissait l'intérieur du bateau de Logård. Il restait beaucoup de questions en suspens. Mais on commençait à entrevoir un fil conducteur. Wallander allait et venait, à la recherche d'un bureau provisoirement vide où s'enfermer pour réfléchir au calme.

Il attendait impatiemment le retour d'Ann-Britt. Et surtout un portrait de Hans Logård. Il essayait d'établir un lien entre une mobylette sur le parking de l'aéroport de Sturup, un homme qui prenait des scalps et tuait à coups de hache, et un autre qui tirait avec une arme semi-automatique. Toute l'enquête allait et venait dans sa tête. La migraine qu'il avait pressentie un peu plus tôt était bien présente, et il tentait sans succès de la combattre à coups de paracétamol. Il faisait très lourd. Il y avait de l'orage sur le Danemark. Et, dans moins de quarante-huit heures, il fallait qu'il soit à Kastrup.

A minuit vingt-cinq, Wallander regardait la nuit claire d'été en se disant que le monde était un grand chaos. Birgersson traversa le couloir en tapant des pieds et en agitant triomphalement un morceau de papier.

– Tu sais qui est Erik Sturesson ? demanda-t-il

– Non ?

– Alors, tu sais qui est Sture Eriksson ?

– Non.

– Une seule et même personne. Qui a changé de nom une troisième fois. Cette fois-là, il ne s'est pas contenté d'inverser ses nom et prénom. Il s'est choisi un nom plus chic. Hans Logård.

Wallander oublia aussitôt le monde chaotique qui l'entourait. Birgersson venait de lui apporter la lumière qui lui manquait.

– Bien. Qu'est-ce que nous savons ?

– Les empreintes digitales que nous avons trouvées dans le bateau et à la ferme de Hördestigen étaient déjà dans nos fichiers. Sous les noms de Sture Eriksson et d'Erik Sturesson. Mais donc pas sous le nom de Hans Logård. Erik Sturesson – c'est le nom de baptême de Hans Logård – a quarante-sept ans. Il est né à Skövde. Un père militaire de carrière, une mère femme au foyer. Tous les deux morts dans les années soixante. Son père était alcoolique. Erik a bientôt de mauvaises fréquentations. Le premier rapport sur lui remonte à ses quatorze ans. Après, ça suit son cours. Si je résume, il a été en prison à Österåker, à Kumla et à Hall. Plus une courte période à Norrköping. C'est d'ailleurs quand il a quitté Österåker qu'il a changé de nom pour la première fois.

– Quel type de délits ?

– Des activités les plus élémentaires à la spécialisation, pourrait-on dire. Au début, cambriolage et escroquerie. Voies de fait par-ci par-là. Puis des délits plus graves. De la drogue bien sûr. Des drogues dures. Il aurait travaillé pour des filières turques et pakistanaises. Ce n'est qu'un résumé. J'aurai d'autres informations pendant la nuit. On ramasse tout ce qu'on peut.

– Nous avons besoin d'une photo de lui, dit Wallander. Et il faut comparer les empreintes avec celles relevées chez Wetterstedt et chez Carlman. Chez Fredman aussi. N'oublie pas les empreintes sur la paupière gauche.

– Nyberg est sur le coup à Ystad. Mais il a toujours l'air en colère.

– Il est comme ça. Mais il est compétent.

Ils s'étaient assis devant une table couverte de tasses à café vides. Des téléphones sonnaient sans arrêt. Ils construisirent un mur invisible autour d'eux. Seul Svedberg entra et vint s'asseoir à un bout de la table.

– Ce qui est intéressant, c'est que Logård cesse d'un seul coup de visiter nos prisons, dit Birgersson. Son dernier séjour date de 1989. Après, plus rien. Comme s'il s'était amendé.

– Si je me souviens bien, ça correspond au moment où Åke Liljegren s'achète une maison à Helsingborg.

Birgersson hocha la tête.

– Nous n'avons pas encore tous les éléments là-dessus. Mais il semble que Hans Logård se soit installé officiellement dans la ferme de Hördestigen en 1991. Ça fait un trou de près de deux ans. Mais il peut très bien avoir habité ailleurs dans l'intervalle.

– Nous allons avoir la réponse tout de suite, dit Wallander en décrochant un téléphone Donnez-moi le numéro d'Elisabeth Carlén, il est sur le bureau de Sjösten. Elle est toujours sous surveillance ?

Birgersson hocha la tête.

– Supprimez la surveillance, dit Wallander.

On déposa une feuille de papier devant lui. Il fit le numéro et attendit. Elle répondit presque tout de suite.

– C'est Kurt Wallander.

– A cette heure-ci, pas question que j'aille au commissariat.

– Je ne le demande pas non plus. J'ai juste une question : est-ce que Hans Logård était dans l'entourage d'Åke Liljegren dès 1989 ? Ou 1990 ?

Il l'entendit allumer une cigarette. Souffler sa fumée directement dans le combiné.

– Oui. Je crois qu'il était déjà là. En 1990, en tout cas.

– Bien, dit Wallander.

– Pourquoi m'avez-vous mise sous surveillance ?

– Ben, tiens. Parce que je ne veux pas qu'il t'arrive quelque chose. De toute façon, on arrête la surveillance maintenant. Mais ne pars pas sans nous avertir. Ça pourrait me mettre en colère.

– D'accord. Je te crois tout à fait capable de te mettre en colère.

Elle raccrocha.

– Hans Logård est dans le coup, dit Wallander. Il semble faire son apparition chez Liljegren dès son installation à Helsingborg. Quelques années plus tard, il achète Hördestigen. Apparemment, c'est Åke Liljegren qui a amendé Hans Logård.

Wallander essayait de faire coïncider tous les morceaux du puzzle.

– Les rumeurs de traite de jeunes filles ont commencé à ce moment-là. Ça colle ?

Birgersson hocha la tête. Ça collait. Ils réfléchirent en silence.

– Y a-t-il beaucoup de violence dans le passé de Logård ?

– Quelques cas assez graves, répondit Birgersson.

Mais il n'a jamais fait usage d'une arme à feu. Pas à notre connaissance, en tout cas.

– Pas de hache ?

– Non. Rien de tel.

– Quoi qu'il en soit il faut absolument le trouver. Où peut-il se cacher ?

– On va le trouver. Il sortira bien de son terrier un jour ou l'autre.

– Pourquoi a-t-il tiré ?

– Il faudra le lui demander.

Birgersson quitta le bureau. Svedberg avait enlevé son chapeau.

– Est-ce que c'est vraiment celui que nous recherchons ? demanda-t-il avec scepticisme.

– Je ne sais pas, dit Wallander. Mais j'en doute. Je peux me tromper. Espérons que je me trompe.

Svedberg sortit de la pièce. Wallander était à nouveau seul. Rydberg lui manquait plus que jamais. *Tu peux toujours trouver une autre question à te poser.* Les paroles de Rydberg, souvent répétées. Quelle était la question qu'il ne s'était pas posée ? Il la chercha. Sans rien trouver. Les questions étaient posées. Il ne manquait que les réponses.

C'est pourquoi il fut soulagé quand Ann-Britt entra dans la pièce. Il était une heure moins trois. Il envia à nouveau son bronzage. Ils s'assirent.

- Louise n'était pas là, dit-elle. Sa mère était ivre. Mais son inquiétude au sujet de sa fille était réelle. Elle ne comprenait pas ce qui s'était passé. Je crois qu'elle disait la vérité. Elle m'a fait de la peine.

– Elle n'avait vraiment aucune idée ?

– Aucune. Et elle avait pas mal réfléchi.

– C'était déjà arrivé auparavant ?

– Jamais.

– Et le fils ?

– Le plus jeune ou le plus âgé ?

– Le plus âgé, Stefan.

– Il n'était pas à la maison.

– Il était sorti pour chercher sa sœur ?

– Si j'ai bien compris ce que disait sa mère, il sort de temps en temps. Mais il y a un détail qui m'a frappée. J'ai demandé à faire le tour de l'appartement. Au cas où Louise y serait malgré tout. Je suis entrée dans la chambre de Stefan. On avait retiré le matelas de son lit. Il n'y avait plus que le dessus-de-lit. Le matelas avait disparu, et il n'y avait plus d'oreiller ni de couverture.

– Tu lui as demandé où ils étaient passés ?

– Malheureusement pas. Mais je ne crois pas qu'elle aurait pu me répondre.

– Elle a dit depuis combien de temps il était sorti ?

Elle réfléchit et consulta ses notes.

– Depuis hier après-midi.

– Précisément le moment où Louise a disparu.

Elle le regarda avec étonnement.

– Ce serait lui qui l'aurait emmenée ? Mais où ?

– Deux questions, deux réponses. Je ne sais pas. Je ne sais pas.

Wallander sentit le malaise qui s'insinuait à nouveau dans son corps. Il n'arrivait toujours pas à saisir ce que ça signifiait.

– Tu n'as pas demandé par hasard à la mère de Stefan s'il avait une mobylette ?

Il vit qu'elle avait tout de suite compris ce à quoi il faisait allusion.

– Non, répondit-elle.

Wallander montra le téléphone qui était sur la table.

– Appelle-la. Demande-le-lui. La nuit, elle boit. Tu ne la réveilleras pas.

Elle s'exécuta. Elle attendit longtemps avant qu'on ne réponde. La conversation fut très courte. Elle raccrocha, soulagée.

– Il n'a pas de mobylette. En tout cas, pas à sa connaissance. En plus, Stefan n'a pas encore quinze ans.

– C'était juste une idée qui me passait par la tête. Il fallait vérifier. Cela dit, de nos jours, on ne sait pas trop si les jeunes font tellement attention à ce qui est permis ou pas.

– Le petit garçon s'est réveillé quand je partais. Il dormait sur le canapé à côté de sa mère. C'est ça qui m'a mis le plus mal à l'aise.

– Qu'il se soit réveillé ?

– Quand il m'a vue. Je n'ai jamais rencontré d'enfants avec un regard aussi terrorisé.

Wallander frappa du poing sur la table. Elle sursauta.

– Ça y est ! Je sais ce que j'ai oublié dès le début. Bordel de merde !

– Quoi ?

– Attends un peu. Attends un peu...

Wallander se frotta les tempes pour faire revenir le souvenir enfoui qui l'avait inquiété et qui avait mis si longtemps à resurgir. Il le tenait maintenant.

– Tu te souviens du médecin qui avait fait l'autopsie de Dolores Maria Santana à Malmö ?

Elle réfléchit.

– Ce n'était pas une femme ?

– Si. Une femme. Comment s'appelait-elle déjà ?

– Svedberg a une bonne mémoire des noms. Je vais le chercher.

– Pas la peine. Ça me revient. Malmström. Il faut absolument la joindre. La joindre tout de suite. Je voudrais que tu t'occupes de ça. Sur-le-champ.

– Pourquoi ?

– Je t'expliquerai plus tard.

Elle se leva et sortit. Wallander avait du mal à accepter ce qui lui apparaissait maintenant. Stefan Fredman pouvait-il vraiment être impliqué dans ce qui s'était passé ? Il décrocha le téléphone et appela Per Åkeson. Il répondit aussitôt. Bien qu'il n'eût pas vraiment le temps, Wallander lui fit un état des lieux. Puis il passa vite aux faits.

– Je voudrais que tu me rendes un service. Maintenant. En pleine nuit. Que tu téléphones à l'hôpital où Louise était internée. Et que tu demandes une photocopie de la page où celui qui est venu la chercher a inscrit son nom. Et qu'on me la faxe ici, à Helsingborg.

– Et comment crois-tu que je vais obtenir ça ?

– Je n'en sais rien. Mais c'est important. Ils peuvent barrer tous les autres noms. Je ne veux que celui-là, écrit de sa main.

– Le truc illisible ?

– C'est ça. Je veux voir la signature illisible.

Wallander insista sur ces derniers mots. Per Åkeson comprit l'urgence de sa demande.

– Donne-moi le numéro de fax, dit-il. Je vais essayer.

Wallander lui donna le numéro et raccrocha. Une horloge murale indiquait deux heures cinq. Il faisait toujours lourd. Sa nouvelle chemise était trempée. Il se demanda distraitement si c'était le ministère de l'Intérieur qui l'avait payée. A deux heures moins trois, Ann-Britt Höglund revint pour dire qu'Agneta Malmström était quelque part sur un voilier entre Landsort et Oxelösund.

– Le bateau a un nom ?

– C'est un Maxi. Le nom du bateau est *Sanborombon*. Il a aussi un numéro.

– Appelle la radio maritime de Stockholm. Ils ont certainement la radio à bord. Demande-leur d'appeler le bateau. Insiste pour dire que c'est un appel de la police Vois ça avec Birgersson. Je veux lui parler maintenant.

Wallander remarqua qu'il était arrivé au moment où il commençait à donner des ordres. Elle disparut pour s'entretenir avec Birgersson. Svedberg faillit entrer en collision avec elle quand il apporta quelques papiers résumant ce que les vigiles avaient retenu de la collision et du vol de leur voiture.

– Tu avais raison. En gros, ils n'ont vu que le revolver. Tout s'est passé très très vite. Mais il avait les cheveux blonds, les yeux bleus, et il portait un jogging. De taille moyenne, il avait l'accent de Stockholm. Il avait l'air drogué

– Je suppose qu'on a diffusé son signalement ?

– Je vais vérifier.

Svedberg sortit de la pièce aussi vite qu'il était arrivé. On entendait dans le couloir un brouhaha de voix. Un journaliste avait dû tenter de dépasser la limite que Birgersson avait tracée. Wallander chercha un carnet et griffonna quelques notes, sans chercher à les mettre en ordre. En nage, il regardait sans arrêt l'horloge, en imaginant Baiba dans son appartement spartiate à Riga, attendant le coup de téléphone qu'il aurait dû passer depuis longtemps. Il était presque trois heures du matin. La voiture des vigiles était toujours introuvable. Hans Logård se cachait quelque part. La jeune fille qui était revenue du port de plaisance n'était pas certaine d'avoir reconnu le bateau. C'était peut-être celui-là, peut-être pas. Le pilote du bateau était resté tout le temps dans l'ombre. Elle n'avait aucun souvenir d'un équipage. Wallander suggéra à Birgersson de laisser les jeunes filles dormir mainte·nant. On leur réserva des chambres d'hôtel. L'une d'elles fit un timide sourire à Wallander en le croisant dans le couloir. Ce sourire le rendit heureux et, pour un court instant, presque exalté. Birgersson passait à intervalles réguliers pour donner des renseignements complémentaires sur Hans Logård. A trois heures moins le quart, Wallander apprit qu'il avait été marié deux fois et qu'il avait deux enfants mineurs. Le premier, une fille, habitait chez sa mère à Hagfors, l'autre, un garçon de neuf ans, à Stockholm. Sept minutes plus tard, Birgersson revint pour dire que Hans Logård avait probablement un troisième enfant, mais qu'on n'avait pu le confirmer.

A trois heures et demie, un policier épuisé entra dans

la pièce où Wallander était assis, une tasse de café à la main, les pieds sur la table. La radio maritime de Stockholm était arrivée à entrer en contact avec le voilier Maxi de la famille Malmström, à sept minutes angulaires de Landsort, en direction d'Arkösund. Wallander sursauta et le suivit dans la salle de direction où Birgersson hurlait dans un téléphone. Il tendit le combiné à Wallander.

– Ils se trouvent quelque part entre les deux phares Hävringe et Gustaf Dalén. Tu peux parler avec un nommé Karl Malmström.

– C'est avec elle que je veux parler. J'en ai rien à foutre de lui.

– Tu es conscient, j'espère, que des centaines de bateaux de plaisance écoutent les conversations qui passent sur la radio maritime ?

Wallander l'avait oublié dans l'excitation du moment.

– Il vaudrait mieux un téléphone portable. Demande-leur s'ils en ont un à bord.

– Je leur ai déjà demandé. Ce sont des gens qui considèrent qu'on part en vacances sans téléphone portable.

– Alors, qu'ils aillent à terre. Et qu'ils nous rappellent de là-bas !

– Mais ça va prendre un temps fou ! Tu sais où ça se trouve, Hävringe ? On est en pleine nuit. Tu veux qu'ils partent à la voile maintenant ?

– Je me fous de savoir où se situe Hävringe. Si ça se trouve, ils naviguent de nuit et ils n'ont pas jeté l'ancre. Il y a peut-être un autre bateau dans les parages qui a un téléphone portable. Dis-leur que je voudrais être en contact avec eux dans une heure. Avec elle. Pas lui

Birgersson secoua la tête d'un air désapprobateur. Puis il recommença à hurler dans le combiné.

Agneta Malmström rappela trente minutes plus tard d'un téléphone portable emprunté à d'autres plaisanciers. Wallander alla droit au but, sans s'excuser du dérangement

– Est-ce que vous vous souvenez de la fille qui s'est immolée par le feu ? Dans un champ de colza il y a quelques semaines ?

– Bien sûr que je m'en souviens.

– Vous souvenez-vous aussi d'une conversation téléphonique que nous avons eue ? Je vous ai demandé comment des jeunes gens pouvaient faire de telles choses contre eux-mêmes. Je ne me souviens pas des termes exacts.

– J'ai un vague souvenir

– Vous m'avez répondu en me citant un cas dont vous aviez été témoin ' un garçon, un petit garçon qui avait tellement peur de son père qu'il avait essayé de se crever les yeux.

– Oui. Je me souviens. Mais ce n'était pas un cas dont j'avais été témoin. C'est un collègue qui me l'a raconté.

– Qui ?

– Mon mari. Il est médecin aussi.

– Alors c'est avec lui que je dois parler. Allez le chercher.

– Ça va prendre un moment. Je dois aller le chercher à la rame. Nous avons mis une ancre flottante pas loin d'ici.

Wallander présenta tardivement ses excuses.

– Je suis désolé, mais c'est vraiment nécessaire.

– Ça va prendre un moment, répéta-t-elle.

– Mais où se trouve Hävringe ?

– En pleine mer. C'est très beau. Nous faisons route de nuit vers le sud. Bien qu'il n'y ait pas beaucoup de vent.

Vingt bonnes minutes s'écoulèrent avant que le téléphone ne sonne à nouveau. C'était Karl Malmström. Entre-temps, Wallander avait lu qu'il était pédiatre à Malmö. Wallander revint à la conversation qu'il avait eue avec sa femme.

– Je me souviens de ce cas, dit-il.

517

– Est-ce que vous pouvez comme ça, d'emblée, vous rappeler le nom de ce garçon ?

– Oui. Mais je ne peux pas crier son nom dans un téléphone portable.

Wallander réfléchit fébrilement.

– Je comprends. Procédons de la manière suivante. Je vous pose une question. Vous me répondez oui ou non. Sans me donner de nom.

– Essayons toujours.

– Son nom a-t-il un rapport avec Bellman ?

Karl Malmström comprit l'allusion. Sa réponse vint presque aussitôt.

– Oui. Il a effectivement un rapport.

– Alors je vous remercie de votre aide. J'espère ne plus avoir besoin de vous déranger. Passez de bonnes vacances.

Karl Malmström ne semblait pas le moins du monde en colère.

– C'est rassurant de voir des policiers qui travaillent dur, dit-il.

La conversation prit fin. Wallander tendit le téléphone à Birgersson.

– Réunissons-nous dans un instant, dit-il. Il me faut quelques minutes pour réfléchir.

– Assieds-toi dans mon bureau, dit Birgersson. Il est vide pour le moment.

Wallander se sentit d'un seul coup très fatigué. Le malaise persistait comme une douleur lancinante dans son corps. Il refusait toujours d'accepter la vérité. Il avait lutté longtemps contre son instinct. Maintenant, ce n'était plus possible. Le tableau qui se précisait était irréfutable. Le petit garçon qui a peur de son père. Un grand frère à côté de lui. Qui verse de l'acide dans les yeux de son père pour se venger. Qui se lance dans un règlement de comptes dément pour sa sœur qui a été maltraitée d'une manière ou d'une autre. Tout devenait soudain très clair.

Tout se tenait, le résultat était terrifiant. Son inconscient l'avait d'ailleurs compris depuis longtemps. Mais il avait repoussé cette certitude. Il avait préféré suivre d'autres pistes. Qui le menaient loin du but.

Un policier frappa à la porte.

– Un fax de Lund. D'un hôpital.

Wallander le prit. Per Åkeson avait fait vite. C'était une photocopie de la liste des visiteurs du service psychiatrique dans lequel Louise était internée. Tous les noms étaient barrés sauf un. La signature était vraiment illisible. Il prit une loupe dans le bureau de Birgersson et essaya de la déchiffrer. Toujours illisible. Il posa le papier sur la table. Le policier était resté sur le seuil.

– Va chercher Birgersson, dit Wallander. Et mes collègues d'Ystad. Comment va Sjösten d'ailleurs ?

– Il dort. Ils ont extrait la balle de son épaule.

Quelques minutes plus tard, ils étaient tous réunis. Il était presque quatre heures et demie. Ils étaient épuisés. Hans Logård était toujours introuvable. Toujours aucune trace de la voiture des vigiles. Wallander leur fit signe de s'asseoir.

L'instant de vérité, se dit-il. Le voilà enfin.

– Nous sommes à la poursuite d'un nommé Hans Logård. Il faut continuer à le rechercher, bien sûr. Il a tiré sur Sjösten et l'a atteint à l'épaule. Il est impliqué dans un trafic de jeunes filles. Mais ce n'est pas lui qui a tué les autres. Ce n'est pas Hans Logård qui a pris des scalps. C'est quelqu'un de tout à fait différent.

Il fit une pause, comme s'il avait besoin de réfléchir une dernière fois. Mais ce fut le malaise qui prit le dessus. Il savait maintenant qu'il avait raison.

– C'est Stefan Fredman qui a fait tout ça. En d'autres termes, nous sommes à la recherche d'un garçon de quatorze ans. Qui a tué son propre père, entre autres.

Il y eut un silence dans la pièce. Personne ne bougeait plus. Tous avaient les yeux fixés sur lui.

Il fallut une demi-heure à Wallander pour s'expliquer. Ensuite il n'y eut plus de doute. Ils décidèrent qu'ils pouvaient revenir à Ystad. Ce dont ils venaient de parler devait rester totalement secret. Wallander eut du mal à déterminer par la suite quel sentiment l'avait emporté chez ses collègues, la consternation ou le soulagement.

Ils se préparèrent à partir.

Pendant que Wallander téléphonait à Per Åkeson, Svedberg regarda le fax arrivé de Lund.

– Bizarre, dit-il.

Wallander se tourna vers lui.

– Qu'est-ce qu'il y a de bizarre ?

– Cette signature. On dirait qu'il s'est inscrit sous le nom de Geronimo.

Wallander prit le fax des mains de Svedberg.

Il était cinq heures moins dix.

Il vit que Svedberg avait raison.

38

Ils se séparèrent à l'aube, devant le commissariat de Helsingborg. Ils étaient tous épuisés et hagards, mais surtout bouleversés par ce qu'il leur fallait bien admettre comme la vérité sur ce tueur qu'ils recherchaient depuis si longtemps. Ils décidèrent de se réunir à huit heures, au commissariat d'Ystad. Cela leur donnait juste le temps de rentrer prendre une douche. Il fallait continuer. Wallander avait dit ce qu'il en était. Il pensait que Stefan avait commis tous ces meurtres pour sa sœur malade. Mais il n'en avait pas la certitude. Elle pouvait tout aussi bien être en grand danger La seule conduite possible était : craindre le pire. Wallander raccompagna Svedberg dans sa voiture. Il allait faire beau, une fois de plus. Ils parlèrent très peu pendant le voyage. Vers l'entrée d'Ystad, Svedberg s'aperçut qu'il avait oublié son trousseau de clés quelque part. Cela rappela à Wallander qu'il n'avait toujours pas retrouvé les siennes. Il proposa à Svedberg de passer chez lui. Ils arrivèrent dans Mariagatan peu avant sept heures. Linda dormait. Une fois qu'ils eurent pris une douche et que Wallander eut prêté une chemise à Svedberg, ils s'assirent dans la salle de séjour pour boire un café.

Aucun d'entre eux n'avait remarqué que la porte du grand placard à côté de la chambre de Linda était entrouverte.

Hoover était arrivé à l'appartement à sept heures moins dix. Il allait pénétrer, la hache à la main, dans la chambre à coucher de Wallander quand il entendit le bruit d'une clé qu'on tournait dans la serrure. Il se cacha rapidement dans le grand placard. Ils étaient deux. Quand il comprit qu'ils se trouvaient dans la salle de séjour, il entrouvrit doucement la porte. Wallander parlait à l'autre homme. Ce Svedberg devait être un policier lui aussi. La hache à la main, Hoover écouta leur conversation. Il ne comprenait pas de quoi ils parlaient. Un nom, Hans Logård, revenait sans arrêt. Wallander essayait d'expliquer quelque chose au dénommé Svedberg. Il finit par comprendre que c'était l'apparition divine, la force de Geronimo, qui agissait à nouveau. Ce Hans Logård avait été le bras droit d'Åke Liljegren. Il avait fait venir des jeunes filles de République dominicaine, et peut-être d'autres îles des Caraïbes. Et c'était lui qui, selon toute vraisemblance, livrait des filles à Wetterstedt et sans doute aussi à Carlman. Il entendit Wallander prédire que Hans Logård se trouvait certainement sur la liste d'exécutions de Stefan Fredman.

Quelques minutes plus tard, Wallander et l'homme qu'il appelait Svedberg quittèrent l'appartement.

Hoover sortit du grand placard et resta sans bouger au milieu de la salle de séjour.

Puis il sortit sans bruit.

Il se rendit à la boutique vide où Linda et Kajsa avaient répété. Il savait qu'elles n'allaient plus l'utiliser. Il y avait donc laissé Louise, le temps qu'il aille tuer le lieutenant de cavalerie Perkins et sa fille dans leur appartement de Mariagatan. Mais la conversation qu'il avait surprise, caché dans le placard, le faisait hésiter. Il lui restait donc encore un homme à tuer. Un homme à côté duquel il était passé. Un nommé Hans Logård. Quand ils l'avaient décrit, il avait compris que c'était lui qui avait brutalisé et violé sa sœur. C'était avant qu'on la drogue et qu'on l'emmène chez Wetterstedt et chez Arne Carlman, ce qui l'avait fait sombrer dans l'obscurité dont il tentait de la tirer. Tout était clairement noté dans le livre qu'il lui avait repris. Le livre dans lequel étaient inscrits les messages qui dirigeaient ses actes. Il avait cru que Hans Logård n'habitait pas en Suède. Que c'était un homme mauvais, un voyageur. Il s'était trompé.

Ç'avait été facile de pénétrer dans la boutique vide. Il avait vu Kajsa poser la clé sur le chambranle de la porte. Comme on était en plein jour, il ne s'était pas peint le visage. Il ne voulait pas non plus faire peur à Louise. Quand il revint, elle était assise sur une chaise, le regard vide. Il avait déjà décidé de l'emmener ailleurs. Il savait où. Avant de se rendre à l'appartement de Mariagatan, il était allé vérifier en mobylette si tout se présentait bien. La maison était vide. Mais ils attendraient le soir. Il s'assit par terre à côté d'elle. Comment trouver Hans Logård avant la police ? Il se concentra et pria Geronimo de lui porter conseil. Mais ce matin, son cœur était curieusement silencieux. Les tambours étaient si faibles qu'il n'arrivait pas à comprendre leur message.

*

Ils se retrouvèrent à huit heures dans la salle de réunion. Per Åkeson était présent, de même qu'un représentant de la police de Malmö. Le commissaire Birgersson suivait la rencontre en audioconférence depuis Helsingborg. Tous étaient pâles mais concentrés. On commença par un tour de table pour rendre compte des dernières informations. La police de Malmö recherchait discrètement une cachette qui pourrait abriter Stefan Fredman. Sans résultat pour le moment. En revanche, un voisin de l'immeuble avait confirmé avoir vu plusieurs fois Stefan

Fredman en mobylette, même si sa mère n'était pas au courant. Selon la police, le témoin était digne de foi. L'immeuble dans lequel habitait la famille Fredman était sous surveillance. Birgersson leur apprit que Sjösten se portait bien. Mais son oreille resterait très déformée.

– La chirurgie esthétique peut faire des miracles de nos jours, suggéra Wallander. Dis-lui ça de notre part à tous.

Birgersson poursuivit. Ce n'étaient pas les empreintes digitales de Hans Logård qui se trouvaient sur le numéro déchiré de *Superman*, pas plus que sur le sac en papier ramassé derrière le baraquement de cantonnier, sur le four de Liljegren ou sur la paupière gauche de Björn Fredman. C'était une confirmation extrêmement importante. La police de Malmö était en train de prendre les empreintes digitales de Stefan Fredman sur des objets récupérés dans sa chambre, dans l'appartement de Rosengård. Personne ne doutait plus qu'elles correspondraient aux empreintes qui n'avaient pu être attribuées à Hans Logård.

Ils parlèrent ensuite de Hans Logård. On n'avait toujours pas retrouvé la voiture des vigiles. Il avait tiré avec une arme à feu et aurait très bien pu tuer Sjösten et Wallander : il fallait donc continuer à le pourchasser. Partir du point de vue qu'il était dangereux, même si on ne pouvait pas encore déterminer pourquoi. Wallander insista d'ailleurs sur un autre point.

- Même si Stefan Fredman n'a que quatorze ans, il est dangereux. Je suis le seul de nous tous à l'avoir vu plusieurs fois. Même s'il est fou, il est loin d'être bête. En plus, il est très fort, il réagit très vite, il est très décidé. En d'autres termes, il ne faut pas oublier de faire attention.

– C'est vraiment terrible tout ça ! s'écria Hansson. Je n'arrive toujours pas à y croire.

– Aucun d'entre nous n'arrive à y croire vraiment, dit Per Åkeson. Mais ce que dit Kurt est vrai, à l'évidence. Nous sommes tous de son avis.

– Stefan Fredman est allé chercher sa sœur a l'hôpital, poursuivit Wallander. Nous sommes à la recherche de la jeune fille qui est partie en vacances en train pour qu'elle l'identifie. Mais nous pouvons considérer que ce ne sera qu'une confirmation de ce que nous savons déjà. Nous ignorons s'il a l'intention de lui faire du mal. Ce qui importe, c'est de les retrouver. Il faut l'empêcher de faire du mal à sa sœur. La seule question est : où se trouve-t-il ? Il a une mobylette, il l'emmène sans doute avec lui. Donc ils n'ont pas dû aller bien loin. D'autant plus que la fille est malade.

– Un dingue sur une mobylette avec une fille dérangée derrière, dit Svedberg. C'est d'un macabre !

– Il se peut aussi qu'il roule en voiture, intervint Ludwigsson. Il a conduit la Ford de son père. Il peut avoir volé une voiture.

Wallander se tourna vers le policier de Malmö.

– Les voitures volées. Ces derniers jours. Principalement dans le quartier de Rosengård. Ou à proximité de l'hôpital.

Le policier de Malmö se leva et prit un téléphone sur la table roulante près de la fenêtre.

– Stefan Fredman établit toujours des plans détaillés avant d'agir, poursuivit Wallander. Nous ne pouvons évidemment pas savoir si l'enlèvement de sa sœur était, lui aussi, prévu. Essayons de nous imaginer ce qu'il pense et ce qu'il compte faire. Où vont-ils chercher à se rendre ? Ça fait vraiment chier qu'Ekholm ne soit pas là au moment où nous avons le plus besoin de lui.

– Il sera là dans moins d'une heure, dit Hansson après avoir jeté un coup d'œil sur sa montre. On ira le chercher, bien sûr.

– Comment va sa fille ? demanda Ann-Britt Höglund.

Wallander eut honte d'avoir oublié la raison de l'absence d'Ekholm.

– Bien, répondit Svedberg. Une jambe cassée. Apparemment, elle a eu de la chance.

– Cet automne, il faut qu'on fasse une campagne de prévention dans les écoles Il y a trop d'enfants qui meurent dans des accidents de la circulation.

Le policier de Malmö raccrocha et revint à la table de réunion.

– Je suppose que vous avez cherché Stefan dans l'appartement de son père aussi, dit Wallander.

– Nous avons cherché là-bas, ainsi que dans tous les endroits où son père avait l'habitude d'aller. En plus, nous avons récupéré un dénommé Peter Hjelm et nous lui avons réclamé une liste de cachettes possibles auxquelles Björn Fredman aurait eu accès et dont son fils aurait pu avoir connaissance. C'est Forsfält qui s'en occupe.

– Alors ce sera fait consciencieusement.

La réunion se poursuivit. Mais Wallander le savait bien : ils ne faisaient qu'attendre. Stefan Fredman était quelque part avec sa sœur Louise. Hans Logård était introuvable, lui aussi. De nombreux policiers étaient lancés à leur recherche. Chacun allait et venait dans la salle de réunion, ils allaient chercher du café, commandaient des sandwiches, piquaient du nez sur leurs chaises, buvaient une énième tasse de café. Il y avait quand même du nouveau de temps en temps. La police allemande trouva Sara Pettersson à Hambourg, à la gare principale. Elle put aussitôt identifier Stefan Fredman. A dix heures moins le quart, Mats Ekholm arriva de l'aéroport. Tous constatèrent sa pâleur et son émotion et le réconfortèrent.

Wallander demanda à Ann-Britt Höglund de lui communiquer au calme, dans son bureau, tous les détails qui lui manquaient. La confirmation qu'ils attendaient tomba peu avant onze heures. C'étaient bien les empreintes digitales de Stefan Fredman qu'on avait trouvées sur la paupière gauche de son père, sur le *Superman*, sur le morceau de papier déchiré et ensanglanté ramassé derrière le baraquement de cantonnier, et sur le four de Liljegren. Il y eut un grand silence dans la pièce. On n'entendit plus que le souffle du haut-parleur qui les reliait à Helsingborg où Birgersson les écoutait. Il n'y avait plus d'autre issue. Toutes ces fausses pistes, et notamment celles qu'ils s'étaient créées eux-mêmes, avaient disparu. Il ne restait plus que le sentiment d'avoir découvert la vérité, et cette vérité était terrifiante. Ils étaient à la recherche d'un garçon de quatorze ans qui avait commis froidement quatre meurtres sanglants.

Wallander finit par briser le silence. Certains des enquêteurs présents n'oublieraient jamais ses mots.

– Nous savons donc maintenant avec certitude ce que nous aurions aimé ne pas savoir.

Le bref instant de stupeur était passé. Les enquêteurs reprirent leurs activités et leur attente. On prendrait plus tard le temps de la réflexion. Wallander se tourna vers Ekholm.

– Que fait-il ? demanda Wallander. Comment pense-t-il ?

– Une telle affirmation peut être dangereuse, je le sais, dit Ekholm. Mais à mon avis, il ne veut pas de mal à sa sœur. Il y a un fil conducteur, une logique si on veut, dans son comportement. Son but, c'est de venger son petit frère et sa sœur. S'il ne va pas jusqu'au bout, tout ce qu'il a construit avec tant de peine va s'effondrer.

– Pourquoi est-il allé la chercher à l'hôpital ? demanda Wallander.

– Il avait peut-être peur que tu n'ailles exercer une pression sur elle.

– Mais comment ?

– Imaginons un garçon perdu qui a endossé le rôle d'un guerrier solitaire. Il y a tant d'hommes qui peuvent avoir fait du mal à sa sœur. C'est ça qui le pousse, si nous supposons que cette théorie est la bonne. Il veut donc éloigner tous les hommes de sa sœur. Il est la seule exception. En plus, on ne peut exclure qu'il te suspecte d'être sur sa trace. Il sait sans doute que c'est toi qui diriges l'enquête.

Wallander pensa à quelque chose qui lui était sorti de la mémoire.

– Les photos que Norén a prises, dit-il. Les badauds derrière les barrières. Où sont-elles ?

Sven Nyberg, qui était resté silencieux et renfermé, alla les chercher. Wallander les étala sur la table. On apporta une loupe. Ils se groupèrent au-dessus des photos. C'est Ann-Britt qui le repéra.

– Là, dit-elle en montrant un cliché du doigt.

Il était presque caché par les autres badauds. Mais on distinguait une partie de la mobylette, et de sa tête

– Merde alors ! dit Hamrén.

– On devrait pouvoir identifier la mobylette, dit Nyberg. En faisant un agrandissement.

– Fais-le, dit Wallander. Tout est important.

Une évidence lui apparaissait maintenant : cette autre impression qui l'avait taraudé inconsciemment avait un sens, elle aussi. Mais il ne pouvait mettre fin à sa propre inquiétude.

Sauf sur un point : Baiba. Il était midi, Svedberg dormait dans un fauteuil, Per Åkeson était continuellement pendu au téléphone, avec tant d'interlocuteurs différents que personne n'arrivait plus à suivre. Wallander fit signe à Ann-Britt de le suivre dans le couloir. Ils s'installèrent dans son bureau et fermèrent la porte. Puis, au prix d'un énorme effort sur lui-même, il lui expliqua sans détour dans quelle situation il s'était mis. Comment pouvait-il transgresser son inébranlable principe de ne jamais faire de confidences sur sa vie à un collègue ? Depuis la mort de Rydberg, il ne faisait plus ce genre de choses. Et voilà qu'il recommençait. Mais il n'était pas certain d'avoir la même relation de confiance avec Ann-Britt qu'avec Rydberg. Il en doutait, notamment parce que c'était une femme. Mais il ne le lui avoua jamais, bien entendu. Il n'en avait pas le courage. Elle l'écouta attentivement.

– Qu'est-ce que je dois faire, bordel ? finit-il par dire.

– Rien, répondit-elle. Il est déjà trop tard. Mais je peux lui parler, si tu veux. Je suppose qu'elle parle anglais ? Donne-moi son numéro de téléphone.

Wallander le nota sur un Post-it. Mais quand elle tendit la main pour prendre le combiné, il lui demanda d'attendre.

– Dans deux heures.

– C'est très rare qu'il y ait des miracles.

Au même instant, ils furent interrompus par Hansson qui ouvrit brutalement la porte.

– Ils ont trouvé sa cachette, dit Hansson. La cave d'une école qui va être démolie. Juste à côté de l'endroit où il habite.

– Ils y sont ? demanda Wallander.

Il s'était levé.

– Non. Mais ils y étaient récemment.

Ils retournèrent dans la salle de réunion. On brancha un autre haut-parleur. Wallander entendit soudain la voix aimable de Forsfält. Il décrivait ce qu'ils avaient trouvé. Des miroirs, des pinceaux, du maquillage. Une cassette avec des tambours. Il leur passa un extrait de la cassette. Les tambours résonnèrent de manière fantomatique dans la salle. *Des peintures de guerre*, se dit Wallander. *Qu'est-ce qu'il avait inscrit comme nom dans le registre de l'hôpital ? Geronimo ?* Il y avait différentes haches sur un morceau de tissu, et puis des couteaux. Malgré le côté impersonnel du haut-parleur, ils perçurent l'émotion de Forsfält. Personne ne put oublier sa dernière phrase.

– Nous ne trouvons pas les scalps. Mais nous continuons à chercher.

– Soit il les porte sur lui, dit Ekholm. Soit il les a offerts quelque part en sacrifice.

– Où ça ? Il a son propre lieu de sacrifice ?

– C'est possible.

L'attente reprit. Wallander s'allongea par terre dans son bureau et parvint ainsi à dormir près d'une demi-heure. Il se réveilla encore plus fatigué qu'avant et courbaturé. De temps à autre, Ann-Britt lui lançait un regard interrogateur. Mais il secouait la tête et sentait croître le mépris qu'il avait pour lui-même.

Six heures du soir sonnèrent sans qu'on ait retrouvé la moindre trace de Hans Logård ni de Stefan Fredman et de sa sœur. Ils discutèrent longuement pour savoir s'ils devaient lancer un avis de recherche national. Ils étaient sceptiques. Le risque qu'il arrive quelque chose à Louise était malgré tout trop grand. Per Åkeson était d'accord avec eux. Ils continuèrent à attendre en silence.

– Il va pleuvoir ce soir, dit Martinsson soudain. Je le sens.

Personne ne répondit. Mais ils essayèrent de sentir s'il avait raison.

*

Peu après six heures du soir, Hoover emmena sa sœur dans la maison qu'il avait choisie et qui était vide. Il gara sa mobylette dans le jardin. Il força sans peine la serrure du portail qui donnait sur la plage. La maison de Gustaf Wetterstedt était abandonnée. Ils suivirent l'allée de graviers vers l'entrée principale. Il s'arrêta soudain et retint Louise. Il y avait une voiture dans le garage. Elle n'y était pas ce matin, quand il était venu vérifier que la maison était vide. Doucement, il fit asseoir Louise sur une pierre derrière le mur du garage. Il sortit une hache et écouta. Tout était silencieux. Il alla voir la voiture. Elle appartenait à une société de gardiennage. La vitre était ouverte. Il regarda à l'intérieur. Parmi les papiers éparpillés sur le siège avant, se trouvait un reçu. Au nom de Hans Logård. Il le reposa et resta sans bouger. Il retint son souffle. Les tambours se mirent à battre. Il se souvint de la conversation entendue le matin même. Hans Logård était en fuite.

Il avait donc eu la même idée pour la maison vide. Il était quelque part ici. Geronimo ne l'avait pas abandonné. Il l'avait guidé jusqu'au repaire de la bête malfaisante. La froide obscurité qui avait envahi la conscience de sa sœur serait bientôt dissipée. Il retourna vers elle et lui dit de rester assise, sans bouger, et de ne pas faire de bruit. Il ne tarderait pas. Dans le garage se trouvaient quelques pots de peinture. Il en ouvrit deux en silence. Il se traça deux traits sur le front avec le bout du doigt. Un trait rouge puis un noir. Il avait déjà la hache à la main. Il ôta ses chaussures. Au moment de sortir du garage, une idée lui vint. Il retint son souffle à nouveau, comme le lui avait appris Geronimo. Retenir de l'air dans ses poumons rendait les idées plus claires. C'était une bonne idée. Cela simplifierait tout. Dès cette nuit, il pourrait enterrer les derniers scalps sous la fenêtre de l'hôpital, à côté des autres. Il y en aurait deux. Puis il enterrerait un cœur. Et tout serait terminé. Il enfouirait ses armes dans le dernie trou. Serrant fort sa hache, il s'avança vers la maison où se trouvait l'homme qu'il allait tuer.

*

A dix-huit heures trente, Wallander suggéra à Hansson, qui partageait la responsabilité officielle de l'enquête avec Per Åkeson, de laisser les policiers partir. Avec la consigne d'être joignables toute la soirée et la nuit. Ils étaient tous épuisés. Ils attendraient aussi bien chez eux.

– Quels sont ceux qui doivent rester ? demanda Hansson.

– Ekholm et Ann-Britt, dit Wallander. Plus un autre Choisis le moins fatigué.

– C'est-à-dire ? soupira Hansson.

Wallander ne répondit pas. Pour finir, Ludwigsson et Hamrén restèrent également.

Tous se rassemblèrent à un bout de la table.

– Des cachettes, dit Wallander. Qu'est-ce qu'il faut pour faire une forteresse secrète, imprenable ? Quel type de cachette recherche un fou qui s'est transformé en guerrier solitaire ?

– Dans la situation présente, je crois que ses projets ont volé en éclats. Sinon, ils seraient encore dans la cave.

– Les animaux rusés ont plus d'une issue à leur terrier, dit Ludwigsson.

– Tu veux dire qu'il a un autre endroit en réserve ?

– Peut-être. Probablement quelque part à Malmö.

La discussion retomba d'elle-même. Tous se turent. Hamrén bâilla. Un téléphone sonna dans un bureau au loin. L'instant d'après, un policier vint annoncer un appel pour Wallander. Il se leva, trop fatigué pour demander qui c'était. Il ne lui vint même pas à l'esprit que ça pouvait être Baiba. Mais ce n'était pas elle. C'était un homme qui parlait d'une voix pâteuse.

– Qui est à l'appareil ? demanda Wallander, tendu.

– Hans Logård.

Wallander faillit laisser tomber le combiné.

– J'ai besoin de vous voir. Maintenant.

Il avait une voix étrangement anxieuse, comme s'il articulait avec la plus grande difficulté. Wallander se demanda s'il n'était pas drogué.

– Où êtes-vous ?

– Je veux d'abord avoir la garantie que vous viendrez. Seul.

– Pas question. Vous avez tenté de nous tuer, Sjösten et moi.

– Mais merde ! Il faut que vous veniez !

Les derniers mots furent presque comme un cri. Wallander fut perplexe.

– Qu'est-ce que vous voulez ?

532

– Je peux vous dire où se trouvent Stefan Fredman...
et sa sœur.

– Comment est-ce que je peux en être sûr ?

– Vous ne pouvez pas en être sûr. Mais vous devriez
me croire.

– J'arrive. Vous dites ce que vous savez. Et après on
vous emmène.

– D'accord.

– Vous êtes où ?

– Vous venez ?

– Oui.

– Chez Gustaf Wetterstedt.

Wallander se dit qu'il aurait dû penser à cette possibilité.

– Vous êtes armé, dit-il.

– La voiture est dans le garage. Le revolver est dans la
boîte à gants. Je laisse la porte de la maison ouverte. Vous
me verrez en arrivant à la porte. Je garderai les mains
visibles.

– J'arrive.

– Seul ?

– Oui. Seul.

Wallander raccrocha. Il réfléchit fébrilement. Il n'avait
absolument pas l'intention d'y aller seul. Mais il ne voulait pas non plus que Hansson commence à mettre en
branle une grosse intervention. Ann-Britt et Svedberg, se
dit-il. Mais Svedberg était chez lui. Il l'appela. Il lui
donna rendez-vous devant l'hôpital, dans cinq minutes.
Avec son arme de service. Est-ce qu'il l'avait sur lui ? Il
l'avait. Wallander lui annonça qu'ils allaient arrêter Hans
Logård. Quand Svedberg commença à poser des questions, Wallander lui coupa la parole. Dans cinq minutes
devant l'hôpital. Jusque-là, silence radio. Il ouvrit un
tiroir et prit son revolver. Il avait horreur de l'avoir à la
main. Il le chargea, retourna dans la salle de réunion et
fit signe à Ann-Britt Höglund. Il l'emmena dans son

bureau pour lui expliquer. Ils devaient se retrouver tout de suite devant le commissariat. Avec leur arme de service. Ils partirent dans la voiture de Wallander. Il avait dit à Hansson qu'il rentrait chez lui prendre une douche. Hansson avait hoché la tête en bâillant. Svedberg les attendait devant l'hôpital. Il monta à l'arrière.

– Qu'est-ce qui se passe ?

Wallander expliqua l'appel qu'il avait reçu. Si le revolver de Logård n'était pas dans la voiture, ils interviendraient. Même chose si la porte n'était pas ouverte. Ou si Wallander avait le sentiment que quelque chose ne collait pas. Ils devaient rester cachés, en étant prêts à intervenir.

– Tu es conscient que ce salopard peut très bien avoir un second revolver, dit Svedberg. Il peut essayer de te prendre en otage. Cette affaire ne me plaît pas du tout. Comment sait-il où se trouve Stefan Fredman ? Que veut-il obtenir de toi ?

– Il est peut-être assez bête pour espérer une réduction de peine. Les gens croient qu'ici, en Suède, c'est comme en Amérique. Mais on n'y est pas encore tout à fait.

Wallander pensait à la voix de Hans Logård. Quelque chose lui disait qu'il savait réellement où se trouvait Stefan Fredman.

Ils garèrent la voiture hors de portée de vue de la maison. Svedberg devait surveiller la plage. Quand il s'y rendit, la plage était déserte. En dehors d'une fille assise sur la barque sous laquelle ils avaient trouvé le cadavre de Wetterstedt. Elle semblait fascinée par la mer et les nuages noirs qui s'approchaient rapidement. Ann-Britt Höglund se posta devant la sortie du garage. Wallander vit que la porte était ouverte. Il avança très lentement. La voiture des vigiles était dans le garage. Le revolver dans la boîte à gants. Il sortit son arme, retira la sécurité et se dirigea lentement vers la porte d'entrée. Il n'y avait pas un bruit. Il atteignit la porte. Hans Logård était là, dans l'ombre. Les mains sur la tête. Wallander ressentit un soudain malaise. Il ne savait pas d'où cela venait. Il sentit instinctivement le danger. Mais il entra quand même. Hans Logård le regardait. Puis tout alla très vite. Une des mains de Logård glissa. Wallander vit le trou béant d'un coup de hache. Le corps de Logård s'affala par terre. Derrière lui se tenait celui qui l'avait maintenu debout. Stefan Fredman. Il avait des traits peints sur le visage. Il se jeta avec une vitesse incroyable sur Wallander. Une hache à la main. Wallander leva son revolver pour tirer. Trop tard. Il esquiva instinctivement, mais se prit le pied dans un tapis. La hache manqua sa tête, le bord du tranchant effleura son épaule. Le coup partit et la balle alla se ficher dans un tableau sur le mur. Au même moment, Ann-Britt surgit sur le seuil de la porte. Elle était en position de tir. Stefan Fredman allait frapper la tête de Wallander avec sa hache quand il l'aperçut. Il se jeta sur le côté. Wallander était sur la ligne de tir. Stefan Fredman disparut par la porte-fenêtre ouverte. Wallander pensa à Svedberg. Svedberg le lent. Il cria à Ann-Britt de tirer.

Mais Stefan Fredman avait déjà disparu. Svedberg, qui avait entendu le premier coup de feu, ne savait pas quoi faire. Il cria à la fille assise sur la barque de se mettre à l'abri. Mais elle ne bougea pas. Puis il courut vers le portail du jardin. Le portail, poussé violemment, le frappa en pleine figure. Il vit un visage qui resterait gravé dans sa mémoire. Il avait perdu son revolver. L'homme tenait une hache à la main. Il ne restait plus qu'une issue pour Svedberg : s'enfuir en appelant à l'aide. Stefan Fredman alla chercher sa sœur qui n'avait pas bougé. La mobylette démarra. Ils disparurent au moment où Wallander et Ann-Britt Höglund arrivaient en courant.

– Déclenche l'alerte, cria Wallander. Mais où est Svedberg ? J'essaie de les suivre avec la voiture.

Au même instant, il se mit à pleuvoir. Une trombe d'eau s'abattit sur eux. Wallander courut vers sa voiture tout en réfléchissant au chemin qu'ils avaient pu prendre.

Il n'y voyait guère, malgré les essuie-glaces qui marchaient à toute vitesse. Un instant, il crut les avoir perdus quand il les découvrit soudain. Ils étaient sur la route de l'hôtel de Saltsjöbaden. Wallander resta à distance. Il ne voulait pas leur faire peur. La mobylette roulait très vite. Wallander tentait fébrilement de trouver une solution pour les arrêter quand – était-ce toute l'eau déjà amassée sur la chaussée – il vit la mobylette vaciller. Il freina. La mobylette entra droit dans un arbre. La fille assise à l'arrière fut projetée dans l'arbre. Stefan Fredman atterrit à côté d'elle.

Wallander arrêta sa voiture en plein milieu de la route et se précipita vers la mobylette.

Il comprit aussitôt que Louise Fredman était morte. Elle avait dû avoir la colonne vertébrale fracturée. Sa robe blanche brillait d'une étrange clarté avec tout ce sang qui lui coulait du visage. Stefan Fredman s'en était tiré presque indemne. Wallander n'arrivait pas à faire la part de la peinture et du sang sur son visage. Mais c'était bien un garçon de quatorze ans qu'il avait devant lui. Stefan Fredman tomba à genoux à côté de sa sœur. La pluie redoubla d'intensité. Le garçon se mit à pleurer. Pour Wallander, c'était comme s'il hurlait à la mort. Il s'accroupit à côté de lui.

– Elle est morte. Nous ne pouvons rien y faire.

Stefan Fredman le regarda avec son visage grimaçant. Wallander se releva rapidement, craignant qu'il ne se jette sur lui. Mais il ne se passa rien. Le garçon continuait de hurler à la mort.

Wallander entendit le véhicule d'intervention de la police. Quand Hansson s'approcha, il s'aperçut qu'il s'était mis à pleurer lui aussi.

Wallander laissa les autres faire tout le travail. Il se contenta de raconter très brièvement les faits à Ann-Britt Höglund. Apercevant Per Åkeson, il l'emmena dans sa voiture. La pluie martelait le toit de la voiture.

– C'est fini, dit Wallander.

– Oui, répondit Per Åkeson. C'est fini.

– Je pars en vacances demain. Je sais qu'il y a tout un tas de rapports à faire. Mais je pars quand même.

Per Åkeson répondit sans l'ombre d'une hésitation.

– Oui, vas-y. Pars.

Per Åkeson sortit de la voiture. Wallander pensa qu'il aurait dû lui demander des nouvelles de son futur voyage au Soudan. Ou était-ce en Ouganda ?

Il rentra chez lui. Linda n'était pas là. Il alla droit à la baignoire. Il en sortait pour se sécher quand il l'entendit frapper à la porte.

Ce soir-là, il lui raconta toute l'enquête et lui expliqua ce qu'il ressentait.

Puis il appela Baiba.

– J'ai cru que tu n'appellerais jamais, dit-elle sans cacher son irritation.

– Je suis désolé. J'ai eu vraiment beaucoup à faire.

– C'est une très mauvaise excuse.

– Je sais. Mais c'est la seule que j'ai.

Ils se turent. Le silence fit l'aller et le retour entre Ystad et Riga.

– On se voit demain, dit Wallander.

– Oui. Peut-être se voit-on demain.

Puis ils raccrochèrent. Wallander sentit son estomac se nouer. Et si elle ne venait pas ?

Puis Linda l'aida à faire ses valises.

La pluie cessa de tomber peu après minuit.

Ils sortirent sur le balcon. L'air embaumait.

– C'est un bel été, dit-elle.

– Oui, répondit Wallander. C'est un bel été.

Le lendemain, ils prirent ensemble le train pour Malmö. Ils se séparèrent et se firent des gestes d'adieu.

Puis Wallander monta dans le bateau pour Copenhague.

Il regardait l'eau qui glissait le long du bateau. Il commanda distraitement un café et un cognac.

L'avion de Baiba allait atterrir dans deux heures.

Il fut soudain pris d'un sentiment de panique.

Il eut envie que la traversée vers Copenhague dure très longtemps.

Mais quand Baiba arriva, il était là à l'attendre.

Alors seulement le visage de Louise Fredman disparut de son esprit.

Scanie

16-17 septembre 1994

Épilogue

Le vendredi 16 septembre, l'automne envahit soudain la Scanie. Son arrivée surprit tout le monde, comme si tous en étaient restés au souvenir de cet été, le plus chaud et le plus sec qu'on ait connu de mémoire d'homme.

Ce matin-là, Kurt Wallander s'était réveillé très tôt. Il avait soudain ouvert les yeux dans l'obscurité, comme s'il avait été arraché brutalement à un rêve. Il resta allongé en essayant de se le rappeler. Mais il ne restait rien d'autre que l'écho bruissant de quelque chose qui était déjà passé, et qui ne reviendrait jamais. Il tourna la tête pour regarder le réveil à côté du lit. Les aiguilles brillaient dans le noir. Seize heures quarante-cinq. Il se retourna pour se rendormir. Mais l'importance de cette journée l'en empêcha. Il se leva et alla dans la cuisine. Le réverbère qu'il voyait de sa fenêtre se balançait, abandonné, dans le vent. Le thermomètre avait chuté. Il faisait 7 degrés. Il sourit à l'idée que, dans moins de quarante-huit heures, il serait à Rome. Il y faisait encore chaud. Il s'installa dans la cuisine et but un café. Il repensa à tous les préparatifs du voyage. Quelques jours auparavant, il était allé voir son père et avait enfin réparé la porte qu'il avait dû enfoncer cet été, quand son père avait été pris d'une crise de désespoir et s'était enfermé pour mettre le feu à ses chaussures et à ses tableaux. Son père lui avait fait admirer son passeport tout neuf. Il était allé à la banque chercher des lires italiennes et des chèques de voyage, et les avait rangés dans un des tiroirs de la cuisine. Il irait prendre les billets d'avion à l'agence dans le courant de l'après-midi.

Sa semaine de vacances commençait le lendemain. La pénible enquête sur le réseau qui exportait des voitures volées vers les ex-pays de l'Est ne le lâchait pas : cela faisait presque un an qu'il était dessus. Sans arriver à en voir la fin. La police de Göteborg avait récemment fait une descente dans un des ateliers où l'on maquillait les voitures volées avant de les sortir du pays par des ferries. Mais il restait encore beaucoup de points obscurs dans cette enquête. A son retour d'Italie, il lui faudrait reprendre ce travail ingrat.

En dehors des vols de voitures, ce dernier mois avait été calme dans le district d'Ystad. Wallander avait pu constater que ses collègues avaient eu le temps de ranger leur bureau. La forte tension que les policiers avaient éprouvée lors de la chasse au tueur Stefan Fredman avait fini par retomber. Sur une suggestion de Mats Ekholm, quelques psychologues étaient venus analyser comment les policiers d'Ystad avaient réagi à cette tension soutenue. Interviewé à plusieurs reprises, Wallander avait été confronté à ses souvenirs. Il avait traîné assez longtemps un sentiment pesant de dépression. Il se rappelait encore cette nuit de la fin août où, ne trouvant pas le sommeil, il avait pris sa voiture et roulé jusqu'à la plage de Mossby. Il avait marché le long de la mer en ressassant de sombres pensées sur l'époque et le monde dans lequel il vivait. Ce monde était-il réellement compréhensible ? Des jeunes filles pauvres étaient attirées à leur insu vers des bordels dans le sud de l'Europe. Un trafic de très jeunes filles qui menait droit dans les chambres dérobées des fastueux étages supérieurs de la société. Là où on pouvait geler les secrets, les cacher dans des archives, pour les dissimuler au public. Le portrait de Gustaf Wetterstedt resterait accroché dans les couloirs où la direction suprême de la police recevait ses consignes. Comme si le règne des seigneurs, que Wallander avait cru à jamais disparu, revenait. Cette idée lui donnait la nausée. Et comment pourrait-il oublier cet aveu bouleversant de Stefan Fredman ? C'était lui qui avait pris ses clés, il était entré à plusieurs reprises dans son appartement, dans le dessein de le tuer et de tuer Linda. Wallander ne pouvait plus considérer le monde comme avant.

Sur la plage, cette nuit-là, il s'était arrêté pour écouter le bruit des milliers d'oiseaux migrateurs qui avaient déjà commencé leur périple vers le sud. Un instant de profonde solitude, mais aussi de grande beauté, comme une certitude absolue de la fin d'une ère, et du début d'une autre. Il se sentait encore capable de chercher qui il était lui-même.

Il se souvint d'une de ses dernières conversations avec Ekholm. Longtemps après la fin de l'enquête.

Ekholm était venu de Stockholm à la mi-août pour revoir tout le dossier. Wallander l'avait invité chez lui le dernier soir, avant son retour définitif pour Stockholm. Il avait préparé un repas simple, des pâtes. Ils étaient restés à bavarder et à boire du whisky jusqu'à quatre heures du matin. Ils avaient fini ivres tous les deux et Wallander avait demandé à plusieurs reprises comment des jeunes gens, des adolescents qui n'étaient pas encore des adultes, pouvaient faire preuve d'une telle cruauté. Les idées d'Ekholm irritaient profondément Wallander : pour lui, elles ne reposaient que sur des généralités sur l'esprit humain. Il avait, quant à lui, maintenu que l'environnement, ce monde incompréhensible, tout ce processus de déformation inévitable par lequel tout être humain doit passer, portait une part de responsabilité encore plus grande. Ekholm avait rétorqué que l'époque actuelle n'était pas pire que n'importe quelle autre époque. Le fait que la société suédoise chancelle et craque de toutes parts ne pouvait pas expliquer l'existence d'un être comme

Stefan Fredman. La Suède restait une des sociétés les plus sûres, les plus stables, les plus propres au monde – Wallander se souvenait qu'Ekholm avait répété ces derniers mots, *les plus propres*. Stefan Fredman était une exception qui ne confirmait aucune règle. Il n'y aurait sans doute pas de second exemplaire de cette exception. Cette nuit-là, Wallander avait tenté de parler de tous ces enfants mal dans leur peau. Cependant, il parlait à Ekholm comme s'il ne s'adressait pas à lui. Ses pensées étaient confuses. Mais il ne pouvait pas passer ses sentiments sous silence. Il était inquiet. Pour l'avenir. Ces forces de plus en plus concentrées et tendues, qui échappaient à toute forme de contrôle, l'inquiétaient.

Il avait souvent pensé à Stefan Fredman. Il avait réfléchi aux raisons qui l'avaient poussé à suivre des fausses pistes de manière si obstinée. Il lui avait paru tellement invraisemblable qu'un jeune garçon soit derrière ces meurtres qu'il avait refusé d'y croire. Mais au fond de lui-même, il avait su, il avait senti, peut-être même la première fois qu'il avait rencontré Stefan Fredman, qu'il touchait la consternante vérité du doigt. Il l'avait su, ce qui ne l'avait pas empêché de suivre les fausses pistes, car la vérité lui avait paru inacceptable.

A dix-sept heures quinze, il sortit de l'appartement et se dirigea vers sa voiture. Il faisait frais. Il remonta la fermeture Éclair de son blouson et frissonna en s'asseyant au volant. En route vers le commissariat, il pensa au rendez-vous de ce matin.

Il était huit heures précises quand il frappa a la porte du bureau de Lisa Holgersson. Elle hocha la tête et l'invita à s'asseoir. Elle avait beau n'être leur nouveau chef que depuis trois semaines, elle avait déjà marqué de sa personnalité l'ambiance générale et les méthodes de travail.

La majorité des policiers était sceptique envers cette femme venue d'un district policier du Småland pour remplacer Björk. De plus, les collègues de Wallander gardaient l'idée préconçue que les femmes étaient tout juste bonnes à être de simples policiers. De là à devenir leur chef ? Wallander avait été impressionné par sa grande intégrité, son courage et ses exposés d'une clarté exemplaire, quel que soit le sujet abordé.

La veille, elle avait demandé à le voir. En s'asseyant dans le fauteuil, Wallander ne savait toujours pas ce qu'elle lui voulait.

– Tu pars en vacances la semaine prochaine, dit-elle. J'ai appris que tu allais en Italie avec ton père.

– C'est un de ses vieux rêves, répondit Wallander. C'est probablement notre dernière occasion. Il a presque quatre-vingts ans.

– Mon père a quatre-vingt-cinq ans. Parfois, il a les idées très claires. Parfois, il ne me reconnaît même pas. En fait, on n'échappe jamais à ses parents. Les rôles finissent par s'inverser un beau jour. Nos parents deviennent nos enfants.

– C'est à peu près ce que je pense, moi aussi.

Elle déplaça quelques papiers sur son bureau.

– Je n'ai rien de spécial à te dire. Mais je me suis rendu compte que je n'avais pas encore eu l'occasion de te féliciter pour ton travail de cet été. Une enquête exemplaire de bien des points de vue.

Wallander la regarda, en se demandant si elle parlait vraiment sérieusement.

– Je ne trouve pas, dit-il. J'ai commis de nombreuses erreurs. J'ai engagé toute l'enquête sur de fausses pistes. Elle aurait pu sombrer.

– Une bonne capacité à mener des enquêtes, ça signifie souvent savoir quand changer son fusil d'épaule. Regarder dans une direction qu'on vient d'exclure l'instant d'avant. L'enquête a été exemplaire de beaucoup de points de vue. Et notamment par la persévérance. La capacité à développer de nouvelles idées inattendues. Je voulais que tu le saches. J'ai entendu dire que le directeur de la police nationale avait exprimé sa satisfaction en public. On va certainement t'inviter à faire une série de conférences sur cette enquête à l'école supérieure de la police.

– Non, ce n'est pas possible. Demande à quelqu'un d'autre. Je ne peux pas parler devant des gens que je ne connais pas.

– Nous reprendrons cette conversation à ton retour, dit-elle en souriant. L'important, c'est que je t'aie dit ce que je pensais.

Elle se leva, signifiant ainsi que leur court entretien était terminé.

Une fois dans le couloir, Wallander fut convaincu qu'elle avait dit ce qu'elle pensait. Malgré lui, il sentit que ses compliments le rendaient heureux. Ce serait facile de travailler avec elle à l'avenir.

Il alla chercher du café dans le réfectoire et échangea quelques mots avec Martinsson dont la fille avait eu une angine. De retour dans son bureau, il téléphona pour prendre rendez-vous chez le coiffeur. Il avait posé devant lui sa liste de corvées. Il comptait quitter le commissariat dès midi pour avoir le temps de tout faire.

Il venait de signer quelques papiers quand le téléphone sonna. C'était Ebba.

– Tu as de la visite. Du moins, je crois.

Il fronça les sourcils.

– Tu crois ?

– Il y a ici un homme qui ne parle pas du tout suédois. Pas un mot. Il a une lettre. En anglais. Adressée à Kurt Wallander. C'est toi qu'il veut voir.

Wallander soupira. Il n'avait pas vraiment le temps.

– Je viens le chercher.

L'homme qui l'attendait dans le couloir était de petite taille. Il avait les cheveux noirs et une barbe drue. Il portait des vêtements très ordinaires. Wallander se dirigea vers lui et le salua. L'homme lui répondit en espagnol ou peut-être en portugais, et lui tendit la lettre.

Il la lut. Un sentiment d'impuissance s'abattit sur ses épaules. Il regarda l'homme qui se tenait devant lui. Puis il lui serra la main une nouvelle fois et l'invita à le suivre. Il alla chercher du café et le fit entrer dans son bureau.

La lettre était écrite par un prêtre catholique, un certain Estefano.

Il demandait à Kurt Wallander, dont il avait eu le nom par Interpol, de consacrer un peu de son temps très précieux à Pedro Santana qui avait perdu sa fille dans des circonstances dramatiques, quelques mois auparavant, dans ce pays lointain du Nord.

La lettre racontait l'histoire poignante d'un homme simple qui voulait voir la tombe de sa fille en terre étrangère. Il avait vendu presque tous ses biens pour pouvoir se payer ce long voyage. Il ne parlait pas anglais. Mais ils se comprendraient certainement.

Ils burent leur café en silence. Wallander se sentait très oppressé.

Il avait commencé à pleuvoir quand ils quittèrent le commissariat. Le père de Dolores Maria Santana arrivait à peine aux épaules de Wallander. Il grelottait. Ils prirent la voiture de Wallander pour se rendre au cimetière. Ils longèrent les rangées de tombes et s'arrêtèrent devant le petit monticule de terre sous lequel Dolores Maria était enterrée. Il était marqué d'un bâton avec un numéro Wallander hocha la tête et fit un pas en arrière.

L'homme s'agenouilla devant la tombe. Puis il se mit à pleurer. Il inclinait son visage contre la terre mouillée, gémissait en prononçant des mots que Wallander ne com prenait pas. Wallander sentit les larmes lui monter aux yeux. Il regarda l'homme qui avait fait tout ce long voyage, il pensa à la jeune fille qui avait fui devant lui dans le champ de colza et qui s'était enflammée comme une torche. Une violente colère montait en lui.

La barbarie a toujours un visage humain, se dit-il. C'est ça qui la rend tellement inhumaine. Il avait lu ça quelque part. Il savait maintenant que c'était vrai.

Depuis presque cinquante ans qu'il vivait, il avait vu la société se transformer tout autour de lui, et il avait participé à cette transformation. Mais il comprenait maintenant que seule une partie de cette transformation était apparente. Il y avait une autre mutation en dessous, en cachette. Tout cet édifice avait une ombre, et un effritement invisible s'était produit en même temps. Comme une maladie virale avec une longue période d'incubation secrète. Jeune policier, il croyait dur comme fer qu'on pouvait tout résoudre sans utiliser la violence. Puis progressivement s'était installée une situation où il n'était jamais possible d'exclure le recours à la violence. Aujourd'hui, ce glissement progressif était arrivé à son terme

Était-il encore possible de résoudre des problèmes sans avoir recours à la force ?

S'il en était ainsi – et il le craignait de plus en plus –, l'avenir lui faisait peur. La société avait fait un tour sur elle-même et était devenue un monstre.

Le petit garçon dessiné sur les boîtes d'allumettes.

Il était encore là. Tout en n'étant plus là.

Au bout d'une demi-heure, l'homme se releva. Il fit un signe de croix et se retourna. Wallander baissa les yeux. Il avait du mal à soutenir son regard.

Il l'emmena chez lui. Il lui fit couler un bain chaud.

Il annula son rendez-vous chez le coiffeur. Pendant que Pedro Santana était dans son bain, il chercha dans ses poches et trouva son passeport et son billet d'avion. Il devait rentrer en République dominicaine dès dimanche. Wallander appela le commissariat et demanda Ann-Britt. Elle écouta sans poser de questions. Puis elle promit de faire ce qu'il lui demandait.

Elle arriva à l'appartement une demi-heure plus tard. Dans l'entrée, elle remit à Wallander ce qu'il attendait.

– C'est évidemment illégal, ce que nous sommes en train de faire, dit-elle.

– Bien sûr, répondit-il. Mais j'en prends la responsabilité.

Elle salua Pedro Santana qui était assis raide comme un I sur le canapé de Wallander. Elle lui parla avec les quelques mots d'espagnol qu'elle connaissait.

Puis Wallander lui donna la médaille qu'ils avaient trouvée dans le champ. Il la contempla longuement. Puis il se tourna vers eux et sourit.

Ils se séparèrent dans l'entrée. Il allait habiter chez Ann-Britt Höglund.

Elle l'accompagnerait à l'aéroport dimanche.

Depuis la fenêtre de la cuisine, Wallander le regarda monter dans la voiture. La colère grondait en lui.

Et il comprit que c'était la fin de cette longue enquête. Quelque part, on s'occupait de Stefan Fredman. Il vivait. Sa sœur Louise était morte. Comme Dolores Maria Santana, elle reposait dans sa tombe. L'enquête était terminée.

Ce qui restait à Wallander, c'était la colère.

Ce jour-là, il ne retourna pas au commissariat. La rencontre avec Pedro Santana lui avait fait revivre une fois de plus tous les événements passés. Il fit sa valise dans un état second. Il se posta à plusieurs reprises à la fenêtre, contemplant d'un regard absent la rue, sous la pluie qui recommençait à tomber. Ce n'est qu'en fin d'après-midi qu'il se débarrassa de son malaise. Mais la colère demeurait. Elle ne le quitterait pas. A seize heures quinze, il passa prendre les billets d'avion à l'agence de voyages. Il s'arrêta aussi à la Centrale des alcools et s'acheta une petite bouteille de whisky. Il téléphona à Linda. Il promit de lui envoyer une carte de Rome. Elle était pressée, mais il n'osa pas lui demander pourquoi. Il tenta de la retenir au téléphone, en lui parlant de Pedro Santana et de son long voyage. Mais c'était comme si elle ne comprenait pas, ou qu'elle n'avait pas le temps d'écouter. La conversation prit fin plus rapidement qu'il ne l'aurait voulu. A dix-huit heures, il téléphona à Löderup. Gertrud lui dit que tout allait bien, que son père était tellement excité qu'il ne tenait plus en place. Un peu de sa joie passée lui revint. Il se rendit au centre-ville et dîna dans une pizzeria. De retour chez lui, il appela Ann-Britt.

– C'est un monsieur très gentil, dit-elle. Il s'entend déjà très bien avec mes enfants. Ils n'ont pas besoin de langage pour se comprendre. Il leur a chanté des chansons. Et il a dansé. Il doit trouver notre pays bien étrange.

– Est-ce qu'il a dit quelque chose à propos de sa fille ? demanda Wallander.

– C'était son unique enfant. La mère est morte peu de temps après l'accouchement.

– Ne raconte pas tout. Épargne-lui le pire.

– J'y ai déjà pensé. Je lui dis le moins de choses possible.

– C'est bien.

– Bon voyage.

– Merci. Mon père est heureux comme un gamin.

– Toi aussi, je pense.

Wallander ne répondit pas. Mais il savait qu'elle avait raison. La visite inattendue de Pedro Santana avait réveillé des ombres endormies. Maintenant ces ombres devaient retrouver la paix. Il méritait lui aussi de se reposer. Il se versa un verre de whisky et déplia une carte de Rome. Il n'y était jamais allé. Il ne savait pas un mot d'italien. Mais nous sommes deux. Mon père non plus n'y est jamais allé autrement qu'en rêve. Il ne sait pas l'italien non plus. Nous entrerons tous les deux ensemble dans ce rêve, et nous nous guiderons l'un l'autre.

Pris d'une impulsion soudaine, il téléphona à l'aéroport de Sturup pour demander à l'un des contrôleurs aériens s'il savait le temps qu'il faisait à Rome. Ils se connaissaient de nom.

– A Rome, il fait chaud, répondit le contrôleur. En ce moment, à vingt heures dix, il fait 21 degrés. Il souffle un vent de sud-ouest, un mètre par seconde, ce qui veut dire qu'il n'y a pratiquement pas de vent. Et une légère brume. Pour les prochaines vingt-quatre heures, on ne prévoit pas de changement.

Wallander le remercia.

– Tu pars en voyage ? demanda le contrôleur aérien.

– Je pars en vacances avec mon père, qui est âgé, dit Wallander.

– Ça me semble une bonne idée, dit le contrôleur. Je vais demander aux collègues de Copenhague de bien vous diriger dans les courants ascendants Tu pars avec Alitalia ?

– Oui. A dix heures quarante-cinq.

– Je penserai à toi. Bon voyage.

Wallander contrôla une nouvelle fois son passeport. Il vérifia les devises et le reste. A vingt-trois heures, il appela Baiba. Puis il se souvint qu'ils s'étaient déjà dit au revoir la veille au soir. Elle passait la soirée chez des amis qui n'avaient pas le téléphone.

Il s'installa dans un fauteuil avec son verre de whisky et écouta *La Traviata*. Il avait mis la musique doucement. Il pensait au voyage qu'il avait fait avec Baiba à Skagen. Il était exténué quand il l'avait attendue à Copenhague. Il était comme un fantôme mal rasé et épuisé. Il savait qu'elle avait été déçue, même si elle n'avait rien dit. Ce n'est qu'une fois arrivés à Skagen, après avoir dormi quelques nuits, qu'il lui avait raconté tout ce qui s'était passé. Puis ils avaient enfin commencé à être ensemble tous les deux.

Vers la fin des vacances, il lui avait demandé si elle voulait l'épouser.

Elle lui avait répondu non. En tout cas, pas encore. Pas maintenant. Le passé était trop proche. Son mari, le capitaine Karlis, que Wallander avait connu, demeurait encore trop présent dans sa tête. Sa mort violente la suivait encore comme une ombre. Elle était surtout réticente à l'idée d'épouser à nouveau un policier. Il la comprenait. Mais il avait besoin de certitudes. Combien de temps de réflexion lui fallait-il ?

Il savait qu'elle l'aimait. Il le sentait.

Mais était-ce suffisant ? Où en était-il lui-même ? Voulait-il vraiment vivre avec quelqu'un ? Il ne le savait pas. Grâce à Baiba, il avait échappé à la solitude qui le poursuivait depuis son divorce. C'était un grand pas vers la guérison. Peut-être fallait-il s'en contenter ? Pour le moment.

Il était plus d'une heure du matin quand il alla se coucher. Beaucoup de questions tournaient dans sa tête.

Il se demanda si Pedro Santana dormait.

Gertrud vint le chercher à sept heures le lendemain, le 17 septembre. Il pleuvait toujours. Son père était assis bien droit à l'avant de la voiture, dans son plus beau costume. Gertrud lui avait coupé les cheveux.

– Nous voilà partis pour Rome, dit son père d'un ton joyeux. Dire que ça a fini par arriver.

Gertrud les déposa à Malmö devant la gare où ils prirent la navette qui allait à l'aéroport en passant par Limhamn et Dragör. Sur le ferry, son père s'obstina à vouloir sortir sur le pont où le vent soufflait fort. Il montra la côte suédoise, et un point au sud de Malmö.

– C'est là que tu as grandi. Tu te souviens ?

– Comment pourrais-je l'oublier ?

– Tu as eu une enfance très heureuse.

– Je sais.

– Tu n'as jamais manqué de rien.

– Jamais.

552

Wallander pensa à Stefan Fredman. A Louise. A leur petit frère qui avait tenté de se crever les yeux. A tout ce qui leur avait manqué ou qu'on leur avait volé. Mais il chassa ces pensées. Elles reviendraient, il le savait. Mais pour le moment, il était en voyage avec son père. C'était ça le plus important. Le reste attendrait.

L'avion décolla à dix heures quarante-cinq précises. Le père de Wallander était assis près d'un hublot, son fils à côté de lui.

C'était la première fois que le père de Wallander prenait l'avion.

Wallander le regarda au moment où l'avion prit de la vitesse et décolla lentement du sol. Il avait penché le visage contre le hublot pour regarder.

Wallander vit qu'il souriait.

Un sourire de vieil homme.

Qui avait le bonheur de pouvoir ressentir, une fois encore dans sa vie, une joie d'enfant.

Postface

Ceci est un roman. Aucun des personnages n'existe donc dans la réalité. Mais il n'est pas toujours possible ni nécessaire d'éviter toute ressemblance.

Je voudrais par ailleurs remercier tous ceux qui m'ont aidé au cours de la rédaction de ce livre.

Henning Mankell,
Paderne, juillet 1995.

Meurtriers sans visage
Christian Bourgois, 1994, 2001
et « Points Policier », n° P1122

La Société secrète
Flammarion, 1998
et « Castor Poche », n° 656

Le Secret du feu
Flammarion, 1998
et « Castor Poche », n° 628

La Cinquième Femme
Seuil, 2000
et « Points Policier », n° P877

Le chat qui aimait la pluie
Flammarion, 2000
et « Castor Poche », n° 518

Les Morts de la Saint-Jean
Seuil, 2001
« Points Policier », n° P971
et éditions de la Seine, 2008

La Muraille invisible
prix Calibre 38
Seuil, 2002
et « Points Policier », n° P1081

Comédia Infantil
Seuil, 2003
et « Points », n° P1324

L'Assassin sans scrupules
théâtre
L'Arche, 2003

Le Mystère du feu
Flammarion, 2003
et « Castor Poche », n° 910

Les Chiens de Riga

prix Trophée 813
Seuil, 2003
et « Points Policier », n° P1187

Le Fils du vent

Seuil, 2004
et « Points », n° P1327

La Lionne blanche

Seuil, 2004
et « Points Policier », n° P1306

L'Homme qui souriait

Seuil, 2004
et « Points Policier », n° P1451

Avant le gel

Seuil, 2005
et « Points Policier », n° P1539

Ténèbres, Antilopes

théâtre
L'Arche, 2006

Le Retour du professeur de danse

Seuil, 2006
et « Points Policier », n° P1678

Tea-Bag

Seuil, 2007
et « Points », n° P1887

Profondeurs

Seuil, 2008
et « Points », à paraître

COMPOSITION : I.G.S. CHARENTE-PHOTOGRAVURE À L'ISLE-D'ESPAGNAC
IMPRESSION : BRODARD ET TAUPIN À LA FLÈCHE
DÉPÔT LÉGAL : OCTOBRE 2000. N° 41952-9 (48361)
IMPRIMÉ EN FRANCE

Collection Points Policier

Collection Points

DERNIERS TITRES PARUS